4

mtb

Zum Buch:

Sei immer auf der Hut vor deinen Feinden. Das weiß keine besser als die Amazone Delilah. Kaum haben die Götter sie als Vertreterin ihres Volkes auf eine einsame Insel verbannt, muss sie stärker denn je an ihren Prinzipien festhalten: Traue niemandem! Doch an der Seite des Vampirkönigs Layel gerät ihr Weltbild ins Wanken. Denn wenn sie das Spiel der Götter für sich entscheiden und die todbringende Insel verlassen will, muss sie seine Nähe zulassen – auch wenn das heißt, sich einer anderen Gefahr auszusetzen: einer alles verzehrenden Leidenschaft, die all ihre Schutzmauern niederreißen könnte …

Das fulminante Finale der „Atlantis"-Serie

Zur Autorin:

„New York Times"- und „USA Today"-Bestsellerautorin Gena Showalter gilt als Shootingstar am romantischen Bücherhimmel des Übersinnlichen. Ihre Romane erobern nach Erscheinen die Herzen von Kritikern und Lesern gleichermaßen im Sturm. Mit der Serie „Herren der Unterwelt" feierte sie ihren internationalen Durchbruch.

Lieferbare Titel:

Atlantis - Der Drachenkrieger (Atlantis #1)
Atlantis - Das Juwel der Macht (Atlantis #2)
Atlantis - Der Nymphenkönig (Atlantis #3)

Gena Showalter

Die Braut des Vampirkönigs

Roman

Aus dem Amerikanischen von
Maike Müller

mtb

MIRA® TASCHENBUCH
Band 65121

HarperCollins PUBLISHERS Since 1817

1. Auflage: April 2017

Deutsche Erstveröffentlichung

Titel der amerikanischen Originalausgabe:
The Vampire's Bride

erschienen bei: HQN Books, Toronto

Published by arrangement with
Harlequin Books II. B.V./S.àr.l.

Umschlaggestaltung: HarperCollins Germany / Birgit Tonn,
Artwork Harlequin
Umschlagabbildung: Dan Lim Photography Inc. / Harlequin Books S.A.
Redaktion: Eva Wallbaum
Satz: GGP Media GmbH, Pößneck
Printed in Germany
Dieses Buch wurde auf FSC®-zertifiziertem Papier gedruckt.
ISBN 978-3-95649-675-2

www.mira-taschenbuch.de

Liebe Leserin,

nach der Veröffentlichung des ersten Titels meiner *Atlantis*-Serie *Der Drachenkrieger* im Jahr 2005 wurde ich gefragt, wie ich die untergegangene Stadt Atlantis mit den Geschöpfen aus der Überlieferung kombinieren möchte. Die Antwort ist einfach: Was wäre, wenn …? Was wäre, wenn die Götter ihren größten Fehler in Atlantis versteckt hätten und die Stadt deshalb im Meer verborgen läge?

Diese Frage verzweigte sich in tausend weitere, eine faszinierender als die andere. Was wäre, wenn ein Formwandler in der Gestalt eines Drachens gezwungen ist, das Tor zu bewachen, das zu seinem Zuhause führt, und die Aufgabe hat, jeden zu töten, der es betritt – sogar die Frau seiner Träume *(Der Drachenkrieger)*? Was wäre, wenn ein moderner Mann in die verbotene Stadt geschickt wird, um ihren größten Schatz zu stehlen … der sich zufälligerweise als schöne Frau entpuppt, der er nicht widerstehen kann *(Das Juwel der Macht)*? Was wäre, wenn der König der Nymphen jede verführen kann, der er begegnet – außer der Frau, die er liebt *(Der Nymphenkönig)*?

In *Die Braut des Vampirkönigs*, meiner jüngsten Geschichte über Atlantis, bekomme ich Gelegenheit, die Frage zu beantworten, die mir meine Leserinnen schon seit Jahren stellen: Was wäre, wenn der Bösewicht aus all diesen früheren Geschichten, nämlich der Vampirkönig, der andere gequält, gehasst und sich mit ihnen bekriegt hat, eine eigene Geschichte bekommt?

Ich hoffe, Sie begleiten mich auf diesen Reisen durch Atlantis – die Stadt, in der die Wesen aus Sagen und Legenden wandeln, wo hinter jeder Ecke Gefahren lauern und sich verbotene Leidenschaften entzünden.

Mit den besten Wünschen,
Gena Showalter

Für Jill Monroe (die Autorin und nicht die knallharte Journalistin der Sendung „Author Talk“), weil sie Vampire genauso liebt wie ich.

Für Sheila Fields, Donnell Epperson und Betty Sanders, weil sie gesagt haben: „Wie wäre es mit einer paranormalen Version von *Survivor*?“

Für Pennye Edwards, weil sie immer auf mich aufpasst.

Für Kresley Cole, Melissa Francis, Marley Gibson, Kristen Painter, Louisa Edwards, Maria Geraci, Pamela Harty, Elaine Spencer, Deidre Knight, Roxanne St. Claire und (nochmals) Jill Monroe, weil sie mich zum Lachen bringen – so sehr, dass ich ihretwegen Blaubeeren ausgespuckt habe.

Und zu guter Letzt für Jill Monroe (die knallharte Journalistin der Sendung „Author Talk“ und nicht die Autorin), weil sie die Fragen stellt, auf die meine Leserinnen wirklich eine Antwort haben wollen.

Danksagung

An die beiden Damen, die mir helfen und bei jedem Schritt zur Seite stehen: Tracy Farrell und Margo Lipschultz. Ohne euch würde ich es nicht schaffen!

Prolog

Layel, der Vampirkönig und verhasster Sohn von Atlantis, kämpfte so fieberhaft mit seinen Ketten, dass sie ihm tief in Haut und Muskeln schnitten, beinahe bis zum Knochen. Es kümmerte ihn nicht. Er kämpfte weiter. Welchen Nutzen hatten seine Hände, wenn er damit nicht seine Geliebte streicheln konnte?

Susan. Der Name hallte in seinem Kopf wie ein Gebet, ein trostloser Schrei, ein sorgenvolles Klagen, die sich zu einer qualvollen Spirale der Scham verwoben hatten. Wie hatte er nur zulassen können, dass das hier geschah?

„Lass ihn frei“, sagte jemand. Layel hätte denjenigen gern angesehen, aber er konnte den Blick nicht von seiner Frau losreißen. Oder vielmehr von dem, was von ihr noch übrig war. „Er soll aus der Nähe betrachten, was er sich eingebrockt hat.“

Er hörte Schritte, spürte ein Zerren an einem Handgelenk, dann am anderen. Die Ketten gaben nach.

Schwach und beinahe blutleer, wie er war, versuchte Layel sich von dem Eisenzaun zu entfernen, der ihn stützte, doch seine Knie gaben nach, und er brach zusammen. Als er auf den Boden aufschlug, stieß er heißen Atem aus, und die Erkenntnis traf ihn tief. *Ich bin zu spät. Sie haben mich so lange festgekettet, bis sie sicher sein konnten, dass man sie nicht mehr zurückholen kann. Ich kann sie nicht retten.* Er würgte. *Götter, o Götter.*

Susan lag nicht mal einen Meter von ihm entfernt. Ihr einst so lebendiger, schöner Körper war jetzt gefesselt, verletzt und verbrannt. Die dafür verantwortlichen Drachen, die ihn umgaben, lachten, und ihre Stimmen drangen mal mehr, mal weniger in sein Bewusstsein vor.

„… das und noch mehr verdient.“

„… und nun seht ihn euch an.“

„… erbärmlich. Er hätte nie zum König gekrönt werden dürfen.“

Layel hatte Susan sicher, in sein Bett gekuschelt und zufrieden schlummernd in seinem Palast zurückgelassen, während er mit mehreren Kriegern ein Feuer im Wald gelöscht hatte. Dass dieses Feuer absichtlich gelegt worden war, hatte er erst begriffen, als es zu spät war.

O Götter, o Götter, o Götter. Ein heiserer Schrei entfuhr ihm, und aus seinem Mund spritzte Blut. Es kam ihm wie eine Ewigkeit vor, obwohl doch erst wenige Stunden vergangen sein konnten, seit er in den Hinterhalt zurückgekehrt war und Susans Schreie vernommen hatte. Die Angst in ihren Hilferufen und das Leid, das ihr Gesicht gezeichnet hatte, als sie die Drachen angefleht hatte, ihr ungeborenes Kind zu verschonen … Beides würde ihn bis in alle Ewigkeit verfolgen.

Susan.

Als er zu ihr vorgedrungen war, hatte sie sich schon nicht mehr geregt. Der leidvolle Ausdruck auf ihrem Gesicht – erstarrt. Die Stille war zehntausendmal schlimmer gewesen als die Schreie und die körperlichen Qualen.

Tot. Sie war tot. Layel hatte auf jede erdenkliche Art versagt. Und in diesem Zustand der Verzweiflung war er für die Drachen, die sie getötet hatten, leichte Beute gewesen. Sie hatten ihn gefangen genommen. Hatten ihn von Susans leblosem Körper weggerissen und ans Tor vor dem Palast gekettet. Dann, o Götter, dann hatten sie ihren Körper in sein Blickfeld gezerrt, um ihn mit ihrem Tod zu verspotten.

Sein Würgen verstärkte sich, und er erbrach seinen Mageninhalt. Eine Mahlzeit, die Susan mit freudestrahlenden Augen für ihn zubereitet hatte. Und später, zum Dessert, hatte sie ihre wunderschönen dunklen Haare zur Seite gestrichen und ihm ihre Vene angeboten, und sie hatte genau gewusst, wohin es führen würde, wenn er sie biss.

Sein Arm zitterte unkontrollierbar, als er die Hand nach ihr ausstreckte. Mit den Fingerspitzen berührte er ihren Hals. Kein Puls war zu spüren. Klumpen aus Schmutz und Blut hafteten auf ihrer verbrannten, noch heißen Haut. „Susan", versuchte er zu flüstern, doch er hatte keine Stimme. Seine Kehle war rau von all dem Schreien, Flehen und verzweifelten Verhandeln. Aber nichts hatte geholfen. Die Drachen waren nicht verschwunden, und Susan war nicht wieder zum Leben erwacht.

Obwohl er noch immer von Feinden umzingelt war, konnte er den Blick nicht von seiner Liebsten wenden. Tief im Innern wusste er, dass er sie hier und jetzt zum letzten Mal sehen würde. *Meine Liebste. Meine Herzallerliebste.*

Bleib im Bett, hatte sie ihn noch vor wenigen Stunden angefleht. *Schlaf mit mir.*

Ich kann nicht, Liebste, aber ich werde schnell zurück sein. Das verspreche ich dir.

Sie hatte ihre tiefrosafarbenen Lippen zu einer hübschen kleinen Schnute verzogen. *Ich kann es nicht ertragen, ohne dich zu sein.*

Und ich kann es nicht ohne dich ertragen. Schlaf ein bisschen. Und wenn ich zurück bin, werde ich dich vergessen lassen, dass ich überhaupt weg war. Wie hört sich das an?

Versprochen?

Versprochen. Er hatte ihr einen sanften Kuss gegeben und war aus der Kammer gegangen. Glücklich. Und zufrieden. Sich einer gemeinsamen Zukunft sicher.

„Jetzt kannst du genauso leiden, wie wir gelitten haben", fauchte einer der Drachen und riss ihn aus seinen Gedanken.

Im Hintergrund hörte Layel teuflisches Gelächter. Er blickte auf und sah mehrere rot leuchtende Augen aus den nahe gelegenen Büschen hervorlugen. Ein Publikum aus Dämonen. Wie lange waren sie schon da und beobachteten die Szene? Hätten sie Susan helfen können? Vermutlich. Dieses Lachen … Sie hatten alles gesehen – und es genossen.

„Deine Leute haben unsere Angehörigen leer getrunken, du Blutsauger. Deshalb haben wir deine verbrannt."

Ohne die anderen zu beachten, sammelte Layel jegliche verbliebenen Kräfte und kroch so dicht an Susans Körper heran wie möglich, wobei er eine rote Spur hinterließ und ihm heiße Tränen übers Gesicht liefen. Die Drachen versuchten nicht, ihn aufzuhalten. Sein Zittern wurde stärker, als er sie unbeholfen in die Arme schloss. Kein Lächeln bewegte ihre Lippen, keine geflüsterte Liebkosung war zu hören.

Ihr einst hübsches Gesicht war geschwollen, zerschrammt und mit Ruß verschmiert. Ihre seidigen Haare waren dahin, versengt bis auf den Schädel. Wie gern hätte er die dunklen Strähnen um seine Handflächen gewickelt, wie gern das katzenhafte Schnurren gehört, mit dem sie ihn so oft um einen Kuss bat.

Er schloss die Augen, um nicht länger sehen zu müssen, was man ihr angetan hatte, und nahm sie fest, ganz fest in die Arme, ehe er sie vorsichtig zurücklegte. Trotzdem konnte er sich nicht von ihr lösen und fuhr mit der Fingerspitze über ihre Lippen. Sie waren noch immer heiß und verbrannten seine Haut, während aus ihrem geöffneten Mund Rauch hervorquoll.

Susan. Es brannte ihm in den Augen, als er sich ganz nach unten beugte und die Schläfe auf ihren runden Bauch legte. Er spürte keine Bewegung. Nicht mehr. *Ich liebe dich. O Götter, ich liebe dich. Und es tut mir leid, dass ich dich alleingelassen habe. So unendlich leid. Komm zurück zu mir. Bitte. Ohne dich bin ich nichts.* Zu der gläsernen Kuppel über sich betete er. *Wenn ihr sie nicht zu mir zurückbringt, lasst uns verhandeln. Nehmt mich an ihrer Stelle. Erweckt sie wieder zum Leben – und nehmt mich. Sie ist so gut. Sie ist das Licht. Ich bin die Finsternis und der Tod.*

Keine Antwort.

„Genug gekuschelt. Jetzt hörst du uns zu. Wir werden dir erlauben, zu leben, *König*." Der Anführer der Drachen, ein Berg aus Muskeln und Wut, knurrte diese Worte mehr, als dass er sie sprach. „Und mit jedem Atemzug, den du machst, wirst du an diesen Tag und an die Folgen deiner Entscheidung denken, deinen Leuten die freie Herrschaft zu überlassen."

Layel hörte ihn kaum. *Susan, süße Susan.* Niemand war sanfter, zärtlicher, liebevoller oder gutmütiger gewesen. Ihr größtes Verbrechen ist, nein, war es, korrigierte er sich mit einem stummen Schrei, mich zu lieben.

Sie war sein Ein und Alles gewesen. Und trotzdem hatten sie seine geliebte Frau getötet. Weil er als Anführer versagt hatte. Man hatte sie gefoltert, weil Layel den Thron der Vampire nicht gewollt und sich geweigert hatte, in die Fußstapfen seines Vaters zu treten und die Armee zu befehligen.

„Ich habe seit vielen Monaten auf diesen Moment gewartet", sagte eine weitere der Bestien und spie dabei einen Feuerstrahl auf Layel.

Die Flammen versengten ihm die Wange. Doch er reagierte nicht, öffnete nicht mal die Augen. Tatsächlich spürte er nichts außer dem messerscharfen Kummer. Falls die Götter sein Flehen ignorierten, wollte er für immer an dieser Stelle verharren. Dann wollte er mit seiner Frau und seinem Kind sterben. Mit seiner Familie.

„Seht ihn euch an. Seht euch den mächtigen Layel an. Dieses Häufchen Elend."

Alle Drachen lachten.

„Ich kann verstehen, warum du sie mochtest, Vampir. Ihr enges Inneres hat mich ganz in sich aufgenommen."

„Ich habe es genossen, in ihren Mund zu stoßen und ihre Kehle zu spüren."

„Ich glaube, ihr hat es auch gefallen, was wir mit ihr gemacht haben. Du hast ja gehört, wie sie gewimmert hat …"

Endlich öffnete Layel die Augen. Er spürte den Hass in sich aufkeimen und rasant wachsen, bis er ihn verschlang. Dieser Hass überschattete seine Trauer, wurde zum einzigen Gefühl, das er noch kannte. Der Vampir sah zu dem Wald, der sie umgab. Die Dämonen waren noch da, kicherten immer noch wie Kinder. Die meisten der nahen Bäume waren abgebrannt und boten nur wenig Schutz. Jetzt schweifte sein Blick zu den Drachenkriegern. Es waren acht an der Zahl. Großspurig und selbstsicher standen sie vor ihm. In ihren goldenen Augen spiegelte sich der Triumph. Allerdings …

Was auch immer sie in seinem Gesicht sahen – ihr Grinsen erstarb. Einige der Bestien wichen sogar vor ihm zurück.

Vielleicht hatten sie vergessen, dass Vampire fliegen können. Vielleicht dachten sie, ein gebrochener, blutverschmierter Mann konnte keinen Schaden anrichten.

Sie irrten sich.

„SUSAN!“ Layel sprang auf und ging zum Angriff über. Sein Kriegsschrei war ein Echo des Schmerzes, der in ihm wütete.

Die qualvollen Schreie, die kurze Zeit später durch den Wald hallten, stellten alles in den Schatten, was jemals dort erklungen war.

1. Kapitel

Zweihundert Jahre später.

Nur noch ein bisschen dichter, ihr Feuerbestien. Noch ein bisschen dichter.

Layel versteckte sich hinter üppigen taufeuchten Blättern, während er die Drachenarmee beobachtete, die durch das Gebiet mit dem abscheulichen Namen *Drachenwald* marschierte. Wohin sie gingen, wusste er nicht, ebenso wenig, *warum* sie sich auf den Weg gemacht hatten. Er wusste nur, dass er sie von ihrer Bürde befreien würde. Eine junge Frau – ein Mensch? – saß gefesselt und geknebelt in einem tragbaren Gefängnis. Mehrere Krieger trugen dieses Gefängnis mittels zweier Holzbalken auf den Schultern, sodass es bei jeder Bewegung schaukelte.

Offensichtlich saß darin ihr Feind.

Layel kannte das Mädchen nicht, doch jeder Feind der Drachen war sein engster Freund. Und es gefiel ihm nicht, dass sein Freund gefesselt war.

Mit langsamen, gleichmäßigen Bewegungen marschierten die Drachen weiter. Layel gab seiner eigenen Armee mit einer Handbewegung zu verstehen, dass sie abwarten und in Deckung bleiben sollten. Sie gehorchten, ohne zu zögern. Seit jenem schwarzen Tag vor zweihundert Jahren hatte er seine Männer mit eiserner Faust geführt – direkt in einen niemals endenden Krieg. Sein Befehl wurde nicht infrage gestellt. Niemals. Nicht ohne ernsthafte Konsequenzen.

„... wird nicht gut ausgehen“, sagte Brand, der zweite Befehlshaber der Drachensoldaten. Goldenes Licht sickerte aus der gläsernen Kuppel, die ganz Atlantis umgab, und formte rings um sein helles geflochtenes Haar und sein ekelerregend attraktives Gesicht einen Heiligenschein.

Brand war stark, mutig, seinem König gegenüber loyal und freundlich zu seinen Leuten. Schade, dass er ein Drache war. Wäre er auch nur als Dämon geboren worden, könnte ich ihn vielleicht sogar mögen, dachte Layel. Brand sollte so lange am Leben bleiben, bis er eine Frau fand. Eine Frau, die Layel ihm stehlen würde. Brand würde leiden, zumindest eine Weile, und dann würde Layel ihn töten.

Brand gehörte nicht zu den Kriegern, die vor all den Jahren hier gelebt hatten – keiner dieser Krieger hatte damals hier gelebt, weil Layel sie alle umgebracht hatte. Beim Gedanken an ihren Tod lächelte er. Nicht alle waren schnell gestorben. Bei einigen hatte er sich Zeit gelassen, ihren Schmerz genossen, hatte jeden Schnitt und jeden Biss ganz in Ruhe ausgeführt.

Trotzdem war es nicht ausreichend gewesen, die Verantwortlichen zu töten. Nicht, um die grausamen Verbrechen zu vergelten, die sie Susan angetan hatten. Hatte man ihm nicht die Schuld für die Taten anderer gegeben? Da war es nur fair, die gleiche Logik gegen die Drachen einzusetzen.

Erst wenn Layel die gesamte Rasse ausgerottet hatte, wäre Susan gerächt. Und erst dann hätte Layel es verdient, sich zu ihr ins Jenseits zu gesellen. *Bald, meine Liebste. Bald.*

„Wenn ihre Schwestern sie so sehen, wird es Krieg geben", sagte ein Drache namens Renard.

Renard war ein dunkelhaariger Tyrann, von dem Layel wusste, dass er sich intensiv damit befasst hatte, wie man die verschiedenen Rassen von Atlantis am besten tötete. Die Dämonen, die Nymphen, die Zentauren, die Gorgonen und all die anderen Wesen, die von den Göttern bei ihrem Streben, Menschen zu erschaffen, irrtümlicherweise hervorgebracht worden waren. Von all jenen Wesen hasste Renard die Vampire am meisten, und er war immer kampfbegierig.

Das war Layel auch. Er fuhr sich mit der Zunge über seine verlängerten Zähne.

„Was hätten wir sonst machen sollen?“, rief eine verärgerte Stimme. Tagart. Ungezähmt, beinahe barbarisch, mit schwarzen Haaren und einem noch schwärzeren Herz. Er war niemandem gegenüber loyal und sogar eifersüchtig auf seinen eigenen König. „Noch ein Wort aus dem Mund des Mädchens, und ich hätte ihr die Zunge rausgeschnitten. Wir *mussten* sie knebeln.“

Die anderen Soldaten nickten. Einer war größer und muskulöser als der andere, und jeder hatte ein langes, bedrohliches Schwert so auf den nackten Rücken gebunden, dass es zwischen den Schlitzen lag, in denen sich die Flügel verbargen. Layel sammelte diese Schwerter und hängte sie sich als Trophäen an die Wände. Und aus den Knochen der Drachen machte er Möbel.

„Was immer auch unsere Gründe dafür waren, sie zu fesseln, sie würden es nicht verstehen. Auch wenn wir sie zu ihnen zurückbringen. Gewissermaßen. Falls wir ihr Lager finden.“ Das war wieder Brand. „Sie ist ihre Geliebte, ihre künftige Königin.“

Schwestern … Geliebte … Königin.

Amazonen, begriff Layel.

Seine Lippen verzogen sich langsam zu einem Lächeln. Die Amazonen waren wilde Kreaturen. Einander in Liebe ergeben und blutdürstig, auch wenn sie meist unter sich blieben, solange man sie nicht provozierte. O ja. Und boshaft. Der Legende nach findet sich jeder, der eine Amazone bedroht, schon bald mit seiner tiefsten Angst konfrontiert. Ein Schatten, ein entschlossenes Phantom, das ihn in einem Stück verschlingt.

Ja, die Geschichten ihrer Eroberungen waren endlos, auch wenn Layel selbst noch nie gegen eine gekämpft, geschweige denn von einer probiert hatte. Allerdings hatte er daran auch kein Interesse. Bislang waren sie für ihn immer unbedeutende Figuren gewesen, die weder seiner Zeit noch seiner Gedanken würdig waren, da er allein existierte, um die Drachen zu quälen. Sonst nichts.

Nun aber raste sein Verstand, während er nach Möglichkeiten suchte, sie zu benutzen. Vielleicht sollte er diese Gefangene doch nicht befreien. Vielleicht sollte *er* das Amazonenlager finden, lügen und behaupten, die Drachen wollten dem Mädchen etwas antun, es vielleicht sogar vor den Augen der anderen Amazonen töten. Dann würden die Drachen von kleinen Mädchen fertiggemacht. Das wäre doch einfach …

Ein lauter, schriller Kriegsschrei ertönte.

Hunderte Kriegerinnen schienen aus den Bäumen zu springen, obwohl es in Wirklichkeit nur eine Handvoll sein konnte. Sie waren nur knapp bekleidet. Ihre Brüste waren von dünnen Lederstreifen bedeckt, und um die Hüften trugen sie kurze Fransenröcke. Ihre nackte Haut hatten sie mit blauer Farbe bemalt – der Farbe der Könige.

„Großer Fehler, Drache“, schrie eine Frau.

„Euer *letzter* Fehler“, rief eine andere.

Dieser Tag versprach wunderbar zu werden. Layel musste noch nicht mal nach den Amazonen suchen.

Sie hatten sich Messer an ihre muskulösen Arme und Beine gebunden, und ihre wilden Gesichter strahlten Tod und Vernichtung aus. Die meisten waren so groß wie die Drachen, doch einige waren zierlich und sahen beinahe … zerbrechlich aus.

Binnen einem Augenblick tobte ein Kampf zwischen den beiden Rassen.

Waffen wirbelten durch die Luft, Männer und Frauen stöhnten, und Blut spritzte. Der metallische Geruch wehte in seine Nase. Süß und würzig. Layel atmete den Duft tief ein, spürte, wie er sich in seinem Körper ausbreitete, mit Sehnen und Knochen verschmolz und einen unbändigen Hunger auslöste.

„Jetzt!“, rief Layel seinen Männern zu.

Gemeinsam rannten sie nach vorn. Wie gern hätte er mitten in der Schlacht einfach Gestalt angenommen, doch das konnte er nicht. Keiner von ihnen konnte das. Zumindest nicht, wenn sie hofften zu überleben. Ein Vampir konnte allein mithilfe seiner Gedanken an jedem beliebigen Ort Gestalt annehmen, doch das zog Konsequenzen nach sich. Sobald sie ihr Ziel erreichten, waren sie blutleer. Erschöpft. Über Stunden unfähig, sich zu bewegen. Die Flucht war die einzige Situation, in der sich diese Fähigkeit als nützlich erwies, und dem hier wollte er nicht entfliehen.

Als er den Drachenpulk erreichte, in dem Schwerter durch die Luft sausten und sich in fremdes Fleisch bohrten, wärmte das Licht der gläsernen Kuppel seine empfindliche Haut, das um so heißer war, da sich das Feuer der Drachen daruntermischte. Doch keins von beidem konnte ihn aufhalten. Der Schweiß rann ihm über Brust und Rücken. Gleichmäßig bewegte er das Schwert aus dem Handgelenk von links nach rechts, sodass die Klinge so mühelos durch das Fleisch der Drachen glitt wie durch Wasser.

Er weidete sich an jedem Tropfen Blut, der durch seine Hand vergossen wurde, erfreute sich an jedem Körper, der umfiel. Jeder schmerzerfüllte Schrei brachte ein neues Lächeln auf seine Lippen. Nichts liebte er mehr, als in dem Moment in die goldenen Augen seiner Gegner zu sehen, wenn sie begriffen, dass er zugeschlagen hatte. Sie wurden immer ganz groß und füllten sich mit Entsetzen. Und das Licht darin erlosch im selben Moment, in dem die Drachen starben.

Später, nach dem Kampf, würde er über das Schlachtfeld schreiten und ihnen die Köpfe absäbeln müssen. Denn genau wie Vampire erholten sich auch Drachen schnell von ihren Verletzungen. Nur zu gern merzte er jegliche Regenerationsmöglichkeit aus. Doch im Augenblick, während die Flammen in sämtliche Richtungen züngelten, konnte Layel nur ihre faulen Herzen in zwei Teile schneiden.

Zwei Drachen stürzten sich aus verschiedenen Richtungen auf ihn.

Er duckte sich tief, hielt mit der einen Hand sein Schwert nach vorn und bohrte es einem Drachenkrieger in den Bauch, während er mit der anderen Hand einen Dolch aus seinem Hüftgurt zog, den Arm ausstreckte, sich hinüberlehnte ... sich streckte ... und dem zweiten Krieger in die Lenden stach. Ein entsetzlicher Schrei ertönte.

Beide Krieger brachen zusammen.

Grinsend setzte Layel sich wieder in Bewegung. Irgendwer kam frontal auf ihn zugeschossen und schaffte es, ihm eine Klinge in die Seite zu rammen. Der Vampirkönig fauchte und sah, dass Zane, einer seiner Männer, schon dabei war, sich zu ihm durchzukämpfen. Layel setzte nicht zum finalen Stoß an, sondern trat dem Drachen in den Bauch, sodass er in Zanes Richtung flog. Als er das sah, wirbelte der kampfeshungrige Vampir herum, wobei sein Schwert tödlich sang.

Wenige Sekunden bevor der Kopf des Drachen rollte, spie er noch einen heißen Feuerstrahl. Als sein Körper zu Boden fiel, trafen die Flammen auf Layels Wange. Er wischte sich über die verkohlte siedende Haut. Spürte warmes Drachenblut an seinem Arm hinuntertropfen. Lächelte wieder. Immer noch hielt er den Dolch in der Hand, dessen Klinge blutrot glänzte.

„Alles okay?", fragte Zane, während er angestrengt ein- und ausatmete.

Er nickte. *Mehr. Ich brauche mehr.* Er musste noch mehr Verletzungen zufügen, ein noch größeres Blutbad anrichten. Sein Blick traf auf einen Drachen, der sich ganz in der Nähe ein hartes Gefecht mit einem Vampir lieferte. Layel ging auf die beiden zu, schwang sein Schwert und bohrte es der Kreatur ohne Vorwarnung in die Eingeweide. Man hörte ein Grunzen, sah ein Zucken. Der Körper fiel um. Störte es Layel, ihn aus dem Hinterhalt angegriffen zu haben? Keineswegs. Ein fairer Kampf war der sicherste Weg ins Versagen.

Ein anderer Drache beschimpfte ihn. Mit Bewegungen, die so schnell waren, dass ein menschliches Auge sie nicht erfassen konnte, stach er dem Bastard in den Bauch, zog den Dolch heraus, stach ins Herz, zog die Waffe wieder heraus und stach in den Hals. Nur drei Sekunden waren vergangen. Zu schnell und zu einfach, dachte er.

Mehr.

In diesem Moment kam Brand in sein Sichtfeld. Er riss sich gerade eine Amazone von der Brust und warf sie zu Boden. Ja, dachte Layel und fuhr sich dabei voller Vorfreude mit der Zunge über die scharfen Zähne. *Der da. Der soll heute sterben. Nicht länger warten.* Er würde diesen Dreckskerl nicht einfach nur enthaupten. Er würde ihn umbringen.

Layel trat und biss sich einen Weg durch die Reihen, ohne den Drachenanführer aus den Augen zu lassen. Als er den halben Weg zurückgelegt hatte, hörte er hinter sich ein Knurren, drehte sich kurz um, um die Bedrohung geschickt zu beseitigen, und wandte seine Aufmerksamkeit dann wieder Brand zu. Doch als er sein Schwert hob, klirrte es gegen ein anderes, das auf ihn selbst gerichtet war. Aus einer Tötung aus dem Nichts würde diesmal wohl nichts werden.

Er blinzelte, als eine Amazone vor ihm herumwirbelte und ein zweites Mal ihr Schwert gegen ihn erhob. *Klink.* Mit finsterem Blick wehrte er ihren dritten Schlag ab. *Klonk.*

„Ich möchte dir nicht wehtun", sagte er durch zusammengebissene Zähne.

„Wie zuvorkommend", erwiderte sie trocken – ehe sie ihn abermals angriff.

Er drehte sich zur Seite und entkam nur knapp der scharfen Spitze. Hatte sie ihn gerade verspottet?

Eine vorbeiziehende Windbö strich ihr die himmelblauen Haare aus dem Gesicht. Plötzlich konnte Layel eine atemberaubende, unvergleichliche Schönheit sehen. Eine Schönheit, die selbst die Kriegsbemalung nicht zu verstecken mochte. Eine Schönheit, die ihn beinahe niederstreckte. Auf jeden Fall hatte sie negative Auswirkungen auf seinen Verstand, denn er hörte auf, sich zu bewegen. Brand wer?

Seit zweihundert Jahren hatte Layel sich nicht die Zeit genommen, sich an der Schönheit einer Frau zu erfreuen, und dennoch konnte er sich jetzt nicht dagegen wehren, diese Schönheit, diese lebendig gewordene Fantasie aufzusaugen. Ihm war, als würde sie irgendetwas … Magisches ausstrahlen. Etwas, das jeden zwang, sie anzusehen. Etwas, das ihn nicht einfach so wieder losließe. Aber Amazonen waren nicht in der Lage, andere mit einem Bann zu belegen. Das konnten nur Drachen.

Er musterte sie weiter, suchte nach Anzeichen für eine Drachenverwandtschaft. Ihre Augen waren hellviolett und funkelten wie frisch polierte Amethysten. Lange schwarze Wimpern. Leicht gerundete Wangen. Makellose gebräunte Haut an den Stellen, an denen die Farbe weggewischt war. Im Gegensatz zu ihren muskulösen Schwestern gehörte sie zu der zierlichen Sorte. Sie reichte ihm knapp bis zu den Schultern. Nein, sie hatte nichts von einem Drachen.

Sie war sinnlich und exotisch, angefangen bei ihrer fließenden Grazie bis hin zu ihren perfekten Rundungen, und passte eher ins Bett als auf ein Schlachtfeld.

„Du solltest nicht hier sein. Ich hätte dich töten können, Frau.“ Es machte ihm nichts aus, Frauen zu töten. Das hatte er schon häufig getan. Aber es wäre eine Schande, etwas so Hübsches zu zerstören. Er biss die Zähne aufeinander, als er sich seiner Gedanken bewusst wurde. Verflucht! Er betrachtete keine Frau mit einem Gefühl des Begehrens. Nicht mehr.

Sie zog einen Winkel ihres vollen roten Mundes nach oben, woraufhin sich sein Magen zusammenzog. „O bitte“, erwiderte sie in einem lasziven Ton. „Du musst den Umgang mit dem Schwert noch ein paar Jahrhunderte üben, ehe du gut genug bist, mich auszuschalten, Vampir.“ Wieder griff sie ihn an. Diesmal zielte sie auf seinen Hals.

Es gab keine schnelleren Wesen als Vampire, und es gelang ihm, sich blitzschnell nach hinten zu lehnen, sodass die

Klinge knapp über seine Nase sauste. „Und du hältst dich für meine Lehrmeisterin? Vergiss es." Allerdings imponierte ihm ihr Selbstvertrauen.

„Was machst du hier?", wollte sie wissen. Ein weiterer Hieb.

Eine weitere Parade. „Euch helfen."

Sie ließ ein klimperndes Lachen hören, das wie eine Liebkosung über seine Haut strich. Wieder verkrampfte sich sein Magen. Sein Blick verfinsterte sich, und er kniff den Mund über den rasierklingenscharfen Zähnen zu einer dünnen Linie zusammen. Wieso hatte sie so eine Wirkung auf ihn?

Nicht ein einziges Mal hatte er auch nur das schwächste Verlangen verspürt, seit ... *Denk nicht an Susan. Sonst verlierst du die Konzentration.*

Knurrend führte er einen Schwerthieb gegen die Amazone aus. Sie wehrte den härteren Angriff ab und sah ihn wütend an. Besser. Ein wütender Blick war besser als ein Lachen. Deshalb machte er es noch einmal: ein Hieb mit voller Kraft. Als sich ihre Schwerter dieses Mal trafen, vibrierten ihre Körper bei der Heftigkeit des Schlags.

Ihre feine Nase zuckte. War das Verärgerung? Belustigung? Freude?

Doch wohl kaum eines der letzten beiden Dinge.

„*So* hilfst du mir?", fragte sie energisch.

„Nein. Damit habe ich mir selbst geholfen. Aber jetzt helfe ich dir." Mit einer schnellen Bewegung schickte er seinen Dolch durch die Luft. Die Spitze grub sich in den Hals eines Drachen, der von hinten auf die Amazone zugerannt kam. „Siehst du den Unterschied?"

Sie drehte sich um und beäugte den am Boden liegenden sterbenden Krieger. Als sie sich wieder Layel zuwandte, bestand kein Zweifel mehr daran, welches Gefühl in ihr herrschte: Verärgerung. „Weißt du, was? Wir brauchen deine Hilfe nicht. Und erwarte für dein Angebot bloß keine Belohnung von uns."

„Deine Dankbarkeit ist überwältigend. Glücklicherweise ist es für mich Belohnung genug, wenn ich meinen Feinden das Herz herausschneide.“

Ihre rosafarbene Zungenspitze schoss hervor, und sie leckte sich über die vollen Lippen, wobei sie ein wenig von der Kriegsbemalung verschmierte. Währenddessen sah sie die ganze Zeit auf *seine* Lippen. Hatten seine Worte sie … erregt? Vor Schreck stand er wie angewurzelt da. Eine derartige Verdorbenheit hätte sie anwidern müssen. Und ihre Erregung hätte ihn anwidern müssen.

Hätte.

Er fauchte sie an. Mit einem Mal wollte er genauso schnell weg von ihr, wie er die Drachenarmee erledigen wollte. „Wenn du dich mir in den Weg stellst, Amazone, werde ich dir eins verpassen.“ Vielleicht ist das gar nicht notwendig, dachte er, ehe er sich von ihr abwenden konnte. Von hinten näherte sich ihr bereits ein weiterer Drache.

Layels Vehemenz schien sie aus ihrer Starre zu befreien. Sie erwiderte sein Fauchen. „Versuch es, und du wirst genauso sterben wie die Drachen.“ Während sie sprach, führte sie ihr Schwert mit einer schnellen Bewegung nach hinten und versenkte die Spitze in dem Drachen, der sich an sie herangepirscht hatte. Sie drehte die Hand, wodurch sich die Waffe noch tiefer in den Mann hineinbohrte und ihm noch stärkere Schmerzen bereitete.

Die ganze Zeit über ließ sie Layel nicht aus den Augen.

Der Krieger fiel zu Boden und stieß ein letztes Stöhnen aus.

Layel verlor keine Zeit. Er rauschte an der Frau und ihrer todbringenden Schönheit vorbei und wusste, dass sie nur einen unscharfen Fleck wahrnehmen konnte. Sie hatte keine Zeit, sich umzudrehen, da trat er bereits mit einem Bein aus. Und traf sie. Ihre Knöchel schlugen gegeneinander. Sie stöhnte und fiel auf die Knie. Doch im nächsten Augenblick war sie wieder auf den Beinen, wirbelte herum und funkelte ihn an.

Allerdings lag in ihrem Blick kein Fünkchen Wut. Sondern nur Verletzlichkeit. Pure Verletzlichkeit. Es war die Art von Blick, die eine Frau einem Mann zuwarf, mit dem sie gern ins Bett gestiegen wäre – während sie wusste, dass es besser war, der Versuchung zu widerstehen. Ein Blick, dem *er* seit einer gefühlten Ewigkeit mühelos widerstanden hatte. *Sie ist gefährlich.*

Layel wich vor ihr zurück und verspürte einen Funken Panik.

„Du hast mich zu Boden geworfen", stellte sie atemlos fest.

Jahrelang hatte er gedacht, sein Herz sei verkümmert. Tot. Und trotzdem erwachte das dumme Organ plötzlich zum Leben, als er die Erregung in ihrer Stimme hörte, und sprengte fast seinen Brustkorb. *Geh weiter von ihr weg, verdammt.*

„Ja", entgegnete er. Auf einmal waren seine Beine so schwer. „Das habe ich."

„Aber … du hast mich zu Boden geworfen."

Und er würde noch mehr machen, wenn sie noch einmal auf ihn losginge. Er könnte nicht anders. Irgendetwas an ihr …

Verlangen gehörte nicht zu den Dingen, die er in seinem Leben duldete. Musste er sich das wirklich in Erinnerung rufen? Er würde Susans Tod rächen, und dann würde er ihr nachfolgen. Nichts und niemand sonst spielte eine Rolle.

„Sei nett zu meinen Vampiren, kleines Mädchen. Dann lasse ich dir vielleicht ein paar Drachen übrig. Aber wenn nicht, werde ich dich suchen. Und wenn ich dich finde, werde ich dir den Kopf abschneiden und ihn neben meinen Thron hängen – zu all den anderen, die ich in meinem langen Leben bisher gesammelt habe. Das verspreche ich dir." Er schenkte ihr ein düsteres Grinsen und stürzte sich mitten in den Kampf, ohne Rücksicht auf irgendwelche Flammen. Nun hatte er Brand wieder im Visier.

2. Kapitel

Dieser Bastard! dachte Delilah. Dieser blutsaugende Teufel. Dieser Krieger mit dem schwarzen Herzen. Dieser … Mann! Er hatte weder ein Gewissen noch ein Gespür für Fairness. Und sie … stand darauf. Sie seufzte und wäre beinahe zu einem Häufchen weiblichen Entzückens zerschmolzen.

Der Krieger hatte sie zu Boden geworfen. Nie zuvor war das irgendjemandem gelungen. Niemandem. Sie war zu stark, zu schnell, zu bedrohlich und zu sehr auf Rache erpicht. Und wenn sie die Rache nicht ausüben konnte, waren ihre Schwestern mehr als bereit, dies für sie zu erledigen, und jede Spezies in Atlantis wusste das.

Der Vampir aber hatte weder Bedenken noch Reue gezeigt. Und was noch schlimmer – oder besser? – war: Er hätte ihr noch viel mehr antun können. Innerhalb von Sekundenbruchteilen hatte er hinter ihr gestanden. Er hätte ihr die Kehle durchschneiden können, so wie er es bei so vielen Drachen getan hatte, und sie hätte nichts dagegen unternehmen können.

Tja, sie hätte *sterben* können. Aber wo blieb da der Spaß?

Vor so viel Können hätte sie auf der Hut sein müssen. Doch sie war es nicht. Sie war nur erregt. Was dämlich war! Nummer acht der zehn Amazonengebote: Kämpfe niemals von Angesicht zu Angesicht mit einem Gegner, wenn du ihn nicht besiegen kannst. Warte – und stich ihn später von hinten in den Rücken. Der Vampir hätte sie besiegen können. Ganz und gar. Und das hätte er auch. Und trotzdem hatte sie praktisch um mehr gebettelt.

Beim Gedanken an sein Fluchen beschleunigte sich ihr Puls, und ihr Blut erhitzte sich, als wäre das Drachenfeuer irgendwie durch ihre Kriegsbemalung gesickert und weiter durch ihre Haut bis direkt in ihre Venen. Er hatte sie umgeworfen, und sie hätte ihn am liebsten dafür geküsst.

Ja, in Ordnung, gut. Sie hatte viele Nächte wach gelegen und sich das gewünscht, was sie weder haben konnte noch sollte: einen Mann, der sie wollte und stark genug war, dafür den Zorn ihrer Schwestern in Kauf zu nehmen. Einen Mann, der sie nicht für zu grausam hielt und sich mehr mit ihr vorstellen konnte als nur ein paar gemeinsame Nächte. Einen Mann, der genauso aus sich herausging wie sie, der mit der gleichen Brutalität kämpfte, mit der sie in jede Schlacht zog. Einen Mann, der jedes Hindernis umwerfen würde, um zu ihr zu gelangen.

Einen Mann, für den sie das Wichtigste im Leben war. Ein Preis, den man gewinnen und würdigen muss.

Doch all diese Sehnsüchte waren ihr peinlich, und sie würde – oder könnte – sie niemals laut aussprechen. Nicht wenn sie den Respekt ihres Stammes wollte. Sie war eine Kriegerin. Das waren sie alle. Der Kampf kam vor allem anderen. Die Liebe – kam niemals.

Außerdem hatte sie es mit der Liebe schon mal probiert. Oder sich zumindest einem Mann hingegeben. Er war nicht gezwungen gewesen, sie zu akzeptieren. War nicht während der Zeremonie der Auserwählten ausgesucht worden, bei der die Amazonen entschieden, mit welchen Sklaven sie ins Bett steigen wollte. Nein, sie war ihm auf dem Schlachtfeld begegnet. Sie hatte ihn abstechen wollen, und er hatte sie geküsst. Fasziniert und geschmeichelt hatte sie ihn am Leben gelassen und sich noch in derselben Nacht aus dem Lager geschlichen, um sich mit ihm zu treffen. *Du bist die Einzige für mich.* So hatte er gesagt. *Das wusste ich vom ersten Augenblick an.* Doch nachdem sie miteinander geschlafen hatten, war er weggegangen, ohne sich noch mal umzudrehen. Sie war nicht mehr gewesen als eine kurzlebige Liebschaft, eine Feindin, die man benutzte, eine Frau, mit der er seinen

Trieb befriedigte, und später eine schlechte Erinnerung, die es zu begraben galt.

Selbst schuld. Hätte sie in all den Jahren nicht andere Rassen beobachtet, wäre sie beim Anblick der Männer, die um ihre Frauen kämpften und alles taten, um sie zu beschützen, nicht dahingeschmolzen, wäre die Sehnsucht nach einer eigenen Liebe gar nicht erst entstanden. Eine Sehnsucht, die das dritte Gebot eindeutig verletzte: Wenn du anfängst, von einem Mann mehr als Sex zu wollen, töte ihn – sonst nimmt er dich deinen Schwestern weg und verrät dich.

Ein wütendes Knurren hallte durch den Wald und weckte ihre Aufmerksamkeit. Sie stieß ihr Schwert nach vorn, drehte den Griff und rammte es dann nach hinten. Vor und hinter ihr fielen Drachenkrieger zu Boden.

Ein weiterer Drache kam auf sie zugerannt. Dumme Männer. Sie waren starke Soldaten, keine Frage. Sie hatte schon gegen einige von ihnen gekämpft. Aber sie war stärker. Trotz ihrer zierlichen Erscheinung.

Delilah hob ihren Dolch, bereit, dem neuen Angreifer entgegenzutreten. Doch dann stellte sich ihm eine ihrer Schwestern in den Weg, und die beiden begannen wild zu kämpfen. Metall klapperte, Funken flogen. Schon bald stürzte die schwächere Nola, die noch in der Ausbildung war, unter den kräftigen Schwerthieben zu Boden. Der Mann warf sein Schwert beiseite, um mit bloßen Händen weiterzukämpfen.

Erstes Gebot: Hilf immer einer Schwester in Not.

Mit sicheren schnellen Schritten ging Delilah zu ihrer Stammesschwester – nur um mit Stolz festzustellen, dass sie sich die Mühe hätte sparen können. Die Amazone sprang plötzlich auf und trat dem Drachenkrieger kräftig gegen die Fäuste. Er grunzte und stolperte.

Nola kommt klar, und ich habe eine Mission. Delilah drehte sich um und betrachtete die makabre Szene, die sich vor ihr abspielte. Blut, Stöhnen, zusammenbrechende Körper. Alles notwendig. Sie war aus einem bestimmten Grund hergekommen: um ihre Schwester Lily zu finden und zu retten.

Wo bist du jetzt, süße Lily? Vor dem Angriff auf die Drachen hatte Delilah sie in dem Käfig gesehen. Seitdem gab es kein Zeichen mehr von dem Mädchen. *Komm schon. Zeig dich.* Lily war vor eine Woche verschwunden, und sie waren ihrer Spur bis zum Drachenpalast gefolgt, von wo aus sie sich an die Fersen der Krieger geheftet hatten – bis in den Wald hinein. Es war besser, dort aus einem Hinterhalt zuzuschlagen. Ob die Drachen sie entführt hatten oder ob sie freiwillig mitgegangen war, spielte keine Rolle. Sie hatten sie gefesselt und geknebelt. Sie hatten sie eingesperrt.

Dafür würden sie zuerst leiden. Und anschließend sterben.

Lily war ein Kind, unschuldig, und ihre zukünftige Königin. Delilah – und die anderen Amazonen – waren vernarrt in das Mädchen. Mit ihren dreizehn Jahren war sie charmant, reizend und lustig. Alles, was die restlichen Amazonen nicht waren.

Bringt mir mein Baby zurück, hatte die Königin Delilah mit zitterndem Kinn angewiesen. Zu sehen, dass die sonst so gefasste Kreja den Tränen nah war, war eine Qual für sich gewesen. *Du weißt ja, was mit jenen zu geschehen hat, die ihr auch nur den geringsten Schaden zufügen.*

Jede Kriegerin, die an diesem Kampf teilnahm, würde alles tun, um Lilys süße Unschuld zu bewahren – falls die Drachen sie nicht bereits zerstört hatten. Und falls sie das hatten … Die Wut vernebelte Delilah die Sicht, überall blitzte es rot und schwarz auf.

Konzentrier dich. Viele der Krieger hatten ihre Tierform angenommen. Haut war Schuppen gewichen, gezackte Schwänze wippten vor und zurück, Flügel schlugen, und Krallen kratzten. So war es schwieriger, sie zu töten, doch sie genoss die Herausforderung.

Aus dem Augenwinkel sah sie weiße Haare und leuchtende kristallklare Augen, die von schwarzen Wimpern eingerahmt waren. Gesichtszüge, die für einen Mann fast zu hübsch waren. Sinnlich, exotisch. Ihr Herz machte einen seltsamen Sprung. Der Vampir, der sie zu Boden geworfen hatte. Er hätte der Gott der Bosheit und Versuchung sein können – sie wäre nicht überrascht.

Wie hieß er? Die Frage zog flüsternd durch ihren Kopf, ehe sie sie aufhalten konnte. *Er ist unwichtig, erinnerst du dich?* Aber warum konnte sie sich von seinem Anblick nicht losreißen?

Er verschwand in der Menge. Zwei feindliche Krieger stürmten auf ihn zu. Ihre schuppigen Körper waren monströs, ihre Gesichter länglich, ihre Zähne wie Säbel. Hatte der Vampir genügend Kraft, um gegen beide zu kämpfen?

Der Gedanke an seinen Erfolg erregte sie, aber ein Teil von ihr hatte … Angst? Sie legte die Stirn in Falten. Nein. Das war unmöglich. Ihr machte nichts Angst. Kein Kampf, kein Schmerz, nicht mal der Tod. Dennoch konnte sie nicht leugnen, dass ihr Herz plötzlich unregelmäßig schlug. Was, wenn sie den Vampir niederstreckten? Er war von so vielen Kriegern umringt, und sie alle hatten es auf seinen Hals abgesehen.

Delilah richtete ihre Aufmerksamkeit wieder auf Nola, die noch immer nur wenige Zentimeter von ihr entfernt kämpfte, und sich nicht ganz so gut schlug, wie Delilah gehofft hatte. Nola gehörte nicht zu ihren engsten Freundinnen. Sie war zu sehr Einzelgängerin, als dass sie überhaupt Freunde gehabt hätte. Aber ihre Artgenossinnen hatten Vorrang. Immer.

Delilah schob den Vampir ein für alle Mal aus ihrem Kopf, stürzte sich auf den Drachen, der ihre Schwester bedrohte, warf ihn zu Boden und gab Nola die Möglichkeit, endlich ihr Schwert in seiner Brust zu versenken.

Er brüllte. „Ihr verdammten Weiber!“ Keuchend lag er da, blickte wütend zwischen seiner Brust und Nola hin und her, stand jedoch nicht wieder auf. „Das tat weh.“

„Gut." Neuntes Gebot: Beende niemals einen Kampf, ohne deinen Gegner irgendwie zu verletzen. Delilah wirbelte herum, bereit, einen weiteren Drachen zu Fall zu bringen. Doch wieder ertappte sie sich dabei, wie sie nach dem Vampir Ausschau hielt. Wohl doch nicht vergessen. Er war von unzähligen Feinden umzingelt. Das würde er mit Sicherheit nicht überleben. Trotz seiner Fähigkeiten war er doch nur ein Mann. Ein atemberaubender, gebieterischer Mann, aber genauso fehlbar wie alle seine Brüder.

Nola keuchte, während sie Delilahs Blick folgte. „Sollen wir ihm das Herz herausschneiden?"

„Rühr ihn nicht an. Der Vampir gehört mir", sprudelte es aus ihr heraus, bevor sie die Worte aufhalten konnte. Fünftes Gebot: Was dir gehört, gehört auch deinen Schwestern. Nola hatte dasselbe Anrecht auf ihn wie sie.

Eine Schrecksekunde lang herrschte Schweigen. „Hat sich die keusche Delilah endlich einen Mann ausgesucht? Den muss ich kennenlernen." Nola eilte vor und warf sich ins Getümmel aus Amazonen, Drachen und Vampiren. Die letzten beiden versuchten, sie zu verscheuchen, während sie den Kampf gegeneinander fortsetzten. Sogleich mussten sie für die mangelnde Aufmerksamkeit bezahlen. Ein Krieger nach dem anderen fiel zu Boden wie Regentropfen in einem Sturm, während Nolas Schwert wie ein Blitz leuchtete.

Hatte sie vor, den Vampir für sich zu gewinnen? Zuerst war Delilah so verblüfft, dass sie reglos dastand. Die stoische Nola blieb immer für sich. Noch nie hatte sie um einen männlichen Gefangenen gekämpft, und überhaupt kämpfte sie immer nur, wenn man es ihr befahl – obwohl sie immer besser wurde. Sie war von Natur aus eine Beobachterin und keine Macherin. Sie würde den Vampir nicht wollen. Oder doch?

Vielleicht bin ich nicht die Einzige, die von seiner Stärke fasziniert ist. Auf einmal verspürte Delilah eine große Wut und stapfte vorwärts. Sie hatte keine Ahnung, was sie tun würde, wenn sie erst mal bei den Kämpfenden ankam. Wenn es doch nur eine Option wäre, Nola den Kopf abzuschlagen!

Der verbotene Gedanke nahm ihr die Luft. Wenn sie so etwas laut sagte, würde man sie zum Tode verurteilen.

Irgendjemand warf sie zu Boden, noch bevor sie die Hälfte des Weges zurückgelegt hatte. Der Vampir hatte das Gleiche gemacht, es hatte sie erregt. Aber das hier ... nein. Sie rollte sich auf den Rücken. Doch sie hatte keine Zeit, wütend zu sein, da der jüngste Angreifer auf sie sprang und sie hinunterdrückte. Als sie aufsah, erkannte sie den Drachen, den sie als Letztes mit dem Schwert verletzt hatte. Die Wunde war bereits teilweise verheilt – und der Krieger wollte ganz offensichtlich mehr. Sie befreite ihren Arm und wollte ihm einen Hieb verpassen.

„O nein, das wirst du nicht tun." Er hielt sie am Handgelenk fest.

„O doch, das werde ich." Es gelang ihr, ein Bein zwischen sich und den Feind zu bringen, und sie trat ihn ins Gesicht. Er krümmte sich zur Seite, lastete dadurch nicht mehr mit dem vollen Gewicht auf ihr, und sie war frei. Sie stand auf und trat ihn ein weiteres Mal – direkt auf die klaffende Wunde. Er zuckte zusammen und erstarrte dann mit geschlossenen Augen. Sicher, dass er sie kein drittes Mal angreifen würde, stapfte sie davon und nahm wieder den Vampir ins Visier. Seine fließenden Bewegungen waren von einer tödlichen Grazie. Seine Waffen wirkten wie Verlängerungen seiner Arme, als wäre er mit ihnen in den Händen zur Welt gekommen.

Hinter ihm öffnete ein Drache das Maul, um Feuer auf ihn zu speien.

„Nola!", rief sie, da sie selbst zu weit weg war, als dass sie den Krieger eigenhändig hätte wegschubsen können. Aber die Amazone war durch den Schwanz abgelenkt, der in ihre Richtung schwang, und hörte den Hilferuf nicht.

Blitzschnell zog Delilah einen der Dolche, die sie sich auf den Rücken gebunden hatte. Mit einem Zischen flog er durch die

Luft, bis sich die Spitze in die Brust des Drachen bohrte. Ein schauriges Heulen ertönte, aber zum Glück kam kein Feuer.

Der Vampir wirbelte herum, und ihre Blicke trafen sich. Ein Kribbeln durchfuhr ihren Körper, noch stärker als das, was sie bei ihrer ersten Begegnung gespürt hatte. Er sah zu dem Drachen, der auf die Knie sank, und neigte dann in Anerkennung für Delilahs Hilfe leicht den Kopf zur Seite. Zu dem Kribbeln gesellte sich Enttäuschung.

Was hast du denn erwartet? Dass er dir einen Handkuss zuwirft? „Deine Dankbarkeit ist überwältigend“, rief sie ihm zu. Dieselben Worte, die er zuvor zu ihr gesagt hatte.

Wortlos drehte er sich um und griff den nächsten Feuerspeier an. Dass Flammen über seine Haut tänzelten, bis sie Blasen warf und verkohlte, schien ihn dabei nicht zu stören. Je mehr Schritte sie auf ihn zu machte, umso mehr Gegner stellten sich ihr in den Weg. Und als Delilah sich weiter zu ihm durchkämpfte – nein, zu ihrer Freundin, verdammt! –, sah sie Nola abtauchen, an einem Drachen vorbeirasen, der soeben einen Vampir in den Bauch gestochen hatte, und ihm ihr Schwert in die schuppigen Knöchel schlagen. Wieder ertönte ein Brüllen, als die Kreatur umfiel.

In diesem Moment kam Delilah bei ihr an. Der weißhaarige Vampir war verschwunden.

„Wo ist Lily?“, fragte Nola sie, und in ihrer Stimme schwang Panik mit. Schwarze Haarsträhnen peitschten in ihr zartes Gesicht, als sie sich nach links und rechts umsah. Sie mochte eine Einzelgängerin sein, aber sie liebte Lily genauso sehr wie alle anderen.

Delilah folgte ihrem Blick – und entdeckte schließlich den Käfig, in dem Lily gesessen hatte. Er war leer. Nein, nein, nein, nein. „Bestimmt hat eine von uns sie längst befreit und in Sicherheit gebracht.“

„Das war nicht der Plan. Wir sollten sie samt Käfig mitnehmen, damit sie in Sicherheit ist, und sie von hier wegbringen.

Höchstwahrscheinlich hat sie das Schloss selbst geknackt. Sie weiß, wie das geht. Zumindest dafür haben wir gesorgt."

„Stimmt. Also gut. Du gehst nach Norden, ich nach Süden. Wir werden sie finden."

Nola nickte, und weg waren sie.

Delilah raste zwischen den Bäumen hindurch, und Zweige peitschten ihr ins Gesicht und gegen die Arme. Steine bohrten sich durch die Sohlen ihrer Stiefel. Die ganze Zeit über hielt sie den Blick auf den Boden gerichtet, suchte ... und suchte ... da! Drei Paar Fußspuren. Eine Spur stammte von kleinen nackten Füßen, die anderen zwei waren von großen Stiefeln. Männerstiefeln.

Alle drei führten in Richtung Amazonenlager.

Die Drachen kannten den Weg nicht, und das bedeutete, dass Lily verfolgt wurde.

Aufgebracht beschleunigte Delilah ihre Schritte. Ihr abgehacktes Keuchen klang in ihren eigenen Ohren. Ausnahmsweise bereute sie die Tatsache, dass man Lily, anders als die anderen Amazonen, nicht in die Kunst des Kämpfens eingewiesen hatte.

Die süße Lily, das einzige Kind der Königin. Sie war ein zartes Kind gewesen, eine Frühgeburt, und andauernd krank. Eigentlich hätte sie bei der Geburt getötet werden müssen – oder wenigstens später, als sich herausgestellt hatte, dass sie niemals stark genug wäre, um zu kämpfen. Doch niemand war dazu in der Lage gewesen. Sie hatte ihre Herzen vom ersten Augenblick an erobert.

Da das Mädchen so krank gewesen war, hatte man es nicht von seiner Mutter getrennt. Man hatte Lily nicht im Alter von fünf Jahren ins Kampftraining gesteckt. Hatte sie nicht geschlagen, wenn sie Anzeichen von Schwäche gezeigt hatte, wie Tränen oder Traurigkeit. Hatte ihr keine Verletzungen mit dem Schwert zugefügt und sie anschließend den Elementen ausgesetzt, damit sie zu überleben lernte, während ihr Körper vor

Schmerzen schrie und die Welt um sie herum nichts anderes bot als Eiseskälte oder Bruthitze.

Auf sich allein gestellt würde Lily sterben.

Wenn man sie geschändet hatte, würde Lily vermutlich sterben *wollen*.

Ich komme, Süße. Ich komme. Wo bist du? Wo …?

Ein entsetzter Schrei zerschnitt die Luft, eine Antwort auf ihre Gebete. Ihre Albträume.

Lily! Im Rennen zog Delilah die übrig gebliebenen Dolche aus der Scheide, die sie sich um die Hüfte gebunden hatte. Sie barst durch das smaragdgrüne Dickicht – und sah Lily, die auf den Boden gedrückt wurde. Ihre Knöchel waren zusammengebunden, und sie ruderte wild mit den Armen, während sie versuchte, die Männer abzuschütteln, die sie festhielten.

„Lasst mich gehen!“, schrie sie.

„Du hast den Krieg in unser Zuhause gebracht, Mädchen. Jetzt gehst du zurück zu unserem König, ob du willst oder nicht.“

Die Tränen liefen ihr über die Wangen; sie wimmerte. „Ich will einfach nur nach Hause.“

Mit einem Satz war Delilah bei ihr. Dem einen Mann rammte sie ihren Ellbogen gegen die Schläfe, wirbelte herum und trat den anderen gegen den Hals. Beide gingen zu Boden und stießen dabei benommene Grunzlaute aus. Sie gab ihnen keine Zeit, sich zu erholen, kreuzte die Arme und warf die letzten Klingen. Beide bohrten sich in die Brust ihres jeweiligen Ziels. Man hörte ein Gurgeln, ein Heulen, dann fielen beide Männer um, und jeder Schlag ihrer Herzen brachte sie dem Tod ein Stück näher.

„Lilah“, rief Lily, während sie sich die Fußfesseln abstreifte. Sie rappelte sich auf und warf sich in Delilahs wartende Arme. Das Mädchen zitterte, schluchzte. Noch immer liefen ihm warme Tränen über die Wangen.

Delilah blieb wachsam, während sie dem Mädchen mit einer

Hand über die seidenweichen Haare strich. „Jetzt bin ich ja da. Alles wird gut."

„Ich wollte nicht … das Blut … meine Schuld …", stammelte Lily zwischen Schluchzern. „Ich wollte doch nur so stark sein wie ihr. Mich beweisen. Erfahrungen sammeln. Als ich den Drachen zufällig über den Weg gelaufen bin, habe ich beschlossen, ihnen eine Falle zu stellen und ihre Krallen als Beweis für meine Fähigkeiten mit nach Hause zu bringen. Ich habe allein geübt. Aber sie haben nicht gegen mich gekämpft. Sie haben mich einfach zu sich nach Hause gebracht und eingesperrt, damit ich ihnen keine weiteren Verletzungen zufüge und sie überlegen können, was sie mit mir machen sollen. Es tut mir leid. Wahnsinnig leid. Es ist nur … Ich bin kein Kind mehr."

„Ich weiß, Süße. Ich weiß." Hauptsache, sie beruhigte sich. Und wenn Delilah dazu lügen musste. Lily war mit ihrem Leben unzufrieden? Vor ihrem Verschwinden hatte Lily andauernd gelächelt und gelacht. Sie war ein strahlender Stern inmitten finsterer brutaler Kriegerinnen. Sie wurde verhätschelt und verwöhnt und schien die Aufmerksamkeit zu genießen.

„Wenn irgendjemand meinetwegen stirbt …"

„Sei kein Dummkopf." Delilah legte ihr eine Hand unter das Kinn und hob es hoch, bis sie einander ansahen. Sie blickte in verwässerte grüne Augen, die von den vielen Tränen einen roten, leicht geschwollenen Rand hatten. „Deinen Schwestern wird nichts geschehen. Sie sind durch und durch Kriegerinnen, denen die Feuerspeier nichts anhaben können."

Und was war mit den Vampiren?

Wieder begann ihr Herz seltsam unregelmäßig zu schlagen, und das Blut in ihren Adern erhitzte sich augenblicklich.

Lily schüttelte sich. „Versprochen?", fragte sie schwach und hoffnungsvoll.

„Dass ich dir das erst noch versprechen soll, ist wirklich beleidigend."

„Tut mir leid. Ich würde dich niemals absichtlich beleidigen, aber ich habe auch Angst um die Drachen. Sie haben mir nichts getan, waren sogar nett zu mir."

„Das spielt keine Rolle." Ihre Stimme wurde härter. „Sie hätten dich sofort gehen lassen sollen. Stattdessen haben sie dich gefangen gehalten. Eingesperrt. Deine Mutter war krank vor Sorge."

„Aber …"

„Wenn wir in dieser Sache nachsichtig sind, werden andere Rassen denken, dass wir es tolerieren, wenn man dich so behandelt. Man wird uns als Schwächlinge betrachten und permanent angreifen. Deshalb müssen wir jetzt kämpfen, um schlimmeren Konflikten vorzubeugen." Diese Lektion hatte man ihr eingeprügelt, bis sie genauso selbstverständlich für sie war wie das Atmen.

Ein Schniefen, ein Nicken.

„Ich muss dir jetzt ein Versprechen entlocken." Während sie sprach, suchte sie mit ihrem Blick den Wald ab. Bislang gab es keinerlei Anzeichen dafür, dass sie beobachtet oder verfolgt wurden. Was allerdings nicht hieß, dass sie wirklich sicher waren.

Lily knabberte an ihrer Unterlippe, nickte aber.

O, dieses Mädchen, dachte Delilah mit einem Seufzen. Morgen würde sie der Königin ihr Ansinnen vorbringen, Lily in Kampftechniken zu schulen. Sie wollte sie nicht zur Kriegerin machen, aber sie sollte sich besser schützen können. „Versprich mir, dass du unser Zuhause nie wieder ohne Erlaubnis verlässt."

„Versprochen." Die Antwort erfolgte prompt, ohne Zögern. „Ich hatte noch nie solche Angst, Lilah. Männer sind nicht die schwachen, kraftlosen Wesen, für die ich sie gehalten habe."

Nein, das waren sie nicht. Die Vampire … Delilah packte fester zu und versuchte, den letzten Gedanken abzuschütteln. „Wenn du dieses Versprechen brichst, Kleines, werden Drachen und Vampire nicht das Einzige sein, wovor du dich fürchten musst. Verstanden?"

Lily schauderte. „Ja."

„Dann lass uns die anderen suchen und nach Hause gehen."

Während der Kampf wütend weiterging, suchte Layel die Lichtung nach der blauhaarigen Kriegerin ab. Ohne Erfolg. Zu seiner Überraschung war er enttäuscht, was vollkommen inakzeptabel war. Zuerst das Verlangen, jetzt die Sehnsucht nach ihr?

Hoffentlich war sie umgekommen. Ja, hoffentlich, dachte er, obwohl ein versteckter Teil in ihm *Nein* schrie. Besser, sie starb im Kampf, als dass sie seine Gedanken nur eine Sekunde länger quälten. Sie gehörten Susan. Allein Susan.

„Ich hätte wissen müssen, dass du in der Nähe bist", hörte er eine gereizte Stimme hinter sich.

Layel drehte sich um und sah sich Brand und Tagart gegenüber. Endlich. O ja, endlich. Sie waren noch in Menschengestalt und somit verletzlicher. Sein Mund verzog sich langsam zu einem Grinsen, während er einen Arm hob und den Zeigefinger ausstreckte. Dabei tropfte Blut von seiner Hand. Seine Stichwaffen hatte er vor einiger Zeit abgelegt, weil er seine Gegner persönlicher töten wollte – mit Fingernägeln und Zähnen. „Du."

„Ja, ich. Es ist an der Zeit, diese Sache zu beenden, Layel", sagte Brand.

„Deine Freunde haben gut geschmeckt", erwiderte er und wischte sich den Mund ab, wohl wissend, dass er sich damit noch mehr Blut ins Gesicht schmierte. „Aber ich denke, ihr zwei werdet noch besser schmecken."

Ein schwarzer Schleier der Wut legte sich über Tagarts blutbespritztes Gesicht. Der Bauch des Kriegers war aufgeschlitzt und blutete, doch das schien er gar nicht zu bemerken. „Dich zu töten wird mir ein Vergnügen sein, Vampir."

„Schade, dass du das glaubst. Weil du nämlich nie die Gelegenheit haben wirst, es zu erleben."

Unter Brands Auge zuckte ein Muskel. „Du wirst für all das leiden, was du unseren Freunden angetan hast und antun wolltest, Vampir. Das weißt du doch, oder?"

„Ich weiß nichts dergleichen. Ich habe deinen Freunden gerade deshalb so Schreckliches angetan, *weil* ich so leide. Und ja: Ich habe jeden einzelnen Moment genossen." Layel mochte die Drachen, die Susan vergewaltigt und verbrannt hatten, getötet haben, mochte einige von ihnen in seinen Kerker gebracht und wochenlang gefoltert haben, bevor er ihren Seelen den Todesstoß versetzte. Aber ging nicht davon aus, dass er jemals müde würde, ihre Stammesbrüder zu verletzen.

Die Wahrheit war, dass er nur noch aus einem Grund lebte: um ihre gesamte Art zu vernichten.

„Du forderst uns zum Krieg heraus!", bellte Brand.

„Lustig. Ich dachte, das hätte ich schon vor zweihundert Jahren getan. Ist die Herausforderung gerade erst bei euch angekommen?"

„So ist es. Und ich nehme sie hiermit an." Tagart machte einige Schritte nach vorn, ehe Brand ihn am Arm packte und festhielt. Der dunkle Krieger sah aus, als wäre er bereit, die Hand seines Kommandanten abzuschütteln und anzugreifen.

„Noch nicht", befahl Brand. Dann brüllte er laut und lange und nahm seine Drachengestalt an. Seine Kleider zerrissen, fielen zu Boden, und grüne Schuppen überzogen seine Haut. Sein Gesicht verlängerte sich zu einem Maul, an seinen Fingern wuchsen Krallen, und seine Zähne wurden scharf und spitz. Aus seinem Rücken traten dünne, durchsichtige Flügel hervor, die sich bis zu den Bäumen erstreckten und täuschend harmlos wirkten. Kurz darauf verwandelte sich Tagart ebenfalls.

„Kommt, holt mich, ihr Kleinen", forderte Layel sie auf.

Ein Feuerschwall, und schon flogen Brand und Tagart auf ihn zu. Layel sprang ihnen entgegen. Er war bereit. Mehr als das.

„Susan!“, rief er. Sein Kampfschrei. Eine ewige Erinnerung an das, was man ihm genommen hatte, wofür er kämpfte, wofür er sterben würde.

Nur dass er die Krieger nicht erreichte.

Auf halber Strecke wurde seine Welt schwarz und löste sich Stück für Stück in nichts auf. Nichts neben ihm, nichts vor ihm, nichts hinter ihm. Der Boden, sein einziger fester Anker, öffnete sich und verschluckte ihn. Sein Körper fiel plötzlich in eine tiefe dunkle Leere. Er wirbelte rundherum, wedelte mit den Armen, um irgendwo Halt zu finden, doch alles, was er zu packen bekam, war Luft.

Er ignorierte die Panik, die ihn packte, und zwang sich, langsam zu atmen und seinen Herzschlag wieder unter Kontrolle zu bringen. *Transport. Jetzt!* Er versuchte es, ließ einen Moment verstreichen, aber nichts geschah. Er fiel weiter, sein Körper war eine feste Masse. Die Zähne fest aufeinandergebissen, breitete er die Arme aus und versuchte zu fliegen. Doch die unsichtbare Kette zog ihn hinunter … hinunter … hinunter … ohne das Tempo zu drosseln, ohne ihn loszulassen.

Schrecken und Wut gesellten sich zur Panik und rasten mit einer widerwärtigen Intensität durch seinen Körper. Er wusste nicht, was da geschah oder *wie* es geschah. Nur, dass er es nicht aufhalten konnte.

Seine Hand schlug gegen etwas Hartes. Eine Männerbrust, begriff er. Der Mann griff nach ihm, seine Finger suchten nach Halt. Layel fauchte, schon bald war sein Arm blutig gekratzt. Zum Glück gelang es ihm, sich loszureißen – und schon knallte er gegen einen weichen Frauenkörper. Sie keuchte. Es klang leise und verängstigt. Wie viele sind das hier? fragte er sich, als er gegen ein … Pferd prallte. Er hörte ein Wiehern.

Irgendwer schrie. Jemand anderes wimmerte. Und die ganze Zeit über fielen sie weiter hinab. Kein Ende war in Sicht.

Mitten im Wald schob Delilah Lily hinter sich. Plötzlich lauerte Gefahr in der Nähe. Sie konnte es spüren, beinahe sogar riechen. Als wäre die Luft plötzlich dicker.

„Was ist?", flüsterte Lily ängstlich.

„Bleib hinter mir." Delilah nahm die Dolche wieder an sich, mit denen sie die Drachen getötet hatte, und hielt sie fest im Griff. *Wo bist du?* Sie suchte mit dem Blick Bäume ab, Blätter, Schatten. Da, rechts von ihnen, raschelte irgendetwas in den Zweigen. Sie kniff die Augen zusammen, um besser sehen zu können, konnte aber keine Gestalt ausmachen. Nur …

Ein Keuchen entfuhr ihr, als das Etwas plötzlich in ihr Blickfeld kam, so durchsichtig wie die Luft, die sie atmete, nur dicker. Wie Wasser. Sie hatte weder Zeit zu reagieren noch anzugreifen. Dann war es da, direkt vor ihr, und verschlang sie, zog sie in ein schwarzes Loch.

„Lily!", schrie sie. Die Dolche wurden ihr aus den Händen gerissen, während sie mit den Armen ruderte und verzweifelt nach Halt suchte. Sie fand nichts. Nur Luft. Je weiter sie fiel, umso stärker wurde das Schwindelgefühl in ihrem Kopf, bis es so intensiv wurde, dass sie sich krümmte. In ihren Ohren hallte ein einziges Schreien, Grunzen und Stöhnen, das genauso unharmonisch klang wie die Glocken, die läuteten, wenn eine Amazone starb.

„Lily!"

„Amazone", rief eine vertraute Männerstimme, die sich über das Chaos erhob.

„Vampir?" Ihr Herzschlag hätte sich nicht beruhigen sollen. Der Schweiß, der gerade begonnen hatte, sich auf ihrer Haut auszubreiten, hätte nicht abkühlen sollen. Doch er tat es. Sie hätte nicht erleichtert sein sollen, doch sie war es. Als sie nach ihm griff – eine Berührung, sie brauchte nur eine Berührung –, knallte ihr Kopf gegen etwas, das wohl ein zerklüfteter Felsen war, und sie stöhnte. Durch den gewaltigen Aufprall entfernte sie sich wieder von dem Vampir.

Sie sah weiße Sterne, die immer größer und größer wurden, bis sie ihr gesamtes Blickfeld ausfüllten. Irgendwie war das Licht noch beängstigender als die Dunkelheit. Ein Hoffnungsstrahl, der auf grausamste Weise zerstört wurde.

„Versuch, mich zu greifen“, befahl der Vampir.

„Ich kann nicht“, wollte sie sagen, doch die Worte blieben ihr im Halse stecken.

Letztlich brauchte sie nicht nach ihm zu greifen. Sie prallte gegen eine andere Wand und flog nach vorn. Ihre Körper kollidierten, so heftig, dass ihr die Luft aus der Lunge getrieben wurde. Augenblicklich verwandelte sich das schreckliche Weiß in eine angenehme Dunkelheit. Delilahs Muskeln wurden schlaff, und ihr Kopf sackte gegen etwas Hartes. Sie spürte, wie der Vampir seine Finger um ihren Arm schloss. Sie waren heiß und stark und wichtiger als das Atmen. Sie schlang die Arme um seinen Körper und hätte sich am liebsten für immer an ihn geklammert.

Nimm dir, was du willst. Es gehört dir. Das sechste Gebot schoss ihr durch den Kopf. Sie wusste genau, dass die Amazone, die die Gebote einst niedergeschrieben hatte, nicht damit gemeint hatte, sich an einen Mann zu schmiegen und die eigene Sicherheit in seine Hände zu legen. Trotzdem hielt sie ihn fest. Lass mich nicht los, dachte sie noch. Dann verlor sie das Bewusstsein.

3. Kapitel

Layel blinzelte. Er nahm ein trübes Licht wahr, eine Kombination aus hell und dunkel, klar und schleierhaft. Während er die Verwirrung niederrang, verspürte er einen stechenden Schmerz hinter den Schläfen und stöhnte. Wo war er? Was war passiert? Hatte er nicht auf dem Schlachtfeld gestanden?

Ja, dachte er, ganz sicher. Die Szene raste ihm durch den Kopf: er, der mit erhobener Waffe auf seinen Feind losging. Brand und Tagart in Drachengestalt, die auf ihn zugeflogen kamen. Der Tod, der in ihren goldenen Augen aufflackerte. Und dann war er ins Nichts gezogen worden.

Jetzt gerade … lag er am Boden, wie ihm bewusst wurde. Auf Sand. Ein weiterer Schmerz, gefolgt von dichter werdendem Nebel, und der Strom des Begreifens riss ab. Er kniff die Augen zu. Ein Augenblick verstrich, dann noch einer. Wie er gehofft hatte, lichtete sich der Nebel, und seine Gedanken wurden wieder klarer. War er tödlich verletzt worden, bevor er Brand und Tagart erreicht hatte, und ruhte jetzt in der Ewigkeit?

Noch nicht, hätte er fast geschrien. *Ich bin noch nicht bereit. Ich habe Susan noch nicht gerächt.*

Ruhig. Denk nach. Man hatte ihn tatsächlich verletzt, daran erinnerte er sich. Ein Schnitt in die Brust, ein Arm zerfetzt. Wenn er noch am Leben war, wären diese Verletzungen noch immer sichtbar. Zitternd schob er sich eine Hand unters Hemd und rieb über Brust und Arm, um sich zu vergewissern. Er fühlte Wundschorf, und sein Mund verzog sich zu einem schiefen Grinsen.

Okay … was ist passiert? fragte er sich wieder.

Er atmete ein und aus, und der Duft von Salz und Kokosnuss stieg ihm in die Nase. Vertraut. Das Rauschen brandender, am Ufer brechender Wellen klang in seinen Ohren. Auch das: vertraut.

Wieder öffnete er die Augen. Diesmal ganz langsam, um sich nach und nach an das Licht zu gewöhnen. Zuerst sah er nur weiße bauschige ... *Dinge* über eine grenzenlose blaue Fläche ziehen. Nicht vertraut. Normalerweise war Atlantis von einer gläsernen Kuppel umgeben, die sich in einem scharfkantigen Bogen erhob. Wo war er?

Konzentrier dich. Behutsam setzte er sich auf.

Goldene und rosafarbene Punkte flackerten vor seinen Augen auf. Er atmete weiter ein und aus. Als die Punkte verblassten, traten üppige Palmen in verschiedenen Grün- und Weißtönen in sein Blickfeld – vom strahlendsten Smaragdgrün über blassestes Jadegrün bis zu Elfenbeinfarben. Er drehte den Kopf und musste sich die Schläfen massieren, um das nächste heftige Stechen abzuwenden. Weicher Sand erstreckte sich bis in einen klaren azurblauen Ozean hinein, dessen Wasser Wellen schlug, schäumte, trübe wurde, und das alles unter den sanften Strahlen eines hellen orangefarbenen ... Balles.

Eines Balles, der ihm – wie er feststellen musste – die Haut bei Weitem stärker verbrannte, als die Kuppel es je vermocht hatte. Sein Blick verfinsterte sich weiter.

Seine Augen füllten sich so stark mit Tränen, dass er wieder auf den Sand schauen musste. Das milderte das Brennen zwar nicht, doch schon bald wurde das Brennen zu einer seiner geringsten Sorgen. Über den gesamten Sand lagen Körper verteilt. Bewusstlos. Tot?

Layel verharrte an Ort und Stelle und musterte den Mann, der ihm am nächsten lag. Zane, stellte er fest, der keinerlei Verletzungen mehr hatte. Die Brust des Kriegers hob und senkte sich. Ein Beweis dafür, dass er noch am Leben war. Den Göttern war Dank. Als Nächstes sah er ... Er verkrampfte sich. Nur wenige Meter entfernt lag Brand auf dem Rücken im Sand. Obwohl er sich während des Kampfes in einen Drachen verwandelt hatte, wobei seine Kleidung zerfetzt worden war, lag er jetzt in Menschengestalt und angezogen da. Neben ihm lag Tagart, ebenfalls als Mensch und bekleidet.

Als wäre die Wut nie weg gewesen, sondern hätte sich nur in seinem Hinterkopf versteckt, wurde Layel auf einmal mit voller Wucht davon gepackt. Die Wut darüber, dass ihr Kampf so abrupt beendet worden war. Die Wut darüber, dass die Drachen nicht tot waren.

Was auch immer geschehen war, dass sie an diesem seltsamen Ort gelandet waren, es war Layel plötzlich gleichgültig. Die Drachen mussten sterben. Sollten eigentlich schon tot sein. Noch immer finster dreinblickend, sprang er auf. Eine Welle des Schwindels brachte ihn zum Wanken, doch er stolperte dennoch vorwärts. Er griff nach seinen Dolchen, und seine Fingerspitzen pulsierten nur so vor Entschlossenheit.

Die Waffen waren weg. In seiner Kehle bildete sich ein Knurren, das lauter wurde, als er nach kurzer Überprüfung begriff, dass sein gesamtes Waffenarsenal verschwunden war.

Trotzdem drosselte er sein Tempo nicht. Mit den Zähnen konnte er ihnen die Kehlköpfe genauso gut herausreißen. Auch wenn es nett gewesen wäre, ein paar Waffen zur Verfügung zu haben. Nur für alle Fälle. Aber egal.

Er war fast bei ihnen ... fast ... da prallte er mit voller Wucht gegen eine unsichtbare Barriere.

Jeder Knochen in seinem Körper vibrierte durch den Aufprall, sodass dieses verfluchte Schwindelgefühl wieder durch seinen Kopf fegte. Er blinzelte irritiert, hob die Arme und drückte sie in die Luft. Was um Hades willen war das? Irgendeine Art ... Schild?

Ja, genau, begriff er. Genau das war es. Klar, durchsichtig und dennoch so fest, dass es ihn daran hinderte, auch nur einen Zentimeter weiterzugehen. Er schlug mit den Fäusten dagegen, doch der Schild hielt. Er krallte mit den Fingernägeln danach, aber der Schild bekam keinen Kratzer. Stattdessen wurden ihm zwei Nägel aus dem Nagelbett gerissen, sodass ihm Blut über die Hände rann. Er rammte die Schulter dagegen und kugelte sie fast aus, doch der Schild wackelte nicht mal.

Verdammt noch mal! Er würde sich nicht aufhalten lassen. Und wenn es ihn einen Arm oder ein Bein kostete. Was machte schon körperlicher Schmerz, wenn man so einem erfreulichen Ergebnis entgegensah? Während er sich wieder und wieder gegen die Barriere warf, starrte er auf seine noch immer schlafenden Feinde. Noch nie war die Zeit so reif gewesen, sich zu rächen. Bald …

Neben den Drachen lagen zwei Amazonen, von denen eine doch tatsächlich seine blutdurstige blauhaarige Schlachtfeldbekanntschaft war. Nicht meine, korrigierte er sich sofort energisch. Aber er konnte nicht leugnen, dass sich bei ihrem Anblick sein Atem erhitzte und ihm die Lunge versengte. Konnte nicht leugnen, dass sein Blut schneller floss.

Als er durch die dunkle Leere gefallen war, hatte er ihre raue Stimme gehört und ihren erschlafften Körper festgehalten. Sie hatte sich warm und weich angefühlt, eine Qual für ihn. Und trotzdem hatte er einen merkwürdigen Beschützerinstinkt verspürt. Er hatte sie an sich gedrückt und ihren meerähnlichen Duft bewundert, während er daran dachte, wie sie ihn auf dem Schlachtfeld angesehen hatte: als wäre er Wunder und Teufel zugleich, beides zu demselben verlockenden Bündel geschnürt.

Er konnte sich nicht daran erinnern, dass er sie losgelassen hatte, und doch waren sie ganz offensichtlich getrennt worden. Jetzt weidete er sich an ihrem Anblick, obwohl er hätte wegsehen sollen.

Sie wirkte zerwühlt, als wäre sie nach einer Stunde leidenschaftlichem Sex eingeschlafen und gerade erst erwacht, um weiterzumachen. Ihre Augen waren leicht nach oben verdreht, die Lider halb geschlossen und von langen dunklen Wimpern gerahmt. Sie hatte eine kleine, zierliche Nase, und ihre Lippen waren immer noch rot und üppig. Und ihre Haut … Noch mehr war davon entblößt worden, glatte bernsteinfarbene Haut, unter der ihr Puls an einigen Stellen auf köstliche Art hämmerte. Auf der linken Seite ihres Kiefers prangte ein großer Bluterguss. Ihre Brüste …

Denk nicht so über sie, du widerlicher Haufen Drachenscheiße. Frauen waren für ihn tabu.

Layel riss den Blick von der Amazone und betrachtete wieder die anderen Kreaturen. Dabei bemerkte er, dass er aufgehört hatte, sich gegen den Luftschild zu werfen. Alle begannen, sich zu rühren, sich aufzusetzen, sich die Gesichter zu reiben. Er vermochte sie vielleicht nicht zu erreichen – noch nicht –, aber er konnte sie hören. Schon bald wurde das Rauschen der Wellen vom Stöhnen überlagert.

Zwei Nymphen, ein Mann und eine Frau, drückten sich in den Stand hoch und starrten irritiert auf den von verschiedensten Kreaturen übersäten Strand. Rings um sie standen jeweils ein Pärchen Minotauren, Dämonen, Zentauren, Formorier und Gorgonen. Auf dem Kopf der Gorgonen saßen fauchende Schlangen, deren Eckzähne noch viel schärfer waren als Layels. Zwei von jeder Rasse? Warum zwei?

Was in Hades Namen geht hier vor? fragte er sich wieder.

Die Amazone rieb sich mit der Hand über das feine Gesicht. Nun waren kaum noch Reste der wirbelnden blauen Muster übrig. Nur diejenigen an ihren Schläfen verschmierten nicht. Waren das Tätowierungen? Sie blinzelte, so als könnte sie nicht recht glauben, was sie sah.

Du siehst sie schon wieder an. Mit einem leisen Knurren widmete er seine Aufmerksamkeit wieder den Drachen, wobei seine Wut stärker wurde. Er drückte gegen die unsichtbare Mauer. Immer noch da, immer noch unnachgiebig. Seine Finger waren jetzt blutig und ramponiert, beinahe nutzlos. Die Schulter war völlig ausgerenkt.

Er musste nachdenken, einen Plan schmieden. Mehr noch: Er musste Schatten finden. An den Stellen, an denen seine

Haut nicht von Kleidung bedeckt war, fühlte sie sich so an, als wäre sie voller Blasen. Was sie vermutlich auch war. Obwohl er sich dafür hasste, dass er sich zurückziehen musste, machte er langsame Schritte nach hinten. Darum bemüht, keine ungewollte Aufmerksamkeit auf sich zu ziehen, blieb er neben Zane stehen, hockte sich hin, fasste den Vampir an den Schultern und schüttelte ihn.

Zane öffnete ruckartig die Augen und fauchte. Gleichzeitig schlug er reflexartig mit einer Klaue zu. Blitzschnell bückte sich Layel nach unten und schaffte es, dem tödlichen Schnitt durch die Kehle auszuweichen. „Ruhig", befahl er leise.

Mehrere Sekunden verstrichen, während Zane sich orientierte. „Was ist passiert?", fragte er mit rauer Stimme. Eine Sekunde später war er auf den Beinen. Der vollendete Krieger. Er stand mit hüftbreit gespreizten Beinen und an den Seiten geballten Fäusten da und war sofort kampfbereit. Seine Augen wirkten dunkel und matt, und er sah blutdurstig aus. Wie bei Layel war auch seine Haut rot und begann, Blasen zu werfen.

„Ich weiß es nicht genau." Layel erhob sich und wies mit dem Kinn auf die anderen Kreaturen. „Im einen Moment haben wir noch gekämpft – und im nächsten nicht mehr."

„Was ist das hier für ein Ort?" Zane ließ den Blick über die Umgebung kreisen. „Warum habe ich das Gefühl, in Flammen zu stehen?" Er tastete sich ab und knurrte. „Und wo sind meine Waffen?"

Plötzlich kamen Layel Worte in den Sinn, die Susan vor langer Zeit gesagt hatte, nachdem sie sich draußen unter der gläsernen Kuppel von Atlantis geliebt hatten. Vor Erstaunen öffnete er den Mund. *Ich wünschte, wir könnten in die Welt reisen, in der meine Leute leben. Nur für eine Weile. Bei allem, was mir meine Familie darüber erzählt hat, würde es uns dort bestimmt gefallen.*

Aus Sorge, sie könnte ihm durch die Finger gleiten, hatte er sie fester gehalten. *Erzähl mir davon.*

Und das hatte sie getan, so detailliert, als wäre sie in ihren Träumen bereits dorthin gereist. Eine anscheinend nicht enden wollende blaue Fläche – der Himmel. Dicke, aufgeplusterte weiße Dinger – Wolken. Ein leuchtender orangefarbener Ball – die Sonne.

„Ich denke … ich denke, wir sind auf der Überwasserwelt." Wie? Warum? „Ich weiß, dass wir das Tageslicht unter der Kuppel aushalten können, aber das Sonnenlicht hier ist viel intensiver. Greller. Und die Waffen? Verschwunden."

„Überwasser?" Genau wie Layel fiel auch Zane die Kinnlade herunter.

„Wir müssen Schatten finden. Sofort."

„Unser Kampf …"

„Kann warten."

Gemeinsam bewegten sie sich rückwärts. Keiner von beiden war bereit, den anderen Kreaturen den Rücken zuzuwenden, Schild hin oder her. Im Dickicht der Bäume angelangt, kühlte Layels Körper sofort ab.

Er seufzte. „Wir bleiben im Wald, bis wir wissen, was hier vor sich geht." Selbst wenn das hieß, die Drachen zu verschonen. Im Augenblick, da die Sonne sie wie Liebhaber streichelte, statt sie wie verhasste Gegner zu verbrennen, schienen sie im Vorteil zu sein.

„Wir sollten uns neue Waffen machen", schlug Zane vor.

„Ja." Doch Layel bewegte sich keinen Zentimeter. Konnte kaum einen klaren Gedanken fassen. Die blauhaarige Amazone war soeben aufgestanden. Ihr Blick war wild. Sie griff sich an die Hüfte – vermutlich auf der Suche nach einem Dolch –, fand nichts und legte die Stirn in Falten. Wie zuvor er und Zane tastete auch sie sich ab. Und wie zuvor die beiden Vampire musste auch sie feststellen, dass sie gänzlich unbewaffnet war.

Irgendjemand hatte ihnen allen die Waffen abgenommen.

Er beobachtete, wie sie sich unruhig im Kreis drehte und

mit ihrem Blick ihre Umgebung abtastete. Als sie die andere Amazone entdeckte, eilte sie nach vorn.

„Nola!“, schrie sie so laut, dass Layel sie ohne Probleme von seinem neuen Rückzugsort aus hören konnte. Sie bückte sich, wobei ihr die seidigen Haare über die Schultern fielen, und schüttelte ihre Schwester.

Die dunkelhaarige Frau stöhnte, rieb sich die Stirn und öffnete langsam die Augen. „Delilah?“

Delilah. Der Name wanderte durch seinen Kopf. Delilah ... Delilah ... weich, weiblich, exotisch. Ein Name, der Mitternachtsfantasien und unersättliche Leidenschaft versprach. Ein Name, der selbst die stärksten Männer in die Knie zwingen konnte. Als ihm seine Gedanken bewusst wurden, erstarrte Layel. Ich werde diesen Namen niemals laut aussprechen, schwor er sich. Zu ... gefährlich.

„Ich bin hier“, sagte die Amazone. „Neben dir.“

Die Amazone namens Nola massierte sich die Schläfen, während sie den Mund vor Schmerzen zu einem dünnen Strich verzog. „Was ist passiert?“

Eine Frage, die sich ohne Zweifel jeder stellte, der sich an diesem Strand befand.

„Ich wünschte, ich wüsste es.“ Delilah schaute nach links und rechts, ließ den Blick wieder über die vielen Körper schweifen, dann sah sie direkt zu Layel hinüber. Die Schatten hinderten sie nicht daran.

Ihr intensiver violetter Blick ließ ihn zusammenzucken. Seine Muskeln verkrampften. Einen Moment lang war ihm wieder schwindelig, und er spürte einen Schmerz in der Brust, genau dort, wo sein Herz lag. Als wäre es wieder gesund und ganz. Wie machte sie das?

Offenbar war er nicht der Einzige, der merkwürdig reagierte. Der Puls der Amazone schlug kräftig in ihrem Hals – was er zwar nicht sehen, aber spüren und hören konnte –, jeder unregelmäßige Schlag war wie ein lockender Finger. Ihm lief das Wasser im Mund zusammen. Er war bereit, von ihr zu trinken, obwohl er sich während des Kampfes satt getrunken hatte. Wenn er seine Zähne in dieser Frau versenken würde, dann ... Er biss so fest die Zähne aufeinander, dass sein Kiefer schmerzte. *Was machst du denn da? Du wirst sie niemals kosten.* Seit Susans Tod war das einzige Blut, das er sich genehmigte, das seiner Feinde. Und davon gab es reichlich. Es gab stets eine Quelle, sodass er niemals andere Wesen anzapfen musste.

Wer war diese Amazone, dass es ihr gelang, ihn in Versuchung zu führen, das zu vergessen? Sie war reizend, ja, aber sie war nicht Susan. Wäre niemals seine süße sanfte Susan. Und er würde die Erinnerung an seine Liebe nicht mit unrealistischen Gedanken an eine andere Frau beschmutzen.

Delilah stapfte auf ihn zu. „Wer hat uns das angetan? Wie sind wir hierhergekommen? Weißt du das?"

Layel ignorierte sie. Ihre heisere Stimme war genauso verführerisch wie ihr Körper, und er hatte schon mehrmals den Fehler gemacht, sich von ihr erweichen zu lassen. Das würde ihm nicht noch einmal passieren. Wenn er sich höflich zeigte, würde das eine Vertrautheit zwischen ihnen fördern, obwohl er sich nach Distanz sehnte.

„Vampir."

Er wandte das Gesicht ab und fragte sich dabei, wie es ihr gelungen war, die unsichtbare Mauer zu durchbrechen. *Denk nicht mal an sie.* Alle Kreaturen waren aufgestanden und rotteten sich nun paarweise zusammen, während sie ihre Feinde anknurrten und -fauchten, obwohl offenbar niemand in Reichweite eines anderen kam. Im Gegensatz zu Delilah standen sie alle demselben Hindernis gegenüber wie er.

„Dämonen", sagte Zane auf einmal verächtlich. Er marschierte nach vorn. Seine Tötungsabsicht war in jedem seiner Schritte deutlich zu erkennen und ihre Vereinbarung, im Schatten zu bleiben, anscheinend vergessen. Als er ebenfalls gegen die transparente Barriere prallte, blieb er stehen und schüttelte den Kopf.

Schlug einmal mit der Faust dagegen. Dann noch einmal. Hielt wieder inne. Stieß ein entsetzliches Geräusch der Verärgerung aus. Einen Augenblick später griff er die Luft mit einem unbändigen Rachedurst an, schrie Flüche und grausame Drohungen und hatte die unerbittliche Sonne vergessen.

Layel versuchte nicht mal, den Zorn des anderen Vampirs zu zügeln. Sie kannten einander erst seit einigen Monaten, doch in dieser Zeit hatte Layel gelernt, dass Zane sich nicht bändigen ließ, bis er vollkommen erschöpft war. Der Mann hatte viele Jahrhunderte als dämonischer Gemahl der Königin gedient. Freiwillig oder unfreiwillig – Layel wusste es nicht. Er wusste nur, dass diese Erfahrung den Krieger so wild, unkontrollierbar und unberechenbar gemacht hatte, dass Layel ihn nur für Kämpfe einsetzte.

Es gab keinen besseren Killer als Zane.

Layel wartete, bis die Bewegungen des Kriegers langsamer wurden und seine Schreie leiser. Eine Ewigkeit. Dann ging er zu ihm hinüber, weg von der Amazone, und legte Zane warnend eine Hand auf die angespannten Schultern.

Keuchend wirbelte der Vampir herum. Seine Zähne waren entblößt und bereit, zuzubeißen. Zane stoppte sich gerade noch rechtzeitig, und Layel nahm die Hand wieder weg. Er hatte erreicht, was er wollte.

„Aus irgendeinem Grund können wir ihnen nichts antun." Noch nicht. „Du musst ruhig bleiben."

„Ich will diese Dämonen aufspießen", knurrte der Krieger. „Und ich will, dass die Köpfe der Drachen rollen."

Die Stille umgab sie, als sie einander mit tiefem Verständnis ansahen. Ihre Feinde mochten verschieden sein, doch ihr Schmerz war es nicht. Layel wünschte nur, er wüsste, was man dem Krieger angetan hatte.

Schließlich nickte Zane. Der Muskel aber, der unter seinem linken Auge zuckte, stand im Gegensatz zu dem schnellen Einverständnis. „Was sollen wir tun?"

„Wir sollten uns einen Überblick über den Aufbau dieses Landes verschaffen." Vielleicht würden sie den idealen Ort finden, an dem sie die anderen in einen Hinterhalt locken konnten. Sofern die unsichtbaren Mauern sie nicht wieder aufhielten. „Möglicherweise erfahren wir dabei auch mehr über den Grund, warum wir hier gelandet sind."

„Wo sind meine Waffen?", schrie auf einmal Brand und zog damit Layels Aufmerksamkeit auf sich. Der Drachensoldat suchte den Sand nach seinen Dolchen und Schwertern ab, wobei die Sandkörner nur so flogen. „Sagt es mir, sonst verbrenne ich diesen ..."

„Meine sind auch weg", knurrte Tagart. Seine Flanke blutete nicht mehr. Leider war er bereits geheilt.

„Seht nur!", sagte jemand erschrocken, und der Tumult legte sich augenblicklich.

„Ist das ...? Kann es sein ...?"

Neugierig drehte sich Layel um. In einer Entfernung von einigen Kilometern sah er die große gläserne Kuppel, die sich über tosende Wellen erhob und für einen Moment den strahlenden Regenbogen durchbrach, der am Ufer schillerte.

Atlantis, begriff er und vor Furcht drehte sich ihm der Magen um. Wie war das möglich? Es lag weit unter der Überwasserwelt. Und trotzdem konnte er es sehen, während er in einem Land stand, über das er bislang nur Geschichten gehört hatte. Oder etwa nicht?

War es möglich, dass ihre versteckte Welt aus mehreren Ebenen bestand, von denen er nichts gewusst hatte? War es möglich, dass er sich noch immer in Atlantis befand, nur in einem anderen Teil? Falls ja, gäbe es einen Weg nach Hause. Er musste ihn bloß finden. Vielleicht war es derselbe Weg, auf dem er hierhergelangt war – der Tunnel, der ihn immer weiter nach unten in die Tiefe gezogen hatte.

Aber wie hatte er diesen Tunnel gefunden? Mit der Hilfe eines Gottes? Die Götter waren gewiss mächtig genug, so einen Transportweg zu erschaffen, mit dessen Hilfe man ein Dutzend Kreaturen innerhalb weniger Sekunden von A nach B befördern und ihnen unterwegs die Waffen abnehmen konnte, damit sie einander nicht umbringen konnten.

Könnte es so gewesen sein?

Normalerweise zog er die Götter bei seinen Überlegungen nicht in Betracht. Sie hatten die Bewohner von Atlantis über Tausende von Jahren sich selbst überlassen und waren erst vor wenigen Monaten zurückgekehrt. So zumindest hatte er es gehört. Er selbst war bislang noch keinem Gott begegnet. Welchen Grund konnten sie haben, immer zwei von jeder Rasse auf diese Insel zu bringen?

Weil er nicht anders konnte, suchte sein Blick die Umgebung wieder nach der Amazone ab. Sie beobachtete ihn noch immer und schürzte einladend die Lippen, während sie darüber nachdachte, welchen Schritt sie als Nächstes unternehmen konnte. Eine Haarsträhne streichelte ihre Wange, und er ertappte sich bei dem Gedanken, ob ihre Haut wohl genauso weich war, wie er sie in Erinnerung hatte. Er war neidisch, dass es nicht seine Finger waren, die sie streichelten.

O nein. Nein, nein, nein. Schluss damit, ermahnte er sich. Er war fest entschlossen, dieses Mantra so oft wie möglich zu wiederholen. Er kniff die Augen zu zwei schmalen Schlitzen zusammen, und der Funke des Hasses, den er zuvor verspürt hatte, wurde wieder angefacht. Wurde größer. Vielleicht war es besser, dass man ihm die Waffen abgenommen hatte. Sonst hätte er die Amazone womöglich in diesem Moment getötet, weil sie es wagte, Sehnsüchte in ihm zu wecken, die einzig und allein Susan gehörten.

„Ob wir rausschwimmen sollten?“, fragte ein Gorgone in die Menge.

Eine Debatte entspann sich.

„Komm“, sagte Layel zu Zane. Er ignorierte das Gefühl von Verlust, das ihn überkam, als er sich umdrehte. Er war davon überzeugt, dass sich Schwimmen als zwecklos herausstellen würde. Irgendeine große Macht wollte sie hier haben, und deshalb würden sie auch hierbleiben. „Wir müssen uns Waffen bauen."

Auf dem Gesicht des anderen Vampirs glitzerte der Schweiß, während er nickte. „Ich kann mich nicht entspannen, solange ich keine Klingen in den Händen halte."

Sie gingen tiefer ins Dickicht hinein, bis das taufeuchte Blattwerk sie vollständig verschluckte. „Wir werden …" Layel lief gegen eine weiter unsichtbare Mauer und fluchte.

Knurrend schlug Zane mit dem Fuß aus. „Eigentlich sollte niemand in der Lage sein, uns so hier festzuhalten."

„Gefangen", sagte jemand hinter ihnen. „Der Wald ist abgeriegelt."

„Was sollen wir tun?", ertönte eine andere Stimme. Es war eine Frau.

Layel drehte sich um, sah, dass ihnen die Nymphen gefolgt waren, und rieb sich mit einer Hand übers Gesicht. Valerian, der Nymphenkönig, war sein einziger wahrer Freund, und die Anhänger des Mannes waren seine Verbündeten. Diese beiden waren schöner als die meisten anderen. Beide hatten beneidenswert blonde Haare und lebendige blaue Augen. Ihre Gesichtszüge waren so rein und perfekt, dass sie die Strahlkraft der Sonne bei Weitem übertrafen.

„Broderick", sagte er und nickte dem Mann zu. „Warum versucht ihr nicht, zurück nach Atlantis zu schwimmen?"

„Aus mehreren Gründen. Erstens bin ich nicht davon überzeugt, dass das zu unserem Vorteil wäre – und in dem Fall ziehe ich es vor, warm und trocken zu bleiben. Zweitens traue ich dir mehr als jeder anderen Kreatur hier. Meine Schwester und ich werden dorthin gehen, wohin du gehst. Hast du irgendeine Ahnung, was hier los ist?"

„Ich weiß nur, dass unser Weg blockiert ist, und das muss bedeuten, dass wir den Strand nicht verlassen sollen. Wenn wir zurückgehen, gibt sich derjenige, der uns das antut, vielleicht endlich zu erkennen." *Bastard.*

„Die Hoffnung stirbt zuletzt." Während sie nebeneinander zurückgingen, sagte Broderick: „Es heißt, du hast wieder gegen Drachen gekämpft."

„Ja."

„Gewonnen?"

„Noch nicht." Aber das würde er noch.

„Sie sind keine schlechten Männer." Valerian hatte sich vor Kurzem mit den Drachen verbündet, um seine Liebste zu retten. Layel verstand zwar die Notwendigkeit für solch einen Zusammenschluss. Und doch verachtete er den Schritt aus tiefster Seele. Auch wenn er für Susan nicht weniger getan hätte. „Sie behandeln unsere Frauen mit Respekt, helfen uns dabei, unseren Palast zu verteidigen, und greifen uns niemals an. Sie …"

„… stehen nicht zur Debatte." Sie hatten den Waldrand erreicht, und Layel achtete sorgfältig darauf, im Schatten zu bleiben. Abermals musterte er die anderen Kreaturen. Getrennt voneinander standen sie in Zweiergrüppchen da und flüsterten.

Oder vielleicht doch nicht ganz so getrennt. „Es gibt nur eine Fluchtmöglichkeit. Wer kommt mit mir?" Der Ausruf kam von Brand, der gerade auf dem Weg zum Wasser war. Die anderen folgten ihm eilig.

Im nächsten Augenblick hörte man ein Platschen, dann noch eins und noch eins. Außer Layel, Zane und den beiden Nymphen sprangen alle Kreaturen ins Wasser und schwammen in Richtung Glaskuppel. Sogar Delilah. Ihr Kopf bewegte sich mit den Wellen auf und ab.

Er biss die Zähne aufeinander. *Du musst aufhören, Ausschau nach ihr zu halten.*

„Sollen wir ihnen folgen?", fragte Zane.

„Sie werden zurückkommen", erwiderte er zuversichtlich. „Da sind große Mächte am Werk. Seltsame, starke Mächte. Wie gesagt: Wir sollen ganz offensichtlich hierbleiben. Eine Flucht wird nicht gelingen."

Er sah Arme und Beine aus dem Wasser ragen, einige waren geschuppt, andere mit Hörnern übersät, einige menschenähnlich. Fünf Minuten verstrichen. Zehn. Fünfzehn. Zwanzig, dreißig. Niemand kam voran. Ganz gleich wie hart sie gegen das Meer anschwammen, sie blieben nur wenige Meter vom Strand entfernt.

Einer nach dem anderen gab auf, krabbelte erschöpft ans Ufer und keuchte. Delilah kam als Letzte aus dem Wasser, was eine Menge über ihren Charakter verriet. Stark, entschlossen und nicht gewillt, eine Niederlage einzustecken.

Er sollte sie dafür nicht bewundern.

Sie guckte grimmig, als sich ihre Blicke trafen. Sie setzte sich in Bewegung, und mit jedem Schritt, den sie näher kam, verfinsterte sich ihr Gesichtsausdruck weiter. Ihre Kriegsbemalung war vollständig abgewaschen, wodurch goldene Haut zum Vorschein kam, die mit filigranen Tätowierungen von demselben satten Blau verziert war, das auch ihre Haare hatten. Die wirbelnden Muster überzogen ihr Gesicht, die Oberarme, Hüfte und Oberschenkel.

Das bisschen Kleidung, das sie trug, klebte eng an ihren Kurven.

Nasse Haarsträhnen lagen auf ihrer Haut und schickten Wassertropfen über Bauch und Oberschenkel. Sein Blick folgte mehreren Tröpfchen, und sogleich erhitzte sich sein Blut – als würde er wieder im Sonnenlicht sitzen. O, wie gern er sie mit dem Mund auffangen würde …

Zane ging in Kampfposition und stellte sich vor ihn. „Feind im Anmarsch."

„Lass sie nur kommen." *Wenn* sie konnte. Ob der Luftschild sie diesmal aufhalten würde?

Neugierig und angespannt stand Layel mit zu Fäusten geballten Händen da. Ein Teil von ihm hoffte, dass sie zu ihm gelangen würde. Er hatte versucht, ihre sinnliche Ausstrahlung zu ignorieren, dieses Gefühl des Erkennens, das ihn jedes Mal durchrieselte, wenn sie ihn ansah. Er hatte es versucht und versagt. Es war allerhöchste Zeit, dass dieser Wahnsinn ein Ende nahm. Susan hatte etwas Besseres verdient. Und es gab für ihn nur einen vorstellbaren Weg, wie man diesem neuen Verlangen ein für alle Mal Einhalt gebieten konnte. Tod.

Da er noch nicht bereit war, zu sterben, blieb nur eine Option. Die Amazone musste sterben. Er wäre deswegen nicht traurig und würde sie nicht vermissen. Er kannte sie ja nicht mal.

„Fass sie nicht an. Nähere dich ihr nicht mal, ganz egal, was sie tut oder sagt."

Der Befehl überraschte sie beide, aber er widerrief ihn nicht. Sie gehörte ihm. In seinen Händen sollte sie ihren letzten Atemzug tun.

Mit zusammengekniffenen Augen ging Zane aus dem Weg. Er ließ Delilah nicht aus den Augen, während sie an ihm vorbeiging. Noch immer gab es kein Anzeichen für einen Luftschild.

Sie warf ihm einen vernichtenden Blick zu, ehe sie ihre gesamte Wut wieder auf Layel richtete. „Ein Bodyguard", sagte sie und zog die Augenbrauen hoch. „Angst vor einem kleinen Mädchen, Vampir? Ich weiß zwar nicht, warum, aber ich habe mehr von dir erwartet."

Dass sie jetzt nur wenige Zentimeter von ihm entfernt stand und ihr vom Meer geküsster Duft seinen Geruchssinn quälte, elektrisierte ihn. Er hatte gerade erst beschlossen, sie zu töten. Aber kann ich das überhaupt? fragte er sich, als er ihr in die Augen sah. Dieses Violett ... darin konnte man sich verlieren. Er hielt noch immer die geballten Fäuste an den Seiten, doch seine Muskeln waren entspannt. *Na los. Schlag zu!* Nicht mal ein Zucken.

„Es ist mir egal, was du erwartet hast. Deine Meinung ist bedeutungslos für mich." Grausam, ja, aber notwendig. Wenn er ihr körperlich nicht wehtun konnte – *Was hält dich davon ab?*

Ist doch ganz einfach. Beweg dich! –, würde er sie emotional verletzen müssen. Alles, um sie auf Abstand zu halten.

Ihr fiel die Kinnlade herunter, und in ihren Augen blitzte der Schmerz auf – den sie jedoch blitzschnell versteckte.

Es muss so sein, rief er sich in Erinnerung, da er offenbar nicht Manns genug war, sie umzubringen. „Komm nicht noch einmal in meine Nähe, Frau. Sieh mich nicht an, atme nicht mal in meine Richtung."

Während er sprach, fuhr sie sich mit der Zunge über die Zähne. „Als ob nur *ich* es wäre, die *dich* ansieht. Aber ich sage dir jetzt mal was, Vampir: Ich werde aufhören, dich anzusehen, wenn du aufhörst, mich anzusehen."

Seine Kiefermuskulatur wurde hart – und er weigerte sich, sich einzugestehen, was beim Anblick ihrer rosafarbenen Zunge noch hart wurde. „Abgemacht." Er zwang sich, sich in Bewegung zu setzen, und versuchte, ihr auszuweichen.

Sie versteifte und sprang wieder direkt vor ihn. „Bleib, wo du bist. Es gibt noch ein paar Dinge, die wir klären sollten."

Er hielt sein Wort und hielt den Blick von ihr abgewandt. „Nein. Und jetzt geh mir aus dem Weg, Amazone." Es war ein Fehler gewesen, sie so nah an sich heranzulassen. Nicht nur, dass seine Haut plötzlich zu heiß war, sie fühlte sich auch zu eng an, und sein Magen schien verknotet zu sein.

„Du warst sehr unhöflich", sagte sie. „Ich habe Männer schon wegen weniger getötet."

„Willst du einen Preis?", fragte er trocken. Noch immer gelang es ihm, seinen Blick auf den Strand gerichtet zu halten. Ihr salziger Meeresatem reizte ihn weiterhin, stark, wunderbar. Quälend vertraut.

„Ich würde mich damit zufriedengeben, deine Eier in meinem Trophäenzelt auszustellen."

Das fand er *nicht* lustig. „Vielleicht später. Im Augenblick brauche ich sie noch." Er ging auf Brand zu, der mit angezogenen Beinen am Ufer saß und ihm den Rücken zuwandte.

Seine geflochtenen blonden Haare waren genauso tropfnass wie Delilahs. Offensichtlich waren die Luftschilde gerade nicht aktiv, denn die Kreaturen konnten einander jetzt berühren.

Als hätte er ihn gespürt, sprang Brand auf die Füße und wirbelte herum. Er verzog die Lippen zu einem Grinsen und strahlte eine Feindseligkeit aus, als wäre ihr Kampf nie unterbrochen worden. „Ich hatte dich früher erwartet."

„Mein Lebensziel ist es, dich zu enttäuschen. Bereit, zu sterben?"

„Komm, hol mich, Blutsauger."

„Ist mir ein Ver…" Wieder prallte Layel gegen diese verfluchte unsichtbare Mauer, sodass ihm die Luft aus der Lunge wich.

Brands Grinsen bekam einen selbstgefälligen Zug. „Was ist los? Meinung geändert? Angst?"

Ruhig. Zeig keine Gefühle.

„Du bist der Feigling, Drache", sagte Delilah, die plötzlich neben Layel stand. Brands Selbstgefälligkeit verwandelte sich in Wut.

„Kannst du weitergehen?", fragte Layel, ohne sie anzusehen. Gleichzeitig versuchte er, seine Freude darüber zu verdrängen, dass sie ihm beigestanden hatte.

Sein barscher Ton empörte sie. „Kannst du es?"

„Frau."

„Das ist nicht mein Name." Sie ließ Layel nicht aus den Augen; er konnte die Hitze ihres Blicks spüren. Ein schneller Seitenblick bewies ihm, dass er recht hatte – und verriet ihm ebenfalls, dass ihre Fäuste noch immer geballt waren, als ob sie jeden Moment damit rechnete, von Brand angegriffen zu werden.

„Kannst du weitergehen als bis hierher, *Frau*?"

Schweigen.

Er wartete. Sogar Brand wartete. Trotzdem sagte sie nichts. Hatte er sie wieder verletzt? Hatte sie Tränen in ihren wunderschönen lavendelfarbenen Augen? Warum erfreute ihn diese Vorstellung nicht annähernd so sehr, wie sie sollte?

„Mein Name ist Delilah."

„Ich weiß."

Ihre Schulter berührte flüchtig seinen Arm, und er fauchte. „Sag meinen Namen", sagte sie plötzlich atemlos, „und ich erwäge, es herauszufinden."

Da war etwas in ihrem Ton … Pure Herausforderung lag über dem dünnen Unterton, als ob sie *wollte*, dass er sich weigerte. Er war sich nicht sicher, wie er reagieren sollte. „Warum sollte ich das tun?"

„Ich will meinen Namen aus deinem Mund hören."

„Noch mal: Warum?"

„Darum." Stur, wie sie war, gab sie keine Begründung.

„Sag mir, warum", verlangte er.

„Sag ihn einfach!"

„Nein", erwiderte er, während er in seinem Kopf *Delilah* flüsterte und jede einzelne Silbe lang zog. Der Name war Gebet und Fluch zugleich, wunderbar und böse. Er konnte nicht anders, er musste sie einfach ansehen. Er musterte sie von oben bis unten. Sie war so schön und trotzdem auf eine Art gefährlich, die ihr selbst nicht einmal bewusst sein konnte.

Eine Pause. Tiefes Luftholen, als ob sie um Geduld bat. „Mach, was du willst, Vampir. Aber wenn du meinen Namen schon nicht sagst, verrate mir zumindest deinen."

Es gab keinen Grund, ihr diese Bitte abzuschlagen. Sie würde es ohnehin herausfinden. „Ich heiße Layel."

Sie riss die Augen auf. „Der Vampirkönig?"

Er nickte knapp. War das, was in ihren Augen funkelte, Bewunderung? Gewiss nicht. „Versuch, an mir vorbeizugehen", forderte er sie auf. Widerstrebend fügte er hinzu: „Bitte." Es war einfacher, sie zu bitten, als ihr das zu geben, was sie wollte.

Leise und zitternd ging sie dichter auf Brand zu. Ungehindert, uneingeschränkt. Layel war wütend, dass ihr das möglich war und ihm nicht. Doch sie blieb nicht dort, sondern kehrte zurück an seine Seite.

„Willst du, dass ich den Drachen für dich töte, wenn ich schon mal hier bin?“, fragte sie so beiläufig, als würden sie sich über das Wetter unterhalten.

Brand schnaubte und schien nicht die geringste Angst zu haben. Dumm.

Layel schüttelte knapp den Kopf. „Warum?“, fragte er in Richtung Himmel. Doch falls die Götter ihn hörten, gaben sie ihm kein Zeichen. Wie immer.

„Vielleicht mache ich es dann einfach aus eigenem Antrieb“, sagte sie in Richtung Brand und ignorierte Layel, während sie die Augen leicht zusammenkniff. „Ich habe nicht vergessen, was ihr meiner Schwester angetan habt.“

Der Drache rieb sich mit zwei Fingern über den Kiefer. „Das wenige, das ihr angetan wurde, hat sie sich selbst zuzuschreiben. Und außerdem habe ich das Gefühl, es ist nicht vorgesehen, dass wir einander etwas antun. Warum sonst hätte man uns die Waffen abnehmen sollen?“

„Ich brauche keine Waffe, um dich zu besiegen.“ Layel stellte sich vor Delilah. Nicht um sie zu beschützen, sagte er zu sich selbst, sondern um Brands Aufmerksamkeit zu erregen. „Versuch du doch mal, den Schild zu durchbrechen, Drache.“

„Nein, ich glaube nicht“, erwiderte Brand. „Für mich ist diese Unterhaltung beendet. Und mit dir bin ich auch fertig, jetzt, da sich meine Wut gelegt hat. Ich werde dich der … zärtlichen Gnade der Amazone überlassen.“ Dann tat er das Undenkbare. Er ging weg. Ging einfach weg, verdammt.

Layels Eckzähne bohrten sich ihm in die Unterlippe, bis es blutete. Er versuchte, Brand zu folgen. Konnte aber nicht.

Delilah stellte sich wieder vor ihn, um ihm den Blick auf den Drachen zu versperren, der sich langsam zurückzog. „Wie gesagt: Du und ich, wir müssen ein paar Dinge besprechen.“

Er schob das Kinn vor, ehe er sich zwang, sein Gesicht zu

entspannen. Sie war noch immer kampfbereit, schien sich noch immer nach einem Kampf zu sehnen. „Armes kleines Ding." Er war nicht bereit, ihr zu geben, was sie wollte. „Habe ich deine Gefühle verletzt, als ich dich gerade habe stehen lassen?"

Ihre Wangenknochen verfärbten sich pink, wodurch die Sommersprossen auf ihrer zierlichen Nase betont wurden. Ob sie Grübchen hatte, wenn sie lächelte? Falls sie jemals lächelte. Bislang hatte die Amazone ihn nur wütend angestarrt.

Susan hatte zwei Grübchen gehabt, und man hatte sie nur selten ohne ein Lächeln auf den Lippen gesehen. Ihr Lächeln hatte ihn immer verzaubert. Warum also bewegte Delilahs finsterer Blick ihn genauso sehr?

Layel hätte sich fast gegen die Schläfen geschlagen, um diesen quälenden Gedanken auszumerzen. Er würde keine andere Frau mit Susan vergleichen. Es gab keinen Vergleich. Keine andere konnte an sie heranreichen.

„Warum siehst du mich so an?" Delilah klang eher neugierig als wütend. „Oder besser: Warum siehst du mich überhaupt an? Du sagtest doch, das würdest du nicht mehr tun."

Weil ich ein schrecklicher Ehemann bin. „Wie habe ich dich denn angesehen?" Er blickte an ihr vorbei aufs Wasser und die gläserne Kuppel, die so nah und doch so fern war. *Als ob ich dich eng an mich ziehen und zugleich wegstoßen will? Als ob ich dich zugleich schmecken und töten will? Als ob du auf eine Art gefährlich bist, zu der du kein Recht hast?*

„Als ob ich ein widerwärtiger Dämon wäre", antwortete sie.

Sie war kein Dämon; sie war viel schlimmer. Doch wenn er das zugäbe, würde sie Macht über ihn erlangen. „Warum bist du zu mir gekommen, Amazone? Was willst du von mir? Und sei dir darüber im Klaren, dass ich nicht gegen dich kämpfen werde, ganz gleich, was du sagst. Nicht jetzt. Hör auf, zu versuchen, mich zu provozieren."

„Ich habe nicht versucht, dich zu provozieren", sagte sie entrüstet.

„Du hast es trotzdem geschafft. Ich habe dir eine Frage gestellt. Die wirst du jetzt beantworten."

Zuerst reagierte sie nicht auf seine Worte. Dann schürzte sie die Lippen. Diese vollen wunderbaren Lippen. Wie sie sich wohl auf seiner Haut anfühlen würden? Wie sie …?

Mit einem Fauchen schlug sie mit dem Bein aus und trat ihn gegen die Knöchel, so wie er es bei ihr im Wald getan hatte. Gleichzeitig drückte sie gegen seine Schultern, sodass er nach hinten flog und keine Möglichkeit hatte, die Balance zu halten oder sich zu fangen. Als er landete, kam er hart auf.

Du hättest nicht so dumm sein dürfen, dich in Gegenwart einer Amazonenkriegerin ablenken zu lassen, schalt er sich selbst, während er nach Luft schnappte. *Nicht in Gegenwart irgendeines Feindes, aber schon gar nicht eines so launischen.*

Delilah sprang auf ihn und drückte mit den Knien seine Schultern in den Sand. Er stellte fest, dass sich eine weitere Komponente in ihren Duft gemischt hatte. Erregung. Die Entdeckung schockierte ihn. Heiße sexuelle Erregung. Sein Mund wurde trocken, und seine Zunge war ganz wild darauf, zwischen ihren Beinen zu züngeln, wo sie feucht wäre. Wenn er sich bewegte, wenn er den Kopf nur ein bisschen anhob, könnte er seinen plötzlichen, dringenden Durst stillen.

Nein. *Nein!*

„Schon besser", sagte sie und vibrierte förmlich vor Befriedigung. Und Enttäuschung? *Wollte* sie schwächer sein als er? Bestimmt nicht. Für sie konnte so etwas nur Erniedrigung bedeuten. „Der König der Vampire, meinem Willen ausgeliefert. Jetzt wirst du *meine* Fragen beantworten. Sag mir, warum du nicht versucht hast, nach Hause zu schwimmen, so wie der Rest von uns. Du weißt etwas. Du musst."

Während er sein Verlangen niederkämpfte – nur eine Berührung, nur ein Mal schmecken –, blaffte er: „Ich werde niemals deinem Willen ausgeliefert sein. Niemals dir gehören. Punkt."

„Das werden wir ja noch sehen.“ Weiche Haarsträhnen streichelten flüchtig seine Wangen. Tief in seiner Kehle wuchs ein Schnurren heran, und er knurrte, um es zu kaschieren. „Ich habe von deinen Eroberungen gehört, Vampirkönig.“

„Ach ja?“ Langsam ließ er die Hände zu ihrer Hüfte wandern und tat, als wolle er sie festhalten und enger an sich ziehen. Er hasste sich dafür, dass er längst nicht so viel schauspielern musste, wie es hätte sein sollen.

Sie protestierte nicht. „Ja. Wirklich beeindruckend. Du hast die Königin der Dämonen getötet, hast sie ausgesaugt. Du hast mehr Drachen abgeschlachtet als irgendjemand vor oder nach dir. Du quälst gnadenlos, nur um deinen Gegner schreien zu hören.“

„Und trotzdem wirkst du angesichts solcher furchtlosen Festgelage bemerkenswert unbeeindruckt.“

„Hast du zufällig von *meinen* Eroberungen gehört?“ Sie klang hoffnungsvoll.

„Nein.“ Hatte er nicht, wünschte sich aber, dass es anders wäre.

„Lügner“, erwiderte sie und konnte ihre Enttäuschung nicht verbergen.

„Ich habe schon von vielen Dingen gehört, ja, aber davon nicht.“ Als sie den Mund öffnete, um womöglich von ihren eigenen Siegen zu berichten, fügte er hinzu: „Und ich wünsche auch nicht, davon zu erfahren.“ Das war der Beweis dafür, dass sie recht hatte, er war ein Lügner.

In ihren Augen loderten Flammen, als sie sich über die Lippen leckte und abermals diese rosa Zunge entblößte. „Alles, was ich wissen will, ist, *warum* …“

Mit einer schnellen Bewegung aus den Handgelenken warf er sie über Kopf. Sie landete auf dem Rücken und rollte sich ein Stück, doch das hatte er erwartet und war selbst ein Stück zurückgerollt. Nun drückte er *sie* mit seinem Gewicht in den Sand. Hinter ihnen ertönte ein Keuchen. Gefolgt von Lachen und

Jubeln. Trotzdem raschelten keine Schritte im Sand. Vielleicht konnten die anderen, genau wie er, die Schilde nicht durchbrechen. Oder vielleicht genossen sie einfach die Darbietung.

Delilah lag für einen Moment verblüfft da.

„Was wolltest du gerade sagen?“, fragte er und zog selbstgefällig eine Augenbraue hoch.

„Lass mich los, Layel. Sofort.“

Ihre Brüste drückten gegen seine Brust, ihre Nippel waren hart und fordernd. Er war so unglaublich versucht, sie zu streicheln. Zitterte vor Verlangen, wie er feststellte. „Was machst du mit mir? Wie schaffst du es, dass ich so fühle?“

Sie blinzelte ihn ehrlich verwirrt an. „Was meinst du?“

Er würde seine Wünsche gewiss nicht laut aussprechen. Sie waren falsch und inakzeptabel. O ja, er wusste, dass Männer und Frauen andauernd neue Ziele für ihre Begierde suchten. Dass viele, die ihren Liebsten verloren hatten, eine Weile trauerten und dann jemand anderen fanden.

Er konnte das nicht und würde es auch nicht tun.

Susan war auf die schmerzhafteste und brutalste Art getötet worden, die man sich nur vorstellen konnte. Sie war erniedrigt, benutzt, bespuckt und schließlich verbrannt worden. Sie hatte gespürt, wie ihr Baby in ihrem Bauch starb. Wie die Bewegungen immer langsamer wurden, bis sie schließlich ganz aufhörten. Sie hatte um Gnade gefleht und um seine Hilfe, doch er war nicht schnell genug bei ihr gewesen. Er hatte sie nicht gerettet.

Er verdiente keine weitere Chance in der Liebe.

Er verdiente keine andere Frau.

Aber noch viel mehr verdiente Susan es nicht, dass die Erinnerung an sie von einer anderen Frau überschattet wurde.

„Was meinst du?“, insistierte Delilah und griff nach oben.

Was sie vorhatte, würde er vielleicht nie erfahren. Mit einem lauten Brüllen sprang er auf die Füße. „Fass mich nicht an. Halt dich einfach von mir fern, Amazone. Verstehst du?“

Er wartete nicht auf ihre Antwort, sondern stapfte davon.

Stapfte davon, bevor er sie noch ansah, den Schmerz in ihren Augen sah und sich entschuldigte. Bevor er sie anflehte, seine Worte zu ignorieren und ihn trotzdem anzufassen. Bevor er sich ihr in die Arme warf und sie schluchzend um eine Chance bat, die er nicht verdient hatte.

Sand flog ihm gegen die Beine, und er wusste, dass sie aufgestanden war. „Ich bin nur zu dir gekommen, um dich zu fragen, ob du weißt, warum wir hierher gebracht wurden", rief sie. Ihre Stimme klang emotionslos. Nur eine Distanziertheit lag darin, die er auf einmal genauso hasste wie die Drachen.

Schweigend entfernte er sich weiter von ihr. Er bewegte sich mit einer Entschlossenheit, die er sich normalerweise für das Schlachtfeld aufhob. *Ein verliebter Blick von einer Frau, und ein Teil von dir sehnt sich danach, Susan zu vergessen. Du hast ihr eine Ewigkeit versprochen, aber du hast ihr nur ein paar Hundert Jahre gegeben. Erbärmlich.*

Er zuckte zusammen und hielt sich die Ohren zu. In seinem Innern stiegen dunkle verräterische Gefühle auf und drohten überzukochen. Wenn sie die Oberhand gewannen, wäre Layel für immer an sie verloren. Dann gäbe es kein Zurück, keine Möglichkeit, seine geistige Gesundheit zurückzuerlangen. Die Rache wäre vergessen, und er wäre nur noch in der Lage, seinen eigenen Schmerz zu sehen.

„Weißt du es? Weiß es irgendjemand hier?", schrie Delilah.

„Ja, ich", ertönte eine Stimme, die jede Silbe genießen zu schien. „Ich weiß es."

4. Kapitel

Delilah erstarrte. Diese Stimme … diese Macht … Ihr Leben lang hatte sie noch nie einen solchen Klang gehört oder solch eine Präsenz gespürt. Und trotzdem reichte das Gefühl nicht annähernd an den Schock heran, den sie verspürt hatte, als sie Layel, dem König der Vampire, unmittelbar gegenübergestanden – auf ihm gesessen und unter ihm gelegen – hatte.

Natürlich hatte sie viele Geschichten über die Macht dieses Mannes gehört. Über seine dunkle Natur, seinen unstillbaren Durst nach Blut und Macht. Entzückende Eigenschaften, wie sie fand, und sie konnte nicht anders, als sich danach zu sehnen, seine gesamte Stärke, seine ganze Inbrunst noch einmal unter sich zu spüren. Er war Krieger durch und durch und würde sich nicht dafür interessieren, was ihre Schwestern von ihm hielten. Er würde für seine Überzeugung kämpfen und auf die Konsequenzen pfeifen.

Er war die Art Mann, die sie sich insgeheim seit Jahren wünschte. Ein Verlangen, das jedes Mal stärker wurde, wenn sie ein verliebtes Paar sah – ganz gleich welcher Rasse. Die Art Mann, die sie einst zu haben geglaubt, dann aber wieder verloren hatte, weil er nur eine Nacht mit ihr gewollt hatte. Doch im Gegensatz zu dem anderen, Vorik, der auf dem Gipfel der Leidenschaft behauptet hatte, sie für immer zu begehren, hatte Layel gesagt, dass er nichts mit ihr zu tun haben wolle. Sollte sie ihm glauben? Seine heißen Blicke ließen auf etwas anderes schließen.

Sie wünschte sich beinahe, sie hätte mehr Zeit mit der männlichen Spezies verbracht. Doch abgesehen von ihrem Stelldichein, das unter einem schlechten Stern gestanden hatte, verkehrte ihr Stamm nur zweimal im Jahr mit ihnen – zur Paarungszeit. Dann entführten sie die Männer aus ihrem Zuhause, machten sie zu Sklaven und benutzten ihre Körper mehrmals. Waren die Amazonen schließlich mit ihnen fertig, schickten sie sie einfach fort. Weil Vorik keiner dieser Sklaven gewesen war, hatte Delilah nach all seinen zärtlichen Versprechungen und heißen Liebkosungen dummerweise gehofft, dass ihr Mann darum kämpfen würde, bei ihr zu bleiben. Oder wenigstens darum, sie mitzunehmen.

Nicht mal umgedreht hat er sich, dachte sie grimmig.

Seitdem hatte sie sich unzählige Male gefragt, warum keiner der Männer – nicht nur ihrer Männer – jemals mehr gewollt hatte. Schließlich hatte nicht einer der Sklaven einen Kampf angezettelt, nachdem er begriffen hatte, wohin er gebracht wurde und zu welchem Zweck. Sie schienen sogar überglücklich zu sein. Willig und bereit. Und obwohl sie Sklaven waren, wurden sie gut behandelt und bekamen Sex, wann immer sie wollten.

Doch auch wenn die Amazonen eine Zeit lang für Spaß gut waren, so waren sie offenbar nichts für die Ewigkeit. *Was stimmt denn nicht mit mir?* Auch wenn sie ihre Jungfräulichkeit dank Vorik bereits vor langer Zeit verloren hatte, konnte sie die Sklaven nicht mal zum Stressabbau durch unverbindlichen Sex benutzen, so wie es eigentlich vorgesehen war.

Seit ihrem Liebhaber hatte Delilah niemals den Drang verspürt, sich einem anderen hinzugeben, nur um ihn später wegzuwerfen – oder selbst weggeworfen zu werden, da ihm sein altes Leben wichtiger war als das neue, das er mit ihr aufbauen könnte. Aber Layel … Ihn begehrte sie, das musste sie sich eingestehen. Sie sehnte sich danach, dass sich ihre schweißbedeckte Haut aneinanderrieb. Sehnte sich danach, dass sich sein Körper über ihrem wandte und anspannte.

Dummes Mädchen. Sie konnte sich nach so etwas sehnen, aber sie könnte es sich niemals erlauben. Ihr Verlangen nach Layel war bereits zu stark. Wie viel mehr würde sie ihn wollen, wenn sie erst wusste, wie es sich anfühlte, wirklich von ihm berührt zu werden? Das wahre Glück? Sie würde sich ihm voll und ganz hingeben, und dennoch würde er anschließend weggehen. Und sie wäre wieder vergessen. Allerdings hatte sie den Verdacht, dass sie diesmal nicht über den Verlust hinwegkäme. Man hatte ihr einen Blick auf den Mann hinter der Legende gewährt, und ihr hatte gefallen, was sie gesehen hatte.

Jemand trat ihr auf den Fuß und katapultierte sie aus ihren beunruhigenden Gedanken zurück in die genauso beunruhigende Gegenwart. Was in Hades Namen ging hier vor sich? Alle bewegten sich langsam auf den Strand zu.

„Gib dich zu erkennen", sagte der Drache mit der Flechtfrisur zu dem unsichtbaren Wesen. Dabei breitete er die Arme aus, während er sich vor ihr im Kreis drehte. „Wenn du den Mut dazu hast."

Jemand schnappte erschrocken nach Luft. Jemand zeigte mit dem Finger.

Wunderbar. Noch eine Überraschung. Delilah sah in die Richtung, in die der Finger zeigte, und ihre Augen wurden größer. Dort, über dem Wasser, begann die Luft sich zu kristallisieren und zu verdicken. Eine gute Macht? Oder eine böse? Sie stellte ihre Beine im Ausfallschritt und war bereit, jeden Augenblick loszuspringen und anzugreifen. Die anderen Kreaturen, bemerkte sie, taten das Gleiche. Alle bereiteten sich auf einen Kampf vor.

Leider war die einzige Waffe, die jedem von ihnen zur Verfügung stand, sein eigener Körper.

Selbst Layel war stehen geblieben, um die Wirbel in der Luft anzusehen. Sein Gesichtsausdruck war aufmerksam, wenn auch ungezähmt, wild und unzivilisiert, und irgendwie lagen darin eindeutig Anzeichen von Sinnlichkeit.

„O, ich habe den Mut dazu. Aber hast du ihn auch, Drache? Oder irgendjemand von euch? Das wird nur die Zeit zeigen." Wind kam auf und besprühte sie mit nassen Tropfen.

„Einwohner von Atlantis, willkommen im Paradies, das für die Götter erschaffen und nun mit großer Freude euch überlassen wurde, unseren treuen Dienern."

Paradies? Diener?

Die Stimme kam vom Wasser, doch die Luft wurde nicht vollständig zu einem Wesen. Sie blieb einfach dick und gesprenkelt in der *Gestalt* eines Menschen – groß, vermutlich männlich. Drei Meerjungfrauen – eine blonde, eine brünette und eine rothaarige – schwammen um die unklare Form herum und bewunderten gurrend seine Macht und Herrlichkeit.

„Habt keine Angst", fuhr das Wesen fort. „Ihr wurdet auserwählt, um an einem monumentalen Ereignis teilzunehmen. Im Gegenzug bitten wir euch lediglich darum, uns euren Mut, eure Kraft und eure Gerissenheit zu zeigen – Qualitäten, die ihr auf den Schlachtfeldern bei euch zu Hause hinreichend zur Schau gestellt habt." Er machte eine Pause. Vermutlich wartete er auf das eine oder andere Nicken und zustimmende Gemurmel.

Er bekam keins von beidem. Die anderen waren ohne Zweifel genauso perplex wie Delilah.

Vom Wasser her ertönte ein verärgertes Grollen.

„Warum habt ihr uns hergebracht?", fragte Delilah, bevor das Wesen weitersprechen konnte. Bislang hatte es keine Antworten geliefert, sondern lediglich für noch mehr Verwirrung gesorgt.

„Das wird Ärger geben", sang eine der Meerjungfrauen fröhlich.

„Sprich nicht in diesem Ton mit mir", verkündete die dröhnende Stimme, wobei die Gelee-Luft gewaltig zu wackeln begann.

„Und du kannst nicht einfach …", hob Delilah von Neuem an.

„Ruhe!"

Ein Wasserstrahl traf sie mit solcher Kraft, dass sie auf die Knie fiel und nach Luft schnappte. Ihr Mund füllte sich, und sie verschluckte sich heftig. *Zeig keine Angst, auch nicht im Angesicht des Todes.* Das zweite Gebot. Sie mochte heute die meisten Gebote gebrochen haben, aber gegen dieses würde sie nicht verstoßen.

Automatisch suchten ihre Augen nach Layel. Dem Mann, der ihr das Gefühl gab, zugleich beschützt und gehasst zu werden. Er hatte die schönen blauen Augen leicht zusammengekniffen, während er zu ihr herübersah. Seine weichen Lippen wirkten schmal. War er verärgert? Sie hatte nicht gesehen, dass er sich bewegt hatte, und doch schien er ihr näher zu sein als zuvor. Sie zwang sich, einen neutralen Gesichtsausdruck zu bewahren.

„Nächstes Mal wirst du vom Wasser *begraben*, Amazone", warnte das Wesen sie.

Sie gab keine Antwort, auch nicht, als der Wasserstrahl verebbte und sie wieder Luft holen konnte. Als Kriegerin hatte sie bereits im Alter von fünf Jahren mit der Kampfausbildung beginnen müssen. Jedes Mal, wenn sie in einer Trainingsstunde versagt hatte, war sie übel bestraft worden. Meist hatte man sie ausgepeitscht, bis ihre Haut in Fetzen herabhing. Manchmal war sie auch mit Steinen beworfen worden. Oder sie hatte durchs Lager gehen und ihre Fehler so laut rufen müssen, dass alle es hören konnten.

Sie verstand die Notwendigkeit einer solchen Ausbildung und bereute sie nicht. Ihre Vorfahren hatten Männern aller Rassen als Sklavinnen gedient – genauso wie die Sklaven, die sie heute für zwei Monate im Jahr in eigenes Lager brachten. Nur dass ihre Gefangenschaft damals ewig gewesen war. Oder ewig hatte sein sollen. Eines Tages hatten sie sich erhoben, angegriffen und waren geflohen. Fest entschlossen, niemals wieder ein ähnliches Schicksal zu erdulden. Fest entschlossen, dass so etwas keiner Amazone widerfahren würde. Das war die Geburtsstunde der Gebote gewesen.

Delilah trug sowohl ihre inneren als auch ihre äußeren Narben stolz zur Schau, denn sie hatte gelernt, niemals bei derselben Sache zweimal zu versagen. Dieser Gott bekäme nicht noch einmal die Gelegenheit, sie vorzuführen.

„Unverschämtheit wird nicht toleriert. Wir sind höhere Wesen, eure Anführer, eure Erschaffer. Ihr werdet uns mit dem Respekt behandeln, den wir verdienen, sonst werdet ihr unseren Zorn zu spüren bekommen."

Wir. Hier war nur ein Wesen zu sehen, und dennoch sprach er von anderen. Waren sie alle hier? Unsichtbar? Die Vorstellung machte ihr keine Angst, nein, sie machte sie wütend. Ein unsichtbarer, unbekannter Feind ließ sich schwieriger besiegen.

„Hört alle her. Ihr seid unsere Kreationen. Eure Aufgabe ist es, uns zu unterhalten und zu beschützen, und dennoch haben wir noch nie Gebrauch von euch gemacht. Ihr wart viel zu lange vergessen, weil wir uns auf die Menschen konzentriert haben. Aber ihr braucht diese Vernachlässigung nicht länger zu ertragen. Wir haben uns wieder an euch erinnert, und nun sollt ihr unser Wohlwollen spüren."

Wieder machte die Stimme eine Pause, als ob alle ihrer Freude darüber Ausdruck verleihen sollten, dass man sich an sie erinnert hatte. Als keine Reaktion kam, war wieder ein verärgertes Grollen zu hören.

„Unser größter Wunsch ist es, alles über euch zu erfahren. Seit vielen Wochen beobachten wir euch intensiv. Wir fragen uns, wer von euch der Stärkste ist. Jene, die von Apollos Flamme berührt wurden? Jene, die mit Aphrodites Schönheit gesegnet sind? Jene, die Ares' Kriegsdurst in sich tragen? Und so seid ihr hierher auf diese Insel gekommen. Denn nach sorgfältiger Erwägung haben wir die Mutigsten und am meisten Gefürchteten unter euch aus der Menge ausgewählt." Wieder kam ein kräftiger Windstoß auf. „Meine getreuen Diener, es ist an der Zeit, dass ihr uns ein für alle Mal eine Antwort auf diese große Frage gebt."

Delilah musste sich ein Stöhnen verkneifen. Sie ahnte, was der Gott – denn was konnte diese Macht sonst sein, wenn kein Gott? – als Nächstes sagen würde. Sie würden die hier anwesenden Kreaturen zwingen, gegeneinander zu kämpfen. Zwar machte ihr das Kämpfen nichts aus, aber es gefiel ihr nicht, von ihrem Zuhause ferngehalten zu werden, von Lily, um …

Lily.

Verdammt noch mal! Was war mit dem Mädchen geschehen, nachdem Delilah verschwunden war? War sie sicher nach Hause gekommen? Hatte man sie wieder gefangen genommen? Verletzt? Delilah ballte die Hände zu Fäusten. Sie verspürte den Drang, auf irgendetwas einzuschlagen. Auf irgendjemanden. Das zehnte und wichtigste Gebot war, immer die Königin und ihre Familie zu beschützen. Hatte sie Lily der Gnade der Drachen überlassen?

„Das wird weder ein leichtes Unterfangen, noch wird es schnell gehen. Nicht für euch und nicht für uns. Um den Sand nach Gold zu durchsieben, braucht es Zeit. Deshalb werdet ihr hier auf der Insel bleiben“, fuhr das Wesen fort, „und in zwei Teams eingeteilt. Alle paar Tage werdet ihr getestet und herausgefordert. Das ist unsere Art, das Gold vom Sand zu trennen. Es liegt an euch, uns euren Mut zu zeigen und uns darin zu bestärken, dass es richtig war, nach Atlantis zurückzukehren.“

„Alle paar Tage“ bedeutete mehrere Wochen, wenn nicht sogar Monate. Ihre Nägel gruben kleine Halbmonde in ihre Handflächen. *Was habe ich getan, dass ich das hier verdient habe?* Mut sollte belohnt werden und nicht bestraft.

„Bevor ihr eurer Freude über die große Ehre Ausdruck verleiht, die euch hiermit zuteilwird, solltet ihr wissen, dass wir uns mehrere Tage lang ausgetauscht haben, bevor wir euch hierher brachten. Und über eine Sache waren wir uns sofort klar: Die Schwachen sollen den Stachel unserer Enttäuschung spüren.“ Wieder eine spannungsgeladene Pause. „Deshalb wird sich das Verliererteam am Ende mit uns beraten. Gemeinsam werden wir ein Mitglied aussuchen, das … hingerichtet wird.“

Am gesamten Strand waren Laute des Entsetzens zu hören. Delilah war fassungslos. Hingerichtet? Weil man eine alberne Prüfung nicht bestand? Eine Prügelstrafe hätte sie noch verstehen können – welche Amazone konnte das nicht? –, aber den Tod? *Spielt das eine Rolle? Du wirst gewinnen, was auch immer es kostet.*

„Wir haben keinen Zweifel daran, dass ihr alle euer Bestes geben werdet. Aber am Ende kann es nur einen Sieger geben."

„Mein Herr", sagte Brand und trat vor. „Wir …"

„Für den Moment", schnitt der Gott dem Drachen das Wort ab, „bleibt mir zu sagen: Der heutige Tag steht euch zu eurer freien Verfügung. Die Elemente werden euch nicht länger im Wege stehen." Das schien direkt an Layel und den anderen Vampir gerichtet zu sein. Hatte man sie verletzt? „Tankt neue Energie, fertigt die Waffen, die ihr auf eurem Weg zum Sieg zu brauchen meint. Ich habe dafür gesorgt, dass ihr euch kurz nach dem Aufwachen nicht gegenseitig umbringt, aber ich werde nicht länger eingreifen. Seid euch nur bewusst, dass die Vernichtung einer anderen Kreatur zugleich die Vernichtung eures Teams bedeuten kann – was einen Schritt in Richtung Exekution bedeuten könnte. Willkommen im Paradies, Bewohner von Atlantis. Lasst die Spiele beginnen."

Die angedickte Luft begann auseinanderzubrechen, sich zu Regentropfen zu verdünnen … dann zu Nebel. Doch der löste sich ebenfalls bald auf und verschwand in dem heiteren Blau über ihnen. Ein Blau, das so klar und unergründlich war wie Layels Augen.

Alle drei Meerjungfrauen tauchten unter die Wasseroberfläche ab. Einen Augenblick später ragten ihre schillernden Schwänze auf und wackelten. Dann verschwanden sie ebenfalls. Noch immer sprach niemand am Strand ein Wort.

Vielleicht waren sie wie Delilah zutiefst erschüttert, sodass ihre Stimmen nicht funktionierten.

Nola war die Erste, die sich regte. Sie kam zu Delilah herüber, nahm sie, ohne stehen zu bleiben, am Arm und zog sie in die umliegenden Palmen. Als sie so weit von den anderen weg waren, dass niemand sie hören konnte, blieb die Kriegerin stehen und wirbelte herum. „Was sollen wir tun? Wer *war* das?“

„Ich weiß es nicht.“ Delilah massierte sich den Nacken, und mit jeder Sekunde, die verstrich, begann sie, die Situation mehr zu hassen. „Ich weiß es einfach nicht. Höchstwahrscheinlich Poseidon. Schließlich ist er der Gott des Wassers.“ Noch nie zuvor hatte sie Umgang mit einem Gott gehabt und auch nie gedacht, dass es einmal passieren würde. Wie das Wesen gesagt hatte: Die himmlischen Herrscher hatten sich viele Tausend Jahre nicht um die Einwohner von Atlantis gekümmert – und das war gut so gewesen.

„Die Stimme hat andauernd von *wir* gesprochen“, fuhr Delilah fort. „Es sind also noch mehr beteiligt.“

„Tatsächlich? Ist mir gar nicht aufgefallen. Ich konnte die ganze Zeit nur daran denken, dass ich gerade eine Kreatur ansehe, die nur aus Wasser besteht und von mir verlangt, mich zu beweisen, wenn ich nicht sterben will.“ Nola schüttelte den Kopf, wobei ihre dunklen Haare in alle Richtungen flogen. „Wir waren niemals Freundinnen, Delilah, aber du bist die einzige Person, der ich in diesem sogenannten Paradies vertraue. Was ist, wenn man uns trennt? In gegnerische Teams einteilt? Unser erstes Gebot lautet, immer einer Schwester in Not zu helfen. Wie kann ich dir helfen, wenn wir plötzlich Feinde sind?“

„Nola, ich bin genauso verwirrt wie du.“ Etwas Vergleichbares war ihr nie zuvor passiert. Meistens verliefen die Tage alle gleich. Aufwachen, Kampftraining, essen, Kampftraining, schlafen. Und dann wieder von vorn. Normalerweise bestand die einzige Abwechslung darin, tatsächlich in einer Schlacht zu kämpfen. Das taten sie mindestens zweimal im Jahr, ob sie provoziert wurden oder nicht, um ihre fortdauernde Stärke unter Beweis zu stellen. „Lass mich einen Moment nachdenken.“

Sie ging vor und zurück, nahm die Bäume nur verschwommen war. Nola war die Jüngere und Unerfahrenere von ihnen beiden. Das bedeutete, dass Delilah die Verantwortung dafür trug, das Mädchen am Leben zu halten. „Wir können die Insel nicht verlassen, so viel wissen wir schon mal. Und wenn wir sie nicht verlassen können, bedeutet das, dass wir an den dämlichen Spielen der Götter teilnehmen müssen, weil sie uns sonst töten." Wenn man sie zwingen sollte, gegeneinander anzutreten, wäre Delilah nicht in der Lage, Nola etwas anzutun. Das wusste sie. Auch nicht, wenn sie damit ihren eigenen Tod besiegelte.

Gewinnen, was auch immer es kostet. Das hatte sie noch vor wenigen Augenblicken gedacht. Jetzt schnaubte sie. „Vielleicht werden wir ja gar nicht getrennt, also machen wir uns darüber vorerst keine Gedanken. Jetzt sammeln wir erst mal so viele Stöcke, wie wir tragen können. Und jeden spitzen Felsen, der uns vor die Nase kommt. Ich will, dass wir bis zum Einbruch der Dunkelheit kampfbereit sind. Nur für alle Fälle."

Nola nickte steif, setzte sich aber nicht sofort in Bewegung. „Sag mir, dass wir bald nach Hause zurückkehren. Sag es mir, und ich werde dir glauben." Die Verletzlichkeit, die auf ihrem Gesicht lag, war überraschend.

„Wir werden nach Hause zurückkehren", erwiderte Delilah, ohne zu zögern. Eine Niederlage erlaubte sie einfach nicht. Niemals. *Was ist mit Layel? Er hat dich zu Boden befördert, hätte dich verletzen können, und du wärst nicht in der Lage gewesen, ihn aufzuhalten.* „Ich gebe dir mein Wort", quetschte sie an dem Kloß vorbei, der plötzlich in ihrem Hals steckte. Ihr Blut begann, in ihren Adern zu brodeln. Dieser verfluchte Mann – und diese verfluchten Götter! „Los jetzt. Bevor noch jemand auf die Idee kommt, sich jetzt schon Waffen zu bauen, und nichts mehr für uns übrig ist."

Tief in den Schatten verborgen hatte Layel dabei zugesehen, wie die Geschöpfe paarweise im Dickicht verschwunden waren.

Bestimmt, um zu reden. Zu planen. Sich zu bewaffnen. Im Augenblick war er viel zu wütend, als dass er sich hätte bewegen können. Die Götter hatten ihn von seinen Gefährten und aus seinem Krieg gerissen, nur um sich von ihm unterhalten zu lassen. Unverschämtheit!

„Das werde ich so nicht hinnehmen", blaffte Zane neben ihm.

„Ich auch nicht."

Zane blinzelte ihn überrascht an, als hätte er erwartet, dass Layel ihm eine Predigt hielt, statt ihm zuzustimmen. „Was können wir tun?"

„Wir können jedes Geschöpf umbringen, das der Gott auf die Insel gebracht hat. Dann sind keine Spieler mehr für sein sadistisches Spiel übrig, und wir können nach Hause."

„Was ist mit den Nymphen, die du so magst?"

Er seufzte. „Sie sind unsere Freunde. Die lassen wir leben."

„Was ist mit den Amazonen?"

Layel schloss für einen Moment die Augen, atmete ein und erschauderte. Er hatte schon einmal in Erwägung gezogen, Delilah zu töten, es aber nicht geschafft. Ein Fehler. Nun gab es noch einen Grund, es zu tun. Einen Grund, der sich nicht so einfach wegwischen ließ. „Die haben weniger Glück."

Auf Zanes blassem Gesicht machte sich ein Lächeln breit. „Die Götter werden es noch bereuen, dass sie uns hergebracht haben."

„Ja." Eine warme Brise streichelte das bisschen Haut, das nicht von Layels Kleidung bedeckt war – in seinem Gesicht und auf dem Arm, an der Stelle, wo einer der Drachen seinen Ärmel verbrannt hatte. Zwar roch er Salz und Tau, Blumenblüten, Früchte und die Erregung einer Frau – er wollte diesen Geruch doch verbannen, verdammt! –, aber auf dieser Insel fehlte der Duft der Verzauberung, den man in Atlantis wahrnehmen konnte.

In Atlantis konnte er durch die Hallen seines Palastes wandeln und sich vorstellen, Susan ginge an seiner Seite und lache ihn mit funkelnden grünen Augen an. Hier schien er an nichts anderes zu denken als an die kleine Amazone. Selbst jetzt sah er nur diese blauen Haare vor sich, die er in den Fäusten gehalten hatte. Das exotische Gesicht, in dem sich Leidenschaft und Lust gespiegelt hatten. Diese heißen Augen. Gespreizte Beine, den feucht glitzernden weiblichen Lustpunkt, seine Zunge, die diese Tätowierungen nachzeichnete.

Er sehnte sich nach ihrem Blut in seinem Mund.

Seine Eckzähne wurden spitzer, waren bereit … mehr als bereit …

Er würde sie zuerst töten, beschloss er und ballte die Hände zu Fäusten. Seine Nägel hatten sich wieder in Krallen verwandelt und schnitten ihm tief in die Handinnenflächen, bis sich warmes Blut in den Falten seiner Finger sammelte. *Warum bist du so aufgebracht? Warum tust du dir selbst weh? Wenn du noch mehr Blut verlierst, wirst du schwächer werden. Wie der Gott schon sagte: Du brauchst deine Kraft.*

„Wir warten bis zum Einbruch der Dunkelheit", sagte er zu Zane. Wieder kamen die Worte zusammen mit einem gebrochenen Seufzer heraus. Warum diese Weigerung, seinen Plan durchzuziehen? Die Amazone war ihm egal. Er hasste sie. Ja, hasste. Fast genauso sehr, wie er die Drachen hasste. „Dann werden wir sie einen nach dem anderen angreifen."

Delilah hat nichts Falsches getan, protestierte sein Verstand. *Sie hat es nicht verdient, durch deine Hände zu sterben.*

Logisch betrachtet wusste er, dass es stimmte. Allerdings war ihm die Logik in dieser Situation egal. Er *musste* diese Frau aus seinem Kopf kriegen. Sie gehörte nicht dorthin und zerstörte die einzige Art von Frieden, die er kannte. Einen Frieden, den er dringend brauchte, da jede Ablenkung dazu führen konnte, dass die Drachen ihn besiegten.

Wenn sie das nächste Mal in seine Reichweite käme, würde er sie weder ansehen noch ihren süßen Duft einatmen. Er würde einfach nur handeln. „Komm, wir müssen Abstand zwischen uns und die Götter bringen", sagte er, führte seinen Schützling tiefer in den Wald hinein und blieb erst stehen, als sie an ein Flussufer gelangten.

Zane bückte sich, hob einen Stein auf und warf ihn in das klare Wasser. „Ich frage mich, was mit unseren Brüdern passiert ist, nachdem wir entführt wurden."

„Wenn sie davon ausgehen, dass wir tot sind, und einen neuen König krönen, werde ich sie alle umbringen."

Zane schnaubte amüsiert, und genau das hatte Layel beabsichtigt. Er schätzte seine Leute. Sie waren seine größte Waffe gegen seinen Feind. Und obwohl er nur einen Spaß gemacht hatte und genau wusste, wie loyal seine Männer waren, würde er einen neuen König nicht tolerieren. Das war schon komisch, denn es hatte mal eine Zeit gegeben, in der er seine Krone gehasst hatte. „Wenn sie die Krieger sind, zu denen ich sie ausgebildet habe", fuhr er fort, „haben sie die Schlacht mit den Drachen zu Ende gebracht, feiern gerade ihren Sieg und planen eine Suchaktion für uns."

„Eine Feier, die wir verpassen." Ein dunkler Schimmer legte sich über Zanes Augen und machte sie so schwarz wie Onyxsteine. Er warf noch einen Stein in den Fluss. „Ich hasse diesen Ort. Die Dämonen hier ..."

„Gehören dir." Als Layel die Dämonenkönigin getötet und ihren Palast gestürmt hatte, um ihre Schatzkammer zu plündern, hatte er Zane wartend in ihrem Bett vorgefunden – nackt und eingeölt, bereit für ihre Lust. Zwar hatte man ihn nicht mit von außen erkennbaren Mitteln zum Bleiben gezwungen. Aber ihr Tod hatte bei ihm eine spürbare Erleichterung ausgelöst.

Layel wusste nicht, warum er anscheinend willentlich dort gewesen war. Er wusste nur, dass der Hass des Kriegers seinem eigenen in nichts nachstand.

Zanes breite Schultern entspannten sich ein wenig. Bis beide Männer in wenigen Metern Entfernung einen Blick auf blaue Haare erhaschten. Die Frau, zu der diese Haare gehörten, kam nicht in ihr Sichtfeld. Sie wurde von Ästen und Büschen getarnt, während sie nach ... Waffen suchte? Nach einem Rückzugsort? Nein, meine erste Annahme war richtig, dachte er, und sein verräterisches Herz begann schneller zu schlagen. Dafür würde er sein Leben verbürgen. Wusste sie, dass er in der Nähe war? Vermutlich.

„Was ist mit der kleinen Amazone, die du fast verspeist hast?", flüsterte Zane scharf. „Die würde ich auch gern ausknipsen."

Layel spürte einen Funken Wut. „Sie gehört mir. *Ich* werde mich um sie kümmern."

„Das weiß ich. Aber hast du vor, mit ihr ins Bett zu gehen oder sie umzubringen? Du sahst aus, als wärest du zu beidem bereit, als sie sich breitbeinig auf deine Brust gesetzt hat."

„Was denkst du?", fragte Layel, weil er es nicht richtig fand, einen Vampirgefährten zu belügen.

„Wie gesagt: Ich denke, du würdest gern beides machen."

„Und ich denke, du läufst Gefahr, meinen Zorn zu entfesseln." Die Wahrheit.

„Das ist ja nichts Neues." Unbeeindruckt warf Zane noch einen Stein. *Plopp, plopp*. „Vielleicht *kannst* du ja beides machen."

Es war mit Sicherheit keine Wehmut, die in seinem Ton mitschwang, als Layel sagte: „Nein." Er fuhr sich mit der Zunge über die Zähne, und einer seiner Eckzähne blieb darin stecken. Der Blutstropfen, der sich daraufhin löste, erinnerte ihn daran, dass er sich während des Kampfes mit den Drachen vollgefressen hatte, sein Appetit auf Delilah davon aber gänzlich unbeeinflusst blieb. „Nein", wiederholte er zu seinem eigenen Besten. „Zu grausam." Für Delilah *und* für ihn.

„Hast du schon mal eine Amazone probiert?"

„Nein." Jede Rasse besaß ihren eigenen Geschmack. Die Drachen – Schwefel. Die Dämonen – faulig. Zentauren – süß, fast wie Heu mit Honig. Minotauren – intensiv, würzig. Nymphen –

Ambrosia. Aber Amazonen? Wie würden sie – besonders diese eine – wohl schmecken?

Das wirst du nie herausfinden, schwor er sich. Lieber würde er sterben, als irgendeinen seiner Körperteile in dieser Frau zu versenken. Es war höchste Zeit für einen Themenwechsel. „Komm. Die Zeit wird knapp. Wir sollten uns Speere, Dolche und Pfeile basteln."

„Und was davon willst du bei dem Mädchen einsetzen?"

„Meine bloßen Hände." Noch während er das sagte, sehnte er sich danach, seine Hände für etwas anderes einzusetzen. Für Lust, nicht für Schmerz. Befriedigung, nicht Tod. Keins von beidem würde er sich erlauben. Die Tatsache, dass er sich *immer noch* wünschte, so etwas zu tun, sagte ihm eindeutig, dass er sie wie geplant loswerden musste.

Noch einmal lächelte Zane schauerlich. „Na dann, bis zum Einbruch der Dunkelheit."

Layel nickte grimmig.

5. Kapitel

Poseidon, der Gott des Meeres, stand in dem Korallenpalast, den er sich inmitten des Ozeans gebaut hatte, und starrte in einen großen nebelverhangenen Spiegel. Hinter dem Nebel war das Paradies samt seinen widerspenstigen neuen Bewohnern zu sehen. Ein Fest für seine Augen.

„Sie sind verwirrt", sagte er. Er hatte sie vor einiger Zeit allein zurückgelassen, nachdem er ihnen gesagt hatte, sie bräuchten sich nicht zu sorgen – das hatte er doch wohl? –, und trotzdem war ihre Panik größer geworden.

Ein gemurmeltes „Ja" erhob sich, im Unterton eine Mischung aus Aufregung, Entschlossenheit und Gleichgültigkeit.

Vier andere Götter waren durch die Pforten des Olymps gereist, um sich hier mit ihm zu treffen. Poseidon drehte sich um und sah sie genauso intensiv an, wie er zuvor die Atlanter im Spiegel betrachtet hatte. Ares, den Gott des Krieges, der ein noch explosiveres Temperament hatte als er selbst. Hestia, die gewöhnlich aussah und doch irgendwie verführerisch, und deren Fähigkeit, andere mit einem Bann zu belegen, einzig von ihrer Entschlossenheit in den Schatten gestellt wurde, sich einen Namen zu machen – und zwar mit allen erdenklichen Mitteln, ob fair oder nicht. Apollon, dessen Lächeln heller strahlte als die Sonne, die ihm unterstand, und der denjenigen, die er liebte, gegenüber unendlich loyal war. Und schließlich Artemis, die Zwillingsschwester Apollons, die so wild war wie die Blumen der Erde – und so kalt wie Eis.

Bei ihrer Ankunft war Poseidon gezwungen gewesen, seinen Palast trockenzulegen, um denjenigen entgegenzukommen, deren Lunge nicht so überdurchschnittlich entwickelt war wie seine. Nun toste das Wasser des Ozeans nicht drinnen, sondern vor den Fenstern, klatschte gegen die Außenwände und das Dach. Alle paar Sekunden fiel ein Tropfen von dem mit Edelsteinen besetzten Kronleuchter und platschte auf den Elfenbeinboden.

Hestia beäugte diese Tropfen geringschätzig.

Wenn sie so weitermachte, würde er sie ertränken.

Jahrhundertelang hatte Poseidon hier im Wasser gelebt. König der Wassermenschen, von den Erdlingen vergessen und zu Tode gelangweilt. Wirklich nichts hatte ihn unterhalten, weder Frieden und Wohlstand noch Stürme, Hungersnöte und Kriege. Dann, vor ein paar Monaten nach atlantischer Zeitrechnung, hatten ihm zwei Meerjungfrauen von Meinungsverschiedenheiten in Atlantis berichtet. Atlantis, ein Ort, den er über die Jahre vollkommen vergessen hatte. Ein Ort, den sie alle vergessen hatten.

Ein Ort, der ihnen gehörte.

Er war hineingeschlüpft, hatte die Atlanter eine Weile unbemerkt beobachtet und überrascht festgestellt, dass es ihnen bestens ging. Da er neugierig war, wie sie auf ihn reagieren würden, hatte er sich schließlich zu erkennen gegeben. Nach wie vor gelangweilt, hatte er angefangen, die Bewohner wie Schachfiguren hin und her zu schieben, die Drachen gegen die Nymphen auszuspielen und die starken, entschlossenen Krieger dabei zu beobachten, wie sie in die Schlacht zogen, um ihre Familien und ihr Zuhause zu beschützen. Doch anders, als er erwartet hatte, brachten sie einander am Ende nicht etwa um. Sie stritten sich nicht mal richtig. Sie hatten ein Abkommen geschlossen und ihn damit verblüfft.

Das war herrlich unvorhersehbar gewesen. Und die Langeweile war wie von selbst verflogen.

Andere Götter, die von ihrer täglichen Routine genauso gelangweilt waren wie er, hatten seinen plötzlichen Stimmungswandel bemerkt. Er hatte ihn nicht verbergen können.

Das aufgewühlte Meer war ruhig und klar geworden. Schon bald waren seine vier unerwarteten Gäste eingetroffen und hatten wissen wollen, was ihn so fröhlich stimmte. *Ich hätte lügen sollen. Ihnen alles Mögliche erzählen, aber nicht von Atlantis.*

Der schicksalhafte Tag ihrer Ankunft hatte sich in seinen Kopf gebrannt.

Ihr könnt da nicht einfach so antanzen. So hatte er nach seinem Geständnis gesagt – und nachdem sie daraufhin den Wunsch geäußert hatten, es ihm nachzutun –, weil er sein neues Lieblingsspielzeug für sich allein behalten wollte.

Warum nicht? Hestia hatte die Hände in die perfekt geformte Hüfte gestemmt. *Du hast es doch auch gemacht.*

Ja, und wir können ihnen nicht noch eine Überraschung vor die Füße werfen. Das wäre grausam.

Ares hatte geschnaubt. *Jetzt tu mal nicht so, als ob du die Liebenswürdigkeit in Person wärst. Wir werden da reingehen, und du kannst uns nicht davon abhalten.*

Erzürnt hatte Poseidon die Hände zu Fäusten geballt. *Und was erhofft ihr euch von diesem Besuch? Die Atlanter haben uns genauso vergessen, wie wir sie vergessen hatten. Ihr werdet in ihrem Reich weder verehrt werden, noch wird man euch dankbar sein, dass ihr wieder aufgetaucht seid.*

Apollon zuckte mit den Schultern; die Warnung interessierte ihn nicht. *Ich möchte wissen, wie es meinen Nymphen ohne mich ergangen ist. Ich hätte sie nicht im Stich lassen dürfen und möchte meinen Fehler wiedergutmachen.*

Seine Nymphen? Seine? *Wir waren an ihrer Erschaffung alle gleichermaßen beteiligt.* Poseidon erinnerte ihn wütend. Doch wenn er ehrlich war, musste er zugeben, dass einige Rassen dazu neigten, einen Gott den anderen Göttern vorzuziehen, als ob während ihrer Erschaffung ein Krieg gewütet hätte und bestimmte Merkmale alle anderen besiegt hätten. *Außerdem haben sie sich trotz der Vernachlässigung prächtig entwickelt.*

Sie sind zufrieden, so wie es ist, und würden uns jegliche Form der Einmischung übel nehmen.

So wie deine Einmischung? Apollon breitete die Arme aus. *Spielt keine Rolle. Ich bin mir sicher, dass es ihnen besser ergangen ist als vielen anderen.*

Was soll das heißen? so fragte Artemis. *Dass ein Geschöpf besser ist als alle anderen, solange es dir ähnelt?*

Daraufhin hatte sich eine hitzige Debatte über die Stärken und Schwächen jeder Rasse entsponnen und darüber, wem welche Rasse ähnelte, bis dem Ganzen durch einen verärgerten und erregten Ausruf von Ares ein Ende gesetzt worden war. *Genug! Streit bringt uns nicht weiter. Lasst sie uns auf die Probe stellen, einverstanden?*

Was schlägst du vor? Hestia fragte zögernd.

Nur, dass wir unsere Meinungen einer ultimativen Prüfung unterziehen – natürlich mit einem kleinen Wetteinsatz. Wir nehmen zwei von jeder Rasse – ungebundene, natürlich, sonst gibt es einen Aufstand – und lassen die Kreaturen gegeneinander antreten. Der, dessen Favorit gewinnt, kann ungehindert in Atlantis aus und ein gehen. Aber die anderen, deren Favoriten verlieren, dürfen nie wieder einen Fuß unter die Kuppel setzen.

Poseidon neigte den Kopf zur Seite, während er die Vor- und Nachteile abwägte. Wenn er verlor, wäre es vorbei mit seinem Spaß. Wenn er sicherstellte, dass seine Kreaturen gewannen, hätte er Atlantis ganz für sich allein. So, wie er es wollte.

Eine vernünftige Idee, aber … Apollon legte die Stirn in Falten. *Warum zwei?*

Ein mächtiger Krieger könnte eine Anomalie sein. So erklärte Ares. *Zwei mächtige Krieger beweisen die überdurchschnittliche Kraft und Intelligenz einer Rasse.*

Und wie wählen wir die Teilnehmer aus? Artemis zog eine Augenbraue hoch.

Natürlich genauso, wie unser Freund Poseidon die Figuren

für sein kleines Spiel ausgesucht hat. Durch Beobachtung. Wir werden sie beobachten und gemeinsam die Stärksten, Mutigsten und Belastbarsten bestimmen. Anschließend überlegen wir uns Herausforderungen, die ihre Tapferkeit, ihren Verstand und ihre Entschlossenheit auf die Probe stellen.

Was soll mit den Geschöpfen passieren, die uns enttäuschen? So wollte Artemis wissen.

Ich denke, die Verlierer sollten wir entsorgen. So schlug Poseidon vor. *Auf die Art können sie den Atlantern keine Geschichten darüber erzählen, was wir vorhaben.* Und er, der Sieger, bräuchte kein eventuelles Nachspiel zu befürchten. *Außerdem bin ich mir sicher, dass ihr drei wütend und rachedurstig sein werdet, wenn euer Favorit gegen meinen verliert. Da hätte es gewiss eine reinigende Wirkung, die Kreaturen zu töten, die eure Niederlage zu verschulden haben.*

Hestia hatte leicht die Augen zusammengekniffen. *Wir werden ja noch sehen, wer gewinnt, nicht wahr?*

Seitdem waren nach atlantischer Zeitrechnung zwei Wochen vergangen.

„Der Vampir wird gewinnen", sagte Ares zuversichtlich. „In seinen Augen liegt die Mordlust. Ein Ausdruck, der mir nur allzu bekannt ist."

Hestia spähte zu den Geschöpfen hinüber, die sich durch den Wald bewegten und die Götter nicht sehen konnten. „Der Vampirkönig oder sein Krieger?"

„Spielt das eine Rolle? Wir sollten uns eine Rasse aussuchen und kein Individuum."

„Ich war nur neugierig." Sie schüttelte den Kopf, und die dunklen Haare fielen ihr über den Rücken. „Aber du hast recht. Es spielt keine Rolle, weil die Amazonen gewinnen werden, keine Frage. Sie sind unverwüstlich, entschlossen und kämpfen furchtlos für das, von dem sie wissen, dass sie es verdient haben. Sie sind mir sehr ähnlich. Die junge wurde von allen verraten, die sie jemals geliebt hat. Sie ist verbittert. Verbittert und voller

Hass. Sie wird einen Sturm der Wut entfesseln, wie ihr es noch nie erlebt habt."

„Bitte." Apollon lachte. Das sorglose Geräusch stand im Konflikt mit dem Krieger, der er war. „Sie ist vielleicht ein brodelnder Kessel dunkler Emotionen, aber sie hat ein unschuldiges Herz. Mehr noch: Die Nymphen tragen mein Licht in sich. Warum, meint ihr, fühlen sich alle Kreaturen, ob männlich oder weiblich, von ihnen angezogen? Deine Amazone wird da keine Ausnahme bilden und sich ihnen am Ende unterwerfen."

„Die Nymphen sind in der Tat Verführer", sagte Artemis, „aber ihre Schönheit kann nicht mit der Entschlossenheit der Dämonen mithalten, denen jedes Mittel zum Sieg recht ist. Sie würden ihre eigenen Nachkommen fressen, um einen Kampf zu gewinnen."

„Tja, ich behaupte, die Drachen werden *alle* auffressen, bevor das erste Spiel zu Ende ist", erwiderte Poseidon. „Ihre Kraft und ihr Hunger sind legendär. Selbst die Völker der Erde verherrlichen sie."

Ares rieb sich die Hände. Er war so groß, dass sogar Poseidon zu ihm aufblicken musste, hatte dunkle Haare und ebenso dunkle Augen und strahlte eine solch intensive Bosheit aus, dass er als Hades' Zwilling hätte durchgehen können. „Wir haben alle unsere Wahl getroffen. Es ist höchste Zeit, anzufangen."

Wieder ertönte ein gemurmeltes „Ja", doch diesmal kündete es von Vorfreude.

„Die anderen Kreaturen", sagte Poseidon. „Jene, für die keiner von uns gestimmt hat. Die Minotauren, Zentauren, Gorgonen und Formorier."

„Wenn einer von ihnen gewinnt, ist der Wettbewerb … Was rede ich denn da?" Ares lachte in sich hinein. „Sie werden nicht gewinnen."

„Nun ja, ich bin bereit, zu sehen, wer gewinnen wird. Von diesem Moment an darf es keinerlei Einmischung unsererseits mehr geben", sagte Artemis und sah jeden der Götter an, bis sie ein zustimmendes Nicken erhielt. „Was passiert, wird passieren. Wer immer gewinnt, wird gewinnen, und wir werden das Ergebnis und die Konsequenzen mit der Erhabenheit akzeptieren, die sich für unseren Stand gehört."

„Natürlich." Poseidon wedelte mit der Hand durch die Luft und hoffte, überzeugend zu wirken. Er würde mit allen notwendigen Mitteln dafür sorgen, dass die Drachen gewannen. Er hatte keinen Zweifel daran, dass die anderen Götter sein Handeln nach einer gewissen Zeit respektieren würden. Hatte Artemis die Dämonen nicht gerade eben noch für ihre Unbarmherzigkeit gelobt? Und Hestia hatte doch die Amazonen für ihre Unnachgiebigkeit bewundert.

Wenn die Drachen gewannen, würde Poseidon gewinnen, und Atlantis würde wieder ihm ganz allein gehören.

Die Nacht war schon vor langer Zeit hereingebrochen.

Die Luft war warm, wohlriechend und voller Gefahr. Die Insekten waren unheimlich still, nicht ein Zirpen oder Pfeifen war zu hören. Nur der Wind schien gegen die lauernde Gefahr immun zu sein, fegte durch Zweige und schlug Äste gegeneinander.

Delilahs Selbstschutzinstinkte blieben in höchster Alarmbereitschaft. Sie hatte keine Ahnung, wo die anderen Geschöpfe waren. Auf der Suche nach Steinen und Stöcken hatte sie hier und da ein paar erspäht. Aber dann waren sie verschwunden und hatten sich irgendwo im Schatten versteckt. Sie hätte sie aufspüren und herausfordern können, ihre Stärke unter Beweis zu stellen, so wie es eigentlich typisch für Amazonen war, doch sie hatte es nicht getan.

Die Warnung des Gottes ging ihr einfach nicht mehr aus dem Kopf. Was, wenn sie einen ihrer eigenen Teamkameraden umbrächte? Von Anfang an im Nachteil zu sein wäre der Inbegriff von dämlich. Und sie hatte sich in der letzten Zeit etwas zu oft dämlich verhalten.

Sie und Nola hatten sich dazu entschlossen, auf den Bäumen zu schlafen, wodurch sie schwieriger zu finden und zu erreichen waren. Im Augenblick lag Delilah auf einem dicken Ast, ließ die Beine an den Seiten herunterbaumeln und hielt einen selbst gebauten Speer fest in den Händen. An Beinen, Hüfte und Rücken hatte sie hölzerne Dolche befestigt. Zum Glück beherrschte sie die Kunst der Waffentechnik und hatte gelernt, wie man aus allem, was man im Wald finden konnte, tödliche Werkzeuge fertigte.

Scharfe Rinde bohrte sich ihr in die Rippen und half ihr, wach und in Alarmbereitschaft zu bleiben. Was die anderen Kreaturen wohl gerade machten?

Was *Layel* wohl gerade machte?

Layel ... schöner Layel. Sie hatte kaum mit ihm zu tun gehabt, und doch hatten ihre kurzen Begegnungen ausgereicht, um sie vollkommen und törichterweise zu faszinieren. Da, sie hatte es zugegeben. Er war anders als alle, denen sie bisher begegnet war. Andauernd ertappte sie sich bei Fragen wie: Wie mochte sein Körper unter seiner Kleidung aussehen? Wie mochte sein Gesicht aussehen, wenn er sich in der Leidenschaft verlor? Wie mochte er sich anfühlen, wenn er kraftvoll in sie eindrang?

Er verachtet dich. Am besten, du schlägst ihn dir aus dem Kopf.

Sie sollte vergessen, dass seine blasse Haut so weich war wie Seide? Vergessen, dass seine Augen so blau waren wie Saphire und von schwarzen Wimpern eingerahmt wurden, die einen krassen Kontrast zu seinen schneeweißen Haaren bildeten? Vergessen, dass er groß war, breite Schultern hatte und eine finstere Sinnlichkeit ausstrahlte, nach der die Frauen vermutlich lüstern geiferten? Unmöglich.

Auf welche Art von Frau er wohl stand? Welchen Frauentyp nahm er mit in sein Bett? In sämtlichen Geschichten, die man sich über ihn erzählte, hatte sie nicht ein Wort über seine bevorzugten Bettgefährtinnen gehört. Was aber nicht zwangsläufig bedeutete, dass er allein geblieben war.

Ein Funken eines düsteren Gefühls glomm in ihrer Brust. Eifersucht vielleicht. Sie wollte es leugnen, konnte es aber nicht. Meiner, dachte sie. Er mochte nichts mit ihr zu tun haben wollen, aber sie würde auf keinen Fall zulassen, dass eine andere Frau ihn bekäme. Nicht, solange sie auf dieser Insel waren.

Was ist los mit dir? Von Männern hielt sie schon lange nichts mehr, träumte nicht länger im Dunkel der Nacht von Liebe und Lachen. Für sie waren Männer bloß noch etwas, das ihre Schwestern zweimal im Jahr benutzten. Oder etwas, das zerstört werden musste, wenn es ihre Lieben bedrohte. Seit ihre eigene Liaison so katastrophal zu Ende gegangen war, hatte sie nicht geglaubt, für einen Mann jemals wieder besitzergreifende Gefühle zu entwickeln.

Wie oft hatte sie ihre Schwestern beobachtet, wenn sie um einen bestimmten Sklaven kämpften, als wäre er ein hübsches Schmuckstück, das sie tragen wollten? Er gehört mir, schrien sie in solchen Momenten, ohne einen Gedanken an die Gebote der Amazonen zu verschwenden. *Er wird heute Nacht* mein *Bett wärmen*. Auf solche Worte folgten das Geklapper von Dolchen sowie Kriegerinnen mit blutenden Schnittverletzungen. Wie oft hatte Delilah diese „wertvollen" Männer gehen sehen, nachdem sie ihre Pflicht erfüllt hatten? Ohne sich noch einmal nach den Frauen umzudrehen, die sie zurückließen? Auch wenn es ihren Schwestern nichts ausgemacht hatte, sie hatte es gesehen und sich Fragen gestellt. Wie war es möglich, dass sie nicht mehr voneinander wollten?

Nach der Erfahrung mit Vorik hatte Delilah gedacht, gegenüber Männern immun zu sein. Schließlich lagen ihre geheimen Sehnsüchte tief vergraben. Bis jetzt. Sie hatte mit gespreizten Beinen auf der Brust des Vampirs gesessen, und er hatte ihr mit unverhohlener Lust zwischen die Beine gestarrt. Die Vorstellung, sich ihm hinzugeben, hatte nichts Abstoßendes gehabt.

Am liebsten hätte sie ihm befohlen, sie mit seinen Händen zu berühren, mit seinem Mund, mit irgendetwas, mit *allem*. Am liebsten hätte sie gehört, wie *er* es *ihr* befahl.

Bei dem Gedanken überkam sie ein Zittern, das sie in die nächste Welle tiefen, erbarmungslosen Verlangens stürzte. Wie wäre es wohl, mit ihm zu schlafen? Würde er sie sanft und langsam nehmen? Oder wäre seine Leidenschaft genauso feurig, wie seine wilden blauen Augen es versprachen? Vielleicht sogar ein bisschen böse?

„Du bist erregt, Amazone. Warum?"

Layels Stimme war so nah, so heiser, wie ein geflüstertes Flehen, sodass sie sich nicht sicher war, ob sie es sich nur einbildete. Sie erstarrte und hielt den Speer fester in der Hand, während sie die Dunkelheit nach ihm absuchte. Nur Baumwipfel und Nachtvögel kamen in ihr Blickfeld. Nicht mal an den Stellen, an denen die dünnen Strahlen des goldenen Balles, der hoch über ihr stand, durch das Blätterdach sickerte, konnte sie die Gestalt eines Mannes ausmachen. Langsam entspannte sie sich.

Warum ich erregt bin? Deinetwegen, hätte sie dieser Fantasiestimme am liebsten gesagt.

„Also?" Kalter Atem streichelte ihr Ohr.

Sie keuchte. Zu echt, zu echt, zu echt …

Doch noch ehe sie Zeit hatte, zu reagieren, legte sich eine Hand fest über ihren Mund, während sie von einer anderen zurückgeschoben wurde. Ein schweres muskulöses Gewicht rammte ihren Körper. Sie bekam keine Luft mehr und schaffte es gerade eben, sich auf dem Ast zu halten.

Binnen Sekunden hatte Layel sie auf den Rücken geworfen und ihre Beine eingeklemmt. Sie riss die Augen auf, als er ihr den Speer aus der Hand riss und zu Boden warf. Ein höhnisches *Klonk* hallte in ihren Ohren wider. Sie ballte die Faust, um ihm eins zu verpassen, doch er ließ ihren Mund los, um den Schlag abzuwehren. Als Nächstes hatte er ihre Arme zwischen ihren Körper eingeklemmt.

„Du wirst mir nicht wehtun“, sagte er.

„Aber du nimmst dir die Freiheit, mir wehzutun. Außerdem mache ich, was immer ich will.“

„Versuch’s.“

Nur ein Wort. Aber so selbstgefällig ausgesprochen, dass sie ihm am liebsten eine geknallt hätte. Leider verspürte sie zusätzlich zu dem Drang, ihm Gewalt anzutun, auch das Verlangen, ihn zu küssen. Sie blieb ruhig. Noch. Nola war in der Nähe. Wahrscheinlich schlich sie sich an Layel an … jetzt gerade. Aber nein – ein Moment verstrich, dann der nächste.

Nola kam nicht.

Delilahs Herz begann, unrhythmisch in ihrer Brust zu klopfen, während in ihr eine überwältigende Erkenntnis zu reifen begann. Das Blut raste in einem schwindelerregenden Tempo durch ihre Adern, und ihr Bauch bebte vor Verlangen. Er war ihre geheime fleischgewordene Fantasie. Sie brauchte nur zuzugreifen. Zumindest teilweise. Mit diesem Mann gäbe es kein Glücklich-bis-ans-Ende-ihrer-Tage, aber vielleicht einen Moment der Lust – des Gebens, Teilens und Nehmens zwischen einem Mann und einer Frau.

Du bist eine Amazone. Benimm dich auch wie eine. Sie zwang sich, den Kopf zu heben und ihn in den Hals zu beißen, bis sie metallischen Blutgeschmack auf der Zunge hatte. Er fauchte in ihr Ohr. Der Laut war eine Mischung aus Lust und Schmerz. *Du beißt ihn, um zu entkommen, oder? Warum windest du dich dann?*

Mmmh, köstlich … Sie ließ die Zunge über seinen rasenden Puls huschen.

Da er jetzt die Hände frei hatte, griff er ihr ins Haar und riss ihren Kopf nach hinten. Er atmete schwer. In seinen Augen flackerten Wut und Erregung. „Du hältst dich wohl selbst für einen Vampir, was? Oder bist du halb Vampir? Ich weiß, dass sich deine Art mit allen möglichen Kreaturen paart und dein Vater jeder Rasse angehören könnte.“

Sie öffnete den Mund, um etwas zu erwidern, doch er schüttelte den Kopf. „Wenn du schreist, wirst du es bereuen."

„Als ob ich schreien würde", murmelte sie. Sie war beleidigt, dass er sie für so unfähig hielt. *Du hast zugelassen, dass er sich an dich anschleicht.*

Ach, halt die Klappe.

Er sah sie überrascht an, als hätte er erwartet, dass sie trotz der Drohung schrie.

Ihre Wut wurde noch größer, und sie funkelte ihn an. „Wie bist du hier hochgekommen? Hast du meiner Schwester etwas getan?"

„Sie war weg, als ich herkam. Ich habe sie nicht angerührt."

Wohin war Nola gegangen? „Ich schätze, ich werde dich am Leben lassen. Vorerst. Aber nicht mehr lange, und ich werde es satthaben, von dir übermannt zu werden."

Er schnaubte.

„Ich meine es ernst. Sei dankbar, dass ich dich nicht schon getötet habe. Mach dir nichts vor, Amazone. Du wärst schon längst tot, wenn ich mich nicht gezügelt hätte."

Wut lag in seiner Stimme und Hass auf seinem Gesicht. Sich gezügelt? Dann war er tatsächlich gekommen, um sie zu töten? Dreckskerl! Aber trotz allem, was er gesagt hatte, trotz des puren Hasses, den er ihr entgegenschleuderte – seine Beine lagen zwischen ihren, und sie konnte spüren, wie sein Schaft immer härter und größer wurde.

Unvermittelt wurde ihr Blut heißer. Verbrannte ihre Adern. Warum hatte er nur diese Wirkung auf sie? Wie machte er das? *Das ist mir alles egal. Ich interessiere mich ausschließlich für meine Schwestern.* Wären sie in Atlantis gewesen, hätte sie sich eventuell einverstanden erklärt, ihn als ihren Sklaven zu nehmen. Wenn auch nur für die zwei Monate, während derer Männer im Lager der Amazonen geduldet wurden. Hier aber, auf der Insel, in der Vorhut eines Wettbewerbs, konnten sie ebenso gut Feinde sein.

Ein Schauer jagte ihr die Wirbelsäule hinunter.

„Angst, Delilah?“, fragte er sanft und fluchte dann leise.

Zuerst verstand sie gar nicht, warum. Doch dann fiel der Groschen: Er hatte endlich ihren Namen gesagt. Sie musste sich ein Grinsen verkneifen. Ihren Namen, von diesen blutverschmierten Lippen ausgesprochen. Heißer Schmerz erfasste sie zwischen ihren Beinen, und sie wurde feucht. Noch vor ein paar Stunden hatte er sich geweigert, ihren Namen in den Mund zu nehmen, aber sie hatte ihn hören *müssen* und versucht, ihn dazu zu zwingen. Trotzdem hatte er es nicht getan. Und jedes Mal, wenn er sie „Amazone“ genannt hatte, war Ekel in seiner Stimme mitgeschwungen. Allein das hätte sie dazu veranlassen müssen, ihn in dieselbe Ecke zu stecken wie alle anderen Männer, denen sie jemals begegnet war. Doch unter dem Ekel hatte sich stets auch ein Hauch von Genugtuung verborgen, als sei er bereits in ihr, und sie hatte sich nur noch mehr nach ihm gesehnt.

„Angst wovor?“ Die Worte klangen atemlos. Sie hätte ihm gern vor Augen geführt, was er getan, was er gesagt hatte, doch sie fürchtete, dass er es dann nie wieder täte.

„Vor dem Sterben. Dem Schmerz.“

„Nein“, erwiderte sie aufrichtig. Der Tod machte ihr keine Angst. Auch Schmerzen nicht. Aber ihre Reaktion auf diesen Mann versetzte sie in Panik. Durch ihn fühlte sie sich verletzlich, so, als könne sie sich nicht auf sich selbst verlassen. Als ob sie ihn zum Überleben brauchte. Er hatte bereits ihre Gedanken übernommen.

„Du solltest große Angst haben“, sagte er.

Sie starrte zu ihm hoch. Seine Augen waren nur zwei schmale Schlitze, doch es glühte ein inneres Feuer darin, das sie in seinen Bann zog und hypnotisierte. *Lass nicht zu, dass er dich überwältigt. Nicht noch mal.* „Meine Geduld ist bald am Ende. Warum bist du hier?“

„Ich dachte, dass hätte ich schon klargestellt. Ich kam, um dich zu töten.“

Er sprach so sachlich, dass die Aussage sie überraschte. Sie hätte sofort gegen ihn kämpfen sollen. *Hätte*, verdammt. Oder ihn zumindest abwerfen. Zu Boden springen oder verlangen, dass er sich … entschuldigte? Es wiedergutmachte?

Stattdessen regte sie sich nicht. Und hasste sich dafür. Aber Götter, sie genoss es, dass er auf ihr saß. „Und warum hast du es dann nicht getan?" Nicht dass sie dachte, es wäre ihm gelungen, selbst wenn er es versucht hätte. Ein Teil von ihr musste gewusst haben, dass er in der Nähe war. Ein Teil von ihr musste gewusst haben, dass er ihr nichts tun würde, und genau deshalb hatte sie ihm erlaubt, so nahe zu kommen.

„Du übst irgendeine Zauberkraft auf mich aus, und ich will wissen, was das ist", knurrte er. Dieses Knurren … es rollte an ihrer Wirbelsäule entlang wie die weißen Blitze eines Sommergewitters.

„Zauberkräfte?" Sie wünschte, sie würde nicht interessiert klingen, sondern entrüstet. „Ich?"

„Spiel nicht die Unschuldige." Er packte sie bei den Schultern, drückte zu und schüttelte sie. „Sag mir, was du mit mir gemacht hast, verdammt noch mal! Ich verlange eine Antwort."

„Und ich verlange, dass du deine Hände wegnimmst, bevor du sie noch verlierst." Die Warnung kam wie von selbst aus ihrem Mund, doch ihr Kopf schrie. *Lass nicht los. Halt mich fest. Du sollst mich genauso wollen wie ich dich.*

„Ich werde dir wehtun, wenn ich muss, Delilah."

Auch dieses Mal war es hocherotisch, ihren Namen aus seinem Mund zu hören – wie ein Fluch, aber gleichzeitig auch eine Liebkosung. Wieder erzitterte sie. Ihre Nippel richteten sich auf, suchten seine Nähe, rieben an dem Ledertop, das sie trug. „Dann tu es doch. Tu mir weh." Sie hob das Kinn und wusste, dass sie der Inbegriff von Sturheit war.

Was würde er wohl tun – dieser Krieger, dem es gelungen war, sich an sie anzuschleichen? Wie würde er auf ihre Herausforderung reagieren?

Er blähte die Nasenlöcher. Das Licht in seinen Augen wurde heller und warf einen blauen Schatten über sein gefährliches, furchterregendes Gesicht. Er starrte auf ihren Mund. Einen Moment lang glaubte sie, er wolle sie küssen. Einen verletzenden, strafenden Kuss. *Bitte ...* Doch eine Minute verstrich, und er tat nichts anderes, als sie anzustarren.

Des Wartens überdrüssig befreite sie eine ihrer Hände, griff nach oben und fuhr ihm durch die Haare. „Weich", flüsterte sie.

„Hör auf."

„Nein."

„Hör auf!"

„Zwing mich doch."

Ein weiteres Knurren ertönte, als er sich aus ihrem Griff befreite. Sich von *ihr* befreite, sodass überhaupt kein Körperkontakt mehr bestand. Er hockte am Ende des Astes und ließ den Blick über ihre Tätowierungen schweifen. Erkannte sie ... Begehren in seinen Augen?

Nein, er hockte nicht dort. Er schwebte. Offenbar bemerkte er, dass er sich gerade die Kriegermuster ansah, die ihre Ausbilderin ihr für jeden Kampf geschenkt hatte, in dem sie ihren unschätzbaren Wert unter Beweis gestellt hatte, denn er richtete den Blick wieder auf ihr Gesicht. Erneut glimmte Hass in seinen Augen wie eine stechende rote Lanze, die unmittelbar auf sie zielte.

Seltsam, dass sich diese Lanze bis in ihre Seele zu bohren schien.

„Fass mich nie wieder an", sagte er.

„Dann leg du dich nicht auf mich." Langsam setzte sie sich auf, ohne ihn aus den Augen zu lassen. „Nächstes Mal bin ich vielleicht nicht mehr so sanft mit dir."

„Nächstes Mal wirst du tot sein, bevor du überhaupt bemerkt hast, dass ich in der Nähe bin."

„Ts, ts, ts", machte sie, obwohl seine Worte sie tief trafen.

„Jetzt bin ich ja vorbereitet. Du wirst nicht noch einmal so dicht an mich herankommen.“

„Das werden wir ja sehen.“

Götter, seine Arroganz erregte sie! Nichts von dem, was er sagte, war belanglose Prahlerei. Alles, womit er drohte – nun, sie wusste, dass er auch dazu fähig war. Das bewunderte sie an ihm. Nur leider bewunderte er an ihr überhaupt nichts.

Was hatte sie an sich, das ihn so wütend machte? Den Geschichten zufolge, die man sich über ihn erzählte, behandelte er nur die Drachen und ihre Verbündeten mit Wut. Zu allen anderen war er höflich bis distanziert. Nein, stimmt nicht, dachte sie und ließ sich einige dieser Geschichten noch mal durch den Kopf gehen. Er liebte Valerian, den Nymphenkönig, wie einen Bruder und hatte bei vielen Gelegenheiten an dessen Seite gekämpft.

Wenn sie sich Layel hingäbe – *denk nicht mal daran, gefährlich, du darfst nicht, es wäre genauso wie beim letzten Mal* –, würde sein Gesicht dann erweichen? Würde er sie mit Bewunderung im Blick ansehen? Mit Freude?

„Warum hasst du mich?“, fragte sie neugierig.

Er neigte den Kopf zur Seite und musterte sie. „Was interessiert dich das?“

Argh. „Warum fliegst du nicht davon und lässt mich in Ruhe?“

„Warum läufst du nicht vor mir weg?“

„Warum hast du mich nicht geküsst?“ Die letzte Frage hatte sie nicht stellen wollen, doch einmal ausgesprochen, wollte sie die Worte nicht wieder zurücknehmen.

Während er sie ansah, wurden seine Eckzähne länger, sein Blick klebte förmlich an ihrer Zunge, mit der sie sich über die Lippen leckte, und wanderte dann weiter zu ihrem Hals.

„Denkst du darüber nach, mich zu beißen?“, spöttelte sie, ohne genau zu wissen, warum. Sie war schon einmal von einem Vampir gebissen worden, ein Einzelgänger, der kurz vor dem

Verhungern gewesen war und ihr aufgelauert hatte, während sie eine Gruppe junger Amazonen trainiert hatte, und es war keine schöne Erfahrung gewesen. Aber die Vorstellung von Layels Zähnen in ihrer Halsschlagader … Sie zitterte vor Vorfreude.

Seine Pupillen weiteten sich, sein Blick wanderte weiter nach unten und verweilte auf ihrer Brust. „Deine Nippel sind hart."

Immer noch? Sie wollte ihn nicht aus den Augen lassen und hatte Angst, sie zu berühren. Sie kribbelten und schmerzten. Vor Sehnsucht nach ihm, ihm allein. „Danke für den Hinweis."

In seinem Kiefer zuckte ein Muskel. „Unverbesserliche Frau." Er seufzte. „Ein Freund von mir hat mich ein paar Dinge über die Macht des Handelns gelehrt", sagte er. „Also werde ich jetzt mit dir verhandeln. Solange wir hier sind, werde ich mich von dir fernhalten, und im Gegenzug hältst du dich von mir fern. Einverstanden?"

Sie kämpfte eine Welle der Enttäuschung nieder. „Dann hast du also beschlossen, doch nicht zu versuchen, mich umzubringen?"

„Vorerst."

„Du kannst den Gedanken, ohne mich zu sein, wohl nicht aushalten?"

„Ob du einverstanden bist?", fragte er noch einmal, ohne auf ihre Frage einzugehen.

„Nein." Sie zögerte keine Sekunde. „Ich verhandle nicht."

Er zog eine Augenbraue hoch. „Niemals?"

„Niemals. Über nichts." Verhandeln bedeutete, dass sie nicht stark genug war, sich zu nehmen, was sie wirklich wollte, und Delilah weigerte sich, Schwäche zu zeigen. Oder besser: *noch mehr* Schwäche zu zeigen. „Und jetzt habe ich keine Lust mehr zu spielen. Verschwinde, und ich werde dir nichts tun."

Einen Augenblick später befand sich sein Gesicht ganz dicht vor ihrem. „Das hört sich für mich aber schwer nach einem Handel an."

Sein Atem war warm und duftete süßlich. Sein geöffneter

Mund war so nah an ihrem … so wunderbar nah. Seine blasse Haut leuchtete, wirkte im Schein dieses hellblauen Schimmers beinahe transparent.

Ihr gesamter Körper kribbelte. In ihrem Magen wütete eine betäubende, beinahe qualvolle Hitze. So etwas hatte sie noch nie gefühlt, nicht mal mit Vorik. Wieder fuhr sie sich mit der Zunge über die Lippen und stellte sich vor, es wäre Layels. Götter, sie sehnte sich danach, ihn zu schmecken! Nur eine kleine Kostprobe. Vielleicht hätte ihre Besessenheit dann ein Ende. Es lag nur an der Neugierde, dass sie ihn nicht aus dem Kopf bekam.

Langsam beugte sie sich zu ihm hinüber. Er kam ihr zwar nicht entgegen, wich aber auch nicht zurück. Die Vorfreude rauschte durch ihren Körper. Würde er die Berührung zulassen? „Deine Lippen", sagte sie.

„Was ist damit?"

„Ich will sie."

Er straffte ruckartig die Schultern. „Nein?" Wahrscheinlich hatte er entschlossen klingen wollen, aber das Wort hörte sich an wie eine Frage.

Näher … ein bisschen näher … Noch immer rührte er sich nicht. Sein Atem verfing sich in seiner Kehle. Sie hörte den leisen Laut und freute sich daran. Näher … Doch kurz bevor sich ihre Lippen trafen, hallte ein harscher Fluch durch die Nacht. Es war die Stimme eines Mannes – und es war nicht Layel.

Wer auch immer geschrien hatte, er riss ihn aus ihrem … Bann, wie er vermutlich gesagt hätte. Zauber. Wie sehr sie sich doch wünschte, dass sie in der Lage wäre, jemanden zu verzaubern! Dann würde sie diesen Mann an den Baum binden und so lange festhalten, bis sie zumindest wusste, wie er schmeckte.

Layel straffte die Schultern noch mehr, und sogleich legte sich Wut über seine faszinierenden Gesichtszüge und verdrängte jegliches Anzeichen von Lust. „Diesmal habe ich zugelassen, dass du mich von meinem Vorhaben ablenkst. Aber das wird nicht noch einmal passieren." Damit flog er in die

Luft und entfernte sich so hastig von ihr, als wäre sie eine Gorgonin und in der Lage, ihn mit einem einzigen Blick in Stein zu verwandeln.

Delilah saß einen Moment lang wie vom Donner gerührt da. Sie war drauf und dran, zu glauben, sie hätte die ganze Begegnung nur geträumt – wäre da nicht dieses Feuer gewesen, dass in ihren Adern wütete und in sämtliche Gliedmaßen drang.

Was wollte sie nur wegen dieses Mannes machen?

Layel raste durch die Bäume, wobei ihm taufeuchte Äste ins Gesicht schlugen. Er war froh über den scharfen Schmerz, denn er half ihm, seinen zügellosen, verräterischen Körper zu beruhigen. Er war ein Bastard, böse und schlecht. Er wollte jemanden, obwohl ihm das nicht zustand.

Götter, diese Frau …

Sie war eine Bedrohung. Ja, eine Bedrohung. Verflucht! Warum musste sie auch nach Zephirblumen duften und wie eine Göttin aussehen? Warum musste ihre Haut so weich sein wie goldener Samt? Warum mussten ihre Augen so lebhaft violett leuchten? Sie war brutal, abweisend und so blutdürstig wie ein Vampir. Unwürdig, schrie sein Verstand.

Dennoch konnte er nicht aufhören, an sie zu denken. Konnte nicht aufhören, sich vorzustellen, wie sie sich nackt an ihn schmiegte. Feucht, heiß, eng. Bereit. Für ihn. Dafür, von ihm besessen zu werden.

Er hätte sie töten sollen.

Doch wieder einmal war er dazu nicht in der Lage gewesen. Einzig Zanes Fluch hatte ihn davon abgehalten, sie zu küssen, was seine sichere Zerstörung bedeutet hätte. *Es tut mir leid, Susan. Unendlich leid. Ich habe nicht nur einmal bei dir versagt, sondern scheine es schon wieder zu tun.*

„… nur weil die Götter uns vielleicht in dasselbe Team stecken“, keifte gerade eine Frau. „Sonst würde ich dir hier und jetzt die Kehle aufschlitzen.“

„Versuch es nur. Du wirst schon sehen, was dann passiert." In Zanes Stimme lag Wut. Aber auch ... Nein, mit Sicherheit nicht. Mit Sicherheit keine Verwirrung. Zane zeigte für gewöhnlich nur zwei Emotionen: das Verlangen zu töten und das Verlangen zu verstümmeln. In seiner Schwarz-Weiß-Welt gab es keine Unsicherheit.

„Als ob du mir etwas antun könntest", sagte die Frau. „Du brauchst dir nur deinen Käfig anzusehen, um zu begreifen, was passiert, wenn du etwas so Dämliches versuchst."

„Dafür wirst du bezahlen, Frau."

Die betreffende Frau lachte schadenfroh. „Armer Kleiner. So viele Muskeln und so wenig Hirn."

Layel platzte durchs Dickicht und blieb dann abrupt stehen, um die Szene genauer zu betrachten. Zane war in einem behelfsmäßigen Käfig gefangen, der von einem Baum baumelte. Die zweite Amazone – Nola, entsann er sich – balancierte auf einem Ast, sah ihn an und grinste.

Als sie Layels Ankunft spürte, erstarb ihr Lächeln, und sie wirbelte herum, um ihn anzusehen. Sie öffnete den Mund ein kleines Stückchen und ballte kampfbereit die Fäuste. „Bist du auch gekommen, um zu versuchen, mich zu töten?"

Obwohl er sich auf die Frau konzentrierte, behielt Layel Zane aus den Augenwinkeln im Blick. Die Wangen des Kriegers waren knallrot und von Demütigung gezeichnet. Er war von einer Frau überwältigt worden. Wäre er selbst nicht erst vor Kurzem von Delilah übermannt worden, hätte Layel in diesem Moment laut gelacht.

„Also?", drängte Nola.

Im nächsten Augenblick erschien Delilah an Layels Seite. Er verkrampfte, als ihn ihr regengeküsster Duft erneut überfiel und die Wärme ihres Körpers zu ihm herüberwehte. Würde er diesen Einflüssen jemals entkommen?

Nun, da er ihr schon wieder so nah war, musste er an den schlimmsten Teil seiner letzten Begegnung mit ihr denken. Sie hatte sich danach gesehnt, ihn zu küssen. Ihre Nippel hatten darum gebettelt, von ihm berührt zu werden. Und um ein Haar hätte er ihr beides gewährt. Während sich seine Zähne tief in seine Wangen bohrten, ging er ein paar Schritte von ihr weg, ohne sich die Mühe zu machen, es zu verbergen. Er hasste die Tatsache, dass er zu solch einem feigen Verhalten gezwungen war, hasste die Schwäche, die sie in ihm auslöste. Aber er konnte einfach nicht in ihrer Nähe sein.

Sie bedachte ihn mit einem wütenden Blick. Genau in diesem Moment warf der Mond sein silbriges Licht auf sie und enthüllte die Schmutzflecke, die über ihren gesamten Körper verteilt waren. Leider machte sie das nicht weniger anziehend. „So. Du dachtest also, du könntest mich töten, während sich dein Freund um meine Freundin kümmert“, stellte sie fest.

„Tu nicht so überrascht.“

Sie kniff die Augen zu schmalen Schlitzen zusammen, sodass sich die oberen und unteren Wimpern berührten. „Überrascht? Ha! Ich danke nur den Göttern dafür, dass ihr beide so unfähig seid.“

Er hatte in den vergangenen Jahren bei so vielen Dingen versagt, dass ihre Worte ihm durch Mark und Bein gingen. Er hatte es nicht geschafft, alle Drachen zu vernichten. Er hatte es nicht geschafft, den Schmerz über Susans Tod zu betäuben. Er hatte es nicht geschafft, Delilah den Todesstoß zu versetzen – einer Frau, die eine Bedrohung für die Erinnerung an seine einzige Liebe darstellte.

Er wollte sie angreifen. Ihr wehtun. *Nähere dich ihr nicht. Sie will dich nur ködern.* „Der Gott hat uns gesagt, dass es bei diesem Spiel nur einen Überlebenden geben wird. Einen. Wir werden ja sehen, wer von uns am Ende noch steht.“

„Hör auf, meiner Schwester zu drohen“, schrie Nola und ging auf ihn zu. „Ich habe Männer schon für geringere Vergehen enthauptet.“

Daran hatte er keinen Zweifel.

Ohne ihn auch nur für eine Sekunde aus den Augen zu lassen, hob Delilah eine Hand. Die andere Amazone blieb stehen und presste die Lippen aufeinander. „Du hast von Anfang an versucht, mir die Laune zu verderben“, sagte sie. „Tja, jetzt hast du es geschafft. Dich zu besiegen wird ein Vergnügen werden, Vampir.“

Er musterte ihre quälend schönen Gesichtszüge. „Ich fürchte, das Vergnügen wird ganz auf meiner Seite sein. Aber vielleicht werde ich dich am Ende gar nicht töten“, erwiderte er. „Vielleicht lasse ich dich am Leben. Als mein Dessert.“ Mit dieser höhnischen Bemerkung hatte er sie noch mehr verärgern und quälen, sie verrückt machen wollen – aufgewühlte Emotionen hatten in einem Kampf schon so manchen guten Krieger den Sieg gekostet –, doch in dem Moment, als er die Worte aussprach, spürte er selbst die Qual. Er sehnte sich danach, seine Zähne in ihr zu versenken, ihr süßes Blut zu trinken und jeden Tropfen zu genießen.

Das gleiche Verlangen musste in ihr brodeln, denn ihre Pupillen weiteten sich. Sie öffnete den Mund und stieß ein hungriges Keuchen aus. „Ich werde dich versklaven“, flüsterte sie wie von Sinnen. „Du wirst all meine Befehle befolgen, und ganz Atlantis wird wissen, dass Layel, der König der Vampire, Delilah gehört. Du wirst mich nur zum Dessert bekommen, wenn ich es erlaube.“

Erschreckenderweise dachte er, dass sie fähig wäre, genau das zu tun. Ohne ein Wort. Ein Blick, ein Atemzug in seine Richtung würden genügen. Eine Berührung – wie vorhin, als sie ihm durch die Haare gefahren war. In ihrer Gegenwart war er seinen Sinneswahrnehmungen machtlos ausgeliefert – erbärmlich, aber wahr. Sogar seine Kopfhaut war sensibilisiert, jedes Haar ein Faden des Verlangens. Nach ihr. *Nie wieder, nie wieder, niemals wieder, verdammt!*

„Der Tag, an dem ich mich dir beuge, wird der Tag sein, an dem … Nein. So ein Tag wird *niemals* kommen.“ Er machte nur die kleinste Pause, bevor er hinzufügte: „Weißt du, warum die Amazonen erschaffen wurden? Weil die Götter versucht haben, Männer zu erschaffen – und es ist ihnen nicht gelungen."

Er rechnete damit, dass sie nach ihm schlagen würde. Doch stattdessen wich sie ein paar Zentimeter zurück, und auf ihrem Gesicht spiegelte sich eine solche Verletztheit, dass ihm ganz eng in der Brust wurde. „Wir sind beide Fehler", erwiderte sie sanft.

Während er sich selbst verfluchte, flog er zum Wipfel des Baumes, an dem Zane herumbaumelte, und schnitt das Seil mit den Klauen durch. Als der Käfig zu Boden fiel, fauchte Layel Nola warnend an.

Dann verließ er die Szenerie, ohne sich auch nur ein Mal umzudrehen. Noch nie hatte er sich mehr gehasst.

6. Kapitel

Als die Insel wieder in Licht getaucht war, wurde Layel genauso abrupt zum Strand transportiert, wie er zuvor auf die Insel gebracht worden war. Der einzige Unterschied war, dass er nicht das Gefühl hatte, durch einen Tunnel zu fallen. Eben noch hatte er im Wald gestanden und war dabei gewesen, einen Stein zu einer Pfeilspitze zurechtzuschleifen, und schon stand er mit leeren Händen im Sand. Ohne eine Möglichkeit, Schatten zu suchen. Seine Haut war heiß. Nicht schmerzhaft heiß, aber unangenehm. Zumindest war die Sonne nicht so hell und heiß wie am Vortag. Vielleicht bekäme er keine Blasen. Immerhin hatte der Gott versprochen, dass die Elemente den Atlantern nicht mehr in die Quere kämen.

Ein schneller Blick nach links und rechts verriet ihm, dass die anderen Geschöpfe neben ihm standen und sich verwirrt umsahen.

Unfähig, sich davon abzuhalten – ob das jetzt für immer so wäre? –, hielt er nach Delilah Ausschau. Zuerst sah er sie nicht. Vielleicht hatte man sie verschont und zurück nach Atlantis gebracht.

Gut, das war gut. Den wenigen Schlaf, den er bekommen hatte, hatte sie ruiniert, weil sie in all seinen Träumen herumgegeistert war. Sie hatte ihn angelächelt und ihn mit Gesten aufgefordert, zu ihr ins Bett zu kommen. Die Nippel rosa und hart, die Beine gespreizt, der weibliche Lustpunkt feucht und bereit. Und die Tätowierungen hatten nur darauf gewartet, dass er sie mit seiner Zunge nachzeichnete.

In seinen Träumen hatte er ihr nicht widerstehen können. Er hatte sie geleckt, überall, und sie hatte sich unter seiner Zunge gewunden. Er hatte sogar in ihr Lustzentrum gebissen – etwas, das er bei Susan nie gemacht hatte, aus Angst, ihr zartes Fleisch zu verletzen –, und Delilah hatte um mehr gebettelt.

Selbst jetzt reagierte sein Körper unmittelbar auf den Gedanken an sie. Seine Muskeln spannten sich an, er wurde hart. Machte sich bereit. Eigentlich hätte er die Nacht damit verbringen sollen, Drachen zu jagen und seine Feinde zu töten, doch das hatte er nicht. Er hatte gedacht: Was, wenn ich die Mitglieder von Delilahs Team vernichte? Das würde Delilah in Gefahr bringen, zu verlieren, in Gefahr, hingerichtet zu werden.

Wenn diese Frau starb, dann durch *seine* Hand. Niemandem sonst wäre es erlaubt, ihr etwas anzutun. Sogar Zane, der nach seiner Begegnung mit Nola noch immer schmollte, hatte er befohlen, aufs Jagen und Töten zu verzichten.

Außerdem hatte Layel beschlossen, sie am Leben zu lassen. Zumindest noch eine kleine Weile, auch wenn sie ihn quälte. Auch wenn sie eine Gefahr für seine Entschlossenheit war. Er wusste nicht, warum er so etwas beschlossen hatte, und wollte auch nicht länger darüber nachdenken. Sobald er es tat, blitzte dieses wunderschöne Gesicht in seinem Kopf auf, in den violetten Augen schimmerte der Schmerz. Das geschah so häufig, dass es Susan Stück für Stück verdrängte.

Wo ist sie? fragte er sich wieder. Sein Blick schweifte weiter durch die Menge, vorbei an Zane – *was für ein König bin ich, dass ich mich lieber auf einen Feind konzentriere als auf einen loyalen Gefolgsmann?* –, vorbei an Nola und Brand. Warum hätte man sie nach Atlantis zurückbringen sollen? Außer jemand hatte sie verletzt, nachdem Layel am Vorabend gegangen war. Oder sie getötet.

Ein roter Schleier legte sich über sein Sichtfeld. Wenn irgendjemand … Da. Er entdeckte sie und entspannte sich. Dann fauchte er. Sie stand hinter dem Drachen namens Tagart, der auf der anderen Seite von Brand stand.

Sie war so klein, dass er in dem schmalen Lichtspalt, der

zwischen den riesigen Kriegerkörpern hindurchfiel, kaum ihr Gesicht sehen konnte. Ihre blauen Haare leuchteten, und ihre Augen waren so lebendig, dass sie beim Kontakt mit der Sonne lavendelfarbene Strahlen in alle Richtungen zu werfen schienen. Layel biss die Zähne aufeinander. Es gefiel ihm nicht, sie so nah bei seinem ärgsten Feind zu sehen.

Als hätte sie gespürt, dass er sie musterte, sah sie zu ihm herüber, und ihre Blicke trafen sich zu einem hitzigen Gefecht. Dieses Mal lag keine Verletzung in ihren Augen. Eigentlich überhaupt keine Emotionen. Das enttäuschte ihn, obwohl es ihn hätte freuen sollen.

Besser so. Das Geräusch von Wellen hallte in seinen Ohren, und die warme Brise war vom Salz gesättigt, doch Layel hätte schwören können, dass er ihren flachen Atem hören und ihren süßen Regenduft riechen konnte. Vielleicht war sie gar nicht so ungerührt, wie sie wirkte.

Tagart veränderte seine Position, vergrößerte den Abstand zwischen sich und Brand und gewährte Layel dadurch einen besseren Blick auf Delilah. Sie trug noch immer den schmalen Lederstreifen über ihren Brüsten und den winzigen Lederrock, der ihr knapp bis unter den Po reichte. Ihre stiefelähnlichen Sandalen waren nach wie vor bis hoch zu den Waden geschnürt und umgaben ihre definierten Beine und die weiche Haut.

Allerdings hatte sie offensichtlich gebadet. Es waren keine Schmutzstreifen mehr sichtbar, und die Tätowierungen an Schläfen, Armen, Hüfte und Oberschenkeln leuchteten hell. Diese Tätowierungen … Mehr denn je wollte er sie berühren. Die sich windenden Muster mit seiner Zunge nachzeichnen. Hatte sie noch mehr davon? Muster, die er nicht sehen konnte? Was bedeuteten sie? Warum hatte sie sie?

Stopp! Hör auf, so über sie zu denken.

Er senkte den Blick. Eigentlich wollte er seine Aufmerksamkeit auf den Sand richten, doch stattdessen landete sie auf ihren Brüsten. Allein sein Blick reichte aus, dass ihre Nippel so hart wurden wie kleine Perlen. Als würden sie um seine Aufmerksamkeit betteln. Layel schämte sich dafür, dass er es überhaupt wahrnahm, dass er sich danach sehnte, und zwang sich, nach unten zu schauen. Auf ihrem flachen Bauch breitete sich Gänsehaut aus. Ihm fiel auf, dass sich ihr Bauchnabel herrlich nach innen wölbte. Noch eine Stelle ihres Körpers, die seiner Zunge Genuss bereiten würde.

Du liebst Susan. Außerdem bist du ein König, ein Krieger. Also verhalte dich auch entsprechend. Er brauchte jedes bisschen seiner Kraft, um schließlich …

„Guten Morgen, Teilnehmer. Ich gehe davon aus, dass ihr gut geschlafen habt und genauso versessen darauf seid wie wir, dass die Spiele beginnen. Also reden wir nicht lange drum herum. Begrüßt eure Teamkollegen", ertönte plötzlich die Stimme eines Gottes. Diese Stimme war tiefer und härter als die vom Vortag. Ein anderer Gott?

Im Bruchteil einer Sekunde wurde Layel auf die andere Seite des Strandes transportiert, wo er wieder in einer Reihe stand – nur dass diese bloß halb so lang war. Gegenüber befand sich eine andere Reihe Atlanter. Er knirschte mit den Zähnen, während ihn Wut überkam. Wie eine Puppe herumgeschoben zu werden ging ihm schwer auf die Nerven.

Zane stand ihm gegenüber. Er versuchte, die Aufmerksamkeit des Soldaten zu erregen, schaffte es aber nicht. Als er dem Blick des Mannes folgte, bemerkte er, dass Zane Nola anstarrte, die auf derselben Seite des Strandes stand wie Layel. Im Gesichtsausdruck des Kriegers lag Lust. Lust und Verwirrung und vielleicht ein klein wenig Ehrfurcht.

Delilah stand in Zanes Reihe.

Die Angst rumorte in Layels Bauch, als böse Vorahnungen durch seinen Kopf tanzten. Dieser Gott war gewiss nicht so grausam. Diese himmlischen Herrscher würden bestimmt nicht Freund gegen Freund und Mann gegen Frau antreten lassen.

„Ja, ihr werdet gegen eure eigene Art kämpfen. Und, ja, ihre werdet gegen das andere Geschlecht kämpfen." Ein Lachen – dröhnend, kraftvoll, voller Fröhlichkeit und dennoch wie in Stahl eingefasst. Konnte der Gott zusätzlich zu seinen anderen Fähigkeiten etwa auch noch Gedanken lesen? „Welchen besseren Weg gäbe es, um eure List, Entschlossenheit und Überlebensinstinkte zu testen?"

So wie es am Tag zuvor mit dem Wasser geschehen war, begann der Sand zwischen den beiden Reihen herumzuwirbeln, immer schneller und schneller, stieg nach oben ... weiter nach oben ... bis sich der Umriss einer Gestalt formte. Ein paar eigensinnige Körner flogen Layel in den Mund, und er spuckte sie angewidert aus.

„Wer von euch wird wohl eher seiner eigenen Art als seinen Teamkollegen gegenüber loyal sein, hmm?"

Layel drehte sich nach links, nach rechts und beäugte sein Team. Ein Zentaur, eine Nymphe, Brand der Drache – Galle stieg in seiner Kehle hoch. Ein Dämon, Nola die Amazone – er schluckte –, ein Minotaurus, ein Formorier und ein Gorgone mit Schlangen auf dem Kopf.

Bis auf die Nymphe hatten sie alle etwas gemeinsam. Sie sahen ihn mit Abscheu im Blick an. Warum? Er zuckte unbekümmert mit den Schultern. Das Einzige, was ihn im Augenblick umtrieb, war die Tatsache, dass Delilah nicht in seiner Gruppe war.

Er wäre gezwungen, gegen sie zu kämpfen.

„Großer Meister, ich möchte Euch um einen Gefallen bitten." Brand trat vor, ohne seinen Blick von Layel zu wenden.

„Nur zu", erwiderte das Wesen. „Aber ich kann dir nicht versprechen, dass er dir gewährt wird."

Brand zeigte mit vorwurfsvollem Blick auf Layel. „Dieser ... Blutsauger wollte uns alle töten, während wir schliefen. Ich bitte darum, ihn aus meinem Team zu nehmen."

Dann hatte Delilah also über ihn getratscht. Er fühlte sich von ihr verraten, was dämlich war. Zumindest ergab nun die Abscheu seiner Teamkollegen einen Sinn.

„Und trotzdem hat er weder dich noch sonst jemanden getötet“, sagte der Gott zu seiner Verteidigung, was Layel überraschte.

„Er wird es weiterhin versuchen, sobald er die Gelegenheit dazu hat. Ich bitte darum, dass er hier und jetzt vernichtet wird“, fuhr Brand fort.

„Und ich lehne ab.“

„Aber …“ Bevor er weitersprechen konnte, fiel Brand grunzend auf die Knie, als könne er sein eigenes Körpergewicht nicht länger tragen. Er stöhnte, griff sich an den Bauch und fiel in den Sand. Aus seinem Mund floss ein blutiges Rinnsal.

„Du hast meine Antwort gehört und es gewagt, nicht lockerzulassen. Betrachtet es als Lektion für alle, die denken, sie könnten die Weisheit der Götter infrage stellen.“

Niemand eilte zur Verteidigung des Drachen herbei, und Layel lächelte langsam. Noch nie hatte sich ihm ein willkommenerer Anblick geboten. *Mit Ausnahme von Delilah … letzte Nacht … unter dir, schwer atmend … sich nach deinem Mund sehnend …* Er fluchte leise vor sich hin und schob die Gedanken beiseite.

„Wir geben euch noch ein paar Stunden. Nutzt sie, um euch mit eurem Team eine Strategie zu überlegen“, fuhr der Gott fort, als hätte Brand ihn niemals unterbrochen. „Heute Abend wird der erste Wettkampf stattfinden. Ihr werdet all eure Kraft brauchen, um zu überleben. Weil es eine schwierige Aufgabe sein wird, bekommt das Gewinnerteam eine großzügige Belohnung. Und denkt nicht daran, zu rebellieren, um eurem Team den Sieg zu verwehren. Das Verliererteam wird nach dem Kampf vor mich treten, und wie bereits erwähnt werden wir den schwächsten Teilnehmer hinrichten. Und nun geht. Tut, was auch immer ihr tun müsst, um euch zu stärken und auf die bevorstehende

Herausforderung vorzubereiten. Enttäuscht mich nicht." Der letzte Satz schien direkt auf Layel zu zielen.

Er öffnete den Mund, um etwas zu sagen – ohne zu wissen, was –, doch eine Sekunde später beruhigte sich der Sand und fiel zu Boden. Das Wesen war verschwunden.

Dann kam eine dunkle Wolke auf Layel zu, und er hörte ein einziges geflüstertes Wort. *Spießrutenlauf.* Seine Augen brannten, weil er ein paar Sandkörner hineinbekommen hatte. Er rieb sich mit der Hand übers Gesicht. Spießrutenlauf? Verwirrt hielt er die Luft an, bis die Wolke vorbeigezogen war. Sie schwebte über einige andere Kreaturen hinweg, sodass sie husteten. Doch sie benahmen sich nicht so, als hätten sie die Stimme auch gehört.

Schließlich hörte Brand auf, sich zu krümmen, raffte sich wieder auf und warf Layel einen finsteren Blick zu. Alle anderen blickten sich auf der Insel um, als wären sie unsicher, was sie als Nächstes tun sollten.

„Das ist lächerlich."

„Ich tue mich doch nicht mit einem Dämon zusammen."

„Oder mit einem Vampir."

Layel blendete ihr Geplapper aus. Zwei Teams, die gegeneinander antraten. Irgendjemand aus dem Verliererteam würde sterben. Heute Abend. Delilah? Er ballte die Fäuste, verletzte sich selbst mit seinen Krallen. *Denk nicht an sie.* Wieder richtete er den Fokus auf sein *Team*. Wie sollte er nett zu einem Drachen sein? Oder zu einem Dämon? Lieber würde er sterben.

Vielleicht wirst du das ja auch.

Er seufzte. *Spießrutenlauf.* Würde das ihre Herausforderung sein? Oder war es ein Trick? Das werde ich wohl bald herausfinden, dachte er.

Zane verließ den Strand und streifte durchs Dickicht. Raus aus dem grellen Morgenlicht, weg von den Geschöpfen, die er so verachtete. Wenn er geblieben wäre, wäre der ohnehin schon dünne Faden, an dem seine Selbstbeherrschung derzeit hing, gerissen.

Und jedes Mal, wenn das geschah, passierten schlimme Dinge.

Aber ihm fiel nichts ein, was ihn hätte beruhigen können. Die Gefühle, welche die Amazone Nola in ihm auslöste, waren zu verwirrend. Sie ähnelten zu sehr einer Erfahrung, zu der eine andere Frau ihn gezwungen hatte. Gefühle, die ihn verändert hatten – und zwar nicht zum Besseren. Außerdem hatte er Hunger. Layel hatte ihm in der vergangenen Nacht befohlen, niemanden zu töten, und er hatte sich daran gehalten. Was bedeutete, dass er auch nichts gegessen hatte.

Zane trank nur von Kreaturen, die er tötete. Auf diese Art wurde er später nicht von angsterfüllten Gesichtern und dem Flehen um Gnade verfolgt. Und trotzdem fingen diese lebendigen Geschöpfe allmählich an, lecker auszusehen.

Von einem lebendigen Wesen zu trinken bedeutete außerdem, dass er Hände und Blicke auf seinem Körper ertragen musste. Er erschauerte.

Vergangene Nacht hatte er sich an der Amazone satt trinken wollen, denn er war noch nie jemandem begegnet, der so süß roch wie sie. Selbst Cassandra nicht, die Frau, für deren Rettung er ein paar Jahre seiner Lebenszeit gegeben hatte – die Frau, die anschließend nichts mehr mit ihm hatte zu tun haben wollen. Die Wahrheit war, dass er entschieden hatte, Nola noch vor den Dämonen zu töten.

Doch sie hatte ihn besiegt.

Er hatte zum ersten Hieb auf ihren Hals ausgeholt, aber sie hatte seine Bewegung vorausgesehen und zuerst zugeschlagen. Nur dass sie ihn nicht verletzt, sondern wie ein Tier eingesperrt und nach oben gezogen hatte. Dazu hatte sie ihn berührt. Und angesehen. Und er hatte nicht den Drang verspürt, wegzulaufen, sich zu verstecken, sogar zu sterben, wie es sonst der Fall war, wenn er berührt und angeschaut wurde.

Er hatte sogar den Wunsch verspürt, dass sie es noch einmal tat.

Was für eine seltsame Macht übten diese Amazonen nur aus? Die blauhaarige hatte Layel fertiggemacht. Zane hatte den König noch nie so verwirrt erlebt. Geradezu weich. Layel lebte für den Tod anderer. Für die Rache. Zwei Ziele, die Zane bewunderte. Dennoch waren sie beide nicht in der Lage gewesen, diesen Frauen etwas anzutun. Schlimmer noch: Sie beide schienen sich jetzt nach ihnen zu sehnen.

Inakzeptabel.

Seit seiner Befreiung aus dem Dämonenpalast hatte Zane einen großen Bogen um Frauen gemacht. Er brauchte keinen Sex, um zu überleben. Er brauchte überhaupt keinen Sex, und deshalb stillte er seine Gelüste auch nicht. Niemals. Selbst ein Quickie gab einer Frau Macht über einen Mann.

Niemand würde seine Gedanken verschlingen; niemand würde seinem Körper diktieren, was er zu fühlen hatte. In all den Jahren hatte er viel zu oft tun müssen, was … Die Galle stieg in ihm hoch. Er schluckte sie herunter und fegte die Erinnerung aus seinem Kopf.

Doch er wusste, sie würde zurückkommen. So war es immer.

Layel dachte wahrscheinlich, man hätte ihn damals entführt, eingesperrt und gezwungen. Layel irrte sich. Zane war aus freien Stücken zu den Dämonen gegangen. Er hatte der Dämonenkönigin erlaubt, jede noch so widerwärtige Sache mit ihm zu machen. Hatte sogar darum gebettelt. Er war mit einer Schönheit gestraft, welche die meisten Dämonen unwiderstehlich fanden, und die Königin hatte ihn begehrt, obwohl sein Herz einer anderen gehört hatte. Einer Sklavin. „Bleib bei mir, bis ich deiner überdrüssig werde“, hatte die Königin gesagt, „und dann werde ich euch beide befreien.“ Doch sie hatte ihr Wort nicht gehalten, und Cassandra, eine von den Dämonen versklavte Sirene, hatte angefangen, ihn mit Hass zu betrachten.

Dämonenhure, hörte er sie selbst jetzt noch sagen. *Dämonenhure, Dämonenhure.*

Mit düsterem Blick presste er sich die Hände auf die Ohren. Die höhnischen Rufe verstummten nicht. Schienen nur noch lauter zu werden. Er stieß einen gequälten Schrei aus und schlug mit der Faust gegen den nächsten Baumstamm. Die Rinde schnitt in seine Haut. Blut lief ihm den Arm hinunter. All die abscheulichen Dinge, die er getan hatte … alles umsonst.

„Bist du verletzt? O, ich hoffe, es tut schrecklich weh!"

Irgendwie gelang es der weichen trällernden Frauenstimme, den Lärm in seinem Kopf zu übertönen. Er wirbelte herum und sah seine Peinigerin unmittelbar vor sich stehen. Sie war schlimmer als jeder Dämon, dem er begegnet war. Nola. Sie war so schön, dass es ihm den Atem verschlug. Sie war groß, aber nicht bullig. Schlank, aber stark. Und dennoch wirkte sie zierlich, als ob man sie zerbrechen könnte, wenn man einmal kräftig drückte. Engelsgleich, als ginge es ihr im Leben allein um Freude.

Er wusste, dass dieses engelsgleiche Äußere trügerisch war.

Während es ihn nicht abstieß, wenn sie ihn berührte oder ansah – warum nur, *warum?* –, stellte er fest, dass er sie nicht mochte. Sie benahm sich wie eine Dämonin. Sie war fordernd und nahm unbeschwert von anderen, ohne etwas dafür zu geben. Nahm ihm seine Konzentration, seinen Instinkt, sich selbst zu schützen.

„Mir zu folgen war dumm." Wenn er doch nur seine Messer hätte! Er hätte sie werfen können, sodass sie sich in ihre Brust bohrten. Aber als der Gott Zane an den Strand befördert hatte, waren die Stöcke, die er mühsam geschärft und sich an den Körper gebunden hatte, nicht mehr da gewesen. Und das ergab keinen Sinn. Man hatte ihnen gesagt, sie sollten sich nach Lust und Laune Waffen fertigen, und dennoch durften sie diese nicht benutzen.

„Wir wissen doch beide, dass du mir nichts antun kannst." Nola hob das Kinn und wirkte jetzt selbstgefällig. Nein, sie *versuchte*, selbstgefällig zu wirken, schaffte es aber nicht ganz. Zum ersten Mal fiel ihm auf, dass in ihren Augen viel zu viel Verletzlichkeit lag. Zu viel Herzschmerz. „Du bist weder klug noch schnell genug."

Beleidigungen machten ihm nichts mehr aus. In all den Jahren hatte er davon schon zu viel gehört. Außerdem kam zwischen ihnen nicht diese seltsame Hitze auf, solange sie sich über ihn lustig machte. „Gestern Abend hast du mich überrascht. Den Vorteil wirst du kein zweites Mal haben." Wie von selbst wanderte sein Blick zu ihrem Hals, wo ihr Puls wild hämmerte.

Sie warf sich die dunklen Haare über die Schulter und entblößte dadurch noch mehr Haut. Ihre Hand zitterte. „Hast du Hunger, Vampir?"

Die Herausforderung – oder Sehnsucht? – schwang in ihrer Stimme mit, so, als dürfe er gucken, aber niemals probieren. Ihr Verhalten stachelte ihn an, und er kniff leicht die Augen zusammen. „Beim Gedanken daran, dein Blut in meinem Mund zu haben, wird mir schlecht."

Er konnte sie nicht töten. Sie war in Layels Team, und Zane würde niemals absichtlich dem Mann schaden, der die Dämonenkönigin getötet und Cassandra befreit hatte. Und wenn er Nola nicht töten konnte, wäre sie in der Lage, ihn zu berühren. Was, wenn der vergangene Abend eine Art Fehlzündung gewesen war? Was, wenn sie ihn berührte und er sterben wollte, so wie bei allen anderen? Oder schlimmer noch: Was, wenn er mehr von ihr wollte?

„Dir wird also übel, hm?" Im Gegensatz zu ihm konnte sie nicht über eine Beleidigung hinwegsehen. In ihren smaragdgrünen Augen blitzten sogleich Wut und Verletzung auf, wurden dann aber schnell durch Entschlossenheit ersetzt. „Ich könnte dafür sorgen, dass du darum bettelst. Das haben schon viele Männer getan. Oder ich könnte dich versklaven, so wie es Delilah mit deinem König machen wird."

Mit jedem Mal, da sie den Mund öffnete, mochte er sie weniger und weniger. Wie konnte er sie dann begehren? Auch nur für einen Moment? „Du bist meine Feindin. Jetzt noch mehr als zuvor. Niemand macht mich zu seinem Sklaven.“ Er wäre nie wieder ein Sklave, freiwillig oder nicht. „Das Einzige, was ich von dir will, ist deine Abwesenheit. Und glaub mir: Sosehr ich mich auch danach sehne, bin ich dennoch nicht bereit, darum zu betteln.“

Ein Zittern lief durch ihren geschmeidigen Körper. „Ach nein? Glaubst du wirklich, deine Teamkameraden werden dir ihr Blut anbieten?“

„Höchstwahrscheinlich.“ Nicht dass er auch nur einen einzigen Tropfen probieren würde. „Sie werden wollen, dass ich bei Kräften bleibe. Schließlich möchten sie nicht, dass ein schwaches Teammitglied sie herunterzieht.“

Sie hob das Kinn. „Sie wissen, dass du vorhattest, sie zu töten. Dafür habe ich gesorgt.“

„Ja, aber jetzt bist du ihre Feindin. Sie werden sich nicht länger für das interessieren, was du sagst.“ Er wusste nicht, ob er richtiglag. Er wollte einfach nur diesen hochmütigen Ausdruck wegwischen, der auf ihrem hübschen Gesicht lag.

Sie leckte sich mit der Zunge über die Lippen, und beim Anblick dieser rosafarbenen feuchten Spitze spürte er ein Zucken in der Hose. Vor Überraschung verfinsterte sich sein Blick. *Echtes Verlangen? Schon wieder?* Das war ihm seit Jahren nicht passiert, und nun geschah es gleich zweimal innerhalb von zwei Tagen?

Warum wollte er sie? Ausgerechnet *sie*? Einen eingebildeten, lästigen Dämon in Engelsgestalt?

„Ich werde trinken“, erwiderte er nachdrücklich und ruhig. „Und dann werde ich alles in meiner Macht Stehende tun, um dafür zu sorgen, dass du heute Abend verlierst. *Dann* werde ich dafür beten, dass du als Erste hingerichtet wirst.“

Mit geballten Fäusten machte sie einen Schritt auf ihn zu. „Du bist so ein Dreckskerl. Nicht besser als meine Mutter.

Nicht besser als mein Vater, meine Brüder. Männer, für die meine Mutter ihre Schwestern verlassen hat. Männer, die ihr geholfen haben, mich zu zerstören." Unter ihrer Haut brodelte der blanke Hass. Hass und Zorn. „Rate mal, was ich mit ihnen gemacht habe?"

„Sie umgebracht?" Zane zwang sich, stehen zu bleiben, obwohl alles in ihm danach schrie, sich zurückzuziehen, bevor sie ihn packen konnte. Nicht weil er Angst davor hatte, was sie vielleicht zu tun vermochte. Sondern weil es ihm Angst machte, wie er auf sie reagierte. Sie hatte gelitten? Vielleicht genauso wie er?

„Nachdem ich ein bisschen mit ihnen gespielt habe", sagte sie mit seidenweicher Stimme, „haben sie darum gebettelt, sterben zu dürfen. Ich habe trotzdem noch ein paar Tage gewartet, bis ich ihnen diesen Wunsch erfüllt habe." Sie hielt inne, drehte sich weg, verschwand aber nicht. „Ach, und eins noch: Falls mein Team heute Abend verliert, könnte es genauso gut dein König sein, der getötet wird. Ich werde sogar dafür sorgen. Denk darüber mal nach."

Delilah blieb am Strand, obwohl alle anderen gegangen waren. Sogar Nola, ihre Stammesschwester – und ihre neue Feindin?

Sie biss sich auf die Wange, bis sie Blut schmeckte. Ihr gesamtes Leben lang war es ihr Ziel gewesen, ihre Schwestern zu beschützen. Jene, die sie liebte, und jene, die sie nicht liebte. Nun sollte sie gegen eine von ihnen kämpfen.

Und Layel …

Was sollte sie mit ihm machen? Die ganze Nacht lang hatte sie sich diese Frage gestellt, und noch immer wusste sie keine Antwort darauf. Sie waren jetzt Feinde, mehr noch als zuvor. Zumindest sollten sie das sein.

Vergangene Nacht hatte er grausame Dinge zu ihr gesagt. Zuerst war sie verletzt gewesen und hatte ihn abwechselnd bewusstlos schlagen und sich in seine Arme werfen wollen, um wie ein Schwächling zu weinen. Dann aber hatte sie sich an eine Weisheit erinnert. *Im Kampf ist alles erlaubt.* Das wusste sie besser als die meisten, und vergangene Nacht waren sie in einen Kampf wilden Verlangens verwickelt gewesen. Worte bedeuteten nichts. Taten alles.

Er wollte sie. Der Beweis: Vor Kurzem erst hatte er sie mit seinen Blicken ausgezogen. Doch obwohl er sie wollte, wollte er offensichtlich nicht, dass er sie wollte. Der Beweis: Er ging ihr immer aus dem Weg.

Ein Teil von Delilah war bereit, so lange gegen ihn zu kämpfen, bis er seine Meinung änderte. Bis er zugab, dass er sich genauso danach sehnte, sie zu küssen, wie sie. Und trotzdem bestand ein anderer Teil von ihr darauf, nichts zu unternehmen und *ihn* dadurch dazu zu zwingen, um *sie* zu kämpfen und wie den Preis zu behandeln, der sie immer hatte sein wollen. Ihre widerstrebenden Wünsche verwirrten sie. *Kämpf um ihn – bring ihn dazu, um dich zu kämpfen. Zähme ihn – lass dich von ihm zähmen.*

Sie wusste, dass sie das Erste nicht tun würde, auch wenn sie sich schwache Momente erlaubt und dem Gedanken an Lust und Leidenschaft fast nachgegeben hatte. Um sich noch einmal einem Mann hingeben zu können, musste sie wissen, dass sie in seinem Leben das Wichtigste war. Er musste sie mehr wollen als alles andere. Er musste sie brauchen.

Ob Layel jemals irgendwen brauchen würde?

Irgendwer näherte sich ihr, und sie erstarrte. Sie hörte das Geräusch von Stiefeln auf Sand, und jemand atmete leise und regelmäßig. Nicht Layel, denn dieser Mann strahlte Hitze aus und roch nach Sex.

„Nymph." Sie sprang auf und drehte sich mit zu Fäusten geballten Händen um. Nur für alle Fälle.

„Amazone." Im nächsten Augenblick stand er neben ihr. Er sah aufs Wasser und war sorgfältig darauf bedacht, den Blick nicht auf sie zu richten. Die Hände verschränkte er hinter dem Rücken. „Wir sind Teamkameraden, du und ich", sagte er.

Er war groß, was sie zwang, zu ihm hochzublicken … und hoch … immer weiter. Er hatte helle Haare und strahlend blaue Augen. Sein Körper war mit Muskeln übersät, was selbst durch seine Kleidung gut zu erkennen war. Normalerweise hielt sie sich so gut wie möglich von den Nymphen fern. Schließlich waren sie in der Lage, eine Frau mit nur einem Blick zu versklaven.

Dennoch flackerte bei seinem Anblick keine Leidenschaft in ihr auf. Kein Drang, sich für ihn auszuziehen, ihn zu küssen, zu berühren. Das Blau seiner Augen war nicht klar genug. Seine Haare waren nicht weiß, nicht frei von jeglicher Farbe. Seine Haut war nicht wie weißer Samt, fühlte sich nicht kühl an. Seine Gesichtszüge sahen nicht aus wie die eines Verfolgten.

„Ja", erwiderte sie endlich. „Das sind wir."

„Damit wir gewinnen, muss ich stark bleiben."

„Ja." Worauf wollte er hinaus?

Schließlich sah er sie an, und seine Lippen verzogen sich zu einem liebevollen Lächeln. „Ich bin froh, dass wir einander verstehen." Er sprach die Worte beiläufig in einem fröhlichen Ton. „Machst du es lieber mit oder ohne Klamotten?"

Sie schüttelte den Kopf. Bestimmt hatte sie ihn falsch verstanden. „Was?"

„Mit oder ohne Klamotten?" Er fasste den Saum seines Hemdes, bereit, es sich jeden Moment auszuziehen.

Gütige Götter! Er wollte mit ihr schlafen. „Ich kenne nicht mal deinen Namen, und du erwartest von mir, dass ich dich an mich heranlasse?"

„Ich bin Broderick. Und: ja."

Mal sehen. Wie konnte sie reagieren, ohne einen Teamkollegen zu beleidigen, dessen Hilfe sie am Abend womöglich noch brauchte? „Götter, nein."

„Nein?" Einen Moment lang zuckte seine Augenbraue, doch

dann entspannte sich sein Gesicht wieder. „Ach, du meinst: nein, keine Klamotten.“ *Wuuusch.* Sein Hemd landete vor ihren Füßen. Jetzt grinste er.

„Kein Sex.“ Aber warum konnte sie ihn nicht begehren? Warum gelang es ihm nicht, sie scharfzumachen? Er war gut aussehend, genauso mächtig wie seinerzeit Vorik der Drache, er wäre in der Lage, ihre Schwestern zu allem Möglichen zu überreden, ohne mit ihnen darum kämpfen zu müssen und sie dabei womöglich zu verletzen. *Bei einem Nymphen wirst du nie die Nummer eins sein. Du wirst genau das sein, was du nie sein wolltest: ein Mittel zum Zweck.*

Broderick verlor sein Grinsen und blinzelte überrascht. „Aber um stark zu bleiben, brauche ich Sex.“

„Dann solltest du auch Sex haben.“ Sie stützte die Hände in die Hüfte.

Er atmete erleichtert auf und nickte zufrieden. „Wo soll ich dich nehmen? Hier?“

Waren alle Nymphe so unterbelichtet? „Ich glaube, du hast nicht verstanden, was ich meine, deshalb werde ich es dir noch mal erklären.“ Im Bruchteil einer Sekunde packte sie ihn am Handgelenk, sprang hinter ihn und drehte, sodass er auf den Bauch fiel und Sand schluckte. „Ich werde nicht mit dir schlafen – nirgendwo und niemals.“

Er spuckte die weißen Körner aus, rollte sich auf den Rücken und sah sie stirnrunzelnd an. „Aber wir sind doch Teamkameraden. Ich bin schwach, wir könnten verlieren.“

„Das sagtest du bereits.“

„Wenn wir verlieren, wird einer von uns sterben.“

Ihr Blut kühlte so stark ab, dass es sich wie Eis anfühlte. Er hatte recht. Ein schwaches Glied konnte eine gesamte Armee zu Fall bringen. Sie hatte es selbst gesehen, hatte sogar dafür gekämpft. Manchmal verführten ihre Schwestern einen Krieger und verleiteten ihn dazu, die Männer aus seinen eigenen Reihen zu verraten.

Die Niederlage hatte ihr noch nie gut gestanden – und würde es auch nie.

Aber mit diesem Mann schlafen? Mit diesem Nymph? Nur um zu gewinnen? Sie hatte sich mal von einem Formorier begrapschen lassen, während sich ihre Schwestern in sein Haus geschlichen und nach den jungen Amazonen gesucht hatten, die er in der Hoffnung, sie zu seinen persönlichen Wächterinnen ausbilden zu können, entführt und eingesperrt hatte. Er hatte sie abgestoßen, doch sie hatte seine Zuwendungen mit einem Lächeln gestattet. Hatte ihm sogar den Kopf getätschelt, als wäre er ein geliebtes Haustier.

Kaum hatten ihre Schwestern die Mädchen gefunden, hatte Delilah ihm die Kehle aufgeschlitzt.

Das Grapschen hatte einem guten Zweck gedient. Das hier war ebenfalls ein guter Zweck, und doch war der Gedanke, sich von einem anderen als Layel Lust bereiten zu lassen, irgendwie … grauenhaft.

Broderick stand auf. Er wirkte ganz und gar nicht erfreut. Sandkörner klebten an seiner Brust, als könnten sie sich nicht von ihm trennen. Weiblicher Sand? Eine hübsche Narbe reichte ihm von den Brustwarzen bis zum Bauchnabel.

Die Frauen standen auf ihn. So viel war offensichtlich. Delilah fragte sich, ob sie die erste war, die ihm einen Korb gab.

„Du wirst meine Berührungen nicht unangenehm finden, Amazone, das schwöre ich."

„Verzieh dich, Broderick."

Delilah und der Nymph wirbelten herum, um zu sehen, wer da gekommen war. Layel. Ihr Herz begann, so schnell und hart in ihrer Brust zu schlagen, dass es ihr gewiss die Rippen brechen würde. Seine Stimme war frei von Emotionen gewesen, genau wie sein Gesichtsausdruck. Trotzdem war er der schönste Anblick, der sich ihr je geboten hatte. Sinnlich, hart, entschlossen. *Er gehört mir.*

Gefährlich … O ja, das war er. Auf jede erdenkliche Art und vielleicht sogar auf ein paar unerdenkliche Arten.

Ein sehnsüchtiges Seufzen stieg in ihrer Kehle hoch, und sie schaffte es gerade so, es zu unterdrücken.

„Layel." Der Nymph klang aufrichtig erfreut.

Die beiden Männer waren Freunde, und diese Freundschaft machte ihre eigene turbulente Beziehung zu dem Vampir so viel dunkler.

„Sie gehört mir", sagte Layel bestimmt.

Brodericks Lächeln erstarb, und auf einmal sah er irritiert aus. „Aber du …"

„Mir", wiederholte er.

Zu hören, wie der Vampir seinen Anspruch auf sie erhob, war, als würde sie gebrandmarkt. Die Worte waren heiß und strahlten bis tief in ihre Seele. Sie hätte ihn zurechtweisen müssen. Der Schein musste gewahrt werden. Vor anderen, insbesondere vor ihren neuen Teamkameraden, musste sie kalt und herzlos rüberkommen. Aber sie brachte die Worte einfach nicht über die Lippen.

„Sie gehört mir", hatte er gesagt und damit ihre Gedanken ausgesprochen. Am liebsten hätte sie gelächelt.

Der Nymph seufzte enttäuscht und angespannt. „Ich vergreife mich nie am Eigentum eines anderen Mannes, das weißt du. Falls du es dir anders überlegen solltest …"

„Das werde ich nicht."

Moment. Eigentum? Hatte Broderick sie gerade Layels Eigentum genannt?

Broderick zuckte mit den Schultern und schlenderte davon. Dass er so schnell nachgab, bestätigte sie in ihrem Verdacht. Sie hätte dem Nymph nichts bedeutet. Sie wäre ein warmer Körper in einer mit Sicherheit langen Reihe warmer Körper gewesen – vergessen, sobald der Liebesakt vorbei war. Nicht gut genug für mehr als eine schnelle Nummer.

Was war erforderlich, um wichtig für einen Mann zu

sein? Um ihm etwas zu bedeuten? Um ihm alles zu bedeuten?

Einige Sekunden lang sprachen weder Delilah noch Layel. Sie wusste einfach nicht, was sie zu ihm sagen sollte. Hatte viel zu große Angst, diesen berauschenden Moment zu ruinieren.

„Glaub bloß nicht, dass ich mich um dein Wohlergehen sorge", sagte er und schaute dabei zum Wasser hinüber.

Moment ruiniert. Er war nach wie vor entschlossen, gegen sie zu kämpfen, oder? Enttäuschung machte sich in ihr breit, doch sie straffte die Schultern und hob das Kinn. Worte bedeuteten nichts, sagte sie sich einmal mehr. Taten bedeuteten alles. „Glaub nicht, dass ich mir einen Mann versage, wenn ich ihn will."

In Layels sturem Gesicht zuckte ein Muskel.

„Erklär es mir. Wenn du mich nicht für dich willst, warum hast du den schönen Broderick dann weggeschickt?", fragte sie.

Die nächsten Sekunden verstrichen quälend langsam. „Wir sehen uns später auf dem Schlachtfeld, Amazone", war alles, was er schließlich sagte. Und dann schlenderte auch er davon.

7. Kapitel

„Layel ist verschwunden."

Alyssa, eine kämpferische Soldatin der Vampirarmee, sah zum Nymphenkönig empor, um seine Reaktion auf diese Eröffnung einzuschätzen. Valerian war der einzige Mann, dem Layel vertraute. Der einzige Mann, den er als Freund bezeichnete. Natürlich respektierte Layel seine Krieger, und er war seinen Leuten gegenüber fair und großzügig. Aber er wahrte immer eine gewisse Distanz zu ihnen.

Doch seitdem der Herrscher der Nymphen ein Bündnis mit den Drachen eingegangen war, um den Frieden zu wahren und um in diesem Palast bleiben zu können, war die Freundschaft belastet, sodass Alyssa sich Valerians Unschuld nicht sicher sein konnte.

Hatte Valerian dem Vampirkönig Layel, der für den Tod Hunderter Drachen verantwortlich war, etwas angetan, um seine neuen Verbündeten zu besänftigen?

Der Nymphenkönig legte die Stirn in Falten, und seine strahlend blauen Augen blickten besorgt. „Wie lange ist er schon weg?"

Die Sorge schien aufrichtig zu sein, und Alyssa war erleichtert. Layel sollte nicht noch einen verheerenden Verlust erfahren müssen. Möglicherweise würde er das nicht überleben. Falls er überhaupt noch lebte. „Heute ist der zweite Tag", sagte sie. „Er verschwand mitten …" Sie schwankte. In ihrem Kopf drehte sich plötzlich alles, und ihre Knie waren schwächer als sonst. Irgendwie schaffte sie es, sich auf den Füßen zu halten.

„Frau?", sagte Valerian. Nun war er besorgt um sie.

„Vergebt die Unterbrechung. Es geht mir gut." Aber das

stimmte nicht. Sie brauchte Blut. Seit Monaten hatte sie keins mehr getrunken. Viel länger würde sie nicht mehr durchhalten, ohne zusammenzubrechen. Dann könnte keine Entschlossenheit und auch keine Tapferkeit sie mehr retten. „Er verschwand mitten in einem Kampf im Drachenwald."

Valerian ließ sich nicht so leicht ablenken. „Geht es dir schlecht? In meinem Palast gibt es jetzt einen Heiler. Brenna wird …"

Sieh nicht zu dem Mann neben Valerian. Augen nach vorn. „Mir geht es gut", wiederholte sie mit fester Stimme. „Wir sprachen gerade von Layel …"

Die Falten auf seiner Stirn wurden noch tiefer. Er war ein schöner Mann, wahrscheinlich das sinnlichste, lieblichste Wesen, das die Götter je erschaffen hatten. Er hatte goldene Haare, einen festen muskulösen Körper und eine überwältigende erotische Ausstrahlung, die immer und überall von ihm ausging.

Junge wie alte Frauen warfen sich ihm permanent an den Hals, obwohl es nur eine Frau gab, die er begehrte. Und diese Frau saß auch jetzt auf seinem Schoß und blickte genauso finster drein wie er.

„Layel ist schon einmal verschwunden", sagte Königin Shaye und tätschelte den Arm ihres Mannes, um ihn zu trösten.

Beim Anblick ihrer offensichtlichen Liebe zog sich Alyssas Brust schmerzhaft zusammen. So etwas wollte sie auch. Und eine einzige Nacht lang hatte sie geglaubt, es gefunden zu haben. Wie falsch sie gelegen hatte!

Wieder einmal musste sie sich ermahnen, ihren Blick nicht dem Mann zuzuwenden, der neben Valerian stand. Shivawn.

Seit sie ihn zum ersten Mal erblickt hatte, hatte sie sich nach ihm verzehrt, und die Sehnsucht nach ihm war immer stärker geworden. Zuerst hatte sie sich nach Freundschaft gesehnt. Nach seiner Loyalität. Als sie zu einer Frau gereift war, hatte diese Sehnsucht eine sexuelle Ebene bekommen. Doch zu ihrer großen Verzweiflung hatte er nie etwas mit ihr zu tun haben wollen. Außer einmal …

Nach jahrelanger Nichtbeachtung hatte er ihr schließlich erlaubt, ihn in ihr Bett zu locken. Stundenlang hatte sie sich an seinem Körper ergötzt. Sie hatte jeden Laut aufgesaugt, den er ausgestoßen, jede Bewegung, die er gemacht hatte, jeden himmlischen Schlag seines Herzens. Das war die wunderbarste Nacht ihres Lebens gewesen.

Nach dem Liebesakt aber war er gegangen. Kein zärtliches „Auf Wiedersehen", kein Abschiedskuss.

Am nächsten Tag hatte er sie nicht aufgesucht oder gar in die Arme geschlossen. Er hatte seitdem sogar nie wieder mit ihr gesprochen, obwohl sie sich mehrmals über den Weg gelaufen waren. Doch mit jedem Blick hatte er ihr seine Botschaft unmissverständlich mitgeteilt: Sie war ein Ärgernis. Unter seiner Würde. Eine Zumutung. Dafür wollte sie ihn hassen. Stattdessen dachte sie an jene Nacht. Begehrte ihn. Immer noch. Vielleicht bis in alle Ewigkeit.

Ihr Blick wanderte wie von selbst zu ihm hinüber, und ihr Herz setzte einen Schlag aus. Er war groß. Seine sandfarbenen gewellten Haare reichten ihm bis zu den breiten Schultern. Er sah an ihr vorbei, direkt über ihre Schulter. Auf seinem Gesicht spiegelte sich die Langweile, so als könne er es kaum erwarten, dass sie fortging.

Wann würde er es endlich lernen? Sie würde es niemals schaffen, einfach fortzugehen. Nicht von ihm. Erbärmlich von ihr, ja. Doch so grausam er sie auch behandelte, jetzt brauchte sie ihn zum Überleben. Nicht mehr lange, und sie würde wirklich sterben. Das wusste er nur noch nicht.

„Meine Frau hat recht", sagte Valerian und lenkte Alyssas Aufmerksamkeit wieder auf sich. „Layel nimmt sich oftmals ein paar Tage, um allein zu sein."

„Aber er hat seine Leute noch nie verlassen, ohne zu sagen, wann er zurückkommt. Und noch nie ist er gegangen, ohne einen Stellvertreter zu benennen. Und Ihr wisst genauso gut wie ich, dass er *niemals* während eines Kampfes mit den Drachen verschwinden würde."

„Das ist auch richtig." Valerians gebräunte Haut wurde bleich, während er die Arme fester um seine Frau schloss. Sie war wie frisch gefallener Schnee. Ihre Haare waren silbrig weiß; ihre Haut war so hell, dass sie praktisch leuchtete. Einzig ihre großen dunklen Augen waren farbig. Sie war ein Mensch, ein Kind der Überwasserwelt, und ihr Blut roch rein und süß.

Früher hatten die Götter den Vampiren Menschen geschenkt, von denen sie nicht wollten, dass sie die Überwasserwelt weiter befleckten. Mmmh, Alyssa erinnerte sich noch genau daran, wie köstlich sie geschmeckt hatten. Niemand schmeckte besser.

Außer Shivawn.

Sie hatte ihn in jener Nacht gekostet, als er sich von ihr hatte verführen lassen. Nur ein Schluck, und sie hatte eine unbeschreibliche sinnliche Kraft verspürt. Wieder wurde ihr schwindelig, und um ein Haar hätte sie erneut das Gleichgewicht verloren. Seitdem war sie nicht in der Lage gewesen, auch nur einen Tropfen dieses roten Nektars von jemand anderem zu trinken.

Sie hatte es versucht, o ja. Aber verglichen mit Shivawn schmeckte alles faul, und sie musste jedes Mal würgen. Schließlich hatte sie jegliche Versuche, zu trinken, eingestellt. Sie hatte an Gewicht und Kraft verloren und verbrachte nun mehr Zeit im Bett als irgendwo sonst. Sie brauchte dringend noch eine Kostprobe von Shivawn.

„Ich werde einen Trupp aussenden. Der soll die Innen- und Außenstädte durchkämmen", sagte Valerian. „Wir werden ihn finden."

„Es ist noch ein Vampir verschwunden", fuhr Alyssa fort. „Zane, ein Krieger. Er ist wild, unvorhersehbar sogar, aber er ist Layel gegenüber loyal und würde ihm niemals etwas antun."

Valerian strich sich nachdenklich übers Kinn. „Zwei Vampire sind verschwunden, sagst du?"

„Ja."
„Sonst niemand?"
Sie schüttelte den Kopf.
„Zwei?", hakte er nach.
„Ja."
„Das beunruhigt mich, weil auch zwei meiner Nymphen vermisst werden. Zwei von meinen besten. Ich war davon ausgegangen, dass sie mit irgendwem im Bett liegen und einfach die Zeit vergessen haben. Aber …"
Zwei Vampire, zwei Nymphen. „Was könnte das bedeuten?"
„Ich frage mich, ob noch andere Kreaturen vermisst werden." Valerian warf Shivawn einen Blick zu. „Geh in die Städte. Bring so viel in Erfahrung, wie du kannst, und erstatte mir Bericht. Ich will bis morgen früh eine Antwort."
Shivawn nickte steif und machte auf seinem gestiefelten Absatz kehrt.
„Mein Herr", beeilte sich Alyssa zu sagen und trat näher an das Podium des Königs heran. Hätte sie einer anderen Spezies angehört, hätten seine Wächter sie angegriffen. Weil sie aber ein Vampir war, eine Dienerin von Layel, wurde ihr Verhalten toleriert. „Ich muss darauf bestehen, Euren Soldaten zu begleiten."
Shivawn blieb abrupt stehen, jedoch ohne sich umzudrehen. Während er so dastand, schwangen die geflochtenen Zöpfe an seinen Schläfen vor und zurück, sodass die eingeflochtenen Glasperlen aneinanderschlugen. „Und ich muss darauf bestehen, allein zu gehen, mein König."
Sie sah aus zusammengekniffenen Augen zu ihm hinüber, ohne die nächsten Worte an ihn zu richten. „Euer Mann wird nicht vorankommen, wenn er jede Frau, die ihm begegnet, abschütteln muss. Außerdem wird er die Männer dieser willenlosen Frauen verärgern, und sie werden sich weigern, ihm zu helfen."
Shaye seufzte, und es klang leicht pikiert. „Sie hat recht. Ihr Nymphen und eure verfluchte Gabe. Die ruiniert alles!"

Gabe?

„Alles?“, fragte Valerian die Königin mit heiserer Stimme, als wüsste er genau, was sie meinte. In diesem Augenblick schienen sie die einzigen zwei Menschen im Raum zu sein. Alle anderen waren vergessen.

Die Menschenfrau lachte leise und küsste ihn auf die Wange. „Na ja, vielleicht nicht alles.“

Als Valerian seiner Frau einen zärtlichen Blick zuwarf, verspürte Alyssa den nächsten Stich im Herzen. Wie schön musste es sein, so geliebt zu werden!

„Shivawn“, sagte Valerian. „Nimm die Vampirfrau mit.“

Shivawn wirbelte herum. Er strahlte Wut aus und sagte mit finsterem Blick: „Mein König, ich …“

„Werde es tun“, war die knappe, scharfe Unterbrechung.

Ein Moment verstrich. Dann noch einer. Die plötzliche Stille war dick und bedrückend. Verletzend. Shivawn wollte diskutieren. Das verrieten ihr die Art, wie er seine Zähne aufeinanderbiss, der zuckende Muskel unter seinem Auge und die Fäuste, die er an den Seiten zu verstecken suchte.

Alyssa riss den Blick von ihm los. Am Ende würde er sich seinem König nicht widersetzen. Doch sein Zögern traf sie so tief, dass sie am liebsten auf die Knie gesunken wäre und laut geschluchzt hätte. Jede andere Frau hätte er liebend gern mitgenommen, da war sie sich sicher. Warum hasste er sie so? *Weg mit den Gedanken. Zeig ihm nicht, wie tief du verletzt bist.*

Sie versuchte, ihre zitternden Glieder unter Kontrolle zu bringen, während sie sich im Thronsaal des Palastes umsah. Der Fußboden bestand aus weißem Marmor, der mit Silberfäden durchwebt war. Die Wände waren aus schwarzem Onyx, auf dem bunte Edelsteine funkelten, von Saphiren über Rubine und Smaragde zu Diamanten – sie zwinkerten ihr zu und verhöhnten sie mit ihrer Schönheit und Reinheit.

Warum hasst er mich so? fragte sie sich von Neuem, und diesmal konnte sie die Frage nicht wegschieben.

Du kennst den Grund. Du willst ihn nur nicht wahrhaben. Das stimmte. Die Wahrheit anzunehmen hieß, jegliche Hoffnung darauf zu verlieren, diesen Mann für sich zu gewinnen. *Es* gibt *keine Hoffnung.* Für Shivawn war sie verseucht – heute und bis in alle Ewigkeit. Denn er verachtete sowohl Dämonen als auch Vampire – und sie war eine Kreuzung aus beidem. Zwar wusste er das nicht, niemand wusste das. Doch er schien es auf gewisse Art zu spüren.

Den Dämonen schrieb er die Schuld am Tod seines Vaters vor vielen Jahren zu. Ein Verbrechen, in das sie versehentlich verwickelt worden war – doch auch das wusste er nicht. Und wenn es nach ihr ging, würde er es auch nie erfahren.

Die Vampire verachtete er wegen ihres Blutdurstes, weil er einmal beinahe von einem Vampir getötet worden war. Als sie in jener Nacht ihre Zähne in seiner Brust versenkt hatte, hätte er sie fast geschlagen. Hatte es gerade noch geschafft, seine Hand unter Kontrolle zu halten.

Später hatte sie sich entschuldigt und ihm Einladungen geschickt, sie noch einmal zu besuchen. Doch genauso, wie er sie bei zufälligen Begegnungen ignorierte, hatte er auch ihre Aufforderungen ignoriert. Aber … manchmal hätte sie schwören können, dass er sich in ihrer Nähe versteckte und sie mit seinen Blicken durchbohrte. Wahrscheinlich nur Wunschdenken, denn sie hatte ihn nie irgendwo entdeckt. Dank ihrer guten Ausbildung hätte sie irgendeine Spur gefunden. Einen Fußabdruck. Eine Haarsträhne.

Selbst wenn sie sein Blut nicht gebraucht hätte – wäre sie in der Lage gewesen, einfach von ihm wegzugehen? Die Antwort auf diese Frage war nicht neu. Nein. Weggehen war gleichbedeutend damit, alle Hoffnung darauf zu verlieren, ihn für sich zu gewinnen. *Ich bin nicht nur Dämon, Vampir und mit den Männern verwandt, die seinen Vater vernichtet haben. Ich bin auch vollkommen hirnverbrannt. Noch ein Mangel.* Wie sie schon so oft gedacht hatte: Es gab keine

Hoffnung. Aber manchmal schaffte sie es, sich selbst etwas vorzumachen.

„Na schön“, sagte Shivawn schließlich mit monotoner Stimme. Ohne ein weiteres Wort verließ er das Zimmer.

Von seiner Reaktion frustriert wandte sich Alyssa der Formation von Vampirkriegern zu, die hinter ihr an den Wänden aufgereiht standen. „Die Hälfte von euch wird sich Valerians Armee anschließen und nach unserem König suchen. Die andere Hälfte kehrt zum Palast zurück. Ich werde morgen früh berichten, was wir herausgefunden haben.“

Die Krieger, die es gewohnt waren, in Layels Abwesenheit Befehle von ihr zu bekommen, nickten und gingen hintereinander hinaus. Alyssa bekämpfte einen weiteren Schwindelanfall und folgte Shivawn.

Schon bald würde die Dunkelheit hereinbrechen, und dann begänne der erste Wettkampf.

Obwohl er bereits gestern Waffen gefertigt hatte, hatte Layel heute erneut mehrere Stunden damit verbracht, die perfekten Äste für Pfeil und Bogen zu sammeln. Der Gott hatte endlich die Erlaubnis erteilt, sie zu benutzen, und versichert, dass er sie ihnen nicht wegnehmen würde. Nicht noch einmal. Layel hatte bereits diverse Stunden mit Schärfen und Verfeinern verbracht. Jetzt waren seine Hände wund, und die Nägel, die nach seiner Begegnung mit dem Luftschild schnell geheilt waren, waren aufs Neue von getrocknetem Blut überzogen. Der ständige Blutverlust hatte ihn geschwächt, und er musste dringend wieder auftanken.

Doch er tat es nicht. Hatte es nicht getan.

In seinem dämlichen, verhassten Verlangen nach Delilah hatte er sich von seinem einzigen Ziel abgewendet: alle Drachen zu töten. Nichts mehr, nichts weniger. Die Frau hatte zu viele seiner Gedanken auf sich gezogen, ihn mit ihrer Weiblichkeit gequält, ihm mit der Sorge um ihr Wohlergehen Rätsel aufgegeben und ihn beinahe mit Eifersucht niedergestreckt. *Eifersucht.*

Das würde er nicht länger zulassen.

Sie bedeutete ihm nichts. Nur Susan war ihm wichtig. Immer nur Susan.

Ich werde es beweisen. Im Augenblick schwebte er hinter Ästen und dichtem grünem Laub versteckt in einem Baum und sah auf Delilahs Team hinunter. Sein Bogen war gespannt, sein Pfeil bereit, sich in das Herz der Bestie zu bohren.

„… zusammenarbeiten", sagte Tagart gerade. „Nur so können wir gewinnen."

Sie hatten sich in einem Kreis versammelt, in der Mitte loderte ein Feuer, darüber garte irgendein Fisch und erfüllte die Luft mit einem süßen Duft. Alle Kreaturen hörten aufmerksam zu und sahen Tagart verzückt an. Außer Zane, der hinter ihnen saß und einen Ast mit seinen Krallen schärfte, so wie Layel es getan hatte.

Delilah saß mit dem Rücken zu Layel. Ihre Haare flatterten wild, wie Bänder, die seine Finger unbedingt streicheln wollten. Wenn sie aufstünde, würde Layel nicht den Drachen töten, sondern *sie*. Er sagte sich, dass es ihm egal war. Dass er sie bereits viel zu oft verschont hatte. Aber hörte er sich überhaupt selbst zu?

„Woher willst du wissen, dass wir überhaupt die Chance haben werden, zusammenzuarbeiten", fragte Delilah, „und nicht nacheinander aufgerufen werden, um für die Gruppe anzutreten? Der Gott hat sich nicht genau geäußert."

Ihre Stimme jagte durch seinen Körper, eine Umarmung, eine Versuchung. Unwillkürlich packte Layel den Bogen fester. *Entspann dich, verdammt noch mal. Noch mehr Druck, und das Holz bricht.* Ganz langsam lockerte er den Griff. Er hatte immer noch eine freie Schussbahn auf Tagart, die er aber jeden Moment verlieren konnte. *Mach schon! Schieß.*

„Das weiß ich nicht. Jedenfalls nicht mit Sicherheit", erwiderte Tagart. „Aber wir müssen auf alles vorbereitet sein. Ansonsten …"

„… wird einer von uns sterben“, beendete Delilah den Satz des Drachen mit harschem Ton.

Der Krieger nickte grimmig.

Du hast einen Drachen vor dir. Bisher hast du noch nie gezögert. Warum jetzt? Trotz seines inneren Konflikts blieben Layels Hände ruhig, und dennoch schoss er den verfluchten Pfeil nicht ab. Verschämt und angewidert biss er die Zähne fest aufeinander. Er war mit einem Ziel hergekommen. Sich *wieder* davon abzuwenden war schändlich.

„Aber wenn wir gewinnen, könnten unsere Brüder und Schwestern im Verliererteam sterben“, fügte Delilah unglücklich hinzu.

„Du hast gehört, was der Gott gesagt hat. Sie stellen uns auf die Probe. Unseren Mut, unsere Entschlossenheit. Wir müssen uns entscheiden – wer ist wichtiger? Sie? Oder wir?“

Jeder einzelne Muskel in Layels Körper spannte sich an. Sie oder wir? hallte es in seinem Kopf. Sie oder wir? Wenn er Tagart tötete, würde er Zane damit schlussendlich verdammen? Einen Krieger, den zu beschützen er geschworen hatte? Ganz zu schweigen von Delilah. *Denk nicht an sie, wag es nicht, an sie zu denken.*

Was immer Layel tat, irgendjemand würde an diesem Abend sterben.

Zane … Tagart … Delilah … Die letzten beiden wollte er loswerden, aber er könnte nicht damit leben, wenn er dem ersten versehentlich schadete. Wenn sein Team allerdings verlor, würde er höchstwahrscheinlich eliminiert. So wie die anderen ihn heute Morgen angesehen hatten – in dem Wissen, dass er erwogen hatte, sie alle abzumurksen …

Vielleicht war es am besten, als Erster zu gehen. Vielleicht wäre er dann endlich wieder mit Susan vereint.

„Nein!“, hätte er fast gebrüllt. Nein, nein. Noch nicht. Noch mehr als die Drachen auf dieser Insel wollte er den Drachenkönig töten. Darius. Allein der Namen entlockte ihm ein Knurren.

Darius hätte seine Krieger daran hindern sollen, Susan etwas anzutun. Er hätte sie besser unter Kontrolle haben müssen.

So wie ich die Kontrolle über meine *Männer hätte haben müssen.* Er wischte den Gedanken weg. *Sein* Verbrechen hatte Susan nicht getötet.

Einmal, vor ungefähr sechs Monaten, war es Layel beinahe gelungen, den Herrscher der Drachen umzubringen. Aber dann hatte er Darius mit einer Menschenfrau gesehen und an Susan und seine einzigen glücklichen Tage gedacht. In einem Augenblick der Schwäche hatte er die beiden in Ruhe gelassen.

Jetzt war Darius' Frau schwanger. Ein weiterer Drache würde geboren. Das war inakzeptabel. Seine Schuld.

Ich habe mir geschworen, niemals wieder vor einem Mord zurückzuweichen, ermahnte er sich selbst und nahm sein Ziel von Neuem ins Visier.

Layel sehnte sich danach, endlich bei Susan zu sein. *Du brauchst nur die gesamte Feuer speiende Rasse auszumerzen. Einen nach dem anderen …* Seine Finger zuckten, wurden wieder ruhig. Er knirschte mit den Zähnen.

Eine nach Asche riechende Brise zog an ihm vorbei und schüttelte die Blätter. *Wenn du das machst, wird Delilah dich für einen Feigling halten. Unwürdig und unehrenhaft.* Gut. Das war er. Seine Finger spannten sich an … immer weiter. Die Schnur des Bogens spannte sich straff. Fast bereit … gleich. Er wollte, dass Delilah schlecht von ihm dachte. Nein, korrigierte er sich, er war darauf *angewiesen*, dass sie schlecht von ihm dachte. Noch ein Fingerzucken. Tagart veränderte seine Position, Layels Bogen folgte ihm. Noch immer war der perfekte Schuss möglich. Direkt durch das schwarze Herz dieses Mannes. Er würde es in zwei Teile spalten, wie er es schon bei unzähligen anderen getan hatte.

„Es gibt da etwas, das ich noch erledigen muss. Ich bin gleich zurück", sagte Delilah, stand behände auf und blockierte die Schusslinie.

Layel erstarrte. *Weg da, Frau!* Jetzt, da er sich endlich selbst davon überzeugt hatte, zu handeln.

Sie blieb stehen. Da sie nicht so groß war wie der Drache, würde Layel sie direkt zwischen die Augen treffen. Auf seiner Haut bildeten sich Schweißperlen. Er könnte versuchen, den Pfeil Tagart ins Gesicht zu schießen und vielleicht ein Auge zu erwischen. Dann würde er die Amazone nicht in Gefahr bringen. Allerdings würde das den Bastard nicht unbedingt töten oder auch nur aufhalten.

„Wir sind hier noch nicht fertig", blaffte Tagart Delilah an. „Es gibt noch eine Menge zu besprechen."

Sie warf sich die Haare über die Schulter und lachte. „Versuch doch, mich aufzuhalten. Du wirst schon sehen, was dann passiert. Außerdem schuldest du mir hierfür ein Danke."

„Ein Danke? Wofür? Was hast du vor? Willst du ein Bett bauen und mich verführen?"

Eine entsetzte Pause entstand. „Mit den Männern hier stimmt irgendwas so ganz und gar nicht", murmelte sie.

Die Lippen des Kriegers bildeten eine dünne Linie. Offensicht wollte er sie drängen, entschied sich aus irgendeinem Grund aber dafür, seinen Einwand für sich zu behalten. „Na schön. Geh. Aber bettle nachher nicht um Vergebung, wenn unser Team deinetwegen verliert."

„Dann rechnest du mit einer Niederlage?"

„Nein", sprudelte es aus ihm heraus.

Der Zentaur in der Gruppe erhob sich auf alle viere und ging auf sie zu. Stets um Vermittlung bemüht, sagte der Pferdemensch: „Tagarts Einwand ist nicht von der Hand zu weisen. Jetzt ist nicht der richtige Zeitpunkt …"

„Vielleicht habe ich mich nicht klar ausgedrückt", unterbrach Delilah ihn. „Ich bleibe nicht hier. Ich gehe in den Wald, um nachzudenken. Allein. Wagt es ja nicht, mir zu folgen." Blitzschnell griff sie nach einem ihrer Holzdolche und drehte ihn in der Hand. Warf ihn hoch und fing ihn auf. „Verstanden?"

Niemand sagte etwas.

Das Licht der untergehenden Sonne streichelte Delilah, während sie davonstapfte. Ihre Hüften wiegten sanft von links nach rechts, vollführten einen Paarungstanz, den nicht nur Layel wahrnahm. All ihre männlichen Teamkameraden sahen ihr nach, und auf ihren Gesichtern erblühte die Lust. Layel kämpfte den fieberhaften Drang nieder, vom Baum hinunterzufliegen und ihnen die Kehlen zu durchtrennen, während sie weiter in Richtung Wald ging. Schließlich verschwand sie aus seinem Blickfeld, und er entspannte sich.

Jetzt. Mach endlich. Es gab keinen besseren Zeitpunkt. Alles andere war unwichtig. Susan wäre ein Stück mehr gerächt, und er hätte ein wenig Ruhe. *Konzentrier dich, konzentrier dich!* Verdammt! Nun stand der Zentaur in der Schusslinie. Wenn auch unbeabsichtigt – er beschützte Tagart. Tja, dann werde ich den Zentaur eben auch ausschalten, beschloss er.

„Ich fasse es nicht", flüsterte eine wütende Frauenstimme eindringlich.

Mit der Finesse eines gorgonischen Reptilienhaares schlängelte die Erkenntnis über seine Haut. Hart, beißend und nicht zu leugnen. Sein Schaft wurde hart – dieser verhasste Verräter. Aber er konnte nicht leugnen, dass ein Teil von ihm sie erwartet ... auf ihr Kommen gehofft hatte. Verfluchtes Weib.

Langsam senkte er Pfeil und Bogen, flog von dem Baum hinunter und landete direkt vor Delilah. Ihr Regentropfenduft drang ihm sogleich in die Nase. Schwindelerregend und erotisch. Ihre lavendelfarbenen Augen blitzten, als wütete ein Gewitter darin.

„Woher wusstest du, dass ich hier bin?"

Sie zog eine dunkle Augenbraue hoch, und er wusste, dass seine Frage sie beleidigte. Als ob er etwas Besseres von ihr erwarten sollte. Vielleicht sollte er das ja auch. „Ich habe dich gerochen."

Er fuhr sich mit der Zunge über die Spitze eines Eckzahns. So sehr war sie sich seiner Gegenwart bewusst? Dann ging es ihr also genauso wie ihm? Mit den Fragen intensivierte sich die immer präsente Erregung, die ihn jedes Mal quälte, wenn sie in der Nähe war.

Hunger. Das ist nur der Hunger, redete er sich ein. Wie von selbst suchte sein Blick ihren Hals. Wieder hämmerte ihr Puls wie wild. Wieder lief ihm das Wasser im Mund zusammen.

Sie neigte das Kinn zur Seite, während er sie musterte. Ihre Wut schien zu verfliegen. „Du bist blasser als sonst. Warum?"

„Geh zurück zu deinen neuen Freunden", blaffte er genauso giftig wie zuvor Tagart. Es passte ihm nicht, dass ihr Dinge an ihm auffielen. Insbesondere kleine Details, die eigentlich nur Liebende bemerkten. Er wollte nicht, dass sie sich auch nur die geringsten Gedanken um ihn machte.

Sie zog auch die andere Augenbraue hoch, in die Nähe ihres himmelblauen Haaransatzes. „Es gefällt mir hier. Geh du doch von mir weg."

Er blieb. Seine Füße waren wie angewurzelt. Diese Frau … zog ihn an, hielt ihn fest. Aus Gründen, die nichts mit seinem Blutdurst zu tun hatten.

Da. Er hatte es ohne irgendeine Ausrede zugegeben. Zwar war ihm diese Tatsache nach wie vor zuwider, und er hatte immer noch vor, ihr zu widerstehen. Aber er konnte ihre Wirkung auf ihn nicht länger leugnen. Er wollte in ihrer Nähe sein.

Warum sie, nach so vielen Jahren?

Warum jetzt?

„Wenn du Blut brauchst", sagte sie und sah einfach darüber hinweg, dass er nicht auf ihre Aufforderung reagiert hatte, „bedien dich ruhig."

Noch nie hatte ihm jemand ein verlockenderes Angebot gemacht. „Warum solltest du mir so etwas anbieten?"

Sie zuckte die Schultern. Wahrscheinlich versuchte sie, zwanglos und ungerührt zu wirken. Dennoch verdunkelten sich ihre violetten Iris vor Verletzlichkeit zu einem tiefen Schwarzlila.

„Warum?"

Sie presste die vollen Lippen trotzig zusammen.

Er schluckte. So üppig, so rot, so reif. Sie schrien danach, dass er daran saugte. „Meine Antwort ist: Nein! Egal, warum du es tust." Dabei war der Drang, von ihr und nur von ihr zu trinken, stark. Beinahe unkontrollierbar.

Die Augen zu schmalen Schlitzen zusammengekniffen, ging sie auf ihn zu. „Du bist gekommen, um mich zu töten, und ich habe dir mein Blut angeboten Ich werde jetzt keinen Hass von dir dulden."

Punkt für sie. „Ich habe nicht auf dich gezielt", gestand er.

„Lügner."

„Du stellst immer den Wahrheitsgehalt meiner Behauptungen infrage, wenn ich nicht lüge." Er hätte dieses Geständnis um keinen Preis herunterschlucken können.

Vor Überraschung färbten sich ihre Wangen rosa. „Auf wen dann?"

„Ist egal. Ich hab's nicht getan." Seine Selbstverachtung drohte ihm die Luft zu nehmen.

Allmählich begriff sie. Nur, was genau meinte sie zu begreifen? „Du solltest nicht mal hier sein", sagte sie. „Für dein Team zu spionieren ist feige."

„Ich bitte dich. Du wünschst dir doch nur, auf der anderen Seite der Insel zu sein und zu lauschen, welche Strategie mein Team hat. Außerdem habe ich es nicht nötig, zu spionieren, um zu gewinnen. Ich habe dich unter mir auf den Boden genagelt, schon vergessen?" In dem Augenblick, als er die Worte aussprach, fegte die Erinnerung durch seinen Kopf, wie *sie ihn* auf dem Boden festgenagelt hatte. Ihre gespreizten Beine, ihre Perle so nah, dass er nur den Kopf hätte heben müssen, um sie zu schmecken.

Offensichtlich ging ihr gerade das Gleiche durch den Kopf.

Ihre Pupillen weiteten sich, und die rosige Farbe breitete sich von ihren Wangen über die Kieferknochen bis zum Schlüsselbein aus. Während sie noch näher zu ihm herüberkam, benetzte sie ihre Lippen mit der Zungenspitze.

„Stopp“, forderte er, obwohl er ebenfalls auf sie zuging. *Diese Zunge …*

Ein Stöhnen entwich aus ihrem Mund, ein Seufzen. „Ich kann nicht.“

Was machst du da? Im nächsten Augenblick benahm er sich wie der Feigling, als den sie ihn bezeichnet hatte, und hörte auf, seinem Verderben weiter entgegenzugehen. Stattdessen ging er jetzt rückwärts – bis er gegen den Baum stieß.

Delilah ging weiter nach vorn. „Einer von uns könnte die Person sein, die heute Abend stirbt“, sagte sie mit heiserer Stimme.

„Man wird uns nicht auserwählen“, zwang er sich zu sagen, obgleich er vor wenigen Sekunden das Gleiche gedacht hatte.

„Das kannst du nicht mit Sicherheit wissen.“ Schließlich stand sie unmittelbar vor ihm. Die Hitze ihres Körpers umgab ihn, drang in ihn ein, zog ihn noch näher an sie heran. Er hatte immer die Kälte bevorzugt – zumindest hatte er das gedacht. Diese Hitze verzauberte ihn, verwickelte ihn in die erbarmungslosen Fäden des Verlangens, die allein sie zu spinnen vermochte.

Sie war so klein, dass sie ihm gerade bis zum Kinn reichte. Überraschenderweise flogen ihre blauen Haare mit dem Wind nach oben und klebten an seinem Hemd und seiner Haut, als müsse irgendein Teil von ihr mit ihm in Kontakt stehen. Er schluckte. Sein Mund wurde trocken. Das Blut rauschte wild durch seine Adern.

Noch bevor er sich bremsen konnte, lagen seine Hände auf ihrer Hüfte und hielten sie fest. Seine Nägel waren so scharf, dass sie sich bestimmt in ihre Haut bohrten, doch sie protestierte nicht. Nein, sie lehnte sich noch dichter an ihn, bis die harten Spitzen ihrer Nippel an seinem Hemd rieben. Bis ihre Beine zwischen seinen ruhten, direkt an seiner Erektion.

Er konnte nicht denken, wollte nicht denken.

„Ich weiß, dass wir beide stark und entschlossen sind und nicht zulassen werden, dass es geschieht", sagte er und versuchte – so gut, so verdammt gut –, an alles Mögliche zu denken, nur nicht daran, sie zu besitzen. Sie zu *nehmen*. Ihre Lustschreie in seinen Ohren zu hören. Hatte er vom Sterben gesprochen oder davon, sie zu lieben? Er konnte es nicht mit Sicherheit sagen.

„Ich wollte dich", gestand sie. Ihre Augen waren halb geschlossen. „Vorher. In Atlantis. Ich habe mir gesagt, dass ich das nicht zulassen kann. Ich habe mir gesagt, dass es falsch wäre. Ich habe mir gesagt, dass ich mich von dir fernhalten muss. Aber jetzt kann ich mir nur eine Sache vorstellen, die ich bereuen würde, wenn ich getötet werden würde."

Stoß sie weg! „Und was ist das?" Seine Stimme war brüchig, heiser.

„Nicht zu wissen, wie es ist, dich zu küssen." Sie fragte ihn nicht um Erlaubnis, gab ihm nicht mal die Gelegenheit, zu antworten. Sie stellte sich nur auf die Zehenspitzen, presste ihre Lippen auf seine und schob ihm die Zunge in den Mund.

Er stöhnte. Der Laut war eher animalisch als menschlich. Die Hitze … der Geschmack … die Verzweiflung … Sie erfüllten ihn, verschlangen ihn, töteten ihn. Ja, irgendetwas in ihm starb. Oder zerbrach. Was auch immer es war, das Gefühl hämmerte mit der Energie eines Wintersturms durch die Taubheit hindurch, die er seinem Körper aufgezwungen hatte, und überdeckte alles, was ihm in die Quere kam. Breitete sich weiter aus … so schnell, dass jeglicher Versuch, es unter Kontrolle zu halten, zwecklos war. Er war nicht mal sicher, ob er es kontrollieren wollte.

Knurrend hielt er Delilah fest in den Armen und wurde fordernder. Ein jahrelang unterdrückter Instinkt drängte an die Oberfläche und verlangte, dass er die Führung übernahm. Zu lange. Er war viel zu lange ohne Frau gewesen. Hatte zweihundert Jahre lang keine gewollt, und jetzt traten all seine latenten Sehnsüchte verzweifelt und gierig hervor.

Als Delilah mit dem Rücken gegen einen der Bäume prallte, keuchte sie. Sein Körper hielt sie gefangen, seine Zunge wurde forscher, nahm sich alles und forderte mehr. Sie nahm sein Gesicht in die Hände – nicht um ihn zu stoppen, sondern um ihn festzuhalten und seinen Kopf so zu neigen, dass sie sich noch inniger küssen konnten. Ihr Griff war so fest, dass sie einem schwächeren Mann die Knochen gebrochen hätte. Das gefiel ihm. Es gefiel ihm, dass sie der Leidenschaft genauso ausgeliefert war wie er.

„Mehr“, verlangte sie.

„Bitte darum“, erwiderte er, weil es der Natur ihres Wesens absolut widersprach. Sie könnte sich weigern, könnte sich ihm widersetzen und diesen Wahnsinn damit endlich beenden. Vielleicht würde sie sogar davonstolzieren, sodass er wieder zu Sinnen käme.

Sie legte ihm die Hände an den Hinterkopf, wobei sich ihre Nägel scharf wie Dolche in seine Haut bohrten. *„Bitte.“*

Die Bitte überraschte ihn. Aber noch mehr überraschte es ihn, dass sie ihn damit noch schärfer machte. Mit einem leichten Tritt gegen ihre Knöchel spreizte er ihre Beine und presste seine Härte an sie – Hartes gegen Weiches.

Sie stieß ein bebendes Stöhnen aus. „Ja, ja. Genau so. Mehr.“

„Bitte darum.“ Diesmal klang es wie eine Bitte aus *seinem* Mund. Er musste unbedingt das Flehen in ihrer Stimme hören.

„Bitte, bitte. Layel, bitte.“ Mit jedem flehentlichen Atemzug schien ihre Erregung größer zu werden.

Verblüfft wurde ihm klar, dass sie ihm die vollkommene Kontrolle überlassen würde. Diese mächtige Amazone würde sich willentlich seinen Forderungen unterwerfen. Die Erkenntnis brannte in ihm, als er ihr die Hände auf die Brüste legte. Er fühlte die harten Nippel durch ihre Kleidung, aber das reichte nicht. Er fuhr mit einer Kralle über das Leder, teilte es in zwei

Hälften und entblößte ihre Brüste. Sie waren klein, fest und perfekt geformt.

Mehr ... mehr ... er brauchte mehr, war verrückt vor Verlangen. Der süße Geschmack ihrer Haut machte süchtig wie eine Droge. Ihr Stöhnen öffnete ihm das Tor zum Himmel.

Er nahm einen süßen rosafarbenen Nippel zwischen die Finger und rieb ihn fest, während seine schmerzende Männlichkeit zwischen ihren Beinen pochte. Wenn er sich doch nur seine Klamotten wegwünschen könnte! Haut auf Haut. Wenn er das nicht bekam, würde er sterben. „Leg dein Bein um meine Hüfte."

In dem Moment, als sie seinen Befehl befolgte, wand sie sich seufzend. „Layel. O Götter. Das ist so gut."

Als sie versuchte, ihn durch ihre Kleidung hindurch zu reiten, hatte er nur noch einen einzigen Gedanken: in sie einzudringen. Und er würde alles tun, um diese Vorstellung wahr werden zu lassen. Er musste sie spüren. Sie ausziehen. Sie zu Boden werfen ... Ja, ja! Er warf die zerfetzten Überbleibsel ihres Oberteils zur Seite und drückte sie auf den Boden.

„Du willst mich nehmen. Ganz und gar."

„Ja."

Mit einem Mal war die Leidenschaft sein einziger Grund zu leben. Er legte sich mit seinem vollen Gewicht auf sie, während er Zentimeter für quälenden Zentimeter nach unten kroch. Mit der Zunge fuhr er über ihre Haut, über ihre harten Nippel.

Mehr ... mehr ... so wie jetzt war es noch nie. Er brauchte mehr.

„Hör nicht auf. Ich hätte nie gedacht ... Das ist so gut."

„Ich höre auf, wenn ich beschließe, aufzuhören." Die Macht ging ihm unter die Haut, drängte ihn, sich mehr zu nehmen. „Damit das klar ist."

„Bitte. Mehr. Gleich ..."

Er fasste unter ihren kurzen Rock, vorbei an der dünnen Stoffbarriere zwischen ihren Beinen. Sie war heiß, feucht. So feucht. So eng. Er spürte, wie ihn ein Gefühl von Besitzgier durchflutete, als er mit einem Finger tief in sie eindrang – und sie laut und lange und schrill und süß schrie. Ihr Innerstes zuckte, ergriffen von höchster Lust.

Mehr … mehr … ja, er brauchte noch mehr.

„Layel, Layel."

Mit ausgefahrenen Eckzähnen kam er wieder hoch. Er war bereit, ihr Blut zu nehmen, während er ihren Körper nahm. Allerdings musste er sie loslassen, um sein bestes Stück zu befreien, konnte sich aber nicht dazu überwinden, sie loszulassen. Im nächsten Augenblick wurde ihm die Entscheidung abgenommen. Er spürte starke Hände auf den Schultern, die ihn von Delilah wegrissen.

„Dreckskerl!", hörte er.

Layel fauchte wütend und stürzte sich auf seinen neuen Gegner. Er brauchte Delilah. Niemand nahm sie ihm weg. In ihm kochte so viel Leidenschaft – Wut, düstere Wut, Küsse, mehr Küsse –, dass es sich anfühlte, als bestünde sein Inneres aus Lava.

Er stieß Tagart zu Boden. Im nächsten Moment war Layel über ihm und versenkte die Eckzähne in der Vene des Drachen. Blut, so heiß wie Feuer, füllte seinen Mund. Ein vertrauter Geschmack.

Mehr von Delilah. Mehr, schrie eine Stimme in seinem Kopf. *Töte den Drachen – und geh zurück zu Delilah.*

Tagart schmetterte ihm eine Faust gegen den Kiefer, und Layel flog zur Seite. Eine Sekunde später stand er bereits wieder. Warmes Blut tropfte von seinem Gesicht. Er machte einen Schritt, dann noch einen, wie ein Raubtier, das seine Beute fest im Blick hatte.

Delilah stellte sich vor ihn. Sie keuchte, und ihre Wangen waren nach dem Höhepunkt noch ganz rosig. Sie machte sich erst gar nicht die Mühe, ihre nackten Brüste zu bedecken, als sie die Hände ausstreckte, um ihn zurückzuhalten. „Layel", sagte sie besorgt. „Beruhig dich. Du musst dich beruhigen."

Nicht Susan, schrie die Stimme in seinem Kopf plötzlich. *Sie ist nicht Susan.* Sie hatte kein Recht, sich um ihn zu sorgen. Sie hatte kein Recht, ihn zu küssen oder zu berühren. Er hatte kein Recht, *sie* zu küssen und zu berühren. Von ihr zu trinken, sich an ihrer Lust zu erfreuen.

Blitzschnell erstarb das Feuer in seinen Adern und hinterließ nichts als Asche und Reue. Er hielt inne und bemühte sich, ruhiger zu atmen. Zugleich schämte er sich.

Tagart stand reglos und mit wütendem Gesichtsausdruck da. „Komm ihr noch einmal zu nahe, und ich werde dich – ohne zu zögern – umbringen."

„Warum zögerst du jetzt, feuriger Mistkerl?"

Der Drache setzte zum Sprung an, doch Delilah sah ihn an und schüttelte den Kopf. Und er blieb stehen.

„Er hat mir nichts getan", sagte sie.

Tagart sah von Delilah zu Layel und von Layel zu Delilah. „Aber du hast geschrien."

„Vor Lust", gab sie zu, und ihre Wangen färbten sich rot vor Scham.

Tagart begriff und starrte sie finster an.

„Keine Sorge", sagte Layel und klang dabei so kalt wie noch nie. „Ich werde mich ihr nie wieder nähern. Sie gehört dir." Damit rannte er so schnell davon, wie seine Füße ihn trugen.

8. Kapitel

Ein Gong hallte durch die trügerisch friedvolle Nacht, gefolgt von dem Echo eines Flüsterns. *Strand …*

Delilah hätte fast aufgestöhnt. Nein. Nicht jetzt. Noch nicht. Layel hatte gerade erst aufgehört, sie zu küssen. Während dieses Kusses war die Welt um sie herum verblasst. Alles, was sie je gekannt hatte, war zerbrochen, ehe sie einen neuen Anker gefunden hatte: seine Zunge, seine Berührung. *Ihn.* Und dann war er gegangen und hatte sie allein mit dem Drachen zurückgelassen. Nein, er war nicht gegangen. Er war gerannt, als ob ihn Dämonen gejagt hätten. Hatte sie halb nackt stehen lassen. Voller Lust und Begehren. Durcheinander. Er hatte sich nicht umgedreht.

Er hatte sie genauso verlassen wie Vorik.

Mit zitternden Händen bückte sie sich und hob die Überreste ihres Oberteils auf. Hastig band sie sich den Lederstreifen um und knotete ihn in der Mitte zusammen – wodurch ihre Brüste zusammengeschoben wurden. Wunderbar. Wenn sie rannte, würden sie wippen. Aber vielleicht würde Layel das gefallen. *Dummes Mädchen.*

Tagart drehte sich nicht um, während sie sich anzog. Er beobachtete sie die ganze Zeit aus zusammengekniffenen leuchtenden Augen. Mistkerl. „Eigentlich will der Vampirkönig gar nicht dich“, sagte er.

Für diese Aussage hätte sie ihm am liebsten den Kopf vom Körper abgetrennt. Dafür, dass er laut aussprach, was sie am meisten fürchtete. *Eigentlich will der Vampirkönig gar nicht dich.* Layel hatte sie verlassen und geschworen, sich ihr nie wieder zu nähern. Das stützte Tagarts Behauptung natürlich.

Aber … diese Leidenschaft konnte unmöglich erzwungen gewesen sein. Außerdem hatte Layel den Drachen wie ein Besessener angegriffen. Ihretwegen. Sie wusste, dass es ihretwegen war.

Bitte, macht, dass es meinetwegen war.

Als sie nichts erwiderte, seufzte Tagart. „Du weißt ganz genau, dass Layel der Feind ist. *Unser* Feind, nicht nur meiner – zumindest im Augenblick."

Ja, das wusste sie. Es hatte nur keine Rolle gespielt. Sie hätte behaupten können, dass sie zum Wohle des Teams so gehandelt hatte. Ein Kuss, um den Vampir zu erweichen und zu schwächen. Doch die Prahlerei wollte ihr einfach nicht über die Lippen kommen. Sie hatte endlich Magie in den Armen eines Mannes erfahren. Und sie verspürte nicht den Wunsch, diese Erinnerung zu beschmutzen.

Aber, verdammt noch mal! Sie hatte sich noch nie so leer gefühlt. Was da mit Layel geschehen war … was sie in den Armen des Vampirs gespürt hatte … das war eine Besessenheit gewesen. Für kurze Zeit war sie das Wichtigste in seinem Leben gewesen – und für ihn hätte sie ihren gesamten Stamm verraten, ganz zu schweigen von ihrem Team. Wäre ihm überallhin gefolgt, hätte ihn bis in alle Ewigkeit angefleht.

Er hatte ihr Lust geschenkt, Wildheit, die Freiheit, diese Erfahrung zu machen. Sie war gekommen, während er sie mit den Fingern stimuliert und an ihrem Nippel gesaugt hatte. Sie hatte das Schaben seiner scharfen Zähne gespürt, doch er hatte ihre Haut nicht verletzt; darüber sollte sie froh sein, doch sie hätte ihm – ohne zu zögern – ihr gesamtes Blut gegeben, wenn sie im Gegenzug jetzt noch immer in seinen Armen liegen könnte.

In jenem Moment hatte er die absolute Macht über sie gehabt. Doch statt sich darüber zu ärgern, wie es eigentlich ihrem Naturell entsprach, aalte sie sich in dem Bewusstsein. *Ich hätte ihn nicht aufhalten können. Hätte nicht entkommen können.* Die Erinnerung daran jagte ein Zittern durch ihren

Körper. Sie war seine Gefangene gewesen, hatte sich um nichts gesorgt, sondern sich an dem Wissen ergötzt, dass sie sicher war, beschützt und geschätzt wurde und sich ihm ohne jegliche Form der Zurückweisung voll und ganz hingeben konnte. Bei Vorik hatte sie nie ihre Hemmungen verloren und sich einfach in seinen Armen gehen lassen. Sie hatte sich über alles Mögliche Gedanken gemacht. *Mache ich das richtig? Gefällt es ihm? Müsste ich mehr machen?*

„Hast du keine Antwort, Amazone?"

„Ich weiß, dass er unser Feind ist", sagte sie nur.

„Ich hätte mehr von dir erwartet. Von einer leidenschaftlichen Kämpferin. Von der Frau, die mich erst vor wenigen Tagen während eines Kampfes zur Seite geworfen hat."

Sie sah überrascht zu ihm auf. Sie hatte so viele Gegner gehabt, dass sie sich nicht an das Gesicht eines einzigen Drachengesichts erinnern konnte. „Wir haben gekämpft?"

Er warf angewidert die Hände in die Luft. „Ich bin so unbedeutend, dass du dich nicht mal an mich erinnerst."

„Dann kämpf beim nächsten Mal härter", riet sie ihm.

Alles andere als dankbar für diesen Rat knurrte er sie wütend an. „Ich weiß immer weniger, warum ich mich überhaupt mit dir befasse. Vielleicht hattet du und der Vampir von Anfang an einen Bund geschlossen. Er hat dir auf dem Schlachtfeld geholfen, und jedes Mal, wenn ich dich sehe, bist du in seiner Nähe. Oder beobachtest ihn. Bezahlt er dich dafür, dass du dein eigenes Team stürzt? Für jeden Verlust einen Höhepunkt?"

Sie ballte die Fäuste und schlug ihn, mit einer derart schnellen Bewegung, dass er keine Zeit hatte, sich zu schützen. Ihre Fingerknöchel landeten so hart auf seiner Nase, dass sie brach. Er heulte vor Wut und Schmerzen auf. Er ging sogar auf sie zu, als wolle er ihr ebenfalls eine verpassen. Doch er tat es nicht.

Wütend starrte er sie an, während Blut an seinem Kinn heruntertropfte. „Wenn du das noch einmal machst, wirst du es bitter bereuen."

„Die Drachen haben den Zorn der Amazonen auf sich gezogen, als sie eine unserer Schwestern fesselten." Lily. Arme, süße Lily. Wie es ihr wohl ging? Delilah verdrängte die Sorge aus ihren Gedanken, um nicht zusammenzubrechen. „Der einzige Grund, warum du noch am Leben bist, ist die Tatsache, dass wir Teamkameraden sind. Und nun, da die albernen Spiele der Götter beginnen, lass uns doch mal sehen, wie lange du noch so lebendig sein wirst." Sie warf ihm einen gleichgültigen Kuss zu und bemerkte ohne Überraschung, dass die Bisswunde an seinem Hals bereits zu heilen begonnen hatte und auch seine Nase wieder ihre natürliche Form annahm.

Drachen und Vampire heilten schnell. Leider erging es den Amazonen nicht so. Was Verletzungen anging, waren sie so empfindlich wie Menschen. Bis ein gebrochenes Bein verheilt war, konnten Wochen vergehen, wenn nicht Monate. Das war einer der Gründe, warum sie so unnachgiebig trainierten. Verletzungen vorzubeugen war für sie überlebenswichtig.

Ohne ein weiteres Wort setzte sie sich in Bewegung. Der Gong ertönte ein zweites Mal. Was wohl passieren würde, wenn sie ihn ignorierte? Würde noch ein Wasserschwall in ihrem Gesicht landen? Vermutlich. Sie beschleunigte ihre Schritte und überholte schon bald einen Zentaur.

Wie sähe der erste Wettkampf wohl aus? Vielleicht ein Schwertkampf? Oder ein Nahkampf?

Ein nackter Ast peitschte gegen ihre Wange, und sie hob den Arm, um sich über die frische Wunde zu reiben. Da bemerkte sie, dass sie immer noch zitterte. Wegen Layels Kuss. Sie war immer noch heiß und bedürftig. Weder Tagart hatte sie beruhigt noch die Vorladung der Götter. Bei Krejas Axt – nicht mal der Höhepunkt hatte sie beruhigt.

Aber es kam noch schlimmer, denn sie wusste eines ganz genau: Wenn Layel in ihrer Nähe gewesen wäre und auch nur einen Funken Verlangen gezeigt hätte – sie wäre ihm sofort wieder um den Hals gefallen. Sie würde alles tun, um wieder seine starken Arme zu spüren, um ihn berühren und lecken zu können.

Verflucht sei Tagart für seine Störung! – schimpfte ein Teil von ihr.

Dank sei den Göttern, dass er uns gestört hat! – freute sich der andere.

Sich allein um der Lust willen mit dem Feind einzulassen – lächerlich! Und ein heftiger Verstoß gegen den Code der Amazonen. Gleich musste sie dem Vampirkönig höchstwahrscheinlich auf dem Schlachtfeld gegenübertreten. Erneut. Sie nahm Haltung an und holte auch das letzte Gramm Entschlossenheit aus sich heraus. Wütend, wie er war, traute sie ihm zu, dass er versuchen würde, sie als Erstes anzugreifen.

Wenn es dazu käme, müsste sie ihn niederstrecken.

Sie durchbrach das Dickicht und erreichte endlich den funkelnden Sand. Mondschein, dieser herrliche Mondschein, tauchte die Insel in bernsteinfarbenen Nebel. Wellen tanzten sorglos auf dem Meer und sprühten fröhlich und unbekümmert Tropfen ans Ufer.

Vor ihr warteten bereits mehrere Kreaturen. Dann riss sie die Augen auf, denn vor ihnen lag ein langes, kurvenreiches … *Ding*. Es war aus Holz und erstreckte sich über das Wasser. Auf beiden Seiten pendelten mit unzähligen Stacheln besetzte Balken hin und her. *Wuuusch. Zisch. Wuuusch.* Die Bodenplanken waren mit mehreren Löchern versehen.

Jeder, der auf der Konstruktion entlangging, würde entweder von den Stacheln erwischt oder in den Ozean geworfen – wo sich bereits die Haie tummelten, als ob sie spürten, dass in der Nähe köstliche Snacks warteten. Und wenn sie sich nicht täuschte, befanden sich im Wasser auch Meermänner mit erhobenen Speeren. Sie lächelten boshaft, wobei ihre Zähne nur so leuchteten.

Irritiert machte Delilah ein paar Schritte zur Seite … Sie durchsuchte ihren Kopf nach dem Namen des Minotaurus, konnte sich aber nicht daran erinnern, obwohl er zu ihrem Team gehörte. Er war groß, und jeder Zentimeter seines Stierkopfes und des menschenähnlichen Körpers war von Fell bedeckt. Säbelzähne reichten von seiner Oberlippe bis hinunter zu seinem Kinn. Anstelle von Ohren ragten auf jeder Seite seines Kopfes Hörner empor.

Einst war sie in ein Minotauruslager eingedrungen. Die Stiermenschen hatten seit Jahrhunderten keinen König mehr gehabt, aber einer aus ihren Reihen hatte sich erhoben und versucht, die Macht an sich zu reißen. Um seine Kraft und Furchtlosigkeit zu präsentieren, hatte das dumme Geschöpf fast jeden König und jede Königin von Atlantis beleidigt.

Kreja, die damalige und heutige Königin der Amazonen, hatte beschlossen, ihm seinen Fehler aufzuzeigen, und Delilah befohlen, die Armee in den Kampf zu führen. Delilah hatte sich für einen Überraschungsangriff entschieden, da sie die schwächere Rasse als eines direkten Kampfs unwürdig erachtet hatte. Während eines heftigen Regens war sie in das Lager eingedrungen und hatte dem Mistkerl die Gliedmaßen abgeschnitten.

Am nächsten Tag hatte sie diese Gliedmaßen einigen der von ihm beleidigten Könige und Königinnen geliefert. Sie fragte sich, wie Layel auf das Geschenk reagiert hätte, wenn er unter den Empfängern gewesen wäre.

„Was ist das?“, fragte sie den Monotaurus jetzt und wies mit dem Kopf auf das Monstrum, das da vor ihnen lag.

Er drehte den Kopf und musterte sie von oben bis unten. Wahrscheinlich suchte er nach Waffen. Sie klimperte ein paarmal mit den Wimpern, um ihm zu verstehen zu geben: Ich bin harmlos; du hast nichts zu befürchten. Wenn Tagarts Beschuldigung bei ihren Teamkameraden die Runde machte, würden sie höchstwahrscheinlich versuchen, sie im Schlaf abzumurksen. Sie würden ihm glauben, weil sie sich mitten in der Lagebesprechung aus dem Staub gemacht hatte.

Götter, sie müsste ihre Loyalität gewinnen.

Langsam entspannte sich der Stiermann. „Ich glaube, das nennt man Spießrutenlauf. Meine Mutter hat mir immer Geschichten von tapferen Kriegern erzählt, die versucht haben, solche Dinger zu bezwingen."

Spießrutenlauf … Das Wort flog in ihrem Kopf hin und her, bis es schließlich klick machte. Gutenachtgeschichten von mutigen Soldaten, die gezwungen waren, auf den monströsen Dingern entlangzulaufen, um ihren Wert unter Beweis zu stellen. Ein Gefühl der Beklommenheit machte sich in ihr breit, dicht gefolgt von Erregung. Gefahr hatte immer diese Wirkung auf sie. Teils hasste sie sie, teils blühte sie in ihrem Angesicht auf.

Vielleicht war sie schon immer eine geteilte Seele gewesen. Vielleicht konnte sie ihre widerstreitenden Bedürfnisse nicht ablegen, Layel zu erobern und von ihm erobert zu werden.

Als hätten ihre Gedanken ihn gerufen, kam Layel wie ein schwarzer Blitz an den Strand gehuscht. Ihr Magen verkrampfte sich, und die Knie wurden ihr weich. Zwischen ihren Beinen wurde es feucht. Götter! Er war nicht mal in ihrer Nähe, und trotzdem konnte sie förmlich seine Finger in sich spüren, die sie in Richtung Höhepunkt beförderten.

Seine Wirkung war sogar noch stärker als der Gedanke an die Gefahr, denn es gab nicht einen einzigen Teil in ihr, der Hass verspürte. Komm zu mir, projizierte sie in seinen Kopf. Er kam nicht. Und sie musste all ihre Willenskraft aufbringen, um dort stehen zu bleiben, wo sie war – und ihn nicht einmal zu sich zu winken.

Ob sie ihn rufen sollte? Ein Blick in seine Augen, mehr brauchte sie nicht. Hoffentlich hatte er sich beruhigt und diese unsichtbaren Dämonen vergessen.

Letzten Endes brauchte sie überhaupt nichts zu tun. Er sah zu ihr herüber, und ihre Blicke trafen sich kurz, bevor er wegschaute. Normalerweise wirkte er kalt und verschlossen. Manchmal, wie gerade eben, wild. Aber jetzt war der

Hass zurückgekehrt. O ja, und wie! Seine Hitze und Intensität blendeten sie fast.

Warum?

Sie kramte in ihrem Kopf, konnte sich aber nicht daran erinnern, irgendetwas getan zu haben, das ihn verletzt haben könnte. War es möglich, dass er genauso wie sie widerstreitende Wünsche in sich trug? Die Frage hatte sie sich schon vorher gestellt, doch noch nie war ihr die Möglichkeit wahrscheinlicher erschienen.

Sie wusste, warum sie sich so verhielt. Sie wollte sowohl Kriegerin als auch Frau sein, von ihren Schwestern respektiert und von einem Mann geliebt werden. Was war sein Grund?

„Wenn wir deinetwegen verlieren", sagte Tagart, der plötzlich neben ihr stand und ihr den Blick auf Layel versperrte, „werde ich dich eigenhändig töten. Das schwöre ich dir."

Sie wurde starr. Früher wäre es niemandem gelungen, sich unbemerkt an sie heranzuschleichen. Dieser verdammt Layel und seine seltsame Anziehungskraft! „Vielleicht hast du noch nicht bemerkt, dass deine Drohungen bei mir nicht ziehen."

Nola stellte sich auf ihre andere Seite, und Delilah wandte sich von dem Drachen ab. Eine Beleidigung, das wusste sie. Als wäre er unbedeutend und ihrer Aufmerksamkeit nicht würdig. Allerdings lauschte sie weiterhin in seine Richtung, für den Fall, dass er sie angreifen wollte.

Er knurrte tief in seiner Kehle, setzte jedoch nicht zum Angriff an.

„Das hier kann nicht gut ausgehen", murmelte Nola. Ein paar Strähnen ihrer dunklen Haare streiften ihre Wange und peitschten ihr in die Stirn. „Ich finde es furchtbar, dass man uns getrennt hat. Mein Team lässt eine Menge zu wünschen übrig."

Obwohl sie sich nie nahegestanden hatten, gehörte Delilahs Loyalität den Angehörigen ihrer Art. *Vergiss das nicht.* „Ganz gleich, was man uns befehlen wird: Ich werde dich weder verraten noch verletzen. Du hast mein Wort."

Nolas Blick blieb starr auf die Spießrutenbahn gerichtet. „Ich möchte dir glauben. Wirklich. Aber …“

„Nein. Kein Gott wird meinen Gehorsam brechen.“

„Ich kann nicht glauben, dass das hier wirklich geschieht. Ich will nach Hause. Ich will Lily in den Arm nehmen. Ich will mein Leben zurück, so unvorhersehbar das auch war.“

„Alle hier wollen nach Atlantis zurück, aber es geht nicht. Deshalb wirst du diesen Gedanken aus deinem Kopf verbannen und dich auf die bevorstehende Herausforderung konzentrieren. Das ist ein Befehl. Nur so kannst du sichergehen, dass du überlebst.“

Nola schnaubte wütend, doch im nächsten Moment nickte sie erneut. „In Ordnung. Ja.“

Delilahs Erleichterung war nur von kurzer Dauer.

„Es ist so weit.“

Die Stimme des Gottes ertönte so plötzlich und ohne Vorwarnung, dass ein Ruck durch Delilahs steifen Körper ging. Die Stimme klang anders, tiefer als die gestrige und kratziger als die davor. Ein dritter Gott? Sie blickte auf den Ozean, wo Luft und Wasser neben der Spießrutenbahn aufwirbelten und bereits die Gestalt eines Mannes annahmen. Wieder war kein Gesicht zu erkennen.

„Einwohner von Atlantis“, sagte die Stimme. „Wir hoffen, ihr hattet ausreichend Zeit, euch auf diese erste Mutprobe vorzubereiten. Wenn nicht, seid ihr nicht die Krieger, für die wir euch gehalten haben, und wir werden sehr enttäuscht sein.“

Auf einmal dröhnte Donner am Himmel. Eine Sekunde später bildeten sich über den Kriegern und der Spießrutenbahn dunkle Wolken, und dicke harte Regentropfen prasselten auf die Gruppe nieder. Delilah machte sich nicht die Mühe, sich das Wasser vom Gesicht zu wischen. Diese Genugtuung würde sie dem Gott nicht geben.

„Im Leben und auch in diesem Spiel gibt es viele Hindernisse. Eine falsche Bewegung könnte euch vernichten. Denkt daran …"

Ein heller Blitz flackerte auf und beleuchtete den Gott für den Bruchteil einer Sekunde. Unter der Maske aus Wasser meinte Delilah das Gesicht eines außergewöhnlich schönen Mannes zu sehen. Strahlend blaue Augen, honigblonde seidige Haare. Perfekt geformte Lippen, die zu einem perfekten fröhlichen Lächeln verzogen waren.

„Stellt euch auf", befahl er. Nun mischte sich Eis unter den Regen und peitschte schmerzhaft auf sie nieder.

Zuerst bewegte sich niemand. Waren die anderen, so wie sie, von dem Verhalten des Gottes angewidert? Was würde passieren, wenn sie sich weiterhin weigerten?

Da sie nicht vorhatten, es herauszufinden, stapften sie einer nach dem anderen drei getrennte Stufen hinauf. Bald schon standen sie auf einer flachen Plattform. Vor dem Gerüst gab es zwei identische Pfade, die jeweils eine mörderische Bahn beinhalteten. Sie zitterte, und mit jedem Atemzug umnebelte sie die Kälte, während sie die Spießrutenbahn aus diesem neuen Blickwinkel betrachtete. Wie war sie an diesen Punkt gelangt? Sie mochte ihr Leben der Kampfkunst verschrieben haben, aber sie hatte sich niemals vorgestellt, in etwas derart Düsteres verwickelt zu werden.

Tagart schob Delilah mit dem Ellbogen zur Seite und behauptete die erste Position für ihr Team für sich. Sie erwog, zu protestieren, zuckte dann aber die Schultern. Sollte er ruhig vorangehen. Er könnte der Erste sein, der fiel, der Erste, der gestoßen wurde.

In der anderen Reihe behauptete Brand die Führungsposition, und Layel schwebte an die zweite Stelle direkt hinter ihm. Sein Arm streifte ihren, ein langsamer Feuerschlag. Versehentlich? Und warum war er warm? Normalerweise war er kalt wie das Eis, das gerade vom Himmel fiel. *Sieh ihn nicht an. Wag es nicht, ihn anzusehen.* Er würde sie nur ablenken, vielleicht sogar ihre Entschlossenheit brechen.

„Ein erfolgreicher Teamplayer sorgt dafür, dass alle Mitglieder eine Schlacht überstehen, nicht nur er selbst", sagte der Gott. „Ich schlage vor, ihr tut, was immer erforderlich ist, um euer Team über Wasser zu halten. Denn jeder von euch muss das andere Ende erreichen." Ein Donner dröhnte, und der Gott räusperte sich. „Das Team, das zuerst am anderen Ende ankommt, gewinnt. Ihr werdet nicht nur in unserer Anerkennung baden. Als Belohnung für eure Leistung werden wir euch etwas geben, wonach ihr euch mit Sicherheit mehr sehnt als nach dem nächsten Morgen. Einen Blick auf euer Zuhause, auf eure Lieben."

Einen Blick auf ihre Lieben … auf Lily. Auf einmal spürte Delilah ihre Entschlossenheit mit solch einer Macht, dass es sie schüttelte. Und die ganze Zeit über musste sie das Verlangen niederringen, zu Layel hinüberzusehen und seine Reaktion auf die Worte des Gottes zu beurteilen. Gab es jemanden, der zu Hause auf ihn wartete? Vielleicht eine Frau, die eingekuschelt in seinem Bett lag?

Sieh nicht hin, sieh nicht hin, sieh … Sie tat es. Das Bedürfnis brach ihren Willen. Sie sah ihn an. Und ihr stockte der Atem. Der Vampir beobachtete sie, und ihre Blicke trafen mit einer orkanähnlichen Wucht aufeinander.

Blitzschnell erhitzte sich ihr Blut erneut vor Verlangen. Erneut? Als ob das süße Kitzeln sie auch nur einen Moment lang verlassen hätte.

Wieder wurden ihre Nippel hart und ihre Knie weich.

Noch ehe er sich von ihr abwenden konnte, richtete *sie* ihren Blick wieder auf den Gott. Sogleich bedauerten ihre Augen den Verlust seines wunderbaren Anblicks.

„Ehe wir anfangen, muss ich noch eine Regel erwähnen. Wenn ein Teilnehmer ins Wasser fällt, muss er oder sie zum Ausgangspunkt zurückkehren und von vorn beginnen. Eine kleine Strafe für sein Versagen, wenn ihr so wollt. Helft eurem Team – oder lasst es bleiben. Behindert euer eigenes Team –

oder lasst es bleiben. Ihr habt die Wahl. Seid euch nur bewusst, dass wir euch beobachten und beurteilen werden. Und dass wir am Ende entscheiden." Nach einer kurzen Pause fügte der Gott hinzu: „Los."

Es verstrich ein Moment, bis Delilah begriff, dass der Wettkampf begonnen hatte. Auch Tagart zögerte, während Brand schon nach vorn spurtete.

„Los, los, los!" Sie schob Tagart über die Schwelle. Das Herz raste ihr in der Brust, als Adrenalin ihren Körper durchflutete.

Er stolperte und rutschte über das mit Eis überzogene Holz. Als er sich gefangen hatte, setzte er sich eifrig in Bewegung. Sie blieb ihm dicht auf den Fersen, konnte durch den starken Regen aber kaum etwas sehen. Die erste mit Stacheln gespickte Lanze schwang in ihre Richtung, und sie duckte sich. *Wuuusch.* Einer der Stacheln schlitzte ihr die Haut über dem Schulterblatt auf. Sie spürte einen scharfen Schmerz, warmes Blut, und zuckte zusammen.

Aber langsamer wurde sie nicht.

„Spring", rief Tagart.

Sie befolgte den Befehl, als sich plötzlich ein Loch unter ihr auftat. Die Haie, die dort schwammen, schnappten nach ihr. Sie hatten lange, weiße und spitze Zähne. Als sie landete und den Aufprall mit den Knien abfing, rief sie über ihre Schulter: „Spring!"

Der Minotaurus reagierte nicht so schnell wie sie. Rasch begann er zu fallen. Ohne zu wissen, ob sie nicht mehr Schaden als Nutzen anrichten würde, blieb Delilah stehen, wirbelte herum, warf sich auf den Bauch und packte ihn am Arm. Sie hielten sich an den Händen, und er klammerte sich panisch und verzweifelt an sie. Um ein Haar hätte sein Gewicht sie mit hinuntergezogen.

Das Teammitglied hinter dem Minotaurus sprang und landete mit den Hufen – es war der Zentaur – auf Delilahs Rücken, womit er ihr die Luft aus der Lunge presste. Der Bastard galoppierte weiter, da er offenbar beschlossen hatte, dass sie der Mühe nicht wert war. So viel zum Thema „das Team über Wasser halten“.

„Zieh mich hoch“, schrie der Stiermensch, während sein Blick zwischen ihr und den hungrigen Haien unter ihm hin und her schoss. Der Schweiß tropfte von seinem dunklen Fell, und sie verlor den festen Griff. Ihre Finger rutschten ein Stück auseinander.

„Halt fester, verdammt!“

Ein grinsender Meermann schwamm auf den Stier zu und langte nach oben, um ihn bei den Knöcheln zu packen. Die ganze Zeit über tat sie ihr Bestes, um ihn hochzuziehen. Sie war stark, aber er war so schwer, dass es sich anfühlte, als ob ihr die Arme aus den Gelenkpfannen gerissen würden.

„Tritt ihn“, befahl sie durch zusammengebissene Zähne. Sie vergrub ihre gestiefelten Zehen in den Holzplanken und rollte ihre Hüfte. Mit jedem Rollen bewegte sie sich langsam zentimeterweise zurück. „Er darf dich nicht zu fassen kriegen.“

Ein weiteres Teammitglied schlug ihr in den Rücken, sodass sie beinahe von Neuem den Halt verloren hätte. Von wegen Teamplayer! Trotzdem gelang es ihr, nicht loszulassen, selbst als der Minotaurus mit den Beinen strampelte, um sich gegen den lachenden Meermann zu wehren.

Zu ihrer Verblüffung tauchte Layel an ihrer Seite auf. Sie sah zu ihm hoch. Zwar war es ihr peinlich, dass sie Hilfe brauchte. Doch gleichzeitig war sie froh, ihn zu sehen. Er berührte sie weder, noch sagte er ein Wort, als er mit dem Bein in das Loch trat. Sein Fuß landete hart im Gesicht des Stiermenschen.

„Was machst du da?“, schrie sie, und der Regen lief ihr in den Mund.

Der Minotaurus schluchzte und griff mit der anderen Hand nach ihrem Handgelenk.

„Lass ihn los.“

„Nein!“

Layel trat abermals zu.

Plötzlich spürte sie starke Arme an den Hüften, während ein kräftiges Bein an ihrer Schläfe vorbeisauste und Layel gegen die Brust trat. Der Vampir flog nach hinten, und ihr Helfer zog einmal kräftig, wodurch er Delilah auf die Füße half und den Minotaurus das restliche Stück nach oben und in Sicherheit zog. Keuchend blickte sie hoch und sah Tagart.

Er blickte grimmig drein. Sein Gesicht war aufgeschlitzt und blutverschmiert. Wasser lief ihm in kleinen Strömen die Wangen hinunter. „Los, weiter." Er drehte sich um und war weg. Hatte wohl keine Lust, auf sie zu warten.

Sie rieb sich die Schulter und stolperte vorwärts. Während sie sich bewegte, zog ein schwarzer Blitz zu ihrer Linken ihre Aufmerksamkeit auf sich. Layel hatte sein Gleichgewicht wiedergefunden und hielt nun auf seiner Seite der Spießrutenbahn mit ihr Schritt, wobei er sie aus vor Wut roten Augen beobachtete. Die Zeit schien langsamer zu laufen, der Drache und der Minotaurus rasten auf die Ziellinie zu, und die anderen Mitglieder ihres Teams sausten an ihr vorbei. Ihr schwerfälliger Gang war zu langsam.

Entschlossen erhöhte sie das Tempo. Mit jedem Schritt, den sie tat, schoss ein neuer Schmerz durch ihre Schulter, doch das war ihr egal. Sie wich den Stacheln aus und sprang über die Löcher, ohne auch nur einen Fehler zu machen.

Ihr fiel auf, dass Layel einfach über die klaffenden Löcher hinwegschwebte. Er fiel nicht hinter ihr zurück, überholte sie aber auch nicht. Was wollte er damit erreichen? Er hätte sie angreifen, aufhalten und gewinnen können, doch er hatte es nicht getan.

Ein Pendel schwang in ihre Richtung, und sie duckte sich. Bald begriff sie, dass es bei dem Spiel einen Rhythmus gab. Schritt, Schritt, ducken. Schritt, springen. Schritt, Schritt, ducken. Abermals beschleunigte sie ihre Bewegungen. Zweimal rutschte sie über das glatte Eis, schaffte es jedoch beide Male, sich zu fangen, bevor sie direkt ins Wasser rutschte.

Wo war Nola? Hatte sie das Ziel bereits erreicht? Sie hielt nach ihr Ausschau und rutschte aus.

Konzentrier dich. Sie duckte sich fast bis auf den Bauch, als die niedrigste Lanze über sie hinwegrauschte. Dabei sahen sie und Layel einander ununterbrochen in die Augen, als wären ihre Blicke durch eine unsichtbare Kette miteinander verbunden. Er hatte die Lanze bereits hinter sich gelassen und stand an der Seite neben einem Loch.

Sie konnte sehen, dass einer seiner Teamkollegen darunter baumelte und sich nur noch mit einer Hand festhielt. Ohne sie auch nur für einen Sekundenbruchteil aus den Augen zu lassen, trat Layel dem anderen auf die Finger. Man hörte einen schmerzerfüllten Schrei. Dann nichts. Dann ein Platschen. Dann noch einen Schrei. Entsetzt öffnete sie den Mund. Warum hatte er das getan? Er hatte sein eigenes Team behindert und zum Verlieren verurteilt.

Um ihr zu zeigen, dass er keine Reue kannte, wenn es ums Töten ging?

Um ihr zum Sieg zu verhelfen?

Der Gedanke war berauschend. Beschämend, aber auch berauschend. Am liebsten hätte sie sich ihm in die Arme geworfen, um seine Umarmung zu spüren. Sie wollte hören, wie er der gesamten Welt verkündete, dass sie ihm gehörte, zu ihm gehörte, und dass ihn nichts davon abhalten würde, sie glücklich zu machen.

Irgendwer packte sie am Arm, und sie schrie bei dem neuerlichen Schmerz in der Schulter auf. Sie wandte sich ihrem Peiniger zu. Es war Tagart.

Er warf ihr einen finsteren Blick zu. „Du bist die Letzte. Beeil dich!“ Damit zog er sie vorwärts.

Sie versuchte, sich loszureißen. Auch wenn es dumm war, aber sie wollte nicht, dass Layel verlor. Doch es war zu spät. Sekunden später waren sie am Ziel angekommen. Ihre Teamkollegen standen vornübergebeugt und schnappten nach Luft.

Aber sie waren alle da, was bedeutete, dass ihr Team gewonnen hatte. Schon bald erfüllte Jubelgeschrei die Luft, das lauter war als der krachende Donner.

Als Layel sein Team erreichte, drehte sie sich zu ihm um. Auch seine Leute krümmten sich und rangen nach Luft, doch sie jubelten nicht, als sie den Vampir erblickten. Nein, sie knurrten wütend. Seinetwegen hatten sie verloren, und jeder wusste es.

„Dafür wirst du bezahlen“, knurrte Brand.

„Du hast ihn getreten!“, brüllte ein Zentaur. „Du hast Irren getreten.“

Kurze Zeit später humpelte besagter Irren, ein Formorier, über die Ziellinie. Sein einziger Arm war ausgekugelt und baumelte nur noch an ein paar dünnen Streifen tiefroten Fleisches. Wie alle Angehörigen seiner Art hatte er nur ein Bein. Und diesem Bein fehlten große Teile der Muskulatur. Seine beiden Flügel waren gebrochen, und er konnte sie gerade noch genug bewegen, um sich aufrecht zu halten. Trotz seiner schweren Verletzungen griff er Layel von hinten an.

Layel griff hinter sich, packte die Kreatur und warf sie sich über den Kopf. *Klatsch.* Irren krachte auf das Holz, wodurch die gesamte Plattform zu vibrieren anfing. Der Formorier stand nicht auf. Er lag einfach nur keuchend da, während ihm die Tränen übers Gesicht liefen.

„Du hättest mir helfen können“, krächzte Irren. „Du hättest helfen können.“

„Habe ich aber nicht“, erwiderte Layel kalt. Während er sprach, schielte er zu Delilah hinüber, als täte er alles nur ihretwegen.

Dachte er, sie würde sich angewidert von ihm abwenden? *Hoffte* er das?

Sie empfand Gewalt nicht als abstoßend. Dafür war sie in all den Jahren selbst viel zu oft brutal vorgegangen.

Da sie nicht wusste, wie sie sein Verhalten deuten sollte, riss Delilah den Blick von ihm los und suchte nach Nola. Sie sah das Mädchen in einer Ecke stehend und finster zu ihr hinüberstarren. Gab sie ihr die Schuld für ihre Niederlage?

Das konnte sie nicht zulassen, also ging Delilah zu ihr hinüber. Doch bevor sie ihr Ziel erreicht hatte, verschwanden alle Mitglieder des Verliererteams. Gerade noch da, im nächsten Moment weg. Zuerst sah Delilah sich irritiert um. Dann begriff sie allmählich, und ihr Magen verkrampfte sich schmerzhaft.

Eliminierung.

Ein Mitglied würde von der Beratung mit den Göttern nicht zurückkehren. Und so zornig, wie das Team Layel angestarrt hatte, brauchte sie nicht zu raten, welches Mitglied das sein würde.

Einen Augenblick später fand Layel sich vor einem Feuer sitzen. Rings um ihn herum standen Bäume. Der Regen hatte aufgehört. Verdammt noch mal! Er hatte es satt, ohne Vorwarnung von einem Ort zum nächsten gebracht zu werden. Er besaß diese Fähigkeit selbst, benutzte sie aber nur selten, weil er das Gefühl der völligen Erschöpfung nicht mochte, die mit dem Transport stets einherging. Trotzdem würde er sich lieber mit der Müdigkeit auseinandersetzen als mit der offenbar unschlagbaren Macht des Gottes. Er schätzte seine Entscheidungsfreiheit sehr.

Seine *Teamkameraden* saßen in einem Kreis um ihn herum. Sie waren ebenfalls hierher transportiert worden. Wie … wundervoll.

„Du hast den Formorier absichtlich ins Wasser gestoßen", sagte Brand ohne Vorrede.

Layel zog eine Augenbraue hoch, sagte jedoch nichts. Er weigerte sich, einem Feuerspeier Rede und Antwort zu stehen.

In Wahrheit konnte er sich sein Verhalten nicht einmal selbst erklären. Er glaubte nicht, dass er so gehandelt hatte, um Delilahs Team zum Sieg zu verhelfen. Er verachtete diese Frau und ihre gefährlichen Küsse. Außerdem wäre die Wahl der Götter im Falle einer Niederlage möglicherweise auf Tagart gefallen. Dann wäre er hingerichtet worden – und das war ein Gedanke, der Layel Freude bereitete.

Tagart.

Layels Zähne bohrten sich in sein Zahnfleisch, und er schmeckte Blut auf der Zunge. Offensichtlich stand Tagart auf Delilah. Offensichtlich wollte er sie für sich allein. Dieser Bastard von einem Drachen war ihrer Leidenschaft nicht würdig. Kein Mann war das.

„Er ist mir auf die Hand getreten", rief Irren und riss Layel aus seinen düsteren Gedanken.

Brand erhob sich bedrohlich. Das Feuer knisterte, und bernsteinfarbenes Licht tanzte über sein harsches Gesicht. Die Perlen in seinen Haaren schlugen in einem Unheil verkündenden Takt gegeneinander. „Du hast uns den Sieg gekostet, Blutsauger."

Statt mit dem Drachen zu sprechen, richtete Layel seine Worte an den Formorier. „*Du* hast uns den Sieg gekostet, und das weißt du auch. Du bist einfach nur zu feige, es zuzugeben. Wärst du nicht in das Loch gefallen und hättest dadurch unseren Schwung gebremst, hätte ich dir auch nicht auf die Hand treten können. Richtig?"

Die geschundenen Wangen der Kreatur färbten sich vor Scham rot, sodass sie wie ein Regenbogen aus Rot-, Blau- und Schwarztönen aussahen. Seine glitzernden grünen Augen unterstrichen den Regenbogeneffekt zusätzlich. „Gib mir nicht die Schuld dafür! Ich hätte mich allein wieder in Sicherheit bringen können."

„Mit deinem Arm oder mit deinem Bein?", spottete er gnadenlos. „Du bist der Schwächste von uns und wärest an unserer Niederlage schuld gewesen, ob du nun aus eigener Kraft wieder hochgeklettert wärst oder nicht. Ich habe keinen Zweifel daran, dass wir deinetwegen *jeden* Wettkampf verlieren werden." Er schüttelte angewidert den Kopf, obwohl er sich insgeheim eingestand, dass es nicht die Schwäche des Formoriers war, die ihn so anekelte. Seine Reaktion lag in dem Verlangen begründet, das er in Irrens Augen sah, wann immer dieser Delilah ansah. „Du hast es verdient, verletzt zu werden."

Überraschenderweise hatte Brand darauf keine Antwort. Genauso wenig wie alle anderen.

Inmitten des Schweigens kehrten Layels Gedanken zu Delilah und ihrem Kuss zurück … Seine Eckzähne wurden noch länger. Er war mit seinen Fingern und mit seiner Zunge in sie eingedrungen, hatte seinen erigierten Schaft an ihr gerieben. Er hätte von ihr getrunken und mit ihr geschlafen, wenn Tagart sie nicht unterbrochen hätte.

Nicht ein Mal hatte er an Susan gedacht.

Nicht ein Mal hatte es ihn interessiert, dass nicht die sanfte Stimme seiner Partnerin seinen Namen gerufen, dass nicht ihre weichen Hände seinen Rücken zerkratzt hatten. Nein, Susan hätte ihn nicht gekratzt. Ihr Liebesakt war immer sanft gewesen, so sanft wie Susan selbst. Er hatte jeden Augenblick mit ihr genossen.

Nicht ein Mal hatte er das Verlangen verspürt, sie zu dominieren – so wie bei Delilah. Er hatte die Seele der Amazone besitzen wollen. Sich in sie hineinbrennen, jede ihrer Zellen für sich beanspruchen wollen. Das Verlangen war wild gewesen, eine steigende Flut aus ineinander verworrener Dunkelheit und Licht.

Deshalb hatte er Susan mehr denn je verraten. Er verdiente keine Freude. Er verdiente kein Glück. Und dass er beides erfahren hatte, wenn auch nur für so kurze Zeit, machte ihn zu einem genauso erbärmlichen und schändlichen Wesen wie die Drachen. Trotzdem …

Als Delilah ihrem Teamkameraden geholfen hatte – und dabei um ein Haar selbst gestürzt wäre –, war sein erster Impuls gewesen, sie festzuhalten. Sie zu retten und festzuhalten. Sie zu beschützen. Zuerst hatte er sich zurückgehalten und sich eingeredet, so wäre es einfacher. Sie würde abstürzen, vielleicht sterben, aber zumindest würde sie sich verletzen. Und er würde aufhören, sich nach ihr zu sehnen.

Schließlich aber hatte er dem Impuls nicht länger widerstehen können. Er war zu ihr gegangen. Doch statt sie zu berühren, hatte er versucht, den Mistkerl zu vertreiben, der sie nach unten zog. Stur, wie sie war, wollte sie ihren Teamkameraden retten. Wobei Tagart ihr letztlich geholfen hatte.

Layel schob die Gedanken beiseite und knirschte mit den Zähnen. *Es ist vorbei. Zu Ende. Du kannst die Zeit nicht zurückdrehen und die Geschehnisse verändern.*

Als er sich auf das Hier und Jetzt konzentrierte, bemerkte er, dass Brand sich vor ihn gestellt hatte. Goldene Augen bohrten sich heiß und wild tief in ihn hinein. „Ich habe dir eine Frage gestellt, und du wirst mich nicht länger ignorieren."

„Welche Frage?"

„Du willst lieber den Unwissenden spielen?"

Eine Woge der Wut packte ihn. Er war in Gedanken gewesen und an irgendeinem Punkt aus der Unterhaltung ausgestiegen. Doch das würde er nicht zugeben. Stattdessen zog er einen seiner Holzdolche und bewegte ihn blitzschnell, um Brand die Kehle zu durchtrennen. Doch die Klinge verschwand aus seiner Hand, sodass Layel den Drachen mit den Fingern berührte. Brand öffnete den Mund, um Feuer zu spucken.

„Setzt euch", befahl eine dröhnende Stimme. Diesmal war es eine *weibliche* Stimme, die jedoch genauso mächtig war wie die Männerstimmen, die sie bislang vernommen hatten.

Wie viele Götter zogen denn da die Strippen? Beobachteten sie? Quälten sie? Das war die vierte. Er sah nach links und rechts, nur um festzustellen, dass er die Gestalt des Wesens nicht sehen konnte – was keine Überraschung war.

„Bis zum nächsten Mal, Feuerbastard", sagte er.

„Nächstes Mal, Blutsauger. Falls du das Auswahlverfahren überlebst, wovon ich eher nicht ausgehe." Mit zusammengebissenen Zähnen stapfte Brand zurück an seinen Platz.

Layel tat es ihm gleich, denn er hatte denselben Verdacht wie Brand. Vermutlich würde er diese Nacht nicht überleben. Er hatte den Tod verdient, und dennoch war er noch immer nicht bereit dafür. Allerdings nicht aus den üblichen Gründen, verflucht noch mal. In diesem Moment wurde ihm klar, wie sehr er es bedauerte, dass er sterben würde, ohne alles von Delilah probiert zu haben.

„Da wären wir also, im Kreise der Verlierer nach Beendigung des ersten Wettkampfs. Einige von euch haben mehr Mut bewiesen als andere. Einige mehr Schwäche." Sie machte eine Pause. Layel war schon vorher aufgefallen, dass die Götter ihre dramatischen Pausen liebten. „Am Ende habt ihr euren Gegnern erlaubt, euch zu übertreffen, und deshalb verdient ihr unseren Unmut. Während das andere Team seinen Sieg feiert und seine Belohnung einheimst, sitzt ihr hier vor mir – und einer von euch ist dazu ausersehen, zu sterben."

Noch eine Pause. Diesmal eine wütende. „Weil wir uns nicht einigen konnten, überlassen wir die Entscheidung euch", sagte die Göttin. „Das Geschöpf mit den meisten Stimmen wird hingerichtet werden. Ich würde den Drachen oder den Vampir vorschlagen."

Bei ihren letzten Worten erhob sich ein Brummen rings um sie, das so wild war wie der Wind. Nur schärfer. Schneidender. Layel glaubte, die Worte *keine Einmischung* zu hören, doch er war sich nicht sicher.

Die Göttin seufzte. Dann stieß sie ein gezwungenes Lachen aus. „Natürlich nur ein bisschen Galgenhumor. Wählt denjenigen aus, der die Hinrichtung eurer Meinung nach am meisten verdient hat. Den Krieger, der wieder und wieder eure Niederlage verschulden wird, wenn er in eurem Team bleibt."

Layel hob das Kinn, obwohl sein Herz erschauerte. Nie war sein Todesurteil besiegelter gewesen, da seine Teamkameraden ihm nicht trauen konnten.

„Brand." Sie sagte den Namen mit ... Abscheu? „Du darfst beginnen."

„Wir brauchen Zeit", erwiderte der Krieger. „Zeit, um uns zu besprechen und zu entscheiden."

„Eigentlich brauchen wir etwas ganz anderes: Wir müssen nach Hause." Layel ging davon aus, bald zu sterben. Warum also sollte er nicht sagen, was er dachte? „Dieses Spiel ist barbarisch. Wir hätten niemals hierher gebracht werden sollen."

„Brand", keifte die Stimme der Göttin, und Layel ballte die Fäuste, weil sie ihn ignorierte. „Deine Stimme. Jetzt."

Ein Teammitglied nach dem anderen gab seine Wahl bekannt. Layel saß steif da, und als er an der Reihe war, materialisierte sich ein Schwert, das unmittelbar über dem Feuer schwebte. Es wartete ... wartete auf ein Ziel. Dann wurde die letzte Stimme abgegeben.

„Und so soll es geschehen", sagte die Göttin.

Die scharfe Silberklinge wirbelte durch die Luft und schlug zu. Das erste Mitglied war von den Spielen ausgeschieden. Endgültig.

9. Kapitel

Delilah saß am Strand. Die Spießrutenbahn war nicht mehr da. Vor Kurzem war alles bis auf das kleinste Stück Holz verschwunden wie der Morgennebel. Am meisten überraschte sie jedoch, dass sie nicht mehr blinzelte, wenn seltsame Dinge geschahen. Nachdem sie nun schon mehrmals innerhalb von Sekundenbruchteilen von einem Ort zum nächsten transportiert worden war, nachdem sie gesehen hatte, wie die Götter in kürzester Zeit erschienen und wieder verschwanden, hatte sie widerwillig akzeptiert, dass seltsame Dinge nun einfach zu ihrem Leben gehörten.

Die Wellen klatschten ihr an Füße und Knöchel, während ihr Kopf vor Erkenntnissen nur so brummte. Als das Verliererteam verschwunden war, hatte sie zuerst an Layels Wohlergehen gedacht. Nicht an Nolas, wie es eigentlich hätte sein sollen.

Götter, was war nur los mit ihr?

Vielleicht hatte der Kuss des Vampirs sie bis tief in ihre Seele gebrandmarkt, und nun war sie bis in alle Ewigkeit an ihn gebunden. Sein Eigentum. Eine Sklavin. Seinem Befehl ausgeliefert. Verpflichtet, ihn zu verehren. Sie seufzte.

Nicht einmal der Preis, den ihr Team für den Sieg bekommen hatte, konnte ihre Sorge um ihn lindern.

Vor weniger als einer Stunde war ein runder, aufwendig gerahmter Spiegel vor ihrem Team aufgetaucht. Der Gott hatte nicht gelogen, als er eine Belohnung versprochen hatte. *Genießt es. So* dröhnte eine Stimme. *Ihr habt eure Sache gut gemacht, und wir sind stolz auf euch.* Sie blickten alle gleichzeitig in den Spiegel, doch anscheinend sah jeder etwas anderes: die Person in Atlantis, die jeder von ihnen am meisten vermisste.

Delilah sah Lily.

Das zerbrechliche Mädchen befand sich gesund und sicher im Amazonencamp, aber sie lag weinend in den Armen ihrer Mutter, der Königin. Wegen Delilah. Beide Frauen gingen davon aus, dass sie und Nola tot waren. Sie trauerten um sie, und Lily gab sich die Schuld.

Gerade als Delilah die Hand nach dem Spiegel ausstreckte, um ihn so lange zu schütteln, bis Kreja oder Lily sie sahen, löste er sich genauso in Luft auf wie zuvor die Spießrutenbahn. Sie kreischte und fluchte, aber vergeblich. Genau wie die anderen. Um sich zu beruhigen, musste sie die Gedanken abschalten und sich auf ihre Atmung konzentrieren. Immer wieder sagte sie sich, das Lily lebte und wohlauf war. Traurig, aber wohlauf. *Eine Sorge weniger.* Dann hatte sie in einem Anfall von Sehnsucht nach Layels starken Armen angefangen, die Insel nach ihm abzusuchen.

Jede Abbiegung hatte sie auf direktem Wege zurück zu diesem Fleck geführt. War Layel noch am Leben? Hatte man ihn bereits hingerichtet?

Sie hörte Schritte hinter sich, drehte sich aber weder um noch beachtete sie den Eindringling in irgendeiner Weise. Die schweren Schritte verrieten ihr, dass es sich um einen Drachen handelte; der Geruch von Gewürzen und Dunkelheit sagte ihr, dass es Tagart war. Wenn sie ihn ignorierte, würde er vielleicht wieder gehen.

Er stellte sich direkt neben sie. „Besorgt um deinen Liebhaber?", lallte er.

Nicht ihr Glücksabend. „Du bist betrunken."

„Ich weiß. Ist das nicht wunderbar?"

„Wo hast du denn Wein gefunden?"

„Jeder Drache besitzt eine mythische Fähigkeit. Einige können unter Wasser atmen, andere können innerhalb eines Augenblicks von einem Ort zum nächsten reisen. Wieder andere können jeden überall sehen, indem sie nur seinen Namen aussprechen. Und ich kann Wasser in Wein verwandeln." In seiner Stimme schwangen Scham und Selbstverachtung mit. Warum? „Wo ist dein Vampir?", fragte er, bevor Delilah in weiter ausfragen konnte. „Tot?"

Plötzlich blitzte das Bild von Layel in ihrem Kopf auf, wie er reglos in einer Blutlache lag, und ihr Herz begann zu stolpern. „Fahr zum Hades, Tagart." Sie stand auf. Er sollte keinerlei Vorteile haben. Nicht mal einen so simplen wie die Höhe.

„Du sorgst dich um ihn." Eine Feststellung, keine Frage.

„Diese Unterhaltung hatten wir bereits, und ich werde sie nicht noch einmal führen."

„Du hast recht. Es … tut mir leid."

Eine Entschuldigung? Da musste er aber wirklich sehr betrunken sein. Sie riss überrascht die Augen auf und sah den Mann forschend an. Er war so stark wie Layel. Er war düster, attraktiv, exzentrisch. Unverwüstlich und kompetent. Er würde einen Feind – ohne zu zögern – töten. Und auch wenn sie es nur widerwillig zugab: Er hatte ihr während des Wettkampfs geholfen. Warum konnte ihr Körper sich nicht nach diesem Mann sehnen? Sie wusste aus erster Hand, wie lustvoll ein Drache sein konnte.

„Du bist mutig", sagte er und schwankte dabei leicht. „Mutig und furchtlos. Wir würden ein tolles Team abgeben."

„Wir *sind* im selben Team."

Er wischte ihren Einwand mit einer Hand weg. Wieder schwankte er. „Ich meinte uns beide. Zusammen. Wir sind die Stärksten der Gruppe, die Kompetentesten."

Sie konnte ihn nur anstarren. „Ich verstehe nicht, was du mir sagen willst."

„Dumme Amazone." Er lachte leise und aufrichtig fröhlich. Es stand ihm, weil es seine Gesichtszüge erhellte und die Schatten vertrieb, die ihn stets zu umgeben schienen. Er griff nach ihrer Schulter, entschied sich dagegen, sie zu berühren, und ließ den Arm wieder fallen. „Ich werde dir Rückendeckung geben und du mir. Für den Fall, dass wir eine Herausforderung verlieren, werden wir niemals dafür stimmen, dass der jeweils andere getötet wird."

„Abstimmen? Wovon redest du?"

„Du weißt es noch nicht?"

„Nein", sagte sie, und ein Hauch von Mitgefühl schlich sich in seine Gesichtszüge. „Sag es mir!"

„Delilah …"

Sie trat so nah an ihn heran, dass sie Nase an Nase gestanden hätten, wenn sie größer gewesen wäre. Die Wellen umspülten ihre Füße, das Mondlicht, das schon bald schwächer werden würde, strahlte in sämtliche Richtungen, und die Rufe der Nachtvögel waren zu hören. Aber nichts überlagerte das Klopfen ihres Herzens. „Sag es mir."

„Das andere Team ist zurückgekehrt. Sie haben uns erzählt, was passiert ist. Dass sie gezwungen waren, darüber abzustimmen, welches Teammitglied hingerichtet werden soll." Eine schwere Pause. „Und es *gab* eine Hinrichtung."

Sogleich wurde sie von Panik und Furcht gepackt. So fest, dass sie das Gefühl hatte, zu ersticken. Sie packte Tagarts ramponiertes Hemd und knetete den Stoff zwischen den Fingern. „Ist … Nola zurückgekommen?"

Er nickte langsam. Die Ernsthaftigkeit ihres Gesprächs machte ihn allmählich wieder nüchtern, und er musterte ihr Gesicht. „Möchtest du wissen, ob der Vampirkönig ebenfalls zurückgekommen ist?"

Und wie! Mit jeder Faser ihres Körpers, aber sie fürchtete sich vor ihrer Reaktion. Wenn sie erfuhr, dass er noch lebte – würde sie lächeln? Lachen, tanzen? Wenn sie erfuhr, dass er tatsächlich tot war – würde sie weinen? Schluchzen? „Ich werde über deinen Vorschlag, ein Bündnis einzugehen, nachdenken", sagte sie und ließ ihn los. Langsam wich sie zurück. Sie musste unbedingt allein sein – und wollte es ihm auf keinen Fall zeigen. „Wir werden bald darüber sprechen."

„Er war nicht bei den anderen, als sie zurückkamen", sagte Tagart trotzdem.

Das bedeutet nichts, versuchte sie sich einzureden. Aber sie antwortete Tagart nicht, sondern wich einfach weiter von ihm zurück. Sie musste weg von ihm.

Er biss die Zähne zusammen. „Wenn du zu lange über mein Angebot nachdenkst, werde ich es zurückziehen und es jemand anderem unterbreiten."

Und sie wäre die Erste, für die ihr Team stimmen würde, daran hatte Delilah keinen Zweifel. Dennoch schwieg sie. Schließlich erreichte sie die Bäume. Die Äste schlugen vor ihr zusammen, sodass sie den Drachen nicht länger sehen konnte. Sofort drehte sie sich um und rannte mit voller Kraft los. Ihre Haut war eiskalt, und trotzdem bildeten sich dicke Schweißperlen und liefen herunter.

Natürlich hatte Layels Team für ihn gestimmt. Er hatte einen aus ihren Reihen verraten.

Tränen brannten ihr in den Augen. Die Tränen, vor denen sie sich so sehr gefürchtet hatte. *Du kennst ihn erst seit zwei Tagen, und du hast mit diesem Ausgang gerechnet. Warum also bist du traurig?* Er hatte ihr nichts als Ärger und Kummer bereitet. Und Lust. O Götter, solche Lust! Sie würde nie wieder von ihm geküsst, von ihm berührt werden. Würde nie seine Geheimnisse erfahren oder den Schmerz lindern, den sie jedes Mal, wenn sie ihn anschaute, in seinen Augen sah. Würde niemals Licht in das Dunkel seiner Seele bringen.

Dämlich, dachte sie zum tausendsten Mal. Woher war dieser Gedanke gekommen? Licht in das Dunkel seiner Seele bringen? Ihre Seele war doch genauso düster wie seine. Oder besser: wie seine es *gewesen* war. Ein Schluchzer stieg in ihrer Kehle hoch.

Sie war so abgelenkt, dass sie die Gestalt, die vor ihr stand, nicht wahrnahm. Delilah lief direkt in den Mann hinein. Er war so hart wie ein Felsbrocken, jedoch nicht auf ihren Schwung vorbereitet. Sie flogen zu Boden, und Delilah spürte, wie sich starke Arme um ihre Hüften legten. Er bekam den Sturz mit voller Wucht ab und musste unwillkürlich ausatmen. Sein Atem roch metallisch und süß.

Im nächsten Augenblick war sie schon wieder auf den Beinen und kampfbereit. Doch er griff sie nicht an. Er stand einfach nur da, wischte sich das Gras von der Kleidung und sagte: „Ich würde gern sagen, dass es mir ein Vergnügen war, aber ich habe dir versprochen, dich niemals anzulügen."

Diese Stimme … rau, bitter. „Layel?"

Seine meerblauen Augen, versteckt unter dichten Wimpern, funkelten böse. Doch als er ihr Gesicht musterte, schmolz der Zorn. „Hast du … geweint?"

Er war hier. Er lebte. Er war nicht für die Hinrichtung auserwählt worden. Sie gab sich große Mühe, nicht zu lächeln, während sie sich mit dem Handrücken über die Augen wischte. „Nein."

„Hat dir niemand gesagt, dass Nola überlebt hat?", fragte er sanft. Einen Moment lang, einen winzigen Moment lang, spiegelte sich in seinen Augen so etwas wie Zärtlichkeit.

„Doch." Ihr Herz schlug nach ihrem Sprint ohnehin schon unregelmäßig, doch nun, da er leibhaftig vor ihr stand, machte das dumme Organ doch tatsächlich Anstalten, sich den Weg aus ihrem Körper heraus zu hämmern. „Wieso lebst du?"

„Ts, ts, ts", machte er leise und transportierte damit irgendwie eine Mischung aus Schmerz und Freude. „Enttäuscht?"

Sie hob das Kinn. Sie wollte nicht lügen, war aber genauso wenig bereit, die Wahrheit zu gestehen. Er würde sie doch nur wieder zurückweisen, und sie war viel zu angespannt, um damit zurechtzukommen.

Er seufzte. „Ich möchte jetzt allein sein." Damit wandte er sich von ihr ab, hob einen dicken Stock auf und fuhr damit fort … das zu tun, was auch immer er getan hatte, als sie in ihn hineingerannt war. War er dabei … ein Loch zu graben? Er drückte den Stock in den Boden, schob etwas Erde zu einem Hügel zusammen und warf sie dann zur Seite.

Sie beobachtete das Spiel seiner Muskeln, und ihr lief das Wasser im Mund zusammen. *Diese Muskeln habe ich schon mal berührt. Mit meinen eigenen Händen.* Nichts hätte sie lieber getan, als ihm mit den Fingern durch die weißen Haare zu fahren. Ihre Hände flach auf seine Brust zu legen und den Fluss des Lebens zu spüren, während er von ihr trank. „Ich warte auf eine Antwort auf meine Frage", beharrte sie. „Wieso lebst du?"

Er zuckte beiläufig mit den breiten Schultern. „Meine Teamgefährten haben entschieden, dass nicht ich sie beim nächsten Wettkampf den Sieg kosten würde. Deshalb …" Noch ein Schulterzucken, aber diesmal ein steifes, schuldbewusstes. „Und jetzt geh", sagte er und rammte einen langen Stock in den Boden. Dann zog er ihn heraus und warf einen Erdhügel zur Seite.

„Wer wurde auserwählt?"

„Ich liebe es, wenn man mich ignoriert." Ohne das Graben zu unterbrechen, sagte er: „Der Formorier, den …" Er presste die Lippen zusammen. Schmutz flog ihm über die Schulter, als er den Stock hochhievte.

„Den du ins Wasser befördert hast", beendete sie den Satz für ihn.

Er nickte knapp.

Um sich selbst davon abzuhalten, ganz zu ihm hinüberzugehen und den Kopf in der Kuhle seines Halses zu vergraben, lehnte sie sich mit der unverletzten Schulter gegen den nächsten Baum. „Du und Brand, ihr scheint einander zu hassen. Ich bin überrascht, dass er nicht für dich gestimmt hat, ganz gleich, wie schwach der Formorier war."

Layel lachte düster. „O, er hat für mich gestimmt. So wie einige andere auch. Eine Stimme mehr, und *mein* Kopf wäre gerollt."

So dicht war sie also davor gewesen, ihn zu verlieren? „Die Götter haben ihn wirklich enthauptet?"

Noch ein Nicken.

Ein Teil von ihr dachte, hoffte vielleicht, dass sie ihre Meinung ändern würden. „Warum hast du es getan?“, fragte sie nach einer spannungsgeladenen Pause.

„Was getan?“, fragte er, doch sie wusste, dass er nur vorgab, nicht zu wissen, was sie meinte.

„Deinen Teamkameraden verletzt.“

„Vielleicht hat es mich amüsiert, ihn schreien zu hören. Vielleicht lebe ich, um zu töten, so wie man es sich in Atlantis erzählt.“ Wieder warf er einen Haufen Schmutz über die Schulter.

Dieser flog in ihre Richtung, und sie musste schnell zur Seite hüpfen, um der Erddusche auszuweichen. Er hatte absichtlich auf sie gezielt, dieser Mistkerl. „Das war kindisch“, sagte sie und verschränkte die Arme vor der Brust.

„Aber befriedigend.“

„Du erinnerst mich gerade stark an Lily.“

„Lily?“

„Meine Stammesschwester. Die zukünftige Königin der Amazonen und das Mädchen, das die Drachen in diesem Käfig transportiert haben.“ Das war erst gestern, ging es ihr auf einmal durch den Kopf. Dabei fühlte es sich so an, als ob seitdem eine Ewigkeit vergangen ware. „Wenn Lily ihren Willen nicht bekommt, kriegt sie einen Trotzanfall.“

„Ich habe keinen Trotzanfall.“

„Nein, du wirfst mit Schmutz. Ist das irgendwie besser?“

Er stieß ein Grummeln aus, und sie war sich nicht sicher, ob es Belustigung oder Verärgerung ausdrückte. Er stellte das Graben ein, hielt ihr aber weiterhin den Rücken zugewandt. „Geh, Delilah.“ Er klang müde.

Ob sie sich jemals an die Freude gewöhnen würde, die sie jedes Mal verspürte, wenn er ihren Namen sprach? „Nein. Was machst du hier überhaupt?“

„Das geht dich nichts an. Geh.“

„Noch mal: nein.“ Sie hätte ihn vergangene Nacht beinahe

verloren. Ein Teil von ihr wollte nie wieder von ihm getrennt sein. Wie hatte er es nur geschafft, ihre Gefühle so stark und so schnell für sich einzunehmen? „Ich bin mir nicht sicher, ob du mich so behandelst, weil du mich wirklich nicht leiden kannst oder weil du Angst vor mir hast."

„Das kann ich dir beantworten. Ich kann dich wirklich nicht leiden." Mit abgehackten Bewegungen rammte er den Stock wieder in den Boden, und schon segelte ein weiterer Haufen Erde in ihre Richtung.

Diesmal blieb sie stehen. Die Körner peitschten gegen ihre Waden und Knöchel, und sie biss die Zähne zusammen. „Wenn du mich so wenig magst, warum hast du mir dann die Zunge in den Mund gesteckt und deine Finger in meine …"

„Genug!" Der Stock zerbrach. Das Ende, das er noch in den Händen hielt, warf er weg, wirbelte im nächsten Moment zu ihr herum und sah sie an. „Ich könnte dir sagen, dass ich dich nicht mögen muss, um mit dir zu schlafen. Ist es das, was du hören musst? Würdest du gehen, wenn ich das sage?"

„Würdest du es denn so meinen?" Ihre Stimme klang so brüchig, dass sie sie kaum als ihre eigene erkannte.

Schweigend hob er einen anderen Stock auf und begann wieder zu graben. Holz und Schmutz trafen wieder und wieder aufeinander. Dabei war es offensichtlich, dass es ihm nicht mehr darum ging, das Loch zu vergrößern. Die Wut schien aus seinen Poren zu sickern und ließ seine Bewegungen fieberhaft wirken.

Die tiefe Verletzung, die sie gespürt hatte – *muss dich nicht mögen, um mit dir zu schlafen* –, ebbte allmählich ab. Er konnte nicht sagen, dass er es so meinte, weil er es nicht fühlte. Da sie ihn aber nicht weiter zum Lügen zwingen wollte, ließ sie das Thema fallen. Vorerst. Aus irgendeinem Grund war er nicht bereit, ihr eine weichere Seite von sich zu zeigen. „Verrate mir, was du da machst."

Er hielt inne, keuchte, schwitzte. „Delilah."

„Layel."

„Das bringt keinen von uns weiter." Er richtete sich auf. Sie konnte sein Profil sehen. Der elegante Schwung seiner Nase warf einen Schatten über seine Wange. Es war irgendwie merkwürdig, dass so ein erbarmungsloser Mann solch hübsche Gesichtszüge hatte. Aber das sollte keine Beschwerde sein.

„Möchtest du mich lieber küssen, statt zu reden?", fragte sie hoffnungsvoll.

Er fuhr sich mit der Zungenspitze über die Unterlippe. Erinnerte er sich gerade daran, wie sie schmeckte? Dann rieb er sich mit einer schmutzigen Hand übers Gesicht. Schwarze Streifen blieben zurück. „Ich vergrabe die Leiche."

Leiche? Sie war so sehr in den Gedanken an ihren Kuss vertieft, dass es einen Moment dauerte, ehe ihr wieder einfiel, dass der Formorier tot war. Suchend blickte sie sich in dem Wald um. Tatsächlich entdeckte sie den Leichnam nur wenige Meter entfernt. Sie zog die Stirn kraus. Warum sollte sich der Mann, der angeblich jeden um sich herum hasste, damit befassen, einen Fremden zu begraben?

Schuld? Ein verstecktes Ehrgefühl?

Wie widersprüchlich Layel doch war!

Seufzend hob sie einen Stock auf und begann, ohne Rücksicht auf ihre verletzte Schulter, neben ihm zu graben. Er hielt sie nicht davon ab, und es gelang ihnen, schweigend zu arbeiten. Eine gefühlte Ewigkeit später war das Loch groß genug für den Leichnam. Trübsinnig half sie dem Vampir dabei, den Formorier hineinzulegen.

„Jetzt weißt du, warum ich gestern gegen die Drachen gekämpft habe. Um Lily zu retten. Aber was ist mit dir? Warum hasst du die Drachen so sehr?" Sie warf ihren Stock auf den Boden und sah zu ihm hinüber. Diese eine Antwort wollte sie heute Nacht noch von ihm bekommen.

Für einen einzigen Augenblick flackerten seine Augen hellrot auf, und über sein Gesicht legte sich ein derart lähmender Schmerz, dass sie beinahe auf die Knie gesunken wäre. Ihn beinahe angefleht hätte, nicht zu antworten. Niemand sollte so leiden. Niemand. Als würde man von innen sterben, langsam und unerbittlich, und jede Zelle, die verblich, jedes Organ, das versagte, vergiftete eine andere, ein anderes – bis nur noch Verwesung und Krankheit übrig waren. Nur noch Pein. Dann aber klärte sich seine Miene, und er sagte tonlos: „Sie haben etwas genommen, das mir gehörte. Und wenn du es wagst, zu fragen, was es war, werde ich dich auf der Stelle töten."

Die Kriegerin in ihr wollte ihn drängen; die Frau in ihr wollte diesen Schmerz in ihm nie wieder sehen. Deshalb sagte sie in einem Versuch, ihn aufzuziehen: „Vielleicht ist es dir noch nicht aufgefallen, dass mich Drohungen nur ermutigen." Dann sah sie ihn nervös an. Männer zu necken war nicht gerade etwas, womit sie Erfahrung hatte. Machte sie es richtig?

Er verzog die Lippen zu etwas, das man als Lächeln durchgehen lassen konnte, woraufhin es in ihrem Bauch zu kribbeln anfing und ihr Herz einen ganzen Schlag aussetzte. „Ist mir schon aufgefallen." Auch er ließ seinen Stock fallen. Kein Wort des Danks für ihre Hilfe kam über seine Lippen. „Dein Team feiert euren Sieg. Du solltest mitfeiern."

Hier bei ihm zu sein, mit ihm zu reden, dieses Lächeln zu sehen, bereitete ihr mehr Vergnügen, als es jede Feier zu tun vermochte. Trotzdem entfernte sie sich langsam von ihm. „Du hast recht." Sie wollte nicht gehen, und das war genau der Grund, warum sie es tun sollte. Langsam schlich sie davon. Wenn sie länger bliebe, würde das nur den Wunsch nach mehr wecken.

Als sie ihn für tot gehalten hatte, hatte sie um ihn getrauert. *Getrauert.* Je mehr Zeit sie mit ihm verbrachte, desto mehr wollte sie ihn. Was würde passieren, wenn er tatsächlich getötet würde? Was würde passieren, wenn sie sich ihm hingäbe und er sie anschließend von sich stieße? Ein weiteres Mal würde sie das vielleicht nicht überleben.

„Amazone", rief er.

Sie wurde wütend. Immer wenn er eine Distanz zwischen

ihnen aufbauen wollte, nannte er sie „Amazone". So viel war ihr schon aufgefallen. Trotzdem blieb sie stehen, drehte sich allerdings nicht um. „Ja?"

„Es … tut mir leid. Wegen der … wegen vorhin. Wegen dem, was ich gesagt habe."

Noch eine Entschuldigung von einem anderen Mann. Da musste irgendetwas im Wasser sein. „Ich bereue nichts, was zwischen uns geschehen ist oder gesagt wurde." Nein, das stimmte nicht. Sie bereute, dass ihre gemeinsame Zeit enden musste. Heute Nacht und höchstwahrscheinlich für immer. Falls sie sich überhaupt von ihm fernhalten konnte, denn das wäre für sie der wahre Kampf.

Um ihre Entschlossenheit zu untermauern, setzte sie sich wieder in Bewegung.

„Amazone", rief er abermals.

Und abermals blieb sie stehen. Sie konnte einfach nicht anders. „Ja?"

„Komm nicht wieder in meine Nähe. Das wird deinem Team nicht gefallen, und beim nächsten Mal wirst *du* es sein, für die gestimmt wird."

Sorge? Um sie? Götter, dagegen war sie genauso machtlos wie gegen seine Anziehungskraft! „Ich kann schon selbst auf mich aufpassen."

„Ich habe die Erfahrung gemacht, dass die Meinung deiner Teamkameraden bei diesem Spiel mehr zählt als deine eigentliche Leistung."

„Du bist nicht der Erste, der mir so etwas sagt. Tagart hat mich gefragt, ob ich mich mit ihm verbünden will."

Eine schwere knisternde Pause. Dann fragte er scharf: „Hast du angenommen?"

„Noch nicht."

„Solltest du aber." Die letzten Worte klangen, als ob sie seine Kehle blutig gescheuert hätten.

Gefiel ihm die Vorstellung von ihr mit einem anderen Mann

nicht, oder hasste er die Drachen einfach so sehr, dass er den Gedanken nicht ertragen konnte, dass irgendwer ihnen half? „Hast du den Wasserfall auf der Nordseite der Insel gesehen?", hörte sie sich fragen. *Stopp, tu das nicht. Du gehst doch gerade, um ihm zu entkommen!*

„Ja."

„Ich werde in einer Stunde dort sein. Allein."

Schweigen. Dann: „Und du wirst auch allein bleiben. Wir können keine … Freunde sein, Delilah. Es tut mir leid."

Noch eine Entschuldigung. Sie schluckte den Schmerz herunter und setzte sich zum dritten Mal in Bewegung. Ein Teil von ihr erwartete, dass er sie zu sich rief. Doch er tat es nicht. Nicht noch einmal. Wenige Minuten später erreichte sie die Siegesfeier. Sie war von Schmutz und Schweiß bedeckt, doch es interessierte sie nicht.

Ihre Teamkameraden tanzten um ein Feuer herum, tranken Wein und lachten. Alle außer der Nymphe, stellte sie fest. Broderick war nicht da. Genauso wie eine andere Frau aus ihrem Team, vom Stamm der Gorgonen. Dann hatte er sich also entschieden, das Risiko einzugehen, in Stein verwandelt zu werden, nur um ein wenig Zeit zwischen den Beinen der Schlangenfrau zu verbringen. Sie vermutete, dass Layel so etwas niemals tun würde.

Apropos Layel: Sein Team saß nur wenige Meter entfernt. Ihre Nymphenfrau fehlte, wie Broderick, genauso wie … Hmm, alle Männer waren anwesend – und alle Teammitglieder blickten neidisch zu Delilahs Team hinüber. Sogar Nola.

Delilah sah der anderen Amazone in die Augen. Statt eines Lächelns oder eines Winkens erhielt sie nur ein kurzes, zackiges Nicken. Fast hätte sie laut geseufzt. Schon jetzt uneins mit ihrer eigenen Rasse. Dachte Nola, sie hätte sie verraten? Sie hätte Layel überzeugt, zu verlieren? Damit würde sie sich später befassen. Im Augenblick musste sie mit Tagart sprechen. Als der Drache sie erspähte, hörte er auf zu tanzen, und sein Lächeln erstarb. Schweiß glitzerte auf seiner Haut, und er verströmte einen männlichen Duft, den vermutlich jede andere Frau auf der Insel genossen hätte.

Delilah stellte fest, dass sie die metallische Süße von Layels Duft bevorzugte.

„Ich akzeptiere dein Angebot", flüsterte sie ihm zu. Sie vertraute ihm zwar nicht, aber es machte ihr nichts aus, ihn zu benutzen. „Solltest du aber", hatte Layel gesagt, als ob es ihm nichts ausmachen würde, wenn sie ein Bündnis mit seinem Feind einginge.

Sie würden schon bald erfahren, wie viel Wahrheit daran war.

Erst jetzt wurde ihr klar, dass der einzige Grund für ihr Zögern Layels offensichtliche Abneigung gegen die Drachen gewesen war. Sie hatte ihm unterbewusst erlaubt, ihre Entscheidungen zu beeinflussen. Damit war jetzt Schluss.

Langsam verzog Tagart den Mund zu einem zufriedenen Lächeln. „Ich wusste, dass du zur Vernunft kommen würdest." Er streckte die Hände nach ihr aus, um Arm in Arm mit ihr zu tanzen.

Sie machte einen Schritt zurück. So weit wollte sie mit dem Bündnis dann doch nicht gehen. Ob es nun gut oder schlecht für sie war – Layel war der einzige Mann, von dem sie berührt werden wollte. „Sag mir nur eins."

Tagarts goldene Augen glänzten wie polierte Münzen. „Und was? Soll ich dir sagen, dass die Nymphe aus dem anderen Team in diesem Augenblick irgendwo da draußen ist und nach deinem Vampir sucht, weil sie fest entschlossen ist, ihn sich zu nehmen?"

Was? So eine Schlampe! Dazu hatte sie kein Recht. *Er gehört mir.* Nein, nein, schalt sie sich sogleich selbst. *Hör auf, so etwas zu denken.* „Was haben deine Brüder Layel weggenommen, dass sie einen Krieg mit den Vampiren heraufbeschworen haben?" Das hatten die Geschichten, die sie über Layels Heldenmut gehört hatte, nämlich nie verraten.

Das Glänzen in seinen Augen erlosch. „Hat er dir das nicht gesagt?“

„Nein.“

Schuld blitzte in seinem Gesicht auf, als er schroff erwiderte: „Wir haben ihm … seine Frau genommen.“

Layel rang die volle Stunde mit sich, die Delilah ihm gegeben hatte. Er wusste, was er tun sollte. Wusste, was weise war. Er konnte nicht zu ihr gehen. Auf keinen Fall. Nein. Aber allmählich brachte sie ihn um den Verstand.

Mit jeder Minute, die er mit ihr verbrachte, sehnte er sich nach mehr.

Mit jeder Minute, die er an sie dachte, sehnte er sich nach mehr.

Mit jeder Minute, die er *ohne* sie verbrachte, sehnte er sich nach mehr.

Sie zog ihn magisch an. Hätte sie Susan ähnlich gesehen oder sich wie Susan verhalten, hätte er ihre seltsame Wirkung auf ihn noch verstanden. Aber so war es nicht, und deshalb verstand er gar nichts.

„Es freut mich, dass du überlebt hast“, hörte er Zanes Stimme hinter sich.

Layel hatte den Krieger erwartet und war nur überrascht, dass er nicht eher gekommen war. Was hatte er getan? „Ich habe eine Mission für dich“, sagte er und drehte sich um.

Zane schwebte zu ihm herüber. Layel nahm den Geruch frischen Blutes an seinem Soldaten wahr. Weiblichen Blutes. Sein Magen verkrampfte sich, denn es war weithin bekannt, dass der Vampir nur von den Toten trank. „Von wem hast du getrunken?“

Als Zane den Zorn in der Stimme seines Königs hörte, blinzelte er. „Das spielt wohl kaum eine Rolle.“

„Sag es mir!“ Im nächsten Moment stand Layel unmittelbar vor ihm. Auf der Insel gab es nicht so viele Frauen. Wenn er seine Eckzähne in Delilah versenkt hatte …

„Sei bloß vorsichtig, König. Ich diene dir aus freien Stücken, aber das kann sich jeden Moment ändern."

Ähnliche Worte hatte er schon tausendmal von dem Krieger gehört. „Delilah ist nicht …"

„Diejenige, von der ich probiert habe, nein."

Sofort entspannte Layel sich. Ein unbändiger Hass – auf sich selbst und auf Delilah –, der immer knapp unter der Oberfläche brodelte, sprudelte aus ihm heraus. Es hätte ihm egal sein müssen, von wem Zane getrunken hatte.

Zane schüttelte seinen dunklen Kopf. „So stehen die Dinge also, ich verstehe."

„Du verstehst gar nichts", knurrte Layel.

„Ich verstehe so viel, dass du dein Anrecht auf sie angemeldet hast. Aber soll ich dir mal was sagen? In diesem Moment ist sie dabei, ein Bündnis mit diesem Bastard Tagart zu schließen."

Aha. Sie hatte es also tatsächlich getan. Als sie ihm von Tagarts Angebot berichtet hatte, hätte er am liebsten geschrien. *Ich werde dich beschützen. Ich. Nicht er.* Aber wohl wissend, dass es so am klügsten war, hatte er seine Zunge im Zaum gehalten. Wenn er es zuließe, wäre Delilah sein Untergang. Er würde sich nach einem Leben mit ihr sehnen, statt Susan ins Jenseits zu folgen. Inakzeptabel!

Er musterte Zanes gesättigten Gesichtsausdruck. Ein einziger Gedanke füllte seinen Kopf und überschattete alles andere. *Jetzt könnte Delilahs Blut durch meine Venen fließen. Sie würde es zulassen. Ich müsste nicht ihren Körper nehmen, müsste weder ihr noch mir Lust bereiten.* Er schluckte die glühende Gier herunter, die plötzlich in ihm hochstieg. O, diese Versuchung … „Ich habe eine Mission für dich", wiederholte er trotz schmerzender Kehle. *Widerstehe.*

„Lass mich raten. Ich soll das Mädchen beschützen."

Ja. Aber … „Deine Arroganz missfällt mir."

„Ich bin ein Krieger, kein Leibwächter", keifte Zane.

„Du bist alles, was ich dir zu sein befehle. Ich traue Tagart nicht. Wenn er ihr hilft, schön. Aber wenn es den Anschein erweckt, als könnte er sie verraten …"

In Zanes Kiefer zuckte ein Muskel. „Ist das alles?", fragte er. Nach einer angespannten Pause fügte er hinzu: „*König?*"

„Nein. Du wirst zu deinem Team zurückkehren und hören, was sie planen. Ich werde das Gleiche tun. Morgen werden wir uns über das, was wir in Erfahrung gebracht haben, austauschen und über unser weiteres Vorgehen entscheiden. Die Götter wollen uns trennen, aber diese Genugtuung werden wir ihnen nicht gönnen. Oder?"

Zane zögerte kurz, doch dann nickte er.

Als der Vampir davonstakste, blickte Layel in Richtung Wasserfall. Seine Stunde war verstrichen. Ob Delilah auf ihn wartete? Vielleicht tollte sie gerade ausgelassen, nackt und glänzend in dem herabprasselnden Wasser herum. Kaum war der Gedanke in ihm aufgestiegen, zeichnete sich vor seinem geistigen Auge genau dieses Bild ab. Noch bevor ihm klar wurde, was er da tat, war er schon auf halbem Weg zum Wasserfall.

10. Kapitel

Alyssa hatte die Nacht damit verbracht, gemeinsam mit Shivawn sowohl die Innen- als auch die Außenstädte abzusuchen. Sie war von einem Ort zum nächsten geflogen, während Shivawn auf einem Zentaur geritten war. Die ganze Zeit über hatte er nicht ein Wort mit ihr gesprochen.

Sie spürte die Enttäuschung darüber bis in die letzte Faser ihres Körpers. Jetzt befanden sie sich auf dem Rückweg zu Valerians Palast. Sie konnte ihn bereits am Horizont sehen – ein Monstrum aus Stein und Kristallglas, das von einer steilen Klippe in den Himmel ragte. Shivawn hockte noch immer auf dem Zentaur, während sie neben ihm herschwebte. Sie zog das Fliegen dem Gehen oder Reiten vor, denn es bot drei Vorteile: Er befand sich immer in ihrem Blickfeld. Wenn sie ging, wäre sie gestolpert. Und kein Zentaur hätte sie auf seinen Rücken gelassen, ohne zuvor eine hitzige Diskussion zu führen, zu der sie einfach nicht die Kraft hatte.

Plötzlich raste ein Minotaurus nach dem anderen an ihnen vorbei, gefolgt von einem Schwarm Greife. Sie alle steuerten die Außenstadt an. Lachend jagten sie ein hübsches weißes Einhorn. Hätte Alyssa Zeit gehabt, hätte sie sich dazugesellt und versucht, den gehörnten Hengst zu fangen. Ein freier Wunsch käme ihr jetzt gerade recht.

„Dein König wird nicht erfreut sein“, sagte sie, um das Schweigen zu brechen und um sich abzulenken. Nein, das war nicht die ganze Wahrheit. Sie sehnte sich nach seiner Stimme genauso sehr wie nach seiner Berührung. Wenn sie etwas sagte, würde er bestimmt etwas erwidern. „Wir haben nur herausgefunden, dass von fast jeder Rasse zwei Geschöpfe innerhalb eines Augenblicks verschwunden sind. Sonst nichts. Valerian wird den Grund dafür wissen wollen."

Shivawn antwortete nicht.

Sandige Zöpfe peitschten ihm gegen die Schläfen. Im Profil wirkte er genauso kalt wie frontal. Aber er war nur zu *ihr* so kalt. In den Städten hatte er ausgiebig mit den Frauen geflirtet. Er war charmant gewesen, hatte viel gelächelt und gelacht.

Nur in einer Nacht war er zu Alyssa alles andere als kalt gewesen. Nur in einer Nacht hatte er mit ihr vor Hitze förmlich geglüht ...

Bei der Erinnerung daran erzitterte sie.

Er knurrte. „Wisch dir diese Gedanken aus dem Kopf, Frau. Sofort."

Der Klang seiner Stimme verblüffte sie genauso sehr, wie sie sich danach gesehnt hatte. „W...was für Gedanken?" Er konnte nicht wissen, dass sie an ihre gemeinsame Nacht dachte. An seinen verschwitzten Körper. An ihn, wie er in sie eindrang und sich in ihr bewegte ... wie er sie immer mehr in Ekstase brachte ... O, diese Lust ...

„An Sex. An Körper, die sich gemeinsam bewegen." Pause. „An uns."

Sie machte große Augen. „Woher weißt du das?" Als ihr bewusst wurde, was sie da soeben gegen ihren Willen zugegeben hatte, stieg ihr die Schamesröte ins Gesicht.

„Ich kann deine Erregung riechen", sagte er angewidert.

Angewidert? „Und das beleidigt dich?" Fast hätte sie geknurrt.

„Du bist nicht meine Partnerin, Frau. Dein Begehren wird dir nichts als Schmerz bescheren."

Sie wusste, dass sie auf ihn hören sollte. Ihr Begehren hatte ihr nur ein einziges Mal Befriedigung beschert und, genau wie er sagte, schon sehr häufig Schmerz. Aber ... „Du kannst gar nicht wissen, dass ich nicht ..."

„Doch", unterbrach er sie schroff. „Das kann ich."

Ihr Stolz war unwichtig, wenn sie nur eine Antwort bekäme. „Und woher? Ohne jeden Zweifel?“ Sie würde sich doch bestimmt nicht so sehr nach ihm verzehren, wenn sie nicht füreinander bestimmt waren. Sonst wäre sie doch gewiss in der Lage, das Blut eines anderen zu trinken.

„Ich würde es spüren, und ich würde es … nicht fertigbringen, mit einer anderen zu schlafen.“

Im Gegensatz zu ihr war er bei Kräften. Natürlich hatte er seit ihrer gemeinsamen Liebesnacht andere Frauen gehabt. Ohne Sex wurden Nymphe schwach. „Du hattest andere Frauen?“, hörte sie sich trotzdem fragen.

Ein knappes Nicken.

Ihr wurde speiübel. Sie hatte sich niemand anderem hingegeben und gehofft, er käme nur zu ihr, um neue Kraft zu tanken. „Ich hätte dir geholfen.“

„Aber ich wollte dich nicht.“

Die Übelkeit wurde stärker. Ihr Magen brannte. Gefiel es ihr, verletzt zu werden? Es erweckte zumindest den Anschein, denn sie forderte ihn förmlich dazu auf, ihren weiblichen Stolz weiter mit Füßen zu treten. „Ich könnte jede Frau töten, die du angefasst hast. Das weißt du doch, nicht wahr?“

Er verkrampfte. Jeder Muskel seines Körpers schien sich anzuspannen. Und obwohl sie ihn nur im Profil sah, konnte sie den Hass erkennen, der unter der Oberfläche seiner Wangen brodelte. Konnte sie den wütenden onyxfarbenen Glanz in seinen Augen erkennen. „Du hörst dich an wie ein echter Parasit.“

Parasit? So sah er sie? O, das tat weh. „Ich bitte dich nicht um mehr, als du zu geben gewillt bist, Shivawn. Ich bitte dich nur um eine Chance, die Frau zu sein, die sich um deine Bedürfnisse kümmert. Nur für eine kurze Zeit.“

Endlich drehte er sich auf dem Sattel um und sah sie an. Sie konnte seinen Gesichtsausdruck nicht deuten. „Merkst du eigentlich, wie erbärmlich du klingst?“ Über seinen Worten lag eine tödliche Ruhe.

Ja, das merkte sie. Trotzdem drängte sie ihn, weil sie sich weigerte, sich für ihr Verlangen zu schämen. „Ich will dich in meinem Bett. Sonst nichts. Und ich werde alles tun, um dich dorthin zu kriegen. Normalerweise steigst du doch mit allem in die Kiste, was weiblich ist. Warum nicht mit mir?"

Die Klippe schien sich zu neigen. Das Gefälle wurde zu steil für den Zentaur. Schweigend stieg Shivawn ab und verscheuchte ihn, indem er höflich sagte: „Danke. Du darfst jetzt in deinen Stall zurückgehen."

Der Pferdemensch trottete davon.

Shivawn sah ihm nach, bis das Geklapper der Hufe verhallt war. Falls er wusste, dass sie immer noch neben ihm stand, ließ er es sich nicht anmerken. Welche Gedanken gingen ihm durch den Kopf?

„Ich will dich in meinem Bett", wiederholte sie, um seine Aufmerksamkeit zu erlangen.

„Du *hattest* mich bereits in deinem Bett."

Dunkle Haarsträhnen peitschten ihr ins Gesicht, so sehr zitterte sie. Mit abgehackten Bewegungen schob sie sie hinters Ohr. „Ja, und ich will dich noch mal dort haben."

Er atmete kräftig aus, als er sich ihr zuwandte. Sein Gesicht war perfekt und makellos. „Du zwingst mich, etwas zu sagen, das du nicht gerne hören wirst."

Wieder diese Übelkeit, doch sie konnte nicht anders. Sie musste wissen, ohne jeden Zweifel, was ihn von ihr fernhielt. „Was? Sag es."

„Bist du dir sicher?"

Ihr gefror das Blut in den Adern, und auch ihre Muskeln und Knochen schienen zu vereisen. „Ja. Sag es mir." Ihre Worte troffen nur so vor Verzweiflung. Sie hasste sich dafür, aber das Gefühl war zu stark, als dass es sich verbergen ließe.

„Mit dir zu schlafen war nicht … gut für mich. Ich bin nicht mal gekommen."

„Aber … aber …" O Götter! Seine Worte hallten in ihren

Ohren. *Mit dir zu schlafen war nicht gut für mich.* „Du lügst. Du musst lügen."

„Nein."

Ihr Mund klappte auf und zu. Die Wahrheit seiner Behauptung stand ihm ins Gesicht geschrieben. Sie hatte noch nie so große Lust erfahren wie mit Shivawn, und er hatte nichts gefühlt? Sie hatte gewusst, dass ihr Biss ihn gestört hatte, aber ihr war nicht klar gewesen, dass dieses Gefühl die ganze Nacht lang angehalten hatte.

Die Demütigung verschlang sie und kaute gierig auf ihrem Stolz herum, ehe sie die Knochen wieder ausspuckte.

„Es tut mir leid. Ich wollte es dir nicht sagen, aber …"

Sie taumelte noch, als sie den Aufstieg auf die Klippe wieder aufnahm. Jetzt wollte sie einfach nur noch weg von ihm. Und sich verstecken. Wie war es möglich, dass sie sich so geirrt hatte? Sie hatte in all den Jahren schon den einen oder anderen Liebhaber gehabt, aber noch nie hatte sich einer beschwert. Keiner war unbefriedigt geblieben.

Soweit du weißt.

Einen Moment lang fühlte sie sich, als ob ihr Spinnen über die Haut krabbelten, und sie kratzte sich an den Armen. So lange träumte sie schon davon, das Herz dieses Mannes zu gewinnen. Jede ihrer Handlungen war der Versuch gewesen, ihn zu beeindrucken oder zu verzaubern.

Sie war keine Kriegerin, nicht mit Leib und Seele, aber sie hatte trainiert wie eine, weil sie wusste, dass Layel ihr sonst nicht erlaubt hätte, ihn zur Nymphenhochburg zu begleiten. Sie hatte gekämpft, sie hatte getötet. Wegen Shivawn. Ihre Hände waren von Blut besudelt. Immer. Nichts konnte sie reinigen. Wegen Shivawn.

Sie hatte sich mit allen erforderlichen Mitteln in der Vampirarmee nach oben gearbeitet.

Wegen Shivawn.

Trotzdem hatte er sie nie gewollt, nicht mal, als er sich ihr hingegeben hatte. Ein Nymph – ein Wesen, das dafür bekannt war, sinnlich zu sein und nicht wählerisch – fand sie so unattraktiv, dass er ihr Bett ohne Orgasmus verlassen hatte. Wahrscheinlich hatte er unmittelbar nach ihr mit einer anderen Frau geschlafen, um Erlösung zu finden.

„Alyssa", sagte er leise, und sie hörte ihn so deutlich, als hätte er geschrien. Verdammt, sie hatte sich kaum von ihm entfernt.

Ihre Füße berührten beinahe den Boden. Selbst ihre Flugfähigkeit wollte sie im Stich lassen. *Beweg dich weiter. Nicht langsamer werden.* „Bist du nur zu mir gekommen, weil Joachims Menschenfrau dich abgewiesen hat? Hast du mich nicht mal ein bisschen begehrt?" Alyssa hatte ihn eines Abends – an dem Abend, den sie später gemeinsam verbracht hatten – dabei erwischt, wie er aus Joachims Zimmer gekommen war, und er hatte nach Mensch gestunken.

Seine Augen waren dunkel gewesen, sein Blick war gehetzt. Später hatte sie erfahren, dass sich Shivawns menschliche Sklavin den anderen Nymphenkrieger als Partner ausgesucht hatte, wodurch Shivawn keine Frau mehr hatte. Und weil Nymphe zum Überleben Sex brauchten, war dies der perfekte Zeitpunkt für Alyssa gewesen, ihn zu verführen. Sie hatte gedacht: Endlich. *Er wird mich erhören. Er wird mich genauso begehren wie ich ihn.*

Aber ich konnte ihn nicht zum Höhepunkt bringen. O Götter, o Götter! „Sag schon."

„Ja, ich habe dich benutzt. Und nein, ich wollte dich nicht."

„Hast du …", *Götter, warum tust du dir das an?*, „… hast du an sie gedacht, als du in mir warst?"

Eine schmerzhafte, spannungsgeladene Pause entstand. „Spielt das eine Rolle?"

O Götter! Das war schon Antwort genug, und doch musste sie hören, wie er es aussprach. Vielleicht würde ihre Liebe zu ihm dann endlich sterben. Vielleicht würde ihre Besessenheit verschwinden. „Allerdings. Sag es mir. Los."

Er stieß noch einen Seufzer aus. „Na gut: Ja. Habe ich. Aber trotzdem …“

Trotzdem hatte er nicht kommen können. Verflucht sei er! Und verflucht sei sie selbst!

Ihre Nägel wurden länger, als sie die Hände zu Fäusten ballte, und bohrten sich in ihre Haut, bis es zu bluten anfing. Sie merkte, wie sie keuchte. „Du hättest mich nicht benutzen sollen, während du an eine andere denkst.“

„Nein, und das tut mir leid.“

Sie lachte verbittert und spürte, wie sich sein Blick in ihren Rücken bohrte. „Ich bin wahrscheinlich wie all die anderen Frauen in deinem Leben: Ich schmeiße mich an dich ran und bin bereit, jeden Fetzen Zuneigung zu akzeptieren, den du mir hinwirfst. Nicht dass du mir jemals einen Moment geschenkt hättest, den ich in Ehren halten könnte. Einen Moment, der mir in dunkler Nacht ein Seufzen entlockt. Von dem ich in den nächsten Jahren träume und über den ich mit Freundinnen kichere.“ Wenn sie doch nur Freundinnen hätte!

„Du konntest nicht anders. Man kann die Verlockung eines Nymphs unmöglich ignorieren.“

Aber kein anderer Nymph löste in ihr eine Sehnsucht nach etwas aus, das sie niemals haben konnte. „Lachst du über uns, wenn du allein bist?“, fragte sie und bemühte sich um einen beiläufigen Ton. Innerlich brodelte sie noch immer. Welches Recht hatte Shivawn, ihr derart wehzutun? Sie zu benutzen und zu erniedrigen? Sie zu behandeln, als wäre sie weniger wert als er? Keins. In ihrem Kopf nahm ein Gedanke Gestalt an und weigerte sich, zu gehen. *Nein, das kann ich nicht machen.*

Aber er hat es verdient.

„Lachen? Mit wem denn?“ Er beschleunigte seinen Schritt, bis er neben ihr ging. Anscheinend gefiel es ihm nicht mehr, ihr nachzulaufen.

Sie schob den schneeweißen Zweig eines Geisterbaums aus dem Weg und stellte mit ein klein wenig Genugtuung fest, dass er gegen Shivawns Wange peitschte und er aufstöhnte. „Mit den Frauen", sagte sie. „Mit deinen Frauen. Mit denjenigen, die sich dir an den Hals werfen."

„Ich hoffe, ich bin dabei nicht so gefühllos. Ohne diese Frauen würde ich sterben. Ich brauche sie genauso sehr, wie sie mich wollen."

Offenbar gehörte sie selbst nicht zu diesen „sie". Bastard. *Niemand wird ihm geben, was er verdient hat. Weder die Götter, noch sein König noch mein König.* Ich *muss es tun.* „Ich frage mich, warum ich dich jemals begehrt habe." Und warum sie es trotz allem nach wie vor tat.

„Das habe ich mich auch schon gefragt", erwiderte er düster.

„Du bist stark", bot sie als Erklärung an, da sie den wahren Grund nicht zugeben wollte.

„Das sind andere auch."

„Du siehst gut aus."

„Andere sehen besser aus."

Das stimmte, und dennoch ... hatte kein anderer solche Augen. Wahrscheinlich hatten einige die gleiche Farbe, aber bei ihnen staute sich nicht der Schmerz darin; der Hinweis auf, nun ja, einen Mann, der von Geistern und düsterer Leidenschaft besessen war.

Vor langer Zeit hatte sie einmal einen Blick auf die Bestie dahinter erhascht.

Er wusste nichts davon, hatte sie nicht gesehen, doch sie war fasziniert von ihm gewesen.

Sein Vater ... Sie schluckte. Sie hatte sich geschworen, nie wieder an diese schreckliche Zeit zu denken, damit die Erinnerung sich nicht selbstständig machte und aus ihren Gedanken in seinen Kopf drang. Aber die dunklen Bilder überschwemmten sie. Bilder von jenem schicksalhaften Tag, der den Anfang ihrer Besessenheit markierte, und sie vermochte sie nicht zu stoppen.

Obwohl in Alyssas Adern Vampir- und Dämonenblut floss, hatte sie sich nie gestattet, wie ein Dämon zu denken oder sich wie einer zu verhalten. Es gab zu viele Rassen, die die Dämonen verachteten. Und da sie ganz und gar wie ein Vampir aussah, war die Verschleierung ihr nie schwergefallen.

Doch an jenem Tag – eigentlich sogar in jener Woche – hatte sie sich aus Neugierde auf den Vater, den sie nie kennengelernt hatte, und auf seine Leute ins Dämonencamp geschlichen. Nachdem sie sie tagelang beobachtet hatte, fing sie allmählich selbst an, sie zu verachten. Sie töteten zum Vergnügen und erfreuten sich an den Schreien ihrer Opfer. Sie tranken nicht nur Blut, sondern aßen auch rohes Fleisch.

Eines Tages griffen mehrere Dämonenkrieger – ihre Brüder – Shivawns Vater aus dem Hinterhalt an. Er war unschuldig und befand sich gerade in Friedensverhandlungen. Sie machten sich einen Sport daraus, den Mann auf grausamste Art zu quälen, und die junge Alyssa hielt sich im Schatten versteckt und traute sich nicht, dem schaurigen Spiel ein Ende zu bereiten.

Als Shivawn den schlaffen Körper seins Vaters an einen Baum genagelt sah, griff er die Dämonen an. Ein heftiger Kampf entbrannte, und am Ende tötete er die verantwortlichen Dämonen und siegte. Seine Liebe zu seinem Vater hatte sich in jedem Hieb seines Schwertes offenbart, in jedem zornigen, hilflosen Schrei, der seinen Mund verlassen hatte. Genau das hatte sie sich von ihrem eigenen Vater erhofft: Loyalität und Liebe. Sie bekam keins von beidem, aber andererseits wollte sie es auch nicht mehr. Nicht von ihm. Vielleicht verlagerte sie ihre Hoffnungen und Träume deshalb mit solcher Leichtigkeit auf Shivawn.

Nachdem er die Überreste der Dämonen genauso an die Bäume genagelt hatte, wie diese Ungeheuer es mit seinem Vater getan hatten, fiel er auf die Knie und schluchzte. Er nahm seinen Vater zärtlich und ehrfürchtig in die Arme und flehte die Götter an, ihn wiederzuerwecken.

Alyssa sehnte sich nach ihm, selbst dann noch, als sich allmählich Fantasien in ihrem Kopf entspannen. Fantasien von Shivawn, der ihr Bruder war und zu ihr stand, wenn irgendwer jemals das schändliche Geheimnis über ihre gemischte Herkunft erfahren sollte.

Mit den Jahren reifte sie zu einer Frau heran, und ihre Fantasien von Heim und Herd bekamen eine sinnlichere Dimension. Sie wollte ihn nicht länger als ihren Bruder. Sie wollte ihn als ihren Liebhaber. Niemand anderes genügte ihr, obwohl sie bereits mehreren eine Chance gegeben hatte. Keiner von ihnen reichte auch nur annähernd an ihre Träume von Shivawn heran.

Fest entschlossen, zu erfahren, wie glücklich Shivawns Berührung sie machen würde, war sie zum Lager der Nymphe gereist und hatte ihn aufgesucht. Er hatte sie angesehen und sich übergeben.

Sie wusste bis heute nicht, warum, aber sie hatte nicht aufgegeben. *Hätte ich es nur getan. Hätte ich doch aufgegeben!* Das hatte sie nun davon. Nun war sie gebrochen und verletzt. Und körperlich verdammt.

„Ich habe gesehen, wie die Vampirsoldaten dich beobachten", sagte er jetzt, und seine Worte durchschnitten ihre dunklen Gedanken. „Such dir einen von ihnen als Mann aus."

Während sie die Vorstellung von ihm mit einer anderen Frau verabscheute, konnte er es kaum erwarten, sie mit einem anderen Mann zu sehen? *Gib ihm, was er verdient …*

Ich bin nicht wie mein dämonischer Erzeuger. Ich bin nicht rachsüchtig und verdorben.

Aber du bist auch keine Märtyrerin. Er wird andere genauso verletzen, wenn niemand ihn aufhält.

Ja, das würde er. „Die finde ich nicht ansprechend", erwiderte sie schließlich. Sie war noch nicht bereit, zu handeln.

„Ich bin nichts Besonderes."

„Vielleicht gefällt mir die Art, wie du tötest." Sie hatte ihn im Kampf gesehen, hatte sogar neben ihm gekämpft.

Seine Lippen zuckten, als wäre er ausnahmsweise von ihr amüsiert. „Du versuchst, dich wie eine Kriegerin zu verhalten,

Vampir, aber ich habe dein Zögern gesehen, bevor du deinem Gegner den Todesstoß versetzt. Du kämpfst zwar, aber du magst es nicht."

Er war der Erste, der ihre heimliche Abscheu während des Kampfes bemerkt hatte – eine Abscheu, die ohne Zweifel ihrem innigen Wunsch entsprang, sich von der dämonenhaften Art zu kämpfen zu distanzieren –, und sie blinzelte erschrocken. Kämpfte dagegen an, dass ihr Herz erweichte. „Du weißt nichts über mich, Nymph." Das letzte Wort sprach sie mit so viel Ekel aus, wie sie zustande brachte. „Du meidest mich doch bei jeder Gelegenheit."

„Stimmt. Aber ich kenne die Frauen."

O, das tat weh. Jegliche Gefahr des Erweichens war gebannt. Sie war für ihn nur eine von Tausenden. *Gib ihm, was er verdient!*

Ja, beschloss sie. Ja.

„Ich habe mich immer gefragt, warum du kämpfst, wenn du es doch so offensichtlich hasst."

„Du … hast dir Gedanken über mich gemacht? Das ist nun schon das zweite Mal, dass du so etwas zugibst. Ich bin überrascht, dass du nicht explodiert bist."

Wieder zuckten seine Lippen.

Sie hielt abrupt an. Er ging weiter, bemerkte, dass sie stehen geblieben war, und drehte sich zu ihr um. Während sie ihn ansah, beschleunigte sich ihr Puls. *Wirst du das wirklich tun?*

„Nichts von dem, was ich gesagt habe, sollte dich verletzen", sagte er sanft. „Aber ich habe schon vor Wochen entschieden, mir eine Frau zu nehmen, auch eine, die nicht für mich bestimmt ist, weil ich mich nach Stabilität sehne. Das bedeutet, dass ich nicht mit dir zusammen sein kann, und du kannst … mich nicht noch einmal darum bitten."

Jede Frau außer ihr wäre gut genug. Das wollte er doch damit ausdrücken. *Ja, ich werde es tun.* Langsam, ganz langsam ging sie zu ihm hinüber. „Du willst nicht, dass ich herkomme und sie behellige."

Er nickte steif.

„Dann werde ich dir mein Wort geben, Shivawn."

Langsam entspannten sich seine Gesichtszüge.

„Ich werde nicht in die Nähe deiner Frau kommen."

„Danke."

„Aber du auch nicht."

Er zog die Augenbrauen hoch.

Sie mobilisierte ihre letzten Kräfte und stürzte sich mich entblößten Eckzähnen auf ihn.

Valerian schloss seine Frau in die Arme. Sie hatten sich gerade leidenschaftlich geliebt, und seine Haut war schweißbedeckt. Diese Frau hörte nicht auf, ihn zu verblüffen. Sie war die personifizierte Schönheit, hatte ein weiches Herz und verwandelte sich trotzdem jedes Mal in eine Tigerin, wenn sie ins Bett fielen.

„Wenn Shivawn nicht bald zurückkommt, werde ich den Palast verlassen und nach ihm suchen müssen", sagte er. „Er ist sehr gewissenhaft und hätte mir Bescheid gegeben, wenn ihn etwas aufgehalten hat. Wenn es ihm möglich wäre."

Shaye erstarrte vor Sorge. „Befürchtest du, dass da etwas faul ist?"

„Ich bin mir nicht sicher, aber irgendetwas stimmt nicht."

„Die Vampirfrau …"

Er schüttelte überzeugt den Kopf. „Alyssa würde ihm nichts tun. Sie liebt ihn offensichtlich. Außerdem sind Nymphen und Vampire Verbündete."

„Äh, ich raube dir deine Illusionen ja wirklich nur ungern, Liebster, aber eine liebende Frau ist nur ihrem eigenen Herzen verpflichtet."

„Ich kenne die Frauen, den Mond und …"

„Hör doch auf. Du weißt gar nichts, Junge. Sonst würdest du deiner Frau nicht erzählen, was du über andere Frauen weißt."

Weiches Herz? Hatte er das allen Ernstes von seiner Menschenfrau gedacht? Er presste die Lippen zusammen, um sich ein Lachen zu verkneifen. Sie war so wild und besitzergreifend. Sie würde jede Frau umbringen, die es auch nur „versuchen würde, ihn zu vernaschen“, hatte sie mal gesagt. Und genau das gefiel ihm so an ihr.

Sie küsste ihn auf die Brust, direkt über seinem Herzen. Dabei ließ sie die Zunge kreisen und hinterließ brennende Spuren. „Vielleicht sollte ich mit Poseidon sprechen. Er könnte uns vielleicht sagen, was hier vor sich geht – zumindest, falls ihm langweilig ist und er versucht, Ärger zu schüren.“

Zu Valerians großem Unmut hatte sich Shaye mit dem wankelmütigen, nervtötenden Gott angefreundet. „Nein. Jedes Mal, wenn du mit ihm sprichst, passiert irgendein Unglück.“

„He, er hat uns wieder zusammengebracht. Gib dem Kerl noch eine Chance.“

„Lieber würde ich ihm das Genick …“

Sie hielt ihm den Mund zu.

„Das habe ich gehört“, ertönte eine verärgerte Stimme.

Valerian griff nach seinem Schwert, doch in dem Moment, als er die Finger um den Griff schloss, verschwand es aus seiner Hand. Mit finsterem Blick sah er zu Shaye hinüber, um sicherzugehen, dass ihr Körper bedeckt war. Als er sah, dass sie von der Brust bis zu den Fußknocheln in ein schwarzes Seidenlaken gehüllt war, entspannte er sich. Ein wenig.

Vor dem Bett kristallisierte die Luft, wurde immer dicker, bis eine Männergestalt erschien. Einige Frauen hatten gesagt, Poseidon sei der schönste Mann, der je unter der Wasseroberfläche gewandelt sei. Glänzende Haare, blaue Augen. Muskeln, Kraft. Valerian sah zwar nichts Außergewöhnliches, hielt Shaye aber trotzdem die Augen zu.

Das amüsierte den Gott, und er lachte. „Als ob das einen Unterschied macht.“

Valerian biss sich auf die Lippen, um sich eine Antwort zu verkneifen. Ein falsches Wort, und der Meeresgott könnte die gesamte Stadt zerstören. Das hatte er schon einmal fast getan.

Shaye schob Valerians Finger beiseite. „Willkommen, mächtiger Gott des Meeres. Da Ihr uns mit Eurer Anwesenheit beehrt, frage ich mich, ob Ihr gewillt wäret, uns zu helfen. Wir vermissen zwei unserer Soldaten“, sagte sie. „Na ja, eigentlich sind es jetzt drei. Wisst Ihr möglicherweise etwas darüber?“

„Vielleicht“ war die gleichgültige Antwort. Poseidon ging zur gegenüberliegenden Wand und fuhr mit den Fingern über die Mitte. Schließlich materialisierte sich Valerians Schwert – es hing kopfüber, und von der Spitze fielen bunte Bänder herab.

Kein Wort.

„Verratet Ihr es uns?“, fragte Shaye zuckersüß. „Bitte.“

Valerian knuffte sie warnend in die Seite.

„Ich könnte den Frauen hier noch eine Lektion in Frauenrechten erteilen“, fügte sie hinzu. „Das wird die Krieger frustrieren, und für Euch wäre es sehr unterhaltsam.“

Valerian schauderte. Als sie das letzte Mal so etwas gemacht hatte, hatten seine Krieger tagelang keinen Sex gehabt und waren zu knurrenden Bestien geworden, die mit jedem, der ihnen über den Weg gelaufen war, Streit gesucht hatten.

Poseidon zuckte die Schultern und verschwand, als wäre er nie da gewesen. Valerian dachte, damit sei die Show zu Ende, und war dankbar dafür. Er mochte den Gott nicht. Doch dann flüsterte diese überirdische Stimme durch den Raum, und er zuckte zusammen.

„Die ersten beiden spielen ein kleines Spiel. Der dritte, nun ja, wurde soeben bei lebendigem Leibe verspeist.“

Das Lachen des Gottes hallte durch die Nacht.

11. Kapitel

Layel erreichte den Wasserfall in jener Nacht nicht.

Auf dem Weg war er Jada begegnet, der Nymphe, Brodericks Schwester, und sie war fest entschlossen gewesen, ihn zu benutzen, um wieder „zu Kräften zu kommen“, weil sie „ihm, dem Freund ihres Königs, vertraute“.

In all den Jahren hatten sich ihm viele Frauen angeboten. Unerreichbar, wie er war, hatten sie ihn als Herausforderung betrachtet; als Preis. Er hatte sie alle abgewiesen, und dennoch hatten einige behauptet, mit ihm im Bett gewesen zu sein. Bei ihrer Wut über seine Zurückweisung waren die Geschichten nicht nett gewesen.

Hier gab es nun zwei schöne Frauen, die um ihn konkurrierten. Die eine war eine Versuchung, die andere ein Ärgernis, obwohl Jadas Schönheit die von Delilah sogar überstrahlte. Zumindest für jemand anderen. Für seinen Geschmack waren Jadas Haare zu blond und ihre saphirblauen Augen zu wenig violett. Sie war groß und schlank, hatte unglaublich scharfe Kurven, und ihre Nippel waren andauernd hart.

Trotzdem hatte er nur an Delilah denken können, als die Nymphe sich an ihn gepresst hatte. An Delilahs schlanken, straffen Körper, der sich in seinen Händen so perfekt angefühlt hatte. Daran, wie sehr er es liebte zu sehen, wenn ihre Nippel direkt vor seinen Augen hart wurden.

Er hatte Jada weggestoßen, doch in ihrem Überschwang hatte sie die Geste als Zustimmung interpretiert und sich schnell ausgezogen. Das hatte ihn kaltgelassen. Genauso kalt, wie er seit zweihundert Jahren war, was ihm nur umso mehr vor Augen geführt hatte, wie leicht es Delilah offenbar gelang, ihn zu reizen. Den Göttern war Dank, dass er letztlich doch nicht zum Wasserfall gegangen war. Stattdessen hatte er zur Ablenkung Tiere gejagt.

Hätte er sie getroffen, hätte er von ihr getrunken. Er war ganz knapp davor gewesen.

Und nun, nach einem ereignislosen Tag allein – ohne Konflikt mit seinem Team, dem anderen Team oder den machtverliebten Göttern, die aus ihm unbekannten Gründen für diesen Tag keinen Wettkampf angesetzt hatten –, ertappte Layel sich dabei, wie er in Richtung Wasserfall ging. Diesmal schaffte er es nicht, wieder umzukehren. Was Delilah wohl gerade machte? Ob es ihr gut ging? Es dämmerte bereits. Er hätte sie sehen oder hören müssen.

Zu seiner Bestürzung war sie nicht da. Selbst ihr süßer Duft war merkwürdigerweise nicht wahrzunehmen. Eigentlich hätte ein Hauch davon zu riechen sein müssen, zumindest eine winzig kleine Note, die noch in der Luft hing. Stattdessen war es, als wäre sie noch nie in dieser Gegend gewesen. Seinem Körper schien das allerdings egal zu sein. Er war hart vor Verlangen, weil sie sich ihm hier, an diesem Ort, angeboten hatte.

Gedanken an sie gingen ihm durch den Kopf. Gedanken an eine nackte, sich windende Delilah. *Seine* Delilah.

In seiner Vorstellung war jede ihrer Bewegungen ein sinnlicher Tanz *für ihn*. Jeder Laut, der ihre feuchten reifen Lippen verließ, war eine Segnung *an ihn*. Jeder Schlag ihres Herzens war ein Paarungsruf.

Die Bilder waren falsch, so falsch, doch ihm lief das Wasser im Mund zusammen, und seine Zähne wurden spitzer. Was wäre nötig, um sie aus seinem Kopf zu verbannen? Außer sie zu töten – was er, das hatte er sich bereits eingestanden, nicht fertigbrächte –, gab es nur noch eine Sache, die er versuchen musste …

Er würde von ihr trinken müssen. Nicht länger widerstehen.

Er hatte ihr gesagt, dass er es niemals tun würde. Dennoch

war der Gedanke in ihm gewachsen und stärker geworden. Jetzt wurde ihm klar, dass er es tun *musste*.

Er war allein deshalb schon ein Mistkerl, weil er es überhaupt in Erwägung zog; es fehlte ihm an Ehre und Integrität. Er war ein Ungeheuer. Sie wollte alles von ihm, aber er wollte nur nehmen. Er würde seine Venen mit ihrem Lebenssaft füllen und sie zu einer Mahlzeit reduzieren. Er wüsste endlich, wie sie schmeckte, und dann könnte er sie vergessen. In seiner Fantasie hatte er sie auf einen Sockel erhoben, doch die Realität würde dieses Trugbild zerstören. Es war unmöglich, dass sie so gut schmeckte, wie er es sich ausmalte. Das konnte keine.

Sex wäre kein Bestandteil dieses Arrangements. Wenn er dieses Mal seine Lippen auf ihren Körper legte, würde er die Kontrolle behalten. Es gab keinen besseren Zeitpunkt, um von ihr zu trinken. Er war weder hungrig noch schwach. Er hatte sich gestern an dem Drachen satt getrunken und brauchte das Blut nicht.

Wo war sie? Falls sie in dem Wasserfall gebadet oder auf den moosbedeckten Felsen gesessen hatte, war sie, ohne Spuren zu hinterlassen, wieder verschwunden. Layel ging durch den Wald. Das gedämpfte Licht der Dämmerung, schummerige Violett- und Rosatöne erhellten seinen Weg. Die üppigen smaragdgrünen Bäume unterschieden sich von jenen in Atlantis und waren ihm nach nur zwei Tagen dennoch irgendwie vertraut. Hier wurde der Boden von weichem Moos bedeckt, das er unter den Füßen spürte.

Wäre er zu Hause, würde er mit seiner Armee trainieren und sich Möglichkeiten überlegen, die Drachen auszubremsen und zu töten. Er würde die Feuerspeier in seinen Kerker sperren und foltern. Denn nur wenn er sie schreien hörte, verspürte er ein Gefühl von Frieden.

Man hatte ihn oft „das Böse“ genannt. Er leugnete es nicht. *Konnte* es nicht leugnen. Sein Herz war verwest. Verrottet. Seine Seele war schwarz. Er war nicht länger ein Mann, den Susan geliebt hätte. Im Moment ihres Todes hatte er sich in etwas verwandelt, das seine geliebte Frau gehasst hatte.

Dennoch gab es kein Zurück. Kein Zurück zu dem Mann, der er einst gewesen war. Nicht für ihn. Hass floss durch seine Adern, dicker als Blut. Rache war das Einzige, was er in seinem Kopf duldete.

Bis er Delilah begegnet war.

Andauernd wanderten seine Gedanken zu ihr. Götter, wie sehr sie ihn verfolgte! Er sollte nach Zane suchen, der entgegen ihrer Vereinbarung noch nicht gekommen war, um Bericht über sein Team zu erstatten. Er sollte seinen nächsten Zug gegen Brand und Tagart planen. Stattdessen irrte er durch den Wald und wünschte sich eine Kostprobe von Delilah.

Was hatte sie nur an sich, das ihn permanent anzog? Sie war atemberaubend schön, hatte einen scharfen Verstand und eine unermüdliche Energie, aber sie würde nicht eine Sekunde zögern, einen Mann zu verraten, wenn sie dadurch ihre Schwestern beschützen könnte. So viel war offensichtlich, wenn sie Nola – eine Frau, von der Layel nicht mal mit Sicherheit sagen konnte, ob Delilah sie mochte – mit eindeutiger Loyalität ansah. Weder schwang warme Zuneigung in ihrer Stimme mit, wenn sie mit dem Mädchen sprach, noch wurde ihr Gesichtsausdruck weicher. Und dennoch fühlte sie sich ganz offensichtlich für sie verantwortlich.

Er spürte Eifersucht in seiner Brust aufflackern und blinzelte überrascht. Eifersucht? Worauf? Auf Delilahs Loyalität zu ihrem Stamm? Sicher nicht, aber er wollte die andere Möglichkeit nicht in Erwägung ziehen: Eifersucht darüber, dass Delilah das Wohlergehen eines anderen über seins stellte.

Dieser Gedankengang ergab keinen Sinn. Erstens kannte er sie gar nicht richtig, zweitens mochte er sie überhaupt nicht, und drittens wollte er gar nicht über eine Zukunft mit ihr nachdenken. Du bist durcheinander, erklärte ihm sein Verstand. *Das ist alles. Dein Leben wurde auf den Kopf gestellt. Wenn die*

Normalität wieder einkehrt, werden sich auch deine Gefühle beruhigen.

Wo war sie?

Er schnüffelte. Ihr süßer Duft, der in diesem krassen Gegensatz zu ihrer Kriegerpersönlichkeit stand, schien plötzlich aus jedem Astloch, jeder Ritze zu dringen, obwohl er sie nirgends erspähen konnte. Trotzdem bekam er eine Erektion – schon wieder. Der Hunger, den er erst vor wenigen Minuten geleugnet hatte, überkam ihn plötzlich mit voller Wucht. Ihm lief das Wasser im Mund zusammen. Blut …

Sie war in der Nähe.

Seine weiche Seite, die er für genauso tot gehalten hatte wie sein Herz, brach durch Morast und Geröll. Und schockierte ihn. *Das kannst du ihr nicht antun. Sie wird sich verraten fühlen. Es wird sie verletzen.*

Er biss so fest die Zähne aufeinander, dass sie ihn ins Zahnfleisch schnitten. Was war besser? Delilah zu verraten oder Susan?

Die Antwort lag auf der Hand. Oder hätte dort zumindest liegen sollen. Er musste Delilah aus seinem Kopf verbannen. Bald, sehr bald schon hätte er sie vergessen. Weil er nicht aufhören würde, sie zu jagen, ehe er sie gefunden hätte. Die Götter konnten sie jeden Moment zum nächsten Wettkampf holen. Anschließend würde sich das Verliererteam vor dem Feuer versammeln, und Layel wäre gezwungen zu warten. Falls er die nächste Abstimmung überlebte.

„Iss das hier“, hörte er Delilah auf einmal sagen. „Du bist blass.“

Jede Zelle in seinem Körper wurde so heiß, als ob unzählige Feuer ausbrachen. Er hörte die leise Antwort einer Frau. Wahrscheinlich die andere Amazone, Nola. Mit einem einzigen Gedanken im Kopf schwebte Layel über den Boden und direkt auf die Tür aus Blättern zu, die sich vor ihm erhob.

Vorsichtig lugte er hindurch. Und da war sie, hockte neben

Nola. Seine Peinigerin mit den azurblauen Haaren und den violetten Augen. Die beiden Teams saßen gemeinsam um ein Feuer herum. Irgendein Tier röstete über den Flammen.

Zwischen Siegern und Verlierern herrschte eine greifbare Spannung.

Die Teams mochten zwar beisammensitzen. Aber sie waren in keiner Weise vereint. Wütende Blicke flogen hin und her. Zane saß ein Stück abseits und schärfte einen Stock. Alle paar Sekunden schaute er kurz zu Delilah und Nola hinüber. Seine Haut war gerötet, seine Bewegungen waren ein kraftvoller Tanz, und doch pulsierte er förmlich vor Wut.

Anscheinend musste Layel warten. Er verursachte nur ein leises Rascheln, als er durch die Bäume schwebte und sich dem anderen Vampir näherte. Als König lag es in seiner Verantwortung, dafür zu sorgen, dass zwischen ihnen keine Feindseligkeit entstand. Als er sich setzte, ließ sich Zane nicht anmerken, ob er ihn bemerkt hatte.

Im Gegensatz zu allen anderen.

Sämtliche Unterhaltungen erstarben. Brand stieß ein wütendes Fauchen aus. Layel ignorierte ihn, da er wusste, dass er Brand damit besonders zornig machte. Er verkniff sich ein Grinsen und ließ den Blick zu den Amazonen schweifen. Nola starrte auf ihr Essen und stocherte alle paar Sekunden mit den Fingern darin herum, aß jedoch nichts. Delilah setzte unterdessen eine Kokosnusshälfte an ihre Lippen und trank von der Milch darin.

Dabei ließ sie Layel nicht aus den Augen. Sie umgarnte ihn mit ihrem Blick und hielt ihn gefangen. Selbst wenn man ihm eine Klinge an den Hals gedrückt hätte, er hätte nicht wegschauen können. Trotz allem war ihr Blick zurückhaltend. Kein Hinweis auf ihre Emotionen war zu erkennen. Warum? Was verbarg sie vor ihm?

Er bleckte die Eckzähne und leckte sich darüber.

Endlich. Ein Gefühl. Verlangen flackerte auf, dann schluckte sie und sah weg. Erst jetzt, da sie ihren mächtigen Blick abgewendet hatte, merkte er, dass sich etwas Hartes und Festes in seiner Brust niedergelassen hatte. Nun aber ließ das Gefühl langsam nach, und er konnte wieder atmen. Sein harter Schaft hingegen beruhigte sich nicht, sondern pochte auch weiterhin.

„Alles in Ordnung?“, fragte er Zane, als er die blutverschmierten Lippen seines Freundes bemerkte. Blut stärkte einen Vampir immer, egal, woher es kam. Aber Blut, das mit Wein oder Medizin versetzt war, konnte Aggression, Wut und Gewalt hervorrufen. Konnte das der Grund für Zanes momentane düstere Stimmung sein? Hatte er Blut von einem Betrunkenen genommen?

„Ja.“ Er hielt keinen Moment in der Bewegung inne. Jedes Mal, wenn sie zu den Göttern gerufen wurden, nahm der Gott ihnen die Waffen ab und zwang sie dadurch, sich bei jeder Gelegenheit neue zu fertigen. „Mir geht's gut.“

Wahrheit? Oder Lüge? „Dann gefallen dir deine neuen Pflichten nicht.“

„Sie stören mich nicht.“ Seine Stimme war tonlos, die Muskeln zuckten.

„Irgendetwas stimmt doch nicht mit dir, Zane.“

„Richtig.“

Wenigstens leugnete er es nicht. „Sprich mit mir.“

„Als König?“

„Als ... Freund.“ Der einzige Freund, den Layel sich in all den Jahren zugestanden hatte, war Valerian. Und das auch nur, weil er Valerian schon vor Susans Tod gekannt hatte. Sie waren sich in der Außenstadt begegnet und hatten sich miteinander verbündet, als sie noch jung und unerfahren gewesen waren. Dieses Bündnis zwischen zwei verschiedenen Arten hatte schon so manch finsteren Blick geerntet. Sie hatten miteinander gespielt, gemeinsam ihre Leidenschaft für Frauen entdeckt und nebeneinander gekämpft, wobei sie sich gegenseitig Rückendeckung gegeben hatten.

Nach Susans Tod hatte der Nymphenkönig ihn, na ja, aufgenommen und sich um ihn gekümmert, bis der emotionale Schmerz einem Durst nach Rache gewichen war.

Vielleicht brauchte Zane jemanden, der sich um ihn kümmerte. Seine Zeit bei den Dämonen hatte seine Seele vermutlich in Fetzen geschnitten.

„Bist du sicher, dass du es wissen willst?", hakte Zane nach.

Layel nickte.

„Vorhin, als du mich gefragt hast, wessen Blut ich getrunken habe ..." Zane hielt den Stein fester, und an der Spitze des Stocks bildeten sich Funken.

Sein Magen verknotete sich. *Sag nicht Delilah.* Wenn ihr Name über die Lippen des Vampirs käme, wüsste Layel nicht, wie er reagieren würde. Wahrscheinlich würde irgendjemand sterben. „Du hast dich geweigert, es mir zu sagen."

„Ich habe von einer Frau getrunken."

Nein.

„Von einer Amazone."

Nein!

„Von Nola."

Zuerst verspürte Layel Wut darüber, dass Zane ihn hingehalten hatte, höchstwahrscheinlich aus Scham. Dann Erleichterung. Sie haute ihn beinahe um, und erst jetzt bemerkte er, dass er nach dem Dolch gegriffen hatte, den er erst wenige Stunden zuvor gefertigt hatte. Den Göttern war Dank. Er ließ die Hände in den Schoß fallen. „War sie einverstanden?"

„Ja, auch wenn ich bezweifle, dass sie sich daran noch erinnert." Ja, in Zanes Worten schwang eindeutig Scham mit.

Er blinzelte überrascht. „Warum sollte sie sich nicht daran erinnern?"

„Ich bin zu ihr gegangen, während sie geschlafen hat."

„Und sie ist nicht aufgewacht?"

„Nein."

„Wieso nicht?“, hakte er nach. Die Amazonen waren bestens ausgebildet. Sie würden sofort aufwachen, wenn ein Mann sie anrührte. *Das* wusste er aus erster Hand. Und selbst wenn Nola es irgendwie nicht gemerkt haben sollte, so wären ihr später die Bisswunden aufgefallen.

„Ich bin in ihre Gedanken eingedrungen.“ Das Schamgefühl verwandelte sich in Selbsthass.

Layel rieb sich mit der Hand übers Gesicht. Einige Vampire besaßen die Gabe, in die Gedanken anderer Menschen einzudringen. Die meisten konnten das nicht. Layel zum Beispiel, obwohl er es sich immer gewünscht hatte. Wie viel Spaß hätte es ihm gemacht, einen Drachenkrieger davon zu überzeugen, einen anderen umzubringen!

„Ich habe ihr Bilder von ihr und mir im Bett in den Kopf gepflanzt, und als sie die Arme geöffnet und die Beine gespreizt hat, habe ich mir genommen, was ich brauchte.“

„Und wie hast du die Bissspuren vor ihr versteckt? Und vor den anderen?“ Noch während er die Worte aussprach, begriff Layel, wie die Antwort darauf lauten musste. Bei dem bisschen Kleidung, das die Amazonen trugen, gab es nur eine Stelle an ihrem Körper, an der die Spuren nicht auffielen.

Zane sah ihnen einen Moment finster an. „Wenn du nicht mein König und mein Freund wärest, würde ich dich auf der Stelle töten. Das weißt du doch, oder?“

„Ja.“

„Wünschst du trotzdem, dass ich es sage?“

Noch ein „Ja“. Ohne zu zögern. Wenn Zane es aussprechen musste, würde ihn das vielleicht davon abhalten, es noch einmal zu tun. Die Scham bekäme eine Stimme und wäre nie vergessen.

„Ich habe sie zwischen die Beine gebissen.“

Obwohl Layel gewusst hatte, was Zane sagen würde, schockierten die Worte ihn. *Schon wieder habe ich die Kontrolle über meine Männer verloren.* Unter seiner Herrschaft gab es einen Verhaltenskodex für die Vampire. Sie konnten jederzeit von jedem Drachenkrieger trinken, aber niemals – niemals! – durften sie ohne Erlaubnis Blut von einer anderen Rasse trinken.

Einige Kreaturen mochten es, gebissen zu werden, aber andere weigerten sich, auch nur darüber nachzudenken – aus falscher Angst davor, sich anschließend selbst in Blutsauger zu verwandeln. Mit den Jahren hatte Layel gelernt, dass nur Menschen verwandelt werden konnten. Die meisten starben jedoch bei dem Versuch, weshalb er niemals daran gedacht hatte, Susan zu verwandeln.

Plötzlich erklang in seinem Kopf eine Flut von Schreien seiner Liebsten, so laut, dass sie Glas hätten zerspringen lassen, wären sie hörbar gewesen, und so scharf, dass sie seine Seele aufschlitzten. Sie lauerten immer ganz dicht unter der Oberfläche, aber für gewöhnlich konnte er sie im Zaum halten. *Seid still, seid still, seid still!*

Erst als sein Blick Delilahs traf, gelang es ihm, sie zu besiegen. Wie? Warum? Er schwitzte. Keuchte. Delilah wandte sich wieder ihrer Schwester zu. Um ihrem Einfluss zu entfliehen, tat er es ihr gleich. Glücklicherweise kehrten die Schreie nicht zurück.

Vorhin hatte Delilah die andere Amazone blass genannt. Tatsächlich war Nola totenbleich. Die Venen schimmerten durch ihre Haut, und unter den Augen zeichneten sich halbmondförmige dunkle Ringe ab.

„Du hast zu viel genommen", tadelte Layel Zane.

„Ich weiß", erwiderte dieser zerknirscht.

„Du wirst sie nicht noch einmal anfassen. Verstanden?"

„Sie ist deine Teamkameradin. Natürlich willst du, dass sie bei Kräften ist. Was kommt als Nächstes? Verlangst du von mir, dass ich deinetwegen verliere?"

Feuer brannte unter seiner Haut. „Du solltest lieber deine Zunge hüten, bevor du sie noch verlierst. Sie hat eine Wahl

verdient, Zane, eine echte Wahl, und du hast sie ihr verwehrt."
Heuchler, dachte er. Hatte er nicht vorgehabt, Delilah die Entscheidung ebenfalls abzunehmen?

„Ich weiß!"

„Ärger im Hause Blutsauger?" Brand lachte und zog Layels Aufmerksamkeit und Wut auf sich. „Wie schade."

Einige andere lachten leise.

„Heb dir das für den nächsten Wettkampf auf", sagte Delilah. Wenigstens klang sie eher verärgert als amüsiert.

Tagart zog eine Augenbraue hoch und seine goldenen Augen leuchteten. „Eine Amazone mit einem weichen Herz? Wer hätte das gedacht?"

„Ein Drache mit einer trostlos aussehenden Zukunft?", feuerte sie zurück. „Habe ich nicht anders erwartet."

Er kniff die Augen zusammen. „Ist das eine Drohung?"

Sie sprang auf und straffte die Schultern. „Nein. Ein Versprechen. Ich werde keine Beleidigungen tolerieren. Schon gar nicht von meinem angeblichen Verbündeten."

Im nächsten Augenblick hatte sich auch Layel erhoben und stand neben ihr, noch bevor er überhaupt begriff, dass er sich bewegt hatte. „Legst du dich mit einem Mädchen an, Feuerbastard? Vielleicht hast du endlich kapiert, dass die großen Jungs zu viel für dich sind."

Tagart sah ihn bedrohlich an. „Ich habe nicht vergessen, wie du mich gebissen hast."

„Und ich habe deinen faulen Geschmack nicht mehr aus dem Mund gekriegt."

Blanke Wut zog über das Gesicht des Drachen, und für einen Sekundenbruchteil verlängerte sich sein Schädel und bot einen kurzen Blick auf Schnauze, scharfe Zähne und grüne Schuppen. Offensichtlich lauerte die Bestie immer dicht unter der Oberfläche.

„Ich werde weder darauf warten, bis dich dein Team rauswählt, Vampir, noch werde ich den Göttern den Spaß überlassen, dich zu töten. Stattdessen werde ich mich auf der Stelle selbst darum kümmern."

Layels Blut kochte und verwandelte seine Venen in Asche. „Komm, hol mich." *Bitte.*

„Genug", mischte Delilah sich ein und stellte sich zwischen die zwei.

Layels Blick schoss zu ihr. Eine plötzlich aufkommende Windbö verwirbelte ihre Haare. Wind – er vermutete, dass die Götter mit jeder Brise näher kamen. Sie beobachteten sie, unaufhörlich. Delilah war angespannt, ihre Finger waren zu Krallen verformt.

Dass sie Layel den Rücken zukehrte, war bezeichnend, auch wenn er sich nicht sicher war, ob Tagart es verstand. Der Drache grinste selbstgefällig, als würde die Amazone ihn beschützen wollen. *Dämlich.* Delilah vertraute Layel, dass er sie nicht von hinten angreifen würde.

Dämlich, dachte er wieder. Diesmal meinte er Delilah. Sie sollte ihm nicht so vertrauen. Sie sollte vor ihm weglaufen. Schnell und für immer.

Vermutlich würde ich sie jagen.

Dämlich! Dieser Fluch galt ihm selbst. Sie gehörte nicht ihm, könnte niemals ihm gehören.

Dafür mehr als für alles andere wollte er sich plötzlich auf Tagart stürzen und ihn Organ für Organ auffressen. Die Augen des Dreckskerls würde er sich bis zum Schluss aufheben, damit er jedes schreckliche Detail sehen könnte, das Layel ihm antat.

Er legte eine Hand auf den Schaft seines Dolches. „Ich warte."

Delilah griff nach hinten und fuhr ihm mit der Hand über den Bauch. Nur mit Mühe konnte er ein erschrockenes, erregtes Stöhnen unterdrücken.

Wie sie den Drachen auch ansehen mochte, dessen Wangen röteten sich. Er warf Layel einen letzten finsteren Blick zu, bevor er zu den Bäumen hinüberstapfte. Brand folgte ihm dicht auf den Fersen. Wahrscheinlich wollten sie Mordpläne schmieden. Hoffentlich. Ihre Versuche zu vereiteln, könnte sich als nette Ablenkung entpuppen.

Diverse Augenpaare sahen zu, wie Delilah sich zu ihm umdrehte. Mit ihren violetten Augen, die so hübsch von ihren schwarzen Wimpern eingerahmt wurden, tastete sie seinen Körper von unten nach oben ab und zog ihn dabei praktisch aus. Er ertappte sich dabei, wie er einen Schritt nach hinten machte – weg von der Kraft, der Hitze und der Versuchung, die von ihr ausgingen.

„Der Wasserfall", flüsterte sie. „Treffen wir uns dort?"

„Wirst du dieses Mal dort sein?", flüsterte er zurück und ärgerte sich über den heiseren Klang seiner Stimme.

Sie zitterte, und ihr Mund öffnete sich vor Überraschung. „Du bist hingegangen?"

„Gestern Abend? Nein", erwiderte er. Es war die Wahrheit. Aber offensichtlich war sie überhaupt nicht dort gewesen.

„Und trotzdem tadelt mich dein Ton dafür, dass ich nicht dort war. Nein, sag nichts. Meine Schwester hat mich aufgehalten", erklärte sie.

Niemals würde er zugeben, wie erleichtert er war, dass sie es sich nicht anders überlegt hatte.

Die Geschöpfe, die rings ums Feuer saßen, lehnten sich zu ihnen hinüber und bemühten sich unverhohlen, möglichst viel von ihrem Gespräch mitzubekommen. Layel fauchte in ihre Richtung, und sie sahen schnell weg. Einer fing sogar an zu pfeifen.

Eine Ewigkeit verstrich, während Delilah ihn musterte. Nein, gewiss waren nur wenige Sekunden vergangen. „Hast du es der Nymphe besorgt?"

Schwang da Eifersucht in ihrem Ton mit? Er freute sich nicht darüber. Wirklich nicht. Da er noch immer nicht bereit war, ihr die Antwort zu geben, nach der sie sich offenbar sehnte, erwiderte er: „Würde es dir etwas ausmachen, wenn ja?"

„Nein. Natürlich nicht.“ Sie schaute zu Boden. „Aber ich habe dich im Wald gesehen. Mit ihr. Deshalb …“

Er schuldete ihr keine Erklärung. Nein. „Wie lässt es sich verhindern, dass du durch deine Schwester abgelenkt wirst?“

Mit Blick auf die anderen sagte sie leise: „Ich will mit dir reden. Über die Nymphe. Hast du …?“

Würde sie ihm niemals erlauben, das Thema zu wechseln? „Wenn du uns wirklich gesehen hättest, wüsstest du, was passiert ist.“

„Ich bin nicht bis zum Ende geblieben. Sonst hätte ich sie umgebracht, und dann hätte dein Team schon zwei Mitglieder weniger.“

Obwohl sie also dachte, dass er mit einer anderen Frau geschlafen hatte, war sie nicht in der Lage gewesen, etwas zu tun, was letztlich zu seiner Hinrichtung führen könnte. Der Gedanke rührte ihn. „Wenn du zum Wasserfall kommst, werde ich nicht in der Stimmung sein zu reden.“

Sogleich spiegelte sich Erregung auf ihrem Gesicht. „Was willst du denn dann tun?“, fragte sie mit verführerischer Stimme. „Das Gleiche, was du wahrscheinlich mit der Nymphe gemacht hast?“

„Wenn du am Wasserfall auftauchst, Delilah, werde ich dich beißen. Verstehst du? Ich werde dein Blut trinken.“

Ihr stockte der Atem. „Aber du hast geschworen, mich nie auf diese Art anzurühren.“ Die Möglichkeit, dass er die Meinung geändert hatte, schien sie nicht sonderlich zu beunruhigen. „Apropos beißen: Hast du die Ny…?“

„Ich habe gelogen. Genauso, wie du es mir immer vorwirfst. Ich *werde* dich beißen.“

Vor Enttäuschung verfinsterte sich ihre Miene. „Was für Lügen hast du mir noch so erzählt? Über die Nymphe?“

Wenn sie dieses Wort noch einmal sagte, würde er … lachen. „Du kannst mir nicht trauen. Niemals. Das ist alles, was du wissen musst.“

„Denkst du wirklich, du kannst mich so zum Wasserfall locken? Ich mag zwar eine Amazone sein. Aber selbst ich weiß, dass ich in so einer Situation durchaus ein paar freundliche Worte erwarten darf. Du solltest deine Herangehensweise lieber noch mal überdenken, wenn du wirklich willst, dass ich mich mit dir treffe. Weil ich nämlich bezweifle, dass diese hässliche kleine Nymphe dort sein wird."

Seine Lippen zuckten, und er spürte ein Kribbeln in der Kehle. „Ich habe dich nicht gebeten, zu kommen. Du hast mich darum gebeten. Und ich werde gehen. Ein Teil von mir hofft allerdings, dass du nicht kommst."

In ihren Augen blitzten Funken auf, ein Hauch von Wut und diese offenbar immer präsente Erregung. „Und was hofft der andere Teil von dir? Dass stattdessen dieses sexhungrige Biest hingeht?"

„Dass du kommst, damit ich endlich den Gedanken an dich abschütteln kann."

Sie wurde irgendwie weicher, genau wie der immer stärker werdende Schmerz in seiner Brust. „Und wenn dir das nicht gelingt?"

„Hoffe ich, dass du nach dem Blutverlust so schwach bist, dass du beim nächsten Wettkampf versagst und für die Hinrichtung ausgewählt wirst." In seinem Ton lag die nackte Wahrheit, auch wenn er nicht sicher war, ob er auch nur ein Wort so meinte.

„Lügner." Sie zog eine Augenbraue hoch, was nicht die Reaktion war, die er erwartet hatte. „Du willst mich. Du hast nur Angst, es dir einzugestehen. Außerdem hast du mir nun schon mehrfach gesagt, dass ich dir niemals trauen soll", erwiderte sie selbstbewusst. „Allerdings hast du mir noch nicht erzählt, ob du mit der Nymphe geschlafen hast."

Reagier du jetzt auch anders, als sie es erwartet. „Und das werde ich auch nicht. Also gut: Ich habe dich gewarnt. Mehr kann ich nicht tun. Komm zum Wasserfall, aber auf eigene Gefahr."

„Ich habe keine Angst vor dir, Layel", sagte sie und hob das Kinn.

„Dumm von dir."

„Ich vertraue einfach nur in meine Fähigkeiten."

„Dumm von dir", wiederholte er. Doch im Grunde war *er* der Dumme. Die Welt um ihn herum war längst verblasst. Er hatte seine Aufmerksamkeit voll und ganz auf sie gerichtet. Jeder hätte sich an ihn heranschleichen können, und es wäre ihm egal gewesen.

Sie ging weiter zu ihm hinüber und verringerte den von ihm so hochgeschätzten Abstand zwischen ihnen, um ihn herausfordernd anzusehen. „Sag mir nur wenigstens noch eine Sache."

„Lass mich raten. Die Nymphe?"

Sie sah verärgert aus, als sie schnippisch erwiderte: „Mit der kannst du machen, was du willst. Interessiert mich nicht."

Obwohl sie gesagt hatte, sie sei bereit, die andere Frau zu töten? Es interessierte sie!

„Ich will wissen", fuhr Delilah fort und ging noch dichter an ihn heran, „ob du um mich trauern würdest, wenn man mich hinrichten würde."

Noch näher, und er legte noch die Arme um sie. Presste seine Lippen auf ihre und verschlang sie. Der Gedanke an ihren Tod … schmerzte ihn; weckte in ihm das Bedürfnis, sie festzuhalten und nie wieder loszulassen. „Nein", brachte er irgendwie trotz des wachsenden Kloßes in seinem Hals hervor. „Nein."

Sie überraschte ihn erneut, indem sie die Lippen langsam zu einem Lächeln verzog. „Ich sehe mich nochmals gezwungen, dich daran zu erinnern, dass du mir gesagt hast, ich solle niemals auch nur ein Wort glauben, das deinen Mund verlässt. Ich denke, du würdest mich ziemlich vermissen." Damit schlenderte sie in Richtung Wasserfall davon.

12. Kapitel

Würde Layel kommen?

Und hatte er es mit dieser Schlampe von einer Nymphe getrieben? Delilah verspürte den plötzlichen Drang, ihr Holzschwert in den nächsten Baum zu rammen. Oder in das nächste Herz. Da war sie nicht wählerisch. Sie hatte mehr Zeit damit verbracht, sich Gedanken über ihn und sein Verhalten zu machen, als an Lily zu denken – oder an den nächsten Wettkampf und die verängstigenden Tage, die vor ihnen lagen. Leider bezweifelte sie, dass sich das ändern würde.

Rings um sie herum stürzte das Wasser aus enormer Höhe in einen kristallklaren See. Seerosen schwammen verträumt darin, und der Mond warf sein warmes Licht auf sie herab. Die gesamte Umgebung strahlte Frieden und Romantik aus, und doch klopfte ihr Herz wie eine Kriegstrommel.

Layel hatte sich einen gesamten Tag lang von ihr ferngehalten. *Um die scheußliche Nymphe zu beglücken?* Wie sehr hatte sie sich gewünscht, ihn zu sehen. Wie sehr hatte sie in jedem Schatten Ausschau nach ihm gehalten. Sie hatte ihn schrecklich vermisst, samt seiner düsteren Stimmung und den grausamen Worten. Dennoch hatte sie nicht nach ihm gesucht, denn Tagarts widerwärtige Enthüllung machte ihr schwer zu schaffen. Er hatte eine Frau gehabt. Und ganz offensichtlich trauerte er noch immer um sie.

Delilah konnte die Vorstellung, dass Layel an eine andere Frau dachte, während er *sie* berührte, nicht ertragen. Und die Nymphe?

„Aaaah!“ Sie musste das Risiko eingehen – ein großes Risiko –, nur um ihre Neugier zu stillen. Zumindest war das die Begründung, die sie sich selbst einredete. Morgen würde sie es vielleicht sogar glauben. Im Augenblick wollte sie einfach nur erfahren, wie es war, in Besitz genommen zu werden. Sich ganz und gar hinzugeben, von einem „Bis ans Ende aller Tage“ zu träumen. Er wollte Delilah. Irgendwie wollte er sie.

O Götter! Ob er kommen würde?

Layel hatte sie als dämlich bezeichnet, weil sie so ein Rendezvous vorgeschlagen hatte, aber dann hatte er selbst eins vorgeschlagen. Vielleicht war sie tatsächlich ein Dummkopf, aber sie musste einfach mehr über ihn erfahren. Der Drang, in seiner Nähe zu sein, seine Zähne in ihrer Vene zu spüren, machte sie wahnsinnig. Auf wunderbare Art wahnsinnig, und mit jedem verstreichenden Moment wurde der Drang noch stärker. Im Grunde war er bereits so tief in ihr vergraben, dass sie ihn nicht aufspüren und zerstören konnte. Sie konnte nur seine weiter wachsende Präsenz hinnehmen und diesem Gefühl folgen – wohin es sie auch führen mochte.

Kam er denn gar nicht mehr?

Sie lief hin und her, Wassertropfen spritzten ihr gegen die Beine. Die Angst kroch durch ihren Körper. Sie hatte keine Angst vor ihm. Sie war viel zu sehr Kriegerin, viel zu gut ausgebildet, als sich von ihm voll und ganz erobern zu lassen und dabei verletzt zu werden. Sie hatte Angst davor, dass ihr alles an ihm viel zu sehr gefiel. Dass *er* ihr gefiel. Dass sie mehr wollte, brauchte, herbeisehnte und nicht in der Lage wäre, ihn gehen zu lassen.

Das vertrieb sie nicht etwa, o nein. Sie bezweifelte, dass überhaupt irgendetwas sie im Augenblick vertreiben konnte. Nichts und niemand hatte sie je so fasziniert wie Layel. Er brauchte nur hier aufzutauchen, dann würde sie sich um den Rest kümmern.

Eine weitere Minute verstrich und dann noch eine. Sie hatte einen Großteil des Tages mit der Fertigung weiterer Waffen verbracht, und jetzt nahm sie ihre zwei Dolche fest in die Hände, bevor sie sie auf den Boden warf. Kurz darauf folgten die rasierklingenscharfen Stöcke, die sie sich über Kreuz auf den Rücken gebunden hatte. Sie fielen übereinander ins Moos. Als Nächstes waren die Pfeile an der Reihe, die sie mühsam und sorgfältig geschnitzt hatte.

Ohne sie fühlte sie sich nackt. Wenn auch nicht so nackt, wie sie gern wäre. Mit einem dumpfen Stöhnen setzte sie sich am Rande des Wassers auf den trockensten Felsen und öffnete die Schnürsenkel ihrer Stiefel. Wie zuvor die Waffen, warf sie auch die Schuhe zur Seite und tauchte die Zehen in das warme, beruhigende Wasser.

Wo um Hades willen war er?

Wenn er es sich anders überlegt hatte, würde sie ihn aufspüren und …

„Ich hätte nicht kommen sollen", ertönte seine Stimme hinter ihr.

Mit einem Keuchen drehte sie sich um. Nicht ein einziges Geräusch hatte verraten, dass er da war. Und auch keine Bewegung. Und trotzdem stand er da. Direkt vor ihr. Schön, wenn auch unheimlich. Und diese gehetzt und traurig blickenden Augen verschlangen sie mit einem heißen prüfenden Blick. Wenigstens lag kein Hass darin.

Doch als sie ihn nun ansah, überkam sie eine ungewohnte Verletzlichkeit. Plötzlich war sie unsicher, wie sie sich verhalten und was sie sagen sollte, und sie verachtete sich für ihre Schwäche. Woran dachte er wohl, wenn er sie so ansah? Vielleicht an nichts Gutes. Schließlich trauerte er noch immer um seine Menschenfrau. Verteidigte immer noch ihre Ehre.

Ihr, Delilah drohte er nur bei jeder Gelegenheit, sie zu töten.

„Aber du *bist* hier", sagte sie endlich.

Er nickte steif. „Hier bin ich. Ich … habe die Nymphe nicht angerührt."

Die Erleichterung überwältigte sie derart, dass sie hingefallen wäre, wenn sie gestanden hätte. Den Göttern war Dank. Hätte er etwas anderes verkündet, wären Köpfe gerollt. „Als ob mich das interessieren würde“, log sie leichthin.

Offenbar ließ er sich nicht so leicht hereinlegen. „Und ob es dich interessiert! Auch wenn es nicht so sein sollte. Aber ich bin nur wegen deines Halses hier.“

„Du brauchst mich, um zu trinken.“ Die Antwort fühlte sich irgendwie so gar nicht gut an. Er war nicht ihretwegen hier, nicht der Leidenschaft und Befriedigung wegen. Es war eine reine Lebenserhaltungsmaßnahme.

„Das wusstest du doch. Ich habe es dir vorher gesagt. Aber brauchen?“ Er schüttelte den Kopf. „Nein. Ich werde niemals irgendwen brauchen.“

Was bedeutete das?

Obwohl sie die Frage nicht laut gestellt hatte, antwortete er darauf. „Ich will dein Blut. Ich brauche es nicht.“

„Bist du sicher?“

Er ignorierte sie. „Zuerst verrätst du mir mal, warum du so scharf darauf bist, mir zu helfen.“

„Ich weiß es nicht.“

Er musterte sie. Vermutlich nahm er Details wahr, die sie eigentlich lieber für sich behalten hätte. Wie sehr sie ihn immer noch wollte, wie sehr sie sich wünschte, dass es anders wäre. „Du weißt nichts von mir“, sagte er.

Sie wusste, dass er stark, loyal und einfallsreich war. Nett, wenn er es wollte, sinnlich, auch wenn er es nicht wollte. Sie wusste, dass seine Küsse süchtig machten und dass sein Körper ein lebendes Kunstobjekt war.

„Und ich weiß nichts von dir“, sprach er weiter und kam auf sie zu.

Ein Zittern lief ihre Wirbelsäule hinab. Nah, so nah. Sie brauchte bloß die Hand auszustrecken und könnte ihn berühren, doch sie tat es nicht. Stattdessen wandte sie sich wieder dem Wasser zu und spielte mit einer Haarsträhne. „Nein, das tust du nicht." Wollte er das überhaupt? Sie hoffte es, aber sie konnte sich nicht sicher sein.

Noch ein Schritt, und seine Knie streiften ihre Schultern. An den beiden Stellen, an denen sie Körperkontakt zu ihm hatte, kribbelte ihre Haut.

„Was hier passiert, kann nur schlecht ausgehen." Furchtbare Worte, und doch schwang Hunger in seinem Ton mit, berauschte sie und befeuerte ihren eigenen Appetit.

Sexuelles Verlangen war nichts Neues für sie. Wie oft hatte sie nachts schon wach gelegen, schwitzend, keuchend, scharf und voller Wünsche? Unzählige Male. Und wie oft hatte sie schon von einem Mann geträumt, der sie liebte? Ebenfalls unzählige Male. Dieser Mann liebte sie nicht, aber er war stark und schön, als wären ihre geheimen Fantasien zu prickelndem Leben erwacht.

Vergessen war ihr Stolz. Vergessen war ihr Schutzinstinkt. Bei einem derart starken Verlangen war kein Raum für irgendetwas anderes. Alles wurde vom Feuer aufgefressen, und was blieb, war Asche. Sie war ihm ausgeliefert.

Schwach, du bist so schwach. Es war die gleiche Art von Schwäche, die sie bei anderen immer verachtet hatte. Und weshalb? Wegen eines Mannes. Eines Mannes, der sich durchaus einreden könnte, dass sie jemand anderes sei, während er ihr Blut trank. „Wenn deine Frau noch am Leben wäre ..." Sie spürte, wie er verkrampfte, und zwang sich, nicht weiterzusprechen.

„Wie kannst du es wagen, sie zu erwähnen?", knurrte er leise. „Woher weißt du überhaupt von ihr? Wer hat es dir erzählt? Ich werde ihm mit meinen Zähnen die Kehle zerbeißen." Die hässliche Drohung blieb zwischen ihnen in der Luft hängen. „Ich hätte nicht herkommen sollen."

„Warte." *Ich bin erbärmlich.* Und trotzdem mischte sich ein klein wenig Wut unter ihr Verlangen – Wut und Eifersucht. Ein Teil von ihr hasste diese Frau aus voller Seele. Er gehört mir, schrie eine Stimme in ihrem Kopf. *Mir allein.* „Wo du schon mal hier bist – bleib."

Er legte ihr die Hände auf die Schultern und drückte zu. Kalt, wie er war, hatte sie damit gerechnet, eisige Schauer zu spüren. Stattdessen brannte sie umso heißer. „Woran hast du gedacht? Vorher?“, fragte er.

„Das geht dich nichts an“, erwiderte sie und wurde – Götter, wie demütigend! – rot. Wenn er es wüsste, würde er sie zurückweisen. Vielleicht sogar versuchen, sie zu töten – so wie er es angekündigt hatte.

„Deine Hände sind geballt, als würdest du dich auf einen Kampf vorbereiten.“

„Und das macht dir Angst?“

Er schnaubte, und sie konnte in dem Geräusch beinahe ein Lächeln ausmachen.

In ihrer Brust stach es merkwürdig. Sie wollte dieses Lächeln so gerne sehen, dass es sie überraschte. „Es gibt Leute, die Angst vor mir haben, ob du es glaubst oder nicht.“

„Da bin ich mir sicher.“

Sie täuschte eine Gleichgültigkeit vor, die sie nicht fühlte, und lehnte sich gegen seine Beine. Statt zurückzuweichen, stützte er sie. Sie griff nach hinten und streichelte ihm sanft die Waden – fuhr mit den Händen hinauf und wieder herunter. Ihre Handflächen brannten, als sie die Finger um seine Knöchel schloss.

Ohne jede Vorwarnung riss sie ihm die Füße weg.

Sie hatte ihn eiskalt erwischt, und so krachte er ungebremst auf den Boden. Die Luft wich ihm aus der Lunge, und er konnte einige Sekunden lang nicht atmen. Sie sprang auf, wirbelte herum und stürzte sich auf ihn. Bevor er aufstehen konnte, saß sie mit gespreizten Beinen auf seiner Brust.

„Was wolltest du gerade sagen, Vampir?“

In seinen blauen Augen blitzte ganz kurz Bewunderung auf, verschwand jedoch sogleich wieder. „Nettes Manöver. Das magst du offenbar besonders gern.“ Kein Lächeln, leider, aber sie konnte trotzdem die Belustigung in seiner Stimme hören.

„Danke. Und ja, ich bevorzuge diesen Griff.“

Langsam stützte er sich auf seine Ellbogen. Sie strich sich die Haare über eine Schulter, sodass ihr Hals frei lag, und legte den Kopf schief. „Komm. Ich bin es leid zu warten, dass du endlich anfängst. Lass uns die Sache hinter uns bringen."

Er schüttelte den Kopf. „Ich werde dich nicht dort beißen." Obwohl er die Einschränkung äußerte, blickte er auf ihren Hals und leckte sich hungrig über die Lippen. „Sonst sehen deine Teamkameraden die Wunde, und es wird ihnen nicht gefallen, dass du mit mir zusammen warst." Seine Stimme klang belegt, und er sprach undeutlich, fast so, als hätte er zu viel Wein getrunken.

„Wo dann?"

Sogleich richtete er den Blick auf die Innenseite ihres Oberschenkels.

Noch ein Zittern durchrieselte sie.

„Gefällt dir der Gedanke, meinen Mund dort zu spüren?", flüsterte er. Aber noch bevor sie antworten konnte, schüttelte er nochmals den Kopf. Ärger blitzte in seinen Augen. „Egal. Antworte nicht. Ich stelle fest, dass ich meinen Männern ähnlicher bin, als ich dachte. Ich will gar nicht hören, was du dir wünschst."

Sie antwortete trotzdem, weil sie nicht zulassen wollte, dass er sie auf eine Sache reduzierte; auf einen Gegenstand ohne Gefühle. Wenn sein Mund sie berührte, würde er an sie denken und an niemanden sonst. Er würde wissen, dass sie scharf auf ihn war und bereit. „Ja. Ich liebe den Gedanken. Träume davon. Sehne mich danach."

Seine Pupillen weiteten sich, und er atmete schwer ein. Sie konnte seinen schnellen Herzschlag an ihrem Oberschenkel spüren. Einen Wimpernschlag später lag sie auf dem Rücken, und er ragte über ihr auf. Seine weißen Haare fielen wie ein Vorhang herab und streiften ihre Wangen.

„Mal sehen, ob er dir danach immer noch gefällt."

„Hast du vor, mir absichtlich wehzutun?" Sein Duft

wehte zu ihr herüber. Darin lag eine Kraft, würzig und maskulin. Sie atmete tief ein, genoss den Geruch. Ihre Oberkörper berührten sich, Männlichkeit traf auf Weiblichkeit. Sofort richteten sich ihre Brustwarzen auf. Sie brauchten den Kontakt.

„Spreiz die Beine", befahl er knapp, ohne auf ihre Frage einzugehen.

Obwohl sie einst behauptet hatte, dass sie ihm niemals gehorchen würde, kam sie seiner Aufforderung unwillkürlich nach. Ihr Blut war so heiß, dass es ihre Knochen bereits verflüssigt hatte.

Sie spürte, wie er mehr von seinem Körpergewicht auf sie verlagerte.

Warmes Wasser plätscherte um ihre Füße, stieg höher und höher, ihre Beine hinauf, zur Taille, den Schultern, als ob es sie streicheln wollte. Es packte ein paar ihrer Haarsträhnen und nahm sie bei seinen Bewegungen mit wie feine Bänder, die sanft gegen ihre empfindliche Haut schlugen.

„Ich habe dich gewarnt. Habe dir gesagt, du sollst dich von mir fernhalten. Aber du bist hier." Layel bewegte sich rückwärts, bis er vor ihr kniete. Er sah auf sie hinab. Sein Gesicht war jetzt undurchdringlich. Der Rest von ihm … In jedem angespannten Muskel lag aufgestaute Kraft. Ihr Bauch bebte. „Ich bin hier. Delilah. Ich gehöre dir." Für diesen Moment. Der Gedanke machte sie traurig.

Seine Nasenflügel zitterten. Die Hände mit ausgefahrenen Krallen hielt er locker an der Seite. Sie stellte sich diese Krallen auf ihrem Körper vor, wie sie sie kratzten. Ein bisschen stachen. Dann würde er den Schmerz natürlich mit einer schnellen Bewegung seiner Zunge weglecken. Sie würde um mehr betteln, und er würde sich auf die Stelle zwischen ihren Beinen konzentrieren, sie dort berühren … O Götter! Sie zitterte und wurde ganz feucht.

Er gab einen animalischen Laut von sich. Raubtier durch und

durch. „Sag mir die Wahrheit. Keine Lügen. Wurdest du schon mal von einem Vampir gebissen?“

„Ja. Und es war nicht schön.“

Er legte ihr die Hände auf die Hüfte und drückte zu. Aus Eifersucht, weil er nicht ihr erster Biss wäre? „Dann bist du also nicht süchtig nach unserer … Fürsorge.“

„Wohl kaum.“

„Du sagst das so, als wäre es unmöglich – aber ich versichere dir: Wenn wir es richtig machen, kann es durchaus schön sein. Allerdings frage ich mich, warum du es zulässt, dass ich dich hier und jetzt beiße, wenn du es so verabscheust?“

Irgendwie strahlte er mehr von dieser köstlichen Hitze aus. Sie umhüllte sie auf gefährliche Art, räumte alle Hindernisse aus dem Weg und hinterließ nur … eine Frau. Die Kriegerin in Delilah hatte sich schon längst verabschiedet. Ob Layel sie richtig beißen würde? Es angenehm für sie machen würde?

„Nun?“, drängte er.

„Aus Neugier“, erwiderte sie und gab ihm damit die gleiche Antwort, die sie auch sich selbst gegeben hatte.

„Ich denke nicht.“

„Das sagt mir nur, dass du weniger denken solltest.“ Sie wollte ihm nicht die Wahrheit sagen – dass sie den Gedanken nicht ertragen konnte, dass er zu jemand anderem gehen könnte. Besitzgier war für sie genauso neu wie dieses alles verschlingende Bedürfnis.

„Willst du meine Zähne in dir spüren oder nicht?“

„Reden solltest du auch weniger.“

„Wahrscheinlich“, sagte er, ohne sich jedoch auf sie zuzubewegen.

Unschlüssigkeit lag auf seinem Gesicht. Der erste Hinweis auf ein Gefühl, seitdem er sie überwältigt hatte. Aufgrund ihrer Kampferfahrung vermutete sie, dass er sich aus der Sache herausreden wollte. Vermutlich hoffte er, ihre Antworten auf seine Fragen würden ihm dabei helfen.

Er würde sie nicht einfach hier zurücklassen, nicht, nachdem sie sich derart erniedrigt hatte. So etwas hatte sie noch nie für jemanden getan, nicht mal für ihre Schwestern. Oder für Vorik. „Wenn du mich nicht innerhalb der nächsten drei Sekunden beißt, Vampir, werde ich aufstehen. Ich werde dich hier allein zurücklassen, und nichts, nicht mal die Neugier, wird mich wieder hierher zurückbringen."

Er packte ihre Schultern und drückte sie auf den Boden. Aber weiter näherte er sich ihr nicht. „Sprich keine Drohungen aus, die du nicht zu halten beabsichtigst. Sie verleihen deinem Feind einen Vorteil über dich."

„Eins."

Er schüttelte sie sanft. „Du wirst mich weder manipulieren noch hetzen. Verstanden?"

„Zwei."

„Sieh dich doch an." Langsam ließ er die Hände über ihren Körper gleiten, bis zu den Brüsten. Er knetete sie. Keuchend fiel sie nach hinten und schloss die Beine, so heftig war auf einmal das Verlangen, das dort pulsierte. „Zähl ruhig weiter."

Sie biss die Zähne aufeinander. „Drei."

Sie machte Anstalten aufzustehen. Er drückte sie fest nach unten. Eine Welle der Wut durchflutete sie, und sie bäumte die Hüfte auf, wodurch sie ihn ein bisschen abschüttelte. Irgendwie gelang es ihr, ein Bein zwischen sich und ihn zu bringen. Dann trat sie zu. Ihre Kraft schien ihn zu überraschen, denn er flog nach hinten und landete auf dem Rücken.

Im nächsten Augenblick war sie auf den Füßen. Die Hälfte ihrer Haare war nass, und das Wasser tropfte ihr kalt den Rücken hinab, ohne jedoch die Hitze ihrer Wut und der immer präsenten Erregung zu kühlen. „Wir sind fertig miteinander. Ich habe ..."

Sie sah nicht, wie er sich bewegte.

In einem Moment lag er noch auf dem Rücken, im nächsten hockte er vor ihr und zog ihr die Füße weg. Nun war *sie* diejenige, die zu Boden stürzte und hart aufschlug. Eine ganze Weile konnte sie weder atmen noch denken, sondern hatte das Gefühl, Wolken würden durch ihren Kopf ziehen.

Doch ihr blieb keine Zeit, sich davon zu erholen. Ohne Vorwarnung versenkte Layel seine scharfen Zähne in ihrem Oberschenkel. Er zuckte und stöhnte, als er ihre Haut durchstieß. Sie schrie auf und ließ sich fallen, krallte die Hände in sein Haar – weich, seidig. Nicht um ihn wegzustoßen, sondern um ihn näher an sich zu ziehen.

Er machte es richtig.

Er trank und trank und trank. Ihre gesamte Existenz war auf seinen Mund zentriert.

„Layel", hörte sie sich singen. Ein Gebet? Ein Flehen?

O Götter. So gut. So verdammt gut. Ihr war, als würde Ambrosia aus seinen Zähnen in ihren Körper fließen, sie heißmachen und ihre Synapsen bis zum Höhepunkt streicheln.

„Sollte nicht … so sein … so … himmlisch. Himmel." Er leckte mit der Zunge über ihre Haut, während er weitersaugte.

Sie bog den Rücken durch und wand sich, warf den Kopf hin und her. „Mehr. Nimm dir mehr." Sie legte ihm das Bein, das gerade weniger Aufmerksamkeit bekam, um die Schulter, fuhr damit an seinem Rücken hinab. Er packte sie wieder an der Hüfte, und dieses Mal bohrte er ihr die Nägel tief in die Haut. Es war ihr egal. Sie genoss es sogar. Seine Leidenschaft war genauso wild wie ihre.

„Ich will nicht … darf nicht … zu viel … nehmen."

„Nimm dir mehr."

„Nicht gut." Er saugte noch ein letztes Mal kräftig. Dann zog er die Zähne heraus.

Sie stöhnte enttäuscht auf und begriff, dass sie sich von ihm hätte aussaugen lassen. Sie hätte alles getan, um diesen süßen Schmerz der Lust noch länger zu spüren. Ihre Beine waren schlapp und schwer. Sie keuchte. Was auch immer sie so berauscht hatte, es befand sich immer noch in ihrer Blutbahn. „Ich sagte … nimm dir mehr."

Er leckte sich die Lippen und schloss mit einem Ausdruck absoluter Ekstase die Augen. „Noch mehr, und du wärst über Stunden nicht in der Lage gewesen, aufzustehen."

„Interessiert mich nicht."

„Sollte es aber."

O Götter. Sie schwebte. Sie brauchte es jetzt. Dringend! Sie konnte nicht aufhören, die Hüfte zu bewegen. Unaufhörlich bewegte sie sich hoch und runter, von links nach rechts – auf der Suche nach Vollendung. „Dann deine Finger." Wenn er sie nicht endlich berührte … Verdammt! Ihre Erregung war viel zu stark, um sie kontrollieren oder vergessen zu können. „Berühr mich. Bitte."

Eine lange, angespannte Pause. „Nein."

Sie griff nach ihren Brüsten und massierte sie so, wie er es zuvor getan hatte. Ihre Nippel pochten nur noch stärker, wollten *seine* Hände spüren. Ein Seufzen entschlüpfte ihrem Mund. Normalerweise hätte sie sich dafür gehasst, so ein Geräusch zu machen, aber jetzt, in diesem Augenblick, hatte die Leidenschaft sie voll und ganz im Griff.

Sie war es gewohnt, sich zu nehmen, was sie brauchte und wann sie es brauchte. Und jetzt brauchte sie Erlösung. Würde sterben, wenn sie sie nicht bekäme. „Berühr mich!"

„Nein!"

„Aber ich brauche es."

„Tut mir leid", erwiderte er, und wieder klang er betrunken. Sein heißer Blick wich nicht von ihrem feuchten Zentrum. „Hat dich jemals ein Mann dort probiert? Seine Zunge tief in dich hineingesteckt?"

In meinen Träumen hast du *das gemacht.* „Ein Mann? Nein." Vorik hatte sie innerhalb weniger Sekunden ausgezogen und war in sie eingedrungen. Und von da an hatte er nichts anderes gemacht, als in sie zu stoßen.

In seinen Augen flackerte etwas. „Eine Frau?“

„Nein. Träume …“ Sie streckte ihm die Hüfte entgegen. „Berühr mich.“

„Hat es dir gefallen? In deinen Träumen?“

„Ja.“ Und wie. Aber sie wollte mehr, wollte es in Wirklichkeit erleben. Viele Amazonen hatten ihr davon vorgeschwärmt. Jetzt bin ich dran, dachte sie. „Ich brauche dich. Bitte.“

„Nur mich? Oder wäre dir auch jeder andere gut genug?“

Sie nahm eine Spur von Eifersucht wahr. Vielleicht sogar – sollte sie es zu hoffen wagen? – Besitzgier. „Dich. Nur dich.“ Mit den Händen fuhr sie an ihrem Bauch hinab, und ihr Nabel bebte. Sie schob die Finger unter dem Bündchen ihres Lederrocks hindurch und hielt kurz vor der Stelle, an der sie berührt werden musste, inne. Biss sich auf die Unterlippe. Würde er es tun?

Mit einem Stöhnen schob er ihre Hände zur Seite und ersetzte sie durch seine eigenen, indem er sich einen Weg unter den Stoff bahnte. Mit zwei Fingern drang er in sie ein. Dabei hielt er die Augen geschlossen, als ob er alles an ihr in sich aufnehmen wollte.

„Ja, ja!“

Mit dem Daumen massierte er ihre Perle. „Du bist so eng. Hattest du schon mal einen Mann, Delilah?“

Delilah. Er hatte ihren Namen gesagt. Er war mit ihr hier, stellte sich nicht vor, dass sie eine andere Frau wäre. Sie wäre fast gekommen.

Ihr Blick fiel auf seine große Erektion, die sich stolz gegen seine Hose presste. Sie musste ihn berühren, musste die Schwanzspitze lecken, die aus dem Hosenbund lugte, musste den Samen schmecken, der dort glitzerte.

„Du?“, fragte sie in der Hoffnung, der Sarkasmus würde darüber hinwegtäuschen, wie viel Macht er in diesem Moment über sie besaß.

Seine Mundwinkel zuckten. „Wie viele hattest du?“

„Einen“, gab sie schließlich zu.

„Ich denke, ich hasse ihn.“

Wie süß von ihm, so etwas zu sagen. Sie erlaubte sich nicht, darüber nachzudenken, dass Layel den Mann wahrhaftig hassen würde, wenn er erführe, dass sie sich einem Drachen hingegeben hatte. Vielleicht würde er sie dann ebenfalls hassen. Noch mehr als ohnehin schon.

„Hast du ihn geliebt?“

„Ich dachte, ja. Nein, stimmt nicht. Ich dachte, ich könnte ihn lieben.“ Wie könnte sie nur das Thema „seine Frau“ anschneiden, ohne ihn wieder zu verärgern? „Aber du hast schon mal geliebt.“

Er nickte. „Ja. Vor zweihundert Jahren. Sie war mein Ein und Alles.“ Während er sprach, fiel alle Trunkenheit von ihm ab. Zwar war sein Gesicht noch immer gerötet, aber nicht mehr sanft. Jeder Zentimeter seines Körpers verkrampfte sich. Er sprang auf und von ihr weg, als ob sie giftig wäre. „*Ist* mein Ein und Alles. Noch immer.“

Er sprach die Worte, während ihr Saft noch an seinen Fingern glänzte.

Ihre eigene Besitzgier erwachte zu neuem Leben, während ihre Erregung langsam abklang. „Sie ist tot.“

Obwohl er gerade erst getrunken hatte, ragten seine Eckzähne über seine Unterlippe, die noch immer blutverschmiert war – von *ihrem* Blut. „Du wirst nicht von ihr sprechen. Niemals.“

„Und wenn ich es doch mache?“, fragte sie herausfordernd und sprang auf. Beinahe hätten ihre weichen Knie nachgegeben. Doch irgendwie gelang es ihr, stehen zu bleiben.

„Bislang war ich freundlich zu dir. Zwing mich nicht, daran etwas zu ändern.“

„Freundlich?“ Sie lachte verbittert. „Du hast mich bei jeder Gelegenheit verletzt.“

Er wurde rot. Vor Scham? Reue? „Wenn du noch ein Mal

von ihr sprichst, werde ich nicht nur dich töten, sondern deine gesamte Rasse vernichten."

Delilah war alles andere als eingeschüchtert und weigerte sich, nachzugeben. Der Mann hatte zweihundert Jahre lang getrauert. Vielleicht wünschte er sich, er wäre mit seiner Frau gestorben, aber das war er nun mal nicht. Und wie Delilah es sah, war es höchste Zeit, dass er wieder anfing zu leben. „So, wie du es mit den Drachen gemacht hast?"

Einen Sekundenbruchteil später stand er so dicht vor ihr, dass sie seinen Atem an Nase und Mund spüren konnte. Trotz allem verspürte sie das Bedürfnis, ihn an sich zu ziehen, ihm die Zunge in den Mund zu schieben und ihn zu schmecken. Vielleicht würde *sie* ihn sogar beißen, so heiß war ihr Verlangen.

„Du hast keine Ahnung, wovon du sprichst, also halt den Mund. Ich habe nicht gelogen. Ich habe nicht übertrieben. Jede von euch, sogar die kleine Königin, von der du so liebevoll erzählt hast, wird durch meine Hand sterben."

Wut und Unglaube kämpften in ihr um die Oberhand. „Mein Blut fließt noch durch deinen Körper, und du wagst es, mich und alle, die ich liebe, zu bedrohen? Das ist schwach, selbst für dich."

Das elektrische Funkeln in seinen Augen erstarb. „Ich bin ein König. Ich tue, was immer ich wünsche und wann immer ich es wünsche."

Genau das, was sie selbst vorhin gedacht hatte, aber es gefiel ihr nicht, es aus seinem Mund zu hören. „Selbst ein König kann versklavt werden."

„Dann hoffst du also, mich zum Sklaven zu machen, ja? Jetzt ist die Wahrheit ans Licht gekommen. Eine Amazone durch und durch. Gib dem Vampir dein Blut, und warte, bis er um mehr bettelt. Ist es das?"

„So ist es nicht …"

Er schnitt ihr mit einem leisen Knurren das Wort ab. „Sei dir darüber im Klaren, dass ich dich niemals um etwas anbetteln werde, Amazone."

Endlich erlaubte sie sich, näher zu ihm hinüberzugehen. Doch weder berührte sie ihn noch küsste sie ihn. „Das hast du auch gesagt, als es darum ging, von mir zu trinken. Wie habe ich eigentlich geschmeckt?“ In den letzten Worten schwang eine Selbstgefälligkeit mit, die sie nur zu gern gefühlt hätte.

Er kniff die Augen zu zwei schmalen Schlitzen zusammen. „Ich denke, es wird das Beste sein, wenn wir einander aus dem Weg gehen. So, wie ich es schon die ganze Zeit vorgeschlagen habe.“

„Ich wollte gerade dasselbe sagen …“ Ihre Knie gaben nach. Sie fiel zu Boden. Ihr Kopf schien gen Himmel zu fliegen, und hinter ihren Schläfen pochte ein grässlicher Schmerz. Stöhnend massierte sie sie. Was um Hades willen war gerade passiert?

Layel fluchte leise, nahm sie in den Arm und hob sie hoch.

„Lass mich los“, brachte sie irgendwie hervor, aber es klang atemlos und gebrochen.

„Du willst nicht, dass ich dich loslasse, Delilah.“

Eine beschämende Wahrheit. „Was ist los mit mir?“

„Ich habe wohl zu viel getrunken.“ Vielleicht fügte er hinzu: „Ich habe noch nie etwas so Gutes probiert“, aber sie war sich nicht sicher. Die Worte glichen eher einem Brummen.

„Mistkerl. Ich bin noch nie gestürzt.“ Und dass es ihr jetzt passiert war, passte ihr so gar nicht. Und dann auch noch vor den Augen dieses Mannes. Und auch wenn es ihr schon gefiel, von ihm getragen zu werden, konnte sie nicht vergessen, welch abscheuliche Dinge er zu ihr gesagt hatte. „Lass mich runter. Sofort!“

„Ob du schon mal gestürzt bist oder nicht – wenn ich dich runterlasse, wird dir genau das passieren. Noch einmal.“

„Dieses Risiko nehme ich gerne in Kauf.“

Er setzte zuerst ihre Beine ab, und sie bereute ihre Forderung augenblicklich. Als eine kühle Brise die untere Hälfte ihres Körpers streichelte, merkte sie, wie warm er sie gehalten hatte. Trotzdem. Sie stellte die Füße auf den festen Untergrund und drückte die Knie durch. Sie war fest entschlossen, um jeden Preis stehen zu bleiben.

In dem Moment ließ Layel sie ganz los – allerdings konnte er sich ein missbilligendes Schnalzen mit der Zunge nicht verkneifen.

Sie glitt nach vorn wie eine Welle im Ozean und war nicht in der Lage, sich zu halten. Wortlos schlang er die Arme um sie und hielt sie fest. Hielt sie einfach nur fest. Als sie das starke Klopfen seines Herzens hörte, entspannte sie sich. Versuchte nicht, sich loszureißen. Hörte einfach nur zu. Ganz langsam und zärtlich streichelte er ihr über den Rücken.

Sie hatte damit gerechnet, dass er sie wegstoßen würde. Oder dass er sie zumindest darauf hinweisen würde, dass er es ihr doch gesagt hatte. Doch er tat keins von beidem … Ob sie diesen Mann jemals verstehen würde?

Seine Umarmung wurde fester, so fest, dass er ihr fast die Luft aus der Lunge presste. Sie beschwerte sich nicht. Es gefiel ihr. Sie fühlte sich sicher. Der Mann, der sie gerade festhielt, war nicht derselbe Mann, der sie beleidigt hatte.

„Du verwirrst mich“, sagte sie leise.

„Ich weiß. Ich verwirre mich selbst.“ Sie spürte seinen Atem auf dem Kopf, bevor er das Kinn darauf ablegte. „Ich denke immer noch, dass es klug wäre, auf Abstand zu gehen.“

„Ich …“ *Will, dass du mich küsst. Ich will, dass du mich vergessen machst, worüber wir gestritten haben. Überzeug mich davon, dass es ein Morgen für uns gibt.* „Wahrscheinlich hast du recht.“

„Sieh mal einer an“, ertönte eine Stimme hinter ihnen. „Ist das nicht hübsch?“

13. Kapitel

Layel hatte sein Verlangen noch nicht ganz unter Kontrolle, als die Stimme des Drachen in seine Gedanken drang. *Das ist eigentlich etwas Gutes.*

Delilah versteifte sich in seinen Armen.

Delilah … ihr Blut war der Nektar der Götter. Ein Schluck, und er war gen Himmel geschwebt. Ein Schluck, und er hatte mehr sexuelle Ekstase erfahren als bei sämtlichen Liebesabenteuern seines gesamten Lebens. *Ich hätte sie nicht kosten dürfen.* Er hatte erwartet, sie gewöhnlich zu finden und auf eine Mahlzeit reduzieren zu können.

Er hatte sich geirrt.

Jetzt kannte er die Wahrheit. Jetzt wusste er, dass nichts mit ihr zu vergleichen war. Kein voller reifer Wein, keine Ambrosia.

Langsam senkte er die Hände und drehte sich um. Überrascht stellte er fest, wie erleichtert er war, die zwei Drachen vor sich zu sehen. Überrascht, dass die beiden Krieger wie Verbündete nebeneinanderstanden, während sich die restlichen Rassen dank des grausamen Spiels der Götter fast alle voneinander abgewandt hatten. Einen Moment länger, und er hätte womöglich etwas Unwiderrufliches getan. *Als ob du das nicht längst getan hast!* Dann eben etwas … Zärtliches.

Götter, diese Frau forderte ihn heraus. Machte ihn wütend, zog ihn an. Quälte ihn. Schnitt ihn auf und machte ihn schutzlos. Sie hatte schon mal einen Liebhaber gehabt, hatte den Dreckskerl in ihrem süßen Körper willkommen geheißen, und er verabscheute diesen Mann aus vollem Herzen. *Kein guter Zeitpunkt für solche Gedanken.*

Er musterte seine neuen Gegner. Ein Blick in ihre goldenen Augen entfachte jedes Fünkchen Hass, das in ihm verborgen lag. Schon besser. Das Gefühl war ein permanenter Teil von ihm. Es war mit seinen Knochen verschmolzen und floss durch seine Blutbahn. Und dennoch verspürte er an diesem Abend keinerlei Drang, anzugreifen oder zu töten. Warum nicht?

Delilah konnte die Wunden, die in seinem Innern klafften, nicht heilen. Da war er sich absolut sicher. Dafür gab es kein Heilmittel. Einige Verletzungen verursachten irreparable Schäden. Da ließ sich nichts wieder zusammenflicken. Ihretwegen würde er nichts vergessen; er könnte niemals vergessen. Vielleicht war es dieses seltsame Gefühl der Erleichterung, das ihn am Boden festnagelte und seine Wut dämpfte. Die Drachen hatten ihn davor bewahrt, eine Dummheit zu begehen.

„Mehr", hatte Delilah erst vor kurzer Zeit gestöhnt, und er war kurz davor gewesen, es ihr zu geben. War kurz davor gewesen, ihr alles zu geben. Sex, Versprechen ... für immer. War immer noch kurz davor. Götter, er hielt sie nicht mehr in seinen Armen, und trotzdem konnte er ihren weichen Körper noch spüren. Schlimmer noch: Das widerwärtige Gefühl von Zärtlichkeit klang noch in ihm nach. Zärtlichkeit für sie.

Ihm fiel auf, dass seit mehreren Sekunden – oder Minuten? – niemand ein Wort gesprochen hatte. Sie alle standen schweigend da. Layel wusste, warum er schwieg: Er hatte sich in seinen Gedanken verloren. Aber warum schwiegen die anderen?

„Wie nett von euch, uns Gesellschaft zu leisten", sagte er mit weicher Stimme, um die Stille zu durchbrechen.

Brand und Tagart blinzelten ihn beide an, als könnten sie nicht glauben, was er gerade gesagt hatte. Aber sie entspannten sich nicht, da sie eindeutig noch immer damit rechneten, dass er sie angriff. Beide hielten ihre Hände über den hölzernen Griffen ihrer Dolche.

„Hat er dir wehgetan?", fragte Brand. Obwohl seine Worte an Delilah gerichtet waren, nahm er den Blick aus zusammengekniffenen und bedrohlich dreinschauenden Augen für keinen Augenblick von Layel.

Layel war unsicher, welche Antwort er von der Amazone erwartete – oder welche er sich von ihr erhoffte. Ein Teil von ihm wollte hören, wie die Frau, deren Blut nun in seinen Adern floss, ihn lobte und zu ihm stand. Sie zwei gegen den Rest der Welt, vereint, zwei Hälften desselben Ganzen.

Der andere Teil in ihm verlangte danach, sie sagen zu hören, dass er ihr durchaus wehgetan hatte. Damit könnte er später, wenn er mit seiner Schmach allein wäre, besser umgehen. Dann könnte er sich vielleicht einreden, dass er sie nicht geküsst hatte, weil er sich nach ihr mehr verzehrte als nach der Rache; dass er sie in diesem schrecklich wunderbaren Moment nicht genauso liebevoll behandelt hatte wie einst Susan.

Wenn er sich doch nur davon überzeugen könnte! Wenn nämlich Susan von den Toten auferstanden wäre, wenn sie ihn und die Amazone ertappt hätte, wäre Layel nicht sicher gewesen, ob er sich von Delilah hätte losreißen können. Er hätte es nicht bereut, sie in seinen Armen zu halten. Und auch nicht, dass er zuvor an ihrem Oberschenkel gesaugt hatte.

Er fühlte sich gespalten. Wie zwei verschiedene Wesen, die in unterschiedliche Richtungen gezogen wurden. Nur leider hatten beide Wesen eine Sache gemeinsam: Beide hassten ihn. Er beschloss, der Insel die Schuld zu geben. Sie hetzte nicht nur Bruder gegen Bruder auf. Sie teilte auch ihn in zwei Hälften, verwirrte ihn, brachte ihn dazu, Krieg gegen sich selbst zu führen.

„Mir geht's gut“, antwortete Delilah dem Drachen schließlich. „Kein Grund, sich Sorgen zu machen.“

Du bist enttäuscht.

„Wir haben so viel Geschrei gehört …“

„Mir geht's gut“, wiederholte sie eindringlich, und ihre Wangen röteten sich.

„Genau wie mir“, sagte Layel, obwohl er große Zweifel daran hatte, dass sich die Drachen dafür interessierten.

Tagart lehnte sich mit den Schultern gegen einen Baumstamm, eine trügerisch lässige Pose. „Diese Unterhaltung haben wir schon einmal geführt, nicht wahr?“

Ohne ein Wort oder einen Blick entfernte Delilah sich von Layel und ging zu den Drachen hinüber. Zu meinen Feinden, rief er sich in Erinnerung. Ein Knurren stieg in seiner Kehle hoch, doch er schluckte es schnell herunter. Es gefiel ihm nicht, sie in ihrer Nähe zu sehen, wollte sie einfach nur zu sich zurückziehen, sie festhalten und beschützen. *So ist es am besten.*

„Bevor ihr noch eine Frage stellt“, fuhr sie ungerührt fort, „solltet ihr euch klarmachen, dass ich keinem von euch beiden Rechenschaft schulde.“

„Ach nein?“, fragte Tagart leise und doch wild.

Layel sah zwischen den beiden hin und her. Wieder wurden Delilahs Wangen rot, aber diesmal schien Schuldgefühl der Grund dafür. Schuldgefühl? Er wusste, dass sie eine Partnerschaft mit dem Drachen eingegangen war, aber war nicht davon ausgegangen, dass es zwischen den beiden Gefühle gab. Waren sie … ?War es möglich, dass sie …? Layel wollte nicht darüber nachdenken, konnte aber nicht verhindern, dass die Frage durch seinen Kopf wanderte. *Was, wenn sie zusammenarbeiteten, um mich zu vernichten?*

„Bringt mich zurück zum Camp“, forderte Delilah die Drachen auf.

Layel ballte die Fäuste. Delilah machte sich mehr und mehr verdächtig. Warum bat sie *die beiden* darum, sie zu begleiten? Warum nicht ihn? Weil sie tatsächlich etwas für Tagart empfindet, gab er sich in Gedanken selbst die Antwort. *… und will, dass er in Sicherheit ist.*

Sie ist unwichtig. Sie bedeutet dir nichts. Ihr Blut und ihr Geschmack und ihre Kraft und ihre Anmut und ihr weicher, warmer Körper, ihr weiches, warmes Stöhnen bedeuteten nichts.

Sein Blick bohrte sich in ihren Rücken. Ihre Wirbelsäule war elegant geschwungen, ihre Oberschenkel waren kraftvoll – an der Innenseite klebten winzige getrocknete Blutstropfen –, und ihre Füße verschwanden genau an der Stelle im Wasser, wo er von ihr getrunken hatte. An der Stelle, wo sie sich gewunden, wo sie gestöhnt und seine Haare gepackt hatte.

Ihre heiße Leidenschaft war echt gewesen. Ob sie sich um Tagarts Wohlergehen sorgte oder nicht, sie *hatte* Layel begehrt. Vielleicht hatte sie ebenfalls das Gefühl, gespalten zu sein.

Plötzlich schwankte sie, sodass sie einen Ausfallschritt machen musste, um das Gleichgewicht zu halten. „Kommt, Drachen. Lasst uns zum Lager zurückgehen. Ich habe Hunger." Sie klang verängstigt und ungeduldig.

Layels Blick verfinsterte sich. Wo war die selbstbewusste Frau, die ihn um mehr angefleht hatte? *Geschwächt, und zwar deinetwegen.* Auf einmal wurde ihm bewusst, was er an dieser ganzen Sache besonders furchtbar fand: Das Schlimmste war, dass er zu viel von ihrem Blut genommen und sie zu dem hier gemacht hatte. Er war keinen Deut besser als Zane, dem er genau zu diesem Thema gerade erst eine ordentliche Lektion erteilt hatte. Die Delilah, die er kannte, wäre einfach davongestapft, und es wäre ihr egal gewesen, wer ihr folgte und wer nicht.

So gut kennst du sie also, ja?

Sein Blick wurde schwarz wie die Nacht.

„Also?", fuhr sie die Drachen an. Wieder schwankte sie.

Layel konnte sich gerade noch davon abhalten, sie zu stützen.

Tagart ärgerte sich sichtlich über ihren Ton. Brand wirkte, als ob er sich ein Grinsen verkneifen müsste.

„Wenn ihr eure inneren Organe behalten wollt, schlage ich vor, dass ihr sie jetzt zum Lager begleitet", sagte Layel. *Du vertraust sie den Drachen an, damit* sie *für ihre Sicherheit sorgen?* In ihrem Zustand wäre sie nicht in der Lage, sich zu verteidigen.

Bitte sie, zu bleiben.

Nein. Nein! *Wer bist du? Was für ein Mann ist aus dir geworden?* Susans Mann würde sich so nicht verhalten. Für ihn stünde es an erster Stelle, andere zu beschützen. Er würde die Sicherheit einer Frau über seine eigenen Bedürfnisse stellen.

Brand sah ihn stechend an. Seine Belustigung war verflogen. „Ich bezweifle, dass du dich um meine Organe sorgst, Vampir."

„Du ärgerst die Amazone, und das ist riskant. Und wenn sie dir die Organe herausschneidet, was soll ich dann später essen, hm?"

Wut flackerte in den goldenen Augen des Drachen auf, und dennoch war es nicht Brand, der nach vorn trat und ihn herausforderte. Es war Tagart – mit erhobenem Dolch. Delilah streckte einen Arm aus und fasste ihn am Handgelenk, um ihn zu stoppen.

„Nein", sagte sie. Ein einziges Wort nur, aber wirkungsvoll.

Die Aufmerksamkeit des Mannes wandte sich augenblicklich ihr zu, genau wie Layels eigene. Als er sah, wie sie Tagart berührte, biss er fest die Zähne zusammen. *Es ist besser so. Viel besser.* Wie oft würde er sich das noch einreden müssen? Seine Zähne waren so spitz, dass sie ihm ins Zahnfleisch schnitten. Sein Blut vermischte sich mit Delilahs, lief ihm feurig heiß über die Zunge und die Kehle hinunter.

Tagart senkte den Arm. Ohne den Blick von Delilah zu wenden, sagte er: „Wir werden deine Drohungen nicht hinnehmen, Layel."

„Da ich König bin, solltest du mich nur mit Eure Hoheit ansprechen", erwiderte er. „Was wollt ihr denn machen, wenn ich nicht aufhöre, hm?"

„Sicher, dass du das wissen willst, *Layel*?", war die Antwort.

„Kommt!", rief Delilah mit zitternder Stimme. „Das wird langsam langweilig."

Du kannst den Drachen nicht vor mir beschützen, dachte Layel, als sich sein Sichtfeld rot färbte.

Tagart rammte seinen Dolch in die Scheide, die er an der Seite trug. „Wir haben dich nie getötet, Vampir, weil unser König uns befohlen hat, dich in Ruhe zu lassen."

„Tagart", knurrte Brand warnend.

Eine Warnung, die ignoriert wurde.

„Du hast uns gejagt, und wir haben es zugelassen, weil unser König sich nach Frieden sehnt. Er weiß, was man dir und deiner Frau angetan hat, und er bereut es. Er hofft, es wiedergutmachen zu können. Tja, ich teile diese Hoffnung nicht, und der Drachenkönig ist nicht hier. Aber wir sind es schon. Wenn es eine positive Sache gibt, die aus diesem miesen Spiel entstehen kann, dann ist das dein Niedergang. Letztes Mal wurde ich aufgehalten. Das wird nicht noch einmal passieren."

Bei dem Wort *Frau* steigerte sich Layels Zorn ins Unkontrollierbare. Er machte einen Satz nach vorn, um dem düsteren Drachen eins zu verpassen und ihm mit einem einzigen Biss die Kehle zu durchtrennen.

Der Drache, der mit dieser Reaktion gerechnet hatte, öffnete grinsend die Arme.

Doch Layel rannte nicht in ihn hinein, sondern in Delilah, die sich ihm in den Weg stellte. Sie fielen zu Boden und rollten gemeinsam gegen Felsen. Ihre vollen Brüste wurden gegen seinen Brustkorb gepresst; ihr Herz schlug genauso wild wie sein eigener Puls. Ihre Haare legten sich wie ein himmelblauer Schild um sein Gesicht.

Noch bevor er begriff, was gerade geschehen war, schlug er die Eckzähne in ihren Hals. Sein Verstand wollte einfach nicht hinnehmen, dass er sein Ziel verfehlt hatte. Abermals füllte ihr ach so süßes Blut seinen Mund. Doch diesmal war er nicht sanft und vorsichtig. Sie schrie vor Schmerz und Angst auf und sorgte mit einem kräftigen Schlag dafür, dass sein Verstand wieder einsetzte. Er keuchte erschrocken auf und ließ von ihr ab.

Warmes köstliches Blut rann an seinem Kinn hinunter. Er starrte auf sie hinunter; auf die Frau, die er gerade erst auf primitive Art angegriffen hatte. Mit geschlossenen Augen lag sie unter ihm. Ihr Atem rasselte. Nicht vor Lust, sondern vor Schmerz. Ihre Haut war blutverschmiert. Ihre Augen öffneten sich. Sie waren trocken, nicht mit Tränen gefüllt. Auch nicht mit Hass. Nur nackte Panik lag darin. Panik, dass ihr Leben nun zu Ende sein könnte.

Und wofür? Für den Versuch, einen unwürdigen Drachen zu retten?

„Warum hast du das getan?", knurrte er. Die Wut war verflogen, und nun war da nur noch Schuldgefühl. Reue. Noch mehr Hass – auf sich selbst. „Warum?"

Sie antwortete nicht. Konnte es wahrscheinlich nicht. Ihre Augen gingen langsam wieder zu.

Als Layel sich gerade über sie beugte, um sie hochzuheben – vorsichtig, ganz vorsichtig –, packte Brand ihn bei der Schulter, sodass er nach hinten flog und sie unsanft durchschüttelte. Layel fauchte. Die beiden Drachenkrieger kauerten über ihr. Brand kümmerte sich um sie – *das sollte ich tun!* –, und Tagart starrte ihn wütend an, forderte ihn heraus, sich zu nähern.

„... wird alles wieder gut", sagte Brand gerade. „Ich habe dich."

„Nein. Ich habe sie." Layel sprang nach vorn, packte sie so vorsichtig wie möglich und erhob sich in die Lüfte. Die Krieger hätten ihre Drachengestalt annehmen und ihm folgen können, doch sie taten es nicht. Warum, wusste Layel nicht, und es war ihm auch egal.

Delilah lag schlaff in seinen Armen.

Ich habe ihr das angetan. Ich.

Im Gegensatz zu ihm würde sie sich nicht schnell erholen. Oder doch? Er wusste nicht viel über Amazonen. *Bitte lasst sie schnell wieder zu Kräften kommen.* Doch nachdem er zuvor schon so viel von ihrem Blut getrunken hatte – und jetzt wieder ...

„Du wirst leben, Delilah. Und sei es nur, um mich dafür zu bestrafen."

Als er das moosbedeckte Ufer eines anderen Stroms sah, schwebte er hinunter und legte sie sanft ab. Er riss sich das

Hemd vom Körper und wickelte es um ihren Hals, um die Blutung zu stillen. Ganz, ganz vorsichtig.

Wieder öffnete sie die Augen.

Er hätte beinahe nicht den Mut aufgebracht, sie anzusehen. Doch er zwang sich dazu, und ein Schmerz durchzuckte seine Brust. Sie war so blass, noch blasser als Nola.

„Du wirst mein Blut trinken", sagte er. Keine Frage. Ein Befehl. Er hatte sein Blut seit zweihundert Jahren mit niemandem geteilt, aber jetzt zögerte er nicht eine Sekunde lang, es zu tun.

Sie öffnete den Mund, um etwas zu erwidern, doch es kam nur ein schmerzerfüllter Laut heraus. Mit einem Fingernagel ritzte er sich ins Handgelenk und hielt es über ihren Mund. Sie drehte den Kopf zur Seite und presste die Lippen aufeinander.

Mit der freien Hand fasste er sie am Kinn und drehte ihren Kopf zu sich. Dann drückte er ihren Mund auf. Blut tropfte an ihren Zähnen vorbei, doch sie schluckte nicht.

„Trink."

Sie blickte zu ihm hoch. Die Vorstellung, das Blut eines anderen zu sich zu nehmen, musste abstoßend für sie sein. Heidnisch und ekelhaft. Nur Vampire mussten so etwas tun, wenn sie überleben wollten. Und Dämonen taten es, weil sie den Geschmack mochten. Die meisten anderen fanden es verabscheuungswürdig.

„Du brauchst dir keine Sorgen zu machen, dass du dich in einen Vampir verwandelst. Das passiert nur bei Menschen." Zumindest, soweit er wusste. Aber Delilah zu retten, war jedes Risiko wert. „Wenn es sein muss, werde ich dich zwingen, zu schlucken. Trink!"

Sie schluckte.

„Warum hast du dich vor ihn geworfen?", fragte er, um sie abzulenken. Vielleicht musste er auch unbedingt die Antwort erfahren, doch das hätte er niemals laut zugegeben. „Warum hast du ihn gerettet?" Nur eine einzige Antwort ergab einen

Sinn, und die gefiel ihm jetzt noch viel weniger als zuvor. Ein bloßes Bündnis würde eine Frau nicht dazu veranlassen, einen Todesstoß zu empfangen, der eigentlich für einen anderen bestimmt war. Aber für ihren Geliebten würde sie so etwas tun …

Er hatte so etwas geahnt. Jetzt musste er sich andauernd vorstellen, wie Delilah in Tagarts Armen lag – nackt, wie sie sich wand und den Namen dieses Dreckskerls stöhnte, während er es ihr besorgte. So, wie *Layel* es ihr besorgen wollte.

Susan …

Nein, denk nicht an sie. Nicht jetzt. Später könnte er es bereuen. Später könnte er schreien und schimpfen und fluchen. Er könnte sich selbst noch viel stärker hassen. Später.

Wieder versuchte Delilah, den Kopf abzuwenden. Er hielt sie fester. „Du wirst trinken, bis du wieder Farbe bekommst."

In ihren violetten Augen blitzte Wut auf.

Sie war immer noch zu blass, Anspannungsfältchen umrahmten ihren Mund, und unter ihren Augen lagen blauschwarze Schatten. „Du hast mir geholfen. Jetzt werde ich dir helfen." Die Wunde an seinem Handgelenk versuchte fortwährend zu heilen, und er musste sich drei weitere Male schneiden, um sie offen zu halten. Delilah versuchte nicht noch einmal, sich wegzudrehen oder den Mund zu schließen.

Schließlich war er der Ansicht, sie hätte genug.

Ihre Wangen waren wieder rosig, die Fältchen waren verschwunden, und ihre Haut blühte vor seinen Augen auf. Er war so unendlich erleichtert, dass er es einfach nicht ignorieren konnte. Mit zitternden Händen löste er vorsichtig das Hemd von ihrem Hals.

Die Zahnabdrücke waren noch immer da, noch immer tief, noch immer falsch. Aber es strömte kein Blut mehr heraus. Er sprang auf und war nicht überrascht, dass seine Beine ebenfalls zitterten. Er ging zum Wasser, bückte sich und schnitt Stoffstreifen aus seiner Hose heraus, tauchte sie in das kühle Nass und tränkte sie damit, ehe er zu Delilah zurückging.

„Ich hatte schon schlimmere Verletzungen“, sagte sie mit heiserer rauer Stimme.

Dass sie überhaupt sprechen konnte – erstaunlich. Ihre Worte – erschütternd. Er hatte sie verletzt, und doch versuchte sie, ihn zu beruhigen. Warum? „Ich wollte nicht …“

„Ich weiß.“

„Falls es dir wieder schlechter gehen sollte“, sagte er schroff, „lass es mich wissen. Bei Menschen besteht immer die Möglichkeit, dass Vampirblut versucht, den Körper wie eine rasende Krankheit zu verschlingen. Dann werden sie schwächer als je zuvor. Allerdings habe ich noch nie gehört, dass so etwas bei einem Atlanter passiert wäre.“

„Menschen können sich in Vampire verwandeln?“

„Manche schon. Die meisten sterben.“

Delilah stieß einen wütenden Seufzer aus. Der erste Ausdruck negativer Gefühle ihrerseits. „Trotzdem. Du hättest mich nicht zum Trinken zwingen sollen. Ich bin eine Amazone und kein Vampir.“

„Du lebst. Das ist alles, was zählt.“

„Ja, und wenn ich nach Atlantis zurückkehre, werde ich mich noch mehr von meinen Schwestern unterscheiden. Sie werden mich verachten, wenn ich ihr Blut trinken muss, um zu überleben.“

Sie betrachtete sich als anders? Warum? „Hatten sie noch nie Vampire als Sklaven? Und wo wir gerade dabei sind: Von welcher Rasse war dein Vater?“

Sie wandte den Blick ab und sah überallhin, nur nicht in seine Richtung. „Nein, wir haben noch nie Vampire versklavt. Und was die andere Frage angeht: Das werde ich dir nicht verraten.“

„Bitte.“

Sie blinzelte überrascht. „Ich glaube, das ist das erste Mal, dass du freundlich um etwas gebeten hast.“

„Bitte“, wiederholte er. „Welcher Rasse er auch angehörte, er ist der Grund dafür, dass du blaue Haare hast, oder?“

„Nein. Viele Amazonen werden mit ungewöhnlichen Haarfarben geboren.“

Dann hatte er keine Ahnung. „Delilah … sag es mir.“

„Du wirst lachen.“

„Nein. Ich schwöre es.“

„Ein Zentaur“, sagte sie, und ihre Wangen glühten wie zwei Rubine. „Und wenn du es wagst, mich Pferdemädchen zu nennen, bringe ich dich um.“

Hatten die anderen sie so genannt? Er verspürte das dringliche Verlangen, sie zu bestrafen. „Du bist viel zu hübsch, als dass man dich Pferdemädchen nennen sollte.“

Ihre Wangen wurden noch röter. „Ich … Danke. Er war nicht ihr König und auch kein Krieger. Nur ein Bürgerlicher mit einem unwiderstehlichen Lächeln. Das ist alles, was ich über ihn weiß.“

Ihr Ton verriet ihm, dass ihr diese Tatsachen nicht gefielen. Wahrscheinlich war sie wegen der Unzulänglichkeiten ihres Vaters wieder und wieder gezwungen gewesen, sich zu beweisen. Der Drang, ihre Schwestern zu bestrafen, wurde stärker. Was albern war. Höchste Zeit für einen Themenwechsel. „Warum hast du das getan?“ Er träufelte Wasser auf ihre Wunde und versuchte so, sie zu reinigen, ohne ihr noch mehr wehzutun.

Sie brauchte nicht zu fragen, was er meinte. „Spielt keine Rolle.“

„O doch.“

„Warum?“

„Du hast ihn gerettet.“

Sie zog die Augenbrauen zusammen. „Ich habe dich gerettet.“

„Nein.“ Was meinte sie damit? „Du hast Tagart gerettet.“

Sie winkte ab. „Und wenn? Er ist in meinem Team.“

„Und das macht ihn wertvoller als dein eigenes Leben?“, fragte Layel scharf.

„Ein Team muss …"

„… mit ihm zusammenarbeiten, um mich zu vernichten, wenn es sein muss. Aber verrate mir eins: Ist er dein Geliebter?"

Sie musterte Layel und überlegte. „Würde dir das etwas ausmachen?"

Ja. „Nein."

„Dann wäre es dir egal, wenn ich ihm erlauben würde, meine Brüste zu berühren und meine Nippel zu lecken? Es wäre dir egal, wenn ich seine Finger zwischen meine Beine führen würde und …"

„Nein! Und nun kein weiteres Wort von dir." Er quetschte den Stoff mit der Faust, sodass auch die letzten Tröpfchen herauskamen. Klares Wasser vermischte sich mit rotem Blut und bildete einen pinkfarbenen Fluss, der von ihrem Hals in das smaragdgrüne Moos floss. „Wenn du mit ihm ins Bett gehst", fügte er hinzu, nicht in der Lage, die Worte herunterzuschlucken, „werde ich sein Herz vor deinen Augen verspeisen."

Vielleicht irrte er sich, doch er meinte, Freude in ihren Augen aufflackern zu sehen. „Es gibt nur einen Mann, nach dem ich mich auf diese Art sehne", gestand sie leise.

Den Göttern war Dank. *Du wirst von Sekunde zu Sekunde unehrenhafter.*

Sie versuchte, sich aufzusetzen, doch er packte sie bei den Schultern und drückte sie wieder hinunter.

„Noch nicht. Ruh dich aus."

„Hör auf, mich herumzukommandieren."

„Ich kommandiere dich herum, wann immer es mir passt. Ich bin stärker als du."

„Nur, wenn ich es zulasse."

Er hockte sich neben sie und legte ihr eine Hand auf den Bauch. Er musste einfach ihre Wärme spüren, ihr Leben. Ihr Bauch bebte. „Du denkst wirklich, du wärst stärker als ich?"

„Denken?", schnaubte sie. „Dein Hintern hat in den letzten Tagen mehr Dreck geküsst als meiner."

Zu seiner Überraschung entlockten die Worte ihm ein Lachen. Er blinzelte. Lachen? Jetzt? Das hatte so lange nicht zu seinem Leben gehört, dass er ganz vergessen hatte, dass so etwas überhaupt möglich war.

Delilah starrte ihn wie hypnotisiert an. „Ich habe mir dein Lächeln ja schon reizend vorgestellt, aber ... du solltest öfter lachen. Du bist atemberaubend."

Er wandte den Blick ab und bewies damit, dass sie tatsächlich die Stärkere von ihnen beiden war. „Dieser Wahnsinn muss bald aufhören", sagte er mit einem Seufzen. „Wir werden einen Weg finden, damit er aufhört."

„Falls wir einander nicht vorher umbringen", murmelte sie.

Wie knapp war sie dem Tod heute noch mal von der Schippe gesprungen? Leider konnte er dafür nicht einmal den Göttern die Schuld geben. „Es ... tut mir leid."

„Was meinst du?" Sie klang ehrlich verwirrt.

„Hast du dein Gedächtnis verloren? Was denkst du wohl?"

„Dass du mich gebissen hast, ja, das weiß ich. Aber erklär mir, was dir leidtut."

„Du wurdest verletzt, Delilah."

„Aber das war meine Schuld, Layel. Es gibt keinen Grund, sich für den Biss zu entschuldigen. Allerdings habe ich eine Entschuldigung für die andere Sache verdient."

Sein Name auf ihren Lippen – paradiesisch. „Welche andere Sache?"

„Du hast aufgehört, mich zu küssen. Du hast mich einfach fallen lassen, so ... bedürftig."

Hitze, so viel Hitze. Seine Muskeln zuckten, er wurde hart. Schon wieder. „Dafür werde ich mich nicht entschuldigen."

Sie hob eine Hand und fuhr mit den Fingern über die Wunde an ihrem Hals. „Ich hätte es gern zu Ende gebracht", sagte sie und zog eine Schnute.

Er fuhr mit den Fingerspitzen um ihren Bauchnabel – schöne glatte Haut; schöne Tätowierung. Das Blut floss schneller und schneller in seinen Venen. Aufhören. *Ich kann nicht.* Er bewegte die Hand hinauf zu ihrem Hals und legte sie auf ihre. „Dass du so schnell bereit bist, mir zu vergeben, ist überraschend."

„Sind wir wieder bei dem Biss?"

„Natürlich."

Sie seufzte laut und lange. „Warum überraschend?"

„Du machst auf mich nicht gerade den Eindruck, der versöhnliche Typ zu sein."

Sie drehte die Hand, sodass sich ihre Handflächen berührten. „Was für einen Eindruck mache ich denn auf dich?"

Er blickte auf sie hinab und war in einem Bann gefangen, der ihm zwar nicht gefiel, gegen den er aber machtlos war. „Reizend. Stark." Er grinste langsam. „Rachsüchtig. Du warst bereit, die Drachen zu töten, weil sie deine Schwester mitgenommen haben."

„Das war etwas anderes."

„Warum?"

„Weil meine Schwester hätte verletzt werden können."

„Du *wurdest* verletzt."

„Ich glaube, ich erwähnte bereits, dass ich selbst schuld daran war."

„Was ein Fehler war, der sich nicht wiederholen wird. Versprich mir das."

Sie schüttelte den Kopf, dass ihre blauen Haare nur so tanzten. „Nein, das werde ich nicht tun. Aber du kannst natürlich versuchen, mich dazu zu zwingen."

Ihr Ton hatte etwas Lustvolles. Etwas Herausforderndes. Er kniff leicht die Augen zusammen. Wäre sie seine Frau gewesen, hätte er sie … Nichts, sagte er zu sich selbst. Er hätte nichts getan. Sie würde niemals ihm gehören. Allein schon die Möglichkeit in Betracht zu ziehen war ein Verrat. „Bist du weniger wert als deine Schwestern?"

„Ich wurde geboren, um sie zu beschützen."

Hmm. Betrachtete sie sich im Vergleich zu ihnen wirklich als so wertlos? *Genauso wertlos, wie du sie vorhin behandelt hast?* Mit der freien Hand rieb er sich müde übers Gesicht. „Wenn ich dich absichtlich verletzt hätte, hättest du dich dann gerächt?“

„Ja“, erwiderte sie, ohne zu zögern.

„Aber diesmal …“

„Ich weiß es nicht.“ Wieder seufzte sie. „Ich weiß nur, dass ich nicht wollte, dass du kämpfst. Weder gegen mich noch gegen die Drachen.“

„Sie hätten mich nicht besiegt.“

„Ich weiß.“

Sie wusste es? Und warum freute ihn das so? „Warum hast du dann …?“

„Du wirst nie aufhören zu fragen, oder?“ Sie klang nicht verärgert, sondern einfach nur resigniert. „Kein Mann, der mich auf den Boden drücken kann, ist leicht zu besiegen. Doch obwohl ich das weiß, hatte ich Angst, du könntest verletzt werden.“

Er. Nicht Tagart. Er spürte die Befriedigung durch seinen Körper rauschen, und es fühlte sich genauso gut an wie köstliches Blut. „Ich habe in all den Jahren diverse Kämpfe verloren“, gab er zu.

„Dann wolltest du deine Gegner in den Fällen nicht wirklich töten“, stellte sie sachlich fest.

Er blinzelte überrascht. Er wusste das, doch bislang hatte niemand anders diesen Verdacht geäußert. Sogar seine eigenen Leute hatte er in dem Glauben gelassen, er sei in jenen Momenten einfach nur schwach gewesen, statt ihnen die Wahrheit zu sagen. Sein Stolz war ihm dabei unwichtig gewesen.

Die verlorenen Kämpfe hatte er nur deshalb verloren, weil er sie aufgegeben hatte, nachdem er seine Gegner mit ihren Frauen gesehen hatte. Da war so viel Liebe gewesen. Seine Brust hatte genauso geschmerzt wie jetzt gerade. Er war nicht imstande gewesen, seinen Feinden den Todesstoß zu versetzen und die Paare für immer und ewig voneinander zu trennen. Entweder hätte er beide töten müssen oder keinen. In den letzten Jahren hatte er sich viel zu oft für „keinen“ entschieden.

Wie konnte Delilah das wissen, obwohl sie ihn erst so kurz kannte?

Er öffnete den Mund, um etwas zu sagen – auch wenn er nicht wusste, was –, als in der Ferne eine Trompete ertönte. Er wirbelte herum und suchte mit Blicken die Bäume ab. Die Trompete erklang ein zweites Mal.

„Was ist das?“, fragte Delilah und hockte sich hin.

Ein Gefühl der Furcht überkam ihn, als er sagte: „Ich glaube, wir werden zu unserem nächsten Wettkampf gerufen.“

14. Kapitel

Vielleicht überlebe ich die Nacht nicht, dachte Delilah. Sie hatte ihr Leben lang einen Kampf nach dem anderen gekämpft, war wochenlang mit nur wenig Nahrung oder Schlaf ausgekommen. Doch noch niemals war sie so leer gewesen. Buchstäblich.

Layel hatte zweimal von ihr getrunken. Die eine Begegnung hatte sie ein bisschen zu sehr genossen. Und die andere war nötig gewesen, um ihn zu retten. Wenn er Tagart getötet hätte, hätte ihr Team *ihn* getötet. Deshalb hatte sie die Wucht seines Zorns auf sich selbst gezogen. Sein wilder Biss war schmerzhaft gewesen, aber unerwarteterweise hatte sie auch dabei Lust verspürt. Sein Körpergewicht, das sie nach unten drückte … seine Kraft … sein ungezähmtes Verhalten …

Er hatte ihr erzählt, dass viele Menschen nach dem Konsum von Vampirblut starben. Welche Wirkung würde es auf sie haben? Eine genauso starke wie der Mann, von dem es stammte? Wie er ihr nicht von der Seite gewichen war, fest entschlossen, sie am Leben zu halten; wie er sie beschützt und sich nur auf sie konzentriert hatte. Genau das hatte sie sich immer gewünscht. Beim Gedanken daran erschauerte sie – und wäre um ein Haar von dem Baumstamm gefallen, auf dem sie gerade balancierte. Wenn sie sich in einen Vampir verwandelte, wäre das ihr Untergang. Allerdings konnte sie nicht leugnen, dass ihr die Vorstellung gefiel, einen Teil von Layel in sich zu tragen. Auch wenn es sein Blut war.

Konzentrier dich auf das, was vor dir liegt.

Die Götter hatten tatsächlich beschlossen, dass der Zeitpunkt für den nächsten Wettkampf gekommen war, und die Mitglieder der beiden Teams aufgefordert, sich einen der Baumstämme auszusuchen, die aus dem Wasser ragten. Ein Team auf jeder Seite, die gegnerischen Teammitglieder einander gegenüber. Sie mussten auf den winzigen Pfählen stehen, während die Wellen zu ihren Füßen tanzten.

Der Letzte, der stehen blieb, gewann.

Ein würdiger Krieger kann Hitze, Erschöpfung, Hunger und Untätigkeit eine lange Zeit aushalten. So hatte einer der Götter – eine Frau – vor Beginn des Wettbewerbs gesagt. *Deshalb werdet ihr stehen und aushalten und damit unter Beweis stellen, dass ihr euch das Recht verdient habt, euch Krieger zu nennen.*

Wieder werdet ihr im Team antreten. Ermutigt einander, falls es notwendig ist, lenkt eure Gegner ab, wenn möglich. Aber vor allem ist es eure Aufgabe, der Letzte zu sein, der noch steht. Dann wird euer Team unsere Freude in ihrer ganzen Pracht zu spüren bekommen – da ich aber vermute, dass ihr nicht ganz versteht, was für eine großartige Belohnung das ist, werdet ihr auch einen materiellen Preis bekommen. Das andere Team, das Verliererteam, wird sich von einem weiteren Mitglied verabschieden müssen. Ich wünsche auch allen die Kraft, die ihr ganz gewiss brauchen werdet.

Die Worte klangen in ihren Ohren nach, als Delilah die gegenüberliegende Reihe entlangblickte und Nola musterte. Ihrer Schwester schien es gut zu gehen. Sie wirkte gesund und stabil. Den Göttern war Dank. Dann ließ sie ihren Blick weiterschweifen. Zu Layel. Sie konnte nicht anders. Sie standen einander gegenüber. Dafür hatte er gesorgt, indem er Brand, als dieser versucht hatte, den Baumstamm ihr gegenüber zu erklimmen, aus dem Weg geschubst hatte. Delilah hatte einen Anflug von Stolz gespürt, als sie gesehen hatte, wie ihr Mann – *ist er das?* – darum gekämpft hatte, in ihrer Nähe zu sein.

Seit einer Stunde standen sie nun schon hier. Das Mondlicht kühlte sie. Mit jeder Minute, die verstrich, wurde ihr schwindeliger. Ihr Kopf wurde leichter, als würde er in die Wolken schweben.

„Ich weiß, dass die Göttin uns gesagt hat, wir würden hiermit unser Durchhaltevermögen unter Beweis stellen, aber mal ehrlich: Was ist der Sinn dieser Herausforderung, wenn man das große Ganze betrachtet?“, murmelte sie.

„Der Krieger, der sich gegen jegliche Hindernisse behauptet, um sein Ziel zu erreichen, ist der Krieger, der sich im letzten Kampf als siegreich beweisen wird“, sagte Layel.

„Meinst du der, der sich durch jedes Hindernis *durchbeißt*?“

Sie hatte Layel zum Lachen bringen wollen, aber es funktionierte nicht. Als sie über ihre Worte nachdachte, wurde ihr klar, dass sie nicht lustig waren. Sie waren grausam. Er hatte sie nicht verletzen wollen. Hatte sich sogar entschuldigt. Götter, was war nur los mit ihr? Warum war sie …? Warum schwankte sie … fiel sie …? Sie riss die Augen auf – wann hatte sie sie zugemacht? –, drückte die Füße fest auf den Pfahl und nahm wieder Haltung an.

„Sieh mich an“, forderte Layel sie nachdrücklich auf.

Schwarze Punkte blitzten in ihrem Blickfeld auf, als sie ihn suchte. Ein langer, dunkler Tunnel lag vor ihr. Wo war er?

„Delilah“, sagte er scharf.

„Was?“, fragte sie genauso scharf zurück. Wimpern – geschlossen. Verdammt! Mühsam öffnete sie sie wieder. Füße – fest aufgestellt. Layel – starrte sie an.

„Nicht einschlafen, Frau. Damit machst du mich nur wütend.“

Ihre Lippen zuckten. „Kommandierst du mich herum, weil du hoffst, dass ich ins Wasser springe, nur um dich zu ärgern?“

Seine Augen glitzerten wie zwei frisch polierte Saphire, und er lächelte langsam.

Sie liebte sein Lächeln. Liebte die Art, wie sich in seinen Augenwinkeln Lachfältchen bildeten. Liebte das Licht, das sein gesamtes Gesicht zu erhellen schien und die düsteren Erinnerungen verscheuchte. Aber jedes Mal, wenn er ihr auch nur den kleinsten Hauch aufrichtiger Belustigung zeigte, unterlag sie seiner verführerischen Macht ein bisschen mehr, und das war dumm.

„Ich werde dich schlagen.“ Indem sie die Worte aussprach, verliehen sie ihr hoffentlich die Kraft, sich aufrecht zu halten.

„Mich vielleicht.“ Er zuckte die breiten Schultern. „Aber ich bezweifle, dass du mein … *Team* schlagen wirst.“ Das Wort Team sagte er mit Ekel in der Stimme. „Sie sind fest entschlossen, diesmal zu gewinnen.“

Andernfalls würden sie wieder zum Hinrichtungszirkel einbestellt. Ihr Blut kühlte um einige Grad ab. Noch ein Mitglied zu verlieren würde bedeuten, dass Layels Team mit zwei Mann in der Unterzahl wäre. Schlimmer noch: Layel könnte derjenige sein, der gehen müsste.

Ein weiterer Schwindelanfall traf sie, und sie schwankte.

„Verflucht, Delilah.“

Ihre Beine zitterten, und ihr Hals schmerzte, doch obwohl ihr Körper offensichtlich Ruhe brauchte, blieb sie stehen. „Ja, Fluchen hilft“, erwiderte sie trocken.

„Was soll ich machen, damit du dich konzentrierst?“

Einige andere sahen stirnrunzelnd zu ihnen herüber. In diesem Moment war es ihr egal, was die anderen dachten. „Wie wäre es, wenn du springst? Dass dürfte meine Aufmerksamkeit erregen“, sagte sie und fürchtete fast, dass er es wirklich täte.

„Davon abgesehen.“ Er rieb sich übers Gesicht und wischte die Schweißperlen weg, die in dem goldenen Mondlicht glitzerten. „Wie fühlst du dich?“

„Gut.“

„Lügnerin.“

Es gefiel ihr, dass er sie gut genug kannte, um zu spüren, wann sie die Wahrheit sagte – und wann nicht. „Wie lange wird es wohl dauern, bis die ersten herunterfallen?“, fragte sie sich laut.

„Stunden. Tage.“

Sie stöhnte fast. „Irgendwer muss doch …“

„Ruhe!“, keifte ein Zentaur.

„Wenn du Ruhe willst", erwiderte Layel harsch, „spring von deinem Pfahl, und schwimm ans Ufer."

Sein Vorschlag traf auf Schweigen.

Warum erregte sie das? Was für eine Frau war aus ihr geworden? Er brauchte nur *irgendwem* gegenüber Stärke zu zeigen, und ihr Körper reagierte. Ihre Nippel wurden hart, und einmal mehr wurde sie feucht zwischen den Beinen – trotz ihrer Schwäche, trotz der Zuschauer, trotz der Umstände.

Broderick, der Nymph, atmete tief ein und ließ den Blick die Reihe entlangschweifen. Seine Pupillen waren geweitet, und als er sie erblickte, leckte er sich die Lippen. Sein Gesicht, sein Hals und seine Arme waren von winzigen Stichwunden übersät.

Ihr Blick wanderte zu der Gorgonin in ihrem Team. Sie war eine schöne Frau – was bei ihrer Art selten vorkam, groß und geschmeidig, mit eleganten Gesichtszügen. Ihre Augen waren groß und dunkel, mit silbernen Sprenkeln und voller Befriedigung. Lange dünne Schlangen schlängelten sich auf ihrem Kopf und zischelten in alle Richtungen. Broderick musste sich an ihr gesättigt haben, wieder und wieder, denn er schien stärker denn je. Seine Haut war rosig, seine Muskeln waren stark, sein Stand war fest. Und trotzdem wollte er immer noch Delilah? Nymphe! Es war unmöglich, sie zufriedenzustellen.

Layel knurrte tief in seiner Kehle und zog damit ihre Aufmerksamkeit auf sich. Der Nymph war vergessen.

„Stimmt etwas nicht?", fragte sie.

„Ich habe dir gesagt, du sollst dich konzentrieren, und trotzdem hast du den Nymph angestarrt."

Wieder eifersüchtig? Wie hatte er seine Frau wohl behandelt? Ob er sie oft angelächelt hatte? Hatte er sie jede Nacht zärtlich geliebt? Ihr alles gegeben, was Delilah sich selbst wünschte? Oder war er so wild gewesen wie jetzt? Delilah wünschte, sie hätte ihn damals gekannt. Obwohl, na ja, sie hätte seine Frau in einem kleinen Anfall von Eifersucht getötet, weshalb es vielleicht besser war, ihm erst jetzt zu begegnen.

„Bereitest du dich darauf vor, jemanden in kleine Stücke zu hacken?“, fragte Layel, als er ihren Gesichtsausdruck bemerkte.

„Kann sein.“

„Den Nymph, hoffe ich.“

„Oder dich?“ Es hatte eine Feststellung sein sollen, doch es klang wie eine Frage. Die Vorstellung, sich an ihm gütlich zu tun, war verlockend.

„Das wäre nur weise“, sagte er, und in seinem Ton lag weder Wut noch Belustigung.

Sie legte den Kopf schief und musterte ihn. „Warum?“

Er schwieg eine lange Weile, bevor er abermals die Schultern zuckte. „Erinnere mich daran, dich nie wieder anzugreifen. Du wirst lästig.“

Sie keuchte empört. „Lästig?“

„Du stellst die ganze Zeit Fragen und wiederholst, was ich sage.“

„Was für Fragen habe ich denn gestellt?“, wollte sie wissen. Dann spürte sie, wie ihr die Hitze in die Wangen stieg, als er sie spöttisch ansah. Aber immerhin kam mit der Gesichtsfarbe die Kraft zurück, und ihre Gliedmaßen zitterten nicht mehr so sehr. Hatte er sie absichtlich provoziert, um ihr zu helfen, das Gleichgewicht wiederzufinden?

Gütige Götter. Nun stellte sie sich schon selbst Fragen. „Egal. Du bist nicht so böse, wie du die Welt gern glauben machen willst“, sagte sie, ohne eine Frage zu stellen oder etwas zu wiederholen, das er gesagt hatte.

„Das stimmt.“

Er stimmte ihr zu? Das waren ja ganz neue Töne.

„Ich bin böser.“

Sie verdrehte die Augen. „Ich glaube dir nicht. Erzähl mir von der bösesten Sache, die du jemals getan hast.“

„Das kann ich dir erzählen“, mischte Brand sich plötzlich ein.

Layel bleckte seine Eckzähne in Richtung des Drachen.

Dieser Mann und sein Hass. Er ließ sich bei lebendigem Leib

davon verspeisen; hatte eine komplette Rasse verdammt. Und das alles wegen des Todes einer Frau. *Du würdest das Gleiche tun, wenn es eine deiner Schwestern gewesen wäre.* Dass muss sich ändern, dachte sie. Um ihrer beider willen. Sie mochte den Gedanken nicht, dass Layel von etwas anderem aufgefressen wurde als von der Leidenschaft. Seine Berührungen – und sein Lächeln – waren einfach zu wundervoll.

Sie sah Brand aus zusammengekniffenen Augen an. Zwar wollte sie Layels Geheimnisse erfahren, aber nur aus seinem eigenen Mund. „Sprich nur weiter. Allerdings werde ich der ganzen Versammlung hier dann etwas Nettes über *dich* erzählen. Etwas, von dem du dir wünschst, dass ich es nicht weiß."

Nola, die am entgegengesetzten Ende stand, beugte sich vor. „Sprich lauter. Das will ich auch hören."

Zane starrte das Mädchen mit finsterer Miene an. Brand sah ebenfalls zu ihr hinüber und neigte nachdenklich den Kopf zur Seite. Nola fing seinen Blick auf und errötete. Im Grunde errötete sie wie ein unberührtes Mädchen. Dabei wusste Delilah, dass man ihr einst als Belohnung für ihren beispiellosen Mut auf dem Schlachtfeld einen männlichen Gefangenen gegeben hatte. Aber vielleicht hatte sie den Mann nicht angerührt und die Nacht allein verbracht. Vielleicht hatte sie – so wie Delilah – von einem Liebhaber mehr gewollt als bloße Kapitulation.

Wenn sie noch weiter zwischen den beiden hin- und herguckt, dachte Delilah, fällt sie gleich. Sorgfältig verankerte sie ihre Fersen auf dem Pfahl. Hörte ein Platschen in der Ferne. Unwillkürlich straffte sie die Schultern und blickte suchend an der Reihe entlang.

Der Dämon aus ihrem Team war hinuntergefallen. Prustend tauchte er wieder auf. Die beiden Zentauren, die sich umgedreht hatten, um den Dämon auf seinem Weg zum Strand zu beobachten, fielen als Nächstes, da sie ihre Hufe nicht länger im Gleichgewicht zu halten vermochten. Delilah schüttelte den Kopf – Schwindel, stopp! – und seufzte.

„Amazone“, rief Brand plötzlich.

Delilah blinzelte ihn an, doch er sah nicht zu ihr. Sein Blick klebte noch immer an der hübschen Nola.

„Hör auf, zwischen deiner Schwester und dem Vampir hin- und herzugucken. Sonst fällst du noch“, sagte er.

Nola reckte ihm die Faust entgegen, bevor sie den Blick gerade nach vorn richtete.

„Ach, sieh an. Eine Amazone, die – ohne zu fragen – den Befehl eines Mannes befolgt. Kennt man ja gar nicht“, kommentierte Layel.

Delilah drehte sich wieder zu ihm um. Allein der Klang seiner heiseren Stimme hatte ihren Puls in die Höhe schnellen lassen. Götter, er war so schön. Markant und voller Elan. Ein Beschützer in der Haut eines Raubtieres. „Sind alle Vampire aggressive, zähnefletschende Bestien?“

Er neigte den Kopf zur Seite. „Nur ich. Vielen Dank.“

„Das war kein Kompliment.“

„Bist du sicher?“

„Sieh mal an, wer jetzt die Fragen stellt“, sagte sie selbstgefällig. Ein schneller Seitenblick auf ihre Mitstreiter verriet ihr, dass der andere Vampir schon wieder zu ihrer Freundin hinübersah. „Dein Krieger schaut meine Schwester mit düsteren Absichten im Blick an – als ob er sie zum Abendessen verspeisen will.“

Layel sah Delilah lange und prüfend ins Gesicht. „Wie ich sehe, missfällt dir das. Eifersüchtig?“

In der Frage schwang so viel Wut mit, dass sie vorübergehend sprachlos war. Und dann, die Götter mochten ihr helfen, lächelte sie. „Du etwa?“

Er antwortete nicht, schaute sogar weg, als würde er sie nicht ernst nehmen. Doch so war es nicht. Er sagte nur leise und in ruhigem Ton: „Ich bin nicht eifersüchtig. Aber ich denke, ich würde sogar meinen eigenen Bruder umbringen – wenn ich einen hätte –, falls du beschließen solltest, ihn zum Liebhaber zu nehmen.“

Wasser spritzte. Ein ordinärer Fluch war zu hören.

Der andere Dämon war gefallen.

„Wie fühlst du dich?“, fragte Layel, bevor sie auf seine wütende – wundersame – Verkündung reagieren konnte.

Müde, schwach, zittrig. Unsicher. „Gut.“

Er ließ den Blick zu ihr zurückgleiten und musterte sie prüfend. Heiß. Dabei verharrte er an all den Stellen, an denen sie seinen Mund spüren wollte. Er leckte sich über die Lippen, als ob er sich daran erinnerte, wie sie schmeckte. Dieses eine Mal – oder war es das zweite Mal? Das dritte? – war um sie herum nichts mehr wichtig außer einem Mann. Ihre Schwäche war vergessen. Das Spiel war vergessen. Die Konsequenzen waren vergessen. Allein Layel existierte.

„Du hast mir noch nicht verraten, was das Schlimmste war, was du je getan hast.“

Unter seinem Auge zuckte ein Muskel. „Warum möchtest du das wissen? Welchem Zweck könnte das dienen?“ In seiner Stimme klang aufrichtige Ratlosigkeit mit.

„Ich will dich besser kennenlernen. Das ist alles.“

Eine warme Brise Meerluft erhob sich und ließ seine Haare in die Luft wirbeln. Ihr lief das Wasser im Mund zusammen. Er trug kein Hemd, und seine Hose war zerrissen. Sie konnte jeden harten Muskelstrang und jede seiner Sehnen sehen. Ohne es zu wollen, bewunderte sie den Anblick, der sich ihr bot. *Diesen kraftvollen Mann habe ich in meinen Armen gehalten.*

Er hatte keine Narben. Sie hatte immer gedacht, dass sie einen Mann mit Narben begehren würde – Beweise dafür, dass er keinem Kampf aus dem Weg ging. Beweise dafür, dass er um *sie* kämpfen würde. Vorik hatte viele gehabt. Aber sie wollte Layel viel mehr, als sie den Drachen je gewollt hatte – der am Ende nicht um sie gekämpft hatte. Die Haut des Vampirs war wie mit Samt überzogener Stahl, glatt und stark, und sie stellte eine noch nie gekannte Verlockung dar.

„Hast du jemals eine Frau getötet?", fragte sie und legte den Kopf schräg.

„O ja." Seine Antwort kam ohne Zögern. „Ich habe Marina, die frühere Dämonenkönigin, in den Armen gehalten und getötet, so, wie ich beinahe dich getötet hätte. Ich habe mit dem Mund das Leben aus ihr herausgesaugt. Und ich habe es niemals bereut."

„Ich vermute, sie hat dir in irgendeiner Form etwas angetan." Sind sie ein Liebespaar gewesen? fragte Delilah sich und ballte die Hände zu Fäusten. Diese kleine Aktion reichte aus, um sie aus dem Gleichgewicht zu bringen. Wieder schwankte sie.

Layel streckte blitzschnell ein Bein aus, um zu verhindern, dass sie herunterkippte. Die Bewegung war so rasch – das Bein glitt hinauf und wieder nach unten –, dass niemand sie bemerkt haben konnte. Und doch rettete sie Delilah.

Ihr Herz schlug in einem unregelmäßigen Takt aus Dankbarkeit und Verlegenheit. „Danke", murmelte sie.

„Ich habe dich gewarnt. Pass auf. Nächstes Mal lasse ich dich vielleicht fallen."

„Mein süßer Held." Sie spürte, wie sich ein heißer Blick in ihren Körper bohrte, und sah sich um. Brand und Nola starrten geradeaus, Zane sah mal wieder zu Nola und – Tagart. Verdammt. Er starrte zu ihr herüber.

„Du musst aufhören, mir zu helfen", sagte sie leise zu Layel. „Das führt nur dazu, dass du am Ende stirbst."

„Wenigstens leugnest du nicht, dass du Hilfe brauchst. Und bevor du mir sagst, dass du keine Hilfe bräuchtest, wenn ich meine Zähne unter Kontrolle gehabt hätte – das weiß ich. Wenn deine Venen voll gefüllt sind, bist du stark und leistungsfähig."

Er erkannte ihre Kriegerfähigkeiten an? Der Schock brachte sie beinahe zu Fall. Einer der Gründe, warum Amazonen so oft ihre Fähigkeiten unter Beweis stellen mussten, war die Tatsache, dass die Männer, gegen die sie kämpften, so oft logen und sich

Siege auf die Fahnen schrieben, die sie gar nicht eingefahren hatten, nur weil es ihnen zu peinlich war, zuzugeben, dass sie „nur" von Frauen besiegt worden waren.

„Manchmal fühle ich mich in deiner Nähe schwach", gestand sie so leise, dass nur er sie hören konnte, „und das hat nichts mit Blutverlust zu tun. Die Dinge, die ich mir von dir wünsche … Ich schäme mich dafür, und trotzdem scheint das niemals wichtig zu sein, wenn ich bei dir bin. Ich sehne mich danach."

Er schluckte. „Du solltest dich nicht dafür schämen."

„Und warum nicht?"

„Weil es mir eine … Freude war, einige deiner Bedürfnisse zu erfüllen. Weil es in Ordnung ist, einem anderen zu erlauben, für dein Wohlergehen zu sorgen."

„Würdest du das tun? Einem anderen erlauben, für dein Wohlergehen zu sorgen, meine ich?" *Ich will diese Frau sein.* Sie sehnte sich so sehr nach ihm. In ihrem Bett, in ihrem Leben – da! Endlich hatte sie auch das zweite zugegeben. Eigentlich sollten sie Feinde sein; wahrscheinlich würde er die Frau hassen, die ihn auch nur für eine Sekunde seine geliebte Partnerin hatte vergessen lassen, aber … Wenn er Delilah nur ein einziges Mal mit Zärtlichkeit im Blick ansehen würde, wäre es vielleicht jede Mühsal wert.

„Ich … Nein. Wenn ich nicht vergeben wäre …"

Doch in seinem Kopf war er das. Wäre er es immer. Sosehr diese Erkenntnis sie auch schmerzte, er hatte sich ihr gewissermaßen anvertraut, und deshalb schöpfte sie Mut. Anscheinend wurde sie von Tag zu Tag dämlicher. „Warum hast du Marina getötet?"

Einer seiner Mundwinkel bog sich nach oben. „Weil sie dieselbe Luft geatmet hat wie ich."

Beim Anblick dieses halben Lächelns setzte ihr Herz einen Schlag aus. „Und?", hakte sie nach, als er die Sache nicht näher ausführte.

„Das … hat mich geärgert."

Sie konnte nicht verhindern, dass sie ebenfalls zu grinsen anfing. „Ich mochte sie nie. Sie war eine Diebin und Lügnerin."

„Und Lügen stoßen dich ab?"

„Natürlich." Vertrauen war ein Heiligtum, und Lügen verhöhnten es.

„*Ich* bin auch ein Lügner."

Ein Moment verstrich in absoluter Stille, während sie seine Worte verarbeitete. Für gewöhnlich gaben Lügner ihre Sünden nicht zu. Was bedeutete, dass er sie bewusst provozieren wollte. Aber wieso? „Das hast du schon mal gesagt." Hatte sich ihre Stimme jemals so zittrig angehört? So … weiblich?

„Und du hast mir nicht geglaubt. Aber jetzt sieh dir an, was mit dir passiert ist." Sein Blick wanderte zu ihrem verletzten Hals. „Ich sagte, ich würde mich von dir fernhalten, und dann habe ich dir dein Blut gestohlen."

Vielleicht ist das seine Art, mich auf Abstand zu halten, dachte sie. *Vielleicht stelle ich eine zu große Versuchung für seinen Seelenfrieden dar. Vielleicht hofft er, dass ich ihn ganz furchtbar behandle, damit er mich danach hassen kann.* „Ich mag alles, was aus deinem Mund kommt", erwiderte sie mit leiser heiserer Stimme.

Ihm stockte für einen Augenblick der Atem.

Sie hätte am liebsten gelacht – *habe ich recht?* –, fügte stattdessen aber hinzu: „Du kannst mir alles sagen, was du möchtest. Ganz ohne Angst."

Ein Wasserplatschen signalisierte, dass wieder jemand gestürzt war, doch sie ließ den Vampir nicht aus den Augen. „Erzähl mir …" Sie hielt inne, zog die Stirn kraus und sah auf ihre Füße.

Der Pfahl schien zu schrumpfen. Schrumpfte in der Tat, wie sie erschrocken feststellte. Ihre Zehen und Fersen ragten jetzt über den Rand. Sie veränderte ihre Position und versuchte, erneut ihr Gleichgewicht zu finden.

„Sei still", fauchte Layel.

Ein weiterer Teilnehmer fiel hinunter, dicht gefolgt vom nächsten. Vom Strand konnte sie Jubel- und Warnrufe hören, mit denen die ausgeschiedenen Wettstreiter ihre Teamkameraden anfeuerten.

Plötzlich flog ein Stein an ihrem Kopf vorbei und landete in Layels Gesicht. Er taumelte und fluchte, blieb zum Glück aber stehen, während ihm aus der frischen Wunde über dem Auge Blut ins Gesicht lief.

„Wer hat den geworfen?“, fragte sie scharf. Sie ließ den Blick über die Teilnehmer schweifen. Mehrere Wassernixen schwammen um Brodericks Füße. Einige streckten die Hände aus, um seinen Oberschenkel zu streicheln, und gurrten, als es ihnen gelang. Männliche Nixe schwammen um den Pfahl der Nymphe, die von der Aufmerksamkeit genervt zu sein schien. Jedes Mal, wenn sie sie berührten, schwankte sie. Wie Layel wohl reagieren würde, wenn sie fiele?

„Mit allen erforderlichen Mitteln, haben die Götter gesagt“, meinte Tagart, und sie wandte ihre Aufmerksamkeit ihm zu. Die Augen zu schmalen Schlitzen verengt, zog er noch einen Stein aus seiner Hosentasche und warf ihn.

„Nein!“

Diesmal war Layel vorbereitet und fing das Wurfgeschoss mit einer Bewegung, die so schnell war, dass man nicht mehr als einen verschwommenen Arm sah. „Feigling.“

„Wie hast du mich genannt?“, war die gefauchte Antwort.

„Du hast mich gut verstanden, Drache. Mich hinterrücks anzugreifen – so benehmen sich nur Feiglinge.“

„Nein, so verhält sich ein kluger Mann.“

„Tagart“, ermahnte Delilah ihn. „Hör jetzt auf.“

„Auf wessen Seite stehst du, Amazone?“ Tagart zeigte anschuldigend mit dem Finger auf sie. „Ich dachte, du hättest dich bereits entschieden. Aber jedes Mal, wenn ich dir den Rücken zukehre, bist du mit *ihm* zusammen.“

Sie öffnete den Mund, doch es kamen keine Worte heraus.

Wenn sie sagte, dass sie auf seiner Seite war, würde Layel sie hassen. Wieder. Wenn sie ihre Verbundenheit zu Layel erklärte, würde ihr Team bald dafür stimmen, dass sie hingerichtet würde.

Letztlich brauchte sie gar nichts zu sagen. Auf einmal rauschte ein Hai mit weit aufgerissenem Maul zwischen den mittleren Baumstämmen hindurch und schnappte mit seinen furchterregenden Zähnen nach ihnen. Mit seinem dicken grauen Schwanz schlug er gegen die Nymphe, die kreischte und fiel. Layel schien das nicht zu kümmern. Vielleicht hatte Delilah deshalb plötzlich solches Mitleid mit ihr. Zum Glück war die Nixe zur Stelle und brachte sie in Sicherheit.

Eine Flosse des Hais traf Nola im Bauch, doch sie schaffte es, sich auf den Beinen zu halten. Vorerst.

Als der Hai wieder abtauchte und aus ihrem Sichtfeld verschwand, war es mucksmäuschenstill.

Nola schloss die Augen und rieb sich die Schläfe. „Mir geht's nicht so … gut." Plötzlich gaben ihre Knie nach, und sie fiel.

Brand tauchte nach ihr. Als er wieder an die Wasseroberfläche kam, hielt er sie in den Armen. Sie war blass, und ihre Zähne klapperten, während er sie zum Strand brachte, wo er sie vorsichtig in den Sand legte. In genau dem Moment warf Layel den Stein, den er gefangen hatte. Er landete hart in Tagarts Weichteilen.

„Du hast recht", sagte er, als der Drache sich krümmte und stürzte. „Klug."

Tagart fiel direkt ins Wasser. Ein bis zwei Sekunden lang geschah nichts. Dann bildete sich ein Wasserstrudel, und das Wasser begann zu strahlen. Mit einer riesigen Fontäne tauchte Tagart als Drache wieder auf. Er brüllte wütend und breitete die Flügel aus. Seine Haut war bereits dem Schuppenkleid gewichen, und sein Schwanz zuckte wild.

Er spie einen Feuerstrahl in Layels Richtung. Dieser duckte sich, sodass die Flammen ihm nur den Rücken verbrannten.

Vampire waren schnell, schneller als jede andere Rasse, doch Layel konnte nirgendwohin fliehen – und Feuer war die größte Schwachstelle eines Vampirs. Das wusste Delilah, weil die Amazonen großen Wert darauf legten, jede Rasse genauestens zu studieren und nach Wegen zu suchen, sie zu besiegen.

„Stopp, Tagart. Hör sofort auf!“, rief Brand vom Strand aus. „Es sind Unschuldige im Weg.“

Doch seine Worte erreichten Tagart überhaupt nicht. Er stieß einen weiteren heißen Feuerstrahl aus, der an allen vorbeiraste, die noch auf ihren Pfählen standen – Zane und Broderick sprangen ins Wasser, um den Flammen zu entfliehen –, um schließlich Layel zu treffen, der sich stur geweigert hatte auszuweichen. Delilah schrie auf und machte unwillkürlich einen Sprung, um den Angriff mit ihrem Körper abzuwehren.

Als die Flammen sie gerade verschlingen wollten, legte Layel die Arme um sie und zog sie mit sich in die Tiefe. Dabei drehte er sich, sodass sein Körper zuerst im Wasser landete. Doch seine Füße hatten den Baumstamm zuletzt verlassen, was bedeutete, dass sein Team gewonnen hatte. Sie schluckte Meerwasser und hustete. Das Salz brannte in den Bisswunden an ihrem Hals, ihre Lunge schmerzte, und sie gab alles, um an die Wasseroberfläche zu gelangen.

Layel packte sie fester. Sie riss erschrocken die Augen auf, als sie begriff, warum. Der Hai schwamm mit aufgerissenem Maul und hungrig glänzenden Augen direkt auf sie zu.

15. Kapitel

Shivawn erwachte mit einem Ruck und stöhnte. Götter, was waren das für Schmerzen? Er fühlte sich schwach und leer. Zu viel Sex, vermutete er. Das war ihm schon in der Vergangenheit passiert, und es wäre vermutlich auch nicht das letzte Mal.

Grinsend öffnete er die Augen. Er nahm die Welt um sich herum nur verschwommen wahr. Er sah Dunkelheit, die nur von einem zarten Hauch von Gold durchbrochen wurde. Wenige Meter von ihm entfernt tropfte Wasser in einem langsamen, regelmäßigen Takt. Die Wände links und rechts neben ihm waren … steinig. Es waren nicht die ihm vertrauten Elfenbein- und Onyxwände.

Wo war er?

Nicht in einem Bett. Der Boden unter ihm war genauso steinig wie die Wände, und die Luft war feucht und roch modrig. Eine Höhle? Und warum zerrten schwere Gewichte an seinen Hand- und Fußgelenken? Sein Grinsen verblasste, und die Belustigung wich Wut, als er den Kopf drehte und sah, dass er mit schweren Ketten gefesselt war.

Gefesselt? Er war gefesselt?

In seinem Kopf flackerte das Bild einer hübschen Frau auf. Sie fletschte die Zähne, und ihre Augen leuchteten wütend. Da erinnerte er sich. „Alyssa!", knurrte er.

Einer der Schatten in der Ecke bewegte sich. Dann stand sie plötzlich neben ihm und sah auf ihn herab. Noch nie hatte sie reizender ausgesehen. Ihre Haut war wunderbar rosig, ihre Wangen waren straff, ihre Lippen blutrot. Sie trug eine schwarze Robe, die jeden Zentimeter ihrer Haut bedeckte, außer ihrem atemberaubenden Gesicht und den feingliedrigen Händen. „Aha. Du bist wach."

„Mach mich los. Sofort!" Er zerrte an den Ketten, doch die dicken Glieder gaben nicht nach. In seinem geschwächten Zustand konnte er ihnen nicht zusetzen.

„Du solltest lieber still sein, Nymph."

„Alyssa."

Sie fuhr ihm mit der Fingerspitze über die nackte Brust. Also gut. Sie hatte ihm das Hemd ausgezogen. Was hatte sie sonst noch mit ihm gemacht? Er knirschte mit den Zähnen, während sein Körper teilnahmslos dalag.

Die meiste Zeit seines Lebens war sein Schwanz seine Stärke gewesen. Er hatte sich beim Anblick alles Weiblichen geregt. Außer bei ihr. Er wusste nicht, warum. In der Nacht, die er mit ihr verbracht hatte, hatte er an andere Frauen denken müssen, um hart zu bleiben.

Er hatte sie nicht angelogen. Er hatte sie befriedigt im Bett schlafen lassen, während er unzufrieden, wütend und verwirrt gewesen war. Und er war nicht wild darauf, diese Erfahrung zu wiederholen.

Was hatte sie nur an sich, das ihn so dermaßen abturnte? Jedes Mal, wenn er sie ansah, sah er vor seinem geistigen Auge nichts als Blut. Und er hörte nichts als Schreie.

„Lass mich gehen, und wir werden so tun, als sei das hier niemals passiert."

Die Nägel an ihrer Hand, die noch immer auf seiner Brust lag, verwandelten sich in scharfe kleine Krallen und schnitten ihm in die Haut. „O nein. Ich werde dich nicht freilassen. Noch nicht."

„Alyssa", sagte er abermals durch zusammengebissene Zähne.

„Weißt du, eigentlich habe ich dich hergebracht, um dich zu bestrafen. Um dir das zu geben, was du verdienst. Ich wollte dir wehtun, dich vernichten, aber als ich dich schlafen sah, wurde mir klar, dass ich das nicht kann." Sie lachte verbittert. „Was ich aber kann, ist, dir Freude zu bereiten. Und zwar so sehr, dass du niemals vergessen wirst, was in dieser Höhle geschehen ist; dass du niemals die Frau vergessen wirst, die dafür verantwortlich ist. Aber vor allem wirst du dir verzweifelt mehr wünschen." Je mehr sie sagte, umso mehr troff ihr Ton vor Entschlossenheit.

„Die Armee der Nymphen wird nach mir suchen. Sie wird uns finden, und du wirst für das hier getötet werden."

Ein kaltes Lächeln huschte über ihre üppigen Lippen. Sie schüttelte den Kopf, sodass ihre Haare tanzten. „Sie werden annehmen, dass wir verschwunden sind. So wie die anderen."

Sein Magen zog sich vor Angst zusammen. Sie hatte recht. „Das hier wird nicht meine Liebe zu dir wecken, Alyssa. Das hier wird Hass auf dich entfachen."

Sie senkte den Blick und zeichnete damit Kreise um seine Brustwarzen. „Ich weiß", gab sie leise zu.

„Dann mach mich los. Jetzt."

„Es kommt mir so vor, als hätte ich dich schon immer gewollt", sagte sie, als hätte sie ihn nicht gehört. „Ich weiß, dass ich schon unzählige Male von uns geträumt habe. Und die einzige reine, perfekte Erinnerung, die ich hatte, hast du ruiniert."

Er konnte und wollte sich von seiner Entführerin nicht erweichen lassen. Wenn er seine Freiheit erst zurückhätte – und er würde sie zurückerhalten –, würde er dafür sorgen, dass sie nicht in der Lage wäre, einem anderen Krieger etwas anzutun. „Ich habe dir gesagt, dass das nicht in meiner Absicht lag. Aber du wolltest die Wahrheit hören, also habe ich sie dir gesagt."

„Ich war noch nicht fertig", sagte sie scharf. „Du bist gegangen und warst unbefriedigt."

Das konnte er nicht leugnen, doch er erwiderte nichts.

„Wie schon gesagt", fuhr sie mit rasselndem Atem fort und hob dabei die langen Wimpern. Ihre Augen glänzten gefährlich, und es spiegelte sich eine Entschlossenheit darin, die er so noch nie gesehen hatte. Sie war sogar stärker als ihr Ton. „Wenn ich mit dir fertig bin, wirst du rundum gesättigt sein. Du wirst permanent an mich und an das denken, was ich dir in dieser Höhle gegeben habe. Und du wirst mehr wollen. Genauso, wie ich all die Jahre mehr wollte. Aber ich werde es dir niemals geben. Wenn ich mit dir fertig bin, werden wir endlich quitt sein. Und dann bin ich durch mit dir.“

Finstere Wut brodelte in ihm. Er war ein Krieger. So gefangen gehalten zu werden – und dann auch noch von einer Frau – war erniedrigend. Außerdem war er ein Nymph. Er sollte in der Lage sein, sie mit seinem Charme dazu zu bringen, alles zu tun, was er wollte. Mehr noch: Er sollte das hier wollen und als bloßes Spiel betrachten.

Eine Frau nicht zu begehren war beinahe … frevlerisch. „Das ist Vergewaltigung“, hörte er sich sagen und konnte nicht glauben, dass diese Worte aus seinem Mund kamen. Kein anderer Nymph hätte sie ausgesprochen. Niemals. Jeder andere hätte jede Form von Lust genossen, die Alyssa ihm geben wollte.

Alyssa stieß einen erstickten Schrei aus und zog abrupt die Hand zurück.

Er nutzte die Galgenfrist zum Nachdenken. Warum hatte er sie aufgehalten? Nymphe brauchten Sex, um zu überleben. Ohne Sex wurden sie schwach. Konnten sogar sterben. Aber mithilfe von Sex wurden sie unfassbar stark. Er sollte sich von ihr reiten lassen, sollte durch sie seine Kraftdepots wieder auffüllen. Und dann sollte er diese Ketten sprengen und sie damit strangulieren.

Ja, das war ein guter Plan. Er würde die Zähne zusammenbeißen und es ertragen. Er konnte nur hoffen, dass es ihm gelang, sie in die Irre zu führen und auf ihre Berührungen zu reagieren.

Er entspannte die Kiefermuskulatur – *ruhig, bleib ruhig* – und zwang sich zu einem weicheren Gesichtsausdruck. „Es tut mir leid. Es war grausam von mir, so etwas zu sagen.“ Und schwierig, sich dafür zu entschuldigen, wenn er nicht ein einziges Wort so meinte. „Du willst mich, und ich will dich.“

Diese Frau würde dafür leiden, dass sie ihn an diesen Punkt gebracht hatte.

Sie blinzelte, zuerst überrascht, dann misstrauisch. „Was für ein Spiel spielst du da?“

„Gar kein Spiel. Ich will einfach nur mit dir schlafen.“

Sie schüttelte argwöhnisch den Kopf. „Auf einmal willst du mich, noch bevor ich angefangen habe? Einfach so?“ Sie schnippte mit den Fingern. „Noch vor ein paar Sekunden hast du von Vergewaltigung gesprochen.“

„Ja. Einfach so.“ Er musste seine Wut herunterschlucken, um die Worte herauszukriegen.

„Lügner.“ Doch sie legte die Hände wieder auf seine Brust, als ob sie ihm trotz ihrer Zweifel glauben wollte. Mit einer Fingerspitze tauchte sie in seinen Bauchnabel, beugte sich hinunter und küsste ihn dort, ohne ihn auch nur für einen Moment aus den Augen zu lassen.

Er atmete scharf ein. Dann musste er, ganz wie er es vermutet hatte, die Zähne zusammenbeißen. Denn auf einmal explodierten die Schreie seines Vaters in seinem Kopf. Ihm klingelten die Ohren, und der Geruch des Todes stieg ihm in die Nase. Jeder Muskel in seinem Körper spannte sich an. Das geschah jedes Mal, wenn Alyssa sich ihm näherte. Auch wenn er wieder zu Kräften kommen musste – das war es nicht wert. „Du … du … Ich kann deinen Geruch nicht ausstehen“, brachte er mühsam hervor, da er nicht wusste, wie er sie sonst dazu bewegen könnte, zu gehen. „Du musst von mir zurückweichen.“

Alyssa stieß einen spitzen Laut der Verlegenheit aus und stand auf. „Du bist ein grausamer Mann“, sagte sie heiser, „und trotzdem habe ich mir etwas anderes eingeredet und jeden Krümel aufgesammelt, den du in meine Richtung geworfen hast. Damit ist jetzt Schluss! Du willst, dass ich ein Bad nehme? Na schön. Ich möchte nichts tun, um deinen Genuss zu schmälern. Und du wirst genießen. Auch wenn du es nicht verdient hast. Du hast es nie bemerkt, aber seit unserer gemeinsamen Nacht war ich nicht in der Lage, das Blut eines anderen zu trinken. Um ein Haar wäre ich buchstäblich für dein Blut gestorben, du verdammter Mistkerl, aber jetzt habe ich es zu mir genommen. Jetzt bin ich stark. Und schon bald werden wir uns voneinander befreit haben." Sie stakste aus der Höhle und ließ ihn allein zurück.

Er ließ den Kopf auf die Steine fallen. Mit ihren hitzigen Anschuldigungen und ihrem Abgang verblassten die schrecklichen Erinnerungen allmählich. Sie hatte von keinem anderen getrunken? So sehr liebte sie ihn? Das war beinahe ... demütigend. Aber sie hatte gewiss übertrieben. Bestimmt war sie nicht kurz davor gewesen zu sterben, nur weil er sich ihr verweigert hatte.

Oder doch?

Er dachte daran, wie blass sie in letzter Zeit gewesen war; wie eingefallen ihre Wangen waren. Nun, nachdem sie sein Blut getrunken hatte, leuchtete sie. Er schämte sich, es zugeben zu müssen, aber er hatte ihren körperlichen Verfall tatsächlich nicht bemerkt.

Er legte die Stirn in Falten, als die Sorge jegliche Wut überschattete und seinen Kopf von Rachegedanken befreite. Wie würde er sich fühlen, wenn sie ihren letzten Atemzug täte? Wenn er sie nie wieder sehen würde, so wie sie es ihm geschworen hatte?

Mittlerweile rechnete er stets damit, sie zu sehen. Sie war Alyssa, die Frau, die permanent seine Nähe suchte und ihn mit lüsternem Blick beobachtete. Die alles in ihrer Macht Stehende tat, um ihn zu verführen. So wie die meisten Frauen, wenn er mal ehrlich war. Aber sie wollte mehr als Sex. Genauso oft, wie sie ihn in ihr Bett eingeladen hatte, hatte sie ihn um Hilfe bei der Ausarbeitung von Schlachtplänen gebeten, hatte ihn angefleht, sie auf einem Spaziergang durch die Außenstadt zu begleiten, hatte ihm Bücher geschickt, die ihr gefielen, um sich eines Tages mit ihm darüber zu unterhalten. Sie wollte Konversation, wollte wissen, was er dachte; wollte, dass er sich anhörte, was in ihrem Kopf vorging. Sie wollte nicht nur Shivawn den Liebhaber kennenlernen, sondern auch Shivawn die Person.

Anders als erwartet verspürte er bei dem Gedanken an ihr Ableben nicht einen einzigen Funken der Befriedigung. Nicht einmal Erleichterung. Die Vorstellung, ohne sie zu sein, machte ihn sogar traurig. Ja, traurig!

Trotz der Gefühle, die ihr Anblick bei ihm auslöste, war sie liebenswert. Es gefiel ihm sogar, sich mit ihr zu streiten. So manches Mal hatte sie ihn schon zum Lachen gebracht. Sie war gescheit und witzig. Lustvoll. Aber irgendwie war es dazu gekommen, dass er sie mit dem Leid der Vergangenheit gleichsetzte, und das hatte seine Gefühle zu ihr vergiftet.

Als er ihr zum ersten Mal begegnet war, als sie kein Mädchen mehr gewesen war, sondern eine Frau, hatte er sich vor lauter Lust nach ihr verzehrt. Er hatte sie mehr gewollt als jede andere vor ihr. Doch in dem Augenblick, als er sich ihr genähert und ihr in die Augen gesehen hatte, hatte sich diese Lust in Ekel verwandelt, während die Schreie der Vergangenheit ihn verschlungen hatten. Das hatte sich nie geändert. *Warum* war ihm die Vergangenheit in die Quere gekommen? Und spielte das eine Rolle? Im Augenblick sollte er sich lediglich fragen, wie er von hier fliehen konnte.

Eine halbe Ewigkeit versuchte er, sich irgendwie von den Ketten zu befreien – was jedoch nur dazu führte, dass er sich die Haut aufschnitt. Was für ein Krieger bin ich? fragte er sich.

Schließlich kam sie zurück. Ihre Haare waren nass, und sie trug einen anderen Umhang. Einen blauen, passend zu ihren Augen. Hübscher denn je, dachte er und schloss die Augen. Augenblicklich war er erregt, doch er wusste, dass es nur eine Frage der Zeit war, bis die Erregung abebbte.

„Jetzt sollte ich selbst deinen hohen Ansprüchen genügen." Alyssa kletterte rittlings auf ihn und legte ihm die Hände flach auf die Brust. Die Hitze ihres Zentrums – obwohl von ihrem

Umhang bedeckt – drückte gegen seine harte Männlichkeit. An den Stellen, wo sie ihn berührte, entzündeten sich kleine Flammen. Merkwürdig. Das war noch nie geschehen. Nicht mit ihr. Warum jetzt?

„Es gibt so vieles, worüber wir reden müssen“, sagte er, während seine Gedanken rasten. Sie sah nicht anders aus und hatte sicherlich nicht dafür gesorgt, dass er sie besonders mochte. Doch ausnahmsweise sah er kein Blut, hörte keine Schreie. Sie streichelte über seine Brust, als wäre er ihr Lieblingshaustier. Die Schwielen an ihren Händen erzeugten eine angenehme Reibung.

Auf einmal wollte er nicht mehr, dass sie aufhörte, ihn zu berühren.

„Alyssa“, hob er an, ohne richtig zu wissen, was er sagen wollte.

„Hör auf zu reden.“ Mit entschlossenen Bewegungen zeichnete sie die Kontur seines Kiefers nach, seine Ohren, die Linie seines Halses und der Schlüsselbeine.

Ein Verlangen, mit dem er nie gerechnet hätte, brachte sein Blut zum Kochen. „Du bist … das ist …“ Die Falten auf seiner Stirn wurden tiefer. Wie machte sie das nur? Er öffnete die Augen, um sie anzusehen, und hörte einen Schrei in seinem Kopf. Die Erregung verebbte, und schnell machte er die Augen wieder zu. Stille.

Ihr Gesicht, begriff er. Irgendetwas daran schickte ihn in die Vergangenheit. Aber was?

Sie rutschte tiefer an ihm herab, rieb ihn ein weiteres Mal, bis er bereit war. Er atmete scharf ein, als sie sich nach unten beugte und über seine Brustwarze leckte. Sie zog sich sofort zusammen, wollte mehr von diesem perfekten heißen Mund.

„Denkst du an eine andere Frau?“, fragte sie heiser.

Ihre scharfen kleinen Zähne schabten über die Haut rings um den anderen Nippel, sodass er, statt zu antworten, nur stöhnen konnte. Vor Lust.

Beim letzten Mal war sie nicht so aggressiv gewesen. Sie hatte ihn gebissen, ja, aber aus Versehen. Obwohl er das gewusst hatte, hätte er sie damals beinahe geschlagen. Nur seine schnellen Reflexe hatten ihn daran gehindert.

Einmal hatte ein Vampir ihn fast leer getrunken, was genauso schmerzhaft, grauenvoll und erniedrigend gewesen war, als wäre ihm ein Arm oder ein Bein abgetrennt worden. Alyssa hatte ihn beinahe leer getrunken, um ihn hierher zu bringen, auch das war kein Spaß gewesen. Der Gedanke daran, erneut gebissen zu werden, hätte ihn also abstoßen müssen. Nur …

Götter, er wollte nicht, dass Alyssa aufhörte! Er wollte irgendeinen Teil von ihr in sich spüren, wollte, dass sie sich an ihm nährte. Sie sollte leben, weil er ihr Leben gab.

Was geschah da mit seinem Kopf und seinen Gelüsten?

Sie knabberte fester. „Und?"

„Und was?" Er hatte die Frage vergessen, weil er zu sehr damit beschäftigt war, den Rücken durchzubiegen, um sich fester an ihren Mund zu pressen.

„An wen denkst du gerade, Shivawn? Welche Frau ist in deinem Kopf, wenn ich das hier mache?" Sie bahnte sich mit der Zunge einen Weg nach unten bis zu seinem Bauchnabel.

Er richtete sich auf, sehnte sich nach ihrem Mund. Heiß, eng, feucht. Wollte hineinstoßen. Hart. Wild.

„Sag es mir, und ich werde sanft zu dir sein", flüsterte sie, bevor sie warme Luft über den feuchten Pfad pustete, den ihre Zunge hinterlassen hatte.

„Dich", erwiderte er aufrichtig. „Ich sehe dich." Und so war es. Ihre Hitze durchdrang seine Haut, ihre seidigen Haare kitzelten ihn an der Brust, und es gefiel ihm.

Sie legte die Finger um seine Männlichkeit. Drückte zu. Seine Hüfte drängte nach oben, ein Stöhnen lag ihm auf den Lippen. Woher war diese Tigerin gekommen? Beim letzten Mal war sie meist still gewesen, als ob sie jede Berührung, jeden Laut aufsaugte. Damals hatte er gedacht, dass ihn das schon ein wenig verzaubert hätte, wäre er nicht so beschäftigt damit gewesen, sich zu fragen, warum sein Körper nicht so reagierte, wie er sollte.

Er versuchte, den Arm zu heben, um ihre Haare zu packen und ihr einen Kuss zu rauben, doch die Ketten rasselten und hielten ihn zurück. „Lass mich frei."

„Aber sicher." Sie ließ ihn frei – nur nicht so, wie er wollte. Auf einmal lag sein Schaft frei, hart und pulsierend auf seinem Bauch. Sie war zufrieden, dass sie nun seine Aufmerksamkeit hatte, und fuhr fort: „Du gibst hier nicht die Befehle."

Wahrscheinlich hatten die Worte harsch und herrisch klingen sollen. Aber sie klang atemlos.

„Dann berühr mich noch mal. Deshalb bin ich doch hier, nicht wahr?"

Bevor sie etwas erwidern konnte, öffnete er die Augen. Er konzentrierte sich nicht auf ihr gesamtes Gesicht, sondern immer nur auf einen Gesichtszug. Er musste der Sache auf die Spur kommen. Er sah die rosafarbene Spitze ihrer Zunge auftauchen und über ihre vollen Lippen huschen. Der Anblick war unfassbar erotisch, und seine Erektion nahm dadurch nicht ab, sondern wurde – im Gegenteil – noch härter. Ihre Lippen waren also nicht das Problem. Er sah, wie sie die Nase rümpfte. Auch dabei ebbte seine Erregung nicht ab. Er blickte ihr in die Augen. Die Schreie kehrten zurück.

Ihre Augen also. Was daran transportierte ihn zurück zu diesem blutigen Feld?

Sie sah auf ihn herab, wobei ihr die Haare wie feuchter Samt über die Schultern fielen. Ihre Augenlider waren halb geschlossen, ihr Gesichtsausdruck war sanft und leuchtend. Scharf, wie er jetzt war, stellten die Schreie eher eine Belästigung dar als ein Hindernis.

„Berühr mich", befahl er ihr wieder, doch in seiner Stimme schwang ein Flehen mit. Er drückte seine Hände flach auf die kühlen Steine unter ihm.

„Noch nicht." Sie griff nach oben und zog an dem Schulterband ihres Umhangs. Der saphirblaue Stoff rutschte bis zu ihrem Bauch hinunter und enthüllte volle stolze Brüste mit süßen rosafarbenen Nippeln.

Ihm lief das Wasser im Mund zusammen, als wäre er kurz davor zu verhungern und hätte soeben eine Einladung zu einem Festessen erhalten. „Mach mich los." Er brachte die Worte nur mit Mühe heraus. „Ich will *dich* berühren."

Sie kniff die Augen zusammen. „Du lügst schon wieder."

„Sieh dir meinen Körper an. Ich lüge nicht. Das Verlangen fließt durch meine Adern."

Sie hielt den Blick auf sein Gesicht gerichtet. „Das kann ich spüren", sagte sie, und ihre Wangen glühten rot.

Ein Erröten? Diese wilde Kriegerin wurde rot? Selbst das fachte sein Verlangen zusätzlich an.

„Aber das liegt nur daran, dass du an eine andere denkst", fügte sie hinzu. „Ich weiß, dass du gelogen hast."

„Ich denke nur an dich, das schwöre ich dir."

„Was hat sich verändert?", wollte sie wissen. Sie fuhr mit der Fingerspitze über seine Spitze, die zwischen ihren Beinen hervorragte, und verteilte einen feuchten Film auf seinem Bauch.

Süßer Himmel. Er öffnete den Mund, um zu antworten – wie, wusste er nicht –, als sie ihm zu verstehen gab, dass er schweigen sollte.

„Egal. Vergiss es. Wie schon gesagt: Dieses Mal wird es dir Spaß mit mir machen." Sie rutschte weiter nach hinten, und dann – süße Götter, dann – nahm sie ihn in den Mund, nahm ihn vollständig in sich auf.

Jeder Muskel in seinem Körper spannte sich an, sein Blut schmolz. „Alyssa", keuchte er.

Der Klang ihres Namens hatte sie offenbar verblüfft, denn sie hielt inne. Den Mund nur wenige Millimeter über seinem Schwanz, starrte sie zu ihm hoch. Er sah Lust in diesen schönen Augen, aber nur ein bisschen. Zu viel Verletzung und Entschlossenheit versperrten ihr den Weg. Die Schreie in seinem Kopf wurden lauter, hatten aber noch immer keine Wirkung auf ihn. Im Augenblick war etwas anderes wichtiger. Diese Verletztheit …

Sie gefiel ihm nicht. Er wollte sie wild erleben. Außer Kontrolle. Nicht, damit er wieder zu Kräften käme und fliehen könnte, wie ihm plötzlich klar wurde, sondern weil … Nun, weil ihm die heimliche Erkenntnis gekommen war, dass er es mochte, dass sie Teil seines Lebens war; dass er *sie* mochte. Nun, da das Blut und die Schreie in seinem Kopf überschattet wurden, begann er etwas anderes zu fühlen … etwas Schockierendes. Wundersames. Unglaubliches.

Etwas, das durch seinen Körper rauschte, in seine Zellen drang, in seine Organe – und ihr Wesen in sein Innerstes einprägte.

Er schloss die Augen und beschwor das Bild von Twila herauf, einer Nymphe, mit der er gerne ins Bett stieg. Seine Erregung schrumpfte, wie es zuvor immer bei Alyssa geschehen war. Er stellte sich Helen vor, eine Sirene, die er einen ganzen Monat lang beglückt hatte. Nichts, nicht mal ein Zucken. Er dachte an Brenna, die Menschenfrau, die er mehr gewollt hatte als alle anderen. Wieder keine Regung.

„Shivawn?“, fragte Alyssa zögerlich.

Im Bruchteil einer Sekunde war er steinhart. Ihre Stimme war der Funke, den er brauchte, um sein Verlangen zu entfachen.

Gütige Götter. Sie war seine Frau, seine Gefährtin, sein Ein und Alles. Keine andere als sie. Sie war für ihn bestimmt. Sie war ein Teil seines Lebens, schon immer gewesen. Er konnte es nicht länger leugnen – warum hatte er es je getan? –, denn plötzlich konnte er nur noch daran denken, ihr Lust zu bereiten. Sie zu beschützen. An ihr Lächeln, ihr Lachen, ihren Körper. An sich selbst in ihr. An sie und keine andere. All die Jahre hatte er es zugelassen, dass schmerzhafte Erinnerungen, die nichts mit ihr zu tun hatten, sein Urteilsvermögen trübten. All die Jahre hatte er sie weggestoßen, furchtbar behandelt und zutiefst verletzt.

Sie war ein Vampir. Das spielte keine Rolle mehr.

Sie würde ihn beißen müssen, um zu leben. Er war froh darüber.

Sie hatte ihn entführt. Nicht mehr als ein Liebesspiel.

Meine Frau, dachte er und war bis ins Mark erschüttert. Warum er seine Vergangenheit mit ihr in Verbindung gebracht hatte, wusste er nicht, aber er würde sich nicht länger wie ein Idiot aufführen. Und jetzt war nicht der richtige Zeitpunkt, um darüber nachzudenken. Das würde er später tun. Viel, viel später. „Alyssa“, sagte er.

Irgendwas in seinem Ton trieb ihr die Tränen in die Augen. Er kannte die Frauen gut genug, um zu wissen, dass es keine Freudentränen waren. Warum weinte sie? „Mach die Ketten los, Liebste. Bitte.“ Sein Ton war sanft. Er musste ihr Gesicht streicheln. Vielleicht diese Tränen ablecken. Sie halten. Sich für alles entschuldigen, was er ihr angetan hatte.

Sie wischte sich die Tränen mit dem Handrücken weg und schüttelte den Kopf. Ihr Kinn zitterte, und ihr Blick schweifte wieder zu seiner Erektion. „Nein.“

„Dann zieh dich für mich aus.“ Später wäre noch genügend Zeit, sie von seinen neuen Gefühlen zu überzeugen. Im Augenblick würde alles, was er sagte, ohnehin nur als Lüge abgetan werden, die er äußerte, um fliehen zu können. „Ich will dich schmecken, während du mich schmeckst.“

Wieder schüttelte sie den Kopf. Doch in ihren Augen vermischte sich der Rachedurst nun mit Leidenschaft. Sie knabberte an ihrer Unterlippe. Auf einmal wollte er das tun. „Beim letzten Mal wurde ich befriedigt und du nicht“, sagte sie. „Dieses Mal wirst du befriedigt werden und ich nicht. Wir wollen quitt sein, Shivawn, du erinnerst dich?“

„Alyssa.“ O ja. Er hatte ihr wehgetan und hasste sich dafür.

„Nein!“

„Dann lass mich angekettet. Aber erlaube mir wenigstens, dich zu küssen. Irgendwo. Du kannst dir die Stelle aussuchen. Dein Mund … deine Brüste … zwischen deinen Beinen … Solange du mir das verwehrst, wirst du mich nicht befriedigen können."

Ihre Pupillen weiteten sich, und das freute ihn. „Du willst gar nicht wirklich *mich* glücklich machen", sagte sie, und in ihrer Stimme schwang noch mehr Verletztheit mit.

„Dich und keine andere", versicherte er ihr. Er konnte diesen Wandel nicht erklären, nicht mal sich selbst. Er wusste nur, dass sich etwas verändert *hatte*. Später, sagte er sich wieder. Er würde es später herausfinden, wenn ihre beiderseitige Leidenschaft gestillt war. „Wenn du willst, dass ich bettle, werde ich betteln."

Sie schaute weg, als ob sie seinen Blick nicht länger ertragen könnte. „Alles, was ich je wollte, bist du. Alles, was ich getan habe, habe ich für dich getan. Ich habe kämpfen gelernt, damit ich in deiner Nähe sein kann und damit du dir sicher sein konntest, dass ich selbst auf mich aufpassen kann."

„Damit wirst du sofort aufhören."

Sie zog eine ihrer feinen Augenbrauen hoch. „Versuchen, dir eine Freude zu machen?"

„Zu kämpfen." Er wollte sie in Sicherheit wissen. In seinem Bett. Weg von diesem vom Krieg erschütterten Leben, das sie führte. Ihm gefiel der Gedanke, sie zu beschützen.

Sie fuhr seinen Bauchnabel mit ihrer Zunge nach. Eine glitzernde Träne lief ihr über die Wange und tropfte auf seinen Beckenknochen. Der Anblick richtete ihn schier zugrunde. „Alyssa …"

„Ich hätte dich nicht über meine eigenen Bedürfnisse und Sehnsüchte stellen dürfen. Dumm von mir."

„Du bist nicht dumm. Aber dein Glück ist in der Tat wichtiger als meins", sagte er. „Immer. Das werde ich dir schon bald beweisen."

Noch eine Träne.

„Was hast du sonst noch für mich getan?“, fragte er sanft.

Ihre Eckzähne wurden länger, und sie fauchte wütend. „Schmeichelt es deinem männlichen Ego, wenn du hörst, was die arme kleine Alyssa, die hoffnungslos in dich verliebt war, alles getan hat, damit du Notiz von ihr nimmst?“

„Nein. Aber wenn du mir davon erzählst, werde ich anfangen zu verstehen, was ich im Gegenzug für dich tun muss, um mein Fehlverhalten wiedergutzumachen. Damit wir quitt sind, so wie du gesagt hast.“

Verblüffung spiegelte sich auf ihrem Gesicht. Sie öffnete unwillkürlich den Mund, schloss ihn aber schnell wieder. Ihre Augen funkelten wütend, als sie knurrte: „Du willst es wirklich wissen? Na schön. Du hast mich wieder und wieder abgewiesen. Nach einer Weile habe ich die Hoffnung verloren. Ich habe mir einen anderen Liebhaber genommen. Und noch einen. Und noch einen. Kannst du das wiedergutmachen? Kannst du mich wieder zu einer unberührten Frau machen?“

O nein, das zu hören gefiel ihm ganz und gar nicht. Die Vorstellung von dieser wunderbaren Frau in den Armen eines anderen Mannes gefiel ihm überhaupt nicht. „Nein“, räumte er vorsichtig ein. „Ich kann nur eines tun: Versuchen, dafür zu sorgen, dass du es vergisst. Dich mit meiner Berührung kennzeichnen. Denn auch wenn mir nicht das Privileg zuteilwurde, dein erster Mann zu sein, verspreche ich dir, dass ich dein letzter sein werde.“

„Du hast Tausende Frauen gehabt“, sagte sie verbittert, „und dich dabei amüsiert und gelacht. Ich habe jedes Mal geweint, wenn ich dich mit einer anderen gesehen habe; jedes Mal, wenn ich mich einem Mann hingegeben habe. Kannst du das wiedergutmachen?“

Sein Magen drehte sich so schmerzhaft um, dass er hätte schwören können, Messer bohrten sich durch jeden einzelnen Knoten. „Es tut mir leid, unendlich leid. Ich wünschte, ich könnte die Zeit zurückdrehen.“ Sie würde nie wieder Grund haben zu weinen. Was er auch dafür tun müsste – von diesem Moment an würde diese Frau nur noch Freude und Lachen erfahren.

Was, wenn das Blut und die Schreie morgen nicht mehr gedämpft werden?

Das spielte keine Rolle mehr. Sie konnten mit Blitz und Donner angreifen – er würde sie nicht verlassen. Sie war ihm viel zu wichtig. Für sie würde er alles ertragen. Hatte sie nicht alles außer den Tod für ihn ertragen? „Irgendwie wird es mir gelingen, dass du diese Erfahrungen vergisst. Das schwöre ich dir."

„Von den Liebhabern, die ich mir genommen habe", fuhr sie fort, als hätte er nichts gesagt, „hatte ich mir erhofft, sie könnten mir beibringen, wie man einen Mann glücklich macht. Ich dachte, wenn ich nur wüsste, wie ich dich glücklich mache, würdest du mich wollen." Wieder lachte sie verbittert und stieß einen tränenerstickten Laut aus. „Aber das hat nicht geklappt, oder? Irgendwann bist du endlich mit mir ins Bett gegangen und hast jeden Moment gehasst."

„Alyssa", begann er, unterbrach sich dann aber. Wie sollte er ihr erklären, dass sie ihn immer an den schlimmsten Tag seines Lebens erinnert hatte, ohne sie noch mehr zu verletzen? „In jener Nacht, die ich mit dir verbracht habe ... war ich in einer düsteren und gefährlichen Stimmung. Niemand wäre in der Lage gewesen, mich glucklich zu machen."

„Deine Gefährtin schon."

Noch vor einer Stunde hätte er ihr zugestimmt. „Ich bin dir danach tagelang gefolgt", gestand er.

Sie riss die Augen auf und schüttelte den Kopf. „Nein, bist du nicht."

Er nickte. „Doch. Ich konnte nicht verstehen, warum ich unfähig war, auf so eine schöne Frau zu reagieren. Deshalb habe ich dich beobachtet, und zwar intensiver als je zuvor. Ich habe versucht, es herauszufinden."

Wieder schüttelte sie den Kopf, doch in ihren Augen lag ein Hoffnungsschimmer.

Dieses Fünkchen Hoffnung spornte ihn an. „Jetzt reagiere ich auf dich“, erinnerte er sie. „Ich will dich, Alyssa. Lass mich dich haben. Bitte. Deine Lust wird meine Lust sein.“

Ihre Miene verhärtete sich, als hätte sie ein bisschen zu lange in die Augen eines Gorgonen geschaut und wäre nun in Stein verwandelt worden. „O, du wirst Lust erfahren.“

„Das reicht nicht. Ich will, dass du auch glücklich bist.“

„Wie gesagt: Ich war bereits dran, oder etwa nicht?“

Er hätte ihr niemals die Wahrheit sagen sollen. „Ich verspreche dir, dass ich noch größere Lust empfinde, wenn ich weiß, dass es dir auch Spaß macht.“

„Das Gleiche galt für mich. Damals.“ Sie gab ihm nicht die Chance, noch mehr zu sagen. Einmal mehr senkte sie den Mund über seinen steifen Schaft, nahm ihn vollständig in sich auf und saugte … und saugte … Ihre Zunge spielte mit seiner Spitze, während sie quälend langsam nach oben glitt. Er versuchte, sich zu beherrschen, weil er zuerst sie zum Höhepunkt bringen wollte, bevor er selbst kam.

„Ich will dich lecken. Zwischen den Beinen“, brachte er mühsam hervor. „Ich muss dich schmecken.“

Wieder nahm sie ihn tief in sich auf, saugte, gab ihn wieder frei … Ihre Zähne schabten über seine Haut. Sie ignorierte seine Bitte. Ihre Finger verkrallten sich in seiner Hüfte, ließen los, umfassten seine Hoden. Sein Körper spannte sich an, machte sich bereit. Die Energie ging direkt in sein Blut, unaufhaltsam und unerbittlich. Noch nie hatte er etwas so sehr gewollt, wie er sie jetzt wollte. Er konnte den Gedanken nicht ertragen, dass sie unbefriedigt bleiben sollte.

„Alyssa. Bitte.“

Sie erhöhte das Tempo, und seine Lust steigerte sich ins Unermessliche. Verschlang ihn. Er brüllte laut und lange, während er tief in ihren Mund stieß. Er konnte die Bewegungen nicht kontrollieren, konnte nicht aufhören.

„Trink von mir“, befahl er. „Nimm mein Blut.“

„Habe ich schon.“

„Mach es noch mal. Lass mich dich nähren.“

„Nein!“

Wieder ließ sie ihre heiße Zunge um seine Spitze kreisen. Da verlor er auch das letzte bisschen Kontrolle. Seine Muskeln zogen sich in einem endlosen Krampf zusammen.

Diese Lust ... O Götter, diese Lust! Intensiver als alles, was er jemals erfahren hatte. Er konnte nicht sprechen, konnte nur animalisch keuchen, stöhnen und hecheln.

Wenn er noch einmal in dieser Frau wäre, würde er es womöglich nicht überleben. Der Gedanke brachte ihn fast zum Lächeln. Als er sich aber bebend beruhigte – würde dieser unregelmäßige Herzschlag jemals langsamer werden? –, richtete Alyssa sich auf und ließ von ihm ab. Sie schloss ihren Umhang wieder und verbarg damit ihre Brust vor seinen Blicken. Ihr Gesicht war gerötet, und auch sie keuchte.

„Jetzt hast du deine Erlösung bei mir gefunden. Diesmal kannst du es nicht leugnen.“

„Alyssa.“

Mit flinken Bewegungen zog sie an den Ketten, die seine Hände fesselten, woraufhin sie sich lösten. Das Gleiche machte sie mit den Fußfesseln.

Endlich war er frei. Er setzte sich auf und streckte die Hände nach ihr aus. Er musste sie einfach im Arm halten. Er konnte ihr süßes Verlangen riechen, musste sie befriedigen, musste es tun ... jetzt. Für immer. Doch sie wich zurück und schüttelte den Kopf.

„Komm her, Alyssa.“ Er bewegte sacht die Finger. „Bitte.“

„Geh zurück nach Hause. Erzähl deinem König, was ich getan habe. Schick die gesamte Nymphenarmee her, damit sie mich töten. Es ist mir egal.“

„Das hier ist eine Sache zwischen uns beiden, niemandem sonst. Ohne dich werde ich nirgendshin gehen.“ Er stellte sich auf zittrige Beine. Götter, wo war seine Kraft? Eigentlich sollte er jetzt nur so vor Energie strotzen. Aber alles, was er wollte, war, sich mit seiner Frau hinzulegen.

„Na schön“, sagte sie und hielt inne, um ihn mit kaltem Blick zu mustern. Die zerklüfteten Höhlenwände in ihrem Rücken bildeten einen rauen Hintergrund für ihre zerbrechliche Schönheit. „Dann werde ich gehen. Lebe wohl.“

Er sah sie finster an. „Nein. Nicht lebe wohl. Komm …“

Sie verschwand.

Ein lautes Brüllen drang aus seiner Kehle, und er stürmte aus der Höhle, um sie zu suchen. Als sich seine Augen an das Licht gewöhnt hatten, fand er sich im Drachenwald wieder. Rings um ihn herum ragten riesige Bäume empor. Nur Alyssa fand er nirgends.

Sie war weg. Als wäre sie nie da gewesen.

16. Kapitel

Brand hob die Amazone Nola hoch und trug sie vom Strand weg. Sie blutete, verweigerte aber seine Hilfe, weil sie Zuschauer hatten. Einer der Haie hatte sich offenbar gedacht, ihr Bein würde einen leckeren Snack abgeben, und sie in die Wade gebissen. Das Blut hatte sich mit dem Wasser vermischt. Nun tropfte es in den Sand.

„Ich halte dich“, versicherte er ihr.

Obwohl ihre Wangen kalkweiß waren, schüttelte sie den Kopf. „Ich kann gehen. Mir geht’s gut.“

Er hielt sie fester. „Sei still, Frau.“

„Lass mich runter. Ich muss Delilah finden.“

Hinter ihnen herrschte das Chaos, aber Brand hatte keine Angst um Nolas Freundin. Obwohl Tagart für den Ärger verantwortlich war und niemand mehr Schaden oder ein größeres Blutbad anzurichten vermochte als ein wütender Gestaltwandler in Form eines Drachen, würde der anderen Amazone nichts geschehen. Er hatte gesehen, wie Layel sie angeschaut hatte, wie er sie zuvor gehalten hatte – mit einem Ausdruck von Qual und zugleich Vergnügen im Gesicht – und wie er nach ihr getaucht war, um sie vor den Haien und dem Drachen zu beschützen. Der Vampir würde zweifelsohne für ihre Sicherheit sorgen.

Brand hatte den Vampirkönig nie gemocht. Seit er denken konnte, hatten sie sich miteinander im Krieg befunden und einander auf jede erdenkliche Art angegriffen. Doch Layel war mehrmals einfach gegangen und hatte willentlich eine Niederlage eingesteckt. Alles im Namen der Liebe. Jetzt ließ Brand Layel in Ruhe. Im Namen der Liebe.

„Der Vampir wird auf sie aufpassen", beruhigte er Nola.

„Sie sind Feinde."

Ihm fiel auf, dass sie nicht zu raten brauchte, von *welchem* er sprach. „So wie wir beide", erinnerte er sie. „Deine Leute haben meine angegriffen, kurz bevor wir auf die Insel geholt wurden. Das habe ich nicht vergessen."

„Noch ein Grund für dich, mich runterzulassen." Doch sie hörte auf, herumzuzappeln, und ließ sich von ihm durch den Baumgürtel tragen, weg von den anderen Kreaturen, die am Strand lagen. „Meinen Feinden stoßen schlimme Dinge zu."

„Und du möchtest nicht, dass mir etwas Schlimmes zustößt?"

„Doch, natürlich möchte ich das. Es ist nur … Ich …"

Er lachte. „Ich werde die Konsequenzen tragen. In Ordnung?" Als er das Gefühl hatte, weit genug von neugierigen Blicken entfernt zu sein, setzte er sie endlich ab und hob ihr Bein hoch, um sich die Verletzung genauer anzusehen. Das Fleisch war an mehreren Stellen zerfetzt, und ein scharfer Zahn steckte tief in der Wunde. „Das wird jetzt wehtun."

„Was?"

Ohne ihr die Zeit zu geben, zu verkrampfen, zog er den scharfen weißen Zahn aus dem verwundeten Muskelfleisch. „Du musst extreme Schmerzen haben." Aber sie hatte nicht mal heftiger geatmet, als er die Finger in ihre Wunde geschoben hatte.

„Ich hatte schon schlimmere Verletzungen." Ihrer Stimme war anzuhören, dass das die reine Wahrheit war.

„Ich werde nicht schlechter von dir denken, wenn du weinst."

Sie schnaubte wie jemand, der nicht weiter davon entfernt sein könnte, in Tränen auszubrechen. „Warum verhalten Männer sich eigentlich so, wenn eine Frau verletzt ist?"

„Verhalten sich wie?" Sicher, er hatte schon schwerwiegendere Verletzungen gesehen, aber beim Anblick dieser hier brannte sein Magen vor Übelkeit. Die Knochen schienen ihn anzustarren.

„So beschützend. Als meine Schwestern und ich gegen eure Armee gekämpft haben, haben uns die Männer weggestoßen, statt mit ihren Schwertern auf uns loszugehen."

Sein Blick wanderte von der Beinwunde zu ihrem Gesicht, und er hätte am liebsten gelächelt. Sie erinnerte ihn an die Schwester, die er vor langer Zeit an die Menschen verloren hatte. Auch sie war immer verwirrt und entnervt von seinem Verhalten gewesen. Wenn er es sich recht überlegte, hätte die Amazone als Zwilling seiner Schwester durchgehen können. Die gleichen türkisfarbenen Augen, die gleiche kecke Nase. Das gleiche sture Kinn und die gleiche sonnengebräunte Haut.

„Wir verhalten uns so, weil Frauen weicher sind", antwortete er schließlich, und seine Brust schmerzte bei dem Gedanken an das, was er verloren hatte. „Sie *brauchen* Schutz."

Wieder schnaubte sie und ließ sich auf das Moos sinken. „Ich habe in meinem Leben schon so viel Schmerz ausgehalten, wie niemand in sieben Leben aushalten sollte. Ich musste auf mich selbst aufpassen, durfte nur mir selbst vertrauen. Ich brauche nichts von dir oder irgendwem sonst."

„Wer hat dir so furchtbar wehgetan? Ich werde ihn für dich umbringen."

Sie winkte abwehrend. „Nicht nötig. Dafür habe ich schon selbst gesorgt."

Seine Lippen zuckten. Obwohl sie groß und ihr Körper – ganz nach Amazonenmanier – muskulös war, war sie verglichen mit seiner Statur und Größe doch ein Winzling. Reichte ihm gerade bis an die Schultern. „Du hältst dich für hart?"

„Halten? Wo ich mehr Soldaten getötet habe, als ich aufzählen kann? Krieger jeder Rasse, die es in Atlantis gibt?" In ihrer Stimme schwang kein Stolz mit. Sie klang einfach nur sachlich. Vielleicht ein bisschen traurig. „Wie viele hast du getötet?"

„Mehr."

Nun verzog sie die Lippen zu einem Lächeln.

„Hast du jetzt Schmerzen?", fragte er.

„Ja."

Dennoch ließ sie sich nichts anmerken. Wenn ich an ihrer Stelle wäre, dachte er, würde ich wahrscheinlich den Himmel verfluchen. Er konnte nicht anders, als ihre Tapferkeit zu bewundern – und schockiert davon zu sein. Um diesen Schmerz ignorieren zu können, musste sie in all den Jahren wirklich gelitten haben. „Anscheinend seid ihr zwei, du und Delilah, andauernd verletzt."

Nolas Stirn legte sich in Falten. „Wann wurde sie verletzt?"

Aha. Delilah hatte ihr nichts von Layels Biss erzählt. Sie beschützte den Vampir bereits, oder? Interessant. Auch wenn Brand bezweifelte, dass Layel für diesen Schutz dankbarer wäre, als Nola ihm war. „Ich dachte schon. Mein Fehler", sagte er nur.

Sie verschränkte die Hände hinter dem Kopf und starrte in den schweigenden Himmel. „Männer machen immer Fehler."

Bei jedem anderen hätte ihn dieser hochmütige Ton stinksauer gemacht. Sie aber erinnerte ihn einmal mehr an seine Schwester, und er konnte nur grinsend den Kopf schütteln. Er richtete seine Aufmerksamkeit wieder auf ihr verletztes Bein. „Heilen die Wunden bei deiner Rasse schnell?"

„Das geht dich nichts an, Drache."

„Ich werde die Information nicht gegen dich verwenden."

„Das sagst *du*."

Sie war so misstrauisch. „Das *schwöre* ich."

„Würdest du deinem Feind Informationen über *deine* Rasse geben?"

Verdammt guter Punkt. „Im Augenblick bin ich nicht dein Feind. Wir zwei sind Teamkameraden." Die Wunde hatte noch nicht aufgehört zu bluten, und da sie so tief war, würde das vermutlich auch nicht geschehen. Nicht ohne Hilfe. „Mach die Augen zu."

„Nein."

Verdammte Frau. Er schüttelte genervt den Kopf. „Dann lass sie eben auf, aber du musst wissen, dass es gleich wehtun wird."

„Was hast du …?"

Er holte tief Luft, hielt einen Moment die Luft an und atmete dann kräftig aus. Orangegoldene Flammen kamen aus seinem Mund, leckten an ihrer Haut und brannten die Wunde sauber aus.

Nola schrie. „Dreckskerl! Dämonensohn! Zentaurenarsch!"

Der Klang ihres gequälten Schreis wurde von den Bäumen zurückgeworfen, füllte seinen Kopf und ließ ihn erschaudern. „Wenn es einen anderen Weg gegeben hätte, hätte ich den gewählt." Er packte seine schulterlange Mähne, wrang sie aus und ließ das kalte Wasser über die Brandblasen und die restliche Glut tropfen. „Der Schmerz wird bald nachlassen, versprochen."

Sie verfluchte ihn noch immer. Er sah ihr nicht ins Gesicht, weil er zu große Angst hatte, Tränen zu sehen. Das hätte er nicht ertragen. Wenn eine Frau weinte, wurde er zu einem stammelnden Idioten, der über seine eigenen Worte stolperte und einfach nur noch weglaufen wollte. Und die Tränen dieser starken Frau wären sogar noch mächtiger als die der meisten anderen.

„Du wirst Narben zurückbehalten", sagte er. „Tut mir leid."

„Narben sind … okay", keuchte sie. Ihre Wangen waren gerötet – vermutlich, weil sie sich für ihre Reaktion schämte, und nicht, weil sie immer noch vor Schmerzen verging.

Hinter ihm raschelten Blätter. Irgendjemand näherte sich ihnen. Während er aufstand, durchschnitt ein Brüllen die Luft, und ein dunkler Schatten kam auf ihn zugeflogen. Fast da … Sein Körper spannte sich an, war bereit. Mit einem Grunzen prallten sie zusammen.

Zane biss nach seiner Kehle, doch Brand schwang eine Klauenfaust, traf den Blutsauger am Kiefer und warf ihn auf den Rücken. Im nächsten Augenblick sprang er los. Der Vampir war zu wild und verrückt, um seinen Tritten und Schlägen auszuweichen, und Brand konnte seinen Gegner auf den Boden drücken.

Es hatte ihm nicht gefallen, wie der Mann Nola da draußen auf dem Wasser angesehen hatte. Düster und besitzergreifend. Doch statt Feuer auf den Krieger zu spucken und ihn zu töten – Brand wollte sich nicht nachsagen lassen, er hätte Angst, sich dem Vampir bei den Wettkämpfen zu stellen –, boxte er Zane auf die Nase.

Knack.

Blut spritzte, und Zane heulte wütend und gequält auf. Viel zu schnell erholte sich der Blutsauger und schubste Brand mit so viel Kraft von sich herunter, dass dieser gegen einen Baum prallte.

„Sie gehört mir", knurrte Zane, sprang hoch und trat ihn in den Bauch. „Du rührst sie nicht an. Du rührst mich nicht an."

In seinen Augen lag ein wilder, animalischer Schimmer. Im nächsten Moment war Brand wieder auf den Beinen. Schuppen breiteten sich auf seinem Arm aus, während ihn die Wut packte. Er war schon immer ein Drache gewesen, der Frieden dem Krieg vorzog, und in diesem Moment ahnte er, dass auf dieser Insel niemals Frieden herrschen würde, solange der unberechenbare Vampir lebte. Brand vergaß seinen Stolz, vergaß, was die anderen über ihn reden würden, und spie einen kräftigen Feuerstrahl.

Zane wich dem Angriff schnell aus, sodass nur eine einzige Flamme ihn erreichte und sein Hemd verbrannte. Er machte einen Satz nach vorn, wobei er plötzlich einen selbst gemachten Holzdolch in der Hand hielt. Brand wirbelte herum, und sein Schwanz traf den Vampir hart im Gesicht. Blut floss.

Endlich vollständig Drache, benutzte Brand seine Flügel und stieg hoch in die Lüfte hinauf, um dann mit der Nase voran nach unten zu stürzen. Schneller, immer schneller jagte er auf den Vampir zu. Als er das Maul öffnete, um noch mehr Feuer zu speien, erblickte er Nola, die in den Strom humpelte. Er klappte das Maul zu und rammte Zane mit voller Wucht. In einem gnadenlosen, verworrenen Gerangel um die Oberhand rollten sie über den Boden.

Plötzlich segelte ein spitzer Ast in Brands Schulter und setzte ihn vorübergehend außer Gefecht. Er fauchte. Und sah, wie das Gleiche mit Zane geschah. Beide Männer keuchten und tauschten zwischen den Lanzen hindurch irritierte Blicke, als Nola angehumpelt kam, sich zwischen sie stellte und die Hände in die Hüften stemmte. Ihr Gesicht war bleich, und sie hatte dunkle Ringe unter den Augen.

„Habe ich jetzt eure Aufmerksamkeit?"

Sie bot einen beängstigenden Anblick. Trotz ihres geschwächten Zustands strahlte sie mächtige Wut aus. Ihre Lippen waren vor Missfallen ganz schmal, und ihre Hände hatte sie zu Waffen geballt.

„Erstens gehöre ich nicht dir", sagte sie zu Zane. „Zweitens kann ich mich selbst verteidigen", sagte sie zu Brand. „Wenn ich das nicht könnte, wäre ich meines Stammes nicht würdig. Wären wir in Atlantis, würde man mich dafür bestrafen, dass ich dir erlaubt habe, dich um mich zu kümmern."

„Ich weiß, wie du schmeckst", knurrte Zane und verblüffte Brand damit. „Du gehörst mir."

Nola war offenbar genauso verblüfft, denn sie wurde noch blasser und musterte den Vampir. „Du weißt nicht, wie ich schmecke. Ich habe mich dir nie hingegeben."

„Du hast von mir geträumt." Zane warf ihr die Worte so heftig entgegen, als ob sie Waffen wären.

Sie stolperte nach hinten und schüttelte den Kopf. „Woher weißt du das?"

„Weil …"

„Woher?"

„Weil es keine Träume waren! Ich bin letzte Nacht zu dir gekommen, und du hast mich mit offenen Armen empfangen."

Wieder stolperte sie benommen und mit weit aufgerissenen Augen zurück. Sie sah von Zane zu Brand, von Brand zu Zane.

„Ich … ich …“

Brand riss den Stock aus seiner Schulter und verzog das Gesicht. Er spürte ein scharfes Brennen, als Muskeln und Haut zerrissen wurden, aber nur kurz. Denn bereits nach wenigen Augenblicken wuchsen Haut und Gewebe wieder zusammen, und die Wunde heilte.

„Ich hätte niemals zugelassen, dass du solche Dinge …“ Sie konnte kaum sprechen.

„Hast du aber.“ Zane ging auf sie zu. Der Stock ragte immer noch aus seiner Schulter. „Begierig.“

„Lügner! Ich will dich nicht.“

„Doch, willst du. Wolltest du.“

„Nein, nein. Das war ein Traum.“

Brands Wut erreichte neue Höhen. „Wenn du dich ihr noch ein Mal näherst, werde ich dich ganz langsam töten“, drohte er dem Vampir.

„*Ich* werde dich töten“, korrigierte sie mit Tränen in den Augen. Götter, der Anblick brachte Brand fast um. „Ich mag dich vielleicht in meinen Träumen begehrt haben, Vampir, aber jetzt will ich dich nicht. Ich kann nicht.“

Zane zog die Augenbrauen zusammen und sah sie irritiert an. „Aber wenn du mich berührst, will ich nicht sterben. Deshalb gehörst du mir. Das muss bedeuten, dass du ein Geschenk für alles bist, was ich erduldet habe.“

„Nein, bedeutet es nicht.“ Sie bückte sich, hob noch einen Ast hoch und warf ihn nach ihm. „Ich bin für keinen Mann bestimmt.“

Der Vampir war so verblüfft, dass er sich nicht rühren konnte – oder vielleicht wollte er sich auch nicht rühren –, sodass der Ast in seiner anderen Schulter stecken blieb. Er gab keinen Laut von sich. Stand einfach nur da, mit den Ästen in den Schultern.

„Lasst mich in Ruhe“, sagte die Amazone mit erstickter Stimme. „Beide.“

„Nola", rief Zane.

Sie machte auf dem Absatz kehrt und humpelte davon.

„Nola!", schrie der Krieger. Seine Stimme wurde von den Bäumen zurückgeworfen und scheuchte einen Vogelschwarm auf. „Verlass mich nicht, so wie sie es getan hat. Bitte."

Da er plötzlich nicht mehr wusste, was er machen sollte, sah Brand dem Vampir dabei zu, wie er die Arme vor der Brust kreuzte und sich die Äste aus den Schultern zog. Sah ihm dabei zu, wie er ein paar Schritte nach vorn machte, als wolle er dem Mädchen folgen, dann stehen blieb und einen Laut ausstieß, der entsetzlich war in seiner Intensität und in seinem Schmerz. Zane hatte die Amazone aufrichtig begehrt und war aufrichtig verwirrt, weil sie seine Gefühle nicht erwiderte.

Brand hatte seine Drachengestalt aufgegeben und war wieder ein Mann. Ein nackter Mann, da seine Kleidung bei der Verwandlung zerrissen war.

„Nola", flüsterte Zane jetzt, als er auf die Knie fiel.

Langsam und leise zog sich Brand in die Schatten zurück. Dennoch drehte Zane mit einer schnellen Bewegung den Kopf in seine Richtung, und ihre hitzigen, hasserfüllten Blicke trafen sich.

„Ich werde nicht zulassen, dass du dem Mädchen noch einmal wehtust", sagte Brand ruhig. Er hatte vor all den Jahren bereits seine Schwester nicht beschützt. Dieses Mädchen würde er mit seinem eigenen Leben beschützen.

„Ich habe ihr nicht wehgetan", knurrte Zane.

Brands Gesicht bekam einen rebellischen Ausdruck. „Dann werden die kommenden Tage ja recht interessant werden, meinst du nicht auch?" Mit diesen Worten stapfte er davon, fest entschlossen, Nola zu finden und die restliche Nacht zu beschützen.

Doch er wusste, dass der Tag der Abrechnung mit Zane noch käme. Und zwar bald. O ja, bald.

17. Kapitel

Layel wusste nicht, was er tun sollte.

Er hielt Delilah in den Armen. Hungrige Haie und blutdurstige Nixe umkreisten sie, und ein unberechenbarer Tagart flog über ihren Köpfen herum und spie heiße Feuerstrahlen. Jeder Einzelne von ihnen galt Layel. Leider war die Amazone ins Kreuzfeuer geraten.

Mehrmals hatte er es gewagt, an die Wasseroberfläche aufzutauchen – nur um einem weiteren Feuerstrahl zu begegnen. Jetzt befanden er und Delilah sich wieder unter Wasser, wo Speere nach ihm geworfen wurden und Zähne nach ihm schnappten. Sie war von einer Bewusstlosigkeit in die nächste geglitten und aus der letzten noch nicht wieder erwacht. Ging es ihr gut? Er wusste es nicht. Er wusste nur, dass sie Luft brauchte. Und zwar schnell.

Er trat einem Nix ins Gesicht und kämpfte sich an die Wasseroberfläche, während er Delilah fest die Nase zuhielt, um zu verhindern, dass sie das Salzwasser einatmete. Als sein Kopf auftauchte, ließ er ihr Gesicht los und atmete kräftig ein – und betete, dass sie das Gleiche täte. Wenn nicht, würde er ihr jedes Sauerstoffmolekül geben, das sich in seiner Lunge befand, sobald sie wieder unter Wasser wären.

Wieder ein Feuerstrahl. Er wich schnell aus. Das war knapp. Und während all das um ihn herum geschah, wusste er genau, wer die Schuld an dieser Situation trug. Delilah war seinetwegen so schwach. *Seinetwegen.* Diese Frau war zu Recht stolz auf ihre Fähigkeiten und ihre Belastbarkeit, und dennoch hatte er sie mit seinem Handeln zu einem hilflosen Püppchen gemacht.

Allein hätte er es irgendwie zum Strand geschafft, aber er war nicht in der Lage, Delilah dorthin zu bringen. Er war ebenfalls geschwächt. Ohne ihn würde sie untergehen, gefressen werden oder erstochen oder verbrannt. Sie würde sterben – wie Susan.

Susan. Einmal mehr hörte er die Schreie seiner Geliebten in seinem Kopf, während die Drachen sie missbrauchten und auf die schrecklichste aller Arten benutzten. Ein Teil von ihm wäre unter diesen Schreien am liebsten zerbröckelt, hätte einfach aufgegeben. Doch genau wie zuvor ließen die Gedanken an Delilah die Schreie zu einem leisen Wimmern verstummen, sodass er sich weiter konzentrieren konnte und imstande war, seine Gegner abzuwehren.

Delilah. Was sollte er tun? Wie könnte er sie retten? Noch vor ein paar Tagen hätte er sie womöglich hier zurückgelassen und nur sich selbst gerettet – nach dem Motto: Zu Hades mit allen anderen! Immerhin war er ein Mörder und kein Held.

Aber heute, in diesem Moment, wollte er sich aus irgendeinem Grund nicht einfach davonstehlen. Wollte sein Leben nicht über das eines anderen stellen. Delilahs Leben war kostbarer als sein eigenes.

Wieder wurde ihm eine Feuersbrunst entgegengeschleudert, diesmal aber war er zu langsam, und sie traf ihn an der Schulter, verbrannte seine Haut und die Hälfte seiner Haare. Schwarze Rauchschwaden waberten rings um ihn herum. Ausnahmsweise hatte er keine Rachegedanken. Es war ihm egal, dass Tagart dieselbe Luft atmete wie er, es war ihm egal, dass Tagart lebte. Noch immer war Delilah alles, was ihm wichtig war.

Atmete sie? Sie gab nicht einen einzigen Laut von sich. Sie war reglos. Leblos. Verflucht! Lange konnte sie das hier nicht mehr aushalten.

Etwas Scharfes schnitt in sein Bein. Ein Hai. Mit dem anderen Bein trat er das Viech weg und tauchte in dem Moment unter, als ein weiterer Flammenregen auf sie beide herniederprasselte. Er hielt die Augen in dem trüben Wasser offen und sah einen grinsenden Nix, der Delilah an der Hüfte packte und versuchte, sie von ihm loszureißen. Wütend schlang Layel die Beine um sie. Rote Flüssigkeit entwich aus seinem Körper und verteilte sich rings um sie.

Der Nix hörte auf zu grinsen und zog. „Meine!"

Irgendwie bekam Layel die Haare des Fischmannes zu packen und zog ihn nach vorn. Sein Körper glitt elegant durchs Wasser, und Layel nutzte den Schwung der Bewegung und rammte ihm die Zähne in den Hals. Der Nix zappelte, und sein Schwanz traf Delilah.

Endlich schlug sie die Augen auf.

Sogleich fing sie an, panisch mit Armen und Beinen zu rudern, um sich zu befreien. Falls sie es schaffte, würde sie unwissentlich in das Feuer schwimmen, das oben tobte. Zwar war es schwer, sie festzuhalten und zugleich seinen Gegner außer Gefecht zu setzen, doch verzweifelt, wie er war, schaffte er es.

Der Nix schlug so wild um sich, dass sich unter ihren Füßen ein kleiner Strudel bildete. Erst als er schlaff wurde, ließ Layel ihn los und sah ihm nach, als er hinabtrieb.

Ein weiterer Hai schoss an ihnen vorbei.

Layel schlang einen Arm um Delilahs Brustkorb, legte ihr die Hand auf die Brust und zog sie an seinen festen Körper. Bei dem engen Kontakt wurde sie augenblicklich ruhig und nachgiebig, als ob sie ihn erkannte. Als sich der Hai umdrehte und nochmals mit aufgerissenem Maul und glänzenden Zähnen an ihnen vorbeiraste, boxte sie ihn auf die Nase. Blitzschnell schwamm er weg.

Und dann war Delilah verschwunden, und Layel hatte nur noch Salzwasser im Arm. Hektisch suchte er das trübe Wasser ab … Ein Hai traf ihn von hinten, und er wirbelte herum. Ein anderer Nix machte einen Satz nach vorn und griff Layel an, sodass er sich überschlug.

Wo in Hades Namen war Delilah? Wie hatte sie einfach so verschwinden können? Nur die Götter konnten ... Die Götter, wurde es ihm schlagartig klar. Hinrichtung. Noch unter Wasser stieß er ein gewaltiges Brüllen aus, während die Angst durch seinen Körper rauschte. Angst und Panik, gefolgt von der schockierenden Erkenntnis, dass es ihm nicht egal war. Ja, genauso war es. Es war ihm alles andere als egal, und er konnte es nicht leugnen. Wollte es auch gar nicht leugnen.

Es bestand die Möglichkeit, dass Delilah ausgewählt wurde. Getötet. Schließlich gefiel ihren Teammitgliedern ihre Verbindung zu ihm nicht. Layel verschwendete keine Zeit mehr im Wasser. Vor seinem geistigen Auge beschwor er das knisternde Lagerfeuer herauf, den Mondschein, die Felsen und das Moos. Einen Moment später war er auch schon dort, und der Ozean war nicht mehr als eine ferne Erinnerung.

Auf einmal war er nicht mehr in der Lage, sein eigenes Körpergewicht zu tragen, und brach in einem triefenden Häufchen zusammen. Seine Kraft – weg. Er zitterte so heftig, dass er nicht überrascht gewesen wäre, wenn er ein Beben verursacht hätte.

Delilah. Ich muss sie finden. Er schaffte es kaum, den Kopf zu heben. Seine Augen suchten die Umgebung ab. Er sah die Felsen, das Moos, den Kreis, in dessen Mitte das Lagerfeuer gebrannt hatte, doch es waren keine Leute da. Nein, Moment. Da *waren* Leute. Sein Team. Nicht die Leute, die er gesucht hatte. Sie streiften durch die Büsche und sahen sich mit finsteren und irritierten Blicken um.

„... hierhergerufen, denke ich“, sagte jemand. „Warum sind wir schon wieder hier? Bei dem Kreis? Wir haben doch gewonnen. Unser Team hat am längsten ausgehalten.“

„Vielleicht, um unseren Preis zu finden?“, erwiderte ein anderer. „Vielleicht müssen wir nach jedem Wettkampf herkommen, ob wir gewinnen oder verlieren.“

Verdammt! Wohin mochten die Götter Delilah gebracht

haben? Die Hilflosigkeit legte sich schwer auf Layels Schultern, als ihm keine Antwort einfallen wollte. *Denk nach. Denk nach!* Weg von der Insel? Zurück nach Atlantis? Nein, nein. Sie war hier, musste hier sein.

„Darauf wette ich", ging die Unterhaltung weiter und lenkte seine verwirrten Gedanken ab.

„Ich kann es kaum erwarten!"

„Ich frage mich, wen von dem anderen Team sie wohl hinrichten."

„Gütige Götter. Seht nur!"

Er hörte ein Japsen, aufgeregte Jubelrufe und dann das Geräusch von Teller- und Schüsselklappern und von Zähnen, die in irgendetwas hineinbissen. Layel hob den Blick. Dort an der Feuerstelle standen mehrere Tische, auf denen sich Essen stapelte. Der Duft von Konfekt und Gewürzen wehte zu ihm herüber, während seine Teamkameraden gierig futterten.

Delilah. Sie war hier, bestimmt. Irgendwo. Layel wollte sie finden, sie sehen, sich davon überzeugen, dass es ihr gut ging. Sich davon überzeugen, dass nicht sie als Nächstes sterben sollte.

Was er täte, wenn es anders wäre, wusste er nicht. Er wusste nur, dass es seine Schuld wäre. Wegen ihrer ... Beziehung zu ihm. Beziehung, ja. Nicht nur ein Zweckbündnis, wie er bisher gedacht hatte, sondern eine richtige Beziehung. Da gab es nichts abzustreiten. Nicht mehr. Sie suchten nacheinander in der Menge. Jeder von ihnen wollte etwas vom anderen – Blut, Leidenschaft. Sie waren nur miteinander intim. Sie redeten, sie teilten, sie passten aufeinander auf.

Keuchend, schwitzend und blutend rappelte er sich hoch. Schwankte genauso wie Delilah, als sie auf diesem Pfahl gestanden hatte. Er stolperte nach vorn und musste sich gegen einen Baumstamm stützen, um sich aufrecht zu halten. Einatmen, ausatmen.

Er schnüffelte. Auf einmal war ihm dieser Essensgeruch verhasst, weil er alles überlagerte und Delilahs Duft blockierte.

Nein, Moment! Er schnüffelte noch einmal, fing einen Hauch ihres ganz persönlichen Duftes auf – nach Frau und Kraft, nach Wasserfall und Süße – und zwang sich, seine schweren Beine zu bewegen. Jeder Schritt war eine Qual.

Bestimmt verging eine Ewigkeit, während er durch Kletterpflanzen lief und über dicke Wurzeln stolperte, während er glasklare Seen durchquerte und einen Bogen um die Tiere machte, die sich normalerweise vor ihm versteckten. Schweine, Vögel, irgendeine Katzenart. Sie beobachteten ihn neugierig, als würden sie bemerken, dass er zu schwach war, um ihnen etwas anzutun, aber wären nicht sicher, wie sie sich verhalten sollten.

Warum machst du das? Warum ist dir das so wichtig? Das ist falsch. Er hatte keine Antworten und wollte im Augenblick nicht mal darüber nachdenken.

Endlich hörte er das Knistern von Flammen. Fast konnte er die verlockende Wärme spüren. Er blieb stehen, während schwarze Punkte vor seinen Augen tanzten. Gemurmel drang an seine Ohren.

„… werden wählen müssen."

„Aber wen?"

„Den Schwächsten oder die Verräterin?"

Er hockte sich so gut hin, wie es in Anbetracht seiner Verfassung möglich war, und bewegte sich weiter vorwärts. Auf keinen Fall durfte der Gott ihn bemerken. Sonst würde er ihn noch sonst wohin schicken. Als er den Rand erreichte, versperrten ihm mehrere Blätter den Weg. Er schob sie zur Seite – leise und gleichmäßig –, und dann blickte er direkt auf Delilah.

Sein Herz hörte auf zu schlagen. Die Welt drehte sich langsamer, verblasste um sie herum. Sie war genauso nass wie er. Das bisschen Kleidung, das sie trug, klebte wie eine zweite Haut an ihr. Ihr Körper war von Verletzungen und Blutergüssen übersät, wodurch sie aussah, als wäre sie soeben von einem bösen Kampf zurückgekehrt – den sie verloren hatte. Aber sie war wach. Am Leben. Sie zitterte. Und sie war das

Schönste, was er je gesehen hatte. In seinem ganzen Leben. Sogar schöner als Susan, und er fühlte sich elend, weil er so etwas Furchtbares überhaupt dachte.

Sie hatte die Haare oben auf dem Kopf zusammengebunden. Doch ein paar sture Strähnen wollten einfach nicht gehorchen und fielen ihr auf Schläfen und Schultern hinunter. Tagart saß in Menschengestalt neben ihr. Irgendjemand hatte ihm eine Hose gegeben, sodass zumindest seine Geschlechtsteile bedeckt waren. Allerdings war sie ihm zu klein und spannte an den Oberschenkeln.

Der Bastard streckte die Hand aus und strich Delilah eine Haarsträhne hinters Ohr. Dabei streifte er mit den Fingerknöcheln ihre Wange. Layel drehte sich der Magen um, und Blutdurst rauschte durch seinen Körper.

Delilah schlug die Hand des Drachen verärgert weg, und nur das rettete Tagart das Leben. Vorerst. Layel entspannte sich etwas.

Tagart blickte finster drein und flüsterte ihr etwas zu – Layel konnte die Worte nicht verstehen.

„Wurde eine Entscheidung getroffen?“, war plötzlich eine körperlose Stimme zu hören. Barsch und stahlhart. „Und denkt nicht mal daran, mich um Gnade anzuflehen, so wie das andere Team es getan hat. Ich habe keine. Nicht für euch. Ihr musstet nur auf einer Stelle stehen und euer Durchhaltevermögen demonstrieren. Dennoch habt ihr versagt, jeder Einzelne von euch. Ihr habt euch ablenken lassen, habt vergessen, dass es Konsequenzen gibt, wenn ihr das Ziel aus den Augen verliert. Hätte einer von euch auch nur eine Minute länger durchgehalten, hättet ihr die Herausforderung gewonnen.“

Alle Anwesenden erstarrten. Die Flammen züngelten empor, als seien sie aufgeregt, verschmolzen miteinander, wirbelten durcheinander, wüteten fast und formten dann den Körper eines erstaunlich großen Mannes mit kräftiger Brust.

„Könnten wir vielleicht wenigstens noch etwas Zeit bekommen, ehe wir unsere Stimmen abgeben?“, fragte Delilah durch ihre klappernden Zähne.

„Nein“, war die knallharte Antwort. „Das habt ihr euch nicht verdient.“

„Dann sind wir wohl bereit.“ Sie schloss die Augen, öffnete sie wieder, und auf ihrem Gesicht spiegelte sich Entschlossenheit. Layel sehnte sich danach, sie in seine Arme zu schließen, sie festzuhalten und zu wärmen. Sie zu beschützen. „Ich stimme für den Dämon. Er war der Erste, der gefallen ist.“

„Ich unterstütze den Antrag“, sagte Tagart und warf Delilah einen vielsagenden Blick zu.

Der fragliche Dämon fauchte in ihre Richtung. „Ich stimme für Delilah“, sagte er, wobei das Gift auf seinen scharfen Hörnern glitzerte. „Ich wollte eigentlich für den Vampir stimmen, aber ich habe es mir spontan anders überlegt.“

Layel ballte die Hände zu Fäusten. Eigentlich hatte er Zane die Dämonen versprochen, aber vielleicht würde er sich diesen hier selbst vorknöpfen. Oder vielleicht auch nicht. Denn Zane war jetzt an der Reihe und verkündete schadenfroh: „Ich stimme für den Dämon.“

„Ich stimme für die Amazone“, sagte der Zentaur, der auf dem Wasser geschrien hatte, er wolle seine Ruhe haben.

„Damit hätten wir drei Stimmen für den Dämon und zwei für die Amazone“, sagte der Gott dramatisch, als hätten die hier Anwesenden das Zählen verlernt. „Ein Kopf-an-Kopf-Rennen. Formorier, für wen stimmst du?“

Das einarmige, einbeinige Wesen musterte seine Teamkameraden. Seine kleinen hauchdünnen Flügel flatterten hektisch, während er fieberhaft überlegte, was er tun sollte. Der Dämon oder die Amazone. Layel richtete seine Aufmerksamkeit wieder auf Delilah. Sie saß steif und unbeteiligt da. Erwartungsvoll. Sie rechnete damit, zu sterben.

Der Wunsch, sie zu halten, wurde stärker, als Layel den Blick zu dem Drachen schweifen ließ, der erst vor Kurzem versucht hatte, ihn zu töten. Im Augenblick starrte der Krieger den Formorier mit Mordlust in seinen goldenen Augen an. Ein wortloser Befehl, so zu stimmen, wie Tagart es für richtig hielt. Oder qualvoll zu sterben. Das ist pure Ironie, dachte Layel, dass ich einem Drachen mal dankbar bin.

Der Formorier schluckte hörbar, und seine rötliche Haut wurde blass. „Der Dämon. Ich stimme für den Dämon."

Und auf einmal stimmten auch alle anderen für den Dämon.

„Nein, bitte nicht." Der Dämon schüttelte wild den Kopf. „Macht das nicht. Ich bin stark. Ich werde uns zum Sieg führen."

„Genug. Das Urteil wurde gefällt." Das silberne Schwert, das Layel mittlerweile in seinen Albträumen sah, erschien in der Mitte des Feuers. Auf makabere Art drehte sich die tödliche Waffe im Kreis.

Mit einem Satz war der Dämon auf den Beinen, wich zurück und atmete stoßweise. „Nein, macht das nicht. Bitte, macht das nicht." Er stolperte über eine dicke Wurzel und fiel hin.

Layel hatte nicht mal Zeit, zu blinzeln, da sauste das Schwert auch schon herab.

Man hörte ein widerliches Zischen, gefolgt von einem dumpfen Schlag. Einem Rollen. Der Schrei einer Frau hallte durch die Bäume. Er war kräftig und ohrenbetäubend. Und göttlich? Das Geräusch vermischte sich mit Zanes Lachen.

Dann herrschte absolute Stille rings um das Lagerfeuer, selbst die Flammen waren leise. Layel freute sich über das Todesopfer. Am liebsten hätte er den Dämon selbst getötet, und so zuckte er nicht mal zusammen.

Auch Delilah zuckte nicht, doch in ihren Augen war Traurigkeit zu erkennen.

Layel hatte ihr so viel Schmerz zugefügt, und selbst das hier konnte man ihm zuschreiben. Dabei verdiente sie nichts anderes, als glücklich zu sein. *Ich hätte sie fast verloren.*

In diesem Moment beschloss Layel, dass er sie haben musste. Nur ein Mal. Er würde erfahren, wie sie schmeckte, wie sie roch.

Er würde ihren Körper kennenlernen. Natürlich würde er seine Gefühle von dem körperlichen Akt trennen. Auf keinen Fall würde er das Andenken an Susan beschmutzen. Aber er musste Delilah haben, jeden Zentimeter, jedes atemlose Stöhnen.

Bis jetzt hatte nichts die Amazone aus seinem Kopf vertreiben können. Und er war es leid, es weiter zu versuchen. Niemand wusste, wie viel Zeit ihnen auf der Insel noch blieb – oder wie lange sie noch am Leben wären. Zweihundert Jahre lang hatte er nichts als Hass, Schmerz und Trauer gekannt. Es hatte ihm nichts ausgemacht – er hatte die Gefühle sogar willkommen geheißen –, weil er es nicht besser verdient hatte. Zwar verdiente er nach wie vor nichts Besseres, aber er konnte das Leid nicht länger mit offenen Armen empfangen. Die Sehnsucht war zu groß.

Susan hatte ihn während ihrer viel zu kurzen gemeinsamen Zeit geliebt. Sie hätte dieses schreckliche Leben, das er sich aufgebaut hatte, nicht gewollt. Wenn sie gewusst hätte, wie sehr er litt, wäre sie ihm mit der Hand durch die Haare gefahren und hätte ihm gesagt, er solle wieder glücklich sein und das Leben genießen.

Wäre die Situation umgekehrt, hätte Delilah gedroht, jede anzugreifen, mit der er flirtete, dachte er mit einem halben Lächeln. Das Lächeln wurde breiter, als er sich vorstellte, wie sie mit gespreizten Beinen feucht und willig in seinem Bett lag.

Eine gemeinsame Nacht. Das würde reichen müssen.

Wie lange wirst du noch alles und jeden in deiner Nähe zerstören, weil Susan nicht hier sein kann? Sein Lächeln verblasste langsam. Für immer. Er würde sich kein Happy End erlauben. Eine Nacht, ja. Aber nicht mehr. Susan war nicht glücklich gestorben, also würde er auch nicht glücklich weiterleben. Ganz gleich, wie sehr sie sich das für ihn gewünscht hätte. Sie *würde* gerächt werden.

Aber für heute, dieses eine Mal, würde er alles vergessen außer Delilah. Und die Leidenschaft. O ja. Leidenschaft. Er würde ein liebevoller, zärtlicher Mann sein. Er würde Delilahs Mann sein, ihr alles geben, wonach sie sich sehnte, und vielleicht noch mehr. Falls sie ihn noch wollte ...

Tagart stand auf und zog seine Aufmerksamkeit auf sich. „Lasst uns zum Strand zurückgehen“, wandte er sich an sein Team. „Wir müssen tun, was nötig ist, um den nächsten Wettkampf zu gewinnen – auch wenn das bedeutet, dass wir die ganze Nacht lang trainieren. Wir können uns nicht noch eine Runde von ... dem hier erlauben. Verstanden?“ Seine Stimme klang heiser, und es schwang Entsetzen mit.

Hatte er nicht damit gerechnet, dass der Gott die Hinrichtung ausführen würde? Hatte er erwartet, dass er lachen und sie wegschicken würde?

Noch mehr Gemurmel war zu hören, als die anderen langsam mit zittrigen Beinen aufstanden und überallhin sahen – nur nicht auf den noch immer blutenden, zuckenden Körper. Nur Delilah blieb sitzen.

„Komm“, befahl Tagart und forderte sie mit einer Bewegung seiner Finger auf, sich zu bewegen.

Sie wirkte benommen und wie betäubt, als sie den Kopf schüttelte. „Ich muss ... einen Moment allein sein.“

Sie hatte gezögert. Was hatte sie wirklich sagen wollen? fragte Layel sich.

Tagart biss die Zähne aufeinander. „Du solltest nicht hierbleiben. Der Gott könnte zurückkommen. Er könnte ...“

„... mir etwas antun, und zwar ganz egal, wo auf dieser Insel ich mich aufhalte“, unterbrach sie ihn. „Ich brauche einen Moment für mich. Bitte. Es wird nicht lange dauern.“

Das *Bitte* erweichte seine strengen Gesichtszüge, doch er rührte sich nicht vom Fleck. „Weißt du noch, was ich dir gesagt habe, Delilah?“

Wieder nickte sie abwesend, doch ihre Augen leuchteten plötzlich. „Ich werde es nicht vergessen, das versichere ich dir.“

Neugier erwachte in Layel. Was hatte der Drache ihr gesagt?

„Gut. Dafür solltest du unbedingt sorgen." Er blickte demonstrativ zu dem leblosen Körper des Dämons und stapfte davon.

Die anderen folgten ihm schnell. Offensichtlich wollte niemand von dem Mann getrennt sein, den sie jetzt als ihren Anführer betrachteten. Layel war zufrieden damit zu warten, ohne etwas zu tun oder zu sagen, sondern einfach nur die Frau anzusehen, die ihn während der vergangenen Tage so sehr fasziniert hatte.

„Ich hatte nicht erwartet, dass es so ist", sagte Delilah und hob den Blick. Sie fand ihn sofort, obwohl er sich so gut in der Dunkelheit versteckt hielt, und er blinzelte überrascht. „Ich habe getötet und andere töten gesehen, aber das hier kommt mir … so kaltblütig vor."

„Ja."

„Ich konnte die ganze Zeit nur daran denken, dass ich an seiner Stelle hätte sein können. Wahrscheinlich hätte ich an seiner Stelle sein *sollen*."

Sofort regte sich Widerstand in seinem Kopf – *nicht du, niemals du* –, doch er rang ihn nieder. „Aber du warst es nicht." Er straffte die Schultern und schob die Blätter, die ihn verdeckten, beiseite. Versuchte, nach vorn zu gleiten, hatte aber nicht die Kraft zu schweben. Er stolperte auf sie zu und ließ sich auf den Baumstamm neben ihr fallen. Ihre Schultern berührten sich flüchtig, und zwischen ihnen zischte es förmlich.

Sie schluckte und sagte mit brüchiger Stimme: „Ich habe mich nicht bei dir bedankt. Dafür, dass …"

„Du schuldest mir keinen Dank."

„O doch."

„Nein."

„Ich bin von diesem Pfahl gefallen wie ein verfluchter untrainierter *Mann*."

Als er den Ekel in ihrer Stimme hörte, musste er lächeln. „Eigentlich bist du gesprungen. Erinnerst du dich nicht mehr?

Und überhaupt: Wenn ich nicht wäre, wäre das alles nicht passiert. Ich habe dich geschwächt – körperlich und mental."

„Ich war schon mal schwächer. Aber bisher hätte ich niemals so reagiert." Jetzt redete sie, als ob sie ihn an ihre Kraft und Stärke erinnern wollte.

„Ich habe nicht schlecht von dir gedacht, Delilah. Ich ..." *Sag es ihr nicht, sprich es nicht aus – sonst wird es real.* Aber er konnte nicht anders. „Ich fand es schön, auf dich aufzupassen."

Eine lange Weile schwieg sie. Das knisternde Feuer und der Gesang der herumschwirrenden Insekten waren die einzigen Geräusche. Dann seufzte sie. „Es gefällt mir, wenn du das sagst – auch wenn es das eigentlich nicht sollte. Eine Amazone ist einzig dafür bestimmt, ihre Schwestern zu beschützen, und dazu ist sie nicht in der Lage, wenn sie schwach ist oder wenn ein Mann stärker ist als sie. Aber ..."

„Aber?" Er wollte den Rest hören. Ein Teil von ihm *musste* ihn hören. Heute Nacht war er nur ein Mann, und sie war nur eine Frau. Das war erlaubt.

Als sie nicht antwortete, stand Layel auf, um seine Enttäuschung zu verbergen. „Warte hier. Ich werde den Leichnam begraben."

„Ich helfe dir."

„Du bist immer noch geschwächt."

„Wir machen das gemeinsam, Layel. Schon vergessen?"

Er nickte und freute sich wie ein Schuljunge über ihre Beharrlichkeit.

Sie brauchten eine ganze Stunde, und als sie zurück zum Feuer gingen, waren sie erschöpft, verschwitzt, schmutzig und vollkommen außer Atem.

„Es gefällt mir, dass du so stark bist", platzte es schließlich aus ihr heraus. „Das wollte ich vorhin sagen."

Diese Worte aus ihrem Mund zu hören war genauso wunderbar, wie er es sich vorgestellt hatte. Und dennoch ... „Ich bin nicht stark", hörte er sich sagen. Er klang verbittert.

Sie warf einen Stock in die Flammen und sah dabei zu, wie er zu Asche verbrannte. „Warum nicht?"

Er war hier, obwohl er woanders sein sollte. Er hatte Susan nicht gerettet, und er hätte auch Delilah nicht zu retten vermocht, wäre sie in dieser Nacht auserwählt worden. „Zu viele Gründe, um sie alle zu nennen."

Delilah sah zu ihm hinüber und musterte ihn im Feuerschein. Was auch immer sie inmitten des golden flackernden Lichtes sah, es schien ihr zu gefallen. Denn sie streckte eine Hand aus und fuhr mit den Fingerspitzen die Kontur seines Gesichts nach, seiner Lippen. Sanft, unendlich sanft. „Du bist blass", sagte sie.

„Ich bin immer blass."

„Mehr als sonst. Bist du verletzt? Ich meine, irgendwo, wo ich es nicht sehe?"

„Mir geht's gut." Es gefiel ihr, dass er stark war. Unter gar keinen Umständen würde er jetzt zugeben, wie geschwächt er war.

„Brauchst du mehr von meinem Blut?"

„Nein", log er. Er war nicht bereit, das Risiko einzugehen, aus irgendeinem Grund mehr von ihr zu nehmen. Er nahm ihre Hand und drückte ihr einen weichen Kuss aufs Handgelenk, wo ihr Puls plötzlich einen unregelmäßigen Takt anstimmte. Das Blut rauschte durch ihre Venen, und ihre Haut verströmte einen süßen Duft.

Ihm lief das Wasser im Mund zusammen.

„W…warum hast du das getan?", fragte sie.

„Was?"

„Meine Hand geküsst?"

„Ich wollte es einfach." Die Wahrheit. „Hat es dir nicht gefallen?"

„Doch. Sogar mehr, als es mir gefallen sollte. Aber bisher hast du mich noch nie gerne berührt."

Ein Verbrechen. „Aber ich habe es immer gewollt", gab er zu.

Sie schloss die Augen ein wenig, sodass die langen, dichten

Wimpern ihren pulsierenden Blick abschirmten. „Ich soll mich von dir fernhalten."

Unfähig, sich zurückzuhalten, lehnte er sich zu ihr hinüber. Er würde sie nicht auf den Mund küssen – konnte und würde diesem Reiz nicht so tief erliegen –, aber er musste sie mit den Lippen berühren. Irgendwo. Er folgte der Kontur ihrer Wangen, ihres Kinns, atmete tief ein und inhalierte ihren süßen Duft. „Warum?" Er kannte die Antwort bereits. Tagart. *Weißt du noch, was ich dir gesagt habe?* So hatte der Drache sie ermahnt.

Ein Zittern durchlief ihren Körper. „Warum was?"

„Musst du dich jetzt von mir fernhalten?" Mit der Zunge folgte er demselben Pfad, den zuvor seine Lippen erkundet hatten. Weich, süß, heiß. Sein Schaft wurde schmerzhaft hart.

„Mein Team", keuchte sie, während sie zaghaft die Arme um ihn schlang.

Die werden sie als Nächste töten, wenn sie sie zusammen mit mir sehen, dachte er. „Dann dürfen sie uns eben nicht finden. Nicht heute Nacht." Sie brauchte ihn genauso wie er sie. Das wurde mit jedem heißen Atemzug klar, den sie tat. „Morgen … morgen können wir uns wie Fremde verhalten."

Mit den Fingern fuhr sie an seinem Rücken hoch, über seine Wirbelsäule, hielt dann inne und vergrub die Fingernägel in seinen Schultern. Sie bog den Rücken durch und presste ihre Brüste gegen seinen Brustkorb. Er atmete zischend ein.

„Macht dir das nichts aus?", fragte sie.

Jetzt konnte *er* sich nicht mehr erinnern, wo sie in ihrer Unterhaltung stehen geblieben waren. „Was meinst du?"

„Wenn wir uns heute Nacht lieben und morgen nicht mehr kennen."

Eigentlich hätten ihre Worte ihn freuen sollen. Das war es doch, was er wollte, was er brauchte, um in seine kalte isolierte Welt zurückzukehren. Genau das hatte er ihr doch gerade erst vermittelt. Dennoch ärgerte es ihn, dass sie sich so schnell bereit erklärte, seine Berührungen zu vergessen. Alles in ihm sträubte sich dagegen.

„Nein“, erwiderte er durch zusammengepresste Zähne. Ein winziger Protest ihrerseits wäre nett gewesen. Nicht wahr? „Das macht mir nichts aus.“

„Im Gegensatz zu meinen Schwestern war ich nie auf ein kurzes Abenteuer mit einem Mann aus.“ Sie schwang die Beine herum, stützte sich hoch und setzte sich so mit gespreizten Beinen auf ihn, dass sich ihre Hitze direkt über seinem Schaft befand. Er hasste ihre Klamotten. „Aber anscheinend kann ich mich nicht zurückhalten. Ich werde dich haben, wenn auch nur in dieser Nacht. Also, sag schon: Was hast du mit mir vor?“

Was hatte sie denn sonst gewollt? Für immer und ewig? Ein schmerzhaftes Ziehen ging durch seine Brust, weil ein winziger Teil von ihm ihr liebend gern genau das gegeben hätte. „Zuerst werden wir baden.“ Er wollte mindestens perfekt für sie sein. Wenn sie in den kommenden Jahren an ihn dachte – und er hoffte, dass sie das täte –, sollte sie das voller Zuneigung und vielleicht sogar Erregung tun.

Sie knabberte an ihrer Unterlippe. „Wenn man bedenkt, was wir eben erst im Wasser durchgemacht haben – bist du dir sicher, dass du da wieder reinwillst?“

„O ja. Wir werden zu unserem Wasserfall gehen.“

Sie schenkte ihm ein halbes Lächeln. „Und danach? Was wirst du dann mit mir anstellen?“

Er musterte sie. Ihr zerschrammtes Gesicht war schmutzig, und die teilweise getrockneten Haare kringelten sich wirr um ihre Schultern und Arme. Dennoch pulsierte sie plötzlich vor Lebendigkeit, als gäbe ihr der Gedanke daran, mit ihm zusammen zu sein, alle Energie, die sie brauchte. Ihre Lippen waren weich und rot, ihre violetten Augen leuchteten sinnlich. Erotisch. Beinahe verspürte er bei ihrem Anblick ein Stechen in der Brust. Es gefiel ihm zwar nicht, aber er mochte diesen Schmerz, weil er ihn daran erinnerte, dass er noch am Leben war – und nicht tot und begraben.

„Und?"

Statt zu antworten, stellte er eine Gegenfrage. „Bist du nervös? Willst du es deshalb wissen?"

„Nicht nervös. Neugierig. Aufgeregt."

„Dann will ich es dir gern verraten und deine Aufregung hoffentlich noch mehr steigern. Ich werde dich hier kosten." Mit der Fingerspitze zeichnete er einen Kreis um ihren Nippel.

Erregt schnappte sie nach Luft.

„Und hier." Er wanderte mit der Hand ein Stück nach unten, blieb aber über dem winzigen Lederrock, der ihre Weiblichkeit vor seinem Blick abschirmte.

„Ich … Ja. Das ist ein ausgezeichneter Plan." Sie leckte sich über die Lippen und beugte sich zu ihm vor. Gleich, gleich … Sie würde so gut schmecken, so verdammt gut. „Heute Nacht wirst du mich lieben", flüsterte sie.

Sie lieben. Die Worte durchzuckten seinen Körper, und er drehte den Kopf zur Seite, um nicht in ihr zu ertrinken, nicht zu tief zu versinken, vollständig zu versinken und sich selbst zu verlieren. Ihr Kuss landete auf seiner Wange. Sie zog sich zurück und blinzelte enttäuscht.

Und wieder hatte er sie verletzt.

Er stand auf – *nicht hinfallen, bloß nicht hinfallen* –, und sie rutschte von ihm herunter. Die Lust traf ihn, durchbohrte ihn zielsicherer, als eine Waffe es je gekonnt hatte. „Komm", sagte er rau und schroff, während er eine Hand ausstreckte. Du kannst weggehen, projizierte er unwillkürlich in ihren Kopf. *Du musst das nicht tun.* „Oder hast du es dir anders überlegt?" *Überleg es dir nicht anders. Bitte überleg es dir nicht anders.*

Sie verschränkte ihre Finger mit seinen. Wortlos gingen sie zum Wasserfall.

18. Kapitel

Tausende Emotionen schienen durch Delilah zu rauschen – Erregung, Freude, Trauer, Zärtlichkeit, Leidenschaft, Wut, Reue, Verwirrung, sogar die Nervosität, die sie Layel gegenüber geleugnet hatte. Sie wollte das hier mehr als alles andere. Für diesen Moment mit Layel hätte sie ohne Gewissensbisse getötet.

Sie würde mit dem Mann zusammen sein, der ihr Interesse geweckt hatte. Würde ihn so intim kennenlernen, wie eine Frau einen Mann nur kennenlernen konnte; würde ihn in ihren Körper lassen und vielleicht sogar in ihre Seele. Ausnahmsweise wäre sie der Preis und nicht die Eroberin. Und trotzdem …

Hätte sie am liebsten geweint.

Danach würde er gehen, ohne sich noch einmal umzudrehen. Wieder wäre sie nicht mehr als ein kurzes Vergnügen. Schnell vergessen.

Sie hatte erst ein einziges Mal in ihrem Leben geweint: an dem Tag, als ihre Mutter sie fortgeschickt hatte, damit sie mit der Ausbildung zur Kriegerin begann. Ihre erste Lehrerin hatte sie wegen dieser Tränen geschlagen. Seitdem hatte sie nie wieder geweint. Nicht vor Schmerzen, wenn ihr Körper bis zur Unkenntlichkeit geschunden worden war, nicht vor Traurigkeit, wenn sie nach einem Kampf ihre Schwestern begraben hatte, nicht vor Scham, als Vorik sie verlassen hatte. Tränen waren ein Zeichen von Schwäche. Aber um Schwäche war es nicht gegangen, als Layel seinen Kopf abgewendet hatte, um ihrem Kuss aus dem Weg zu gehen. Er hatte den Kopf genauso weggedreht, wie ihre Schwestern es immer machten, wenn ihre Sklaven versuchten, sie zu küssen.

Als ob sie nicht gut genug für mehr als ein flüchtiges Abenteuer war – das hatte sie gewusst.

Als ob sie ihm nichts bedeuten würde – das hatte sie geahnt.

Als ob er sich von dem körperlichen Akt distanzieren wollte, während sie alles gäbe, was sie zu geben hatte – damit hatte sie nicht gerechnet.

Die Erkenntnis hatte stärker gebrannt als das Feuer eines Drachen, hatte tiefere Kratzer hinterlassen als die Klaue eines Dämons und sich tiefer in ihr Herz gebohrt als die Zähne eines Vampirs. Er war gewillt, ihren Körper zu nehmen, nicht aber ihren Mund, obwohl er sie zuvor geküsst hatte. Warum? Betrachtete er den ersten Kuss als Fehler? Nein, er wird von der Treue zu seiner Geliebten angetrieben, dachte sie, und das machte die Verletzung umso stärker. Dennoch brachte sie es nicht fertig, das, was sie gleich tun würden, zu unterbinden.

Nur ein Mal, sagte sie sich. Nur ein Mal musste sie erfahren, wie es sich anfühlte, ganz und gar von einem Mann besessen zu werden. Vorik hatte ihren Körper genommen, aber er hatte sie nicht verschlungen. Sie und Layel blieben im Schatten, damit auch niemand sie sehen konnte. Sie waren leise, damit auch niemand sie hören konnte. Nach einer Ewigkeit traten sie durch einen Baumgürtel, und der Wasserfall kam in ihr Blickfeld. Kühles Wasser lief in ein wunderbar duftendes Becken.

Ihre Hände begannen zu schwitzen, ihr Körper fing an zu zittern.

„Nimm ein Bad“, sagte er tonlos. „Ich werde mich ein wenig umsehen, um sicherzugehen, dass wir auch wirklich allein sind.“ Er gab ihr nicht die Zeit zu antworten, sondern ließ sie einfach los und ging davon.

„Noch ein Gefühl, dass ich auf die stetig wachsende Liste setzen kann“, murmelte sie. *Verlust.*

Seufzend zog sie sich aus und ging ins Wasser. Ihre Haut schien jeden Tropfen aufzusaugen, und ihre Muskeln entspannten sich. Mit den Blumen, die am Ufer wuchsen, wusch sie sich die Haare. Den Körper reinigte sie mit dem glänzend weißen Seifensand. Zumindest verwehrten die Götter ihnen nicht die Annehmlichkeiten der Natur.

Von Kopf bis Fuß geschrubbt und unsicher, wie viel Zeit vergangen war, ging sie zurück ans Ufer, setzte sich auf einen glatten silbernen Felsen und zog die Knie an die Brust. Wo war Layel?

Als hätten ihre Gedanken ihn gerufen, tauchte er neben ihr auf. Sie hatte ihn nicht gehört, was bedeutete, dass er geflogen war, und sie hatte auch seinen Duft nicht wahrgenommen, was bedeutete, dass er sich mit dem gleichen Sand und den gleichen Blumen gewaschen hatte wie sie. Aber er war nicht nackt. Trug sogar seine Hose, die er allerdings nicht zugemacht hatte und die nun tief auf seiner schmalen sehnigen Hüfte saß.

„Du hast getrunken." Sie sah ihn finster an und sprang auf.

„Ja." Er ließ den Blick langsam über ihren Körper schweifen, verweilte bei ihren Brüsten – die Nippel waren steif und aufgerichtet – und zwischen ihren Beinen.

„Bei wem?" Es sollte gereizt klingen, aber die Worte hörten sich atemlos an. Seine Augen leuchteten so sehr vor Erregung, dass es geradezu greifbar war. *Die Nymphe?*

„Bei niemandem. Einem Tier."

Ihre Eifersucht löste sich auf und ließ eine Erregung zurück, die genauso stark war wie seine. In ihrem Bauch kribbelte es, ihre Haut wurde heiß, und sie zitterte. „Du hättest meins haben können."

„Hübsch", sagte er, streckte die Hand aus und rollte einen Nippel zwischen seinen Fingern.

Sie biss sich auf die Zunge, um ein Stöhnen zu unterdrücken; um nicht um mehr zu flehen. „Warum holst du es dir nicht bei mir? Dein Blut, meine ich?"

„Du hast schon genug verloren." Er wandte den Blick nicht von ihren Brüsten ab. Seine Augen waren glasig, als wäre er in Hypnose. „Ich brauche dich bei Kräften."

„Hast du keine Angst, dass ich dich beim nächsten Wettkampf schlage?“

Er lachte leise, doch es klang heiser. Angestrengt. „Wenn ich dich nicht mit fairen Mitteln schlagen kann, verdiene ich es nicht, mit dir hier zu sein.“ In dem Augenblick, als die letzten Worte seinen Mund verließen, erstarrte er. Machte einen Schritt zurück.

Da begriff sie, dass er sie stehen lassen würde. Warum, verflucht? Weil er das Gefühl hatte, dass er sie auch jetzt nicht verdiente? Sie riss die Augen auf, ihre Wut verwandelte sich in Zärtlichkeit. Ja, genau das dachte er. Nun, das würde sie ihm schon austreiben.

Sie überbrückte die Distanz zwischen ihnen bis auf den schmalsten Spalt, der sich bei jedem Atemzug schloss. Körper an Körper, Haut an Haut standen sie da. Nur sein Schaft und seine Oberschenkel waren mit Stoff bedeckt. Und das war nicht gut. Sie wollte alles von ihm spüren.

Als könnte er es nicht länger ertragen, dass sein Atem ihren Körper streichelte, hörte er auf zu atmen und stand so still da wie ein Toter.

„Bist du hergekommen, um mich zurückzuweisen?“, fragte sie. „Schon wieder?“

Er zuckte zusammen. „Nein.“

„Dann tu was. Bevor ich es mir anders überlege und gehe.“

Er schnaubte durch die Nase. „Setz mich nicht unter Druck, Frau.“

Sie stellte sich auf die Zehenspitzen und presste ihren Mund auf seinen. Seine Lippen waren weich und feucht. Er machte die Augen nicht zu, sondern kniff sie nur zu schmalen Schlitzen zusammen. Er ließ den Kontakt nur kurz zu, dann drehte er den Kopf zur Seite.

„Keine Küsse“, sagte er. „Ich muss einen Teil von mir aus der Sache raushalten. Nur so kann ich es geschehen lassen.“

„Du hast mich schon einmal geküsst.“

„Das war ein Fehler. Ein Fehler, den ich kein zweites Mal machen werde."

Nicht verletzt sein, ermahnte sie sich. „In Ordnung. Keine Küsse auf den Mund." Als Nächstes berührte sie mit den Lippen seine Wange. „Wie ist es hier?" Dann seinen Kiefer. „Und hier?"

Er fing wieder an zu atmen. Abgehackt. Rau. Auf seiner Haut bildeten sich kleine Schweißperlen. „Gut. Da ist es gut."

Ihre steifen Nippel rieben an seiner Brust und erzeugten eine schwindelerregende Reibung. Ja, o ja. Sie wanderte weiter nach unten, konzentrierte sich auf seinen Hals, leckte mit der Zunge über diese anmutige Säule.

Er atmete scharf ein, schlang ihr die Arme um die Taille, hielt sie fest und krallte die Nägel in ihre Haut.

„Zieh deine Hose aus", befahl sie. „Ich will dich nackt sehen."

Er ließ die Hände zu ihrem Po wandern, umfasste die Backen und spreizte sie ein wenig, um sie oben zu halten. „Denkst du, dass du hier den Ton angibst?"

„Ja." Sie schmiegte sich enger an ihn und rieb sich an seinem riesigen Schaft, der so stolz aus dem Bund dieser unerwünschten Hose ragte.

„Nein." Er hielt sie fester, sodass sie sich nicht mehr bewegen konnte.

„Aber ich bin scharf", sagte sie, bevor sie über seinen Nippel leckte. Die harte Spitze schabte herrlich über ihre Zunge.

Er stöhnte lustvoll auf, und das Geräusch hallte durch die Nacht. „Leg dich hin."

„Du zuerst. Ich will ..."

„Leg dich hin, Delilah."

Sein Ton war hart und kompromisslos. Eigentlich hätte sie wütend werden müssen. Doch das geschah nicht. Ihr Körper prickelte, und ihr wurden die Knie weich. Atemlos gehorchte sie. Er rührte sich nicht, sondern starrte sie einfach nur an.

Was mochte in seinem Kopf vorgehen?

Verglich er sie mit seiner Gefährtin?

Seiner ehemaligen Gefährtin, korrigierte ihr Kopf eifersüchtig. Heute Nacht gehörte er ihr, ihr allein. „Also? Hast du vor, mir Gesellschaft zu leisten?“

„Spreiz die Beine. Ich will dich ansehen. Überall.“

Das warme Mondlicht und das weiche Moos liebkosten sie, während sie langsam … langsam … ihre Oberschenkel auseinanderzog. Sie winkelte die Füße an, beugte die Knie und stützte sich auf die Ellbogen. Sie war so verletzlich, wie eine Frau nur sein konnte, und fand es überraschend aufregend.

Er ließ seinen heißen Blick langsam über sie gleiten. Schon bald leuchteten seine kristallenen Augen und hüllten sie förmlich in einen himmelblauen Heiligenschein ein. Sie konnte spüren, wie die Hitze in ihren bedürftigen Körper eindrang und sie zudeckte.

„Du bist feucht“, sagte er.

Sein ehrfürchtiger Ton streichelte sie genauso wie eine Liebkosung, und sie zitterte. „Ja.“

„Du willst mich.“

„Ja.“

„Sag mir, was du dir wünschst. Was soll ich mit dir machen?“ Während er sprach, schob er seine Hose nach unten und stieg aus ihr hinaus. Nun war er nackt.

„Ich … ich …“ Gütige Götter. Eine raue Männlichkeit verzauberte sie. Er war schlank und zugleich so muskulös, dass er sie mit seiner Kraft vermutlich zerdrücken könnte. An seinem Körper wuchs nicht ein einziges Haar, sondern es gab nur makellose Haut und Sehnen. Sein Schwanz war lang und dick – *meiner* –, und seine Hoden waren prall und schwer.

„Gefällt dir, was du siehst?“ Er klang heiser, fast, als stünde er unter Drogen.

Sie hatte das Gefühl, ihr heißer Atem würde Brandbläschen in ihrer Kehle hervorrufen, und war unfähig zu sprechen. Deshalb nickte sie bloß. Ihre langen Haare kitzelten ihre sensible Haut, ihre steifen Nippel, und sie riss den Blick von Layel los, um sich selbst zu betrachten. Um zu sehen, was er sah. Eine dicke blaue Locke ihres Haares kringelte sich um eine harte rosafarbene Spitze und streichelte sie sanft in der Brise. Ihr Bauch war flach, ihre tätowierten Schenkel waren straff, auch wenn sie zitterten.

„Sieh mich an", befahl er.

Sie gehorchte. O Götter, sie gehorchte. Das Verlangen rauschte wie ein Sturm durch sie hindurch. Jeden seiner Befehle würde sie ausführen. Er war alles, was sie je gewollt hatte, wovon sie je geträumt und wonach sie sich je gesehnt hatte. In dieser Nacht voll Mondschein und Seligkeit, voll Sternenlicht und Träume wurde er ihr angeboten.

„Was soll ich mit dir anstellen, Delilah?"

Es kostete sie einige Mühe, aber schließlich fand sie ihre Stimme wieder. „Berühr mich", flehte sie.

„Wo?" Er legte Hand an sich und bewegte sie gleichmäßig auf und ab.

Ich will es sein, die dir dieses Vergnügen bereitet. „Überall."

„Du hast mich vorhin gefragt, welche bösen Dinge ich getan habe. Ob ich schon mal eine Frau getötet habe."

Sie blickte hoch, und ihre Blicke trafen sich. „Das …" *… ist jetzt wohl kaum wichtig.*

„Ich habe nicht nur Marina umgebracht, sondern auch die Frau eines Drachen", unterbrach er sie. „Er war da … in jener Nacht … er war da. Er floh, bevor ich ihm das Herz herausreißen und in Stücke hacken konnte. Aber ich folgte ihm. Ich beobachtete ihn. Er hatte eine Familie. Eine Frau, ein Kind."

„Layel …" Sie setzte sich auf, doch plötzlich war er auf ihr, platzierte seine Knie auf ihren Schultern und drückte sie zurück ins Moos. Seine Erektion ragte direkt vor ihrem Gesicht auf. Sie schrie überrascht auf, protestierte aber nicht. Sie sah ihn einfach nur schweigend an und bat ihn wortlos, weiterzusprechen. Er hatte hin- und hergerissen geklungen, als würde ein Teil von ihm denken – hoffen –, dass sie ihn zurückwies. Und als hätte ein anderer Teil von ihm … Angst? Angst davor, dass er sterben würde, wenn sie das täte? „Erzähl es mir."

Die dunklen Erinnerungen legten sich wie ein Schleier auf seine Augen, doch auch darin lag Leidenschaft. „Ich war wütend. Verrückt. Der Bastard hatte meine Frau verletzt, hatte gelacht, während sie geschrien und gekämpft hatte, und war dann zu seiner eigenen Frau zurückgekehrt, um es sich mit ihr behaglich zu machen."

Delilah streichelte seine Oberschenkel, so gut sie es in dieser Position konnte, um ihm ihrerseits Trost zu spenden.

Seine Eckzähne wurden länger und schärfer.

„Und?", hakte sie vorsichtig nach.

„In jener Nacht schlich ich mich in sein Haus. Ich trank von beiden, um sie zu schwächen, und fesselte sie dann. Ich wollte sie schänden und benutzen, so wie er es getan hatte – so wie er …" Layel atmete schwer ein und wieder aus. „Aber ich konnte es nicht. Sie weinte, flehte. Deshalb habe ich sie stattdessen getötet. Direkt vor seinen Augen. Bei ihm aber ließ ich nicht so viel Gnade walten. Ich schleppte ihn in meinen Palast und sperrte ihn ein. Ich ließ ihn mit den Bildern seiner und meiner Taten am Leben."

Das hatte Layel einfach tun müssen, dachte sie mitfühlend.

„Doch mit der Zeit begann sein Leben … mich zu beleidigen. Ich konnte es nicht ertragen, dieselbe Luft zu atmen wie er. Deshalb rief ich meine Leute und ließ sie von ihm trinken. Sie rissen ihn langsam auseinander, und ich konnte seine gequälten Schreie hören. Ich lachte, doch sein Schmerz war nicht genug. Nicht annähernd genug."

„Das tut mir leid."

„Ich verbrannte ihn, bis nur noch seine Knochen übrig waren. Und dann baute ich aus diesen Knochen meinen Thron, und jedes Mal, wenn ich darauf sitze – auf ihm, auf allen Verantwortlichen –, bete ich, dass er im Hades verrotten möge."

Als seine Worte verklungen waren, herrschte spannungsgeladenes Schweigen zwischen ihnen.

„Begehrst du mich noch immer? Willst du so etwas Böses noch immer in dir spüren?“ Wieder klang er, als würde er mit sich selbst Krieg führen; als wollte er von ihr zwei unterschiedliche Dinge. Dasselbe Gefühl hatte er schon bei ihrer allerersten Begegnung vermittelt.

„Du bist nicht böse. Aber ja, das will ich.“ Und es war die Wahrheit. Sie hätte es nicht für möglich gehalten, dass sie ihn noch mehr begehrten konnte, doch sie tat es. Seine wilde Entschlossenheit, seine innere Finsternis … Sie riefen nach ihr, zogen sie an. Sie repräsentierten genau das, wonach sie sich immer gesehnt hatte: so erbarmungslos geliebt zu werden, dass keine Tat zu abscheulich war, wenn es darum ging, sie zu beschützen – oder zu rächen.

Doch genau wegen dieser Grausamkeit wäre Layel niemals ein einfacher Mann. Er wäre immer brutal und wild. Er war widersprüchlich und vielschichtig, verletzt und gebrochen und würde wahrscheinlich niemals ganz geheilt sein. Er war nicht einfach nur eine missverstandene Seele, und sie brauchte sich darüber, wer und was er war, nichts vorzumachen. Es war nicht zu leugnen, dass er Böses getan hatte. Viele böse Dinge.

„Ja“, wiederholte sie bestimmt. „Ja. Ich will dich immer noch in mir spüren.“

Er zuckte zusammen, als hätte sie ihn geboxt. Nicht gerade die Reaktion, mit der sie gerechnet hatte. „Was hast du gesagt?“

„Ich will immer noch mit dir zusammen sein. Und jetzt lass meine Arme los. Bitte. Ich muss dich berühren, Layel.“

Auf seinem Gesicht rangen die Emotionen miteinander. Der gleiche Gefühlsreigen, den sie zuvor erlebt hatte. Eine Kombination aus Tausenden unterschiedlichen Gefühlen, wundervollen und schrecklichen. „Du … du willst mich immer noch berühren?“

„Mehr, als ich jemals etwas gewollt habe.“

Als hätte er Sorge, sich zu schnell zu bewegen, rutschte er langsam auf ihrem Körper herunter, bis er auf ihrer Hüfte saß. Nun, da ihre Schultern endlich frei waren, legte sie ihm die Hände flach auf die kräftigen Oberschenkel.

Seine Muskeln zuckten.

„Ich liebe es, wie du dich anfühlst", flüsterte sie.

„Delilah", sagte er, und es klang wie ein gebrochener Aufschrei. „Ich werde vorsichtig mit dir sein." Es war ein Schwur. „Heute Nacht werde ich vorsichtig sein. Du wirst nichts anderes als Lust und Glück erfahren."

Sie musterte ihn durch den dichten Schleier ihrer Wimpern. Um ihn herum wanden sich Schatten wie mitternächtliche Phantome, die ihn davontragen wollten. „Ich will nicht, dass du vorsichtig bist. Ich will dich in mir spüren, hart und fordernd."

Er beugte sich hinab, dieser schöne finstere Krieger, und erzeugte mit seiner heißen Zunge eine brennende Spur auf ihrem Hals. „Du bist so schön. So stark und mutig."

„Noch mal", keuchte sie und hob die Hüfte an. „Leck mich noch mal."

Er gehorchte, während sein Körper ihren bedeckte, seine Beine zwischen ihren lagen, er sich an ihrem Bauch rieb. Sie konnte nicht länger still liegen, kam ihm ein Stück entgegen, als er eine ihrer Brüste in die Hand nahm. Dieses Gefühl war einfach fantastisch. „Gut?"

„Ja."

„Ich könnte dich ewig lecken. Ich will über deine Tattoos lecken." Sein Mund löste seine Finger ab, und er saugte sanft an ihrem Nippel. „Was bedeuten sie?"

„Sieg."

Er lachte leise, und sie erschauerte unter dem Glücksgefühl, das dieser Laut in ihr auslöste. „Hätte ich mir denken können", erwiderte er. „Sag mir, wenn ich irgendetwas mache, was dir nicht gefällt. Mein letztes Mal ist schon lange her."

In ihr baute sich eine unbeschreibliche Hitze auf, ein Feuer, das ihr Blut offenbar nicht löschen konnte; das umso stärker angefacht zu werden schien, je länger es durch ihre Venen tobte. Das Feuer wütete wie ein Krieger, beharrlich, sicher, stark. Sie konnte es nicht bekämpfen, wollte es nicht bekämpfen. Wollte sich nur von den Flammen verschlingen lassen.

„Mehr“, flehte sie.

Ohne Eile widmete er sich der anderen Brust und ließ ihr die gleiche Aufmerksamkeit zuteilwerden. Sie ließ die Hüften kreisen, ritt eine lustvolle Welle nach der anderen. Er küsste sie direkt über dem Herzen, als ob er versuchte, den Takt aufzunehmen, während sie eine seiner Hände über ihren Bauch nach unten gleiten spürte, wo sie ihren Bauchnabel umkreiste und weiter bis zu den feinen Härchen zwischen ihren Beinen wanderte.

„Ja, ja. Berühr mich da.“

„Gefällt es dir?“

„O ja. Mehr.“ Sie krallte sich in seinem Rücken fest, sodass sich ihre Nägel in seine Haut bohrten. „Wirst du …? Kannst du …? Bitte. Mach. Schnell.“

Er fuhr mit zwei Fingern durch ihre heißen geschwollenen Lippen. Dann drang er tief in sie ein. Sie stöhnte erregt. Rein und raus, bevor er auch einen dritten Finger in sie schob. Sie wurde auf himmlische Art gedehnt.

„So feucht“, schwärmte er.

Sie ließ ihr Becken kreisen und nahm die erfahrenen Finger tief in sich auf, bis ihr schwarz vor Augen wurde.

„Gut so. Reite sie, nimm dir, was du brauchst.“ Er hörte nicht auf, fest in sie einzudringen.

Sie fand, dass sich seine Stimme seltsam anhörte, wollte ihn bitten, sie nicht nur mit den Fingern zu nehmen, doch die Worte blieben ihr im Halse stecken, als wilde Leidenschaft sie ergriff und kurz davor war, jeden Widerstand in ihr zu brechen. Ihre Muskeln zuckten, sie bog den Rücken durch und stieß einen stummen Schrei aus.

„Ich will deine Lust schmecken."

Küssend bahnte er sich einen Weg an ihrem Körper hinunter und zeichnete ihre Tätowierungen – wie versprochen – mit seiner Zunge nach. Und dann war er zwischen ihren Beinen und leckte ihre Hitze auf. Heiß, so heiß. Seine Zunge drang tief in sie ein, wühlte die Wellen ihres Höhepunkts auf und trieb sie geradewegs zum nächsten.

Sie verhakte die Beine hinter seinem Kopf und packte mit beiden Händen seine Haare. Zu viel … zu viel … aber trotzdem schob sie ihn nicht weg. Sie zog ihn dichter an sich, wollte noch mehr von ihm. Brauchte alles, was er ihr geben konnte.

„Noch nie so süß", sagte er.

Er war unendlich vorsichtig, um sie nicht mit seinen Eckzähnen zu verletzen, aber sie hatte das Gefühl, dass es ihr vielleicht gefallen hätte. Es hätte ihr gefallen, seine Zähne dort zu spüren, während er sich auf so intime Art nahm, was er von ihr brauchte.

Als das Zittern abebbte, bahnte er sich einen Weg über ihren Bauch zurück nach oben, wobei er einen feurigen Pfad süßer Erregung hinterließ. Erschrocken stellte sie fest, dass sie bereit für mehr war. Trotz der zwei Orgasmen war sie noch lange nicht befriedigt. Ihr Körper schien jetzt höchstens vorbereitet zu sein.

Nun war er nicht mehr so vorsichtig. Vielleicht war er kurz davor, die Kontrolle zu verlieren, denn einer seiner Eckzähne pikste sie. Sie zischelte – aber vor Freude.

„Tut mir leid, tut mir leid."

„Muss es nicht. Mehr."

Im nächsten Augenblick widmete er sich ihrem Hals, trank nicht, sondern küsste und leckte sie dort, während er versuchte, sich seinen Weg in ihr Innerstes zu bahnen.

„Eng", sagte er.

„Ich kann ihn aufnehmen."

„Ich will dir nicht wehtun."

„Nur ohne dich tut es weh. Ich brauche dich." Um es ihm zu beweisen, hob sie das Becken an und nahm ihn tiefer in sich auf.

Auf seinem Gesicht bildeten sich Schweißtropfen, die herunterliefen und sich auf ihrer Haut wie Lava anfühlten. „Gleich … brauche nur … einen Moment."

„Jetzt."

„Nein, ich …"

„Doch!"

Mit einem Brüllen stieß er vollständig in sie hinein, als könnte er sich keine Sekunde länger zurückhalten. Dehnte sie, verbrannte sie. Ihr letztes Mal lag auch schon lange zurück, und damals war es auch nur diese eine Nacht gewesen. Dennoch … O Götter, o Götter. Nichts hatte sich je so wunderbar angefühlt, so perfekt. Er war in ihr. Layel war ein Teil von ihr, berührte sie tief, so tief. Füllte sie vollständig aus.

„Tut mir leid", keuchte er. „Tut mir leid. Ich halte ganz still. Gebe dir Zeit. Kann nicht zurück. Lange her, Liebste."

Liebste. „Layel, küss mich. Bitte." Sie brauchte seinen Kuss. Würde sonst sterben.

Er knabberte an ihrem Ohr, sein warmer Atem strich über das Ohrläppchen und verstrubbelte ihre Haare. Aber er ging nicht auf ihre Forderung ein. „Du fühlst dich so gut an. Ich glaube, ich könnte hier in deinen Armen glücklich sterben."

Sie nahm sein Gesicht in beide Hände. Ihre Blicke trafen sich heiß. Rings um seine Augen und seinen Mund waren Falten der Anspannung zu sehen. Seine Miene strahlte Leidenschaft aus. Leidenschaft und Schmerz und Begehren, Zärtlichkeit und Selbsthass.

„Küss mich. Auf den Mund."

„Nein." Er schüttelte den Kopf. „Ich hab's dir gesagt. Ich kann nicht."

„Küss mich. Nimm mich ganz. *Bitte.* Ich gebe dir alles. Tu das Gleiche für mich. Ich bitte dich nur um etwas, das du mir bereits gegeben hast, Fehler hin oder her."

Wieder schüttelte er den Kopf und begann, sie langsam zu stoßen. Einmal. Ein zweites Mal. Seine Lippen spannten über seinen Zähnen. „Du bist himmlisch. Süß. Du fühlst dich himmlisch an."

Sie bog den Rücken durch, war so gut wie verloren, ertrunken. Sie warf den Kopf von einer Seite zur anderen, während er immer wieder in sie eindrang. *Wichtig. Konzentrier dich.* Sie zog sich selbst aus der Erotik des Augenblicks. Da war etwas, das sie wollte, etwas, das sie brauchte. Etwas, das sie … Ein Kuss! Ja. Sie blickte ihm direkt ins Gesicht und bemerkte das Blut, das ihm an der Stelle von der Lippe heruntertropfte, wo er sich selbst gebissen hatte. Er würde keinen Teil von sich zurückhalten. Das würde sie nicht zulassen. Anschließend mochte er sie dafür hassen und es ihr bis in alle Ewigkeit übel nehmen, es war ihr egal.

Sie war eine Kriegerin, und sie würde darum kämpfen, dass er ihr alles gab.

„Küss mich", befahl sie noch einmal. Sie hob den Kopf und biss ihm ins Kinn. „Küss mich jetzt, wie du es zuvor getan hast. Unsere Zungen sollen miteinander kämpfen und unsere Zähne aneinander schaben."

Er hielt in der Bewegung inne und knurrte wie ein Tier. Leise. Und verzweifelt. „Ich kann nicht!"

Beinahe hätte sie aufgegeben, so gequält hatte er geklungen. Außerdem sollte er sich unbedingt weiter in ihr bewegen. Ohne die Reibung, die entstand, wenn sein Körper in ihren glitt, sich zurückzog und wieder hineinglitt, fühlte sie sich hilflos und verloren. „Küss mich. Ich muss deine Zunge in meinem Mund spüren. Ich muss dich schmecken. Ich brauche dich so sehr, wie ich noch nie jemanden gebraucht habe. Ich will dich so sehr. Ich habe das Gefühl, dass ich mein Leben lang nur auf dich gewartet habe. Und ich werde an dich denken, werde jede Nacht von dir träumen, bis in …"

Ihre Worte wurden abgeschnitten, als er seinen Mund auf ihren presste und tief mit der Zunge in sie eindrang. Diese eine Berührung, das Verschmelzen ihrer Lippen reichte aus; er verlor die Kontrolle. Jegliche Fesseln waren gesprengt.

Er riss sich los, nur um sich wieder nach vorn zu werfen und sie hart und gierig zu küssen. So hart, dass sie sogar ein Stück nach hinten rutschte, vom Moos auf das von Zweigen bedeckte Ufer. Ein paar Steine schnitten ihr in die Haut, doch es störte sie nicht. Das war es. An diesen Kuss würde sie sich zeit ihres Lebens erinnern. Er war noch inniger als der erste. „Ja. Mehr."

Seine Zunge drang tief in ihren Mund ein. Ihre Zähne schabten so stark aneinander, dass es sie überraschte. Seine Eckzähne bohrten sich in ihre Unterlippe. Er saugte, ließ die Zunge wild kreisen und knurrte, und die ganze Zeit über nahm er sie hart.

Das war kein Sex. Das war Besessenheit. Das war … Magie.

Der Höhepunkt war genauso intensiv und heftig wie seine Stöße, und sie umschloss ihn fest. Er brüllte lange und laut, und sie schluckte den Laut. Er stemmte sich ein Stückchen hoch. Sein Höhepunkt war so überwältigend, dass er sich beinahe krümmte.

Er packte sie so fest, dass sie dachte, ihre Knochen könnten brechen, doch sie hinderte ihn nicht daran. Sie hielt ihn und wiegte ihn, wie sie es noch mit niemandem gemacht hatte.

Einige Minuten verstrichen, vielleicht sogar eine Stunde. Das Zucken ließ nach, und er lag zitternd auf ihr. Ihre Gliedmaßen waren schwach, ihr Körper war gesättigt, doch sie hielt ihn noch immer fest. All ihre weiblichen Instinkte schrien danach, ihn niemals loszulassen.

Er gehörte ihr.

Nur heute Nacht … du dummes Mädchen.

Sie wollte ihn für immer. Wollte mehr Nächte wie diese, wollte in seinen Armen aufwachen und mit ihm reden. Mit ihm essen. Jeden Morgen.

Er gehört mir, dachte sie.

„Tut mir leid", sagte er mit gebrochener Stimme. „Es tut mir leid."

Sie fuhr ihm mit den Fingern durch die seidigen Haare.

„Ich bin froh, dass wir das hier gemacht haben. Ich habe jede Sekunde genossen. Ich …“

„Es tut mir leid“, wiederholte er, als könnte er sie nicht hören oder als würde er einfach nicht zuhören. Vielleicht wurde er gerade von seinen Gedanken verschlungen.

Ihr Herz schmerzte. Seinetwegen. Ihretwegen. „Layel …“

„Unendlich leid.“ Er stand auf, unterbrach den Körperkontakt. Ihr Saft glitzerte auf seinem halb aufgerichteten Schaft im Mondlicht.

Die plötzliche Kälte ließ sie erschaudern. „Sprich mit mir. Sag mir, was in dir vorgeht.“

Wortlos drehte er sich um und rannte davon. Rannte einfach weg. Delilah sah ihm nach und fühlte sich so hilflos wie nie zuvor in ihrem Leben. Selbst als sie nach einem verlorenen Kampf von Dämonen entführt worden war, hatte sie nicht eine solche Verzweiflung gespürt.

Was soll ich tun?

Sie stand auf. Ihre Beine zitterten so sehr, dass sie beinahe stürzte, als sie versuchte, weiterzugehen. Dann lief etwas Kühles, Feuchtes von ihrem Schlüsselbein hinunter bis zu ihrem Bauch. Irritiert wischte sie es weg und betrachtete ihre Hand. Durchsichtig, glänzend, flüssig.

Tränen.

Layels Tränen.

Layel kauerte sich an einen Baum. Er fühlte sich leer, allein und zerstört. Heiße Tränen liefen ihm übers Gesicht, und er lachte verbittert. Was war er nur für ein Krieger? Was für ein König? Heulte hier rum wie ein götterverdammtes Kind.

Ich bin kein Krieger, entschied er. I*ch bin ein Nichts. Weniger als nichts.* Nun hatte er Susan auf jede erdenkliche Art verraten.

Er hatte gedacht, er könnte Delilah einen Teil von sich vorenthalten. Wahrscheinlich um sich selbst zu beweisen, dass sie anders war als seine geliebte Frau. Doch am Ende hatte er

Delilah alles gegeben. Seinen Körper, seinen Mund, sein Verlangen, seinen Samen, vielleicht sogar seine Seele – weil er ihr sogar noch mehr geben wollte.

Scham und Schande wüteten in ihm. Scham, Schande und … nein, gewiss nicht. Aber es war da, nicht zu leugnen. Stolz, weil er eine Frau wie Delilah befriedigt hatte; weil sich die Lust auf ihrem Gesicht gespiegelt hatte; weil sie sich an ihn geklammert, seinen Namen gestöhnt und mehr gewollt hatte. Weil sie, dieses kostbare Geschenk, sich ihm hingegeben hatte.

Nie wieder, schwor er sich. Er hatte diese Nacht gehabt, und das müsste reichen. Wenn er sich noch mehr erlaubte, würde er Susan vollkommen vergessen. Und wenn er sie vergäße, wäre er kein Mann, der Delilah würdig war. Delilah, zu der er zurückkehren, die er noch einmal nehmen, die er wieder halten wollte. Und lieben. Eigentlich sollte es doch Susan sein, nach der er sich sehnte.

„Susan, es tut mir leid. Ich werde mich bessern, das schwöre ich dir." Mit finsterem Blick hob er einen gezackten Stein vom Boden auf und rammte sich die schärfste Spitze ins Handgelenk. Gewebe zerriss, Venen platzten auf, und Blut lief heraus.

Er ritzte sich zwei Wörter in die Haut, als Erinnerung. *Nie wieder.*

19. Kapitel

Shivawn stand kurz davor, panisch zu werden.

Er hatte die Außenstadt abgesucht, doch Alyssa war nicht dort. Also hatte er sich in die Innenstadt begeben. Auch dort keine Spur von ihr. Als Nächstes hatte er sich zur Vampirfestung aufgemacht, wo sie lebte. Niemand hatte sie gesehen. Er glaubte ihnen, weil sie sogleich einen eigenen Trupp aufstellten.

Shivawn wusste nicht, wo er noch suchen sollte.

Wohin er auch gegangen war, er hatte nicht einen Hauch ihres Duftes wahrgenommen – und mittlerweile waren fast zwei Tage vergangen, seitdem er sie zum letzten Mal gerochen hatte. Fast zwei Tage, seitdem er mit ihr gesprochen, ihre Schlagfertigkeit bewundert und versucht hatte, sie von seiner Liebe zu überzeugen.

Sie gehörte ihm. Er brauchte sie. Würde ohne sie sterben.

Er war bereits geschwächt, aber keine andere konnte ihm helfen. Nicht mehr. Er konnte sich nicht mal vorstellen, eine andere Frau zu *küssen*. Der Gedanke ekelte ihn an. So musste Alyssa sich gefühlt haben, als sie sein Blut gebraucht hatte und kein anderes. Ich habe es verdient, so zu leiden, begriff er. *Und noch tausendmal mehr*.

Alyssa war die einzige Frau für ihn. *Die eine.* Die für immer. Nie wieder könnte eine andere ihn erregen. Während seiner Suche hatten viele versucht, das zu ändern, aber vergeblich. Eine Tatsache, um die er froh war. Er wollte keine andere, wollte nicht, dass sein Körper auf jemand anderen reagierte. Das wäre ein Verrat an Alyssa, und Alyssa war wichtiger für ihn als die Luft zum Atmen.

Er musste sie nur finden.

Was, wenn sie verletzt war? Was, wenn ein anderer Mann versuchte, seinen Anspruch auf sie zu erheben? Ein wütendes Feuer erwachte in ihm zum Leben. Eine Nymphe begehrte keinen anderen Mann, wenn sie einmal *ihren* Mann gefunden hatte. Aber er wusste nicht, wie sich das bei Vampiren verhielt. Er kannte keinen Nymph, der je einen Vampir zur Frau genommen hatte.

Wo um Hades willen war sie?

Ich bin schuld daran, dachte er finster. *Man sollte mich hinrichten.* Er hatte sie zutiefst verletzt. Und er plante, die restliche Ewigkeit damit zu verbringen, sein Verhalten wiedergutzumachen. Wenn er sie doch nur finden könnte!

Auf einmal ertönte ein Knall. Ein Aufprall. Er riss die Augen auf. Wann hatte er sie zugemacht? Shivawn suchte mit finsterem Blick die Umgebung ab. Er sah nur einen Nymphenkrieger nach dem anderen. Sein Blick wurde noch finsterer.

Valerian führte die Krieger an und schaute ihn fragend ein. In einer Hand hielt er ein Schwert. „Wo warst du?"

Bessere Frage: Wo war er jetzt?

Sein müder Blick schweifte von den Kriegern nach oben, hinauf zu einem Reetdach. Der Duft von Heu und Pferden lag in der Luft. Ein gemietetes Zimmer, jetzt erinnerte er sich. Er befand sich in einem Zentaurenstall in der Außenstadt und so dicht an der Festung der Vampire, wie er nur sein konnte, ohne hineinzugehen.

Nur für den Fall, dass sie zurückkam. Oder ihre Artgenossen sie fanden.

Verdammt! Wo war sie?

„Shivawn?"

Er wandte Valerian wieder seine Aufmerksamkeit zu und setzte sich auf. Rieb sich den Schlaf aus dem Gesicht. „Hast du Alyssa gesehen?", fragte er ohne Umschweife.

„Nein. Ist sie verschwunden?"

„Ja. Verdammt, ja."

„Wo warst du? Was hast du gemacht? Du hast dich nicht wie besprochen bei mir gemeldet, und ich habe mir Sorgen gemacht.“

„Ich werde es dir erzählen.“ Er warf den Männern einen kritischen Blick zu. Sie brauchten von seiner Schande nichts zu erfahren. „Sobald wir allein sind.“

Valerian biss die Zähne zusammen, und einige Sekunden lang sagte er nichts und tat auch nichts. Er hasste es, ausgebremst zu werden. Das wusste Shivawn nur zu gut, weil der König diejenigen, die es taten, für gewöhnlich tötete.

„Bitte“, fügte Shivawn hinzu.

Endlich nickte Valerian, und die Soldaten marschierten – ohne zu zögern – mit polternden Schritten aus der Kammer. „Sprich.“

Jetzt waren sie allein, aber auf einmal fand Shivawn nicht die richtigen Worte. Er ließ den Kopf in die gehobenen Hände fallen und stützte die Ellbogen auf seine Knie. Das Tuch, das ihn bedeckte, rutschte bis zur Hüfte hinunter, sodass nur noch die untere Hälfte seines Körpers verhüllt war – auch sein schlaffer Penis. Ob er je wieder hart werden würde? Alyssa ... er zuckte.

„Hast du irgendwas über meine Soldaten in Erfahrung gebracht?“, fragte Valerian in dem Versuch, das Gespräch zu beginnen.

„Nein. Sie sind verschwunden, genau wie jeweils zwei Vertreter aller anderen Rassen. Von den anderen hat auch niemand irgendetwas gehört. Einige sind sogar vor den Augen anderer Kreaturen verschwunden, von einer Sekunde auf die andere.“

„Dann ist Poseidon dafür verantwortlich“, murmelte Valerian. „Wer sonst könnte so ein Unheil heraufbeschwören?“

Die Götter hatten sie viele Tausend Jahre lang ignoriert. Aber Poseidon, der Gott des Meeres, hatte sich vor einigen Monaten an ihre Existenz erinnert und nun offenbar beschlossen, die verlorene Zeit wiedergutzumachen, indem er sie mit allen möglichen Schwierigkeiten konfrontierte. Mistkerl. „Denkst du, dass sie … tot sind?"

„Falls ja, wird es einen Himmelskrieg geben, wie ihn selbst die Götter noch nie erlebt haben. Aber nein, ich vermute, dass sie für irgendetwas benutzt werden. Vielleicht zur Belustigung des Meeresgottes."

„Mir ist aufgefallen, dass schlimme Dinge passieren, wenn er sich langweilt."

„Ja." Valerian schloss für einen Moment die Augen. „Ich würde den Bastard gerne hasse, aber es geht nicht."

„Er hat dir deine Frau zurückgegeben", sagte Shivawn und wünschte, Poseidon könnte das Gleiche für ihn tun.

Der Nymphenkönig nickte. Er steckte sein Schwert in die Scheide und ging zum einzigen Tisch in dem Raum – einem kleinen quadratischen Holzblock mit niedrigen Stühlen, die es Zentauren erlaubten, sich bequem auszustrecken. Valerian setzte sich, und obwohl er mehr oder weniger hingefläzt dalag, schaffte er es irgendwie, immer noch hoheitsvoll auszusehen.

„Ich werde meine Truppen beide Städte patrouillieren und Ausschau halten lassen."

„Gut."

„Und jetzt erzähl mir den Rest." Valerians Blick schien ihn zu durchdringen.

„Den Rest?"

„Warum du so aussiehst wie …", Valerian machte eine ausladende Geste, „… der Tod."

„Ich habe meine Frau gefunden", erwiderte Shivawn. Wie von selbst hatte er das Bild von Alyssa vor Augen. Seidige Haare, weiche, lustvolle Miene – harte, schmerzverzerrte Miene – weicher, williger Körper. Steifer, mutloser Körper.

„Aha, das erklärt einiges", sagte Valerian mit einem leisen Lachen. „Ich habe mir umsonst Sorgen gemacht. Die richtige Frau bringt ihren Mann immer zum Leiden, Shivawn. Shaye hat das Gleiche mit mir gemacht, als wir uns zum ersten Mal begegnet sind, wie du vermutlich noch weißt. Es hat eine Weile gedauert, aber irgendwann habe ich begriffen, dass es eine sehr gute Sache war, so hart dafür zu arbeiten, meinen Preis zu bekommen. Ich werde niemals vergessen, wie gesegnet ich bin, dass ich sie gefunden und gewonnen habe. Und ich werde sie niemals als selbstverständlich hinnehmen."

Wenn Shivawn doch nur sicher sein könnte, dass es für ihn und Alyssa genauso ausging. „Du hast dich um Shaye bemüht, ja, aber sie hat dich immer gewollt. Meine Frau verachtet mich." Und Götter, sie hatte jedes Recht dazu! Er hatte sie wieder und wieder weggestoßen. Jahr für Jahr. Er hatte sie verletzt, beleidigt, ihren Stolz und ihre Weiblichkeit zerschmettert. Ihr Herz. Dieses kostbare wunderbare Herz. Ein Herz, das er beschützen sollte.

„Sprich mit ihr", riet Valerian. „Entschuldige dich. Frauen mögen das."

„Das habe ich versucht. Sie ist weggelaufen." Shivawn kniff sich in die Nasenwurzel. „Was soll ich jetzt machen? Seit einer gefühlten Ewigkeit bete ich, eine Gefährtin zu finden. Ich habe zugesehen, wie meine Freunde sich verlieben, und mir gewünscht, ich wäre an ihrer Stelle. Aber ich habe nie etwas Derartiges gespürt. Und schließlich habe ich aufgegeben, nur um zu erfahren, dass ich sie die ganze Zeit direkt vor der Nase hatte. Jetzt hat Alyssa …"

„Alyssa der Vampir?" Jeder wusste, wie wenig Shivawn diese Spezies mochte.

Er nickte steif.

„Das hätte ich mir ja denken können – so … ungehobelt wie du sie behandelt hast." Valerian sah ihn mitfühlend an. „Sie ist eine Kriegerin. Die lässt sich nicht so leicht erobern."

„Nein. Sie ist keine Kriegerin. Zumindest will sie das nicht sein. Vielleicht wollte sie es noch nie." Aber um ihn hatte sie gekämpft. O ja. Er schuldete ihr mehr, als er je zurückzuzahlen vermochte. Die Ewigkeit würde nicht reichen, um sie milde zu stimmen.

Valerian sah nicht aus, als ob er ihm glaubte. „Trotzdem weiß sie, wie man kämpft. Wenn du sie wirklich begehrst …“

„Das tue ich.“ Von ganzem Herzen. Er wollte sie so sehr wie keine andere zuvor.

„Dann musst du jetzt um sie kämpfen. Und mit ihr. Wahrscheinlich wird es der blutigste Kampf deines Lebens werden.“

Aber die Belohnung wäre alle Verletzungen wert. „Ich werde tun, was immer notwendig ist. Ich muss sie nur finden.“ Sie versteckte sich vor ihm, das wusste er genau. Nahm vielleicht an, dass er nach ihr suchte, um sie zu töten. Oder zumindest zu bestrafen.

Immerhin hatte er geschworen, genau das zu tun.

Hatte sich je ein Mann so dämlich verhalten? Sollte sie ihn doch anketten und als Gefangenen halten. Wenn er bei ihr war, wäre ihm alles andere egal.

„Hat sie Familie?“, wollte Valerian wissen.

Shivawn zog die Augenbrauen zusammen, während er darüber nachdachte. Hatte sie? Falls ja, so hatte sie nie von ihren Verwandten gesprochen. „Ich denke nicht.“

Valerian runzelte die Stirn und rieb sich mit zwei Fingern übers Kinn. „Brüder“, sagte er dann und nickte. „Sie hatte Brüder.“

Shivawn fand es furchtbar, dass er nichts davon gewusst hatte. Er wollte alles erfahren, was es über sie zu wissen gab. Dann erregte plötzlich eines von Valerians Worten seine Aufmerksamkeit. „Hatte? Sind sie gestorben?“

„Ich glaube, Layel hat mal erwähnt, dass sie skrupellos und grausam waren. Und so muss es gewesen sein, denn sie wurden bestialisch getötet. Man schnitt ihnen die Köpfe ab und nagelte ihre Körper an Bäume.“ Er nickte, als ob die Worte des Vampirkönigs in seinem Kopf nachhallten. „Soweit ich weiß, waren es Dämonen, auch wenn Alyssa keine Ahnung hatte, dass Layel das von ihr wusste. Ihre Königin hat ihren Mörder niemals gefunden.“

Alles in Shivawn erstarrte. Sein Blut gefror zu Eis. Nicht weil er Alyssa für das gehasst hätte, was sie war – er konnte nichts an dieser Frau hassen –, sondern weil er soeben begriff, was er ihr womöglich genommen hatte. Wenn sie wahrhaftig zur Hälfte Dämon war und ihre Brüder auf diese Art umgebracht worden waren ... bedeutete das ... Shivawn meinte, sich übergeben zu müssen.

Einst, vor langer Zeit, hatte er drei Dämonenkrieger enthauptet und an Bäume genagelt. „Wie viele waren es?", krächzte er. „Brüder, meine ich."

„Ich erinnere mich nicht mehr genau. Zwei. Vielleicht drei. Man hatte ihnen augenscheinlich auch die Hörner abgetrennt, zusammen mit ihren Köpfen."

Das Eis zerbarst in Millionen winziger Splitter, schnitt in jedes seiner Organe, streckte ihn nieder. Drei. Es waren drei gewesen. „Ich habe sie umgebracht", quetschte er trotz des Kloßes in seinem Hals irgendwie heraus. „Ich habe es getan. Habe sie geköpft. Ihre Hörner abgesägt. Habe sie angenagelt."

Valerian straffte die Schultern. „Sie haben deine ..."

„Ja." Shivawn kam sich wie ein Riesenidiot vor. Das war der Grund dafür, warum Alyssa ihn immer an diese grauenvolle Nacht erinnert hatte. Diese Dämonenaugen hatten ihn angestarrt, als er sein Schwert geschwungen hatte, in der Wirklichkeit genauso wie in seinen Albträumen – Augen wie ihre. Nur dass ihre freundlich und liebevoll schauten. Vielleicht hatte er auch ihr Dämonenblut gerochen. Vielleicht war sie da gewesen, und er hatte es unbewusst gespürt.

Natürlich war sie da gewesen, dachte er. *Auch wenn sie nicht mitgemacht hat.* Vermutlich hatte sie sich vollkommen verängstigt versteckt. Er hatte sie dabei ertappt, wie sie ihn kurz danach beobachtet und sich weggeduckt hatte, wann immer er in ihre Richtung geschaut hatte.

Er hatte ihr noch viel größeres Unrecht angetan, als er vermutet hatte. Er hatte alle Dämonen für das, was mit seinem

Vater geschehen war, verachtet. Und dennoch hatte Alyssa alles Recht der Welt, *ihn* zu verachten. Dass sie das nicht tat, war ein Wunder. Dass sie ihn mit so viel Zärtlichkeit und Verlangen in den Augen angesehen hatte, war noch ein viel größeres.

Bis vor zwei Tagen, als er alles ruiniert hatte.

„Was hast du jetzt vor?"

Shivawn meinte zu wissen, wo sie sich aufhielt. An dem einzigen Ort, von dem er gedacht hatte, dass er ihn nie wieder aufsuchen würde. An dem einzigen Ort, von dem er sich *geschworen* hatte, ihn nie wieder aufzusuchen. Der Platz, an dem sein Vater getötet worden war.

„Ich werde mir jetzt meine Frau holen", sagte er entschlossen. Ob sie ihn wollte oder nicht.

Der leuchtende orangegelbe Feuerball stieg am Himmel immer höher und verbrannte Zane die Haut, ohne ihn aber ernsthaft zu verletzen – so wie die Götter es versprochen hatten. Er wünschte, es wäre anders. Ihm war jeder Schmerz willkommen.

Nola hatte ihn zurückgewiesen.

Sie wollte ihn nicht. Sehnte sich nicht so nach seinen Berührungen wie er sich nach ihren. Das hätte nicht passieren dürfen. In seinen Armen war sie wild gewesen, hatte sogar seinen Namen geschrien. Er war sich so sicher gewesen, dass sie ihn mit offenen Armen empfangen würde, sobald er sich ihr offenbarte. Das waren die Götter ihm schuldig. Er hatte nicht erwartet, dass sie weglaufen und ihn hassen würde, so wie Cassandra.

Sie hatte ihn angesehen, als wäre er der Dämon, dem er eben erst beim Sterben zugesehen hatte. Dämonen – sie machten ihn krank. Sie weideten sich an Schmerzen, Schreien, Qualen – an den Schmerzen, Schreien und Qualen, die sie anderen zufügten. Sie liebten es, ihren Partnern wehzutun, während sie sie vögelten. Und er hatte es ausgehalten. Er hasste sich selbst dafür, aber er hatte zugelassen, dass die grausamste von allen mit ihm machte, was sie wollte. Daran wollte er jetzt aber nicht denken. Es war zu schmerzhaft. Als er – von Cassandra endgültig abgewiesen – gegangen war, hatte er geglaubt, gehofft, er würde nie wieder Sex haben.

Aber Nola … die schöne Amazone hatte in ihm das Bedürfnis geweckt, es zu versuchen; die einfache Lust zu genießen, die er – so kam es ihm vor – zuletzt in einem anderen Leben gespürt hatte. Bevor … kurz bevor. Aber nein. Sie hasste ihn.

Irgendwie schien sie tief in ihrem Innersten zu wissen, was er einst gewesen war. Was er noch immer war. Ein zu heller Sonnenstrahl ließ ihn die Augen schließen. Das Brennen auf seinem Gesicht wurde stärker. Was hatte er erwartet? Dass sie vor ihm auf die Knie fiel? Dass sie darum bettelte, dass er sie glücklich machte?

Er hatte sie gezwungen, ihn zu wollen. Genauso, wie die Dämonenkönigin ihm ihren Willen aufgezwungen hatte.

Bei diesem Gedanken beugte sich Zane vornüber und entleerte seinen Magen. Er würgte und würgte und würgte, bis nichts mehr kam. Bis er leer war. Bis jedes Gramm seiner Energie versickerte.

Wenn Nola nicht die Frau für ihn war, warum wollte er sie dann noch immer? Er wusste keine Antwort. Begehrte sie den Drachen? *Da* war er sich allerdings sicher. Natürlich tat sie das. Brand war stark, unverdorben und ehrenhaft.

Zanes Körper verkrampfte, als eine Woge der Wut ihm vorübergehend Kraft gab. Nola schien sich in der Tat von dem Drachenkrieger angezogen zu fühlen – aber nicht von ihm. War es ihm nicht mal erlaubt, diese süße elementare Anziehung zu erfahren?

War es sein Schicksal, noch ein weiteres Leben lang zu leiden?

Vermutlich. Eines anderen Schicksals war er nicht würdig. Er war nichts, nicht besser als der stinkende, mit Galle getränkte Sand, auf dem er jetzt lag. Immerhin hatte er all diese Dinge mit der Königin jahrelang aus freien Stücken getan. Für seine Frau, ja. Für ihre Freiheit. Aber dennoch war er bereitwillig mit der Hexe ins Bett gestiegen, obwohl er einen anderen Weg hätte finden können, seine Liebste zu retten.

Aber vielleicht, nur vielleicht, könnte ich wieder etwas wert sein! Wenn er diesen lächerlichen Wettbewerb gewann und der letzte Krieger wäre und damit beweisen würde, dass er stärker war als alle anderen. Vielleicht …

Ja, vielleicht.

Nola hatte die Nase voll.

Sie wollte weg von dieser Insel der Qualen, weg von den Männern. Einfach … weg.

Wäre sie in Atlantis gewesen, hätte sie das Kribbeln, das sie jedes Mal spürte, wenn Zane der Vampir sie ansah, möglicherweise näher untersucht. Aber nicht hier und nicht jetzt.

Sie wollte einfach nur nach Hause.

Sie hätte nach Delilah gesucht, weil sie ihre Schwester jetzt brauchte, doch sie machte sich die Mühe nicht. Höchstwahrscheinlich war Delilah mit dem verhassten Vampirkönig zusammen, einem Mann, der sie verraten und vernichten würde. Das taten Männer immer. Frauen allerdings auch. Man konnte einfach niemandem trauen. In der Sekunde, in denen man ihnen den Rücken kehrte, verletzten sie einen. Ihre eigene Mutter hatte sie in die Außenstadt gebracht und an alle möglichen Kreaturen verkauft, die eine Amazone wollten, aber keine Lust hatten, sich im Amazonenlager versklaven zu lassen. Zuerst hatte Nola sich gewehrt. Doch man hatte sie festgehalten, sodass immer mehr Leute hatten zusehen können, wie sie erniedrigt wurde.

Nola verzog angewidert den Mund, während sie durch eine dichte Baumgruppe lief, in jeder Hand einen Dolch. Vampire. Wie sehr sie doch begann, sie zu verachten! Zane hatte überhaupt nicht das Recht, derartige Gefühle in ihr zu wecken. Verwirrung, Lust, Unsicherheit und Hoffnung. Sie hatte schon so oft in ihrem Leben auf etwas Besseres gehofft, nur um jedes Mal aufs Neue enttäuscht zu werden.

Ich sollte Zane und seinen König töten. Delilah hatte sich noch nie so … weich verhalten. Offensichtlich konnte Delilah in letzter Zeit nur noch an diesen Drecksack von König denken. Jedes Mal, wenn Nola sie ansah, schaute sie zu diesem Typen hinüber. Warum? Delilah war hart, verlässlich und um das Wohl all ihrer Schwestern besorgt. Nola war immer ein bisschen neidisch auf sie gewesen. Alle liebten die Kriegerin. Alle dachten, sie könnte nichts falsch machen. Soweit Nola wusste, hatte Delilah niemals Not und Elend kennengelernt.

Und Nola selbst? Sie hatte sich immer in der Außenstadt aufgehalten – aus Angst, ein Teil des Stammes zu werden. Aus Angst, dass die Amazonen sie ebenfalls benutzen und verletzen würden. Das hatte Delilah nicht davon abgehalten, zu versuchen, sie zu beschützen – sowohl im Kampf gegen die Drachen als auch auf dieser Insel. Trotz der Distanz, die Nola zwischen sich und der Welt wahrte, hatte Delilah sich aufrichtig bemüht, ihr zu helfen.

Deshalb bin ich ihr etwas schuldig. Und es gab nur eine Sache, die Nola der Kriegerin geben konnte: Freiheit. Solange der Vampirkönig lebte, wäre Delilah von ihm gefangen. Sie wäre ein Opfer, das alles hinnahm, was ihr Mann ihr im Namen der Liebe antat. „Liebe“, spottete sie.

„Ein schwaches und tückisches Gefühl“, flüsterte eine sanfte Stimme.

Nola erstarrte, wirbelte herum und suchte nach dem Eindringling. Da war niemand. „Wer bist du? *Wo* bist du? Zeig dich, du Feigling.“

„Töte die Vampire, meine Liebste“, fuhr die sanfte und doch irgendwie mächtige Stimme fort. „Sie haben es verdient, wie du wohl weißt. Und du wirst großzügig belohnt werden. Ich werde dir sogar bei deinem Bestreben helfen. Ich werde dich mit einem Zauber belegen, damit du genauso heilst wie andere

Kreaturen: schnell und ohne dich lange schwach zu fühlen. Bestimmt schmerzt dein Bein auch jetzt noch, nicht wahr?"

„Was für eine Belohnung?", fragte sie, als sie begriff, dass sie offenbar mit einem der Götter sprach.

„Solltest du erfolgreich sein, gebe ich dir einen Segen. Ganz egal, was du dir aussuchst …"

Ganz egal? Nola leckte sich aufgeregt über die Lippen. Mehr als alles auf der Welt wünschte sie sich, ihre Mutter wieder zum Leben zu erwecken – damit sie die Hexe noch einmal umbringen könnte. *Ich werde den Vampirkönig töten. Um Delilahs willen genauso wie um der Belohnung willen.*

Zane würde sie einfach nur zum Spaß vernichten.

20. Kapitel

Delilah verbrachte den Großteil des Morgens damit, darüber nachzugrübeln, wie es mit Layel und ihr weitergehen sollte. Sie hatte gedacht – gehofft, sich eingeredet –, eine einzige Nacht mit ihm wäre genug.

War es aber nicht.

Jetzt wollte sie mehr. Mehr von ihm. Mehr von allem. Er hatte ihren Körper berührt, aber ihre Seele gebrandmarkt. Sie glaubte, ihn vielleicht sogar zu … lieben. Zu lieben, wer und was er war, wer und was er früher einmal gewesen war. Wer und was er in Zukunft sein würde. Sogar seine innere Finsternis. Und sie wollte, dass er ihre Liebe erwiderte und sie als seine Frau, seine Gefährtin begehrte. Dass er mit ihr schlief und sie danach festhielt und nicht davonrannte, als sei sie Gift.

Sie wollte, dass er sie so wertschätzte, wie er *noch immer* die andere Frau wertschätzte. *Ich bin ein Preis, verdammt!*

Delilah war eifersüchtig, das gab sie gerne zu. Und obwohl sie Layel für sich allein haben wollte, würde sie ihn nicht bitten, seine erste Liebe zu vergessen. Nur darum, auch ihr einen Platz in seinem Herzen einzuräumen. Sie vermutete, dass ein kleiner Teil seines Herzens besser wäre als die vollständige Hingabe Tausender anderer.

Wäre Delilah weniger Kriegerin gewesen, hätte sie vielleicht gesagt, es sei eine unmögliche Aufgabe, ihn für sich zu gewinnen. Sogar ihre Teamkameraden wendeten sich schon gegen sie und glaubten, dass sie ihrem Feind half. Und Tagart hatte sie gewarnt. Wenn sie sich mit dem Vampirkönig einließe, würde er ihr Bündnis aufheben. Und zudem schien Layel selbst mehr als entschlossen, sie aus seinem Leben zu schubsen.

Er hatte geweint, um Götter willen. *Geweint.* Beim Gedanken an diese heißen Tränen drehte sich ihr schmerzhaft der Magen um. Wie gebrochen und leer musste er sich gefühlt haben, wenn er so etwas vor ihren Augen tat?

Wie gebrochen und leer *sie* sich bei dieser Erinnerung fühlte! Wegen seiner Verletzungen hatte er nicht eine einzige Träne vergossen. Hatte nicht mal das Gesicht verzogen. Warum also hatte er geweint, nachdem er mit ihr geschlafen hatte?

Wenn sie doch nur mehr über Männer und ihr Verhalten wüsste. Aber sie konnte nur auf ihre begrenzte Erfahrung mit Vorik zurückgreifen, weshalb sie wohl blind um ihn kämpfen müsste. „Der wichtigste Kampf meines Lebens, und ich bin praktisch waffenlos“, murmelte sie in den Wald hinein.

Sie badete, obwohl sie es schrecklich fand, Layels Geruch von sich abzuwaschen. Aber sie wusste, dass es sein musste. Danach zog sie sich an, was bedeutete, dass sie sich dünne Lederstreifen um den Körper wickelte. Je weniger Stoff sie trug, umso weniger konnten ihre Gegner in einem Kampf zu fassen bekommen.

Mit einem Seufzen machte sie sich auf den Weg zum Strand. Über ihr strahlte der orangefarbene Ball, und in seiner Hitze bildeten sich Schweißperlen auf ihrer Haut. Als sie das Camp erreichte, sah sie beide Teams um ein knisterndes Feuer sitzen und ein geröstetes Schwein essen. Sie entdeckte Nola, die tropfnass war und blutete. Doch noch während Delilah sie beobachtete, heilte die Wunde bereits wieder. Wie war das möglich?

Nola erspähte sie ebenfalls, musterte sie, zog die Augenbrauen zusammen und winkte sie unauffällig zu sich herüber. Sie verschränkte die Beine, um die schnell heilende Wunde zu verstecken.

Delilah errötete, als sie hinüberging. *Sehe ich anders aus als sonst? Befriedigt?* Sie setzte sich neben die andere Amazone auf den Baumstamm, und ein würziges Aroma stieg ihr in die Nase. Ihr lief das Wasser im Mund zusammen. „Deine Verletzung …"

„Ist jetzt nicht wichtig. Wir haben heute Morgen ein weiteres Mitglied unseres Teams verloren", sagte Nola und reichte ihr ein dickes grünes Blatt, auf dem angebranntes Fleisch lag.

„Was?" Die Augen weit aufgerissen, balancierte sie das Blatt auf ihren Knien. „Wie denn das? *Mein* Team hat doch den letzten Wettkampf verloren."

„Der Dummkopf hat versucht zu fliehen. Ist zur Glaskuppel geschwommen." Nola zuckte gleichgültig mit den Schultern. „Er wurde von den Haien gefressen. Wahrscheinlich ein gnädiger Tod verglichen damit, was die Götter ausgeheckt hätten. Aber ich werde nicht fragen, wo du warst oder warum du – anders als du es mir geschworen hast – nicht hier warst, um mir zu helfen."

Delilahs Wangen wurden noch röter und heißer. „Hoffentlich spielt die Anzahl der Teammitglieder bei der nächsten Herausforderung keine Rolle."

Nola warf sich ein Stück einer gelben Frucht in den Mund und kaute nachdenklich. „Macht es dir ehrlich etwas aus, wenn mein Team verliert?"

„Natürlich."

„Meinetwegen oder wegen deines Vampirs?"

Mein Vampir. Es gefiel ihr, wie sich das anhörte. „Warum kann ich mir nicht um euch beide Sorgen machen?"

„Der Vampirkönig verachtet dich, weißt du. Er benutzt dich nur, um zu gewinnen."

Delilah starrte auf ihren Teller, während sich die Angst in ihrem Körper ausbreitete, als wäre sie eine zarte Ranke. „Warum machst du das?" Noch vor wenigen Minuten hatte sie hoffnungsvoll einer gemeinsamen Zukunft mit einem Mann entgegengeblickt. Ihrer Schwester war es mit wenigen Worten gelungen, ihre Seele aufzuschlitzen und sämtliche Ängste hervorzuholen, die sie versucht hatte zu verdrängen. „Habe ich nicht das Recht, glücklich zu sein? Versuchst du gerade, mir das zu sagen? Nur weil ich eine Amazone bin?“ Mit zittrigen Fingern schob sie sich ein Stück Fleisch in den Mund.

„Glücklich?“ Nola lachte, aber es klang schneidend scharf. „Mit einem Mann? Einem Feind? Einem Krieger, der dich am Ende verraten wird? Wir waren nie die besten Freundinnen, Delilah, doch selbst ich würde dir ein solches Schicksal nicht wünschen.“

Das wusste Delilah, und das Essen, das sie soeben erst heruntergeschluckt hatte, verwandelte sich in ihrem Magen in eine Bleikugel.

„Du bist bereit, seinetwegen unseren Stamm zu verlassen, nicht wahr?“

Wenn er sie haben wollte, wäre das in der Tat denkbar. Männer durften außerhalb der Paarungssaison nicht bei dem Stamm der Amazonen leben. Wer auch nur um eine Ausnahme bat, konnte sich einer deftigen Bestrafung sicher sein.

Layel wäre es wert, obwohl sie bezweifelte, dass er mit ihren Schwestern leben wollte. Trotzdem vermutete sie, dass er es tun würde, wenn sie ihn darum bat – und wenn er sie liebte, natürlich. Er würde alles tun, um die Frau, die er liebte, zu beschützen und zu besänftigen. Das spürte sie einfach. Er wäre erst glücklich, wenn auch seine Gefährtin glücklich wäre. Er würde sie so sehr lieben, dass der Rest der Welt verschwinden würde.

Und sie würde genau das Gleiche für ihn tun.

Aber konnte er sie überhaupt lieben? Diese Tränen … und er hatte sie ausdrücklich nur um eine Nacht gebeten. *Aber du ihn doch auch*. Richtig. Vielleicht ging es ihm genauso wie ihr, und er bereute diese Entscheidung bereits. Vielleicht dachte er darüber nach, um sie zu kämpfen. Sie begann langsam zu lächeln.

„Du lächelst beim Gedanken daran, deine Rasse zu verraten? Du bist wirklich verrückt“, brummte Nola.

Lustig, dass die Amazone das so sah, weil Delilah sich nämlich noch nie besonnener gefühlt hatte. Nervös, ja. Unsicher, ja. Aber die Vorstellung, mit Layel zusammen zu sein, fühlte sich einfach richtig an.

War er das alles wert?

Diese Fragen beschäftigten sie in genau dem Augenblick, als Layel aus dem Wald kam und auf das Feuer zuging. Das helle Licht am Himmel ließ ihn zusammenzucken. Seine Bewegungen waren langsam, und seine Miene war undurchdringlich. Er hatte ein Hemd gefunden, vermutlich hatte er es einer anderen Kreatur gestohlen. Der schwarze Stoff bedeckte seine Brust – und die Kratzer, die sie dort vermutlich hinterlassen hatte. Er trug dieselbe Hose, die er vergangene Nacht angehabt hatte. Allerdings war sie jetzt sauber, als hätte er sie gründlich gewaschen.

Sein Anblick war so quälend schön, dass ihr Herz einen Schlag aussetzte. Ein Gefühl von Besitzgier stieg in ihr auf, und ihr kam eine Erkenntnis. *Er gehört mir.* Sie merkte, dass es ihr nicht gefiel, wenn andere Frauen ihn ansahen. Vergangene Nacht hatte sie sich in diesen weißen Haaren festgekrallt. Sie hatte diese roten Lippen geküsst. Sie hatte diesen harten Körper liebkost. *Gehört definitiv zu mir.*

Sieh mich, flehte sie ihn stumm an. *Komm zu mir.*

Layel sah nicht in ihre Richtung.

Nur ein Blick – mehr brauchte sie nicht. Ein Moment zwischen ihnen, vielsagend und geheim. Doch er nahm sich ein Blatt und etwas Fleisch und setzte sich so weit wie möglich von ihr weg. So weit wie möglich von *allen* weg. Vampire konnten festes Essen zu sich nehmen? Das hatte sie nicht gewusst.

Nola anscheinend auch nicht. „Warum isst ein Vampir normales Essen?“, fragte sie und legte nachdenklich den Kopf schräg, als ob sie Schlachtpläne schmiedete.

„Ich weiß es nicht genau. Vielleicht will er einfach nicht so auffallen.“ Es ärgerte sie zutiefst, dass sie es nicht wusste. Sie wollte alles über ihren Mann und seine Rasse erfahren. *Sieh mich an, Layel. Bitte.* Was mochte er denken? Wusste er überhaupt, dass sie hier war?

Delilah konnte es auch nicht ausstehen, dass sie heimlich um seine Zuneigung kämpfen musste, während alles in ihr danach schrie, zu ihm hinüberzugehen, sich auf seinen Schoß zu setzen, die Arme um seinen Hals zu legen und ihn zu küssen, bis er keine Luft mehr bekam. Ihn zu brandmarken, sodass alle wüssten, wem er gehörte.

Gehörte? Sie zog die Stirn kraus. Der mächtige Kriegsherr würde niemals irgendwem gehören. So viel wusste sie. Dazu war er zu stolz und zu stur.

„Ich schäme mich für dich“, sagte Nola und riss Delilah aus ihren Gedanken. „Und zwar in Grund und Boden. Du starrst ihn an, als würdest du deinen Stolz abstreifen, deiner Familie den Rücken kehren und alles aufgeben, was du bist, wenn er dich auch nur im Geringsten dazu ermutigen würde.“

Die Worte hallten in ihrem Kopf nach, und Delilah stand auf. Kaum bemerkte sie, dass ihr dabei das Blatt herunterfiel. Heiße Wut tobte in ihr. Wut auf Nola und auf sich selbst. „Ich schäme mich auch für mich“, sagte sie, „weil ich es zulasse, dass mich die Meinung anderer abhält, etwas zu tun.“ Sie hatte zu ihm gehen wollen, und das sollte sie auch. Es sollte sie nicht kümmern, was die anderen – ihre Schwester, ihre Teamkameraden – davon hielten. Sie schämte sich nicht für ihre Gefühle für den Vampir, und sie würde auch nicht so tun, als ob es so wäre.

Das war der Inbegriff von Schwäche, und schwach sein wollte sie nicht.

War Layel das alles wert? War er es wert, dass sie ihr Leben riskierte? Ja. O ja.

Entschlossen setzte sie sich in Bewegung. Er sah auf, und sein Blick traf ihren, als hätte er von Anfang an auf sie geachtet und wäre sich jeder ihrer Bewegungen bewusst gewesen. Er kniff die Augen zu schmalen Schlitzen zusammen und schirmte so das strahlende Blau seiner Iris ab.

Schroff schüttelte er den Kopf, um sie aufzuhalten.

Sie ging weiter. Immerhin war das hier ein Krieg. Außerdem war sein dominantes Verhalten während des Liebesspiels vielleicht willkommen – und gewollt –, aber in allen anderen Bereichen würde sie ihm nicht gehorchen.

Mehrere Blicke folgten ihr aufmerksam.

Erst als sie ihr Ziel erreicht hatte, blieb sie stehen. Ihre Zehen berührten sich fast. So dicht, wie sie jetzt vor ihm stand, konnte sie sehen, dass seine Haare feucht waren und seine Haut wie frisch poliert glänzte. Er roch nach Mann und Macht. Dunkel und energiegeladen.

„Was denkst du, was du da machst?“, fragte er leise und grimmig.

„Dir meine Unterstützung geben.“ Sie konnte spüren, wie Nolas Blick sich – heißer als jeder andere – in ihren Rücken bohrte, doch sie machte keinen Rückzieher. Dafür war das Ergebnis zu wichtig.

„Ich brauche deine Unterstützung nicht, Frau.“

„Und trotzdem hast du sie.“

„Lass es mich anders formulieren: Ich will deine Unterstützung nicht.“

„Du lügst.“ *Ein Kampf, du erinnerst dich?* Sie konnte nicht aufgeben. „Letzte Nacht ...“

„Sollte nicht wiederholt werden. Und sollte auch kein Gesprächsthema sein.“

Delilah stemmte die Hände in die Hüften. „Tja, ich habe meine Meinung geändert.“

Er atmete scharf ein. „Das kannst du nicht machen.“

„Hab ich aber. Letzte Nacht ...“

„War offensichtlich ein Fehler“, beendete er ihren Satz.

Die Aussage verletzte sie, doch sie hatte schon vorher harte Kämpfe ausgetragen und danach geblutet. „Nein. Ich habe es genossen. Ich fand es schön, dich in mir zu spüren, und ich will es wieder.“

Er blickte hinter sie zu den Kreaturen, die sie mit Sicherheit noch immer beobachteten. Tagart war nicht da, das wusste sie, doch er würde von der Sache erfahren. Es war ihr egal.

„Wir waren uns einig“, knurrte Layel. „Ein Mal. Nicht mehr.“

Den Stolz abstreifen, hatte Nola gesagt. Wenn das erforderlich war, also gut … „Ich will mehr. Ich brauche mehr.“

Er schüttelte abweisend den Kopf, obwohl seine Pupillen größer wurden. „Du kannst nicht mehr haben.“

„Ich kann. Und ich werde.“

„Dann wirst du einen anderen finden müssen, der es dir gibt.“ Er sagte es in einem saloppen Ton, als wäre es ihm egal – und als hoffte er fast, dass sie sich seinen Rat zu Herzen nähme. Doch da war etwas in seinen Augen, ein mörderischer Glanz. So grausam, dass sie zitterte.

Sie zog eine Augenbraue hoch. „Soll ich deine Worte sofort widerlegen?“

„Delilah.“ Eine Warnung.

„Ich bin bereit, für dich jedes Risiko einzugehen, Layel. Meine Schwester sitzt dahinten und hasst mich dafür, dass ich zu dir gegangen bin. Aber ich habe es trotzdem getan. Mein Team denkt, ich will es verraten. Ich bin bereits dabei, alles zu riskieren.“

„Was nur ein Beweis dafür ist, dass du dumm bist.“

Ein roter Schleier legte sich über ihr Sichtfeld. Sie hatte nicht damit gerechnet, dass es einfach werden würde, sein Herz zu gewinnen, aber ein klein wenig Kooperation wäre doch nett gewesen. „Ich bitte dich nicht darum, mir alles zu geben. Ich bitte dich um ein bisschen Zeit. Eine Chance.“ *Stoß mich nicht weg. Betrachte mich als Preis, für den sich jeder Kampf lohnt.*

Es entstand eine lange Pause, doch seine Miene war ausdruckslos. „Delilah …“ Er hielt inne. Was immer er hatte sagen wollen – es würde für immer unausgesprochen bleiben. „Hör gut zu, denn ich möchte diese Unterhaltung nicht noch einmal führen." Er stand auf, sodass er sie überragte. Dann beugte er sich hinunter, bis sie Nase an Nase standen.

Sie biss sich auf die Unterlippe, wünschte, er würde sie so küssen wie letzte Nacht.

Ihm stockte der Atem – sie konnte es hören –, und er machte einen Schritt nach hinten. „Ich hatte dich, und jetzt bin ich fertig mit dir", krächzte er, während er auf ihre Lippen starrte.

Noch eine Lüge. Das wusste sie. „Layel", sagte sie und streckte die Hände nach ihm aus. „Tu das nicht. Lass mich ..."

„Nein." Noch ein Kopfschütteln. Diesmal noch heftiger. „Ich will dich nicht. Was du auch sagst oder tust – es wird nichts daran ändern."

Sein Ton war so scharf, dass sie das Gefühl hatte, von innen aufgeschlitzt zu werden und so stark zu bluten, wie sie äußerlich noch nie geblutet hatte. Und trotzdem kämpfte sie weiter. „Layel ..."

„Nein! Sieh dir meinen Arm an, Delilah. Sieh hin!", grollte er, als sie zögerte. „Guck hin, sieh, was ich letzte Nacht getan habe, nachdem ich aus deinen Armen gekommen bin."

Die Angst erfüllte sie, weil sie tief in ihrem Innern wusste, dass sie das, was sie gleich sehen würde, irgendwie verändern würde.

„Sieh hin!", schrie er, und alle im Wald waren still.

Sie schluckte, als sie den Blick senkte. Er hatte die Hemdsärmel hochgekrempelt und präsentierte tiefe Ritze in beiden Unterarmen. Getrocknetes Blut, Schorf. „Ich verstehe nicht."

„Ich musste schon sechsmal nachritzen, weil die Wunden immer wieder zuheilen. Ich habe sogar Schmutz, Moos und Salz hineingerieben, um den Heilungsprozess zu verlangsamen. Lies die Wörter. Lies sie!"

Sie konzentrierte sich und folgte jeder Schorfkruste mit den Augen. *Nie. Wieder.*

„Verstehst du es jetzt?" Auf einmal war seine Stimme ganz leise.

Ihr Kopf leerte sich schlagartig, und ihre Gefühle waren wie betäubt. Die Kriegerinstinkte, die ihr so deutlich gesagt hatten, dass sie ihn gewinnen würde, verschwanden, als wären sie nie da gewesen. Er sehnte sich absolut und eindeutig nicht nach einer Zukunft mit ihr.

Nie wieder. Nie wieder würde er sie küssen, berühren, lieben. Sie war kein Preis für ihn, sie war ein Ärgernis. Sie war alles, was sie niemals hatte sein wollen: leicht zu vergessen, unwichtig, unwürdig. Wieder einmal hatte sie sich den falschen Mann ausgesucht. Hatte sie sich nach etwas gesehnt, das niemals sein konnte. Dieses Mal tat es noch viel mehr weh als beim letzten. Viel, viel mehr.

„Ich verstehe", erwiderte sie leise. Diesmal brauchte er den Abstand zwischen ihnen beiden nicht zu vergrößern. Sie tat es. Zentimeterweise wich sie zurück. Ihre Beine zitterten, wie sie vage wahrnahm. Waren kurz davor, einzuknicken.

Ich war bereit, alles für ihn aufzugeben, und trotzdem will er mich nicht. O Götter. Er wollte sie nicht. Die Taubheit begann aufzubrechen, und der Schmerz versuchte, seine spitzen Lanzen in ihre Seele zu treiben.

Je mehr Abstand sie gewann, umso mehr Emotionen zeigte Layel. Auf seinem schönen Gesicht zeigte sich Bedauern, gefolgt von Trauer. „Es muss sein", sagte er mit so viel Selbsthass, dass die Luft regelrecht davon triefte. „Ich habe eine Mission. Ich habe eine Frau. Das darf ich nicht vergessen."

„Du hattest eine Frau." Jetzt wollte sie ihn genauso verletzen, wie er sie verletzt hatte. „Sie ist gestorben. Du hast sie nicht gerettet und fühlst dich schuldig. Ich hatte gedacht, gehofft, du hättest genug Buße getan. Aber ganz offensichtlich wird das niemals der Fall sein."

In seinem Kiefer spannte sich ein Muskel an, aber sie hatte keine Angst.

„Was du auch getan hast – es zählt nur, wer du heute bist und wer du morgen sein wirst. Du hast es verdient, glücklich zu sein. Ich wollte diejenige sein, die dich glücklich macht. Aber das kann ich nicht, das begreife ich jetzt. Niemand kann das. Du brauchst nicht zu befürchten, dass ich dich weiterhin belästigen werde.“

„Delilah.“

Tja, wenigstens erinnerte er sich noch an ihren Namen. Noch ein Schritt. „Du brauchst nichts mehr zu sagen. Ich habe nur gesehen, was ich sehen wollte. Für alles andere war ich zu … blind. Aber so dumm werde ich nie wieder sein.“

Er fuhr sich mit der Zunge über die Eckzähne. „Du bist verletzt. Wirf dich nicht in die Arme eines anderen. Das macht es für dich nur noch schlimmer.“

„Es gibt nur einen Weg für mich, das mit Sicherheit herauszufinden, nicht wahr?“, fragte sie verbittert.

Er atmete flach, als er mit einem Finger über die mahnenden Worte fuhr, die er sich in den Arm geritzt hatte. „Ohne mich bist du besser dran.“

„Ja. Das bin ich. In diesem Punkt sind wir uns absolut einig.“ Noch ein Schritt. Am liebsten hätte sie sich umgedreht und wäre weggelaufen, doch sie beherrschte sich. Sonst wüsste er, dass er sie vollständig zerstört hatte. Sie lachte. Was machte es schon, wenn er das wusste? Er konnte ohnehin kein schlechteres Bild mehr von ihr haben. O, Moment. Konnte er doch. „Mein erster Liebhaber war ein Drache. Weißt du, was das bedeutet, Layel? Es bedeutet, dass du es mit der Verstoßenen deines verhassten Feindes getrieben hast. Du hast die Hinterlassenschaften eines Drachen genommen. Ich hoffe, dieses Wissen macht dich genauso krank, wie du mich heute krank gemacht hast.“

Einer seiner Eckzähne ragte über seine Unterlippe.

„Ich habe dich nicht gebeten, irgendetwas für mich aufzugeben“, fuhr sie fort, „aber ich hätte für dich alles aufgegeben.“

Der Krieg ist vorbei, und ich habe verloren. Krieg. Ha! Als ob sie es mit einer toten Frau hätte aufnehmen können. Die Schlacht war vorbei gewesen, noch bevor sie begonnen hatte. „Bis zum Ende und für immer, Layel."

Damit drehte sie sich dann doch um. Und lief davon.

Und ausnahmsweise hoffte sie nicht, dass er ihr folgte.

21. Kapitel

Zwei Wochen vergingen. Mehrere neue Wettkämpfe wurden ihnen aufgezwungen. Mehrere Kreaturen wurden gnadenlos hingerichtet, sodass jedem Team nur noch ein paar Mitglieder blieben. An dem Punkt entschieden die Götter, die Teams aufzulösen, und fortan kämpfte jeder für sich. Leider hatten sich die Spielregeln nicht geändert. Es ging immer noch um Leben und Tod.

Obwohl er kein Recht dazu hatte, behielt Layel Delilah genau im Blick. Sie hatte die Wettkämpfe überlebt. Einen simulierten Kampf mit Schwertern und Speeren – um ihre Fertigkeit im Gefecht zu demonstrieren. Einen anscheinend endlosen Marsch ohne Proviant oder Wasser – um unter Beweis zu stellen, dass sie auch in geschwächtem Zustand selbst nach Nahrung suchen konnten. Ein Quiz, während sie durch Feuerreifen springen mussten – um zu testen, wie gut ihr Erinnerungsvermögen unter Stress funktionierte.

Die ganze Zeit über hatte Delilah ihn weder angesehen noch mit ihm gesprochen und auch kein Interesse daran gezeigt, ob er überleben würde. Und er hatte festgestellt, dass er ... sie vermisste. Er wollte mehr von dem, was sie miteinander geteilt hatten. Er konnte es nicht ertragen, wie sehr er sie verletzt hatte. Schon wieder. Wer oder was ihr erster Liebhaber gewesen war, war ihm egal. Nicht egal war ihm, dass er diesen süßen Körper nicht länger anbeten durfte.

Dabei hätte er genau das für immer haben können. Sie hätte ihm mehr gegeben, so viel, wie er sich nur hätte wünschen können. Sie hätten vorbehaltlos zusammen sein können, denn nun hätten sie Zeit miteinander verbringen können, ohne es geheim halten zu müssen – nicht dass sie das interessierte.

Nie wieder, sagte er sich, als er das Becken begutachtete, an dem er Delilah genommen hatte. Er war allein, da selbst die Tiere auf der Hut vor ihm waren.

Wenigstens versuchte Delilah nicht, ihn zu töten. Dafür hatte Nola diesen Versuch gleich zweimal unternommen. Beim ersten Mal war es ihr fast gelungen. Sie hatte ihm einen Stock in den Bauch und durch seine Organe gerammt, als er abgelenkt war. Von Delilah. Beim zweiten Mal war sie mit einem Dolch auf seinen Hals losgegangen, während er scheinbar geschlafen hatte.

Er hatte mit ihrem Angriff gerechnet und es geschafft, sie zu überwältigen, ohne sie zu verletzen. Er wusste nicht, warum ihm das so wichtig war, außer vielleicht, weil Delilah wütend sein könnte, wenn ihrer Schwester etwas zustieß.

Delilah.

Du hast, was du wolltest. Sie ist nicht länger Teil deines Lebens. Jetzt waren sie die Feinde, die sie schon am Anfang hätten sein sollen. Dennoch hatte er sich noch nie elender gefühlt.

Layel war sich nicht sicher, wie lange er noch auf der Insel bleiben konnte, ohne auszurasten, rasend zu werden. Irgendetwas in der Art. Beide Nymphen und Drachen hatten überlebt, genau wie die Amazonen. Aus irgendeinem Grund hatte Brand sich bei jeder Ratsversammlung neben Layel gestellt und die anderen davon abgehalten, für seine Hinrichtung zu stimmen.

Layel war zu stur, um ihn nach dem Grund zu fragen.

Zane war ebenfalls noch am Leben. Inzwischen kämpfte er bei jeder Herausforderung mit erstaunlicher Bissigkeit. Layel vermutete, dass Zane selbst ihn niederstrecken würde, wenn die Götter es anordneten. Bei einem Rennen durch ein Labyrinth hatte Zane auf seinem Weg zur Ziellinie Delilah zu Boden gestoßen, und Layel hätte ihn beinahe geköpft. *Was bin ich nur für ein König? Was bin ich nur für ein Freund?*

Was bin ich nur für ein Gefährte?

Bei dem Wort *Gefährte* war nicht Susans Bild vor seinem geistigen Auge erschienen, sondern Delilahs. Blaue Haare, violette Augen, volle Lippen, Tätowierungen. Die Beine gespreizt, bereit für ihn. Das Entsetzen packte ihn. Delilah … sein … für immer. Die Vergangenheit vergessen. Es war fast zu viel für ihn.

Was sie wohl machte?

Er wusste, dass sie nicht genug schlief. Jedes Mal, wenn er sie sah, hatte sie dunkle Ringe unter den Augen. Ihr Körper war immer angespannt, als wäre sie ein verletztes, verängstigtes Raubtier, bereit, jederzeit zuzuschlagen. Tagart wich ihr – ganz der Beschützer – nicht von der Seite und warf Layel stumme, warnende Blicke zu, um ihn auf Abstand zu halten.

Layel wusste nicht länger, was er tun sollte oder wollte. Ein paar Dinge waren klar: Er hasste es, Tagart in ihrer Nähe zu sehen. Er wusste, dass er selbst derjenige sein sollte, der sie beschützte. Die Frau hatte ihm Lust bereitet – Frieden geschenkt –, zum ersten Mal seit Hunderten von Jahren. Das bedeutete, dass sie ihm gehörte. Oder gehört hätte, wenn er sie nicht absichtlich zerstört hätte.

O Götter. Ihr Gesichtsausdruck, als sie vor zwei Wochen von ihm zurückgewichen war … die Dinge, die er gesagt hatte … Er war ein Monstrum. Sie hatte so etwas nicht verdient. Hatte nichts anderes verdient als seine höchste Zuwendung.

Du hast sie nicht gerettet. So hatte sie gesagt, frei von Emotionen, als sie von Susan gesprochen hatte. *Und du fühlst dich schuldig. Ich hatte gedacht, gehofft, du hättest genug Buße getan.*

Hatte er das? Es war fast zu wunderbar, um es zu glauben.

Hätte alles für dich aufgegeben. So hatte sie hinzugefügt.

Da wäre er beinahe eingeknickt, hätte fast seinen Schwur vergessen, seine Vergangenheit. Seine einzige Liebe. Weil er für einen kurzen Moment in Delilahs Augen seine Zukunft gesehen hatte und diese Aussicht so herrlich war, dass es außerhalb seiner Vorstellungskraft lag.

Susan hatte ihn immer so angesehen, doch damals war er es auch wert gewesen. Nun, nach allem, was er getan hatte, wusste er, dass Delilah sich nur selbst etwas vormachte. Sie wollte, dass er etwas war, was er eben *nicht* war und nie wieder sein könnte: rein.

In nicht allzu ferner Zukunft würde sie das begreifen und ihn in Ruhe lassen. Nach allem, was er gesagt hatte, war ihr sogar vielleicht schon klar, dass sie einen Fehler gemacht hatte. Und so war es auch besser, sagte er sich zum ungefähr tausendsten Mal. Er starrte in den Himmel hinauf, wo der Mond seine goldenen Strahlen in alle Richtungen schickte. Sie verdiente jemand anderen, jemand Besseren. Jemanden, der nicht … verdorben war. Tagart?

Mit finsterem Blick legte Layel seinen Waffen auf einem Fels zu seinen Füßen ab und begab sich unter den Wasserfall. Er machte sich nicht die Mühe, sich auszuziehen, sondern ließ einfach das kühle Wasser über seinen Körper laufen und sich davon durchnässen. Leider wusch es nicht die dunklen Gedanken aus seinem Kopf. Tagart war keinen Deut besser als Layel – und wenn der Bastard Delilah anrührte …

Hör auf, so zu denken. Das waren die Gedanken eines Partners. *Aber ist das denn so schlimm?*

Layel rammte die Fäuste gegen den Felsen, vor dem er stand. Seine Hände pochten, als er sie flach auf seinen Kopf legte. Während er so dastand, tauchte Delilahs Bild vor seinem geistigen Auge auf – sie war nie weit von der Oberfläche entfernt – und überschattete die Finsternis. Diesmal lächelte sie ihn an und bat ihn, ihr beim Baden Gesellschaft zu leisten.

Er war sofort hart. Und scharf.

Er hätte alles – ja, wirklich alles – für die Möglichkeit gegeben, noch ein Mal in diesen fantastischen Körper einzudringen. Ihr Innerstes zu streicheln, die Hitze ihrer Lust zu spüren. Götter, sie war so feucht gewesen!

Das Wasser prasselte weiter auf ihn herab und erinnerte ihn

an alles, was sie miteinander geteilt hatten. Mit zitternden Fingern öffnete er seine Hose. Seine Männlichkeit sprang heraus, lang, hart und dick. Er nahm ihn in die Hand, und seine Nägel schnitten ihn scharf in die Haut.

Wenn Delilah hier wäre, würde sie vielleicht auf die Knie gehen. Würde ihn vielleicht in den Mund nehmen. Wenn er sie darum anbettelte. „O Götter", keuchte er. Er würde sie anbetteln, froh und ohne zu zögern. Alles würde er für sie tun. Ganz langsam bewegte er die Hand hoch und runter. Sie würde vielleicht seine Hoden in die Hand nehmen und sanft daran ziehen. Er würde ihr vielleicht in die blauen Haare fassen, sich darin festhalten, sie immer weiter zu sich heranziehen, bis die Spitze seines Schaftes ihren Rachen berührte.

Sein Körper stand in Flammen, vibrierte vor Verlangen. Er war so was von bereit für sie. Er bewegte seine Hand schneller, hoch, runter, hoch, runter, immer wieder, immer schneller. Knurrend fletschte er die Zähne. Jeder Muskel in seinem Körper spannte sich an … machte sich bereit … wartete …

Er konnte Delilah beinahe hören, wie sie ihn anflehte zu kommen, konnte fast ihr lusterfülltes Stöhnen hören, als er ihr gab, was sie verlangte.

Mit einem ohrenbetäubenden Brüllen kam er, und sein heißer Samen spritzte direkt ins Wasser. Während das Wasser weiterlief, spülte es ihn weg, als wäre er nie da gewesen.

Eine Ewigkeit verging, während Layel nach Luft rang. Auf einmal wurde ihm bewusst, dass er nicht an Susan gedacht hatte. Sondern an Delilah. Eigentlich sollte er sich schämen, aber … er wollte Delilah schon wieder. Nur Delilah.

Plötzlich war die Luft von einem energetischen Brummen erfüllt.

Layel straffte die Schultern. Er richtete seine tropfnasse Kleidung, während er den Blick langsam zu den Holzwaffen schweifen ließ, die er auf den Fels zu seinen Füßen gelegt hatte. Dumm von ihm, wo doch Nola irgendwo auf der Insel herumlief, aber er hatte verhindern wollen, dass sie wegschwammen. Er bückte sich langsam danach und musterte währenddessen mit allen Sinnen seine Umgebung, suchte nach dem Eindringling … und konnte nichts Außergewöhnliches entdecken. Das hat nichts zu bedeuten, dachte er.

Mit einer schnellen, fließenden Bewegung nahm er beide Waffen und wirbelte herum, bereit, sie – falls notwendig – zu werfen. Doch wie seine Sinne es ganz richtig gespürt hatten, war niemand in der Nähe. Außer … dass sich in dem Becken unter ihm ein Wasserstrudel bildete, wie es jedes Mal im Meer geschah, wenn ein Gott in Erscheinung trat. Nein, nicht jetzt.

Layel blieb still stehen, während sich Angst in ihm breitmachte. Wurde er jetzt ausgewählt? Bestraft? Das Wasser wurde dicker, stieg, verwirbelte weiter und formte einen durchsichtigen gesprenkelten Körper. *Ruhig, bleib ruhig.*

Der Körper begann, bunt zu leuchten: in unterschiedlichen Rosa-, Blau-, Gelb- und Grüntönen. Kurz darauf fingen die Farben an, wie Sterne am Nachthimmel zu funkeln, und dann, nach einer Explosion, die ihn beinahe erblinden ließ, erstarb alles, und es blieb nur …

Layel keuchte. Fiel auf die Knie, als hätte man ihm auf den Kopf geschlagen. Gewiss nicht. Nein. *Nein!* Das war unmöglich. Doch er streckte unwillkürlich eine Hand aus, sein Arm zitterte, sein Mund war trocken, sein Herz blieb stehen.

Susan sah zu ihm herüber.

Sein Verstand wusste, dass sie es nicht sein konnte; dass hier nur einer der Götter irgendeinen grausamen Trick anwendete. Doch dieser Anblick, der erste Blick auf Susan nach zweihundert Jahren, verschlug ihm die Sprache. Sie war genauso schön, wie er sie in Erinnerung hatte. Schulterlange, braune weiche Haare. Die Augen von derselben vollen lebendigen Farbe wie taufeuchtes Moos. Cremeweiße Haut.

Ihre Lippen zu einem sanften Lächeln verzogen.

„O Götter“, stieß er abgehackt hervor. Dieses Lächeln …

Er hätte nie gedacht, es noch mal zu sehen, hatte es in seiner Brust gut eingeschlossen und sich in so mancher Nacht daran gewärmt.

Sie wandte den Blick ab, ihr Körper drehte sich anmutig, ihre lange weiße Robe tanzte um ihre Knöchel. Sie lachte über ... jemanden... etwas? Hielt sich eine feingliedrige Hand vor den Mund. Layel hatte so oft darum gebetet, hätte seine Seele dafür verkauft. Und jetzt war sie hier.

Susan drehte sich wieder zu ihm. Dann leuchteten ihre Augen vor Belustigung. Sie lockte ihn mit dem Finger zu sich, und er war auf den Füßen, bevor er begriff, was er tat. Ging auf sie zu. Wollte sie unbedingt in die Arme schließen. Wollte in diese anbetungswürdigen violetten Augen schauen, während er sie festhielt.

Abrupt blieb Layel stehen. Susans Augen waren grün. Delilahs waren violett. *Delilah.* Das Wasser, das gegen seine Füße plätscherte, war kalte Realität im Kontrast zu der geliebten Vision.

Susan lockte ihn abermals. Es wirkte irgendwie gezwungen.

Warum stehst du noch hier? Warum gehst du nicht zu ihr?

„Hasst du mich?“, fragte er. Diese Frage hatte er ihr schon so oft stellen wollen. „Gibst du mir die Schuld für das, was geschehen ist?“ Er rechnete nicht damit, dass sie ihm antwortete, doch die Worte kamen trotzdem aus ihm heraus.

Jetzt zog sie die Augenbrauen hoch und ließ den Arm fallen.

„Ich hasse mich selbst. Ich gebe mir selbst die Schuld.“

Sie legte den Kopf schräg, als verstünde sie, was er sagte, wüsste aber nicht, was sie erwidern sollte.

„Du bist gestorben, unser ungeborenes Kind ist gestorben, und alles, was mir blieb, waren Erinnerungen und Schmerz. Wenn ich stärker gewesen wäre ... wenn ich dich besser beschützt hätte ...“

Zum ersten Mal sprach sie. „Ich liebe dich“, sagte sie mit dieser sanften Stimme, an die er sich so gut erinnerte. „Ich brauche dich. Komm zu mir.“

Es schmerzte in seiner Brust, nach so langer Zeit diesen süßen Klang zu hören. Aber es war anders, als er es sich immer vorgestellt hatte. Er spürte Schmerzen in der Brust, weil er, je länger er seine Liebste musterte, desto mehr begriff, dass dieses tiefe Gefühl der Besitzgier, das er immer für sie gefühlt hatte, nicht mehr da war.

Er blinzelte. War sich seiner Gedanken unsicher. Gewiss waren sie falsch. Gewiss sehnte er sich noch immer so sehr nach ihr wie immer. Aber … nein. Tat er nicht. Seine Hände juckten nicht vor unbändigem Verlangen, ihr durch die Haare zu fahren. Seine Muskeln zuckten nicht bei dem Gedanken an ihre Berührung. Es kribbelte nicht in seinem Bauch bei der Vorstellung, seinen Anspruch auf sie zu erheben.

Er liebte sie, ja, und das würde auch nie vergehen, aber die Leidenschaft, das *Verlangen*, war verschwunden. Jedes bisschen seiner Leidenschaft gehörte Delilah. Seine Hoffnung für die Zukunft – Delilah. Sein Grund zu leben – Delilah.

Ihm war, als würde ihm durch die schockierende Erkenntnis eine Last von den Schultern gehoben, eine Last, die ihn nach unten gezogen und im Schmutz festgehalten hatte, sodass er nicht in der Lage gewesen war, aufzustehen. Nicht hatte aufstehen *wollen*.

„Bitte, Layel." Sie winkte ihn mit einer knappen, beinahe schon wütenden Handbewegung zu sich herüber. „Komm zu mir."

Einmal mehr ging Layel auf die Knie. Tränen liefen ihm über die Wangen. Noch immer wusste er, dass dies hier nur ein Trick war. Aber was in ihm gleichermaßen Traurigkeit wie Begeisterung auslöste, war die Erkenntnis, dass er, wäre es die echte Susan gewesen, auch nicht zu ihr gegangen wäre. Weil es einem Verrat an Delilah gleichgekommen wäre und er sich einfach nicht dazu bringen konnte, es zu tun. Er liebte Delilah. Gütige Götter!

Er hatte sich zweihundert Jahre lang bestraft. Das reichte.

Nun wollte er sich von dem Hass befreien. Er wollte leben. Richtig leben.

Er wollte die Amazone. Jetzt und für immer.

Er verdiente sie noch immer nicht. Nichts von dem, was er tat, würde ihn ihrer würdig machen, aber er wollte sie. Er wollte die Chance, sie glücklich zu machen. Er wollte eine Chance auf eine Ewigkeit mit ihr, um sie an jedem einzelnen Tag ihres Lebens zu verwöhnen.

„Susan", stöhnte er. „Susan, vergib mir noch ein Mal." Obwohl er geschworen hatte, bis in alle Ewigkeit für sie zu kämpfen, ließ er sie nun endlich los. „Vergib mir."

Delilah hatte Layel dabei beobachtet, wie er auf das leere Becken zugegangen war, mit sich selbst gesprochen und wieder geweint hatte. Sie war unfähig gewesen, sich zu rühren. Die Götter hatten sie hergebracht. Diese mächtigen Wesen hatten sie einfach von einem anderen Ort hierher verpflanzt und ihre Füße förmlich festgeklebt. Warum hatten sie sie ausgewählt? Hatte sie nicht schon genug gelitten?

„Susan. Susan, vergib mir noch ein Mal. Vergib mir."

In Layels Stimme lagen so viel Schmerz und Leid, dass *Delilah* die Tränen in die Augen traten. Sie sah ihn, sah die schiere Qual in seinem Gesicht. *Ich muss ihn trösten – wenn er mich lässt.* Aber als sie versuchte, sich zu bewegen, fiel sie nur auf die Knie und schürfte sich die Haut auf.

„Warum habt ihr mir das gezeigt?", flüsterte sie mit gebrochener Stimme. „Warum?" Seit Wochen hatte sie dem Vampir den Raum gegeben, den er wollte. Und es war ihr hundeelend ergangen vor lauter Sehnsucht.

Er hatte sie auch vermisst. Das wusste sie. Er hatte sie beobachtet. Jeden Tag hatte er sie beobachtet, und manchmal war er ihr sogar gefolgt. In ihr hatte sich neue Hoffnung breitgemacht, und heute Morgen war ihr Entschluss gefallen: Sie wollte es noch mal versuchen. Sie war eine Kriegerin. Sie hätte ohnehin nicht so schnell aufgeben sollen. Doch bevor sie ihn selbst hatte finden können, war sie hierher gebracht worden.

Er ist nicht der Mann für dich. Eine leise Stimme flüsterte. *Er liebt eine andere.*

Sie erstarrte. Das war definitiv eine der Göttinnen. Es war die weiche, trällernde Stimme einer Frau, die sie bereits bei einigen Wettkämpfen gehört hatte. „Nein. Das glaube ich nicht."

Selbst wenn du ihn so siehst, weigerst du dich noch, es zu glauben? So die irritierte Antwort. *Selbst wenn du ihn hörst?*

Selbst dann. Sie hatte ihn und seine Sturheit kennengelernt. Er hielt an der Vergangenheit fest – aber nicht, weil er seine Gefährtin noch begehrte, sondern weil er sich für ihr Schicksal verantwortlich fühlte. „Er braucht mich."

Es entstand eine knisternde Pause. *Warum willst du ihn noch immer?*

„Wie ich ihn liebe." Und das war die Wahrheit. Er war ein Teil von ihr. Er verkörperte Hingabe und Leidenschaft, Dunkelheit und Licht. Er war loyal und stark, ein Krieger durch und durch. Er war ihre zweite Hälfte, der Teil, nach dem sie immer gesucht hatte.

Deine Schwester hat mehrmals versagt. Jetzt bleibst nur noch du, und ich werde mir den Zutritt zu Atlantis nicht verwehren lassen, nur weil du dich verliebt hast, Amazone. Diesmal hatte die Stimme nicht irritiert geklungen. Sondern nur wütend. *Er lenkt dich ab, und Ablenkung kann sich keiner von uns leisten.*

Den Zutritt zu Atlantis verwehren lassen? Wie konnte solch einem mächtigen Wesen etwas verwehrt werden, das es unbedingt haben wollte? „Ja, er lenkt mich von eurem grausamen Spiel ab, aber das ist mir egal. Ich liebe ihn, und ich gebe ihn nicht auf. Bringt uns einfach nach Hause. Bitte. Wir haben das hier nicht verdient. Was auch immer dir den Zutritt zu Atlantis verwehrt, ich werde dir helfen, einen Weg in die Stadt zu finden. Das schwöre ich."

Ein kaltes Lachen. *Es sollte dir aber nicht egal sein. Ich werde nämlich nicht verlieren. Und das bedeutet, dass* du *nicht verlieren darfst.*

Verlieren? Was denn verlieren? Soweit Delilah wusste, nahmen nur sie und die anderen Kreaturen an den Wettkämpfen teil, nicht aber die Götter selbst. Doch sie hatte keine Zeit, es herauszufinden, da sie sich vor Schmerzen krümmte. Eine intensive Hitze überkam sie, unter der sich jeder Muskel verkrampfte. Sie fühlte sich, als würde irgendetwas aus ihr herausgezogen, und dieses Etwas kratzte an ihren Organen, ihren Adern. Dann plötzlich war sie … davon befreit. Vollständig befreit.

Ihre Emotionen – weg. Ihre Gefühle für Layel – weg. Sie liebte ihn weder, noch hasste sie ihn, sie empfand einfach nichts für ihn. Nichts für irgendwen. Sie zog die Augenbrauen hoch, wartete darauf, Verwirrung, Wut oder auch Erleichterung zu fühlen, weil sie nicht länger von ihm besessen war. Noch immer nichts.

Eines Tages wirst du mir dafür danken, denn ich habe uns soeben unseren Sieg gesichert. So sagte die Göttin.

Irgendetwas stimmt nicht mit mir, dachte sie, aber sie brachte nicht den Willen auf, sich weiter damit zu befassen.

Layel stand immer noch an dem Becken, als sie die Füße wieder bewegen konnte. Doch anders als zuvor geplant, ging sie nicht zu ihm hinüber. Sie drehte sich einfach auf dem Absatz um und schlenderte davon. Sie war müde. Vielleicht war es Zeit für ein Schläfchen.

22. Kapitel

„Du hast zum letzten Mal interveniert, Hestia", grollte Poseidon, als er im Wald nur wenige Zentimeter von der Göttin entfernt Gestalt annahm.

Die dunkelhaarige Göttin warf ihm einen unschuldigen Blick zu, ohne sich auch nur im Geringsten für ihr Handeln zu schämen. Oder Angst zu haben, weil sie erwischt worden war. „Ich? Was habe ich denn getan?"

„Du hast betrogen." Im nächsten Augenblick erschien Ares. „Wieder und wieder. Ich sollte dich erschlagen."

Apollo war der Nächste. Er materialisierte sich inmitten von hellem Licht. Eine Sekunde später tauchte Artemis neben ihm auf. Sie war wie Eis, das die Hitze des Sonnengottes kühlte, denn seine Macht schien aus ihm herauszufließen und seine Aura kleiner zu werden. Interessant. Das war Poseidon bisher noch nie aufgefallen.

Hestia hörte auf, die Unschuldige zu spielen, und starrte die anderen Götter wütend an. „Als ob ihr ohne Fehl wäret. Ich habe jeden Einzelnen von euch dabei beobachtet, wie er seinen Favoriten gerettet und gegen die anderen ausgeteilt hat. Und versucht nicht zu leugnen, dass einige von euch seinem oder ihrem Favoriten schon Tipps gegeben haben. Außerdem habe ich langsam keine Lust mehr, zu warten, bis wir die Ziellinie überqueren. Ich will, dass dieses Spiel endlich zu Ende ist und der Sieger verkündet wird."

Poseidon verschränkte die Arme vor seiner massigen Brust. Er stimmte ihr zu. Die restlichen Götter hatten anscheinend die gleiche kurze Aufmerksamkeitsspanne und das gleiche ruhelose Verlangen nach permanenter Unterhaltung wie er. Mit den

Wochen hatte das Spiel begonnen, seinen Reiz zu verlieren. Er wollte zurück nach Atlantis. Die Einwohner sollten einzig und allein ihm gehören, und er wollte sichergehen, dass diese Götter draußen blieben.

„Wie wäre es mit einer letzten Herausforderung?“, schlug Artemis vor. Da ihre Dämonen bereits hingerichtet worden waren, hatte sie den Wettstreit ohnehin schon verloren. Atlantis würde nicht ihr gehören, und doch hatte sie die Insel nicht verlassen. Offenbar war sie zu neugierig auf das Endergebnis. „Man könnte noch heute den Gewinner küren.“

Aufregung erfüllte den Wald. Poseidon zitterte sogar. Eine letzte Herausforderung … Gewiss könnte er einem Drachen zum Sieg verhalfen. Irgendwie, mit irgendwelchen Mitteln.

„Was soll die Herausforderung denn mit sich bringen?“, fragte Apollo eifrig.

„Und was sollen wir mit den Verlierern machen?“, fügte Hestia hinzu und rieb die Hände aneinander.

„Ich habe eine Idee“, sagte Poseidon. Sie alle hatten ein Lächeln der Vorfreude auf den Lippen, als sie die Köpfe zusammensteckten.

Als eine Stunde später der bedrückend vertraute Klang des Horns ertönte, das zur nächsten Herausforderung rief, fühlte sich Layel noch immer wie geschunden. Er erstarrte vor Furcht, sprang aber auf die Füße. Nachdem Susans Erscheinung verblasst war, hatte er sich angezogen und angefangen, Delilahs Fußspuren zu folgen. Er hatte sich auf den Boden gekauert, um ihrem Pfad zu folgen, doch es schien, als wären ihre Fußabdrücke verschwunden.

Er musste sie finden, mit ihr reden, sie halten. Er … brauchte sie einfach. Wenn es nötig wäre, würde er sie um Vergebung anflehen. Er hätte um sie kämpfen sollen, hätte sie nicht fortschicken dürfen. Hoffentlich war es noch nicht zu spät.

Sie wird bei der Herausforderung anwesend sein, dachte er,

während er seinen Schritt beschleunigte und die Angst von der Vorfreude verdrängt wurde. *Ich werde sie dazu bringen, mit mir zu reden.*

In den vergangenen Wochen hatte er weder Blut getrunken noch geschlafen und auch nicht vernünftig gegessen. Gedanken an Delilah und Susan hatten ihn genauso gequält wie Verlangen, Sehnsucht, Schmerz und tiefes Leid. Alles, was er wollte, war Delilah. Das war ihm jetzt klar. Doch er hatte das Verlangen unter vergangenen Erinnerungen versteckt. Wie hinter einem Vorhang oder Schatten.

Ich war so ein Idiot. Er hatte seine Zeit verschwendet. Zeit, die er in Delilahs Armen hätte verbringen können. *Ich werde es wiedergutmachen. Für sie.*

Der Himmel hellte sich auf, als er durch den Baumgürtel trat, und sein Herz klopfte wild. Alle waren bereits da. Auch Delilah. Als er sie sah, blieb ihm für einen Moment die Luft weg. *Meine.* Sie hatte ihm den Rücken zugekehrt, und die blauen Haare, die er so anbetete, hingen in seidigen Wellen bis zu ihren Hüften herab. Er wollte sie anfassen, sich darin festhalten, ihr Gesicht an seins heranziehen, um sie zu küssen. Nie wieder würde er sich diese köstlichen Lippen verwehren.

Meine Frau. Meine Liebe. Er brauchte ihre Liebe, was bedeutete, dass sie ihm das geben musste, was sie ihm zuvor angeboten hatte: eine Chance. Und sobald er ihr Herz gewonnen hätte, würde er sie beide von dieser götterverdammten Insel schaffen und zurück ins sichere Atlantis bringen, wo sie in Frieden zusammen sein könnten. Er würde dort leben, wo auch immer sie wollte. Wenn nötig, sogar im Amazonenlager.

Sein Fokus blieb auf sie gerichtet, während er zum Strand stapfte. Sie erstarrte weder, als er sich in ihre Nähe stellte, noch zeigte sie anderweitig Interesse.

Tagart, der wie ein Wächter auf der anderen Seite neben ihr stand, war weniger nonchalant. Er fauchte Layel mit der barbarischen Heftigkeit eines hungrigen Raubtieres an.

Layel schenkte ihm keinerlei Beachtung. Er interessierte sich einzig für Delilah. „Delilah", sagte er und genoss den Klang ihres Namens auf seiner Zunge.

Sie warf ihm einen gelangweilten Blick zu. „Hau ab."

Das habe ich verdient. Vor nicht allzu langer Zeit hätte sie sich ihm mit Sehnsucht in den violetten Augen zugewandt. Sie hätte die Arme ausgebreitet und ihn stolz umarmt. „Delilah, du sollst wissen, dass es mir egal ist, ob du mit einem Drachen zusammen warst. Meine Vergangenheit war wohl kaum perfekt. Ich ..."

„... werde jetzt gehen", knurrte Tagart. „Du bist hier nicht erwünscht. Von niemandem."

Brand stellte sich neben den Krieger und packte ihn am Arm – vermutlich, um ihn von einem Kampf abzuhalten. Von einem Kampf, nach dem Layel sich noch vor Stunden gesehnt hätte, mit Blut, mit Tod und grauenhaft viel Schmerz aufseiten seines Feindes. Heute gab es nur eine Sache, um die Layel kämpfen wollte, und dabei ging es nicht um den Tod eines Drachen.

Er inhalierte Delilahs Duft – eine weibliche Note, die Essenz der Lust – und kostete ihn in seiner Lunge aus, während er im Geiste diese Bewunderung ohne Protest zulassen konnte. Zum ersten Mal seit Jahrhunderten war er von Frieden erfüllt.

„Ich brauche dich", sagte er zu ihr. Die Worte kamen direkt aus seiner Seele. „Ich brauche dich mehr als jede andere vor dir."

Endlich sah sie ihn an, doch ihre Augen waren ohne jede Emotion. Immer noch violett, aber ... leer. Fort war ihre Wärme, ihr Lachen. „Tut mir leid, aber ich bin nicht mehr interessiert."

Auch das hatte er verdient. Sie hatte ihn einst gebeten, ihr von der schrecklichsten Tat seines Lebens zu erzählen. Jetzt wusste er, was das war. Dass er diese Veränderung in ihr bewirkt hatte. Sie sah kälter aus. Unnachgiebig. Hart. Er kämpfte gegen die Verzweiflung. „Dir soll niemals etwas leidtun. Nicht bei mir. Ich bin es, der dich Tausende Male um Verzeihung bitten muss. Ich weiß, dass tausend nicht reichen werden, aber wie lange es auch dauert und was ich auch tun muss, ich bin dazu bereit. Für dich tue ich alles."

„Hau ab", sagte sie wieder in demselben gelangweilten Ton.

Niemals. „Ich bitte dich nur darum ..."

Er hörte ein schrilles wütendes Kreischen, und im nächsten Moment segelte ein Speer in seine Richtung. Es geschah blitzschnell, doch ihm kam es so vor, als würde sich alles in Zeitlupe bewegen. Er hörte das Pfeifen der Luft, und kurz bevor sich der Speer in sein Herz bohrte, schaffte er es gerade noch, ihn zu packen. Eine Sekunde später, und er wäre tot gewesen. Doch so hatte die rasierklingenscharfe Spitze nur seine Haut geritzt.

Er hatte keine Zeit, seinen Angreifer ausfindig zu machen. Doch das war auch nicht nötig. Nola warf ihn zu Boden, bevor er die Waffe fallen lassen konnte. Er ließ sich von ihr auf den Boden drücken, schlagen und kratzen. Er hatte sich geschworen, sich niemals wehtun zu lassen, ohne sich dafür zu rächen. Doch bei ihr ließ er es geschehen. Denn sie rächte ihre Schwester.

Delilah sah ihnen zu, ohne dass sich an ihrer Miene etwas änderte.

Er bekam eine harte Rechte auf die Nase, und der Knorpel sprang zur Seite. Nola zerkratzte ihm die Wange, bis es blutete. Noch eine Rechte, dann eine Linke.

„Das reicht. Aufhören!" Brand hatte so energisch gesprochen, dass die Faust der Amazone mitten in der Luft anhielt.

Sie funkelte ihn mit mordlustigem Blick an. „Misch dich nicht ein, sonst bist du der Nächste."

Dann hob irgendjemand Nola von Layel herunter, und sie fluchte zornig.

Es war Zane. Der Krieger hielt die nun zappelnde Nola fest und stieß ein Brüllen aus, wie Layel es noch nie gehört hatte. „Halt still, Frau! Und sei leise."

Zane berührte freiwillig eine Frau?

„Ich habe dich davor gewarnt, was passieren würde, wenn du noch mal in ihre Nähe kommst!“ Brand stürzte sich selbst auf den Vampir.

Layel sprang zurück, fort von den Kämpfenden. Ein Krieg schien ausgebrochen zu sein. Die drei rollten in einem Wirrwarr aus Fäusten und Tritten über den sandigen Strand. Sowohl Brand als auch Zane versuchten, Nola wegzuschieben, während sie einander boxten und bissen, doch sie kam immer wieder zurück und ging jedes Mal auf Zanes Kehle los.

Ihre Wut schien ein Eigenleben zu besitzen.

Ich war wie sie, dachte Layel. Er war von Hass und Wut erfüllt gewesen und hatte für nichts anderes gelebt als für den Tod. Susan hätte sich für ihn geschämt, wäre sie dem Mann begegnet, zu dem er geworden war. Aber Delilah hatte einen Weg gefunden, ihn trotzdem zu lieben.

Sie war ein Geschenk. Ein Schatz.

Und wie er bemerkte, ging sie geradewegs auf das blutige Trio zu. Er sprang auf, stürzte auf sie zu, nahm ihren Arm und zog sie zurück. Sie drehte sich zu ihm um. Ihr Gesicht war noch immer ausdruckslos.

„Lass mich los“, sagte sie.

„Bleib hier. Bitte. *Ich* werde deiner Freundin helfen.“ Es wäre ihm ein Vergnügen, ihr etwas zu geben, was sie sich wünschte.

Sie öffnete den Mund, um etwas zu erwidern, doch eine andere Stimme hinderte sie daran.

„Nein, *wir* werden sie stoppen.“

Layel zog sich der Magen zusammen, als das Trio an Ort und Stelle gefror. Wie sehr er diese Götter und ihre offenbar allumfassende Macht hasste!

Im nächsten Moment knieten die Kämpfer am Boden und beugten sich vor, während ihnen das Blut aus den Wunden lief. Sie keuchten, als vor ihren Augen ein geleeartiges Wesen Gestalt annahm. Nein, nicht eins. Sondern fünf. Fünf Wesen. Layel riss die Augen auf. Er hatte ja gewusst, dass hier mehr als ein Gott die Fäden zog, aber mit so vielen hatte er dann doch nicht gerechnet.

„Ich bewundere deine Vehemenz, Vampir", sagte der von ihnen, der zu einem großen, muskulösen dunklen Mann materialisierte. In seinen Augen loderten wilde, kriegshungrige Flammen. Ares. Einst hatten alte Schriftrollen und Porträts der Götter seinen Palast geschmückt. Doch nach Susans Tod hatte Layel sie abgenommen. Er hatte sich vergessen gefühlt, verlassen, und hatte keine Erinnerung mehr an Wesen um sich haben wollen, denen ihr selbstsüchtiges Vergnügen wichtiger war als das Wohlergehen ihrer Kinder.

„Genug ist genug", fügte eine andere solidarisch hinzu. Hestia. Obwohl man ihr Gesicht nicht erkannte, strahlte sie eine Sinnlichkeit aus, bei der jeder andere Mann innerhalb weniger Sekunden steinhart geworden wäre. Jeder außer Layel. Sein Körper existierte allein für Delilah.

„Endlich ist der Zeitpunkt gekommen, die Sache zu beenden." Noch eine Frau. Dunkelhaarig und reizend. In eine strahlend gelbe Robe gehüllt. Artemis.

„Auch ich bin es leid, zu warten." Ein Mann. Blond, muskelbepackt und mit einer so pulsierenden Aura, dass Layel die Augen zusammenkneifen musste. Apollo.

„Vampire, Amazonen, Drachen und Nymphen. Endlich stehen wir uns persönlich gegenüber. Viele von euch sind vorhersehbar geworden. Mein Spaß an unserem kleinen Spiel ist rapide gesunken. Ihr solltet uns eure Stärke beweisen und uns zeigen, welche Rasse allen anderen überlegen ist." Dunkle Haare, die zwischendurch manchmal golden würden, männlich, groß und muskulös, mit Augen so blau und unergründlich wie das Meer. Poseidon. „Wisst ihr, wir konnten uns nicht entscheiden und haben untereinander gestritten. Deshalb haben wir euch hergebracht. Ihr solltet diesen Streit schlichten, aber am Ende habt ihr nur unter Beweis gestellt, dass ihr genauso schwach und dumm seid wie die Menschen, indem ihr euer Herz über euren Überlebenswillen stellt."

„Was wollt ihr denn noch von uns?", fragte Layel, während er sich langsam vor Delilah bewegte, um sie abzuschirmen. Er traute diesen Wesen nicht und würde es nicht dulden, dass sie ihre Aufmerksamkeit auf seine Frau richteten. „Wir haben doch alles getan, was ihr von uns verlangt habt."

Im nächsten Moment lag er auf dem Bauch und krümmte sich vor unvorstellbaren Schmerzen. Er hatte Erde im Mund und schnappte nach Luft.

„Fragen sind nicht gestattet, Vampir", sagte Ares. „Verdammt noch mal, ich bin enttäuscht von dir! Du hättest sie inzwischen allesamt töten sollen."

„Und du." Hestia sah zu Delilah und schnalzte missbilligend mit der Zunge. „Ich habe so hohe Hoffnungen in deine Unabhängigkeit und Stärke gesetzt, und trotzdem hast du dich auf einen Mann konzentriert und deine wahre Belohnung aus den Augen verloren."

„Ich kenne dich", sagte Delilah und zog die Stirn kraus. „Deine Stimme. Du warst dort. Im Wald. Du …"

„Genug jetzt", unterbrach Hestia sie, und schon fand sich auch Delilah auf den Knien wieder. Zumindest krümmte sie sich nicht.

„Genug von euch allen. Ihr hattet eure Chance, und trotzdem steht ihr hier. Während wir eure Tapferkeit bewundern, war eure permanente Weigerung, eure Feinde zu eliminieren, eher … enttäuschend", sagte Ares zu dem Trio, das sich noch immer verbeugte. „Es ist an der Zeit, die Zahl der Teilnehmer auf eine Kreatur pro Rasse zu minimieren. Das bedeutet, dass ihr drei nicht länger gebraucht werdet. Brand, Zane, Nola – aufstehen."

Hestia trat nach vorn, als die Aufgerufenen gehorchten. Alle drei wurden blass und öffneten den Mund – bestimmt, um zu protestieren –, doch es kam kein Laut heraus. „Drache, Vampir, ihr habt um die Amazone gekämpft. Und deshalb sollt ihr schon bald von ihnen umgeben sein. Wir verurteilen euch beide dazu, ihre Sklaven zu sein."

Zane brüllte vor Wut und Schrecken auf und machte einen Satz zurück. „Nein." Endlich ein Ton. „Nein!"

„Ich flehe euch an, tut das nicht", keuchte Brand. „Ich wollte die Amazone niemals. Sie ist wie eine Schwester für mich."

Ihre Schreie wurden ignoriert. Die Götter wischten in einer gruselig synchronen Bewegung mit den Händen durch die Luft, und die zwei Krieger verschwanden. Nur ihre Fußabdrücke blieben. Layel hatte nach seinem Soldaten gegriffen und versucht, ihn festzuhalten. Delilah neben ihm rührte sich nicht. Mit der anderen Hand packte er ihre Wade und streichelte sie, um sie zu trösten, obwohl er sehen konnte, dass sie keine Angst verspürte.

„Große Götter, bitte", sagte Nola mit zittrigem Atem und wich zurück. „Ich flehe euch an, ihr dürft nicht …"

„Ruhe!", bellte Artemis.

Augenblicklich war es mucksmäuschenstill. Sogar die Insekten stellten ihr Zirpen ein.

„Besser." Hestia entspannte sich, ihre Gesichtszüge wurden weicher. „Ich mag weder den Gedanken, eine Frau zu versklaven, noch gefällt mir die Vorstellung, dich zu vernichten, obwohl du noch gar nicht die Chance hattest, richtig zu leben. Und deshalb werden wir dich nicht zu den Vampiren oder den Drachen geben."

Langsam entspannte sich auch Nola. Bis …

„Aber weil du es wiederholt nicht geschafft hast, deine Ziele auszuschalten", fuhr Hestia mit kaltem Ton fort, „wirst du dazu verurteilt, ihnen beim Leben zuzusehen, ohne von irgendwem gesehen oder gehört zu werden." Die Göttin machte eine Pause. „Lass dir das eine Lehre sein. Wenn eine Göttin dich um einen Gefallen bittet und dir im Gegenzug eine unvorstellbare Belohnung verspricht, führ ihn auch aus. Hättest du das getan, hätte dieser Tag für dich einen anderen Ausgang."

Sämtliche Farbe wich aus Nolas Gesicht. Entsetzen und Panik füllten ihre Augen, und ihr Körper wurde so heftig geschüttelt, dass selbst die Wellen des Ozeans daneben verblassten. „Nein. Bitte nicht. Ich habe sie nicht gegeneinander ausgespielt. Und ich habe versucht, den König zu töten. Ich habe es wirklich versucht, aber er …" Nola verschwand, und mit ihr verschwanden ihre Worte.

„Bring sie zurück. Sofort." Delilah schlenderte nach vorn, und die gelassene Bewegung stand im krassen Widerspruch zu ihren Worten, als täte sie etwas, von dem sie wusste, dass es ihre Pflicht war, könnte sich aber nicht dazu durchringen, auch dementsprechend zu fühlen.

Layel packte sie an den Knöcheln und zog. Sie landete mit dem Gesicht im Sand und kam spuckend wieder hoch. Obwohl er noch immer Schmerzen hatte, sprang er auf und stellte sich vor sie. Die wenigen Kreaturen, die noch übrig waren, standen blass und schweigend herum. Er wollte Delilah sagen, dass später noch genügend Zeit wäre, ihre Freundin zu retten, schwieg aber, um nicht noch mehr göttliche Bestrafungen auf sich zu ziehen.

Hestia rieb sich die Hände, als wäre sie hochzufrieden mit sich.

„Du." Ares zeigte auf die Nymphe. „Du wirkst schwach."

Sie schluckte und machte einen Schritt nach hinten. „Ich?"

Auf Layel wirkte sie stark und gesund. Sie hatte eine gute Gesichtsfarbe. Er zog die Augenbrauen hoch.

„Du wirst ebenfalls eliminiert. Wir haben hier keinen Platz für Schwächlinge. Allerdings habe ich beschlossen, großzügig zu sein und deine Kraftkapazitäten voll aufzufüllen. Deshalb wirst du in meinem himmlischen Gemach auf mich warten. Ich werde schon gleich bei dir sein."

Ihre Angst verwandelte sich in Begierde, als sie begriff, was er mit ihr vorhatte, und sie verschwand mit einem aufgeregten Keuchen. Jetzt verstand auch Layel. Der Gott wollte die Nymphe für sich.

Poseidon blickte finster. „Das war unfair. Ich wollte sie."

Ares zuckte teilnahmslos die Schultern. „Wer zögert, hat solche Schönheit nicht verdient. Aber keine Sorge. Wer könnte besser wissen als du, Poseidon, dass in den anderen Teichen auch viele Fische schwimmen?"

Der Gott des Meeres sah wütend aus, doch er verzichtete auf eine Erwiderung.

„Schließlich sind die vier stärksten Teilnehmer übrig", sagte Apollo und rieb die Hände aneinander. „Delilah, die sture Amazone. Broderick, der loyale Nymph. Layel, der wilde Vampirkönig. Tagart, der entschlossene Drache. Aber wer von euch wird überleben? Wer von euch wird fallen?"

„Schon bald werdet ihr der größten Herausforderung gegenüberstehen, bei der nur einer gewinnen kann." Hestia breitete die Arme aus. „Ihr fragt euch, was der Gewinner bekommt? Die Antwort ist so einfach – oder so lebensverändernd, wie sie nur sein kann. Einen Segen. Was ihr euch auch von uns wünscht, wir werden es erfüllen. Alles, wonach ihr euch sehnt, soll euch gehören."

„Und was ist mit den anderen?", fragte Layel. „Was passiert mit den Verlierern?"

Statt ihn dafür zu schelten, eine solche Frage zu stellen, sah Poseidon ihn nur scharf an. „Darauf gibt es auch eine einfache, aber lebensverändernde Antwort: Sie werden sterben."

Sterben. Das Wort hallte in seinem Kopf wider, eine ominöse Drohung, die den körperlichen Schmerz überschattete, der ihn noch immer quälte. Götter. Er würde diesen Wettkampf gewinnen müssen. Sein Wunsch – Delilah am Leben zu lassen. Einst hätte er sich gewünscht, die Drachen auszulöschen. Aber das war einmal. Jetzt kam Delilah an erster Stelle.

„Bevor der Preis übergeben werden kann, muss die Herausforderung erfüllt worden sein. Beachtet unsere Worte wohl, denn die Dinge sind nicht immer so, wie sie scheinen. Jeder von euch wird den Berg hinter euch erklimmen", sagte Artemis.

„Dort werdet ihr etwas vorfinden, vor dem selbst die mutigsten Männer der Welt fliehen würden. Etwas, wovor ihr euch so sehr fürchtet wie vor nichts sonst. Dem müsst ihr euch stellen und es besiegen."

Bislang hatte es auf der Insel keinen Berg gegeben, doch Layel hätte gewettet, dass er jetzt einen sehen würde, wenn er sich umdrehte.

Poseidon grinste boshaft. „Aber fürchtet euch nicht, Kreaturen von Atlantis. Ich werde euch alle Waffen zurückgeben, die ihr gemacht habt. Denn welch besseren Weg gäbe es, die wahre Größe eurer Macht zu beweisen, als solche Todesinstrumente gegen eure Gegner einzusetzen? Obwohl … vielleicht habt ihr auch ohne die Waffen alles, was ihr braucht, hmmm?"

Plötzlich wurde Layel von Schwertern, Dolchen und Lanzen heruntergezogen. Und dann verschwanden die Götter einer nach dem anderen.

„Möge der beste Krieger gewinnen", flüsterte eine Stimme noch.

Sein Schmerz war sofort verflogen. Keuchend und schwitzend straffte Layel die Schultern und sah zu Delilah. Sie sah ihn an. Ohne Emotionen. Undeutbar. Einige Sekunden lang standen sie schweigend da – eine Ewigkeit.

„Einer von uns wird sterben", sagte sie schließlich, doch sie hörte sich nicht so an als ob es sie interessierte, wer das wäre.

Sie wird es nicht sein, schwor er sich. Lieber würde er selbst sterben, als zuzulassen, dass dieser Frau auch nur ein Haar gekrümmt würde. „Nein." Er schüttelte den Kopf. „Einer von uns wird einen Preis gewinnen. Alles, was wir uns wünschen. Selbst das Leben des anderen."

Sie neigte den Kopf zur Seite, und ihre Augen blickten gedankenvoll. „Oder das Leben eines anderen. Deine Liebste könnte wieder lebendig werden."

Einen Moment lang machte ihn diese Möglichkeit überglücklich. Susan … wieder bei ihm. Er bekam keine Luft, sah weiße Lichter hinter den Augenlidern. Dann aber, als sein Blick auf Delilah fiel, verlagerte sich die Freude. Susans Rückkehr war nicht länger das, was er wollte. Es war an der Zeit, sie in Frieden ruhen zu lassen, so wie es ihm beim Wasserfall klar geworden war. Er wollte Delilah. Sie war seine Gegenwart, seine Zukunft. „Ich will dich."

Sie zuckte mit den Schultern.

Tagart näherte sich Delilah von der Seite, während er Layel aus zusammengekniffenen Augen ansah. „Komm", befahl er der Amazone. „Wir werden den Berg gemeinsam besteigen."

Alle besitzergreifenden Instinkte, die Layel in sich trug, kamen mit einem Brüllen an die Oberfläche. *Meine!* „Du wirst sie nicht anrühren. Du wirst ihr auch nicht helfen. Ich werde das tun."

Die emotionslose Delilah schüttelte Tagarts Hand ab. „Du hast ein Ultimatum nach dem anderen gestellt, Drache: Entweder ich folge dir, oder ich riskiere es, zu sterben. Weißt du, ich habe es satt, dir zu folgen. Unser Bündnis endete, als die Teams aufgelöst wurden. Ich denke, jetzt *willst* du, dass ich sterbe. Alles, um den Vampir zu bestrafen. Deshalb werde ich den Berg allein bezwingen. Außerdem bin ich eine Amazone. Ich brauche keinen Mann."

Sie drehte sich um und ging weg von ihnen, während Layel jede ihrer Bewegungen verfolgte. Sie ging auf einen ... Er riss die Augen auf. Vor ihnen tat sich ein riesiger finsterer Berg auf, der von unheilvollen Schatten umgeben war. *Selbst die mutigsten Männer würden vor dem fliehen, was ihr dort oben vorfindet.* So hatten die Götter gesagt.

Tagart nutzte Layels Ablenkung aus und griff ihn an. Dabei zerkratzte er Layel die Brust mit den Klauen. Statt sich auf einen Kampf einzulassen, löste sich Layel einfach in Luft auf. Jetzt zählte nur noch eine einzige Sache – und ausnahmsweise war es nicht der Drache.

Delilah fühlte sich innerlich wie tot, als sie das Tempo erhöhte und innerhalb weniger Sekunden aus einem gemütlichen Gang zu einem schnellen Lauf beschleunigte. Sie wich Bäumen aus, deren Äste ihr entgegenschlugen, sprang über dicke Wurzeln und ignorierte das gruselige animalische Schnurren, das durch die Luft hallte. Schon bald war sie außer Atem und wusste weder, wo sie war noch wohin sie lief – doch es kümmerte sie auch nicht.

Ihre Schwester war fortgeschickt worden, um mental und emotional gefoltert zu werden, und sie hatte sie nicht zu retten vermocht. Layel spielte aus irgendeinem Grund mit ihr, indem er ihr alles anbot, wonach sie sich einst gesehnt hatte. „Ich will dich", hatte er gesagt. Sie brachte es noch immer nicht fertig, seine Worte an sich heranzulassen – auch wenn er sie ernst gemeint hätte.

Ich sollte aber irgendwas fühlen. Doch in der Leere ihres Herzens gab es kein Bedauern. Kein Glück, keine Sorgen.

„Delilah."

Eben war sie noch gerannt, nun flog sie schon durch die Luft. Sie zappelte, bis sie einen Duft aus Männlichkeit, Stärke und Blut wahrnahm. Sein Waffenarsenal drückte unangenehm an ihrem Körper und scheuerte an ihrer Haut.

„Lass mich runter", sagte sie schlicht.

„Halt dich an mir fest." Layel klang angespannt. Sein Gesicht war schweißbedeckt, und um Augen und Mund zeichneten sich Müdigkeitsfalten ab. Noch nie hatte er erschöpfter gewirkt.

„Lass mich runter." Sie spürte ein Fünkchen eines bekannten Gefühls in sich, Erregung, die kurz davor war, zu erblühen, dann aber blitzschnell ausgelöscht wurde, als wäre sie nie dagewesen. Was war los mit ihr?

„Ich habe dich verletzt", sagte er ihr ins Ohr. „Das tut mir leid, unendlich leid."

„So leid, wie dir auch der Tod deiner Gefährtin tut?", platzte es aus ihr heraus. Zwar war ihr seine Antwort egal. Doch irgendetwas zwang sie trotzdem, diese Frage zu stellen.

„Ja“, erwiderte er, ohne zu zögern.

„Es gibt keinen Grund zu lügen. Du bedeutest mir nichts. Ich war nur neugierig.“

In seinen Augen flammte der Schmerz auf, und das Blau wurde vor Sorge fast schwarz. „Ich möchte alles für dich sein.“

Noch vor wenigen Stunden hätte sie vor Freude gejubelt. Jetzt … „Ich habe dir schon gesagt, dass ich dich nicht länger will.“ Die Wahrheit. Sie spürte nichts in sich, das sie ihm geben konnte. Oder überhaupt irgendwem.

„Ich will dich. Du bist alles, wonach ich mich sehne, und statt dich so wertzuschätzen, wie du es verdienst, war ich grausam. Ich bitte dich um Verzeihung und werde alles tun, damit du mir vergibst.“ Als sie nichts sagte, fügte er hinzu: „Ich leide darunter, dass ich dir wehgetan habe; dass du mich nun ansiehst, als wäre ich unsichtbar.“

Der Wind wehte ihr die Haare ins Gesicht, während sie ihn musterte. Sie sah, wonach sie in den vergangenen Tagen andauernd gesucht hatte: Zärtlichkeit, Freundlichkeit und Sorge. Sie sah … Liebe? In diesem Moment bedauerte sie ihre emotionale Taubheit. „Du hast ihren Namen gerufen. Du hast ihr gesagt, es täte dir leid.“

Er runzelte überrascht die Stirn. „Wann …? O. Ja, das stimmt. Ich habe mich von ihr verabschiedet.“

„Von ihr …“ Delilah brachte die Worte nicht über die Lippen. Sie konnte nicht verstehen, was er da sagte.

„Von ihr verabschiedet“, wiederholte Layel. „Susan ist nicht länger meine Gefährtin. Sie ist fort, und ich bin hier. Ich will dich. Ich will mit dir zusammen sein, ich will eine Zukunft mit dir.“

„Layel …“

„Du hast mich um eine Chance gebeten, aber ich habe sie dir verwehrt. Jetzt bitte ich dich um eine.“ Er hielt sie anders, sodass sie gezwungen war, ihre Beine um seine Hüften zu schlingen und ihre Knöchel zu verhaken, um irgendwie das Gleichgewicht zu halten. „Bitte. Ich werde alles dafür tun. Alles."

Sie schwebten in der Luft über den Bäumen, in zarten weißen Wolken. Sie schlang ihm die Arme um den Hals und sah ihm tief in diese strahlenden Augen. „Es tut mir leid. In mir ist nichts mehr, das ich dir geben könnte. Außerdem haben wir dafür keine Zeit. Tagart und Broderick suchen nach dem Ungeheuer, oder was auch immer es ist, von dem die Götter wünschen, dass wir es töten."

„Wir werden uns die Zeit nehmen. Nichts ist wichtiger für mich als du. Nicht mal der Sieg."

„Aber ohne Sieg wird einer von uns sterben."

Er seufzte, als sie ihn daran erinnerte. „Sosehr ich auch wünschte, dass es anders wäre – du hast recht. Aber ..." Er rieb zärtlich seine Nase an ihrer Wange. „In deinen Augen herrscht immer noch diese Leere. Was kann ich tun? Sag mir, was ich tun soll, um dir zu helfen?"

„Ich wünschte, ich wüsste es. Vorhin kam eine der Göttinnen zu mir. Inzwischen weiß ich, dass es Hestia war. Sie wollte, dass ich dich vergesse und mich auf den Wettkampf konzentriere. Also hat sie ... sie hat ..." Delilah riss die Augen auf, als ihr plötzlich alles klar wurde. „Sie hat die Liebe, die ich für dich empfinde, aus mir herausgeholt, damit ich dich nicht länger über den Sieg stelle."

Layel hielt sie fester, während sich Wut auf seinem Gesicht spiegelte. „Ich verstehe nicht ganz."

„Ich habe keine Emotionen. Sie hat sie mir weggenommen, alle." Eigentlich hätte Delilah darüber wütend sein müssen, aber auch jetzt spürte sie nichts. Nicht mal einen kleinen Funken Zorn, der an dieser Stelle so berechtigt gewesen wäre.

„Du liebst mich?"

„Das tat ich." Ihr fiel kein Grund ein, warum sie es leugnen sollte. „Ja."

„Und die Göttin hat dafür gesorgt, dass du nichts mehr fühlst?“

„Ja“, sagte sie noch einmal.

„O Delilah, süße Delilah. Es tut mir so leid. Anscheinend muss ich mich für mehr entschuldigen, als mir klar war.“ Sein warmer Atem streichelte ihr Ohr. Es war eine süchtig machende Liebkosung, die sie hätte genießen müssen. „Dann werde ich genügend für uns beide fühlen, weil ich dich liebe, meine Liebste. Ich liebe dich so sehr, und ich kann dich nicht gehen lassen.“

Genau das hatte sie sich so sehnlich gewünscht. Diese Worte zu hören. Hier und jetzt sah ein starker, mächtiger Mann sie an, als ob sie ein Preis wäre, und sprach mit ihr, als würde er ihr zu Ehren gegen jeden und alles kämpfen. Als ob er sie festhalten und niemals loslassen würde. Doch noch immer *berührte es sie nicht.*

„Ich werde einen Weg finden, dich zu heilen“, versprach er.

Aber konnte er das? Wer auch immer von ihnen gewann, könnte sich von den Göttern wünschen, den anderen am Leben zu lassen. Dann aber könnte der Preis nicht sein, dass ihre Gefühle zurückkamen.

Ganz gleich, was auch geschehen würde – sie schienen verdammt zu sein.

23. Kapitel

Shivawn hockte auf dem Stück Land, auf dem sein Vater gestorben war. Er hatte erwartet, dass ihn die Erinnerungen überwältigen und in tiefstes Elend stürzen würden, doch überraschenderweise geschah das nicht. Natürlich fühlte er Bedauern darüber, diesen starken männlichen Einfluss verloren zu haben. Aber noch viel stärker war die Vorfreude auf das, was sein würde. Alyssa war in der Nähe. Er hatte sie noch nicht gesehen, aber zumindest einen Hauch ihres himmlischen Dufts wahrgenommen.

Ein Duft, mit dem er sich für den Rest seines Lebens umgeben wollte. Obwohl er ihren Augen die Schuld daran gegeben hatte, seine Albträume auszulösen, hatte der Fehler die ganze Zeit über in *seinen* Augen gelegen. Er hatte nicht tief genug in die wunderbare Frau hineingeblickt, die sie war.

Und wenn er ehrlich war: Er war froh, dass ihre Augen sie an seinen Verlust erinnerten. Froh, weil er niemals vergessen würde, wie schnell ihm jemand, den er liebte, genommen werden konnte. Er würde sie niemals als selbstverständlich betrachten. Außerdem waren diese Augen ein Teil von ihr, und er wollte jeden Teil, den er kriegen konnte. Sie gehörte ihm. Seine Dämonin, sein Vampir. Seine Liebe.

Er sah sich die Umgebung an, die sich grundlegend von dem unterschied, wie er sie in Erinnerung hatte. Ein Dorf war entstanden. Wo es einst nur Wald gegeben hatte, standen nun Häuser mit Strohdächern. Minotauren und Zentauren arbeiteten harmonisch in den Gärten zusammen, stutzten Büsche und zogen Wasser aus Brunnen. Kinder tollten ausgelassen herum, spielten und lachten unbekümmert.

Shivawn lehnte sich gegen die Mauer und versuchte, unauffällig auszusehen. Doch mehrere Frauen hatten bereits eine Prise seines Nymphenduftes erhascht und drückten sich nun in seiner Nähe herum, um seine Aufmerksamkeit zu erregen. Viele hatten vor Begierde rote Wangen, was wiederum zu zornesroten Gesichtern bei den Männern führte.

Er war ein Nymph. Für ihn war diese Situation nicht ungewöhnlich. Er war nur verblüfft, dass er auf der Tagesreise bis hierher nicht schon einen ganzen Schwarm von Frauen angelockt hatte. Vielleicht hatte sein finsterer Blick sie alle verscheucht.

Er war gezwungen gewesen, sich gefühlte zehntausendmal selbst zu befriedigen, um genug Kraft zu sammeln, damit er es bis hierher schaffte – und für den Kampf, der ihm mit Sicherheit bevorstand. Aber jetzt war er bereit. Er hatte Gedanken an Alyssa in seinem Kopf, die ihn erregten und stark genug machten. Zumindest hoffte er das.

Alyssa bog um die Ecke eines entlegenen Stalls und trat mit der Stiefelspitze gegen ein paar Steine. Sie trug einen langen gelben Umhang, dessen Kapuze ihr Gesicht verbarg. Shivawn erkannte ihren sinnlichen Gang und die süße Art, wie sie den Kopf schief legte. Doch er wusste nicht nur, dass sie es war. Er spürte es auch durch und durch.

Seine Freude, Begierde und Liebe kehrten in vollem Ausmaß zurück und piesackten ihn. Sein ganzer Körper bebte, während er ihren Anblick in sich aufsaugte. Meinte sie, ihre Herkunft vor den anderen Kreaturen verstecken zu müssen? Die meisten Rassen fürchteten sich gleichermaßen vor Vampiren und Dämonen. Oder hatte sie von seiner Ankunft gehört und dachte, er würde sie nicht erkennen, wenn sie ihr Gesicht verhüllte?

Auf keinen Fall konnte er zulassen, dass seine Frau so etwas tat.

Ihr Gang wurde nicht langsamer, sodass sie ihm immer näher kam. War schon fast in Reichweite … fast … Er duckte sich tiefer in die Schatten, als sie stehen blieb und den Kopf hob. Die Kapuze rutschte nach hinten, und sie schnüffelte in der Luft. Ein Ausdruck des Entsetzens legte sich über ihr Gesicht, und sie stolperte rückwärts.

Um ihr gar nicht erst die Chance zum Weglaufen zu geben, stürzte er sich auf sie und drehte sich noch im Fallen mit ihr um, sodass er den Aufprall abfederte. Sie keuchte und ächzte, schaffte es aber trotzdem, einen Dolch zu ziehen und ihm die Waffe an die Kehle zu halten, als sie schließlich still lagen.

„Erstich mich, wenn du willst, aber vorher sollst du wissen, dass ich hier bin, weil du mir wichtig bist“, sagte er, während er sie festhielt, damit sie ihm nicht entkommen konnte.

„Du bist hier, um dich zu rächen“, erwiderte sie scharf.

„Nein. Deinetwegen.“

Sie presste die Klinge fester an seinen Hals, und er spürte, wie ein Blutstropfen hervortrat. Die Leute ringsum beobachteten die Szene nur, da sie unsicher waren, wie sie sich verhalten sollten. „Geht wieder an die Arbeit“, rief er ihnen zu, ohne den Blick von Alyssa abzuwenden. Götter, sie war so reizend! Wie hatte er ihr nur so lange widerstehen können?

„Ich werde keine Bestrafung für das, was ich getan habe, hinnehmen“, sagte sie. „Es war notwendig.“

Obwohl es herrlich war, ihr Gewicht auf sich zu spüren, rollte er sie auf den Rücken und legte, um eine bessere Hebelwirkung zu erzielen, seine Beine zwischen ihre. Sie kniff die Augen zusammen und hielt den Dolch kampfbereit in der Hand. Zum Glück versuchte sie nicht, sich zu befreien.

„Warum bist du hergekommen?“, fragte er. „An diesen Ort?“

„Darüber werde ich mit dir gewiss nicht sprechen. Und jetzt runter. Ich *werde* dich töten.“

Zärtlich und sanft nahm er ihr Kinn in eine Hand. „Liebste, ich weiß, wer deine Brüder waren. Ich weiß, dass du in jener Nacht hier warst.“

Als das, was er gesagt hatte, bei ihr ankam, keuchte sie kurz. Die Tränen sprangen ihr in die Augen, und sie schüttelte den Kopf.

Er stöhnte, so sehr verabscheute er den Schmerz, der auf ihrem Gesicht lag. „Hasst du mich dafür, dass ich sie getötet habe?“, fragte er leise.

Ihr Mund ging auf und zu. „Das sollte ich.“

„Das beantwortet meine Frage nicht.“

„Nein.“ Sie seufzte, und es klang aufgewühlt. „Selbst damals habe ich es verstanden.“

Seine Erleichterung war geradezu greifbar.

„Ich hätte das Gleiche getan“, gestand sie. „Ich kannte sie nicht. Ich war nur dort, um sie zu beobachten und etwas über sie zu erfahren. Ich habe mir so oft gewünscht, meine Mutter hätte mir nichts über meine Familie erzählt. Aber mein Vater hat sie vergewaltigt, und ich schätze, sie hatte Angst, dass etwas von ihm auch in mir stecken könnte.“

Kein Wunder, dass sie so extrem reagiert hatte, als er sie eines Vergewaltigungsversuchs bezichtigt hatte. Das musste ihr so vorgekommen sein, als ob er sie mit ihrem Dämonenvater verglich. Zu wissen, dass sie das Resultat eines derart grausamen und entsetzlichen Verbrechens war, musste ihr größte Qualen bereitet haben.

„Du bist nicht böse, Alyssa. Du bist perfekt.“ So wie er sie jetzt auf den Boden drückte, konnte er ihre Kurven spüren, ihre geballte Weiblichkeit. Er war zweimal mit ihr zusammen gewesen, aber er hatte sie nicht genossen. Diesen Fehler würde er nie wieder machen. „Nimm den Dolch runter, Liebste“, bat er sie sanft.

Zuerst ließ sie sich nicht anmerken, ob sie ihn gehört hatte. Aber dann warf sie die Waffe mit einem weiteren schweren Seufzer auf den Boden. Sie landete mehrere Zentimeter von ihnen entfernt, dicht genug, dass man sie schnell wieder schnappen könnte, falls eine andere Kreatur versuchen würde, sie einzustecken. „Ich bin zu müde, um noch länger gegen dich zu kämpfen."

Die leuchtende Glaskuppel tauchte sie in ein andachtsvolles Licht, ließ sie geradezu überirdisch erscheinen, wie ein Phantom, das sich ihm entziehen würde, wenn er nicht aufpasste. Er könnte ihr sagen, was er empfand, allerdings bezweifelte er, dass sie ihm glauben würde. Höchstwahrscheinlich würde sie jedes Wort als Versuch bewerten, sie in Sicherheit zu wiegen, um sie noch besser bestrafen, um härter zuschlagen zu können.

Als er nach dem Dolch an seinem Rücken griff, zuckte sie zusammen. Er sprach kein Wort, sondern setzte sich einfach nur auf, sodass er rittlings auf ihren Hüften saß.

„Kommt nun der Teil, wo du mich tötest?" Eine Frage ohne jegliche Angriffslust oder Emotion. „Das bist du mir immerhin schuldig. Für das, was meine Familie deiner angetan hat."

Langsam, um ihr keine Angst zu machen, senkte er den Dolch und hielt ihn ihr mit dem Griff voran hin. „Nimm."

„W…was?"

„Nimm."

Sie sah ihn argwöhnisch an. „Warum?"

„Ich möchte, dass du meine Waffe trägst."

„Warum?", fragte sie noch einmal. Offensichtlich fragte sie sich, was er damit bezweckte. „Warum sollte ich meinen Dolch wegwerfen, wenn ich dann deinen nehmen soll?"

„Damit du begreifst, dass alles, was mir gehört, von nun an auch dir gehört. Wir sind jetzt quitt, so wie du es wolltest."

Sie entspannte sich kein bisschen. „Ich bezweifle, dass dies deine einzige Waffe ist."

Wohl wahr. „Dann betrachte es als symbolische Geste", erwiderte er trocken.

„Wenn ich danach greife, wirst du lachen und mich erstechen." Sie schüttelte den Kopf und zog damit ihre Haare durch den Schmutz. „Tut mir leid."

Bedauernd schüttelte er den Kopf, um eine Nonchalance

bemüht, die er nicht fühlte. Dann stand er auf. Er legte den Dolch neben sie, machte einen Schritt zurück und hielt die Arme weit ausgebreitet. „Wenn du willst, werde ich hier und jetzt alle Waffen ablegen. Du musst wissen, dass ich das nicht will, weil ich dich nicht dadurch in Gefahr bringen will, dass ich im Falle eines Angriffs wehrlos bin, aber wenn du es wünschst, werde ich es tun."

Ihr Blick wanderte zu der immer größer werdenden Menge, die sie umringte. Zu den Frauen, die ihn ansahen und sogar langsam auf ihn zugingen und die Hände ausstreckten, um seine Haut zu berühren.

Mit einem Fauchen schnappte sie sich den Dolch und sprang auf. Dann packte sie ihre eigene Waffe, hielt beides in den Händen, bezog ihm gegenüber Stellung. „Willst du kämpfen?"

„Nein. Ich will mit dir in dieses Haus gehen." Er zeigte auf die kleine Hütte, neben der er gehockt hatte.

Das ließ sie innehalten. „Warum?"

„Alyssa. Bitte. Du bist bewaffnet, ich nicht. Du bist Kriegerin genug, um mich zu überwältigen, falls ich irgendetwas mache, das dir nicht gefällt. Alles, was ich mir wünsche, sind ein paar Momente deiner Zeit. Allein."

Auf ihrem fein geschnittenen Gesicht spiegelte sich Unentschlossenheit. Ein-, zweimal öffnete sie den Mund, um etwas zu sagen, doch es kam kein Laut heraus. Sie sah zu dem Haus, taxierte es, schaute dann wieder zu Shivawn. Endlich fand sie ihre Stimme wieder. „Na schön." Sie stapfte zur Hütte und verschwand darin.

Er beäugte die verzückte Menge. Verflucht, ein paar Frauen kamen ziemlich schnell näher. Rasch folgte er Alyssa in die Hütte – die er erst vor wenigen Stunden gekauft hatte – und rief über seine Schulter: „Egal, was ihr hört, ihr bleibt draußen. Wer reinkommt, wird es bereuen." Nymphenkrieger waren nur schwer zu erzürnen, doch wenn sie einmal in Rage waren, hatte ganz Atlantis unter den Konsequenzen zu leiden.

Als er die Tür hinter sich schloss, war er unsicher, was er vorfinden würde. Eine kampfbereite Alyssa? Eine zur Liebe bereite Alyssa? Was er schließlich sah, brach ihm das Herz in Tausende winzige Stücke. Sie kniete vor dem Feuer, das er vor einigen Stunden aufgeschichtet hatte, und stocherte mit einem Stock darin herum. Die Waffen lagen unbeachtet neben ihren Füßen. Ihre Schultern hingen schwer hinab, und Tränen liefen ihr über die Wangen.

„Weine nicht, Liebste", sagte er. „Es gibt nichts, wovor du dich fürchten musst. Wir sind hier, zusammen, und dieses Haus gehört mir. Mach dir also keine Sorgen, dass man uns stört."

Auf dem einzigen Bett lagen Ketten – genau die Ketten, mit denen sie ihn gefesselt hatte. Er hatte sie in der Hoffnung dorthin gelegt, dass er nicht gezwungen wäre, sie einzusetzen. Hatte sie sie gesehen?

„Jetzt wirst du mich anketten, erniedrigen und ein für alle Mal verlassen. Richtig?"

Er seufzte. Sie hatte sie also gesehen. „Nein. So läuft das hier nicht."

Sie hob ruckartig den Kopf und blinzelte überrascht. „Wie denn dann?"

Er griff nach hinten und zog sich das Hemd über den Kopf. Als er den Stoff zur Seite warf, entfuhr ihr ein erschrockenes Keuchen. „Ich werde dich lieben", sagte er und löste die Bänder in seinem Hosenbund.

Alyssa stellte sich auf zittrige Beine und rieb sich mit den Handrücken übers Gesicht. „W...warum?"

„Wenn du mich das noch einmal fragst, werde ich dich vielleicht bestrafen."

„Aha. Dann wirst du ..."

„Nein. Dir wehzutun ist nicht meine Absicht." Seine Hose fiel zu Boden, sodass er nackt war – abgesehen von seinen Waffen. Sein Schaft stand groß und hart von seinem Körper ab. „Meine Strafe würde darin bestehen, dich zu lecken, dann vielleicht ein bisschen zu kitzeln und dann wieder zu lecken."

Sie schluckte. Ihre Augen waren kreisrund. „Aber … aber … ich verstehe nicht."

Er entledigte sich einer Waffe nach der anderen. Der Dolche, die er sich an Brust und Rücken gebunden hatte. Der Giftpfeile, die an seiner Seite klebten. „Ich hatte verdient, was du mit mir gemacht hast. Wir sind quitt." Nicht mal annähernd. Aber vielleicht wären sie es, nachdem er eine Ewigkeit damit verbracht hätte, ihre Bedürfnisse zu stillen. „Stimmst du mir zu?"

„Ja, aber …" Sie starrte wie hypnotisiert zwischen seine Beine.

Wenn er nicht so erregt gewesen wäre, hätte er gelacht. Er wollte ihre Hände dort spüren, wo sich gerade ihr Blick befand. „Was ich dir vorhin gesagt habe, war die Wahrheit."

„Du hast mir viele Dinge gesagt", erwiderte sie mit zitternder Stimme.

Götter, er hasste es, dieses Thema anzusprechen! „Als wir das erste Mal zusammen waren …"

Ihre Wangen wurden so feuerrot, als hätte jemand sie geschlagen. Binnen weniger Sekunden von einer Frau, die langsam dahinschmolz, zu einer verschmähten Furie.

„Das lag nicht an dir, Alyssa", fügte er schnell hinzu. „Heute weiß ich das."

„Ich will das nicht hören." Mit steifen Bewegungen drehte sie sich um und wandte sich wieder dem Feuer zu. Ob sie sich vorstellte, ihn darin zu braten?

Er ging zu ihr hinüber und legte ihr die Hände auf die Schultern. Er hatte schon vorher das Gefühl gehabt, sie sei verkrampft, doch das war noch gar nichts gewesen. Jeder ihrer Muskeln wurde unter seiner Berührung steinhart. Wenigstens riss sie sich nicht los – auch nicht, als sein Schaft an ihrer Pospalte rieb. „Jedes Mal, wenn ich in deiner Nähe war", begann er und knabberte zwischen den Worten an ihrem Ohrläppchen, „sah ich diese furchtbare Nacht hier. Ich wusste nicht, warum, sondern nur, dass du mich daran erinnerst. Und mit der Erinnerung wurde mein Verlangen unter einem Berg der Trauer begraben. Verstehst du?“

Sie nickte langsam, und er sah eine frische Träne auf ihrer Wange glitzern.

„Was verstehst du? Sag es mir.“

„Dass ich dich immer an jene Nacht erinnern werde. Dass du mich niemals aufrichtig begehren kannst.“

Er beugte sich vor und küsste ihre Träne weg. Ihr stockte der Atem, das konnte er hören. Langsam ließ er seine Hände nach unten gleiten, um ihre Brüste zu berühren. „Falsch. Ich begehre dich mehr als jede andere Frau zuvor.“ Er knetete ihre Brüste und zwickte sie sanft in die aufgerichteten Spitzen.

Ihr entfuhr ein Stöhnen. Sie drückte die Hüfte nach hinten und rieb sich an ihm.

Shivawn verspürte eine leise Hoffnung. „Als ich alles verstanden hatte, wusste ich, welchen Kampf ich auszufechten hatte.“

„W…was für einen Kampf?“

„Gleichzeitig an dich und an jene Nacht zu denken. Aber jetzt habe ich die beiden Dinge voneinander getrennt. Alles, was ich sehe, alles, was ich begehre, bist du. Und ich weiß, dass du weit davon entfernt bist, mir zu glauben. Ich weiß, dass du denkst, ich würde nur mit dir spielen, um dich zu verletzen. Aber ich werde alles in meiner Macht Stehende tun, um dir das Gegenteil zu beweisen.“ Ihm wurde klar, dass er die Ketten benutzen müsste. Es gab keinen anderen Weg.

Langsam, um ihr die Zeit zu geben, zu protestieren, öffnete er das Häkchen, das ihren Umhang an den Schultern zusammenhielt. Der helle Stoff glitt zu ihren Füßen. Sie zitterte, versuchte aber nicht, ihn zu stoppen.

„Steig heraus.“

Nach kurzem Zögern tat sie es. Sie ließ zu, dass er die Finger in ihren Bauchnabel eintauchte, um dann weiter durch die weichen Löckchen zwischen ihren Beinen zu fahren. Ihr Bauch bebte.

„Spürst du, wie hart ich für dich bin?", fragte er und drückte sich fester an ihren Po.

Sie knabberte an ihrer vollen Unterlippe und nickte.

„Du weißt ja, dass ich ein Krieger bin, nicht wahr?"

Noch ein Nicken. Sie spreizte die Beine. Eine stille Bitte, sie dort zu berühren, wo sie bereits feucht und heiß war. Er verspürte ein so heftiges Verlangen, dass er beinahe nachgegeben hätte; dass er fast mit den Fingern in sie eingedrungen wäre, doch er wusste, dass er dann verloren wäre. Deshalb blieb er standhaft.

„Und ein Krieger würde sich in Anwesenheit eines Feindes niemals freiwillig selbst fesseln."

Bei dem Wort *Feind* erstarrte sie wieder.

Er drückte einen weichen Kuss auf die Seite ihres Halses. So hübsch. So süß. So sehr seins. Dann trennte er sich von ihr – Götter, was für eine Qual – und ging langsam zum Bett. Ihr heißer Blick verfolgte jede seiner Bewegungen. Er setzte sich mit dem Gesicht zu ihr auf die Matratze und ergriff die Kette.

„Shivawn", sagte sie mit brüchiger Stimme und rieb sich nervös mit den Handflächen über die nackten Oberschenkel.

„Ich vertraue dir, dass du mich nicht verlässt und zu einer weiteren Verfolgungsjagd zwingst, Liebste."

Ohne den Blick von ihr abzuwenden, kettete er eins seiner Handgelenke fest. Er zerrte kurz an der Kette, um zu beweisen, dass sie fest in der Wand verankert war. Dann fesselte er mit langsamen, präzisen Bewegungen das andere Handgelenk.

Wieder klappte ihr Mund stumm auf und zu.

„Es gibt niemanden sonst, für den ich mich fesseln würde. Weißt du auch, warum, Alyssa? Weil du meine Gefährtin bist. Ich will keine andere Frau als dich. Ich würde mein Leben für dich geben. Ich … liebe dich. Deine Klugheit, dein Lächeln, deine Entschlossenheit, deine Sturheit, das Leuchten in deinen

Augen, wenn du mich ansiehst. Die Art, wie du dich bewegst, den Klang deiner Stimme, die Kurven deines Körpers. Alles. Ich wertschätze alles. Ja, ich habe Vampire einst gehasst. Ja, ich hasse die Dämonen noch immer. Ja, deine Familie hat meine zerstört. Aber ich bin hier und biete mich dir an – als Beweis für meine Hingabe."

Jetzt liefen ihr die Tränen in Sturzbächen über das Gesicht, und sie verschränkte die Arme vor der Brust.

Er hatte gehofft, war sich seines Erfolges so sicher gewesen … bis jetzt. „Ist es zu spät? Ist die Verletzung zu groß? Ich weiß, dass ich dich als Frau erniedrigt habe. Das wird mich von nun an zeit meines Lebens verfolgen. Aber ich habe mit dir Erfüllung gefunden, Liebste. Die Nacht in der Höhle … Noch nie habe ich eine solche Lust empfunden. Ich will dich glücklich machen. Jetzt. Ich will …"

Einen Moment später lag sie in seinen Armen und verteilte Küsse auf seinem Gesicht. „Ich liebe dich. Ich habe dich immer geliebt."

Den Göttern war Dank. Ihre Lippen trafen sich in einem wilden betörenden Kuss. Ihre Hände berührten ihn überall gleichzeitig: an der Brust, am Hals, an den Armen, zwischen den Beinen. Er schloss sie in die Arme, legte sich mit ihr zusammen hin und rollte sich auf sie, sodass sie unter ihm geborgen lag.

„Ich möchte dich verwöhnen. Du sollst dich gut fühlen." Er leckte ihren Hals, sorgfältig darauf bedacht, mit den Ketten nicht ihre zarte Haut zu verletzen.

Sie spreizte die Beine, hieß ihn auf ihrem Körper willkommen. „Das tue ich."

„Ich will dir noch mehr geben. Noch viel mehr." Wegen der Ketten konnte er nicht so an ihrem Körper hinunterwandern, wie er wollte. „Bitte rutsch ein Stück nach oben, Liebste. Ich muss dich zwischen den Beinen lecken. Verwehre mir diese Ehre dieses Mal nicht. Bitte."

Sie zog an seinen Haaren, um seine Lippen wieder zu ihren zu ziehen. „Küss mich."

„Gleich. Wenn ich dich nicht augenblicklich schmecke, werde ich wahnsinnig."

Unsicher rutschte sie langsam nach oben. Ihre schweißbedeckte Haut rieb aufregend an seiner. Und dann lag ihre Weiblichkeit direkt vor ihm. Bereit, von ihm verwöhnt zu werden. Und er zögerte nicht. Mit der Zunge teilte er ihre rosa Lippen und saugte an der süßen kleinen Knospe.

Sie wand die Hüften, spreizte die Beine noch weiter und stöhnte. „Shivawn."

„Das gehört mir. Mir allein."

„Dir allein."

„Von diesem Tag an wird mich nur das am Leben erhalten." Er drang mit der Zunge in sie ein, bewegte sich in ihr, trank noch mehr von ihrer süßen Erregung. „Und dann wirst du mich beißen und dir nehmen, was du zum Leben brauchst."

Sie schüttelte vehement den Kopf. „Du kannst es nicht leiden, gebissen zu werden. Ich werde auch woanders Nahrung finden. O Götter." Ihre Muskeln verkrampften, steuerten auf den Höhepunkt zu. „Shivawn! Hör nicht auf."

„Das ist himmlisch, Liebste. Einfach himmlisch. Und es wird mir eine große Freude sein, dir mein Blut zu geben. Eine sehr große." Er saugte fest an ihrer Perle. „Es wird keinen anderen für dich geben. Nur mein Blut ist für dich bestimmt. Ich *will* es dir geben."

In diesem Augenblick kam sie, schrie vor Ekstase, rief seinen Namen. Während sie irgendwo zwischen Befriedigung und einer neuen Welle der Erregung schwebte, zog er sie wieder unter sich und drang in sie ein, füllte sie aus.

„Meins", stöhnte er hemmungslos. „Nur meins."

Sie schlang die Arme um ihn, als er anfing, sich auf ihr zu bewegen. „Und du gehörst mir."

„Für immer. Du fühlst dich so gut an. Ich will dich nie wieder loslassen.“

„Dann tu es nicht.“ Sie küsste ihn auf die Stelle am Hals, an der sein Puls wild raste. Aber sie biss ihn nicht.

„Tu es. Bitte.“

„Nein. Nicht bei dir. Das hier kommt mir schon wie ein Traum vor. Ich will nicht aufwachen.“

Er bewegte sich weiter mit gleichmäßigen, tiefen Stößen in ihr. „Tu es. Bitte, Liebste. Bitte. Ich wünsche es mir so sehr. Ich will deine Zähne tief in mir spüren, wie sie fest an mir saugen.“

„Bist … du sicher?“

„Mehr als das.“

Ein Moment verstrich. Ihre Zähne schabten über seine Haut, durchbohrten sie aber nicht. Er steigerte das Tempo seiner Stöße, nahm sie immer schneller und härter. „Tu es, Liebste! Ich muss diese Zähne genauso in mir spüren, wie du mich in dir spürst. Ich muss …“

Sie knurrte wild wie eine Kriegerin, als sie ihn biss. Tief und fest. Ein Biss, der ihn bis in alle Ewigkeit kennzeichnen würde. Sie trank und trank, und das Gefühl von ihrer heißen Zunge an seinem Hals, von ihren Zähnen in seiner Vene, die Gewissheit, dass sie auf jede erdenkliche Art miteinander vereinigt waren, brachte ihn zum Höhepunkt.

Er schrie seine Erfüllung heraus, ergoss sich tief in sie hinein.

Sie zog abrupt die Zähne aus seinem Hals, als sie ebenfalls ihren Orgasmus herausschrie. Sie hielten einander ganz fest, während ihre Körper zuckten. „Verlass mich niemals“, keuchte er vor Angst, sie könnte gleich aufspringen. „Niemals.“

„Niemals“, schwor sie.

Zufrieden und lächelnd brach Shivawn auf ihr zusammen.

Valerian betrat die vom Feuer erhellte Hütte und sah sich um. Hier stand nichts außer einem Strohbett, auf dem Shivawn nackt auf dem Rücken lag und schlief. Er war angekettet, und sein Hals war von Bissspuren übersät.

Valerian runzelte die Stirn. Alyssa der Vampir lag zusammengerollt neben Shivawn, ihre Hand direkt über seinem Herzen. Auch sie war nackt und schlief. Und wenn sich Valerian nicht irrte, hatte sie einen oder zwei dunkle Knutschflecke an ihrem Hals. Das Stirnrunzeln nahm zu, während er langsam auf das Bett zuging, wobei seine schweren Stiefel dumpf auf dem mit Zweigen bedeckten Boden auftraten.

Shivawn und Alyssa öffneten gleichzeitig die Augen. Shivawn knurrte, und Alyssa schrie und krabbelte schnell zurück, als er sein Schwert hob.

„Valerian, Stopp! Das ist …“ Shivawn warf sich – so gut er konnte – auf die Frau, während die Ketten an ihm zerrten.

Valerian lächelte, hielt aber nicht inne. Als ob er der Frau etwas angetan hätte. Er schlug auf die Ketten, die unter dem Schwerthieb barsten. „Wie ich sehe, bist du meinem Rat gefolgt und hast dich entschuldigt. Sehr klug. Jetzt muss auch ich um Entschuldigung bitten, weil ich nicht in der Lage bin, dir mehr Zeit mit deiner Frau zu geben. Die Armee wartet draußen. Wir brauchen dich.“

Früher ware Shivawn sofort aufgesprungen und hätte dem Befehl gehorcht. Jetzt knurrte er: „Dreh dich um. Sofort!“

Als König war Valerian es nicht gewohnt, herumkommandiert zu werden, und es gefiel ihm auch nicht. Doch er gehorchte sofort. Er verstand das Bedürfnis, die Nacktheit seiner Gefährtin mit niemandem zu teilen. Wenn irgendjemand seine Shaye ansähe, solange sie nackt war, würde er sein Augenlicht verlieren.

Er hörte ein Rascheln und Gurren. Valerian verdrehte die Augen. Dann waren sogar Kussgeräusche zu vernehmen. „Wenn es geht, heute noch“, sagte er.

„Du darfst dich umdrehen.“

Er tat es. Shivawn hatte sich in eine Decke gehüllt, und die hübsche Vampirfrau hatte sich mit einem verschmutzten gelben Umhang bedeckt. Nur ihr Gesicht und ihre Hände waren zu sehen.

„Es gibt Neuigkeiten von den Verschwundenen. Zwei der Krieger wurden gefunden. Gerüchten zufolge sind sie im Amazonencamp eingesperrt."

„Wer wurde gefunden?"

„Ein Drache und ein Vampir", erwiderte Valerian mit einem kurzen Blick auf Alyssa.

Sie straffte die Schultern, und in ihren Augen schwirrten bereits die ersten Pläne zur Befreiung des Kriegers. „Ist mein König …?"

„Nein. Es ist ein anderer." Valerian richtete seine Aufmerksamkeit wieder auf Shivawn. „Ich möchte mit ihnen reden und herausfinden, was passiert ist und ob sie wissen, wo die anderen sind. Wenn die anderen … Ich will aus erster Hand hören, dass Broderick und Jada leben und wohlauf sind."

„Die Amazonen dulden keine Armeen in der Nähe ihres Lagers", gab Shivawn zu bedenken, sammelte aber trotzdem seine Waffen ein.

Valerian lächelte selbstgefällig. „Als ob sie Nymphen widerstehen könnten. Als ob das irgendeine Frau könnte."

„Ich begleite dich", sagte Alyssa und stand auf.

Shivawn zog sie an sich und küsste sie innig. „Nichts anderes würde ich wollen, Liebste. Wir sind zusammen – jetzt und für alle Zeit."

24. Kapitel

Layel fand eine Höhle, die von dem unheimlichen Knurren so weit entfernt lag wie möglich. Welche Kreatur dieses gruselige Geräusch auch produzierte, er war nicht bereit, sich ihr zu nähern. Erst wenn Delilah in Sicherheit wäre, würde er überhaupt erst ans Kämpfen *denken*.

Delilah.

Er fühlte mit ihr. Vorsichtig legte er sie ab und betrachtete dabei ihr schönes ausdrucksloses Gesicht. Hestia hatte ihr sämtliche Emotionen geraubt, und er hasste die Göttin dafür. Gestern hätte er auch sich selbst dafür gehasst, dass er überhaupt zugelassen hatte, dass so etwas geschah. Doch er war nicht mehr derselbe Mann. Er weigerte sich, in Schmerz und Schuld zu baden.

Heute war er ein Mann, der handelte, der seinen Blick auf den Preis richtete und alles Erforderliche dafür tat, ihn zu gewinnen. In diesem Fall war der Preis Delilahs Herz.

„Wir sollten die Bestie finden und töten", sagte sie und setzte sich auf.

Er küsste sie sanft. Ihre Haut war kalt, und sie reagierte nicht auf seinen Kuss wie noch vor wenigen Wochen. „Ich liebe dich", sagte er. Es waren Worte, von denen er nie gedacht hätte, dass er sie je wieder aussprechen würde.

Sie öffnete den Mund. Mit Sicherheit wollte sie ihn zurechtweisen, deshalb legte er ihr schnell einen Finger auf die Lippen. „Schhh. Vergeude nicht deine Kraft."

Sie zuckte mit den Schultern, als ob es ihr ohnehin egal wäre, doch da war irgendetwas in ihren Augen … so ein heißer Funke. Fühlte sie etwas? War das möglich?

„Mach die Augen zu, und ruh dich aus, Liebste." Er legte einen Arm um sie und war überrascht, als sie seinen Rat befolgte. „Du bist in Sicherheit."

„Ich bin wirklich müde", sagte sie seufzend. Von einem Moment auf den nächsten sackte ihr Körper in sich zusammen. Es gab weder Ängste, die sie wach hielten, noch Sehnsüchte, die ihr Schmerzen bereiteten. Nur eine Leere, die sie nach unten ins Nichts zog, als ob sie sogar den Lebenswillen verloren hätte. Hatte er sich den Funken nur eingebildet?

Layel schluckte den dicken Kloß herunter, der in seinem Hals saß, und stand auf. Die Dunkelheit war dicker als eine Decke, als er voranging und durch Bäume hastete, ohne darauf zu achten, dass die Äste ihm entgegenschlugen und in seine Haut schnitten.

Als er so weit von der Höhle weg war, dass Delilah ihn nicht hören würde, wenn sie aufwachte, fiel er auf die Knie. Er riss sich das Hemd vom Leib und warf es zur Seite.

Hestia, die Hexe, wollte ganz offensichtlich, dass Delilah gewann. Und obwohl es Layel ganz und gar nicht passte, war er darin einer Meinung mit ihr. Layel hatte gedacht, er müsste den Wettkampf selbst gewinnen, aber jetzt wusste er, dass das nicht ging. Wenn Delilah gewann, könnte sie am Leben bleiben und sich wünschen, ihre Emotionen zurückzubekommen. Ihren Lebenswillen. Aber er würde sterben. Es musste einen Weg geben, sie beide zu retten.

„Hestia, Göttin des Herd- und Opferfeuers", rief er. „Ich trete als dein ergebener Diener vor dich. Mein Herz ist schwer, und mein größter Wunsch ist es, eine Audienz bei dir zu erhalten."

Eine Minute verstrich, dann noch eine. Nichts geschah. Weder nahm der Wind zu, noch bewegten sich die Blätter in den Bäumen, noch sangen die Insekten.

„Bitte", stieß Layel hervor. Er hatte die Götter in all den Jahren so sehr gehasst. Nach Susans Tod hatte er genauso dagesessen; hatte um ihr Leben gebettelt und war ignoriert worden.

Jetzt hatte er Delilah, und er beabsichtigte, sie so lange zu behalten, wie er lebte. Seiner Meinung nach waren die Götter ihm etwas schuldig. „Zeig dich!", schrie er dann ohne Respekt und Anstand. „Du willst den Sieg? Tja, den wirst du nicht bekommen. Nicht ohne meine Hilfe. Du wirst verlieren. Du wirst …"

„Ich werde nicht verlieren", ertönte eine wütende Stimme hinter ihm.

Layel sprang auf und wirbelte herum. Sein Herz schlug unregelmäßig, als er Hestia vor sich stehen sah. Sie trug eine weiße Robe und hielt einen Speer in der Hand. Die Göttin leuchtete förmlich vor Macht. Offensichtlich hatte sie keine Lust mehr, sich weiterhin hinter einem geheimnisvollen Schleier zu verbergen. Doch obwohl ihre Macht nie augenscheinlicher gewesen war, fühlte Layel sich von der Tatsache, dass sie seinem Ruf gefolgt war, ermutigt.

„Vergib mir meinen Ausbruch." Er zwang sich dazu, den Kopf zu senken. *Für Delilah.* „Ich wollte dich unbedingt erreichen."

Die Göttin seufzte. Plötzlich stand sie so dicht vor ihm, dass ihre Sandalen gegen seine Stiefel drückten. Sie roch nach Meer. „Was willst du von mir, Vampirkönig?" Er sah nicht, wie sie sich bewegte, und dennoch stand sie wieder hinter ihm, als sie das letzte Wort sprach.

Er biss die Zähne zusammen. „Ich bitte darum, dass du Delilah ihre Emotionen wiedergibst."

„Warum sollte ich so dumm sein und deiner Bitte nachkommen? Als sie ihren Gefühlen folgte, zog sie dich dem Sieg vor. Eine nicht zu tolerierende Entscheidung."

„Ja, aber ohne Gefühle entscheidet sie sich für nichts. So ist sie für dich nicht von Nutzen. Sie will nicht siegen. Sie will nur schlafen."

Plötzlich spürte er Tritte in seinen Kniekehlen und fand sich im Nu auf den Knien wieder. Er wehrte sich weder, noch beschwerte er sich. Er fuhr sich einfach nur mit der Zunge über die Zähne, die so scharf waren, dass er sogleich Blut schmeckte. Schade, dass es sein Blut war und nicht Hestias, aber er wusste, dass er der Göttin nichts antun konnte, ohne ernsthafte Konsequenzen fürchten zu müssen.

„Schon besser. So gefällst du mir, Vampir. Selbst ein König sollte lernen, den Göttern mit dem angemessenen Respekt zu begegnen."

Ich hasse euch. Was habt ihr denn jemals getan, um euch meinen Respekt zu verdienen? „Wärest du gewillt, einen Handel zu erwägen?"

Es entstand eine angespannte Pause, die sich ewig hinzuziehen schien. Dann: „Wie lautet dein Angebot?"

„Wenn du Delilah ihre Emotionen zurückgibst, werde ich versprechen, diese Herausforderung zu verlieren. Darüber hinaus werde ich alles mir Mögliche tun, damit sie gewinnt."

Wieder Schweigen. „Eine noble Idee, aber du kannst mir nicht ohne Zweifel versichern, dass du den Sieg für sie einfährst. Der Drache oder der Nymph könnten dir einen Strich durch die Rechnung machen und euch beide aufhalten. Außerdem kannst du mir nicht versichern, dass sie ihre Emotionen – sobald sie sie wiederhätte – dafür einsetzen würde, sich den Sieg zu sichern. Sie könnte genauso gut darum kämpfen, dass *du* gewinnst."

Wohl wahr. So stur wie Delilah war, könnte sie den Versuch unternehmen, ihm zu helfen. „Ich werde sie daran hindern." Irgendwie. „Bei meiner Ehre."

„Du hast keine Ehre, Vampir." Hestia neigte den Kopf zur Seite, während sie ihn eingehend betrachtete. „Aber dein Vorschlag reizt mich trotzdem. Wie wäre es, wenn ich ihr die Emotionen für eine einzige Nacht zurückgebe? Du hättest eine Nacht, um sie von den Vorzügen des Siegens zu überzeugen, koste es, was es wolle. Auch wenn sie ihre Gefühle am folgenden Morgen wieder verliert, wird die Logik, die du ihr in den Kopf gesetzt hast, bestehen bleiben. Und es wird ihr wieder darum gehen, zu siegen." Sie kicherte aufgeregt. „Wenn ich das für dich tue, wirst du ihr nichts von unserem Handel erzählen. Verstanden? Du wirst niemandem davon erzählen."

Eine Minute mit Delilahs Liebe war besser als ein Leben ohne sie. „Ich würde all deinen Bedingungen zustimmen." Natürlich würde sie nicht wollen, dass die anderen Götter von ihrer Einmischung erfuhren. Layel speicherte diese Information, um später weiter darüber nachzudenken. „Und als Siegerin hätte sie immer noch einen Wunsch frei. Würde ich auch einen bekommen, weil ich ihr helfe?"

„Das hier ist dein Wunsch. Sind wir uns jetzt einig? Wirst du ihr helfen, unser Rätsel zu lösen?"

Dieses eine Wort führte dazu, dass sich in seinem Kopf alles drehte. *Rätsel.* Was für ein Rätsel? Layel zermarterte sich den Kopf, um sich an das zu erinnern, was die Götter vorhin gesagt hatten. *Dort werdet ihr etwas vorfinden, vor dem selbst die mutigsten Männer der Welt fliehen würden.* Er hatte gedacht, sie sprächen von einem Ungeheuer. Auf seiner Stirn bildeten sich tiefe Falten, während er weiter grübelte. Wenn diese Worte tatsächlich ein Rätsel waren, konnte das bedeuten, dass auf dem Berg gar kein Ungeheuer auf sie wartete? Aber er hatte doch das Knurren gehört, oder nicht?

„Mein Tod wird mehr Schaden anrichten als Nutzen bringen", sagte Layel und bemühte sich, trotz seiner Verwirrung weiterzusprechen. „Gewiss willst du …"

„Genug", unterbrach sie ihn. „Antworte. Jetzt. Sind wir uns einig?" Plötzlich so ungeduldig? Entweder hatte sie gemerkt, dass sie sich verplappert hatte, oder sie spürte seinen inneren Aufruhr.

„Ich stimme allem zu", erwiderte er. „Du bringst Delilahs Emotionen für eine Nacht zurück. Im Gegenzug werde ich absichtlich verlieren und zugleich mein Bestes geben, dafür zu sorgen, dass sie gewinnt, koste es, was es wolle." Er wollte es noch einmal laut aussprechen, damit später nicht zur Diskussion stünde, worauf sie sich geeinigt hatten. „Und ich werde weder ihr noch sonst jemandem davon erzählen."

Jetzt kniete Hestia vor ihm, sodass sich ihre Nasenspitzen berührten. Ihre Lippen streiften seine mit einem sanften Kuss, der eine elektrisierende Welle nach der anderen durch seinen Körper schickte. In ihrem Verhalten lag nichts Sexuelles. Vermutlich war es nur ihre Art der Machtdemonstration. „Dann geh. Deine Frau fühlt wieder etwas."

Auf einmal hallte ein Schrei durch die Nacht. Delilahs Schrei.

Layel sprang auf und rannte zurück zu ihr. Er wollte nur noch zu ihr. Die Göttin war bereits vergessen. Er durchbrach die letzte Baumreihe. Sah sie. Sie lag zusammengerollt da und schluchzte.

„Ich bin hier, ich bin her." Er flog zu ihr, nahm sie in die Arme und hielt sie so fest er konnte, ohne ihr wehzutun.

Sie protestierte nicht. Nein, sie klammerte sich an ihn. „O Götter. O Götter. Ich fühle ... Da ist so vieles ... Es ist so stark ... Ich kann nicht alles auf einmal verarbeiten. Was ist los mit mir, Layel?"

„Man hat dir zurückgegeben, was dir genommen wurde." Er hatte den Pakt nicht gebrochen, doch er wusste, dass er sich auf gefährlichem Terrain bewegte. „Morgen früh ...", sagte er, unterbrach sich aber, als er sie ansah. Ihre Augen wurden langsam wieder kalt, als würden ihre Emotionen ein weiteres Mal verschwinden, und ihr Schluchzen wurde leiser. Hestia beobachtete sie offenbar und vermittelte ihm auf subtile Art, dass sie Delilah die Gefühle wieder wegnehmen würde, wenn er sein Wort brach. Layel presste die Lippen zusammen.

So schnell, wie die Kälte gekommen war, verschwand sie auch wieder, und das Schluchzen kehrte zurück.

„Schhh, schhh. Ich habe dich." Er fuhr mit einer Hand ihren Rücken hinab und wieder nach oben bis unter ihr knappes Oberteil. Ihre Haut war glühend heiß. „Ich liebe dich. Ich liebe dich über alles."

„Ich … ich … Layel, man hat Nola von hier weggebracht, und ich habe nicht um sie gekämpft. Du hast mir deine Liebe gestanden, und ich habe dir nicht gesagt, dass ich dich auch liebe und alles tun würde, um bei dir zu bleiben.“

Als er ihre aufrichtige Liebeserklärung hörte, fühlte er eine unbeschreibliche Freude, und er wusste, dass er zweihundert Jahre auf diesen Moment gewartet hatte. Auf diesen Moment und auf nichts anderes. Nicht auf Rache und nicht darauf, sich Susan als würdig zu erweisen. Alles, was er getan hatte, und alles, was er war, war er für Delilah. All seine Qualen hatten ihn zu ihr geführt.

Sanft streifte er ihre zitternden Lippen mit seinen. „Im Augenblick können wir nichts für deine Schwester tun. Aber sobald wir die Insel verlassen …“, denn ganz gleich, was die Göttin auch sagte, Layel würde nicht zulassen, dass man ihn tötete, „… werden wir sie zurückholen.“

„Aber du … du …“

„Ich liebe dich, Kriegerin. Ich liebe dich. Es tut mir nur so leid, dass ich so lange gebraucht habe, um es zu verstehen. Es tut mir leid, dass ich dich verletzt habe, Liebste. Unendlich leid.“

Er presste seine Lippen auf ihre, bahnte sich mit der Zunge einen Weg in ihren Mund und gab ihr einen Kuss, der so heiß und leidenschaftlich war, dass er selbst ihn bis ins Mark verbrannte.

„Was ist mit deiner Frau?“

„Du bist jetzt meine Frau. Aber wenn du mehr über Susan wissen willst, werde ich dir alles erzählen.“ Er atmete tief ein und langsam wieder aus. „Wie du weißt, haben die Götter früher unerwünschte Menschen nach Atlantis verbannt in der Hoffnung, wir würden sie auslöschen. Tja, einige von ihnen überlebten, und Susan war ihre Nachfahrin. Während sie heranwuchs, wurde sie gut versteckt gehalten. Doch Vampire können Menschenblut so gut riechen wie keine andere Rasse. Wir wurden davon angezogen. Von diesem süßen Geruch. Auch wenn kein Blut an deins heranreicht“, fügte er hastig hinzu.

Sie kuschelte sich an ihn und hörte aufmerksam zu.

„Meine Männer und ich erschnüffelten sie“, fuhr er fort. Er freute sich darüber, dass es sich nicht länger so anfühlte, als würde er eine Wunde aufreißen, wenn er über die Vergangenheit sprach. „Ich wollte sie angekettet in meinem Zimmer festhalten, um jederzeit von ihr trinken zu können. Vergiss nicht, dass die Zeiten damals ganz anders waren, viel rauer. Auf jeden Fall habe ich mich in ihr Lächeln und in ihr sanftes Wesen verliebt. Sie … hat mich erweicht. Zumindest nachdem sie damit fertig war, mich auszuschimpfen, weil ich versucht hatte, sie gefangen zu halten. Wir haben zwei wundervolle Jahre miteinander verbracht. Dann wurde sie schwanger. Das Baby hätte kurz nach dem Angriff der Drachen zur Welt kommen sollen, bei dem Susan und meine ungeborene Tochter getötet wurden.“

„Ihr wusstet, dass es ein Mädchen war?“

Er nickte. „Wir wollten sie Bianca nennen.“

„Das tut mir so leid, Layel. Aufrichtig leid. Ich fühle mit dir, und wenn ich könnte, würde ich dir alles zurückgeben, was du verloren hast.“

O nein. Davon wollte er nichts hören. „Wie ich dir schon gesagt habe, Delilah: Ich will dich. Keine andere. Nicht mal Susan. Und jetzt erzählt mir von deinem Drachen“, sagte er, bevor sie ihm widersprechen konnte.

„Von Vorik?“

Vorik. Er ließ den Namen durch seinen Kopf ziehen, ehe er nickte. „Ich kenne ihn. Stark, wild. Ein Charmeur – das habe ich zumindest gehört.“

„O ja. Ein Charmeur erster Güte. Aber andererseits war ich auch reif. Ich hatte mich immer nach der ‚Liebe bis in den Tod‘ gesehnt, nach der alle Kreaturen suchen außer den Amazonen. Als er mir zu verstehen gab, dass er mich begehrt, dachte ich, er könnte mich vielleicht so lieben. Aber da lag ich falsch. Nachdem wir miteinander geschlafen hatten, ging er, ohne sich zu verabschieden.“

„Soll ich ihn für dich umbringen?"

„Nein", erwiderte sie und lachte leise. „Ich habe ihn bereits bestraft. Wenige Wochen später ist meine Armee durch Drachenland marschiert, um unsere Stärke unter Beweis zu stellen. Ich habe dafür gesorgt, dass alle Frauen in seinem Dorf von seinen … Defiziten erfuhren."

Layel lachte lauthals. „Das ist meine Amazone."

Ihr Lächeln war warm und strahlte bis in sein Innerstes. Doch dann verblasste es schnell wieder. „Ich bin so froh, dass wir beide so über unsere Vergangenheit sprechen können. Denkst du … was wäre, wenn …? Würdest du wieder ein Kind wollen, Layel?"

Er legte ihr eine Hand an die Wange. In seinen Augen brannten plötzlich Tränen, und er hatte einen Kloß im Hals. „Mit dir möchte ich so viele, wie wir machen können."

„Ich auch." Sie drehte sich in seinen Armen um und küsste ihn knapp über den Mund. „Ich will dich, Layel, ich will dich so sehr. Jetzt und für immer."

Nie hätte er geglaubt, diese Worte noch einmal zu hören. Seine Freude wurde stärker, vermischte sich mit seiner Erregung. „Wir haben nicht viel Zeit, Liebste. Es gibt viel zu tun. Und wir können nicht riskieren, dass Broderick oder Tagart uns bei dem Ungeheuer schlagen." Was auch immer dieses Ungeheuer sein mochte – eine Bestie, ein Rätsel, das gelöst werden musste, oder etwas vollkommen anderes.

„Es ist dunkel. Sie werden nicht riskieren, in der Dunkelheit gegen das Unbekannte zu kämpfen. Und ich brauche dich. Bitte. Zwing mich nicht dazu, zu betteln. Zwing mich nicht dazu …"

Er war ernsthaft bemüht, sanft zu sein, als er sie nach unten drückte und sie stürmisch küsste, aber sein Verlangen war zu heftig. Er hätte sie fast verloren, würde sie wahrscheinlich wieder verlieren, wenn ihre Emotionen bei Anbruch des Tages wieder verschwanden.

Während ihre Zungen miteinander spielten, riss er ihr das Ledertop vom Leib und warf es zur Seite. Ihr winziger Rock erfuhr die gleiche Behandlung, und schon war sie nackt. Sein Blick durchschnitt die Dunkelheit, und er genoss den Anblick der Tätowierungen, die er so liebte. *Ich habe schon darübergeleckt. Und werde es wieder tun.*

„Layel!"

Ihr Schrei holte ihn aus dem vorübergehenden Lusttraum und er widmete sich ihren Brüsten, leckte über die aufgerichteten rosa Knospen. Sie wand sich unter ihm und stöhnte.

„Ich verglühe gleich", keuchte sie.

„Du und keine andere."

„Du und kein anderer", stimmte sie ihm zu. „Ich liebe dich."

„O Götter, Delilah." Diese Worte waren so schön. Sie würden den Rest seines Lebens definieren, denn sie veränderten ihn. Sie verwandelten ihn von der Bestie in einen Mann.

Er bedeckte ihr Gesicht mit Küssen und kleinen Bissen und leckte dann jeden noch so kleinen Schmerz weg, den er ihr vielleicht zugefügt hatte. Die ganze Zeit über erkundete er mit den Händen ihren Körper, bis er schließlich mit zwei Fingern tief in sie eindrang und spürte, wie feucht sie war.

Sie schrie auf.

„Ich liebe dich", sagte er und nahm noch einen Finger dazu.

Mehr brauchte sie nicht. Ihr Innerstes begann zu zucken, zog ihn noch tiefer in sich hinein. Ihr heißer Saft ergoss sich über seine Hand, während er sie weiter stimulierte und zum nächsten Höhepunkt trieb. „Genau so. Ja. Gib mir alles."

Sie klammerte sich so fest an seinen Rücken, dass sich vermutlich Blutergüsse bildeten. „Mehr", stöhnte sie atemlos. „Mach das noch mal."

„Mit Vergnügen, obwohl ich eigentlich vorhatte, es diesmal mit einem anderen Körperteil zu tun."

Er küsste sie, und sie machte die Augen auf. Ihre Blicke trafen sich in einem Netz der Lust. Anscheinend hatte sie seine

Verzweiflung gesehen, denn sie rollte ihn auf den Rücken, zog ihm die Hose aus und setzte sich auf ihn.

Ihre blauen Haare fielen wie ein Vorhang um sie beide, als sie sich über der Spitze in Position brachte. Zitternd nahm er ihr Gesicht in beide Hände, die dann weiter über ihre schweißbedeckte Haut glitten.

„Deine Arme sind zerschrammt." Ihre Erregung wich Sorge, und sie strich ihm mit einer Fingerspitze über die Stirn.

„Das heilt wieder."

Sie legte ihm die Finger um die Handgelenke, führte seine Arme nacheinander an den Mund und küsste seine Verletzungen. „Ich weiß nicht, warum ich wieder Gefühle habe, aber ich bin froh darüber."

„Genau wie ich." Die Geste wärmte seinen Körper und seine Seele. „Genau wie ich."

Ihr Gesicht war weich und glühte vor Liebe. Sie sank einen Zentimeter nach unten … dann noch einen … „Liebst du mich wirklich?"

„Götter, das fühlt sich so gut an! Mehr, als ich in Worte fassen kann. Du bist meine Kraft. Du bist meine Freude. Mein Friede."

Sie knabberte an ihrer Unterlippe. „Ich mag die Gegensätze in dir, weißt du das? Du bist hell und dunkel, brutaler Krieger und sanfter Beschützer."

Er drückte ihre Hüfte an sich, schob sich einen weiteren glückseligen Zentimeter in sie hinein.

„Ich habe mich vom ersten Moment zu dir hingezogen gefühlt." Sie warf den Kopf in den Nacken. „Habe seitdem an nichts und niemanden sonst gedacht."

„Ich habe mit aller Macht gegen mein Verlangen nach dir gekämpft, aber am Ende konnte ich mir nicht länger etwas vormachen. Du bist die Frau für mich. Du bist meine Frau. Nimm mich ganz in dich auf, Delilah."

„Lass uns einander nehmen."

„Immer." Er rollte sie auf den Rücken, spreizte ihre Beine so weit wie möglich und drang tief in sie ein. Sie stöhnten gleichzeitig auf. Er passte perfekt zu ihr, denn sie war der Teil von ihm, den er all die Jahre vermisst hatte.

„Beiß mich“, befahl sie ihm.

„Noch nicht. Ich brauche dich bei Kräften.“ Sie würde diese Herausforderung gewinnen, und er würde ihr dabei helfen, genau wie er es versprochen hatte.

„Bitte.“

„Delilah.“ Er blickte auf ihren Hals. Ihr Puls hämmerte wild, und ihm lief das Wasser im Mund zusammen.

„Layel“, stöhnte sie. „Bitte.“

„Noch nicht.“ Er würde zu viel nehmen. Er nahm sie mit kräftigen Bewegungen, verhakte die Ellbogen unter ihren Knien, um sie noch weiter zu spreizen. Sie bog den Rücken durch, wodurch sie ihm einen noch besseren Blick auf ihren Hals bot.

Ihre Brustwarzen rieben an seiner Brust, und er ließ eins ihrer Beine los, um eine süße Knospe zwischen den Fingern zu rollen. „Ja!“

Sie bewegte ihre Hüften im Rhythmus seiner Stöße und zog ihn noch tiefer in sich hinein. Und tiefer. Das war so gut. Ihr Inneres pulsierte, seine Hoden klatschten gegen ihren Körper, und dann kam auch er und ergoss sich in ihr. Er bebte.

Sie stöhnte und massierte seinen Hals, und ihm wurde bewusst, dass seine Zähne in ihr waren und er ihr süßes Blut trank. Statt sie auszusaugen, nahm er nur einen Schluck und zog sich dann vorsichtig aus ihr zurück. Obwohl er so entrückt war, konnte er ihr nicht wehtun.

Als die Wellen des Höhepunkts abebbten, ließ er sich neben sie fallen. Sie hielt die Arme um seinen Körper geschlungen und rollte sich auf seine Brust. Beide waren außer Atem und schwitzten, und noch nie hatte er sich zufriedener gefühlt.

„Willst du meine Frau sein?“, fragte er sie, und seine Freude wurde von dem, was ihnen bevorstand, ein wenig getrübt. Die

Rückkehr ihrer Kälte, der Verlust ihrer Emotionen. Er musste ein möglichst großes Fundament legen, um zu garantieren, dass sie zusammenblieben, wenn das hier vorbei war. „Ich schwöre, dich jetzt und für alle Zeit zu lieben, jetzt und für alle Zeit dafür zu sorgen, dass es dir gut geht, und dich mit meinem eigenen Leben zu beschützen. Jetzt und für alle Zeit."

Sie hob den Kopf und sah ihn verklärt an. Langsam verzog sie die Lippen zu einem Lächeln. „Ja. Ja. Alles, was ich bin, alles, was ich habe, gehört dir. Ich werde dich lieben, für dein Wohlergehen sorgen und dich beschützen. Jetzt und für alle Zeit."

„Schwör mir, dass du nicht vergessen wirst, dass wir zusammengehören. Dass du diesen Moment, dieses Versprechen nicht vergessen wirst – ganz gleich, was du fühlst." Er legte ihr eine Hand an die Wange und sah ihr tief in die Augen. „Frag mich nicht, warum, schwöre es einfach."

Ihr Lächeln verblasste, doch sie nickte. „Ich schwöre es. Ich werde es nicht vergessen."

Er drückte sie fest. Und als sie den Kopf in die Kuhle seines Halses legte, seufzte er und betete, dass die Nacht niemals enden möge.

„Ich kann nicht glauben, dass wir endlich zusammen sind."

Er schon. Er hoffte nur, dass es anhielt.

25. Kapitel

In ein paar Stunden wird es wieder hell, dache Delilah und fühlte sich so gesättigt wie noch nie in ihrem Leben. Sie und Layel hatten einander noch mehrmals in verschiedenen Stellungen geliebt. Er schien nicht genug von ihr bekommen zu können. Sein Verlangen war beinahe … verzweifelt.

Er hatte ihr die verschiedensten Versprechen entlockt. Ihn immer zu lieben. Ihm immer zu vergeben. Ihn für den Rest ihres Lebens jeden Morgen zu küssen. Die Herausforderung zu meistern, ganz gleich, was sie sah oder hörte. Ganz gleich, was geschähe. Überglücklich hatte sie in alles eingewilligt außer in die letzte Forderung – was dazu führte, dass er umso hartnäckiger versucht hatte, sie davon zu überzeugen, wie richtig es war, dass sie den Sieg errang. Schließlich hatte sie nachgegeben und ihm das Versprechen gegeben. Sie würde gewinnen, und als Preis würde sie Layels Leben fordern. Aber sie wollte auch nicht, dass Tagart oder Broderick starben. Gab es einen Weg, alle zu retten?

Wie sie jetzt wusste, geschahen Wunder tatsächlich. Er liebt mich, dachte sie mit einem verblüfften Grinsen. Eigentlich sollten sie aufstehen und diese Herausforderung hinter sich bringen, aber sie genoss die Zeit mit ihm und konnte den Gedanken nicht ertragen, dass sie schon bald vorbei war. Er hatte sich von seiner alten Liebe verabschiedet; sie würden zusammen sein. Sie wusste nicht, wie sie die Insel gemeinsam verlassen würden – vielleicht gehörte das zum Preis dazu. Aber sie würde ihn nie wieder wegstoßen.

„Ich könnte ohne Probleme für immer hier liegen, Liebste, aber allmählich wird die Zeit knapp. Wir müssen die Antwort auf das Rätsel der Götter finden“, sagte Layel, während er ihren Rücken streichelte. Verwirrung, Entschlossenheit und Furcht schwangen in seiner Stimme mit.

Sie zitterte, stützte den Kopf auf die Hand und sah auf ihn hinab. Allein beim Anblick seiner unheimlichen Schönheit zog sich ihre Brust zusammen. *Er ist mein Mann.* Was für ein berauschender Gedanke! „Wie kommst du darauf, dass es sich um ein Rätsel handelt? Man hat uns gesagt, wir würden dort oben etwas vorfinden, vor dem selbst ein mutiger Mann fliehen würde. Und wir haben den Schrei der Kreatur gehört, was bedeutet, dass sie nicht gelogen haben.“

Als hätte die namenlose Kreatur ihr Gespräch belauscht und wollte nun ihre Anwesenheit bestätigen, stieß sie ein gottloses Heulen aus, dass die Luft nur so vibrierte. Der Lautstärke nach zu urteilen, war die Bestie zwar nicht in ihrer Nähe, aber näher als noch vor ein paar Stunden.

„Die Göttin Hestia hat die Herausforderung ein Rätsel genannt.“

„Nein, hat sie nicht. Daran würde ich mich erinnern.“

Er sah sie fest aus seinen leuchtend blauen Augen an, und noch nie hatten sie so ernst gewirkt. Tief in ihnen lagen Geheimnisse verborgen. „Vertrau mir einfach.“

„In Ordnung. Das tue ich.“ Sie vertraute ihm von Herzen. Es gab also keinen Grund, jetzt an seinen Worten zu zweifeln.

Er setzte sich auf und küsste sie, und wie aus dem Nichts spürte sie seine Erregung an ihrem Oberschenkel. Sie griff nach unten, legte die Finger um seinen Schaft und drückte sanft. In Ekstase schloss er die Augen und atmete scharf ein.

„Bist du immer so unersättlich?“, fragte sie lachend.

„Die gleiche Frage könnte ich dir stellen, Liebste. Aber um dir zu antworten: Ja, aber nur mit dir.“

Kein Wunder, dass sie ihn liebte. „Das ist gut. Ich würde nämlich jede Frau töten, die versuchen würde, dich mir wegzunehmen.“ Und das war die Wahrheit. Während sie ihn streichelte und das Gefühl von Samt über Stahl genoss, sagte sie: „Ich frage mich, wovor ein mutiger Mann die Flucht ergreifen würde."

„Keine Ahnung. Ich kann im Moment nicht denken."

Sie leckte sich über die Lippen, beugte sich über ihn, verteilte Küsse auf seiner Brust und tauchte die Zunge in seinen Bauchnabel. „Ich mag es, wenn du nicht denken kannst." Noch tiefer. Ihr Mund berührte seinen harten Schaft, ihre Zunge spielte mit seiner Spitze.

„Delilah, ich … ich … wir sollten das wirklich herausfinden. Diese Herausforderung, diese …" Sie ließ die Zunge kreisen. „O Götter."

„Hat das schon mal eine Frau mit dir gemacht?" Sie hatte ihre Schwestern darüber reden hören und wusste, dass es Männer schier wahnsinnig machte.

„Nein. Noch nie."

Dann wäre sie die Erste. Dieses Wissen füllte sie mit besitzgierigem Stolz. „Ich habe das auch noch nie für einen Mann getan, aber es ist mir eine Ehre, es für dich zu tun." Ohne ein weiteres Wort saugte sie an ihm. Sie liebte sein Stöhnen, genoss es, wie er das Becken kreisen ließ, wie er sich in ihren Haaren festkrallte.

Sie bewegte den Kopf hoch und runter, nahm ihn so tief in sich auf, dass sie keine Luft mehr bekam. Aber sie liebte es. Konnte nicht aufhören. Ritt ihn mit dem Mund, bis er kam.

Lächelnd rollte sie sich neben ihm zusammen. Götter, sie liebte diesen Mann! Es gab nichts, was er nicht für sie tun würde, das wusste sie jetzt. Gegen ihre Schwestern kämpfen – ja. Durch eine Flammenbrunst gehen – natürlich. Vorik umbringen – sie brauchte nur zu sagen, wann und wo.

„Du hast etwas von einem Rätsel gesagt", hakte sie nach.

Er lachte leise.

„Ich bin mir nicht sicher, warum die Götter uns ein Rätsel aufgeben sollten, anstatt unsere Kampffähigkeiten zu testen.

Haben sie nicht gesagt, dass der stärkste Krieger gewinnen soll? Wenn dem so ist, warum konfrontieren sie uns dann nicht mit einer direkteren Herausforderung?"

„Der stärkste Krieger, ja, aber auch der beste Krieger. Unsere Macht, unsere Ausdauer und unser Erinnerungsvermögen haben sie bereits auf die Probe gestellt. Vielleicht ist Intelligenz das Einzige, was noch fehlt." Er seufzte laut und lange. „Wir werden es herausfinden. Falls es notwendig ist, werden wir diese Kreatur – was auch immer dahintersteckt – zerstören. Genau wie Tagart, diesen Fiesling. Broderick würde ich gern retten, wenn es eine Möglichkeit gibt. Und was dich angeht: Du hast es geschafft, mich wieder abzulenken. Ich glaube, ich schulde dir einen ganz besonderen Kuss. Und während ich dich schmecke, will ich, dass du mich an alles erinnerst, was du mir versprochen hast. Wenn du aufhörst zu reden, höre ich auf zu küssen."

Und mit dieser verruchten Drohung rutschte er an ihrem Körper nach unten und löste sein Versprechen ein.

Alyssa saß hinter Shivawn auf dem Zentaur, als sie auf die Kante der Felswand zutrabten. Das Amazonenlager war ganz in der Nähe. Dank der Nymphensinne konnten sie Frauen überall und jederzeit wittern. Sie hatte Shivawn die Hände um die Hüften gelegt und hielt ihn fest. Noch nie hatte er sich stärker und lebendiger angefühlt.

Valerian ritt neben ihm. Hinter ihnen folgte die Nymphenarmee in Reih und Glied.

„Brenna wird nicht glücklich sein, wenn wir die Kriegerinnen töten", sagte Joachim mit seiner tiefen, rauen Stimme. Er war ein starker Soldat, einer der besten, und war mit der Menschenfrau zusammen, die einst Shivawn gehört hatte.

Nur deshalb waren sie noch Freunde, weil Shivawn sämtliche Ansprüche an das Mädchen abgetreten hatte. Und das war auch gut so. Wie er gerade begriff, hatte alles, was geschah, einen Grund. Wenn er Brenna behalten hätte, wäre er nicht frei gewesen, um sich an Alyssa zu binden, und er würde lieber sterben, als ohne Alyssa zu sein.

„Sie liegen offensichtlich auf der Lauer. Aber sie haben uns noch nicht angegriffen“, betonte Valerian. „Unser Charme scheint also zu wirken.“

Die verlockende Wirkung der Nymphen, dachte er grimmig. Darauf war er immer stolz gewesen, aber heute verfluchte er diese Eigenschaft. Er wollte Alyssa auf keinen Fall verärgern oder traurig machen.

Man hörte ein Rufen, ein Kriegsgeschrei, und dann strömten die Amazonen über die Klippe über ihrem Lager. „Halt“, rief eine wütende Frauenstimme. „Tragt euer Anliegen vor, Nymphen.“

„Vielleicht sind wir doch nicht so bezaubernd, wie wir dachten“, murmelte Valerian. Er hob einen Arm, und seine Armee gehorchte. „Wir sind gekommen, um mit den Gefangenen zu sprechen.“

Eine Frau trat vor. Sie hatte helle Haare, war groß und muskulös und dennoch schön wie ein Engel. „Nein“, erwiderte sie, und Shivawn erkannte die Stimme wieder, die sie zum Stehenbleiben aufgefordert hatte. Sie musste die Königin des Stammes sein: Kreja. „Ihr dürft jetzt wieder umkehren, Valerian, und zu deinem Palast reiten. Wir werden euch nicht töten. Dieses Mal.“

Shivawn hatte von ihrem blutrünstigen Naturell gehört sowie von ihrer unbeugsamen Entschlossenheit und der eisernen Faust, mit der sie ihre Leute regierte. Allerdings wusste er nicht, ob sie jemals Zeit mit Valerian verbracht hatte. Diese Vertrautheit … Waren sie mal ein Liebespaar gewesen? Falls ja, musste Valerian sie fallen gelassen haben – Frauen verließen Nymphe niemals. Korrektur: Frauen verließen Nymphe nur höchst selten, und in dem Fall würde sie den Nymphen in keiner Weise helfen wollen.

„Sag uns, was du von ihnen weißt“, sagte Valerian. „Bitte.“

Kreja lächelte selbstgefällig. „Ein *Bitte* aus deinem Mund …

unwiderstehlich. Die Götter haben sie uns gegeben“, sagte sie. „Deshalb gehören sie uns.“

Ein junges Mädchen bahnte sich den Weg durch die Menge. Kreja packte sie und sagte: „Lily, nein!“, doch das Kind riss sich los, und statt ihr wehzutun, ließ die Königin sie gehen.

Mit einem Speer in der Hand und aufgerissenen Augen ging sie auf die Nymphen zu. „Hübsch“, hauchte sie, während sie Dorian betrachtete – einen unbefangenen dunkelhaarigen Krieger, der Vielfalt über Qualität stellte.

„Das kann ich nur zurückgeben.“ Er zwinkerte ihr nachsichtig zu. „Vielleicht begegnen wir uns in ein paar Jahren noch mal.“

„Ich bin alt genug für einen Sklaven.“ Das Mädchen namens Lily hob das Kinn. „Sein Name ist Brand der Drache. Er hat schon meine Kleidung gewaschen und mir heute Morgen das Frühstück gemacht. Ich könnte mit meiner Mutter sprechen, ob ich stattdessen dich halten kann.“

Dorians Lippen zuckten. Selbst Shivawn musste lächeln. „Nein danke“, erwiderte Dorian. „Vielleicht ein andermal.“

„Lily!“, rief Kreja, und das kleine Mädchen zuckte zusammen.

„Bis dann“, sagte sie, drehte sich um und rannte zu den Frauen zurück. Sogleich verschwand sie in deren Mitte, sodass sie nicht mehr zu sehen war.

Unter Valerians Auge zuckte ein Muskel. „Wo haltet ihr die Männer versteckt? Sie haben Informationen, die wir brauchen“, sagte er und erinnerte sie alle wieder daran, worum es hier eigentlich ging.

„Informationen, über die *ich* jetzt verfügen kann. Informationen, die ich nur teilen werde, weil ich beabsichtige, irgendwann einmal eine Gegenleistung dafür zu verlangen. Ich nehme an, du sorgst dich um deine fehlenden Soldaten. Sie wurden auf eine Insel gebracht, weit weg von hier“, berichtete sie. „Die Männer erzählten mir von Sonne, Mond und Sand. Eine

Gegend, in der Nixen schwimmen und die Götter ihre Macht frei ausüben können. Etwas, das sie recht häufig getan haben, um die Krieger gnadenlos zu prüfen. Beide Nymphen waren am Leben, als der Vampir Zane und der Drache Brand zu mir gebracht wurden."

Valerian sah voller Sorge zu Shivawn hinüber, bevor er sich wieder an die Königin wandte. „Welche Insel?"

„Das wussten sie nicht."

„Dir ist schon klar, dass euch die Armeen der Drachen und der Vampire heimsuchen werden, wenn ihr diese Männer behaltet, oder?"

„Ja." Sie grinste zufrieden. „Sie sollen ruhig kommen. Amazonen kämpfen gerne, falls du das noch nicht gehört hast."

„Ich bin ein Verbündeter von beiden. Sollten sie mich darum bitten, werde ich an ihrer Seite kämpfen und alles in meiner Macht Stehende tun, um euch zu besiegen."

Statt sie zu verängstigen, verstärkte diese Prahlerei ihre Ausgelassenheit nur noch. Sie ließ einen anerkennenden Blick über ihre Armee schweifen. „Der schönen Erinnerung an unsere gemeinsame Woche vor all den Jahren zuliebe warne ich dich, es nicht zu versuchen."

Dann hatten sie also tatsächlich einmal das Bett geteilt. Merkwürdig, dachte Shivawn. Bevor sie sich in ihrem derzeitigen Wohnsitz niedergelassen hatten, waren die Nymphen in Atlantis von einem Palast zum nächsten gezogen, von Rasse zu Rasse, und hatten sich mit allem vergnügt, was sie vorfanden. Doch sie waren nie lange an einem Ort geblieben. Die Amazonen aber hatten sie immer gemieden. Denn die wollten keine Liebhaber; sie wollten Sklaven. Für eine Weile. Es lag nicht in der Natur eines Nymphs, sich jemandem zu unterwerfen. Zumindest nicht außerhalb des Schlafzimmers.

„Ein jugendlicher Fehltritt", erwiderte Valerian mit einem Seufzer. „Ich werde tun, was ich tun muss, Kreja, Erinnerungen hin oder her."

Sie lächelte. „Das tust du doch immer. Nur zu. Kämpft gegen uns. Die Paarungssaison rückt näher.“ In der Ferne ertönte ein Horn, und die Amazonen erstarrten. Mit finsterem Blick sah sich die Königin um, als das Horn zum zweiten Mal erklang. „Bis dann.“ Mehr sagte sie nicht, sondern zog sich mit ihrer Armee zurück. Im Nu waren sie verschwunden.

„Alyssa“, sagte Shivawn.

Sie wusste sofort, was er von ihr wollte. Also hielt sie ihn fester und flog mit ihm hinauf auf die Felswand. Von dort aus blickten sie nach unten. Die Frauen waren von der Klippe in einen wild sprudelnden See gesprungen. Sie landeten mit einem lauten Platschen, tauchten an der Wasseroberfläche auf, schwammen zum Ufer und winkten ihm neckisch zu.

„Zuerst fordern sie einen heraus, und dann laufen sie weg“, murmelte sie. „Seltsame Kreaturen.“

Sie schwebten wieder nach unten, und Valerian seufzte. „Wo könnte diese Insel mit Sonne, Mond und Nixen …?“ Er kniff den Mund zusammen und legte den Kopf schräg. „Moment. Ich weiß, wo das sein könnte. Kommt mit.“

Sie ritten so schnell zum Nymphenpalast zurück, wie die Beine der Zentauren sie trugen. Valerians Königin wartete auf ihn, als sie ankamen. Der Nymphenkönig stieg ab, lief zu seinem blassen Mondstrahl und wirbelte sie herum, während sie sein Gesicht küsste.

Alyssa biss Shivawn in die Schulter. Damit wollte sie ihren Besitzanspruch anmelden, denn Brenna wartete oben auf der Treppe. Sie rieb sich die Hände, und schwarze Locken hüpften rings um ihr reizendes Gesicht, während sie das Meer aus Soldaten nach Joachim absuchte. Der Krieger bahnte sich gerade seinen Weg durch die Menge. Als er bei seiner kleinen Frau ankam, riss er sie in die Arme, und sie seufzte erleichtert.

Shivawn drehte sich zu Alyssa um und sah sie an. „Ich liebe dich“, sagte er. „Nur dich. Für immer.“

Ihre Miene entspannte sich, und ihre Eckzähne zogen sich wieder zurück.

„Die Menschenfrau bedeutet mir nichts, das schwöre ich dir."

Alyssa wandte den Blick ab. „Aber du wärst an jenem Tag fast mit ihr ins Bett gestiegen. Du wolltest mit ihr schlafen."

Was war ich nur für ein Idiot! „Lass uns mit der Vergangenheit abschließen, Liebste, und einen Neuanfang starten."

„Ich schätze, dann muss ich wohl jemand anderen töten", murmelte sie.

Er lachte leise. „Das musst du wohl."

„Hier entlang", rief Valerian.

Shivawn stieg ab und half anschließend Alyssa vom Rücken des Zentauren. Seite an Seite folgten sie Valerian durch den Palast, vorbei an mit Edelsteinen überzogenen Wänden und in allen Ecken Männern, die es mit Nymphenfrauen trieben. Lustvolles Stöhnen hallte ihnen nach, als sie eine Treppe hinuntergingen und einen Käfig betraten.

Valerian drückte auf einen zerklüfteten Stein in der oberen Ecke der Mauer, und zwei Felsbrocken teilten sich und gaben einen atemberaubenden Blick auf den Ozean frei. Auf Fische. Nixen warteten darauf, einen Blick auf eine Nymphe zu erhaschen.

Der König drehte einen anderen Stein und zog ein kleines rundes Glas aus der Mauer hervor. Er bückte sich und richtete seinen Blick auf die Mitte. Mehrere Minuten verstrichen, und die Krieger bewegten sich unruhig, während sie warteten.

Was machte er da?

Er bewegte seinen Körper nach links und rechts, suchte den richtigen Winkel für … was? Schließlich machte er einen Schritt zurück und nickte knapp. „Ich hatte recht. Sieh selbst."

Shivawn beugte sich herunter, schaute durch das Glas und stellte fest, dass er weit nach oben blickte, durch die Wasseroberfläche hindurch und nach draußen. Ihm stockte der Atem.

Er sah ein kleines Stück Land, eine große, schwarz gefleckte Fläche und eine runde goldene Sphäre. Das Wasser schlug an den Strand, und weißer Sand erstreckte sich bis zu einem dichten smaragdgrünen Dickicht. „Was ist das für ein Ort?"

„Ich war mir nie sicher, ob er sich an der Oberfläche befindet oder ob es eine weitere versteckte Stadt wie Atlantis ist."

„Wie kommen wir dorthin?"

„Durch die Tore vielleicht."

Shivawns Blick glitt zu besagtem Tor. Es stand aufrecht und war von Nebel umgeben, der permanent aus ihm heraussickerte. Wer immer es berührte, wurde aus Atlantis heraus in den Ozean gezogen. Er selbst hatte es nur ein einziges Mal getan und war an die Wasseroberfläche geschwommen, um Menschenfrauen zu rauben. Bei der Gelegenheit war er Brenna begegnet und hatte Alyssa so schrecklich verletzt.

„Dann schwimmen wir", sagte er. Er wandte sich Alyssa zu, um ihr zu erklären, warum sie es tun mussten, und sich falls notwendig zu entschuldigen. Auf jeden Fall würde er sie ein weiteres Mal seiner Liebe versichern.

„Mein König ist da draußen", sagte sie, bevor er auch nur ein einziges Wort sagen konnte. „Ich werde auch durch das Tor gehen."

Shivawn blickte zu Valerian, und der nickte. Dann küsste er Alyssa sanft auf die Schläfe. „Du bist doch eine echte Kriegerin, Liebste. Gemeinsam werden wir unsere Leute nach Hause holen."

Als die Sonne aufging, war Layel angespannt. Und er hatte Angst. Große Angst. Seine Nacht mit Delilah war traumhaft schön gewesen. Er brauchte mehr davon. Aber würde er es bekommen? Oder würde sie ihre Emotionen wieder verlieren, so wie Hestia angekündigt hatte?

Er hatte ihr stundenlang beim Schlafen zugesehen. Wie sich ihre Brust sanft gehoben und gesenkt hatte. Es war ihm zuwider, sie zu wecken und seinen Seelenfrieden zu verlieren, aber es ging nicht anders. „Delilah“, sagte er und schüttelte sie zärtlich.

Langsam öffnete sie die Augen.

Und da wusste er es. Seine Brust zog sich schmerzhaft zusammen. Ihr Blick war wieder kalt und leer. Sie rollte sich auf den Rücken und schloss die Augen bereits wieder. „Was ist los mit mir?“, fragte sie erschöpft.

„Deine Emotionen wurden dir wieder genommen.“ Am liebsten hätte Layel jemanden getötet. Die Göttin zum Beispiel.

„O.“ Es klang nicht so, als ob es sie interessierte.

„Ich liebe dich“, krächzte er.

Sie gähnte. „Ich weiß. Ich liebe dich auch.“

Zumindest wusste sie das noch, auch wenn sie es nicht fühlte. Hestia hatte ihn zu Recht dazu gedrängt, auf die Logik zu setzen. „Erinnerst du dich noch an alles, was du mir versprochen hast?“

„Natürlich. Schließlich habe ich meine Emotionen verloren und nicht mein Gedächtnis.“

Er seufzte. „Es ist Zeit, das Ungeheuer zu finden und zu vernichten, Liebste.“

„In Ordnung.“ In aller Ruhe stand sie auf und zog sich an.

Ein Teil von ihm hatte sich schon dafür gewappnet, dass sie darauf bestehen würde, noch ein bisschen zu schlafen. Hoffnungsvoll raffte er sich auf. Er war wackelig auf den Beinen. Nachdem er sich die Hose angezogen hatte, pflückte er mehrere Beeren, die an einem Busch in der Nähe wuchsen, und hielt sie ihr hin. „Iss.“

„Ich habe keinen Hunger.“ Sie betrachtete die verschieden langen Stichwaffen, bevor sie sie in die Scheiden steckte, die sie an ihrer Seite befestigt hatte. Sie sah nicht aus, als ob sie vorhätte, sie auch zu benutzen, oder als wüsste sie überhaupt, was sie damit machen sollte.

„Iss. Bitte. Du musst bei Kräften bleiben.“

Widerwillig nahm sie die Früchte und aß.

„Du sagtest, du erinnerst dich daran, was du mir versprochen hast. Aber erinnerst du dich auch an letzte Nacht? Was zwischen uns passiert ist?“

„Ja.“ Sie sah ihn an und blinzelte ausdruckslos. „Bist du so weit? Ich habe dir versprochen, diesen Wettkampf zu gewinnen, was bedeutet, dass ich ein Ungeheuer finden muss.“

Er packte verzweifelt ihre Schultern. „Delilah.“

Für einen Moment, einen süßen Moment, blitzte Wärme auf ihrem Gesicht auf und vertrieb die Kälte. Doch dann war sie auch schon wieder verschwunden. Im nächsten Moment brüllte die Bestie wütend und gequält. Der Schrei war so schrill, dass sein Trommelfell zu platzen drohte. Layel erstarrte, als er begriff, was das zu bedeuten hatte. „Das Ungeheuer wurde gefunden. Komm.“

Er nahm Delilah bei der Hand und zog sie mit sich, rannte durch den Wald, während sein Herz hart in seiner Brust klopfte. Sie stolperte mehrmals, und er fragte sich allmählich, ob sie überhaupt zu leisten vermochte, was von ihr gefordert wurde. Was auch immer das war. Da er sich nicht anders zu helfen wusste, nahm er sie in den Arm und schwang sich in die Lüfte, flog hoch … und höher …

Eine Ewigkeit verging, und der Berg schien einfach nicht zu enden. Bäume rauschten unter ihnen dahin, Äste schlugen ihnen entgegen, aber dann kam der Strand in Sicht, und er wusste, dass er sich weiter vom Ort des Geschehens entfernt hatte, statt sich ihm zu nähern, denn der neuerliche Schrei der Bestie war leiser als zuvor. Layel drehte in der Luft und flog zurück in die Bäume. Wo um Hades willen waren die anderen Krieger?

Auf halbem Weg den Berg hinauf erspähte er endlich Tagart, der mit erhobenem Schwert aus einer Höhle herauskam. Broderick sprang heraus und griff ihn mit seinem eigenen Schwert an. Es folgte ein wilder Kampf mit lautem Ächzen und blutigen Verletzungen.

Layel wollte nicht, dass Delilah in ihrem Zustand kämpfte, aber er wollte es auch nicht riskieren, das Monster selbst zu besiegen. Diese verfluchten Götter! Was sollte er nur tun? Er setzte sie ab. Sie protestierte nicht. Saß einfach nur da und sah sich den Kampf unbeteiligt an.

„Bleib hier“, flüsterte er.

„Ich habe versprochen zu gewinnen“, sagte sie.

„Mach dir keine Sorgen, Liebste. Ich bin gleich zurück und werde herausfinden, wie ich dir zum Sieg verhelfen kann.“

Sie nickte. Diese Fügsamkeit war so untypisch für sie, dass ihm das Herz schwer wurde.

„Was ist dort?“, wollte von Broderick von Tagart wissen.

„Nichts.“ Tagart schwang sein Schwert. Traf daneben, als der Nymph aus dem Weg sprang.

„Sicher?“

„Spielt doch keine Rolle. *Ich* töte das Ungeheuer. Ich habe es zuerst gefunden.“

„Ja, aber ich werde das Letzte sein, was es sieht.“

Layel legte sich auf den Boden und robbte zentimeterweise vorwärts. Da seine Mitstreiter abgelenkt waren, konnte er sich in die Höhle schleichen und verletzen, was sich dort drinnen versteckt hielt. *Falls* sich dort etwas versteckte. Wie konnte das hier ein Rätsel sein?

Er kam nicht besonders weit.

Eine riesige monströse Kreatur mit schwarzen Flügeln und roten Augen stürzte sich auf ihn, schnappte nach ihm und dann nach den kämpfenden Kriegern, die mit einem erschrockenen Keuchen zur Seite sprangen. Sein Herz klopfte wie verrückt, als Layel sich zurückzog und Delilah hinter seinem Rücken verbarg. Sie war nicht bereit für so einen Kampf. Womöglich war es ihr nicht wichtig genug, einem Todesstoß des Ungeheuers auszuweichen.

„Ich denke nicht, dass wir gegen es kämpfen sollten“, sagte sie ohne Angst oder Eifer in der Stimme.

Er wollte sie ansehen, hatte aber Angst, die Bestie aus den Augen zu lassen. Angst, dass ein einziger Moment der Achtlosigkeit ausreichen würde, dass die Kreatur ihn angriff – und damit auch Delilah. „Warum?“

„Weil ich keine Angst vor ihm habe.“ Eine sachliche Feststellung.

„Also, ich schon. Und dir ginge es genauso, wenn du noch über deine Emotionen verfügen würdest – mutige Amazonenkriegerin hin oder her.“

„Nein, du verstehst nicht. Die Götter sagten, wir würden etwas vorfinden, wovor sogar der mutigste Mann fliehen würde; etwas, vor dem wir uns mehr fürchten als vor allem anderen. Wir sollen ihm gegenübertreten und es besiegen. Aber wovor ich am meisten Angst hatte, war, ohne dich zu sein. Letzte Nacht stand ich dieser Angst gegenüber. Ich habe sie besiegt. Ich habe mich dir ohne Zurückhaltung hingegeben und all meine Hoffnung in die Zukunft gesetzt. Verstehst du nicht, Layel? Ich brauche die Bestie nicht zu töten. Ich habe die Herausforderung der Götter bereits gewonnen.“

Ein Rätsel. Genau wie Hestia gesagt hatte. Er blieb wie angewurzelt stehen und riss die Augen auf. Delilah hatte es geschafft. Sie hatte es tatsächlich geschafft. Und zwar ganz ohne seine Hilfe. Er kam sich so dumm vor, weil er nicht selbst drauf gekommen war. Und doch war dieses Gefühl nichts im Vergleich zu dem Stolz, den er für die Frau an seiner Seite empfand. *Seine* Frau. Grinsend wandte er sich ihr zu und nahm sie in den Arm. Sie schlang zögernd die Arme um ihn, und die kleine Geste wärmte sein Herz.

„Sehr gut, mein Kind. Sehr, sehr gut. Und somit steht die Siegerin fest“, flüsterte eine lachende Stimme durch die Bäume. „Aber habt keine Angst, Vampir, Nymph und Drache. Heute braucht niemand zu sterben. Wir werden die Verlierer verschonen, weil sich jeder von euch in anderen Dingen als nützlich erwiesen hat. Und ich weiß, was du jetzt denkst, Vampir.

Ich habe dir etwas anderes gesagt. Aber wie hätte ich dich mit deiner größten Angst konfrontieren können, wenn dein Handeln keine Konsequenz gehabt hätte?"

Nach diesen Worten verschwand das Ungeheuer, obwohl sein Brüllen weiter über den Berg hallte. Tagart und Broderick wirbelten irritiert herum und sahen sich um. „Wo ist es hin?", keuchten sie wie aus einem Mund.

Jeder der fünf Gottheiten erschien in einer leuchtenden Kaskade aus Licht. Layel kniff die Augen zusammen, so hell waren die Lichter, und er sah, dass nur Hestia lächelte.

Die Göttin sah Delilah an. „Amazone, du hast meine Erwartungen übertroffen. Von allen Kriegern hast du die meiste Kraft, den größten Mut, die größte Ausdauer und den schärfsten Verstand. Du hättest jederzeit aufgeben können, doch du hast durchgehalten und deine Entschlossenheit unter Beweis gestellt."

„Stimmt nicht! Mein Drache hat die meiste Kraft bewiesen. Du hast geschummelt", grummelte Poseidon.

„Genau wie du", erwiderte sie selbstgefällig. „Denkst du allen Ernstes, niemand von uns hätte dein Treffen mit dem Drachen gestern Abend gehört? Du hast ihm genau gesagt, was seine größte Angst ist, und er hat es trotzdem nicht verstanden. Die Amazone ist ohne Frage die Siegerin dieses Spiels. Und das bedeutet, dass ich das Spiel ebenfalls gewonnen habe."

Ares ballte so fest die Hände zu Fäusten, dass ihm Blut aus den Handflächen lief.

Artemis betrachtete sie alle kalt, als wäre ihr das Ergebnis ohnehin gleichgültig.

Apollo biss die Zähne aufeinander und strahlte noch weniger Glanz aus als zuvor.

Dann nickten alle widerstrebend, aber zustimmend.

Kriegsgeschrei erklang, und plötzlich stürmte eine Nymphenarmee durch die Bäume und blieb stehen. Die Schreie verwandelten sich in Keuchen und Zischen. Layel rannte ihnen entgegen, um die Nymphen, seine Freunde, vor den Göttern zu beschützen. Doch ehe er sie erreichte, wechselten die Götter ihre Position. Hatten sie gerade noch neben ihm gestanden, verstellten sie ihm jetzt den Weg. Layel blieb stehen.

„Valerian“, rief er.

„Layel“, erwiderte der Nymphenkönig. „Was ist hier los? Wie können wir …?“

Hestia machte eine Handbewegung durch die Luft, und sie verschwanden genauso schnell, wie sie aufgetaucht waren. „Die sind wir los.“

„Du“, sagte Apollo zu Broderick, als wären sie überhaupt nicht unterbrochen worden. „Ich habe eine Aufgabe für dich, Nymph. Da ich nicht länger in Atlantis willkommen bin, habe ich das Bedürfnis, in die Welt an der Oberfläche zurückzukehren. Und es gibt etwas, das du für mich tun kannst. Das ist das Mindeste, was ich von dir verlangen kann, da du diesen Wettkampf nicht für mich gewonnen hast.“ Die zwei verschwanden. Wenigstens hatte Broderick offen gewirkt.

„Und du“, fuhr Poseidon fort und zeigte auf Tagart, während er die Augen zusammenkniff, „du hast mich den alleinigen Anspruch auf Atlantis gekostet. Dafür wirst du bestraft werden. Und dann wirst du einfach nur zu meiner Belustigung existieren.“ Sie verschwanden ebenfalls.

„Und dann gibt es noch dich“, sagte Ares zu Layel. „Der Sieg hätte unser sein können, aber du hast die Liebe an erste Stelle gestellt.“ Trotz seiner Worte schwang kein Ärger in seiner Stimme mit. „Ich würde dich bestrafen, aber du scheinst dich mit einer festen Gefährtin verbunden zu haben. Ich denke, das ist Strafe genug.“

Eine Gefährtin ist keine Strafe, dachte Layel. *Eine Gefährtin ist eine Belohnung.* Aber er protestierte nicht, als Ares ebenfalls verschwand.

Einige Momente lang herrschte Stille. Dann ertönte das Seufzen einer Frau. „Genug der Ablenkung. Ich werde Delilah nun ihren Preis überreichen.“ Hestia blinzelte nur, und plötzlich standen sie vor dem Lager der Amazonen. Vor ihnen erhob sich eine Felswand. Die Frauen konnten sie offenbar nicht sehen, denn sie bereiteten sich auf einen Krieg vor und schenkten dem Vampir in ihrer Mitte keinerlei Beachtung.

Sie sahen das junge Mädchen, das vor einer gefühlten Ewigkeit in dem Drachenkäfig eingesperrt war. Zu Layels Erheiterung führte sie einen finster dreinblickenden Brand an einer Kette, als wäre er nicht mehr als ein Haustier.

„Lily“, sagte Delilah. Sie streckte steif die Hand aus, als wäre es eine automatische Handlung und keine, die von Herzen kam.

„Delilah“, unterbrach die Göttin sie, und sie blieb stehen. „Wie du weißt, meine Liebe, hast du dir eine Belohnung verdient. Was würde dir gefallen? Sag es, und es gehört dir. Denk daran, dass deine Schwester Nola irgendwo da draußen ist und vielleicht Schmerzen hat.“

Layel biss die Zähne aufeinander. Das ging unter die Gürtellinie, dachte er. Denk an deine Versprechen, projizierte er in Delilahs Kopf. *Denk an* meine *Versprechen. Bitte erinnere dich.* Während ihrer gemeinsamen Nacht hatte er ihr versprochen, ihr bei der Suche nach Nola zu helfen, und das würde er auch. Egal, wie lange es dauern mochte. Er würde keine Ruhe geben, bis ihre Schwester in Sicherheit wäre. Dafür brauchte sie die Belohnung nicht. Würde sie sich erinnern? Wäre es ihr wichtig?

„Oder ich könnte Layel seine Gefährtin zurückgeben“, fuhr die Göttin fort. „Ich denke, dass ihn das freuen würde.“

Layel sah Delilah tief in die Augen und ließ seine gesamte Liebe zu ihr strömen.

„Darf ich zuerst ein paar Fragen stellen?“

„Natürlich“, erwiderte die Göttin großmütig.

„Was ist mit der Nymphenarmee geschehen?“

„Die Armee wurde gesund und munter nach Atlantis zurückgebracht. Wenn deine Mitstreiter Broderick und Tagart Glück haben, werden auch sie eines Tages zurückkommen."

Delilah nickte zufrieden. „Da du bereits zugestimmt hast, Layel am Leben zu lassen, bitte ich dich um meine Emotionen", sagte sie, und Layel sank vor Erleichterung auf die Knie. „Ich möchte, dass meine Emotionen zurückkommen. Meine Liebe zu ihm."

„Ich hatte ohnehin vor, sie dir wiederzugeben", sagte die Göttin, was Layel überraschte. „Nachdem du dir deinen Preis ausgesucht hast. Logik hilft uns so viel mehr als Empfindungen. Außerdem scheint es mir als Belohnung nicht zu reichen, dir nur deine Gefühle zurückzugeben. Gibt es nichts anderes, was du dir wünschst?"

„Layel zu lieben und mit ihm zusammen zu sein ist das, was ich mir am meisten wünsche. Aber da du mir das ohnehin schenkst, bitte ich um Nolas sichere Rückkehr."

Hestia musterte sie einen Moment lang und nickte dann. „Nun gut. Alles, was du genannt hast, sollst du haben. Aber nicht alles auf einmal. Nola muss zuerst noch viel lernen."

Im nächsten Moment zuckte Delilahs Körper zusammen, und sie schrie genauso vor Schmerzen wie in der Nacht zuvor. Layel konnte sie nur festhalten, bis das Schluchzen versiegte. Endlich entspannte sie sich keuchend und schwitzend.

„Dank, danke", sagte er und verteilte Küsse auf ihrem Gesicht. „Danke, dass du dich erinnert hast. Danke, dass du mich liebst."

Sie hob den Blick und sah ihn aus ihren violetten Augen durchdringend an. „Hat sich ein Teil von dir gewünscht, dass ich um die Rückkehr deiner Gefährtin bitte?"

„Aber du hast doch genau darum gebeten. *Du* bist meine Gefährtin. Mein größter Preis."

Langsam verzog sie den Mund zu einem Lächeln. „Ein Preis", sagte sie verwundert. „Ich. Das wollte ich immer sein, davon habe ich heimlich jede Nacht im Lager geträumt; jedes

Mal, wenn ich gesehen habe, wie andere Kreaturen Händchen gehalten und sich aneinander gewärmt haben."

„Das warst du immer und wirst du immer sein." Er küsste sie auf die Stirn, auf die Nase und dann auf ihre herrlichen Lippen. „Niemand wird uns je wieder trennen, das schwöre ich dir. Wir können in meinem Palast leben, oder ich werde für alle Ewigkeit dein Sklave in eurem Lager."

Sie riss die Augen auf. „Du würdest mein Sklave sein?"

„Ich *bin* deine Sklave, Liebste."

Jetzt füllten sich ihre großen Augen mit Freudentränen, und ihr Lächeln strahlte heller als die Sonne. „Ich würde gerne in deinem Palast leben. Dich voll und ganz für mich haben und mich von keinem Krieg oder Kampftraining ablenken lassen. Aber vielleicht könnten wir meinen Stamm gelegentlich besuchen." Sie senkte den Blick, als rechnete sie nicht mit seiner Zustimmung.

„Sooft du wünschst. Das Mädchen, Lily, kann sogar bei uns wohnen, wenn wir zurückkehren, falls deine Königin es erlaubt. Vielleicht kann sie uns dabei helfen, dass wir schon mal ein bisschen für die Elternrolle üben."

„O Layel." Sie küsste ihn und biss ihn zärtlich ins Gesicht. „Das wäre schön. Und ich denke, Lily würde es auch gefallen." Sie warf den Kopf in den Nacken und lachte glücklich. „Allerdings werden wir mit ihrem neuen Sklaven zurechtkommen müssen. Bist du sicher …?"

„Ich strebe nicht länger danach, Drachen zu töten." Er zuckte schuldbewusst die Schultern. „Aber vielleicht werde ich Brand ein kleines bisschen quälen. Oder er könnte sich als nützlich erweisen, wenn wir Zane und Nola retten. Denn wie ich meine Amazone kenne, wirst du nicht darauf warten, bis Hestia das Mädchen zu uns schickt. Und genauso wenig werde ich meinen Soldaten noch länger leiden lassen."

„Layel, du bist ein wunderbarer Mann. Mein finsterer und leidenschaftlicher König." Sie nahm sein Gesicht in beide

Hände und fuhr ihm sanft mit den Daumen über die Lippen. „Und ... da du mich nun hast – was wirst du mit mir anstellen?"

„Das ist leicht zu beantworten, Liebste", erwiderte er und hielt sie fest. „Dich für den Rest meines Lebens lieben und ehren."

– ENDE –

Deutsche Erstveröffentlichung

Gena Showalter

Broken Hearts: Brennende Sehnsucht

ISBN: 978-3-95649-591-5
9,99 € (D)

Auf jeder Party punkten, reihenweise Typen abschleppen und die weibliche Konkurrenz locker abhängen: Keine Frage, Harlow ist die Flirt-Queen von Strawberry Valley. Bis ein Schicksalsschlag sie aus der Bahn wirft und sie entschlossen einen Schlussstrich unter ihre wilde Vergangenheit zieht. Jetzt will sie nichts mehr von Oberflächlichkeiten wissen. Zu dumm, dass sie sich ausgerechnet in Beck Ockley verknallt. Der ist zwar theoretisch der perfekte Kandidat: umwerfend sexy, Millionär, verboten charmant. Aber leider total allergisch gegen jede Art Bindung. Dabei knistert es wahnsinnig zwischen ihm und Harlow und er scheint ihre Gefühle zu erwidern ... Sein rätselhaftes Verhalten fasziniert sie immer mehr. Erst als sie erfährt, was wirklich dahintersteckt, begreift sie, worauf sie sich eingelassen hat ...

Deutsche Erstveröffentlichung

Linda Howard

In den Armen der Gefahr

Dieser Mann bedeutet Gefahr! Bei der Polizeichefin Isabeau Maran schrillen sämtliche Alarmglocken, als der Unbekannte vor ihrer Haustür steht. Agent Morgan Yancy soll nach einem Anschlag bei ihr untertauchen. An brenzlige Situationen ist Isabeau gewohnt. Doch wie soll sie dem heißen Knistern widerstehen, wenn sie mit Morgan allein ist? Und wie soll sie ihr Leben retten, wenn sie nichts von der Falle weiß, die jede Sekunde zuschnappen kann - mit ihr als Köder?

ISBN: 978-3-95649-642-4
9,99 € (D)

Deutsche Erstveröffentlichung

Gena Showalter

Atlantis – Der Nymphenkönig

Für eine Berührung des Nymphenkönigs würden Frauen alles tun. Alle, bis auf die Menschenfrau Shaye. Obwohl sie füreinander bestimmt sind, wehrt sie sich mit allen Kräften gegen die magische Bindung, die ihnen vorbestimmt ist. Aber nun, da er sie gefunden hat, wird keine andere Frau ihn jemals wieder zufriedenstellen können. Und Valerian wird erst ruhen, wenn er Shaye in einer sinnlichen Eroberung bezwungen hat und sie wahrhaft die Seine ist ...

ISBN: 978-3-95649-647-9
9,99 € (D)

Deutsche Erstveröffentlichung

Gena Showalter

Die Herren der Unterwelt: Schwarze Pein

Baden ist aus der Hölle zurückgekehrt – aber diese Freiheit hat ihren Preis: Jetzt muss er auf ewig den Dämon des Misstrauens in sich tragen und Hades dienen. Der König der Unterwelt stellt ihn mit seinem Auftrag vor die schwerste Prüfung: Katarina, die er die im Auftrag von Hades als Geisel genommen hat. Baden weiß seine Leidenschaft kaum mehr zu zügeln. Doch er muss sich vorsehen: Denn jede menschliche Berührung bringt das Böse in ihm zum Vorschein – und das wäre Katarinas Untergang ...

ISBN: 978-3-95649-649-3
9,99 € (D)